KB138857

달빛조각사

달빛 조각사 13

ⓒ 남희성, 2007

발행일 2024년 5월 1일 | 발행인 김명국 | 발행처 주식회사 인타임 | 출판 등록 107-88-06434 (2013년 11월 11일) | 주소 서울시 구로구 디지털로31길 38-21 이앤씨벤처드림타워 3차 405호 | 전화 070-7732-2790 | 팩스 02-855-4572 | 이메일 in-time@nate.com | ISBN 979-11-03-33290-7 (04810) 979-11-03-32686-9 (세트) | 이 책은 주식회사 인타임이 저작권자와의 계약에 따라 발행한 것이므로 내용의 전부 또는 일부를 사용하려면 반드시 양측의 동의를 받으셔야 합니다. 잘못된 책은 구매처에서 바꿔 드립니다.

달빛조각사 13

남희성 게임 판타지 소설

The Legendary Moonlight Sculptor

INTIME

contents

바하모르그의 기억력

위드는 그들에게 말했다.

"레벨은 나중이 되면 큰 의미가 없습니다. 스킬 숙련도를 꾸준히 잘 올려놓아야 언제라도 편해요. 지금은 이렇게 레벨을 올리더라도, 스킬과 스탯에 언제나 투자를 해야 됩니다."

다른 공격 계열의 직업들은 눈치를 보면서 남들 하는 만큼 정도만 한다.

제르는 워리어로서 직접 몬스터와 싸우는 처지라서 스킬에도 신경을 많이 써야 되는 입장이었다. 매번 전투에서 앞장서기만 하다가 이렇게 뒤를 따라가려니 조금 좀이 쑤셨다.

이곳 던전의 난이도가 워낙 높아서 긴장은 되었지만 심심한 것은 어쩔 수 없는 노릇.

위드가 그에게 물었다.

"그리고 워리어라서 생명력 높죠?"

"네! 그렇지만 이곳에서 제가 할 수 있는 역할은 없을 거 같은데요."

"토리도야, 손님이다."

레벨이 낮은 워리어도 일단 파티를 맺은 이상 어떻게든 써먹는 알뜰함!

제르는 뱀파이어 로드에게 피를 빨리면서 맷집과 체력을 키울 기회를 얻었다.

별 도움은 되지 않았지만, 슬리아도 옆에서 축복 마법이나 다른 필요한 마법들을 쓰면서 차곡차곡 스킬 숙련도를 늘려 나갔다.

그렇게 2층까지 순식간에 정리가 되고, 지하 3층!

이곳 역시 별다른 장애는 없었다.

위드의 장비는 이미 더할 나위 없이 훌륭했고, 조각 생명체들 역시 갖은 전투로 단련이 되어 있었다.

시간은 2층보다 조금 더 걸렸지만, 위드가 파티 사냥을 이끌면서 어렵게 느껴지진 않는 정도였다. 제르가 파티를 끌었더라면 분명 고민했을 부분에서도 재빨리 판단을 내렸고, 결과를 놓고 보자면 대부분 옳은 것이었다.

지하 3층 절반도 가지 않아서 목적지에 도착했다.

간신히 건널 수 있을 정도로 좁은 길.

옆으로는 어둡고 까마득한 낭떠러지였다.

"여깁니다. 이곳에서 아래로 떨어져서 발견했죠. 생각처럼 깊진 않으나, 밑에는 바바리안의 시체만이 아니라 다른 몬스터들도 많이 있으니 주의하셔야 됩니다."

"알겠습니다. 위험한 곳이군요. 반 호크, 토리도."

"왜 부르는가."

"동시에 다 같이 내려가자."

"알겠다, 주인."

위드는 반 호크, 토리도와 같이 뛰어내렸다. 하지만 조금 떨어지다가 혼자서 펼치는 빛의 날개!

토리도도 곧바로 검은 망토를 펄럭이면서 공중에 멈췄다.

"크야아아아악!"

반 호크만 추락!

그가 땅에 떨어져서 몬스터들의 집중 공격을 당하는 사이에 위드와 토리도는 안전하게 아래로 내려왔다.

이곳에는 드라킨의 새끼들이 살고 있었다.

뒤따라온 황금새와 은새는 조인족으로 변하여 공격하고, 다른 조각 생명체들은 화살을 쏘면서 견제.

제르는 아무것도 못 하고 금방 죽어 버렸었지만, 위드와 조각 생명체들은 이곳을 간단히 정리했다.

"여기였군."

위드는 벽에 기대어 죽어 있는 바바리안 시체를 발견했다.

아르펜 제국의 용사 바하모르그.

전쟁터를 누비던 그의 몸은 다시 돌로 돌아가 있었다.

몸에는 화살이나 부러진 검, 노끼 들이 박혀 있어 처참하기 짝이 없는 상태.

"정말 죽어 있었군."

퀘스트에서 그를 찾아내는 것이 어쩌면 정말 시간이 많이 걸릴 뻔했다. 안타로사를 모조리 수색하거나, 혹은 토르 왕국에서부터 흔적을 찾으면서 왔어야 발견할 수 있었으리라.

"어쨌든 찾았으니 정말 다행이야."

위드는 조각품에 담긴 추억 스킬을 시전했다.

"감정!"

조각 생명체의 시체를 관찰합니다.
자세한 정보의 확인은 불가능합니다.

이름: 바하모르그

성향: 호전적   레벨: 577   종족: 바바리안

직업: 철혈의 워리어   칭호: 불멸의 용사   명성: 8,932

게이하르 황제에 의해 탄생한 생명체. 아르펜 제국의 전투에서 늘 최전선에 나서서 승리를 가져왔다. 그의 용맹은 대적할 자가 없었으며, 그 어떤 몬스터의 거친 공격이라도 받아 낼 수 있을 정도였다고 한다. 과거에는 아르펜 제국 최고의 용사로 이름을 떨쳤지만 현재는 그를 기억하는 자가 거의 없다. 게이하르 황제에 대한 충성심과 애정이 남달랐다. 아르펜 제국이 분열되고 난 이후로 대륙을 떠돌며 싸움을 하던 중 치료하지 않은 상처가 악화되어 사망했다.

*모든 무기를 다룰 수 있다.
*강철 같은 체력과 맷집.
*각종 외침을 통하여 동료들의 사기와 방어력을 증가시킨다.
*샘솟는 생명.
*보호 스킬 마스터.
*뛰어난 마법 저항.
*높은 정신력으로 상태 이상에 걸려들지 않는다.
*확인되지 않음.
*확인되지 않음.
*특수 스킬: 확인되지 않음.

그리고 위드에게 바하모르그의 추억이 보였다.

⁂

"너의 이름은 바하모르그라고 하자."

"알겠다. 하지만 내 인생은 나 스스로 살아갈 것이다."

바하모르그는 아르펜 제국의 건국기에 태어났다. 그리고 그의 인생은, 시작부터 끝없는 싸움이었다.

평원, 사막, 절벽, 동굴, 늪지, 산을 가리지 않고 몬스터와 적을 만났다. 눈이 쌓인 산에서 야생동물들과 싸우고, 도시를 습격하는 몬스터를 물리쳤다.

"크하아아아!"

거친 야성의 울부짖음.

"적들이 있다면 내가 없앨 것이다. 나는 싸움이 좋다."

칼날과 화살도 그의 몸을 뚫지 못하였으며, 전장의 선두에 서서 엄청난 괴력으로 성문을 부쉈다. 기사단의 질주조차도 산악처럼 우뚝 서 있는 그를 쓰러뜨리지 못했다.

바하모르그는 아르펜 제국의 용사로 성장하였다.

그리고 게이하르 황제의 죽음 이후로 제국이 갈라져 나갈 때에는 그 누구의 편에도 서지 않고 조각 생명체들을 위하여 싸웠다.

"나의 황제여… 이제 나는 누구를 위해서 살아야 하는가."

바하모르그의 투박한 마음에는 게이하르 황제에 대한 애틋한 정이 가득했다.

다른 조각 생명체들이 살아갈 장소들을 마련해 주고 나서 그는 안타로사로 돌아오기 위한 길을 걸었다.

약화된 의지는 단단하기 짝이 없던 그의 육체까지 무너뜨렸다. 이미 입고 있던 무수히 많은 상처들이 악화되어 갔고, 맹독은 몸 전체로 퍼져 나갔다.

그를 노린 몬스터와 어쌔신의 습격도 계속되었다.

피의 길을 걸으면서 안타로사로 향하였지만 결국 치료를 위하여 잠시 멈출 수밖에 없었다.

이곳 던전으로 들어온 이후에도 드라킨에 의하여 계속 공격을 당하다가, 아르펜 제국 최고의 용사는 결국 쓸쓸한 최후를 맞이하게 되었다.

∂℮ ℥℮

띠링!

용사 바하모르그 퀘스트에 필요한 정보를 입수하였습니다.
그가 맞이한 최후의 순간을 에르리안에게 들려주면 의뢰가 완수됩니다.

위드는 바바리안의 시체 앞에 서 있었다.

제르와 슬리아는 아무래도 퀘스트에 필요해서 저 바바리안 시체를 찾아온 것이라고 생각하며 조용히 기다렸다.

위드는 눈을 지그시 감고 조금 전에 봤던 영상들을 음미했다.

워리어란 적들의 어떤 공격도 자신의 몸으로 이겨 내면서, 가장 앞에서 싸우는 존재.

바하모르그는 대단한 워리어라고 할 수 있었다.

"역시 용사라고 부르기에 부족함이 없는 활약을 했군."

게이하르 황제를 그리워하면서 죽기 위하여 안타로사로 찾아갔다는 이야기는 가슴까지 울렸다. 그 어떤 고통도 극복하는 워리어라지만, 마음의 아픔을 견뎌 내지 못한 충직함까지 가진 것 아닌가.

"이 약초가 정말 좋은 거야?"

"피부를 맑게 가꾸어 준다더라고."

"골골골. 나도 많이 바르고 싶다."

난데없이 들려오는 소리에 고개를 돌려 보니 피부에 좋다는 약초를 얼굴에 바르고 있는 엘틴과 게르니카, 금인이!

누렁이는 그 약초를 질겅질겅 먹고 있었다.

"에휴."

위드의 입에서 절로 한숨이 나왔다.

바하모르그에 대한 감동도 금방 사라진 상태!

"그렇지만 이대로 돌아갈 필요는 없겠지."

위드는 바하모르그를 갖고 싶었다.

아르펜 제국을 위해 헌신했던 위대한 워리어가 이렇게 쓸쓸히 잠들어 있는 것은 너무 아쉬웠다.

전사에 대한 존경심으로도 그냥은 뒤돌아설 수가 없었다. 당연히 되살려 내서 앞으로 영원히 부려 먹어야 될 것이 아닌가.

"조각품에 생명 부여!"

> 용사 바하모르그의 시체에 생명을 부여하였습니다.
> 조각 생명체가 새로운 삶을 얻습니다. 다시 조각한 시점에서 늘어난 예술 스탯과 조각술의 효과는 적용되지 않으며, 예전에 살아 있을 때보다 레벨이 5% 줄어듭니다.

위드는 조각술을 마스터한다면서 신들의 정원을 조성하느라 사냥을 많이 하지 못했다. 그 이후로 벨소스 왕의 유적에서 동료들과 전투를 하고 암벽 협곡에서 슬레이언 부족과 싸우는 등으로 레벨을 416을 만들었다.

그동안 어렵게 올린 레벨과 예술 스탯이 감소하지만, 바하모르그에게는 다시 생명을 갖게 해 줄 가치가 충분했다.

화석처럼 굳어 있던 바하모르그의 몸에서 심장이 쿵쿵거리며 다시 뛰기 시작했다. 몸에 온갖 무기들이 박힌 채로 벽에 기대어 죽어 있던 그가 서서히 눈을 떴다.

아르펜 황제를 따르며 베르사 대륙을 질타하던 용사가, 긴 시간이 지나서 위드에 의하여 다시 살아난 것이다.

"이곳은……."

바하모르그는 되살아나더니 어리둥절한 얼굴이었다.

아주 오랜 시간이 흘렀으니 과거를 기억하는 일이 그리 쉽지 않을 수도 있다.

위드는 전부 잊어버렸기를 바랐다.

'그래야 앞으로 내가 주입식 교육을 통해 확실히 부하로 써먹지.'

바하모르그가 천천히 머리를 흔들더니 무겁고 낮은 음성으로 말했다.

"아, 게이하르 황제 폐하가 죽고 나서 나는 안타로사로 가는 길이었는데."

"……."

완벽한 기억력.

육체의 일부를 잃어버렸던 금인이와는 달리 바하모르그는 부상이 심각할 뿐 다른 것들은 멀쩡하다고 할 수 있었다.

위드가 가식적인 콧소리를 냈다.

"나는 게이하르 황제 폐하를 존경하며, 그분의 길을 다시 걷고 있는 조각사 위드라고 한다."

"바하모르그다. 나를 살린 것이 너인가?"

"앞으로 우리가 같이할 이야기가 많아질 것 같군. 일단 많이 다쳤으니, 가만히 있어 봐. 내가 치료를 해 줄게."

"제가……."

슬리아가 나서려고 했지만 귓속말을 보내서 만류!

사람은 첫인상이 중요하기에 친절히 붕대를 감아 주려는 것이다.

"이런, 많이 아프겠구나."

위드는 바하모르그의 몸에서 무기와 화살도 조심스럽게 뽑아냈다.

이것들은 재가공을 하여 팔아먹을 수 있는 아이템들!

'보관 상태가 비교적 양호하군.'

아이템들에 대한 견적도 내고 있었다.

바하모르그의 몸은 무기를 회수하자마자 트롤에 맞먹는 회복력을 보이면서 나아 갔다. 그는 황금새조차도 알아보았다.

"세노리아… 네가 어떻게 이곳에 있는 거지?"

"바하모르그, 정말 긴 시간이었다."

"아직 모든 것이 얼떨떨하다."

황금새와 바하모르그는 다시 만난 회포도 풀었다. 게이하르 황제에 대한 추억을 나누면서 과거의 순간들을 이야기했다.

위드의 생각에, 한 가지만은 분명했다.

과거는 어쨌든 흘려보내야 되는 것.

아르펜 제국의 수호신이었던 바하모르그지만, 앞으로는 어디까지나 그가 부려 먹을 대상일 뿐이었다.

모라타로 향한 길에 제르와 슬리아도 와이번의 등에 태워서 데리고 왔다. 그들은 기왕 위드를 만난 이상 북부에 정착해서 살기로 한 것이다.

"판잣집이 싸니까 내 집 마련부터 하시고, 앞으로 재밌게 지내세요."

"네. 고맙습니다."

"그럼 이만 가 볼게요."

모라타에 도착하자 둘 다 가 볼 곳이 많아서 위드에 대한 관심은 오히려 줄어든 듯이 보였다.

최근 방송국에서 모라타는 초보자들의 올바른 선택으로 여겨질 정도였다. 모라타에 대한 방송이 계속 나오면서, 화가의 언덕 같은 명소뿐만이 아니라 가 보고 싶은 여러 장소에 대한 정보가 쏟아져 나온 상태였다.

모라타에 새로이 정착하여 살기 위해서, 그들은 바쁘게 떠나갔다.

위드도 따뜻한 눈으로 그들이 가는 것을 바라보았다.

"세금 줄이 앞으로 2명 더 늘었군."

꠸ ꠹

벤트 성의 상인 가몽!

"말씀 많이 들었습니다. 귀한 올리브를 가져오셨군요! 요즘에 찾는 사람이 정말 많습니다. 가격이야 당연히 잘 쳐드려야지요."

> 대규모의 무역 이익을 거두었습니다. 명성 126 상승.

> 교역소 주인과의 서로 이득이 되는 거래로, 회계 스킬이 중급 2레벨로 상승했습니다.
> 냉정한 계산 덕분에, 물건을 사고팔 때 더욱 가격을 후려칠 수 있습니다. 어수룩한 구매자들의 등을 칠 수 있을 것입니다.

> 교역 경험치를 획득하였습니다.

"에헤헤, 고맙습니다."

그녀는 모라타의 물건을 떼어다가 벤트 성에서 계속 팔아 치웠다. 레벨과 스킬 숙련도도 빠르게 올라가고, 운송 마차의 규모는 무려 열두 대 분량까지 늘어났다.

"요즘 가몽이라는 상인이 대단한 부를 쌓아 가고 있다는 이야기가 들려."

"상업에 뛰어든 지 얼마 되지 않은 상인 가몽의 재능이 대단하다더군. 지금의 이득이 어려운 사람들을 도왔기 때문이라는 이야기도 있는데……. 상인으로서 훌륭한 마음가짐이야.”

“무역에 대해서 배우고 싶은가? 그렇다면 상인 가몽에게 배우는 것이 좋을 거야. 모라타의 교역소에서 거래되는 물품들을 가장 비싸게 팔아 치우고 있거든.”

상인 유저들은 소문에 민감할 수밖에 없었다.

초보자들은 올리브의 가격이 4쿠퍼만 더 높더라도 귀찮음을 감수하고 더 멀리까지 운반한다.

싸게 사서 비싸게 파는 재미!

마차 한 대 분량 이상이 되면 가격차이도 적은 액수가 아니었다.

게다가 큰 이득을 남기면서 정기적으로 납품을 잘하면 평판이 오른다. 상인의 평판은 회계 스킬의 성공률이나 퀘스트의 성공에 대한 보상까지 올려 주었으므로 대단히 중요한 부분.

“가몽이 누구야?”

“교역소 주인이 모라타에서 최고의 식료품 상인이라던데. 어디서 물건을 파는 거야?”

상인 유저들은 가몽을 만나고 싶었다.

초보 상인들이 자본이 없을 때 가장 먼저 취급하는 것이 식료품! 모라타의 농산물들은 품질이 좋은 편이라서 초반에 성장하기에 좋았다.

대도시로서의 위용을 자랑하기라도 하듯이 모라타에는 교역소도 여러 곳이었다.

“아저씨, 저 왔어요.”

“오늘도 새벽 일찍 왔구만.”

"예. 그래야 신선하잖아요. 오늘도 마차 열두 대 분량 가득 주문할게요."

"상인 가몽을 위해서 내가 따로 신선한 것들만 추려 놓았지. 가격도 어제보다 조금 더 저렴하게 줄게. 그 외에 필요한 것은 없나?"

"철 조각이 필요한데, 있을까요?"

"물량이 많진 않은데… 상인 가몽의 부탁이라면 그 정도는 들어줘야지!"

가몽과 교역소 주인의 대화를 듣고 있던 초보 상인들은 눈이 휘둥그레졌다.

보통 상인들이 말을 걸었을 때 교역소 주인의 반응은 심드렁했다.

"물건을 가져가서 제값을 받을 수나 있을지 모르겠군. 못 팔고 나중에 도로 가져오지나 말게."

"물건값을 깎아 달라고? 팔 생각 없으니 다른 곳에 가서 알아봐."

그랬던 교역소 주인이 상인 가몽이라면서 치켜세워 주다니!

"저기요, 혹시 중앙 대륙에서 오신 상인분이세요?"

배낭에 잡템을 들고 다니며 판매하는 초보 상인들이 큰 용기를 내서 물었다.

"아뇨. 전 모라타에서 시작했어요. 풀죽신교 독버섯죽 신도예요."

"아… 그러면, 어떻게 이렇게 유명해지고 빨리 성장하실 수 있었어요?"

중앙 대륙에서는 상인들끼리의 규율이 있다.

절대 다른 사람의 교역로에 대해서는 묻지 않는 것.

지식의 존중 차원에서였지만, 사실은 누구도 알려 주지 않는 부분이었다. 상인들은 스스로 발품을 팔면서 인맥을 쌓고 상품 거래를 개척하는 직업이었으니까.

가몽은 그런 점에 있어서는 남들과 달랐다.

"저는 주로 벤트 성에서 교역을 해요."

"벤트 성이라면……."

"아! 그 누구도 들어가지 못하는 벤트 성! 게시판에서 본 적이 있어요. 그곳에 들어가서 거래를 하신다고요?"

"네!"

가몽은 초보 상인들에게 방법을 알려 주었다.

"제가 벤트 성에 소개시켜 드릴 수도 있어요. 그곳은 아직까지도 식료품이 많이 부족한 편이거든요. 식료품을 사 오셔서 저랑 같이 벤트 성으로 가실래요?"

"고맙습니다."

"이 은혜는 절대 잊지 않을게요."

잡템을 팔며 근근이 성장하고, 중앙 대륙과의 원거리 교역에만 집중하던 초보 상인들.

그들이 100명 넘게 벤트 성에 들어가게 되었다.

"가몽의 소개라면 들어가도 좋다."

"상인 가몽이 알선하는 사람이라면 확실히 믿고 교역을 해도 되겠지."

"정말 신선한 우유로군. 바로 이런 걸 찾고 있었어. 오늘 낮이 되기 전에 다 팔려 버릴 것 같은데, 더 없나? 더 있다면 가격은 한 병에 17쿠퍼씩 더 쳐주지!"

초보 상인들은 벤트 성에서 큰 무역 수익을 거뒀다. 개인이 가져온 물건의 양이라고 해 봐야 많지 않았어도, 지금까지 상인으로서 거둔 수입 중에서 가장 많았다.

그 이후로 모라타와 벤트 성의 교역량이 본격적으로 늘어나게 되었다.

"요즘 들어서 사람들이 맥주의 맛을 알게 된 것 같아. 팔 물건이 많이 부족하니 이틀 내로 열 통을 가져와 줄 수 있겠나? 수고료를 조금 더 쳐주지."

"내일까지 가져오겠습니다!"

상인들은 북부에서도 성공할 수 있다는 확신을 갖고 운송 마차를 달리기 시작했다. 마침 아르펜 왕국이 확장되면서 다른 마을들도 발전을 하고 있는 터라 교역할 곳은 더욱 많아졌다.

"에퀴녹 마을 들렀어?"

"아니. 거기서 팔 물건을 조금 남겨 놨어야 되는데. 아르망 마을에서 다 팔아 버렸어."

"나도 물건이 없어서… 모라타에 빨리 다녀와야지. 유셀린 마을 근처 던전에서 소비되는 물자들을 보급해 달라고 다들 난리야!"

초보 상인들이 북부를 활보하면서 필요한 물자들을 운반하자 각 지역에 활력이 돌았다.

전사와 기사만 왕국과 관련이 있는 건 아니었다. 평상시에는 상인들의 활동이 더욱 왕국을 살찌우는 역할을 했다.

마을과 도시가 발전하고, 출생률이 높아지고, 기술과 문화, 경제, 식량 생산 등, 셀 수 없이 많은 부분에 상인들의 땀방울이 어려 있었다.

모라타가 북부 전체와 교역을 하는 데에도 상인들이 다리 역할을 하게 되었다.

이제 가몽은 독점에 따른 수익을 포기하는 수밖에 없었다. 벤트 성에는 부족한 물품들이 많았는데 다른 상인들도 자기 상품을 가져오게 되면서 가격이 혼자서 팔 때만큼 비싸게 받기는 어려워졌다.

"헤헤, 그래도 벤트 성이 발전하는 모습을 보니 정말 좋아."

가몽은 궁극적으로 북부 전체가 발전을 해야 상인들이 먹고살 수 있다고 생각했다. 정말 대상인이 되기 위해서는 아르펜 왕국이 더욱 커지고 발전을 하여야 한다.

가몽은 다른 상인들과 어울릴 때마다 독버섯 죽을 나누어 마시며 자신의 뜻을 이야기했다.

"가몽 님의 생각이 맞습니다. 저도 더욱 노력하겠습니다. 크으윽."

"톳쿵 님, 괜찮으세요?"

"생명력이 870 남았는데… 죽지 않았습니다."

"그 정도면 한 숟가락 더 드셔도 되겠어요."

상인들이 북부에서 모라타의 질 좋은 물품을 판매하면서 지역 정치의 확대와 문화의 전달도 이루어졌다.

"이벨린 성은 절대 사람을 들여보내 주지 않는다던데요. 가몽 님은 성공하셨어요?"

"아직요. 그렇지만 기필코 그곳에서도 물건을 팔 거예요. 모라타의 물품은 좋으니까, 승산이 있어요!"

상인들은 목숨과 재산을 걸고 북부를 누비며 도전을 계속하고 있었다. 물론 그러면서 아르펜 왕국의 영향력과 경제력도 덩달아 확대되었다.

⁂

다크 게이머 연합 모라타 지부.

그들은 황소 광장 주변의 선술집에 자주 모였다.

모라타에는 관광객들도 많을 뿐만 아니라, 유저들이 모여들면서 적극적인 개척이 이루어지고 있다. 북부에는 사냥을 할 만한 장소도 많기 때문에 다크 게이머들은 알음알음 찾아오게 되었다.

"이 도시는 물가가 저렴해서 정말 좋군."

"세금이 낮으니까요."

"돈을 많이 받는 퀘스트는 좀 적고, 호위를 해 달라는 의뢰도 미친가지로 느는 것이 단점이기는 해."

"뭐든 다 좋은 곳이 어디 있겠습니까. 그렇더라도 이곳은 멋진 편이죠."

다크 게이머들의 수입원은 전쟁 참여나 위험한 던전에서의 호위 등 여러 가지였다.

모라타는 몬스터들 외에는 평화로운 편이라서 돈이 오가는 의뢰가 다른 곳보다 훨씬 적었다. 그런 이유로 스스로의 성장에 목표를 두거나 모험을 원하는 은둔자형 다크 게이머들이 먼저 자리를 잡았다.

　예술품과, 거래가 활발하게 이루어지는 시장과 광장, 대성당, 대도서관, 탐구자의 탑, 헤스티아의 대장간, 신들의 정원이라는 최고 수준의 기반 시설.

　그럼에도 세금은 낮고 사냥터와 던전에 대한 텃세가 없다는 점은 다크 게이머뿐만 아니라 중견 유저들도 불러오고 있었다.

　레벨이 높은 유저일수록 지금까지 쌓은 모든 것을 버리고 먼 북부까지 와서 새로 자리를 잡기란 쉽지 않기 때문에 그들의 움직임은 별로 없는 편이었다. 하지만 위대한 건축물이 지어질 때마다, 그리고 신들의 정원까지 완공되면서, 중견 레벨의 유저들은 계속 이주를 해 왔다.

　며칠 사이에 중앙 대륙에서의 이주자들로 작은 마을 하나가 꾸려질 정도.

　상대적으로 레벨이 높은 유저들이 오며 경제 규모가 대폭 확장되어 세금 징수액이 늘어날 뿐만 아니라, 정체되거나 느리게 진행되던 기술의 발달도 빨라졌다.

　다크 게이머 연합에서 모라타 지부도 세우게 되었는데, 불과 일주일 사이에 확장을 고려해야 될 정도로 성업을 이루었다.

　선술집의 2층.

　이곳에서는 다크 게이머들이 중대 회의를 하고 있었다.

"중앙 대륙의 전쟁에 참여했던 사람들의 보고를 들으면 헤르메스 길드의 전력이 급속도로 팽창하고 있다고 합니다."

"용병과 다크 게이머도 대대적으로 모집을 하고 있는데, 새로운 전쟁을 준비하는 조짐이 뚜렷합니다."

베르사 대륙 전역에 퍼져 있는 다크 게이머들. 그들을 통하여 연합에서는 대륙의 정세를 읽고 있었다.

헤르메스 길드와 클라우드 길드, 사자성, 로암 길드, 블랙소드 용병단.

대륙의 노른자위 땅들을 분할하여 다스리고 있는 거대 명문 길드들이었다.

"헤르메스 길드원들이 톨렌 왕국에도 비밀리에 모습을 보이고 있습니다."

"세력 확장이 너무 빠르고 위험하군요."

하벤 왕국, 칼라모르 왕국에 톨렌 왕국까지 먹어 치우고도 그 이상으로 커진다면 헤르메스 길드에 저항한다는 것은 어려워진다.

"헤르메스 길드에 비하면 다른 곳의 전력은 얼마나 됩니까?"

"추측하기는 어렵지만 헤르메스 길드의 전력이 대외적으로 알려진 것보다 최소한 2배, 어쩌면 3배 이상으로 강할지도 모릅니다. 다른 길드들도 문제지만 헤르메스 길드가 가장 큰 위협입니다."

다크 게이머들은 어느 한 세력이 베르사 대륙을 장악하는 것을 원하지 않았다. 그들이 바라는 건 끊임없는 혼란과 전쟁이 아니었다. 대륙이 자유와 모험 정신으로 인한 활력으로 넘치는 것이다.

"중앙 대륙에서의 승리자가 결정이 나면 그들은 다른 장소로도 세력을 뻗칠 것입니다. 이곳 북부도 현재로써는 시간문제라고밖에는 볼 수 없겠죠. 앞으로 우리가 살아갈 수 있는 장소는 갈수록 줄어들게 됩니다."

다크 게이머들은 위기의식을 나누었다. 대륙을 위하여 그리고 그들의 밥벌이를 위하여 이대로는 안 된다.

"하지만 우리가 무엇을 할 수 있겠습니까?"

다크 게이머들은 각자 사정이 다 달랐지만 자기 자신의 이득이 우선이었다. 개개인의 능력이 강하더라도 길드를 결성하거나 군대를 창설해서 중앙 대륙의 길드들에 반대한다는 것은 특히나 하기 어려운 일이다.

"우리가 할 수 있는 일을 해야겠죠. 우리가 왜 모라타에 있는지를 생각해 보시기 바랍니다."

"그건 이곳이 자유롭고 편하고, 모두에게 좋은 장소이기 때문이겠죠."

"중앙 대륙을 누가 장악하건 간에 나중에 이 아르펜 왕국과 싸우는 것은 정해진 일입니다."

"그야 당연하지만 아르펜 왕국으로서는 역부족입니다."

다크 게이머들이 평가하기에 아르펜 왕국은 발전 가능성이 컸다. 초보자들이 상당수 들어오고 있고, 중앙 대륙에서의 이주민도 많다.

발달 속도가 눈에 띌 정도로 멋진 곳이지만, 중앙 대륙의 명문 길드에 맞서서 군사적으로 대항할 수 있는 전력은 아니다.

"국왕의 군대는 빈약합니다. 사실 왕국으로 승격된 것 자체도 얼마 되지 않았을 정도이고, 얼마 전까지만 해도 영토도 제대로 다스리지 못하였습니다."

"바르고 성채도 이제 치안이 잡혀서 광산 개발 등에 나섰다는 소식을 듣긴 했습니다."

"그렇다고 우리가 군대에 들어갈 수는 없지 않습니까?"

다크 게이머들이 아르펜 왕국군으로 편성된다면 그 전력 향상은 엄청날 것임에 틀림이 없다. 하지만 개인의 이득을 따지는 그들이 왕국을 위해 남들의 명령을 듣거나 부하들을 데리고 전쟁터에 나가는 것은 어울리지 않는 일이었다.

"우리가 할 수 있는 일을 하면 됩니다. 대도서관에는 다들 가 보셨을 겁니다."

"물론 가 봤죠. 퀘스트를 위한 정보 조사에 도움이 되는 장소니까요."

"아르펜 왕국으로 온 사람들이 상당히 많은 이유도 대도서관 때문이 아닙니까."

"그곳에는 우리가 할 만한 의뢰가 많이 쌓여 있습니다."

"그렇더군요. 가 보고 놀라기는 했습니다."

초보자들과 다른 유저들이 주민들과의 이야기나 사냥을 통해 딘시를 가져오면 그것은 대도서관에 등록된다. 그렇게 모인 미해결 퀘스트가 난이도가 낮은 것부터 높은 것까지, 산더미처럼 쌓여 있었다.

초보자들이 많은 모라타에서는 난이도 낮은 의뢰들은 그나마 해결이 잘되는 편이었지만, 여러 제한이 있거나 난이도 높은 것들은 지지부진인 경우도 많다.

"우리가 정체되어 있는 퀘스트를 적극적으로 합시다. 그것으로 아르펜 왕국에도 도움을 줍시다."

"그건 좋은 생각 같습니다."

다크 게이머들은 자신들의 이득도 챙기고 아르펜 왕국에도 밑거름이 되는 퀘스트들을 해결하기로 했다.

개척, 몬스터 토벌, 보물 탐색, 발견.

퀘스트가 진행되다 보면 아르펜 왕국에도 여러모로 도움이 되기 마련이다.

"우리가 나서는 것으로 아르펜 왕국에 충분한 힘이 되어 줄 수 있을까요?"

"그건 해 봐야 알겠지요."

"우리가 시작한다면 연합에 있는 다른 다크 게이머들도 움직일 것으로 보입니다."

"지금까지 제가 해 온 것처럼 대도서관에서 얻은 퀘스트의 성과를 게시판에 올려놓는 정도로도 충분히 많은 사람들이 가세하도록 할 수 있으리라고 생각합니다."

그것으로 아르펜 왕국이 부강해질 수 있다면 다크 게이머들의 역할도 다한 셈이다.

다크 게이머 연합 모라타 지부의 결정은, 연합 내부의 게시판을 통해서 알려졌다. 중앙 대륙과 동부, 남부, 서부에서 활약하는 많은 다크 게이머들의 공감도 이끌어 냈다.

그들은 전통적으로 직접 나서서 어느 한 길드나 국가를 위해 싸우지는 않는 정책을 취하고 있다. 하지만 아르펜 왕국을 은밀하게 후원하는 정도라면 충분히 가능하고, 자신들에게도 해가 되는 일은 아니다.

"아르펜 왕국이라… 재미있겠군."

"전쟁의 신 위드는 〈마법의 대륙〉 시절부터 알고 있었지. 혼자서도 다 해 먹는 모습을. 지금 모라타가 사냥이나 모험에 괜찮다고 하니 가 봐야겠어."

다크 게이머들이 아르펜 왕국으로 몰려들고 있었다.

라살 왕국의 수도 역시 헤르메스 길드에 의해 이틀 만에 함락되고 말았다. 모두가 헤르메스 길드의 전쟁 수행 능력을 우러러보지 않을 수 없는 상황이었다.

그들은 당분간 라살 왕국의 내정에 신경을 쓸 것이다.

헤르메스 길드가 라살 왕국까지 확실하게 식민지로 확보하여 더욱 강해지기 전에 연합군을 결성하여야 한다.

사람들의 예상을 무색하게 하며, 헤르메스 길드에서는 다음 움직임을 보였다.

라살 왕국 점령 열흘 만에 브리튼 연합 왕국의 국경에 도착!

"대제국 하벤의 위엄을 보이자."

"헤르메스 길드는 무적이다."

도열해 있는 수천 기의 기사들 그리고 55만이 넘는 병력으

이루어진 하벤 왕국의 군대!

　기사들이 한꺼번에 검을 뽑아 들고 말고삐를 쥐었다.

　"진격을 알리는 북을 쳐라!"

　거센 북소리와 함께 돌격!

　브리튼 연합 왕국은 대륙 최대의 명문 길드 중의 하나인 클라우드가 장악해 가고 있는 곳으로, 충돌은 피할 수 없다.

　지금까지 대륙에서 벌어진 전쟁 중에서 가장 큰 것이 터지려 하고 있었다.

새로운 조각술의 비기

위드는 직업 마스터 퀘스트의 열여섯 번째를 마치고 있었다. 의뢰에서의 마지막 모험이었으니 이제는 조각술 스킬을 완전히 마스터하고 인정받는 것만 남게 되리라.

"그동안 정말 많은 일을 했군."

대부분의 퀘스트들이 그랬듯이 고생했던 기억밖에는 남아 있지 않았다.

"조각술을 올리는 것만큼이나 직업 마스터 퀘스트도 힘이 들었지."

무수한 고난을 뚫고 대륙 최초의 직업 마스터에 성큼 다가서고 있있지만 기쁘지가 않았다.

위드가 노력으로 퀘스트를 하나씩 쌓아 나가는 사이에 바드레이는 큰 성공을 거두었던 것이다.

헤르메스 길드는 라살 왕국을 점령하고, 그 여세를 몰아 브리튼 연합 왕국까지 침공했다.

브리튼 연합 왕국에는 위드가 모험을 하면서 자주 방문했던 여러 도시들이 있었다. 상업과 모험이 발달한 자유도시들은 대륙에서 유명한 곳들이 많았다.

"헤르메스 길드가 브리튼 연합 왕국까지 침략하다니, 영토 확장은 물론이고 세금 수입이 엄청나게 늘어나겠어."

브리튼 연합 왕국마저 점령당하게 된다면 대륙의 상당부가 헤르메스 길드의 영향력을 벗어날 수가 없게 되는 셈이었다.

위드는 직업 퀘스트에서 게이하르 폰 아르펜 황제의 직속 부하이며 제국의 수호신이었던 용사 바하모르그에게 생명을 부여하게 되었지만, 그 행복함이 조금은 줄어든 것 같은 기분이 들었다.

식당에 가서 설렁탕을 먹고 있는데 옆 테이블에서 꽃등심을 시켜 먹는 걸 보게 되면 무언가 허전한 기분.

"바하모르그나 철저하게 부려 먹어 주는 수밖에 없겠군."

위드는 아쉬움을 달래며 퀘스트를 완료하기 위하여 에르리안을 만났다.

"너희가 궁금해하던 바바리안 용사를 직접 데리고 왔다."

바하모르그와 수명이 긴 요정족 에르리안들은 긴 시간이 지났음에도 한눈에 서로를 알아보았다.

"바하모르그!"

"잘 지내고 있었느냐."

"응. 걱정했는데… 무사했구나."

"아르펜 황제의 조각술을 이어 가고 있는 이 사람에게 새로운 생명을 얻었다."

"그랬구나. 이렇게 살아서 만나게 되다니 반가워."

띠링!

용사 바하모르그 퀘스트 완료

아르펜 제국의 용사 바하모르그가 새로운 생명을 얻어서 다시 태어났다. 에르리 얀은 이 믿기지 않는 일을 해 준 조각사 위드에게 영원히 충성을 바치게 되리라.

명성이 1,380 올랐습니다.

조각 생명체 용사 바하모르그가 부하가 됩니다.

조각술 스킬의 숙련도가 높아졌습니다.

통솔력이 5 상승하였습니다.

"후후후."

위드는 에르리얀과 바하모르그의 만남을 훈훈하게 지켜봤 다. 맹목적인 충성이 얼마나 위험한 것인지 영원히 알게 해 줄 날이 오게 될 것이다.

"직업 퀘스트에서 조각품에 생명 부여를 택한 것이 정말 현 명하고 올바른 판단이었어."

그 덕에 에르리얀과 아르닌 종족을 영원히 부려 먹을 수 있 게 되었고, 용사 바하모르그까지 얻게 되지 않았던가.

만약 생명을 부여하지 않고 퀘스트만 완료한 채로 돌아왔다 면 바하모르그는 되살아나지 못했을 수도 있겠지만, 위드는 당연히 그런 기회를 놓치지 않았다.

'나 이후에 조각술 마스터 퀘스트를 하는 사람이 있다면 아마도 다른 생명체나 종족을 얻게 되겠지.'

대륙에는 많은 조각 생명체 종족들이 흔적을 감추거나 과거를 드러내지 않은 채로 살아가고 있다. 게이하르 황제가 남긴 알려지지 않은 유산이라고 봐도 될 것 같았다.

아르펜 제국이 대륙을 통일하고 나서 조각 생명체들은 각 지역으로 흩어져서 많이 살아가고 있으리라.

그런 점을 감안하면 일찍 조각술 마스터 퀘스트를 할수록 좋은 조각 생명체를 얻을 수 있으니 이득이었다.

물론 노가다의 절정이라고 할 수 있는 조각술의 마스터가 그리 많이 나오지는 않겠지만.

'정말 실컷 부려 먹어야지. 하루 24시간 온종일. 광산과 논밭에서 영원히. 바하모르그, 넌 앞으로 나와 만날 던전에서 살아야 될 거야.'

"어디 갇혀 있거나 혹은 행적을 알 수 있는 조각 생명체 또 없어?"

위드는 에르리얀들을 향해 은근슬쩍 물었다. 직업 마스터 퀘스트와 관련 없이 부하에 대한 미련이 남았기 때문이다.

알려만 준다면 당장 납치해서 데려와 부려 먹을 듯한 태도!

"우리가 알고 있는 이들은 없어. 안타깝게도 다들 너무 멀리까지 흩어졌기 때문에……."

"그렇군."

아쉽기는 하지만 이제는 포기하고 조각술 마스터 퀘스트의 마지막 과정을 수행해야 할 차례였다.

"정의와 자유와 예술을 위하여 내가 할 일이 더 없을까?"

물론 궁극적인 목적은 당연히 돈.

"교단으로 가 봐. 어느 교단이든 간다면 다음의 길을 알려 줄 거야."

"알았다. 놀지 말고 부지런히 일하고 있어."

위드는 프레야 교단을 택해 걸음을 옮겼다.

그동안 많은 친분을 쌓았으니 다른 교단보다는 마음이 편했다. 모라타에 프레야 교단의 북부 대성당이 있어서 찾아가기도 가까웠다.

위드는 북부 대성당의 계단을 올라갔다.

성기사와 사제 들이 올라가는 계단의 양옆으로 조각상들이 서 있었다.

48개의 계단을 올라가야 대성당의 입구가 나온다. 출입구는 백금으로 단장되어 있었다.

계단에는 한가로이 햇살을 받으며 대화를 나누는 커플들과 유저들이 있었다.

"이렇게 잘 지어 놨으니 건축비가 예산보다 훨씬 많이 초과되었지."

위대한 건축물인 대성당은 종합적인 예술 작품이라고 해도 좋을 정도이다. 문화유산으로서의 가치도 있어서, 아르펜 왕국의 문화를 널리 퍼트리는 역할을 했다.

"대신관님을 만나고 싶습니다."

"국왕 폐하께서 오셨군요. 알겠습니다. 바로 안내해 드리겠습니다."

위드는 경비병들과 사제의 안내를 받아서 대신관의 방으로 향했다. 북부 대성당에도 대신관이 배치되어 있었다.

"대륙의 정의를 위해 애쓰시고 프레야 교단을 위해서도 많은 어려운 일을 해 준 폐하의 방문을 환영합니다."

"과찬의 말씀입니다. 저는 그저 프레야 교단의 뜻을 조금이나마 펼치려고 노력했을 뿐입니다."

위드는 대신관과 덕담을 조금 나누었다.

어쨌든 영향력이 큰 NPC와는 친해질수록 좋지 않던가.

위드도 국왕이 되었기 때문에 대신관의 태도는 매우 정중하였다. 초보 모험가일 때 헤레인의 잔을 들고 소므렌 자유도시의 프레야 교단 대신관을 만났을 때와는 대우가 달랐다.

어렵게 아부를 할 필요도 없었고, 무릎을 꿇으며 인사를 하지 않아도 되었다.

이것이 명성과 지위의 힘!

위드가 각 교단에 쌓아 놓은 공적치의 양이 무시무시하기에, 프레야 교단이 아닌 다른 곳을 가더라도 어디서나 이런 정도의 대우는 받을 수 있었다.

"프레야 교단에서는 국왕 폐하의 방문을 항상 기다려 왔습니다. 아직 대륙에는 밝혀지지 않은 곳이 많으며, 이 북부에도 몬스터들로 인하여 괴로움을 겪고 있는 마을들이 많이 있습니다. 어떤 일들은 폐하만이 하실 수 있을 것입니다."

대신관은 위드가 원한다면 받을 수 있는 의뢰들을 많이 갖고 있었다.

보물을 얻거나 아르펜 왕국의 영토 확장에 도움이 될 만한 이야기를 들어 보고 퀘스트를 할 수 있을지도 모르지만, 아쉽게도 지금은 다른 목적을 가지고 온 상태였다.

"제가 프레야 교단에 온 이유는 조각사로서의 길을 찾기 위해서입니다."

"그러셨군요. 얼마 전에 신을 모시는 사제인 저에게 신탁이 내려왔습니다. 여신께서는 대륙에 다시 조각술이 꽃피게 될 날이 머지않았다고 하셨지요. 그것을 해낼 수 있는 분은 폐하뿐이라는 사실을 잘 알고 있었습니다."

"크흠."

주로 아부를 하다가 듣는 입장이 되니 위드는 조금은 불편했다. 어려운 부탁을 들어주거나 돈이라도 내놓아야 될 것 같은 이상한 기분이 들었던 것이다.

"폐하께서 우리 프레야 교단을 위하여 해 주신 일은 정말 많습니다. 예술의 길을 걸어간다는 게 얼마나 어려울지 알고 있습니다. 이제 폐하에게 교단에서 보관하고 있던 이 물건을 드리겠습니다."

대신관은 방으로 가더니 나무 상자를 가지고 나왔다.

위드는 생명력이 바닥까지 떨어졌을 때나 보스급 몬스터가 포효를 하는 순간보다도, 항상 이럴 때가 떨렸다.

'과연 무엇이 있을지.'

태연하게 앉아서 맛도 없는 차를 마시면서도 관심은 온통 나무 상자에 쏠려 있었다.

항상 먼저 생각하는 것은 값이 많이 나가는 보물.

나무 상자를 열자마자 번쩍번쩍 빛나는 보물이 가득 차 있는 걸 보게 된다면 그보다 더 기쁠 수는 없으리라.

> 프레야 교단에 보관되어 있던 상자를 획득하였습니다.

위드가 상자를 열어 보니 평범한 엘프목이 들어 있었다.

무늬가 선명하게 살아 있으며 막 자른 것처럼 생기가 흘렀다. 조각의 재료로 따진다면 흔히 보기 어려운 최고의 상품이었다.

신비로운 것은, 나무에서 희미하지만 신성력을 의미하는 따뜻하고 포근한 기운이 느껴진다는 것이었다.

"이게 무엇입니까?"

"위드 님은 이미 대륙에 많은 예술품을 남겼습니다. 작품들에서 보여 주신 실력과 가능성에 대해서는 누구나 감탄할 정도입니다. 프레야 여신께서 위드 님에게 축복을 내리니, 조각사로서 가야 할 길은 스스로 찾아야 될 것입니다."

띠링!

조각술의 새로운 기적

조각사 위드에 대해서는 모르는 사람이 없을 정도가 되었다. 위드는 무수히 많은 영웅적인 모험들을 성공시켰고, 조각술을 통해 이루어 낸 것은 세간에 알려진 것보다도 훨씬 더 크다. 기적을 이루어 내는 조각술. 프레야 여신의 힘이 깃든 목조판을 깎으며 새로운 조각술의 비기를 창조해 내라. 이미 습득하고 있는 조각품의 생명 부여처럼, 자신만의 조각술을 만들어 낼 수 있을 것이다.

그 이후, 조각술 마스터 퀘스트의 마지막 단계로 이어지게 된다.

난이도: 조각술 마스터 퀘스트.

제한: 고급 9레벨 이상의 조각술.

> 조각술의 비기를 창조할 수 있습니다.
> 기존에 없던 새로운 기술을 탄생시키는 것으로, 만들어 낸 조각품에 따라 달라집니다.

형식상 퀘스트이기는 했지만 이번 것은 지금까지 해 온 여정의 보상 성격이 짙었다. 직업 마스터의 과정에서 자신만의 조각술의 비기를 직접 탄생시키는 것이었다.

'약간 예상은 했지만…….'

자하브, 게이하르 폰 아르펜, 데이크람, 벨소스, 다론.

다른 조각술 마스터들은 비기를 한 가지씩 가지고 있었다. 위드도 스스로 한 가지를 만들어 낼 수 있을 정도의 경지에 오르게 된 것이다.

진정한 마스터에 한 발자국 정도만을 남겨 놓고 있다는 것이 실감이 났다.

위드는 대신관과 이별을 하고 사람이 거의 다니지 않는 복도의 구석으로 갔다. 〈로열 로드〉를 시작하고 나서 지금에 이르기까지의 감회가 스쳐 지나갔다.

"그동안 참 힘들었지. 다시 태어난다면 굳이 조각사를 하지는 않을 것 같아. 감정!"

니무토막

조금의 흠집도 없는 엘프목이다. 레야 여신의 신성력으로, 조각사에게 특별한 기술을 만들 수 있도록 해 줄 것이다.

내구력: 1/1

"만들고 싶은 기술이 너무 많군. 대륙을 파멸시키는 조각술

을 만들까? 아니야. 지금 아르펜 왕국에 투자된 것이 얼마인데, 내 돈이 아까워서 그럴 수는 없지. 땅값을 폭등시키는 조각술? 나무를 금으로 바꾸거나, 돌멩이를 보석으로 바꾸는 조각술이 있다면 좋을 텐데."

위드는 진지한 고민에 휩싸였다.

❧ ❧

재봉사 드라고어.

직업 마스터 스킬에 도전하여 인형 눈 10만 개를 기어이 붙이고야 말았다.

"크허어억!"

눈이 핑글핑글 돌면서 뭔가 제정신이 아닌 듯한 기분이었다. 그렇지만 집념으로 포기하지 않고 끝내 성공하고야 만 것이다.

"이 인형들은 아이들에게 나누어 주어야겠군."

드라고어는 모라타의 거리로 나가서 아이들에게 인형을 주었다.

"고맙습니다, 아저씨."

> 명성이 1 올랐습니다.

직접 눈을 붙인 인형을 나누어 줄 때마다 복잡 미묘한 기분이 들었다. 그럼에도 아이들에게 주다 보니 정신적인 피로도 조금은 잊을 수 있었다.

"우리 아이에게 이런 걸 선물해 줘서 감사해요, 재봉사님."

호칭, '인형을 선물하는 재봉사'를 얻었습니다.
모라타의 아이들과 그들의 부모들에게 좋은 사람이라는 믿음을 얻게 됩니다. 선한 사람들이 할 수 있는 의뢰를 받을 수 있습니다. 다만, 의심이 많은 사람들에게는 역효과가 발생할 수도 있습니다.

인형 눈 10만 개 퀘스트 완료
아이들이 인형을 받고 기뻐하고 있다. 그들은 이 장난감을 가지고 놀거나 구슬로 바꿀 수 있을 것이다.

"후우, 겨우 끝냈군."

다음의 퀘스트를 위하여 재봉사 길드의 교관을 만났다.

"맡긴 일을 잘 해내셨군요. 고맙습니다. 다음으로는……."

드라고어는 마른침을 삼켰다.

방송을 통해서 다른 사람들의 직업 마스터 퀘스트에 대해서 가끔 보다 보면 다들 정말 멋진 모험을 하고 있었다. 자신도 기대는 하고 있었지만, 너무 어려운 의뢰는 아니기를 바랄 뿐이었다.

"다음으로 부탁드릴 것은 단추 꿰기입니다."

"케엑!"

"오래되어 해어진 옷의 단추 10만 개를 꿰어서 빈민가에 나누어 준다면 그들은 정말 감사해할 것입니다."

드라고어는 절망에 빠지고 말았다.

세상이 왜 이런 시련을 그에게 주는지 원망스러울 따름.

하지만 비슷한 처지로 직업 마스터 퀘스트에 도전한 사람이 또 있었다.

앳된 기색이 아직 사라지지 않은 얼굴의 남자.

과거 위드가 바란 마을 토벌대에 참여하러 갈 때 음식 재료점에서 만난 적이 있는 소년이 성장한 것이다.

그는 대륙을 떠돌면서 맛있는 요리에 대해서 공부를 하고 각 지역의 요리법들도 습득했다. 그가 만든 요리는 국왕들조차도 먹고 싶어 할 정도라서 궁중 요리사로 취직이 가능했지만, 대륙을 떠돌아다녔다.

"한곳에서만 만드는 요리는 발전에 한계가 있어."

몬스터와 만나면 요리를 바치고 도망치는 방법으로 지금까지 여행을 했다.

요리사 엘크군은 대륙에서 인기가 자자했다.

그가 만든 요리에 대해 소문이 나면 가짜 원조집들이 우후죽순 차려질 정도.

사람들의 입맛을 가지고 논다고 할 정도의 요리사였는데, 중앙 대륙의 전쟁을 피해서 모라타로 왔다.

"평화롭고 예술이 있는 곳에서 맛있는 음식도 잘 넘어갈 거야. 정말 모든 사람이 반하지 않을 수 없는 최상의 요리를 만들어야지."

엘크군도 요리사 마스터 퀘스트에 도전!

그는 지금 3주째 눈물을 흘리며 마늘을 까고 있었다.

전투 계열 직업들은 싸워서 승리를 거두거나 아니면 패배할 뿐이다. 생산, 예술 계열의 직업들은 성공과 실패를 떠나서 많은 노력이 필요했다.

분검술, 광휘의 검술을 익혔음에도 불구하고 기본 검술도 지금까지 놓지 않았던 검치.

"위드가 말했지. 조각품을 깎으면서도 결을 따른다면 훨씬 수월한 편이라고……."

일점공격술이나 순간적으로 내보이는 허점을 이용한 치명타로도 사냥은 충분히 가능했다. 그렇지만 검치는 검을 사용한 새로운 전투법도 끊이지 않고 개발하고 있었다.

본 드래곤이나 바르칸처럼 진정 위협적이고 강한 몬스터와 싸우는 순간을 항상 두근거리면서 기다리고 있기 때문이었다.

사범들과 수련생들을 데리고 범접하지 못할 정도의 몬스터에게 도전을 하는 설렘이 정말 좋았다.

바르고 성채 인근의 던전들이 이제는 만만해졌지만, 검의 한계를 계속 보고 싶었다.

"결을 벤다라… 몬스터나 사람처럼 살아 있는 생명에는 해당되지 않겠지. 그렇지만 바위나 나무라면 훨씬 수월할 거야."

검치는 어렵게 고민하지 않았다. 사범들과 수련생들을 시키면 되니까.

"사물의 결을 베는 것에 대해 어떻게 생각하느냐."

검둘치와 검삼치는 재빨리 머리를 굴렸다.

위드를 통해서 인생은 강한 것만이 아니라 눈치를 잘 봐야 한다는 사실을 온몸으로 깨달았다. 아부까지는 아니더라도 상대방이 원하는 바가 무엇인지에 대해서 일찍 깨달아야 몸이 편해진다.

"저희의 수련이 부족했습니다, 스승님!"

"결에 대해서 몸으로 익혀 보고 말씀드리겠습니다, 스승님!"

사범들과 수련생들은 그날부터 바위를 때리면서 결을 찾기 시작했다.

모든 사물은 굳은 부분과 무른 면이 뒤섞여 있는데 이것을 따라서 잘라 내면 상대적으로 훨씬 적은 힘을 들여도 되었다. 힘으로만 벤 것과 결을 따라서 벤 것은, 그 잘린 매끄러운 단면을 보면 확실히 드러나게 된다.

검도의 고수들은 나무를 가지고 연습하면서 그런 부분을 자연스럽게 깨달았다.

〈로열 로드〉에는 스킬과 스탯이 있기 때문에 현실에서 발휘할 수 있는 것보다 훨씬 거대한 힘을 낼 수 있었다. 어지간한 검사라면 나무는 단칼에 벨 수 있고, 바위도 산산조각 내어 부술 수 있다.

이것도 레벨을 올리며 얻게 되는 재미 중의 한 가지!

캐릭터가 성장할수록 자신이 초인이 된 것 같은 느낌을 얻기도 하는 것이다.

검사와 워리어는 힘이 세어질수록 무거운 물건도 많이 들 수 있으며 두꺼운 갑옷을 걸치고도 아무렇지 않게 움직일 수 있다. 민첩성이 높아지면 달리는 속도가 말과 비슷해지는 정도!

실패율이 높은 광역 마법을 몬스터 떼에 성공시켰을 때 마법사들이 느끼는 짜릿함은 이루 말할 수 없다고 한다.

하늘을 나는 마법 스킬 북이나 아이템들이 고가에 팔리는 것도 비슷한 이유였다.

수련생들의 육체적인 능력은 누구에게도 뒤지지 않았기 때문에 바위는 그냥 힘으로 부숴 버릴 정도였고, 나무는 대충 잘라도 가볍게 베인다.

〈로열 로드〉에서는 검으로 나무도 못 자르면 초보자였다.

레벨이 200대만 되어도 간단히 해치울 수 있는 일을 결을 찾아 가며 해 보려고 하니 오히려 안 되었다.

콰과과광!

"이거 생각처럼 안 되네."

검삼백이십칠치 앞에 있던 바윗덩어리가, 힘 조절이 안 되어서 부서졌다.

꽈아아앙!

검오백일치는 집채만 한 바위를 검으로 도끼질하듯이 두들겨 치고 있었다.

"검의 내구도만 자꾸 떨어지잖아. 어휴."

몸으로 느끼면서 해답을 찾아 갔다.

강해지기 위해서는 반드시 의문이 든 것을 해결해야 되었기 때문이다.

그러던 어느 순간, 사범들과 수련생들은 바위가 약한 힘으로도 쉽게 부서지는 것을 경험했다.

"아, 된다!"

검둘치가 먼저 성공을 해냈다.

"사형, 어떻게 하셨습니까?"

"무게가 이어지는 중심, 다른 전체와 연결되어 있는 핵심을 적당한 빠르기와 지나치지 않은 힘으로 공격을 하면 된다. 한 지점을 정확히 파괴한다면 이어져 있는 전체가 붕괴한다고 해야 할까? 말로 다 알려 주기는 어렵고, 어느 순간이 오면 너희도 찾아낼 수 있을 거다."

"열심히 해 보겠습니다, 사형."

검삼치, 검사치에 이어서 바위 파괴에 성공하는 수련생들도 하나둘 나왔다.

드디어 무수한 시도와 고생 끝에 바위를 잘 부수는 법을 알아낸 것!

"캬하하, 이거 재미있는데."

"스트레스 해소에는 그만입니다, 사형!"

수련생들은 눈앞에 바위만 있으면 몽땅 박살 내고 다녔다.

검사백칠십칠치 앞에서 연속으로 작렬하며 부서지는 바윗덩어리들!

검을 휘두르면서 전진하는데 주변의 바위들이 차례대로 박살 나는 것은 일종의 환희와 즐거움을 불러왔다.

상대적으로 적은 힘을 가해도 정확한 결을 찾아서 공략하면 10배쯤 큰 바위도 부술 수가 있었다.

띠링!

> 암석 파괴술을 습득하였습니다.
> 단단한 물체를 부술 때에 활용할 수 있는 기술입니다.

> 무기술 스킬의 숙련도가 향상되었습니다.

하루 종일 바위만 부수고 놀다가 드는 생각.

'근데 이거, 별로 쓸모는 없겠다. 방패나 갑옷에는 이런 결이 없을 테니까.'

'설혹 결이 있더라도 아주 작을 테고 구분하기도 어려워서 전투 중에 찾아서 써먹지는 못하겠구나.'

'아, 재밌긴 한데……'

인생무상!

애써서 터득한 비법이 쓸모는 없는 것이라니.

집채만 한 바위를 부수면서 힘자랑을 하는 것 외에 전투 중에는 써먹지 못하리라는 생각에 수련생들은 아쉬워했다.

검사치는 남들보다 암석 파괴술에 많이 매달린 편이었다.

'흠, 그렇더라도 어딘가에서 활용할 방법은 있지 않을까. 인간형의 몬스터나 그보다 조금 큰 녀석들에게는 쓰지를 못하겠지. 그렇지만 본 드래곤처럼 큰 놈이라면……!'

본 드래곤의 단단하기 짝이 없는 방어력을 약화시킬 수 있는 공격법이라면 매우 쓸모가 있을 터.

워낙 위험하고 접근하는 것조차도 쉽지 않을 테지만 강해지기 위해서는 계속 시도를 해 보아야 한다.

검사치는 몬스터와 싸우면서도 암석 파괴술을 바탕으로 연습을 해 봤다.

크르르르릉!

"이건 너무 약하고……."

캐앵!

"이번에는 너무 강했군."

몬스터와의 전투에서는 정말 쓸모를 찾기가 어려웠다.

익히 알려진 급소를 노려서 치명타를 연속으로 발동시켜 혼돈이나 마비에 빠트리는 것이 최고의 사냥법이라 할 수 있다.

사실 레벨이 높아질수록 대부분의 유저들이 스킬에 의존하게 된다. 검술 스킬이 제아무리 높더라도 기본 공격만 가지고는 쓸모가 적고, 공격 스킬을 활용하는 편이 마나의 소모가 있더라도 훨씬 효과적이기 때문이었다.

스킬의 단점으로는 위력을 조절할 수가 없다는 것.

물론 여러 가지 스킬들을 상황에 따라 맞춰서 쓰거나, 강하고 약한 스킬들을 조합하여 운용하기도 한다.

하지만 누구도 검사치처럼 일부러 기존에 알려져 있지 않은 급소가 아닌 부위를, 그것도 힘 조절을 해 가면서 살피지는 않았다. 공격이 가능하다면 당연히 전력을 다해서 강하게 때리는 것이 일반적이었으므로.

그러나 검사치는 무수히 많은 집념의 시도를 한 끝에 결국 해답을 얻어 냈다.

같은 종류의 몬스터라고 해도 현재의 생명력과 레벨, 맷집, 입고 있는 장비의 방어력 등이 완전히 다르다.

그것은 수치화되어 알 수 있는 것은 아니었다. 마법으로 몬스터를 확인하더라도 세부적인 상황들까지는 나오지 않는다. 직접 싸우면서 감각으로 알아내는 수밖에는 없었다.

몬스터에 맞춰서 정확한 힘과 마나 부여, 매우 빠른 속도로 공격하면 검을 가로막는 일체의 저항이 사라졌다.

> 몬스터의 방어력을 벗어난 공격을 성공시켰습니다.

몬스터의 방어력은 갑옷이나 단단한 피부에 달려 있었다.

고위 몬스터일수록 강철보다도 단단한 피부를 가지고 있었는데, 이런 기본 방어 능력까지 무시하는 공격에 성공!

띠링!

> 연속 공격에 성공하였습니다.
> 몬스터를 베었습니다!

> 무기술 스킬의 숙련도가 빠르게 늘어납니다.

"캬하!"

절로 탄성이 나올 수밖에 없는 공격력.

그리고 모든 스포츠와 격투기에서 기본이 된다는 손맛.

"짜릿한데."

검사치는 신나서 몬스터들과 싸웠다.

급소를 공격하더라도 몬스터들이 가지고 있는 기본적인 방어력은 무시할 수 없는데, 완전한 결을 찾아서 공격한다면 그런 것까지 없다.

자신이 가진 온전한 힘과 공격력을 작렬시키는 것이다.

위드의 조각 검술도 순수한 빛으로 상대방의 물리적인 방어 능력을 무시하는 힘을 가지기는 했다. 그렇지만 마나의 손실이 매우 심하고, 스킬 자체의 직접적인 타격력은 약했다.

조각 검술로 두세 번을 공격하더라도 빛으로 베는 것이라서 공격력 자체가 약하고 검이 가지고 있는 본연의 날카로운 기운도 적용되지 못한다.

　　크오오오오!

　　검사치의 공격이 무시무시한 점은, 공격당한 몬스터가 자신이 가진 최대의 약점이 노출되어 주춤거리며 물러서며 공포 상태에 빠진다는 것이다.

　　연속 공격에 성공한다면 방금까지 힘겹게 싸우던 몬스터라도 압도적으로 이겨 낼 수가 있었다.

　　무기술 스킬이 고급의 경지에 올라서 공격을 할 때마다 마나를 자유자재로 조절하지 못한다면 절대로 쓸 수 없는 공격법이었다.

　　"이거 신기하네. 한동안 일부러 찾으려고 애쓰지 않았더라면 몰랐을 정도야. 그냥 빈틈이 보이면 빠르고 강하게 바로 공격을 하지, 누가 몬스터에 맞춰서 힘과 마나를 조절하면서 싸우겠어."

　　검사치는 사형들과 수련생들에게 자신이 터득한 공격법을 알려 주었다.

　　"음, 그렇단 말이지."

　　"그런데 정말 어려운 검술입니다, 사형. 몸과 머리로 알고 있더라도 연속으로 성공시키기는 까다로워요."

　　백 번을 시도해 한 번을 결에 따라 베기가 어려웠다.

　　몬스터의 능력을 일단 몸으로 확실히 파악을 하고 있어야 한다. 그런 다음에는 정확한 위치를 미리 공격할 준비를 하고 있다가 완벽하게 성공시켜야 하는 것이다.

몬스터가 얌전히 앉아서 그냥 맞아 주지도 않았다.

높은 레벨의 몬스터일수록 능력을 파악하는 것도 어려웠고 각종 스킬까지 시전하면서 저항을 하기 마련이니 더욱 힘든 기술이었다.

몸으로는 알지만 실제 써먹기는 힘든 것.

"스승님, 검사치가 곁에 대해서 찾아냈습니다."

검둘치가 검치에게 보고를 하기 위해서 왔다.

그때 검치는 정령술사 여성과 다정하게 귓속말을 나누고 있었다.

유로키나 산맥에서 만난 인연이었다. 평생을 노총각으로 살다가 무덤까지 혼자 들어갈 줄 알았는데 마지막에 찾아온 희망 같은 여인이라서 애지중지 아꼈다.

—언제쯤 오세요? 오시기로 약속한 날이 많이 지났어요.
—미안하오. 이곳의 일이 늦어져서……. 금방 돌아가겠소.
—지금 어디신데요. 말씀해 주실 수 없어요?
—여기가…….

검치는 대답을 하기가 곤란했다. 북부의 바르고 성채까지 와서 사냥을 하고 있다 하면 상당히 미움을 받을 일이 아닌가.

아무리 단아하고 차분한 여자라고 해도 만나다 보면 잔소리를 퍼붓고 바가지를 긁는 것은 누구나 마찬가지였다.

'유로키나 산맥에서 사냥을 같이하면서 따 놓은 점수를 다 깎아먹게 생겼군.'

하지만 정직하게 대답하기로 했다.

겪어 본 기간은 짧았지만 여자들의 눈치란 보통이 아니었으므로.

제피도 여자가 이렇게 캐묻는 경우에는 사실대로 대답하는 편이 좋다고 조언을 했다. 아니면 들키지 않고 무덤까지 가져가든가.

> —지금 이곳은 북부의 바르고 성채라는 장소인데, 아마 말해도 잘 모를…….
> —아르펜 왕국이에요?
> —그렇다오. 유로키나 산맥으로 내일 중으로 출발하겠소.

정령술사 여인은 화가 난 목소리는 아니었다. 도리어 잔뜩 호기심에 차 있었다.

> —그곳까지는 무슨 일로 가셨어요?
> —모라타라는 곳에 내가 가르치는 애들이 많이 있어서 왔다오. 그리고 제자 중 1명이 이곳에서 국왕이 되긴 했는데…….
> —전쟁의 신 위드 님요?
> —그렇소.
> —꺄아앗! 정말 위드 님을 아세요? 위드 님이 어떻게… 정말 위드 님이 제자였어요?

30대 여성들에게도 인기가 있는 위드!

검치는 질투가 나기도 했지만 지금은 위드의 유명세를 팔아먹는 것이 현명했다.

> —말하자면 내가 키운 거나 마찬가지. 검 쥐는 법부터 내가 일일이 가르쳐 줬으니.
> —모라타에 가면 위드 님 만나 볼 수 있어요?
> —만날 나를 따라다니는 녀석이라오. 내가 없으면 아무것도 하지 못한다고

나 할까.

―그러면 제가 동생이랑 조카랑 데리고 모라타로 갈게요. 고마워요. 그리고
사랑…해요.

―나도 그렇소.

그녀들은 여행도 할 겸 여객선을 타고 북부로 오기로 했다.

이렇게 유로키나 산맥으로 오랫동안 돌아가지 않은 큰 위기
를 간신히 넘긴 검치는 다시 남자다운 눈빛을 하고 무겁고 낮
게 깔린 목소리로 검둘치를 향해 말했다.

"크흠, 어디 말해 보거라."

"몬스터마다 전부 다르다고 할 수 있습니다. 몬스터의 능력
이나 특징에 맞춰서, 특히 부위별로 생명력과 방어력에 따라서
공격을 해야 합니다. 정확한 힘과 마나 조절, 매우 빠른 속도가
필요하고요."

대부분의 유저들은 적당히 때리는 건 잘 몰랐다. 세게 때릴
수 있으면 당연히 큰 공격을 하는 것이 상식이었다. 공격 스킬
까지 시전한다면 정교한 공격은 더욱 물 건너가는 셈.

검둘치의 말은 몬스터의 생명력과 방어력에 따라서 약한 부
위를 정확하게 집중해서 공격하면 결을 따라서 벨 수 있다는
것이었다.

"그것 재미있구나. 마침 그냥 싸우는 것은 심심하던 차에 잘
되었어."

검치는 바로 몬스터를 상대하면서 적용해 보았다.

몬스터의 능력과 방어력의 한계를 머릿속에서 저울질하며
속도와 힘을 다르게 하여 때렸다.

일곱 번째 몬스터를 사냥할 때에는 처음으로 결에 따른 공격을 했다.

크웨엑!

힘을 빼고 가볍게 베었음에도 더욱 괴로워하는 몬스터.

공격력만 늘어난 것이 아니라 치명타를 연속으로 입혔을 때처럼 혼란 상태에 빠져들었다.

상대의 방어력을 완전히 무시하는 것은 기본!

"의외로 간단한 것 같구나."

검치는 감을 찾은 후에는 몬스터를 상대로 계속 결을 시험해 봤다.

몬스터의 특성을 몸으로 이해한다.

계산기로 했다면 오히려 더욱 헤맸을 것들을, 검치는 싸우는 도중에 본능적으로 받아들였다.

크와악!

강한 몬스터를 상대로도 써 보고.

꽤액!

약한 몬스터를 상대로도 결을 찾아냈다.

"이것이 결을 베는 것이로군."

약한 몬스터가 덤벼들 때에는 가볍게 비켜 가면서 검을 휘둘렀다.

슥삭!

단번에 두 동강이 나 버리는 몬스터의 육체!

크게 힘을 들인 것 같지 않았는데도 효과는 탁월하기 짝이 없었다.

수만 번의 찌르기와 베기를 그냥 무심코 연습해서는 할 수 없는 것이 결 검술이었다.

힘과 속도, 정확도가 그야말로 핵심이라고 할 수 있는 검술.

공격력의 강화 부분에서는 기존의 싸움법보다 2배 이상 좋다고 할 수는 없다. 난전에서는 쓰기가 곤란하고, 오직 일대일의 전투에서 사용할 수 있는 비법.

기본적인 검술로만 발휘할 수 있는 최고의 수단이었다.

결을 발견하고 난 이후로는 상대하는 몬스터가 바뀌더라도 검치는 금방 적용할 수 있었다.

일단 몇 번 패다 보면 견적이 몸으로 떨어지는 경지!

검치는 가볍게 다섯 번 연속으로 결의 공격을 성공시켰다.

꽤 맷집이 좋아서 상당히 오래 패야 했던 몬스터가 비틀거리더니 쓰러지고 말았다.

"이게 그래도 꽤 어려운 검술이었군. 급박한 전투 중에서 이렇게 까다로운 공격을 한다는 자체가 쉬운 건 아니로구나."

띠링!

새로운 검술을 창안하였습니다.
검술의 이름을 직접 지을 수 있습니다. 최초로 검술을 만들어 냈고 높은 성취도를 가지고 있기 때문에, 스킬 숙련도가 중급 2레벨부터 시작됩니다.

무기술 스킬의 숙련도가 향상되었습니다.

매우 훌륭한 검술의 창안으로 명성이 3,196 증가합니다.

검사치가 발견은 했지만 아직 이렇게 연속해서 결의 검술로 몬스터를 사냥하지는 못했던 것이다.

"결 검술이라고 하자."

　그 제자에 그 스승 아니랄까 봐, 검치도 위드처럼 이름을 정하는 데에는 그리 관심이 없었다.

"검술이 만들어졌으니 제자들에게도 가르쳐 줘야겠군."

　어렵고 까다롭지만 검술의 비기 못지않은 스킬을 직접 만들어 낸 것이다.

철혈의 바하모르그

"예술은 무슨 예술, 그냥 돈이나 실컷 벌었으면 좋겠는데."

조각술의 비기를 생각해 내는 건 정말이지 너무나도 어려운 일이었다.

"돈도 엄청 벌고, 사냥도 하기 쉽고, 퀘스트에도 도움이 많이 되어야 해."

이유는 바로 끝없이 솟아나는 욕심!

"조각술의 비기는 한번 만들어 내면 다시 되돌릴 수도 없을 텐데……."

자장면과 짬뽕 중에서 평생 어떤 음식만 먹을 거냐고 묻는 것처럼 잔인하기 짝이 없었다.

물론 순수하게 예술과 관련이 깊은 스킬을 만들어 낼 수도 있다.

조각품의 작품성을 높이는 부분이라면 지금까지 아쉽게 생각했던 것도 제법 되었다.

조각품에는 주제의 구성이나 표현물의 확장에 있어서 제약이 있다. 그림은 하늘을 그리고, 바다를 그리고, 그다음에 육지도 그릴 수 있는데 조각품은 그러지 못하는 것이다.

그림은 말 그대로 우아하게 그리고 색칠만 하면 되는데 조각사는 일일이 다 만들어야 된다.

같은 예술인이라고 하더라도 철저한 육체노동의 직업!

조각사의 부족한 표현력을 일깨울 수 있는 스킬을 만들어 낸다면 조각술의 발전을 위하여 도움이 되고 후배 조각사들에게 길을 터 줄 수도 있을 것이다.

위드가 예술을 위하여 한 몸 바치는 것이다.

"그러고 나서 영원히 후회하겠지. 늙어서 죽을 때에도 아쉬워할 거야. 스트레스로 인해서 수명이 단축될지도 몰라."

깊게 생각할수록 정말 중요한 결정이라 고르기가 어려웠다.

"차라리 조각술 스킬을 올려 가면서 생각을 더 해 봐야겠군. 어차피 직업 퀘스트를 완전히 끝내려면 스킬을 마스터해야 되니까."

선택은 당분간 보류!

위드는 페일에게 귓속말을 보냈다.

―어디에 계세요?
―와이번 광장에서 놀고 있습니다. 수르카가 오면 알록달록한 무늬의 뱀 가죽을 모아 오라는 퀘스트를 진행하려고요.

모라타에서 고레벨 유저들에게 인기 있는 퀘스트.

매우 강력한 독을 내뿜는 뱀을 잡아서 그 가죽을 가져오면 비싼 가격에 구매해 주는 퀘스트였다. 믿음직한 사람에게만 의뢰를 주기 때문에 선물을 주면서 친밀도 작업을 해서 받아 내려 할 정도로 가치가 있었다.

> —그러면 저는 빛의 광장 부근이니까 그쪽으로 가겠습니다.

위드는 페일 일행과 만나서 사냥도 하고 간단한 퀘스트도 진행하면서 시간을 보냈다.

물론 머릿속에는 조각술의 비기를 만들어서 부귀영화를 누릴 생각이 가득했다.

"이 부근에 날뛰는 도적들이 숨어 있는 동굴이 있어. 놈들이 약간의 재물을 모아 놓았다더군. 토벌을 빨리 해야 될 텐데… 술 한 병만 주면 내가 위치를 알려 주지."

"너에게 줄 술은 없다. 어딘지 말해라."

"국왕 폐하!"

반강제적으로 모라타의 주민들에게 보상이 좋은 퀘스트들도 뱉어 내게 했다.

"여기 부탁한 물건을 찾아왔다."

"큰 은혜를 입었사옵니다, 폐하. 저처럼 미천한 것까지 자비롭게 돌보아 주시다니……."

"말이 길다. 어서 약속했던 돈이나 내놔."

"폐하의 은총을 입은 것을 대대로 고맙게 여기겠사옵니다. 여기, 부족하지만 제가 드릴 수 있는 금액입니다."

위드가 국왕이다 보니 의뢰를 맡기는 쪽에서 더욱 황송해하면서 평균적으로 50% 이상이나 더 많이 보상을 해 준다. 주민이 의뢰비를 간당간당하게 가지고 있었던 경우에는 모자와 망토까지 벗어 줄 정도였다.

"과연 사람들이 권력에 빠지면 정신 못 차리는 데는 이유가 있었어."

마을에서 다른 구경꾼들이 있는 곳에서 위드가 퀘스트를 받으면 다들 신기해하며 부러워했다.

"저거 믿을 만한 사람이 아닌 이상 진짜 잘 안 내주는 의뢰였는데. 국왕이니까 그냥 받아 버리는구나."

"위드 님이라면 국왕의 신분이 아니더라도 퀘스트를 받기는 쉬웠을걸. 쌓아 놓은 명성과 신뢰도가 있잖아."

"캬하. 난 언제 저렇게 성장을 해 보나."

권력과 명성을 가지고 있으면서 사람들의 부러움을 받았다.

수르카가 신기하다는 듯이 물었다.

"위드 님한테 이런 간단한 사냥 퀘스트는 시시하지 않아요? 뻔히 알고 있는 곳으로 가서 정해진 몬스터만 잡아서 돌아오면 되잖아요."

큰 모험들 위주로만 하다 보니 같이 다니는 일행조차 오해를 하고 있었다.

위드는 단순하면서도 짭짤한 의뢰들을 제일 좋아했다. 사냥도 지나치게 위험한 곳보다는 적당히 알려진 곳에서 빠르게 잡는 편이 효율이 좋았다.

게다가 이제 웬만한 퀘스트는 가릴 필요가 없는 처지.

"그 던전의 마지막까지 가서 살아 나온 사람이 아무도 없는데, 숙련된 모험가라고 할지라도 철저히 준비를 해야……."

"됐으니까 의뢰나 내놔."

"예, 폐하!"

아르펜 왕국의 주민들에게 던전 소탕의 의뢰를 받았다.

이제는 북부에도 고레벨 유저들이 상당히 많이 있었다.

한때 중앙 대륙에서 꽤나 세력을 떨치던 길드들도 쫄딱 망한 후에 넘어오고, 일반 유저들도 친구들, 동료들을 데리고 이주를 해 오고 있었다.

광장에서 사람들을 모집하는 수준을 보면 레벨 300대, 드물게는 400대를 원하는 경우도 있었다.

아직 중앙 대륙에서도 400대 레벨의 유저를 자주 보기란 쉽지 않다. 하지만 북부에서는 최상의 실력을 가진 유저들이 아르펜 왕국의 수도인 모라타로 모이고 있기에 간간이 볼 수 있었다.

초보자들의 어마어마한 부러움을 받으면서 활동하는 고레벨 유저들.

그들은 남들이 판잣집, 흙집에 살 때 강가에 별장을 지을 정도의 부유함을 과시했다.

물론 이런 빈부 격차야 위드에게 그다지 크게 문제 될 소지는 없었다.

오히려 세금 수입이 늘어나기에 적극적으로 권장하는 입장.

모험가, 탐험가 들도 북부를 누비고 있었지만 아직도 마지막까지 모두 깨지 못한 던전이 즐비했다. 파티원들이 사망하고 실패로 돌아간 경우나, 혹은 너무 위험해 보여서 중간에 빠져나와야 했던 장소들.

위드는 그런 곳에 대한 퀘스트도 적극적으로 받아들였다.

"바하모르그."

"왜 부르는가."

"아르펜 제국의 수호신이며 게이하르 황제의 검과 방패였던 너는 정말 엄청나겠구나."

"조금 싸울 줄 알 뿐이다."

"하지만 네가 죽어 있다가 나의 거룩한 희생으로 되살아난 사이에 대륙에는 강한 몬스터들이 정말 많아졌지. 이제 아무리 너라고 해도… 흠!"

"크오오, 그곳이 어디인가!"

위드의 믿는 구석은 레벨이 548에 달하는 극강의 바바리안 워리어.

바하모르그는 던전에 들어가면 당연하다는 듯이 앞에서 성큼성큼 걸어갔다.

메이런이 걱정스럽다는 듯이 말했다.

"저대로 놔둬도 될까요?"

"물론입니다. 괜찮을 겁니다. 아르펜 제국의 수호신이었으니까요."

꽈과과광!

콰광, 쾅, 콰아앙!

"침입자를 죽여라."

"보물을 빼앗겨서는 안 돼. 함정을 발동시켜라!"

던전의 함정과 마법 공격이 바하모르그의 몸에 작렬!

"크레하아!"

바하모르그는 함성을 내지르면서 싸웠다.

동료들의 생명력과 방어력, 사기를 일시적으로 끌어올리는 워리어의 함성.

수르카는 자신의 상태를 확인해 보고 기쁨에 차서 소리를 질렀다.

"꺅! 대단해요! 생명력이 거의 2배로 늘어난 것 같아요."

"마법사인 나는 3배 반이나 늘어났어."

마법사인 로뮤나의 생명력이 큰 폭으로 올랐을 정도이니 페일, 메이런, 제피 같은 궁수나 낚시꾼의 경우라면 말할 것도 없었다.

사실 직접 전투를 하면서도 생명력이 매우 낮은 편에 속하는 위드도 무려 7만 이상이 증가했을 정도다.

'워리어와 다니면 죽을 일은 없어진다더니……'

파티 사냥을 할 때 괜히 워리어가 필수가 아니었다.

손발이 맞지 않거나 능력이 부족한데도 무리해서 던전 사냥에 나서면 정말 위험할 수 있다.

기사의 방어력이 대단하다고는 해도 갑옷의 내구도가 떨어지게 되면 약해지고, 자칫 방패로 공격을 제대로 막지 못하는 일이 생기면 크게 위험할 수 있다. 게다가 기사는 체력이 빨리 감소하고 전투 중에는 그다지 빠르게 움직이지 못한다는 단점을 가졌다.

수많은 장점을 가진 직업이 기사지만 이 단점들이 매우 불편해서 외면하는 유저들도 많았다.

말을 타고 있으면 기사의 각종 돌격 스킬을 사용하고 이동속도까지 올릴 수 있지만 숲이나 산, 던전에서는 사용이 제한되는 스킬도 꽤 된다.

기사들은 이처럼 여러 성가신 면들을 가지고 있는 반면에 워리어들은 전투에서 철벽처럼 믿을 만했다. 든든한 방어력으로 듬직하게 몬스터들을 맡아서 싸우면서, 다룰 수 있는 무기의 종류도 많고 민첩하기까지 했다.

바하모르그가 앞에서 몬스터들을 압도하고 있었기에 전투는 어린아이 사탕 뺏고, 껌 뺏고, 학원비 뺏고, 우유 뺏어 먹고, 신발 뺏고, 꿀밤 때리고, 장난감 가져가기 수준이었다.

"광휘의 검술!"

위드는 메이런, 페일과 같이 원거리 공격 위주로 싸웠다.

검에서 나오던 참새들은, 스킬의 레벨이 오르면서 종류가 바뀌어 있었다.

날개를 활짝 펼치며 습격을 하는 독수리!

화살처럼 빠른 데다가 장애물이 있으면 공중에서 절묘한 곡예를 펼치면서 습격했다.

공격의 유효 거리 자체가 늘어나서, 광휘의 검술은 사냥에서 더욱 효과적이 됐다.

여신의 기사의 갑옷, 바하란의 팔찌, 슬로어의 결혼반지 그리고 마나 회복 옵션 때문에 줄기차게 착용하고 있는 패로트의 링까지 있으니 마나의 남은 양에 신경 쓰며 스킬을 아껴 쓸 필요가 없었다.

"전기나 도시가스를 이렇게 펑펑 쓸 수 있으면 정말 행복할 텐데!"

달빛 조각 검술은 상대의 마법 공격이나 화살 공격을 막고 반격을 가할 때에도 활용되었다.

오로지 원거리 공격 스킬인 광휘의 검술과는 달리 달빛 조각 검술은 빛을 이용한 공격과 수비를 동시에 할 수 있는 기술.

그 덕에 위드가 전투를 할 때는 감탄이 나올 정도로 화려해졌다.

그렇게 바하모르그를 앞장세우면서 충직한 부하인 반 호크, 능력이 탁월한 토리도도 활용했다.

동료들까지 있었기에 다른 조각 생명체들까지는 써먹을 필요가 없었다.

"음머어어. 행복하다."

"인생에 여유가 생긴 것 같다, 골골골!"

금인이와 누렁이는 처음에는 그 점을 좋아했지만, 곧 위드가 보고 싶어졌다.

"일을 조금 시켜도 된다. 음머어어어어."

"주인, 같이 다니고 싶다. 골골골!"

와이번들과 빙룡, 불사조야 애초에 밖에서 주로 싸우던 부하들이었다. 그러나 금인이와 누렁이는 어느 곳이든 같이 자주 다녔기에 더 붙어 있으려고 하는 성격.

"나도 너희와 같이 다니고는 싶지만… 밥값이 아까워서. 나중에 필요해지면 부르도록 할게."

과거에 잘 써먹었던 부하들을 매정하게 내팽개치는 위드!

"정 할 일 없으면 밭이나 갈아."

중앙 대륙에서는 헤르메스 길드의 점령 소식이 들려오고 있었지만 위드는 동료들과 더불어 퀘스트와 사냥을 할 뿐이었다.

던전마다 몬스터의 씨를 말리는 대청소!

바르고 성채 외에도, 아르펜 왕국의 영토가 확장되며 사냥할 만한 던전은 정말 많아져 있었다.

꿇 옳

"몬스터의 잡템은 거짓말을 하지 않지!"

위드는 레벨 3개를 더 올려서 418을 만들었고 조각품 숙련도 역시 3.2%를 올렸다.

아침저녁으로 사냥과 조각품 깎는 일을 반복하다 보니 성과가 제법 축적되고 있었다.

던전을 휩쓸면서 얻은 전리품들 중에서 쓸 수 있는 것들은 대장장이 스킬, 재봉 스킬, 조각술 스킬로 재가공을 했다. 허름한 물건도 위드의 손을 거치면 새것처럼 바뀌어서 비싸게 팔렸으니 고물상이 따로 없을 정도!

"사제가 필요합니다."

"루의 교단에서는 위드 님의 요청이 오기만을 기다리고 있었습니다. 사제들도 기꺼이 따라갈 것입니다."

위드는 페일 일행이 사냥하지 않는 시간에는 서윤과 사냥을 하고, 사제들도 고용해서 도움을 받았다.

공헌도를 많이 쌓아 놓은 프레야의 교단에는 사제를 바라지 않고 나중에 큰 것을 요구하기 위해서 아껴 놓았다.

신들의 정원을 조성하고 나서 많은 교단과 우호적인 관계가 성립되고 공적치가 쌓였다.

그곳에는 잘 알려진 프레야 교단과 루의 교단 외에도, 다른 조각품들의 신도 많다. 현재까지 종교가 이어지지 않던 신들의 교단이 가장 가까운 모라타에 세워지고 있었다.

모라타에 교단이 생겨나게 되면 이곳을 다스리는 위드는 매달 정기적으로 공적치가 높아지게 된다.

그 때문에, 전투에 꾸준히 사제 1~2명을 동원하기 위한 공적치를 아껴야 되는 상황도 아니었다.

거기에 프레야의 북부 대성당과 신들의 정원에서 기부받는 유저들의 헌금도 엄청난 거액!

위드가 손을 댈 수는 없는 금액이지만, 이 돈으로 인하여 교단들의 성세가 급속도로 커지고 있었다.

성당들이 생겨나고, 성당 기사단 모집도 이루어졌다.

모라타의 치안은, 따로 군대가 동원되지 않더라도 성기사들 만으로도 몬스터가 도시 근처에도 오지 못할 지경이었다. 초보자들이 사냥하는 동물들 외에 위험한 몬스터는 찾아보기가 어려워서 멀리까지 나가야 할 정도였다.

바르고 성채의 몬스터 역시 갈수록 토벌되면서 주민들이 살아가는 영역이 넓어졌다.

위대한 건축물들과 신들의 정원 건축 이후 거두어들인 세금이 다시 차곡차곡 쌓여 아르펜 왕국의 재정이 여유로워지면서, 군대에도 투자가 이루어지고 있었다.

모라타와 바르고 성채만 지키려는 목적이라면 현상 유지만 하더라도 충분하지만 도시로부터 떨어져 있는 곡창 지역과 광산을 수비해야 하는 것이다.

군대의 규모가 현재보다 3배는 확대되어야 늘어난 영토들을 몬스터의 침입으로부터 완벽하게 방어하고, 광산과 곡창 지역 등을 지킬 수 있다.

"결 검술이라. 스승님도 대단한 생각을 하셨구나."

검치로부터 전수받은 검술도 전투 중에 적절히 써먹었다.

검치는 특정 몬스터를 상대하는 비법, 몬스터의 버릇이나 스킬의 운용에 따른 허점들을 알려 주었다. 위드는 하루에 걸쳐서 결 검술을 사용하는 방법을 배워 스킬을 형성했던 것이다.

정말 까다로운 검술이라서 실패할 확률이 너무 높았지만 제대로 작렬해 주었을 때의 환상적인 손맛!

> 뛰어난 공격으로 검술 스킬의 숙련도가 증가합니다.
> 결 검술에 약간 익숙해졌습니다.

검술의 비기 두 가지에, 여신의 기사의 갑옷 그리고 어떤 몬스터에게도 버틸 수 있을 것 같은 워리어와 믿음직한 사제가 있었다. 파티 사냥에 필요한 자원이 완벽하게 갖춰진 것이다.

이제 위드가 이끄는 사냥의 효율은 놀랄 수밖에 없을 수준.

"아, 이번 던전은 무려 3시간 40분 만에 돌파했어요."

"어제보다도 7분이나 더 빠른데요."

"다른 파티들의 기록은 5시간 57분이 최고였는데 도대체 우리는……."

"사냥의 달인이라고 해도 될 겁니다."

페일 일행조차도 믿지 못할 사냥 속도였는데, 아마 동영상이 나오기 전에는 게시판에 올리더라도 사람들로부터 불신만 초래할 것이다.

위드는 서윤과 바하모르그, 남자 사제 1명을 데리고 있을 때에도 잠깐도 쉬지 않고 휩쓸어 버렸다.

페일, 메이런, 로무나, 이리엔, 수르카, 화령, 벨로트처럼 다양한 직업의 조합은 없다. 하지만 꼭 필요한 능력을 가진 직업들이 있었고, 무엇보다 서윤의 전투 능력이 워낙에 훌륭했다.

그녀가 광전사로서 본연의 능력을 발휘하기 시작하면 위드는 그에 뒤지지 않기 위하여 사냥의 속도를 더 끌어올렸다.

미친 듯한 사냥이 가능하기 위해서는 동료들의 능력 파악과 남아 있는 체력, 생명력을 항상 확인하고 있어야 된다. 위드는 그러한 모든 것들을 장악하고 있을 정도로 전장에서의 상황 파악력이 뛰어났다.

동료들의 협력이 워낙 좋다 보니 무리하게 속도를 올리더라도 다들 잘 따라와 주었다.

"사냥 후의 고독이 좋군."

위드는 성장의 기쁨을 제대로 만끽하고 있었다.

"역시 사람에게는 이렇게 여유가 있어야 돼."

그러면서도 쉬는 시간에는 조각품을 깎았다.

그동안 보험을 하면서 스탯과 스킬 위주로만 성장시켰기에 비슷한 레벨의 다른 유저들보다는 훨씬 빠르게 성장을 하고 있었다.

보통 레벨이 400대가 되면 어느 순간부터인가 심한 정체 상태가 되고 말았다. 어지간한 몬스터를 잡아서는 경험치가 잘 쌓이지 않아서 성장이 느려지게 되는 것이다.

위드는 초보 시절 때부터 지금을 대비하여 온갖 고생을 해 왔기에 조각 생명체와 검술의 비기가 있는 한 레벨을 올리는 것이 전혀 어렵다고 생각되지 않았다.

"벌써부터 어려워지면 안 되지."

경쟁자라고 할 수 있는 바드레이만 하더라도 아득할 정도로 한참 앞에서 달려가고 있었고, 서윤도 마찬가지.

그녀를 겁내면서 혼자서 비굴하게 살아온 시간이 얼마나 길었던가.

위드는 서윤의 눈치를 보며 몬스터를 1마리라도 더 잡기 위해서 적극적으로 싸웠다.

축적되는 경험치와 넘쳐 나는 전리품들.

상인 마판의 출렁거리는 뱃살에 도움이 될 게 분명했다.

"여기서 사냥에 도움이 많이 되는 조각술의 비기 한 가지만 정하면 완벽할 텐데."

위드는 조각술의 비기에 대해서만큼은 여전히 결정을 미루고 있었다.

이미 습득한 다른 조각술의 비기들을 보고 있자면 저마다 한계가 있다.

조각품에 생명 부여는 예술 스탯과 레벨이 하락해서 자주 쓸 수가 없었으며, 조각 검술은 무적이 아니다.

상대방의 방어력을 무시하는 엄청난 효과를 가졌지만 기본 공격력 자체는 다른 공격 스킬에 비하여 높지 않아, 바드레이와 싸울 때에는 그 한계가 확실히 드러났었다.

빛을 이용하여 공격과 수비가 자유로운 달빛 조각 검술은 마나 소모가 지나치게 심각한 수준이었다. 마나 소모량이 조각 검술보다 3배나 높아서, 여신의 기사 갑옷이 없던 그때는 실컷 써먹지도 못했다.

지금도 무난한 사냥이 아니라 적들에게 둘러싸여서 여유가 없는 상황이라면 마구 쓰기에는 부담스러운 정도다.

조각 변신술은 다른 종족의 특징을 이용할 수 있지만 원래의 능력을 바탕으로 한 것이고, 대재앙의 자연 조각술은 자칫 자신마저도 죽을 수 있었다.

정령 창조 조각술은 대성할 경우 벨소스 왕을 봤을 때 정령 왕까지 될 수 있다지만 위드는 개똥밭에 구르더라도 지금 이대로가 좋았다. 정령계에서의 사냥 수입은 얼마일지 모르고, 또 아이템을 습득하더라도 팔아먹기가 애매해질 테니까!

"스킬들이 하나같이 다 불량품이야."

검술의 비기처럼 그냥 아무 때나 필요하면 쓰면서 사냥에 활용할 수 있다면 얼마나 좋겠는가.

어떤 조각술의 비기를 탄생시키느냐에 따라서 활용할 수 있는 횟수가 좌우된다.

위드는 정말 후회하지 않을 스킬을 탄생시키고 싶었다.

오동만은 일요일에 오랜만에 늦잠을 자고 빈둥거렸다.

"으하암! 집에 아이스크림도 떨어졌네. 어디 재미있는 텔레비전 프로그램 안 하나?"

〈로열 로드〉에서는 페일로 백발백중의 화살 솜씨를 뽐내는 그였지만 현실에서는 평범한 대학생이었다.

사실 위드의 모험으로 방송에 같이 나오면서 그도 은근히 유명 인사가 되었다. 학교 친구들은 물론 얼굴도 제대로 기억나지 않는 초등학교 동창이나 연락이 끊긴 지 오래된 친구들에게도 전화가 오는 소동을 겪었지만, 지금은 평소 생활로 돌아온 상태.

"오늘은 어디 안 나가고 집에서 쉬어야지. 읽다 만 책《돼지 곱창과 에스프레소》도 보면서 느긋하게 보내 봐야지."

최근 들어 사냥을 많이 했더니 하루 정도는 편안한 휴식을 취하고 싶었다.

오동만이 책을 읽다가 소파에서 꾸벅꾸벅 졸고 있는데 그의 엄마가 배와 사과를 깎아서 가져왔다.

"우리 아들 자니?"

"아… 잠깐 졸았어요."

"저녁에 뭘 해 줄까. 먹고 싶은 거 있어?"

"엄마 잘하는 감자탕요."

"그럼 이따가 마트 다녀올게. 참, 아들, 오늘은 접속 안 해?"

"집에서 쉬려고요."

"그러면 엄마가 사 달라고 부탁했던 상인 전용 앞치마는?"

"다음에 사 드릴게요."

오동만은 그날 저녁 식사로 삶은 감자 2개를 먹어야 했다.

"많이 다치셨네요. 조심하세요."

이리엔은 모라타의 남쪽 성문 근처에서 자선 활동을 했다.

사슴과 늑대를 사냥하다가 다친 초보자들에게 치료의 손길 걸어 주기!

"우와아, 생명력이 200도 안 남았었는데 한 번에 치료가 됐어! 사제님, 고맙습니다."

"아니에요. 뭘요. 다치면 또 오세요."

천사 같은 그녀의 자선 활동에 초보자들 사이에는 칭찬이 자자했다.

남쪽 성문의 여사제.

착한 성격의 그녀.

다치면 녹색 모자의 여자에게 가면 된다.

이리엔은 전사들에게는 축복도 써 주었다.

원래는 스킬 숙련도도 올리고 어려운 사람들을 돕기 위한 행동이었는데, 이제 알아보는 사람이 많아져서 도시에 오면 으레 치료 봉사 활동을 해 주게 되었다.

"천사표네."

"저런 여자한테 장가를 가야 하는데……."

그녀에게 관심을 보이는 남자들도 많았다. 착한 여자는 대대로 인기가 있기 때문이다.

그렇지만 이리엔은 남자들의 접근을 허용하지 않았다.

"죄송해요."

"혹시 남자 친구가 있으신 건……."

"그건 아닌데요, 지금은 남자를 만나고 싶지 않아요."

"그러시군요. 나중에라도 생각이 바뀌시면 저 로모모를 꼭 찾아 주세요."

"넵. 그렇게 할게요."

이리엔은 평생 신중하게 한 남자만 만날 생각이었다.

한 남자와만 사귀고, 데이트도 하고, 결혼까지!

그런 이리엔도 가끔 스트레스가 쌓여 갈 때가 있었다.

보통 사제라는 직업은 전투 중에 심심해서 꾸벅꾸벅 졸 것 같다. 그리고 실제로도 많은 사제들이 밤에 사냥을 할 때는 편안히 쉬다가 딴짓을 하거나 잠깐씩 토막 잠을 자기도 한다.

사제로서 치료만 해 주면 되기 때문에 오래 있을수록 지루한 직업인 것이다. 심지어 개, 고양이 같은 애완동물을 데리고 다니는 경우도 있다.

사제들이 없으면 사냥 자체가 제대로 안 되는 경우가 많아서, 모든 직업을 통틀어서 가장 우대를 받는 편이지만 그만큼 심심한 감도 없지 않았다.

느긋하고 편안하고 조용한 성격을 가진 사람에게 딱인 직업!

하지만 이리엔은 전투가 벌어지면 눈코 뜰 새 없이 바빴다.

위드가 워낙 거칠게 사냥을 했기에 몬스터들의 공격력이 높은 곳들을 위주로 다녔다. 그게 버릇이 되어 버려 페일과 다른 일행끼리만 사냥을 할 때에도 무난히 전투가 될 정도면 더 어려운 곳으로 옮겼다.

전투 계열 직업들이 앞에서 빠르게 사냥을 하는 동안에 이리엔은 마음을 졸이면서 그들을 지원해 주어야 하는 것이다.

"아, 답답하다."

이리엔은 성문에서 치료의 손길을 펼치면서 천사 같은 웃음을 잃지 않았다.

그녀는 화령과 벨로트를 기다리고 있었다.

스트레스 해소에는 역시 쇼핑만 한 것이 없지 않던가.

저녁 할인 시간이 되면 모라타의 가죽 상점들을 돌아다니는 맛! 새벽까지 야시장을 훑으면서 예쁜 액세서리들을 찾아보는 취미를 갖게 된 것이다.

"요즘 사제 전용 가방이 나왔다던데……."

ꙮꙮ

브리튼 연합 왕국을 9할 이상 장악하고 있던 클라우드 길드.

한 왕국을 제패하기 직전으로, 길드에 대한 자존심이 매우 컸다.

하지만 헤르메스 길드의 침공 이후에 전투가 벌어지기만 하면 커다란 격차를 느러내며 패배했다.

"사망자는 4만 8천. 요새 렝봇이 함락되었습니다."

"야볼리스 군사 요새는요?"

"적들에게 포위를 당했습니다."

"하지만 그곳의 수비력은 보통이 아니기에 족히 3달 이상은 버틸 수 있을 겁니다."

"문제는 보급품인데, 식량은 충분합니다. 요새 내에서 우물로 식수를 공급받을 수 있고요."

"그러면 된 거 아닙니까?"

"화살과 갑옷, 무기류 등 여분의 소모품들이 부족합니다. 전투가 몇 번만 벌어지면 다 떨어지고 말 것입니다."

클라우드 길드의 회의실에는 침통함이 가득했다.

지금까지 그들은 전력상으로 헤르메스 길드에 크게 뒤진다고 생각하지 않았다. 헤르메스 길드가 유명세나 병력 규모에 있어서 상당한 우위를 점하고는 있지만, 전체적인 저력은 비슷하다고 여겼다. 브리튼 연합 왕국은 경제력이 부강한 공국과 자유도시가 많기 때문에 전력 격차는 만회할 수 있다고 본 것이다.

싸울 때마다 승리하며 왕국을 확실히 장악해 나가고 있었던 중이라서 약간의 자만심이 있었던 것도 사실.

그렇지만 헤르메스 길드의 군대는 사람들이 추측하고 있던 이상으로 강했다. 기사들의 수준도 대단히 높았고 병사들의 장비도 좋았다.

하벤 왕국을 통합한 이후로 칼라모르 왕국과도 전쟁을 치르면서, 지휘관들이 평원에서 10만 이상이 맞붙어 싸우는 전투를 경험한 적이 있다는 것도 강점!

클라우드 길드에서는 5만 이상의 전투만 벌어져도 지휘관들이 제대로 대응을 하지 못했다. 적군이 쳐들어오면 싸워야 될지 말아야 할지조차 신속하게 판단을 내리지 못하고 당황하여 시간을 흘려보냈다.

실제 전투에서는 그 격차가 더욱 커져서, 조금만 불리하더라도 그릇된 판단을 내리거나 하는 경우 때문에 황당한 패배를 경험하는 일도 부지기수였다.

지휘관과 기사의 질이라는 측면에서 너무나도 밀리는 클라우드 길드였다.

"단기전으로 나가서 싸울 필요가 없습니다."

"조금만 버티면 반격할 군대를 모을 수 있습니다. 전쟁에 나가서 싸울 병사들의 훈련도 역시 지금보다 더 올려야 됩니다."

공성전으로 시간을 끌고 용병들을 충원하여 전세를 뒤집으려고 했지만, 브리튼 연합 왕국의 성과 도시 들은 수성에 취약했다.

자유도시들은 성벽도 높지 않았으며 방어 시설도 취약했다. 설상가상으로 군사 요새들은 보급 물자도 제대로 준비되어 있지 않았다.

클라우드 길드가 필요할 때마다 빼서 소모해 놓고 보충을 하지 않은 것이다.

클라우드 길드는 브리튼 연합 왕국에서 자라난 길드였다. 그렇기 때문에 내전은 겪어 봤어도 국가 간의 공성전은 경험해 보지 못했다.

영주들끼리의 공성전에서는 성벽만 버텨 주면 궁수들과 마법사들을 배치하여 얻는 이득이 굉장히 크다. 하지만 하벤 왕국의 군대는 약한 성벽 따위에 의지해서 버틸 수가 없었다.

"바드레이라도 막으면 무언가 기회를 얻을 수 있을 것도 같은데……."

"용병 지원 상황은 어떻습니까? 전쟁에 참여하면 지급하는 돈을 늘렸을 텐데요."

"유저들이 거의 나서지 않습니다. 거듭된 패배에다, 헤르메스 길드에서는 패배한 쪽을 살려 주지 않기 때문입니다."

브리튼 연합 왕국의 유저들이 용병 계약을 하고 클라우드 길드와 같이 싸울 수 있었다.

물론 클라우드 길드 역시 대외적인 이미지가 좋은 편은 아니었다. 그러나 전쟁 용병은 돈을 보고 하는 것이라서 많은 유저들이 참여하는 편이었다.

하지만 불리한 상황을 대변하기라도 하듯이, 이번에는 용병 고용 비용을 3배나 늘렸는데도 모집이 잘되지 않았다.

헤르메스 길드의 잔악성 때문에, 패배하고 죽임을 당하면 잃는 것이 더 크기 때문이었다.

"비싸더라도 다크 게이머라도 고용해야 하는 것 아닙니까?"

"다크 게이머들은 연락 사무소도 폐쇄하고, 전쟁에는 참여하지 않는다고 선언을 했습니다."

"이렇게 되면 계속 필패입니다. 모든 면에서 우리가 갈수록 불리해지고 있습니다."

"아직 우리가 내보내지 않은 군대도 많이 있습니다. 훗날 전쟁을 일으킬 때를 대비해서 훈련시키고 있는 군대도 있고요."

"지금 당장 시간과 준비가 부족하다는 것이 제일 큰 문제죠. 적의 파상 공세가 너무도 대단합니다. 오데인 요새와 시슬레 성에서 장기전을 꾀할 수는 있지만, 이곳들마저도 무너지게 되면 수도 함락도 시간문제일 것입니다. 어떻게 하든 이곳들은 지켜야 됩니다. 그리고 전력을 모아서 강력한 반격을 가해야 합니다."

하벤 왕국과 브리튼 연합 왕국.

그렇지만 그 배후에는 헤르메스 길드와 클라우드 길드 간의 전쟁이 있었다.

왕국 간의 격차도 있었고, 뚜껑을 열고 나니 길드 간의 실력 차이도 상당히 컸다.

매일 대규모의 공성전, 평원에서의 대전이 벌어지고 있었기에 유저들은 걱정하면서도 오랜만에 시원한 큰 전투들을 구경했다.

겉으로 보이기는 클라우드 길드의 연전연패. 하지만 대륙 최대 명문 길드 중의 한 곳이기에 숨은 저력도 만만치 않았다.

클라우드 길드에서는 여러 번의 피해를 입었지만 아직 엄청난 군대가 남아 있었고 브리튼 연합 왕국의 빼앗긴 땅은 10% 정도밖에 되지 않았다.

국경 부근이 무너졌다고 해도 전쟁은 이제부터였다.

서윤의 웃음

위드는 3개의 레벨을 더 올릴 때까지 사냥만 했다.

던전에 있다 보면 중앙 대륙의 전쟁에 대해서는 까맣게 잊어버린 채로 사냥에 집중할 수 있다.

그렇지만 조미료, 숫돌 같은 물품을 구입하기 위해서, 아르펜 왕국의 영토 확장으로 얻게 된 유셀린 마을에 가끔 가야 되었다.

"헤르메스 길드가……."

"클라우드 길드도 보통이 아니야. 그런 대군을 어쩜 그리 빠르게 조직했는지 모르겠어."

광장에서 유저들과 주민들은 전쟁에 대해서 이야기했다.

위드는 아르펜 왕국의 국왕으로서 전쟁과 무관한 관계가 아니었다.

"안 돼. 신경 쓰지 말아야 해. 이러다가 두통약을 먹어야 할지도 몰라."

자칫 만성 변비까지 걸리게 될지도 모를 노릇!

현대를 살다 보면 만날 혼란의 연속인 정치판, 도무지 일자리가 안 생기는 경제, 범죄와 부패가 판을 치는 사회를 만나게 된다.

차가운 도시 남자 이전에 스트레스에 찌들어서 술과 커피, 두통약으로 살아가게 되는 것이다.

위드는 조금도 그러고 싶지 않았다.

"그냥 잘 먹고 잘 사는 거만 생각해야지. 그리고 텔레비전을 보며 욕을 하고 싹 잊어버려야 돼. 세상은 어차피 도둑놈들로 가득하니까."

중앙 대륙의 전쟁은 머지않아 정말 큰 위기가 될 수밖에 없을 것이다.

하벤 왕국이든 브리튼 연합 왕국이든, 그들 중 승자는 거대한 제국을 이루게 된다.

북부의 경제가 발전하고 있는 지금 이 시점에서는 정말 달갑지 않은 소식이었다.

그렇지만 애만 태운다고 해서 해결될 문제도 아니다.

위드는 사냥에 충실하면서 조각품을 깎았다.

던전 사냥을 계속하다 보니 슬슬 지겨워졌는지, 페일 일행은 모라타에 가서 놀고 있었다.

"고작해야 하루에 18시간씩밖에는 사냥을 하지 않았는데… 쯧쯧!"

현실 기준으로 24시간 중에서 18시간씩 사냥.

〈로열 로드〉에서의 시간은 그 4배였다.

며칠 정도는 기꺼이 같이할 수 있었지만, 2주가 넘어가면서부터는 몬스터만 보면 경기를 일으키는 현상까지 벌어졌던 것이다.

적당히 전투를 하는 것도 아니고 빠른 이동과 쾌속 사냥이 이루어지다 보니, 결국에는 동료들마저 모라타로 피난을 갔다.

바하모르그와 서윤이 있어서 그나마 원하는 대로 사냥을 할 수 있었다.

사냥을 다녀오면 사제들은 지쳐서 쓰러지기 때문에 도시로 가서 항상 다른 이로 교체를 했다.

위드가 틈틈이 만드는 조각품은 환상적이라고 해도 될 만큼 성공적이었다.

많은 조각품을 깎다 보면 나중에는 무엇을 깎아야 할지도 모르는 상황이 벌어지고 만다. 여러 곳을 여행하면서 다양한 경험을 얻는 것은 필수였다.

대륙의 금역을 다니면서 절박한 마음에 악착같이 작품들을 만든 적도 있었다.

"이것저것 참 많이도 만들었지. 그리고 이제부터 조각해야 할 것은……."

가까운 곳에 최상의 모델이 있었다.

태양과 해, 바람, 구름. 장엄한 자연을 바탕으로 조각하기도 했지만 구태여 그럴 필요가 있겠는가.

위드가 조각품을 깎고 있으면 서윤은 곱게 자리에 앉아서 구경을 했다.

위드는 무심코 말했다.

"저기, 조각품 좀 깎아도 돼?"

"네?"

"너를 대상으로 말이야."

"……."

서윤이 당연히 거절하리라고 여겼다.

다른 사람에게는 가면을 쓰고 얼굴조차 보여 주지 않는 그녀였기 때문이다.

게다가 억지로 말을 걸거나 달라붙는 사람은 가차 없이 죽이는 버릇까지!

그런데 예상외로, 서윤은 창피하지만 허락하겠다는 뜻으로 작게 고개를 끄덕였다.

"흠흠, 예쁘게 깎아 줄게."

위드는 그녀를 모델로 해서 조각품을 깎으면 되었다.

정면에서 얼굴을 쳐다보면서 조각품을 깎으려니 괜히 마음이 떨렸다.

서윤의 얼굴은 같이 다니면서 날마다 보면서도 그때마다 정말 예쁘다는 생각을 하게 되는데, 자세히 보면 더욱 빛이 나는 외모였다.

그 모습을 조각하고 있으니 저절로 조각품에 진지해지게 되었다.

위드가 정성껏 조각을 하는 광경을 보면서 서윤은 부끄러워도 행복한 기분이 들었다.

"저기, 검을 들고 있어 볼래?"

"이렇게요?"

자세도 바꾸어 가면서 다양하게 그녀의 조각품을 만들었다.

"다른 옷 없어? 갑옷이 아니라 평상복도 입어 보면 좋을 것 같아."

던전에서 그녀를 조각하다 보면 시간이 금방 지나갔다.

생명력과 마나, 체력이 다 찬 것도 모르고 조각품에 빠져 있을 때도 있었다.

그렇게 조각품을 깎다 보면 미녀의 조각상이 간단히 나온다.

신이 내린 여성의 아름다움.

프레야 여신이 질투할 정도의 미모.

황금 비율의 조각상.

걸작에 명작들이 나왔다.

그동안 서윤의 조각상을 많이 만들어 봤지만 미칠 듯한 미모에는 유통기한이 없었다. 평생을 봐도 질리지 않을 것 같은 얼굴이란 이런 걸 두고 말하는 것이리라.

"음… 그래도 조각상마다 표정에 변화가 없어서 단조로운 느낌인데."

위드는 서윤의 조각품을 깎으면서 조금 아쉬웠다.

사람은 표정이나 몸짓에 따라서 분위기가 완전히 달라진다.

보다 여러 가지의 다른 모습들도 조각하고 싶었던 것이다.

조각사로서, 어쩌면 한 남자로서의 욕심!

"여기, 이 포도주를 조금 마시면서 감미로운 것 같은 표정을 지어 봐."

서윤은 포도주를 마시고 어색해했다.

얼굴 표정을 일부러 지으려고 하니 잘되지 않는 편이었다.

위드는 원하는 모습을 얻으려면 좀 더 능숙하게 전달을 해야될 것 같다고 생각했다.

"감미로운 건 조금 어려울 것 같고, 편안한 표정부터 시작하자. 그러니까… 사냥을 마치고 푹 쉬고 있어. 그럴 때의 표정을 지어 봐."

"……?"

서윤은 어찌해야 할지 몰랐다.

사냥을 끝내고 나면 지쳐서 휴식을 취할 뿐이었다.

"광장의 분수대 옆에서 쉬고 있는 거야."

"…….'

"아니, 그냥 와삼이 등에 누웠어."

"아!"

그때야 정확히 나오는 서윤의 한결 편안해하는 얼굴!

와삼이를 타고 구름층을 뚫고 올라가서 바람과 햇볕을 맞는 순간처럼 편안한 적이 없다.

위드는 그녀의 표정을 조각품으로 남겼다.

"이번에는 은새랑 황금새랑 장난을 치고 있는 거야."

"어떤 장난요?"

"은새의 깃털을 뽑으면서……."

"그건 괴롭히는 서삷아요?"

말로 설명이 완벽하게 되지 않을 때는 은새와 황금새를 소환해서 놔두었다.

조금의 시간만 주어도 2마리의 새들은 툭탁거리며 싸우다가도 친밀하게 부리와 날개를 서로 비비면서 놀았다.

서윤은 자신도 모르게 입가에 행복한 미소를 지었다.

'음, 더 예뻐졌군.'

위드는 그 장면도 조각품으로 남겼다.

서윤은 무표정하게 있는 시간이 많아서 그런 순간은 정말 빨리 지나가 버린다. 정확하고 세밀한 관찰력이 있어야 조각할 수 있었다.

둘만 있으면서 조각품을 만들고, 완성되면 서윤에게 보여 주었다.

"어때, 괜찮지?"

"……."

서윤은 말을 하지 않았지만 작게 고개를 끄덕였다.

이런 조각품을 깎아 줄 수 있는 사람은 위드밖에 없다고 생각했기에 그녀의 기분도 좋아졌다.

"이거 널 표현한 거지만… 내가 가져도 될까?"

서윤에게 위드의 말은 드라마 남자 주인공의 대사보다도 더욱 달콤하게 들렸다.

"그래…요."

부끄러우면서도 이렇게 행복한 순간이 있었나 싶었다.

그녀가 생각하기에도 위드가 조금 둔했지만 이제는 자신의 마음을 알아준 것 같았다.

위드는 회심의 미소를 지었다.

'잘됐군.'

모라타에서 서윤의 얼음 미녀상이 발굴되었다.

예전만 하더라도 서윤을 무척이나 무서워해서 빙룡에게만

생명을 부여하고, 아깝지만 방치해 두었던 것이다.

그 얼음 미녀상이 발굴되고 나서 모라타의 유저들은 굉장한 충격을 받았다.

"으아… 보고 있으니까 몸이 부들부들 떨릴 정도로 예쁘다."

"이런 얼굴이 진짜 존재할 수는 없잖아. 이런 상상을 할 수 있다니, 위드의 조각술 실력은 정말 하늘에 닿았네."

"크흐흑, 29년간 여자 친구를 못 사귀어 본 나에게 주어진 선물이구나."

"모라타를 떠날 수 없는 이유가 한 가지 더 생겼어!"

유저들은 얼음 미녀상을 지극히 아꼈다.

풀죽신교에서 모라타의 보물 조각품 1호로 지정할 정도.

위드가 모험을 하고 전투를 하는 것도 물론 좋아하지만, 일부 유저들은 조각품에 더 기대를 했다.

―얼음 미녀상과 관련된 조각품을 더 보고 싶습니다.
―조각술이 제 마음을 완전히 홀려 버렸네요. 어제는 얼음 미녀상의 꿈도 꿨어요.
―저는 말을 타고 다른 지역으로 모험을 갔거든요. 그리고 다음 날 다시 돌아왔어요. 얼음 미녀상을 보고 싶어서요.

유저들의 반응은 그야말로 어마어마했다.

환상적인 옵션이나 예술성을 가진 다른 대작들을 물리치고 대중적인 인기에서는 최고의 작품이라고 할 수 있었다.

여기에 위드가 서윤이 행복해하는 조각품들을 예술 회관에 전시한다면 어떻게 되겠는가.

'매일 사람들로 붐비게 되겠지. 그러면 입장료가……'

관람객들에게 바가지를 씌우면 집도 팔고 논도 팔고 자동차
도 팔고 회사에 사표를 쓴 다음에 퇴직금까지 바치고 패가망신
할 수준!

위드는 과거 서윤의 차가운 표정에 아쉬움을 느끼며 조각을
한 적이 있었다.

그러나 지금 그녀의 눈빛은 간혹 아침 햇살처럼 따뜻해 보일
때도 있었다.

서윤의 경직되어 있지 않은 다양한 얼굴 표정은 당연히 위드
이기에 보여 주는 것이었다.

다른 조각사가 실력이 아무리 좋다고 해도 불가능한, 위드만
이 만들 수 있는 소중한 조각품.

'예술 회관 전시 부분은 잘 생각해 봐야겠군. 아무래도 좋은
생각은 아니야.'

위드는 짧은 생각을 바탕으로 서윤의 조각품을 진열하여 함
부로 돈을 벌려고 하지 않기로 했다.

'나중에 제값을 받을 수 있을 때까지 기다리는 편이 낫겠지.'

양심의 가책이 아니라 조금 미루어 둘 뿐.

위드와 서윤이 사냥을 하는 순간에는 바하모르그와 반 호크,
토리도가 거의 같이 다녔다.

거의 가족처럼 다니면서 던전을 쓸어버리는 무리!

"나처럼 고귀한 혈통을 가진 밤의 귀족이 땀 냄새가 물씬 풍

기는 바바리안과 어울려야 하다니, 불쾌하기 짝이 없군."

반 호크야 충성스러운 어둠의 기사였지만, 토리도는 다소 말을 안 듣는 경향이 있었다.

그러다가 날 잡아서 바하모르그에게 제대로 두들겨 맞고 얌전해진 토리도였다.

바하모르그는 전투를 정말 좋아했다. 성격 자체가 강해지기 위해서 살아간다고 해도 될 정도다.

위드가 새로 생명을 부여하면서 과거보다는 다소 약해졌기 때문에 더욱 전투에 열을 올렸다.

서윤과 위드가 바하모르그를 따라가면서 전투를 해야 할 정도였다.

그리고 그는 아직 위드를 경계하며 완전히 믿지 않았다.

"내가 모셔야 할 유일한 황제가 있다면 그는 게이하르 폰 아르펜이다."

바하모르그는 워리어로서 자신보다 약한 위드에게 충성심을 보이지 않았다.

되살아나게 해 준 것에 대한 보답으로 같이 다닌다는 것이 맞을 정도.

싸우는 것 외에는 관심이 없었다.

"약하면 천천히 와라."

위드와 서윤도 기다리지 않고 던전의 보스 몬스터를 혼자서 잡으러 갈 정도로 타고난 전사였다.

그러나 위드가 서윤의 조각품을 깎으면서부터는 바하모르그도 진지한 얼굴을 하고 옆에서 구경을 했다.

게이하르 폰 아르펜.

조각사로서 황제가 된 사람의 모습을 위드를 보며 떠올리는 것이리라.

$$\mathcal{Q}\mathcal{E} \quad \mathcal{Q}\mathcal{Q}$$

위드는 다시 4개의 레벨을 올리도록 사냥과 퀘스트, 조각품의 완성을 반복했다.

그야말로 상당히 긴 시간 동안 사냥에의 완벽한 집중!

아르펜 왕국의 영토에서 주민들의 의뢰를 받으면서 새로운 던전과 마굴을 발굴하고 다닌 것이다.

그렇게 열심히 퀘스트와 사냥을 하니 주민들이 떠들었다.

"아르펜 왕국의 미래에 대해서는 걱정할 필요가 없겠어. 국왕 폐하가 우리를 몬스터로부터 지켜 주니 말이야."

"홀덴 던전을 최초로 깨끗하게 정리한 전사들이 나타났다는 군. 놀라지 말게. 그들 중에는 우리의 국왕 폐하가 있어! 이 얼마나 영광스러운 일인가."

"마을 입구에서 오래전에 잃어버린 물건을 찾던 노인을 본 적이 있는가. 많은 사람들이 나서 주었지만 모두 실패했지. 그 노인이 그 물건을 드디어 찾았다고 해. 국왕 폐하이신 위드 님께서 해내셨다는군!"

위드의 사냥과 퀘스트가 주민들로 하여금 소문을 일으키는 것이었다.

누구의 발길도 닿지 않은 던전들은 상당히 많은 보물을 간직하고 있었다.

최초 탐험가만이 누릴 수 있는 혜택으로, 과거 니플하임 제국 시절의 그 부유하던 재물들을 몬스터들이 약탈한 것을 다시 빼앗는 것이다.

위드의 조각술 숙련도도 고급 9레벨이라서 느리지만 착실히 쌓여 가고 있었다.

서윤과 있을 때는 그녀의 조각품을 깎다가 페일 일행과 있으면 화령, 벨로트, 이리엔, 로뮤나를 대상으로 삼았다.

"여자들의 질투란 끝도 없지. 여자들의 조각품을 만들 때에는 작고 사소한 부분도 예쁘고 매력적이라고 무조건 칭찬을 해 줘야 돼."

살면서 자연히 깨닫게 되는 인생철학.

바하모르그가 있으니 전투에서의 돌파력이 보통이 아니었다. 독을 뿌리거나 이동력을 깎는 등의 번거로운 기술을 가진 보스급 몬스터라고 하더라도 바하모르그에게 싸우라고 지시하고 측면이나 뒤를 공격한다면 쉬워졌다.

바바리안 워리어 바하모르그!

그는 특별한 존재감으로 몬스터의 시선을 잡아끄는 재주가 있었다. 몬스터들은 그를 보면 무언가 위협을 느껴서 무작정 공격을 하는 것이다.

"맷집이나 인내력이 잘 오르지 않는 건 문제로군."

레벨이 잘 올라도 문제.

모든 스킬과 스탯이 골고루 자라야 나중에도 벽에 부딪치지 않고 계속 강해질 수 있다.

"바하모르그, 이곳에서는 내가 앞으로 나서겠다. 나를 공격하는 녀석들에 대해서는 신경 쓰지 말도록 해."

"원하는 대로 해라."

위드는 몬스터의 공격을 몸으로 받았다.

"역시 맞아야 사냥하는 맛이 나지."

그동안 조금 미진했던 부분까지 채워지는 기분!

위드는 몬스터와 싸우면서 공격보다는 수비에 대한 계산을 많이 했다.

전에는 주로 사제 없이 다녔으며 전투 중에 다른 몬스터가 난입할 수도 있었기 때문에 확실한 곳이 아니면 생명력을 바닥까지 낮추기는 어려웠다.

그렇지만 이제는 배 째라는 식으로 실컷 맞으면서 더욱 치열하게 공격했다.

바하모르그는 자신의 전투에만 관심이 있는 것처럼 행동했지만 위드가 위험해지면 고함을 지르면서 몬스터들을 유인해 갔다.

이리엔이나 사제도 데리고 다니고 있었기에 유사시에는 치료를 받을 수가 있다.

그리고 슬로어의 결혼반지!

목숨이 경각에 달하면 배우자로부터 생명력을 가져올 수 있는 기능. 물론 정말 강한 몬스터에게 결혼반지만 믿고 덤빌 수는 없지만, 조금 더 위험하게 사냥을 하는 데에는 든든한 밑천이었다.

위드는 광전사의 스킬까지 쓰면서 활약할 수 있었다.

과거의 전투보다도 더 맹렬하게 싸우며 바하모르그와 비슷하게 거칠어졌다.

위드는 원래 이런 전투를 좋아했다.

강렬하게 몬스터와 죽기 살기로 싸우자는 식!

스탯과, 현재 습득하고 있는 다양한 스킬의 숙련도를 차곡차곡 높이는 것이다.

"국왕이 좋긴 좋아."

퀘스트의 보상도 크고, 친밀도가 없더라도 의뢰를 원하는 대로 고를 수 있는 게 장점.

지금껏 정상적인 사람이 없는 지골라스, 불사의 군단이 지배하던 바르고 성채 등을 다녔다.

하지만 이제는 아르펜 왕국의 영역 내에서 모험을 하면서, 초보자들을 많이 만날 수 있었다.

평원에서 잔뜩 긴장한 채 걸어오는 초보자들의 파티.

위드는 그들에게 경고를 해 주었다.

"앞쪽으로 기면 굶주린 하이에나 떼가 있습니다. 32마리 정도 되더군요."

정확한 숫자까지 파악하고 있는 것은, 위드의 분류 기준은 짐승이 아니라 가죽이었기 때문!

하이에나의 가죽은 싼값에 팔리고, 정말 빨리 잡지 않으면 대다수는 도망쳐 버린다. 그렇기 때문에 입맛만 다시면서 지나쳤던 것이다.

"감사합니다. 저희로는 조금 버겁겠지요?"

"레벨이 65를 넘으면 가셔도 되는데… 대략 60대 초반 정도로 보이는군요."

"헉, 그렇게 정확히……."

"장비하고 있는 아이템을 보고 알았습니다. 한 분이 사슬 갑옷을 입고 있고, 다른 한 분은 가죽 갑옷이군요. 그 가죽 갑옷에는 몬스터의 이빨 공격에 대한 방어력을 높여 주는 옵션이 있죠?"

5명으로 이루어진 파티는 깜짝 놀랐다. 상대방이 너무나도 훤히 그들의 사정을 알고 있었던 것이다.

"조심해서 간다면 사냥이 가능할 것도 같습니다. 화살을 잘 겨누시고, 뭉쳐서 덤벼드는 건 주의하시면 됩니다."

"고맙습니다. 이렇게 친절하게 알려 주셔서요."

"뭘요. 다 서로 돕고 도우면서 사는 것이지요."

위드는 넉넉한 여유까지 생겼다.

저들 모두가 세금 줄이니 가능한 한 살아남는 편이 좋다.

그렇게 사냥을 하면서 조각품을 만들다 보니 조각술 숙련도는 61.5%가 되었다. 손재주 역시 고급 9레벨에 63.7%의 경지. 요리는 중급 9레벨 99%, 대장장이도 고급 1레벨에, 재봉도 중급 7레벨.

가히 노가다의 정점이라고 할 수 있는 생산 스킬들에, 전투 스킬까지 마구 올리고 있었다.

"조각술의 비기를 정해야 되는데…….."

위드는 사냥을 하면서도 여전히 결정하지는 못했다.

욕심이 많다 보니 벌어지는 일.

서윤의 조각품을 깎으면서 조각술이 늘어나고 있기에 빨리 선택을 해야 되었다.

그러면 사냥도 원활해지고, 어쩌면 조각술을 마스터하는 데에도 도움이 될 수 있을 테니까.

고민하던 중, 위드는 불현듯 서윤이 그가 원할 때는 같이 다니며 부탁을 거절한 적도 없다는 사실을 깨달았다.

'결혼반지로 생명력을 분배받은 적도 몇 번 있는데 전혀 아까워하지 않았지.'

광전사인 그녀는 위드보다 더 많은 몬스터를 잡을 수 있었다. 그렇지만 바하모르그처럼 먼저 앞서 가지 않았다.

위드의 곁에 있으면서, 조각품을 깎는 그 길고 긴 시간 동안 지켜봐 주었다.

언제부터인지는 몰라도 서윤을 떠올리면 눈을 빛내면서 그의 행동을 지켜보는 모습이 떠올랐다.

위드는 혹시나 싶어서 그녀에게 물어봤다.

"만약인데 말이야."

"……?"

"내가 대출 보증 서 달라고 하면 서 줄 거야?"

이보다 더 확실히 마음을 알아볼 수 있는 질문은 없으리라. 요즘 세상에 친구는 물론이고 형제끼리도 보증을 서 달라고 하면 싸움이 나는 건 예사였으니까.

'절대 받아들이지 않겠지.'

서윤은 고개를 끄덕였다.

"보증을 설 수 있다고?"

"그래요. 제가 할 수만 있다면요."

"음… 그러면 이것도 만약인데 말이야, 내가 사냥을 하다가 위험에 빠졌어. 대신 죽어 줄 수도 있어?"

서윤은 다시 고개를 끄덕였다. 그녀의 눈빛은 당연한 걸 왜 물어보냐는 식이었다.

'하기야 지골라스에서 쿠비챠와 싸우다가 죽어 주기도 했지.'

위드는 그보다 큰 희생이 필요한 것을 머릿속에서 찾아냈다.

"내가 다단계에 빠지면?"

"물건 사 줄게요."

"도박할 돈이 필요하다고 하면?"

"계좌 이체해 줄게요."

현대사회에서 보여 줄 수 있는 지고한 애정!

위드는 더욱 심각한 상황을 떠올렸다.

'이것만큼은 절대 받아들이기 어려울걸.'

그녀의 입에서 과연 어떤 대답이 나올지 기대가 되었다.

"내가 많이 아파. 그래서 간을 이식해야 되는데… 그것도 해 줄 수 있겠어?"

간 이식은 작은 수술이 아니다.

이식을 해 주고 나서 회복에도 상당한 시간이 걸리고, 멀쩡한 배를 갈라야 한다는 부담도 있다.

"있어요."

"골수이식은?"

"해 줄게요."

위드는 이제야 서윤이 한 말들의 의미를 알 것 같았다.

"하긴 나도 집에 금누렁이 있지. 금빙룡도 있고, 금와삼이도 있거든."

"……."

시슬레 성의 전투

위드가 사냥에 집중하는 사이에 시간은 흘러 헤르메스 길드
와 클라우드 길드 간의 전쟁도 확대되고 있었다.

거대한 길드의 역량을 총동원한 전쟁!

헤르메스 길드는 대륙에서 가장 많은 유저를 보유하고 있었
으며, 고레벨 유저도 클라우드 길드보다 풍부했다.

하벤 왕국의 병사들도 훈련도와 무장 상태에서 브리튼 연합
왕국보다 뛰어나서, 초반에 거세게 공격을 밀어붙였다.

그러나 점령 지역을 장악하기 위해서는 많은 병사를 필요로
한다.

클라우드 길드에서도 지금의 번영이 그냥 운 좋게 된 것은
아니라는 걸 저력으로 보여 주었다.

막강한 정예부대를 구성하고, 다른 용병단과 길드 들을 동맹
으로 끌어들여서 반격!

헤르메스 길드도 처음으로 패전을 기록하게 되면서, 전쟁은

날로 치열해지고 있었다.

곡물이 익어 가는 곡창지대가 기병들에 의해 짓밟히고, 마을들은 잿더미가 되었다.

헤르메스 길드와 클라우드 길드는 매일 크고 작은 규모의 전투를 치르면서 땅을 빼앗기 위해 싸웠다. 그러면서 양측의 대군이 브리튼 연합 왕국의 군사와 교통의 요충지라고 할 수 있는 시슬레 성으로 모이게 되었다.

이곳을 헤르메스 길드가 함락시키게 되면 자유도시 3개가 그들의 소유가 된다.

클라우드 길드는 무슨 수를 써서라도 지켜야 하는 입장이라서 물러서지 않고 대군을 투입했다.

헤르메스 길드 역시 이곳에서 승부수를 던지기 위하여 많은 병력을 집결시키고 있었다.

전쟁의 승패가 시슬레 성에서 사실상 결정 날 것으로 보이기에 방송국들은 생중계를 결정했다.

두 왕국이 결판을 벌이는 것이었으니 〈로열 로드〉의 유저들도 이곳에 관심을 갖지 않을 수가 없었다.

위드도 페일 일행과 같이 있으면서 그 정보를 듣게 되었다.

베르사 대륙의 역사와 힘의 균형이 바뀔 수 있는 날이었다.

"우린 모라타의 선술집에서 맥주나 마시면서 볼 계획인데 위드 님은요?"

페일이 그날 뭘 할 것인지에 대해서 물었다.

"같이 놀아요, 네?"

수르카가 옆에서 졸랐지만, 지금까지 위드는 헤르메스 길드가 전쟁을 벌이는 내내 던전에서 살다시피 하고 있었다. 그날도 던전에서 보내더라도 조금도 이상할 게 없으리라.

위드는 페일에게 물었다.

"시슬레 성에서의 승자가 전체적인 전쟁에서 이길 가능성이 크다는 게 사실입니까?"

"예. 메이런이 그러는데 이번 전투의 규모가 너무 커서 여기서 밀린 쪽은 회생하기가 어려울 것 같다는군요. 클라우드 길드가 이기면 잃었던 영토를 되찾고 라살 왕국에 대한 영향력도 높일 수 있겠죠."

"헤르메스 길드가 이긴다면요?"

"아무래도 그럴 가능성이 큰데요, 헤르메스 길드가 이긴다면 브리튼 연합 왕국을 잡아먹는 것도 시간문제이고요. 클라우드 길드에서는 남아 있는 병력을 다 동원하더라도 지금처럼 많은 군대를 끌어모으지는 못할 테니까요. 다만 어느 정도로 크게 이길 수 있느냐가 관건이겠지만요."

유저들이야 죽더라도 하루가 지나면 다시 살아나게 된다. 그렇지만 높은 레벨로 올라갈수록 잃어버리는 게 많아지니 죽음에 대한 공포심은 더욱 커지기 마련이었다.

길드의 역량을 총집결한 전쟁에서 패하게 된다면 심리적으로 어지간해서는 다시 싸우기가 부담스러워질 수밖에 없다.

유저들은 그나마 살아난 이후를 노릴 수 있는 기회라도 있지만 NPC들로 이루어진 부대가 전멸을 하게 되면 그걸로 끝.

징집을 해서 훈련을 시키고 전쟁에 투입하려면 시간과 돈이 많이 필요했다.

시슬레 성에서의 전투에서 패배하여 병사와 기사 들이 죽는다면 그 피해를 단기간에 복원하기는 불가능하리라.

화령이 살짝 애교를 부렸다.

"위드 니임, 선술집에서 같이 봐요. 통닭도 시켜 드릴게요."

선술집에서 대형 수정 구슬을 보면서 맥주와 통닭을 먹는 기분은 최고이지 않은가.

전쟁이 벌어지거나 혹은 〈로열 로드〉의 중요한 방송이 있는 날이면 사람들은 항상 선술집으로 모였다.

위드는 고개를 저었다.

"아무래도 선술집은 안 되겠습니다."

"휴……."

화령의 실망은 이만저만이 아니었다.

좋은 시간을 가질 수 없는 것에 대한 아쉬움!

대도시가 된 모라타에서 사람들과 시끌벅적하게 떠들면서 전쟁을 구경하는 것도 〈로열 로드〉의 즐거움 중 하나였다.

특히 북부에는 헤르메스 길드 욕을 하는 사람들이 굉장히 많았는데, 그들과 함께 욕을 하다 보면 스트레스 해소도 되고 좋았다.

위드에게는 다른 계획이 있었다.

"시슬레 성 부근에 사람들이 많이 모이게 될 테니… 그곳에 가서 통닭과 오징어를 팔아야겠군요."

"정말요!"

화령의 눈이 번쩍 뜨이게 만드는 이야기.

페일과 수르카, 제피, 로뮤나, 벨로트의 얼굴 표정도 바뀌어 있었다.

수정 구슬로 보는 것보다는 가까운 장소에서 전투 구경을 하는 것이 훨씬 좋다.

이동 수단이야 와이번을 타고 가도 되지만, 간단히 가는 것이라면 유린의 그림 이동술을 활용하면 편했다.

ℛℰ ℛℰ

아름다운 루가 강의 옆, 시슬레 성에서 벌어지는 전투.

헤르메스 길드는 무려 31만이나 되는 대병력을 이끌고 진군하였다.

시슬레 성은 브리튼 연합 왕국에서도 핵심적인 군사 요충지라서 전쟁 준비가 상당 부분 이루어져 있었다.

성 앞에는 대군이 싸우기에 좋은 넓은 평원이 있었지만, 클라우드 길드는 성문을 닫아걸고 밖으로 나오지 않았다.

그들은 수성을 준비하면서 베르메르에서 출발한 구원군이 도착하기를 기다리기로 했다. 공성전이 벌어지는 도중에 구원군이 도착하면 헤르메스 길드의 병력을 협공할 수도 있었다.

"땅콩 팝니다."

"오징어 있어요. 양에서만큼은 절대 속이지 않는 상인 얀손이 팝니다."

"시원한 음료수, 와인과 맥주도 판매합니다! 양이 얼마 남지 않았으니 어서 서두르세요."

시슬레 성이 내려다보이는 언덕은 구경꾼들로 인산인해를

이루었다.

전쟁이 벌어져도 갑자기 휩쓸리지 않을 만한 안전한 곳에서 구경을 하기 위해서, 브리튼 연합 왕국은 물론이고 인근 왕국에서도 모였다.

불난 집과 싸움 구경만큼 사람들을 몰리게 하는 사건도 없는 것이다.

위드의 경쟁자들도 장사를 하기 위하여 많이 와 있었다.

"그래도 장사에는 무리가 없겠군."

위드는 장사용 마차에 오징어와 땅콩, 팝콘, 통닭, 맥주와 각종 주류를 충분히 준비했다.

마판의 상회를 통하여 브리튼 연합 왕국의 영토 내에서 직접 납품받은 것이었다.

재료만 마차 세 대 분량!

구경을 하는 동안 놀 수는 없으니 돈도 벌면서 요리 스킬의 숙련도도 올리기 위해서였다.

"자, 닭 다리 뜯어 보세요. 긴말하지 않겠습니다. 9골드!"

주변 사람들과 차별화되는 고가 전략!

장사란 남들보다 조금 맛있게 그리고 엄청 비싸게 팔아야 이득이 많이 남는다. 가격이 높을수록 사람들의 기대치도 더 올라가고, 급기야는 호기심 때문에라도 사 먹게 된다.

"죽이네. 이거 어디서 나는 냄새지?"

"저기에서 파는 건가 봐. 사 먹어 볼까?"

위드는 장사를 하면서 전쟁이 벌어지기만을 기다렸다.

시슬레 성의 성벽을 사이에 두고 일촉즉발의 분위기였다.

화살 하나라도 날리면 금세 터질 듯한 분위기!

"위드 님."

"저희 이제 왔어요!"

화령과 벨로트, 수르카도 도착했다. 그림 이동술로 미리 근처까지 와 있다가 시간을 맞춰 접속한 것이다.

"꺄… 재밌겠다."

"이런 전투를 구경할 일도 거의 드물 텐데요."

"응. 앞으로 언제 또 볼지 몰라."

그녀들은 전쟁 구경을 하려고 했지만, 위드의 요리를 돕는 일에 동원되어야 했다.

"뭐, 도와주신다면 고맙기는 하죠. 자, 여기 앞치마요."

위드는 미리 그들의 숫자에 맞춰서 앞치마까지 갖춰 놓고 기다리고 있었다.

전쟁터 앞에서 요리 장사를 하는 경험도 흔히 하기는 어려운 것이다.

"진짜 맛있네."

"아저씨, 닭 날개는 언제쯤 돼요?"

위드의 수레 앞에는 손님들이 계속 줄을 섰다.

"닭 날개가 지금부터 11골드로 올랐습니다."

"왜 가격을 올려요!"

"잘 팔리니까요. 싫으시면 다른 곳에 가서 드세요!"

"완전 야비하다."

"칭찬 감사드립니다."

이것이야말로 악덕 상인으로서의 면모!

전쟁이 벌어지거나 말거나 바가지 영업은 활발하게 이루어졌다.

왕국 간의 전쟁을 구경하러 온 사람들 중에는 레벨이 높은 사람들이 많았기에 음식물의 가격 정도는 큰 문제가 아니었다.

위드는 통닭을 튀기면서 그 기름을 버리지 않고 계속 재활용했다.

손님들이 보는 시선이 있기에 약간의 처리 과정은 필요했다. 기름을 통에 부어 놓은 후에 다른 기름을 꺼내서 쓰다가 슬쩍 다시 예전의 기름을 사용하는 전략!

위드의 요리 스킬이 높기 때문에 다들 먹는 데 정신이 팔려서 한 번도 걸리지 않은 비법 중의 비법이었다.

'작년에 만든 기름인데 오래도 쓰는군.'

순수 동물성 돼지기름.

재활용을 거듭하고 있었지만 아직까지 요리에는 별다른 문제가 없었다.

물론 통닭 등을 만들 때는 아무리 잘해도 스킬 숙련도가 잘 오르지 않아서였다.

위드도 직접 요리를 먹을 때에는 나쁜 기름은 쓰지 않았다. 최소한 자신과 가족들에게는 좋은 음식만을 먹인다는, 음식 장시로시의 물러설 수 없는 곧은 양심!

"자, 자! 담백하고 건강에도 좋은 통닭입니다. 곧 재료가 떨어지면 영업을 그만둘 테니 어서 주문해 주세요!"

위드가 장사를 하는 사이에 시슬레 성을 볼 수 있는 어지간한 장소들은 구경꾼들로 넘쳐 났다.

헤르메스 길드에서는 다른 부분은 억압적이었지만 전투 구경에 대해서만큼은 관대했다. 그들의 군대를 지켜보고 공포에 질리게 하여 복종을 유도하는 전략이었다.

"완전 멋지지 않냐."

"헤르메스 길드의 전투는 아무리 봐도 질리지가 않아. 정말 엄청난 군대란 말이지."

"앗, 저기 거인 기사 보에몽이다."

헤르메스 길드의 무력을 상징하는 기사 보에몽.

바드레이 친위대 소속이며 레벨은 440을 넘었을 거라는 평가였다.

그는 바바리안 기사로서 남들보다 우월한 덩치를 가졌다.

그의 말도 다른 기사들의 것보다 훨씬 커서, 전장에서 쉽게 눈에 띄었다.

위드는 손님에게 팔 브랜디에 물을 타다가 고개를 끄덕였다.

"확실히 강해 보이기는 하는군. 장비들도 최상품이고. 어디 뒷골목 같은 곳에서라도 만나면 조용히 해치워 버릴 수 있을 텐데."

헤르메스 길드에서는 전력을 나누어서 시슬레 성으로 두 갈래로 진격을 했다.

바드레이가 지휘하는 군단은 우회하여 루가 강을 건너고 있었으며 이들의 목표는 클라우드 길드에서 나온 구원군의 요격.

보에몽은 어마어마한 숫자의 공성 무기와 같이 시슬레 성을 함락시키는 임무를 맡았다.

그는 인내심이 약하고 기다릴 줄을 모르는 기사였다.

"공격하라, 기사들이여! 하벤 왕국의 대륙 통일을 위하여 저항하는 적들을 없애라!"

헤르메스 길드의 전면적인 공격 개시!

"와, 이제 전쟁이 벌어진다."

"벌써?"

"화끈하기도 하네."

바퀴가 달린 공성 병기들이 전진하자 수비 측에서 마법 공격이 날아왔다.

시커먼 연기를 꼬리에 물고 날아오는 불덩어리, 얼음의 창, 괴물의 형상을 하고 있는 흙더미 등.

이를 당연히 예상하고 있던 헤르메스 길드의 마법사들은 공성 병기를 지키기 위해 일제히 보호 마법을 펼쳤다.

바람의 막, 물과 공기의 장벽 등이 공성 병기 앞을 겹겹이 가로막았다.

공격 마법과 방어 마법의 정면충돌!

하늘에서 불꽃놀이가 굉음과 같이 펼쳐지며 땅이 뒤흔들리면서 울렸다.

몇몇 공성 무기들은 보호벽을 뚫고 공격을 당하여 완전히 박살 나고 말았다.

마법 전투의 웅장함!

헤르메스 길드에서는 이런 피해를 감안하여 공성 무기를 220기 이상 동원했다. 라살 왕국을 공격할 때에는 쓰지도 않았던 공성 무기를 이곳의 전투를 위하여 몽땅 가져온 것이다.

마법 공격을 중단시키기 위해서는 성벽을 빨리 부숴 버리는 것이 필수였다.

"성을 완전히 부숴라. 발사하라!"

"계속 쏴라!"

공성 무기들이 커다란 강철 화살과 바윗덩어리를 시슬레 성을 향하여 쏘아 냈다.

상황이 바뀌어서 시슬레 성에서는 이를 요격하기 위한 마법 방어에 나섰지만 감시탑과 성벽 등이 셀 수 없이 타격당하고 있었다.

루가 강과 잘 어울리는 건축물이었던 시슬레 성은 시간이 지날수록 공성 무기들로 인하여 부서지고 처참하게 변해 갔다.

위드의 장사도 이때부터는 잘되지 않았는데, 구경꾼들이 먹기보다는 전투에 정신이 팔려 있었기 때문이다.

공성전이 벌어지게 되면 30분, 1시간이 언제 지나 버렸는지도 모를 만큼, 시간 흐르는 것마저 잊어버릴 정도였다.

그런데 파괴력이 강한 공성 무기일수록 내구도에서만큼은 약하다. 몇 차례 사용하다 보니 고장 나는 공성 무기들이 속출했다.

"진군하라!"

길게 울려 퍼지는 뿔피리 소리.

하벤 왕국의 군대가 전진했다.

원거리 공성 무기에 얻어맞고만 있던 시슬레 성에서도 화살이 하늘을 뒤덮을 기세로 쏘아지고 있었다.

헤르메스 길드에서 내보낸, 몬스터들이 끄는 성문 파괴용 마차도 진격하였다.

"우와아아아!"

"가자! 몽땅 죽여 버려라!"

"하벤 왕국의 영광을 위하여!"

"바드레이 국왕 폐하를 위하여 적과 싸우자!"

하벤 왕국의 군대는 화살의 피해를 받으면서도 성벽으로 달려갔다. 사다리와 밧줄을 성벽에 걸고 타고 올라가려고 했다.

공성전에서 높고 단단한 성벽을 끼고 있는 수비 측에서는 매우 유리한 입장에서 싸울 수 있었다.

헤르메스 길드에서는 큰 피해를 감수하고 압도적인 병력의 우위를 바탕으로 정공법을 택한 것이다.

헤르메스 길드의 유저들도 본격적으로 나서게 되면서, 마법이 작렬하고 정령이 돌아다니면서 볼거리들이 끊임없이 만들어졌다.

레벨 300대, 400대의 유저들도 있기 때문에 전장에서는 대량 학살이나 그들끼리의 결투도 벌어지고 있었다.

"많이들 죽어 나가고 있군."

위드는 손님이 조금 뜸해지자 흡족하게 전투 구경을 했다.

어디 시골 마을이라도 가면 사람들의 우상이 될 정도의 유저들이 성벽을 넘다가 죽어 나가고, 재수 없게 공성 병기에 정통으로 맞아 사망하기노 했다.

과거 발전이 막 이루어지던 모라타 시절, 지금 이곳에서 싸우고 있는 유저들이 왔다면 사람들 사이에 정말 큰 인기를 끌었으리라.

물론 지금 이 전장에서 활약하는 유저들은 베르사 대륙 어디를 가더라도 인정을 받을 수 있는 강자들이었다. 그런 강자들이 전쟁을 벌이면서 죽어 나가고 있으니 위드는 싸움 구경을 할 맛이 났다.

"바람직한 일이야."

전쟁은 서로 간에 피를 흘리게 된다.

이기는 쪽이라면 그런대로 건지는 것이 있지만, 지는 쪽에 속한다면 쫄딱 망하기 쉬웠다.

"꺄아! 지금 마법 시전된 거 봤어?"

"응. 불의 회오리가 수백 명은 집어삼킨 것 같아."

"진짜 대박이다."

"저쪽에서 먼지가 크게 일어나고 있는데…….."

"저기에서도 뭔가 벌어지는 거 같아."

언덕에서 구경하는 사람들은 전장의 흥분과 열기가 고스란히 전해져 오는 것처럼 느낄 수 있었다.

전쟁이란 일반 유저들의 입장에서 가능한 한 벌어지지 않는 편이 좋았지만, 시선을 잡아끌고 가슴을 두근거리게 만드는 무언가가 있었다.

아직 정식으로 출진하지 않은 하벤 왕국의 군대가 평원에서 진형을 짜고 있었으며, 양측 간에 화살과 마법 공격 역시 격렬하다.

성벽을 기어오르는 병사들로 인해서 시슬레 성에서는 온통 전투가 벌어지고 있었다.

"불부터 꺼!"

"적들과 맞서서 싸워라. 물러서는 자는 용서하지 않겠다."

마법과 정령으로 인하여 화염도 일어나고 있었지만, 하벤 왕국의 군대가 워낙 거세게 공격을 하고 있어서 성에서 번져 가고 있는 불을 끌 생각은 하지도 못했다.

"몽땅 다 죽으면 좋을 텐데……."

위드가 실컷 싸움 구경을 하고 있는데 하벤 왕국 쪽에서 뿔피리를 길게 불었다. 그러자 성벽을 향해 추가로 몰려가던 병력이 그 자리에 멈췄다.

성벽을 함락시키기 위한 전투가 벌어지고 있었지만 갑자기 지원군의 투입을 멈춘 것이다.

"어라."

"기껏 고생해서 성벽을 공략해 놓고 왜 저러지?"

구경꾼들조차도 이상하게 여길 수밖에 없는 조치였다.

군사 요새 시슬레 성의 성벽이 높고 두꺼워서 쉽게 함락시키기란 불가능하지만, 하벤 왕국의 군대도 막강하여 포기하기에는 아까울 정도였다.

"무언가 있겠군."

위드는 심상치 않은 낌새를 눈치챘다.

그때 헤르메스 길드에서 시커먼 로브를 입고 있는 사람이 앞으로 걸어 나왔다.

"그로비듄!"

멜버른 광산에서 바드레이를 보좌하던 네크로맨서!

현재 그로비듄은 가장 어렵다는 둠 나이트까지도 소환할 수 있었다. 헤르메스 길드가 구해 준 진귀한 아이템과 사냥터 제공 덕분이었다.

얼마 전까지는 쟌이 네크로맨서 중에 최고로 손꼽혔지만, 현재는 그로비듄이 그 자리를 차지했다. 네크로맨서로 전직하기 전부터 마법사로서의 경지가 높았고, 그 자신의 노력도 적지 않았기 때문이다.

그로비듄의 으스스한 목소리가 전장에서 퍼져 나갔다.

"일어나라. 너희가 살아서 움직이던 땅으로 돌아오라. 이곳은 어두운 곳. 검고 부패한 땅. 영영 사라지지 않을 암흑의 율법을 모든 이들에게 새길 수 있도록 하라. 언데드 라이즈!"

시슬레 성 앞에서 벌어졌던 전투.

죽어 간 고레벨 유저들의 시체가 이내 언데드가 되어서 되살아났다.

스켈레톤 검사들이 머릿수를 채우기 위하여 많이 일어났다.

시체들의 질이 워낙 좋다 보니 갓 일어난 좀비조차도 파리 떼를 듬뿍 몰고 다녔다.

"모조리 죽여라!"

언데드들이 시슬레 성으로 진격했다.

잠시 정비를 받았던 헤르메스 길드의 공성 무기들이 다시 철 조각과 바윗덩어리, 쇠뇌를 쏘아 대기 시작하였다.

언데드들은 잘못 날아간 공성 무기에 적중을 당하기도 하고 시슬레 성의 수비군 측 화살 공격에도 당했지만, 계속해서 전진했다.

말 그대로 죽지 않기 때문에 어떤 공격을 받아도 굴하지 않고 무너진 성벽을 타고 넘어가면서 보여 주는 언데드의 위력!

위드의 피가 끓어오르려 하고 있었다.

"내가 저곳에 있었다면… 아쉽기는 하군."

헤르메스와 클라우드 길드!

대륙 최강을 다투는 명문 길드들이고, 이름만 들어도 알 만한 엄청난 유저들이 양측에 몰려 있었다.

화제의 주인공이거나, 다수의 모험으로 알려져 있는 사람들이 저곳에 섞여서 싸우고 있는 것이다.

그렇지만 위드는 스스로의 능력에 대해서도 냉정히 파악하고 있는 편이었다.

"만약 내가 저기에서 싸운다면……."

조각 변신술은 필수였다. 혼돈의 대전사도 강할 테지만, 지금은 역시 네크로맨서가 좋으리라.

바르칸의 풀 세트를 착용하고 암흑의 율법 선포로 주변의 시체들을 무제한으로 일으키는 다크 룰을 사용!

언데드를 강화하는 다크 오라. 전쟁에서는 절대적인 위력이었다.

언데드를 특수 강화하는 안식의 동판도 내구력 1을 남겨 놓은 상태에서 보관하고 있었다.

네크로맨서로서 전투 경험도 많았고, 불사의 군단에서 바르칸이 시키는 일을 하며 퀘스트도 해 보았다.

조각 변신술을 사용했을 때나 죽음을 거부할 수 있는 힘에 의하여 되살아나게 되면, 아직까지 위드보다 강한 네크로맨서는 대륙에 존재하지 않았다.

"정말 신나게 휘저어 줄 수 있을 텐데."

리치는 일반 병사들이 아무리 많더라도 해칠 수가 없는 존재였다.

신성력을 쓸 줄 아는 사제나 미스릴 계열의 무기들이 곤란한데, 바하모르그에게 지켜 달라고 하고 넓은 전장을 마음껏 누비고 다닌다면 얼마나 좋겠는가.

그거야말로 네크로맨서다운 진정한 전투가 벌어진 거라고 말할 수 있으리라.

위드가 지금 강렬하게 모습을 드러낸다면, 시슬레 성의 전투를 지켜보고 있는 유저들은 열광하게 될 것이다.

"닭 다리나 팔아야지."

아쉬웠지만, 어차피 그가 나설 수 없는 전장이었다.

싸움 구경을 하다 보니 손발이 근질근질했을 뿐.

그로비듄의 마나가 허락하는 한 끝없이 일어나는 언데드, 그리고 정비를 하면서 계속 쏘아 대는 공성 무기!

시슬레 성의 수비군은 공성전에 있어서 중요한 자원인 화살을 계속 낭비하며 쓸 수밖에 없었고, 마법사와 사제의 마나도 소모되었다.

그로비듄은 레벨이 449에 달하는 대마법사였다.

"마나 드레인."

"숭고한 희생!"

부상병들의 생명력을 흡수하여 마나로 바꾸고, 일부 부상병은 제물로 바쳐서 몸 상태를 회복시켰다.

그의 언데드는 얕잡아 볼 수준은 아니었지만 수비군의 공격에 의해 정화되거나 타 버렸다. 하지만 일으킬 수 있는 시체는 잔뜩 깔려 있었다.

수비군이 지치면 하벤 왕국 군대의 대공세가 벌어지게 될 것은 의심할 필요 없는 사실.

공성 무기들이 계속 시슬레 성을 목표로 공격하고 있었기에 이것 역시 클라우드 길드 입장에서는 큰 문제였다.

군대와 결탁한 네크로맨서가 얼마나 가공할 위력을 발휘하는지 그로비듄은 명백히 보여 주고 있었다.

"예전에 위드 님이 본 드래곤과 싸우면서 언데드 일으키던 게 생각나네."

"그러게. 그때도 끝내줬는데."

관중도 비슷한 생각을 하고 있는 것 같았다.

네크로맨서로서 전투에서 가장 활약을 했던 것은 위드가 대표적이었기 때문이다.

그리고 마침내 성문이 열리고 수비 측의 군대가 나왔다. 성에 갇혀 저항도 하지 못하고 죽을 바에는 공성 병기를 부수기 위한 돌격이라도 해 보려는 셈이었다.

기사단은 후방에 배치되고 보병들을 먼저 앞세웠다.

"가자. 브리튼 연합 왕국은 우리가 지킬 것이다."

"하벤 왕국의 야욕을 이곳에서 꺾자. 단 한 뼘의 땅도 저들에게 내줄 수 없다!"

보병들이 일제히 진군하였지만 이미 패배를 직감하였는지 사기는 다소 떨어져 있었다. 지금까지 하벤 왕국에 제대로 된 피해를 입히지는 못했기 때문이다.

갖은 전투에 단련된 헤르메스 길드의 입장에서는 너무나도 쉬운 먹잇감.

그들은 기사단조차 움직이지 않았다.

"목표를 바꾸어서 두들겨라!"

공성 무기들이 쏘아 낸 돌덩어리와 쇠뇌가 돌격하는 시슬레 성의 수비군을 마구 두들겼다.

"지금 공성 무기를 부숴라!"

기사단은 보병들의 희생을 밑거름 삼아서 돌격하였지만, 헤르메스 길드에서는 그들의 전술을 뻔히 들여다보고 있었다.

시슬레 성을 공격하기 위한 준비 작업과 사전 회의가 많이 이루어졌다. 지금 적들의 대응도 헤르메스 길드의 예상 범위를 벗어나지는 못한 것이다.

기다리고 있던 헤르메스 길드의 마법과 화살 공격에 의하여 기사단도 피해가 컸다.

억지로 방어선을 돌파하며 공성 무기를 절반가량 파괴하는 공을 세우기는 했어도, 어느새 퇴로가 차단당하고 뒤늦게 움직인 보에몽의 기사단에 의하여 격파!

병력의 상당 부분, 그리고 성벽까지 무너지고 있던 시슬레 성에 백기가 내걸렸다.

불과 하루 사이에 대륙의 유명한 방어 요새가 점령당하고 만 것이다.

헤르메스 길드에서는 저항한 성에 대해서는 잔인한 통치 방식을 사용했다.

성문이 격파되고 군대가 진입할 때까지도 항복하지 않은 주민들과 수비군은 몽땅 다 죽였다.

일반 유저들이라고 하더라도 그 성안에 있었으면 모조리 척살 대상이 된 것이다.

그 잔혹함에 대한 소문이 흘러서, 헤르메스 길드가 쳐들어온다고 하면 주민들의 사기와 충성심이 극도로 낮아질 정도였다.

악명이 높은 탓에 헤르메스 길드 입장에서도 차후 점령지 통치나 내정에 있어서 불리한 점이 많다. 하지만 전쟁 과정에서만큼은 유리한 방식이었다.

"저녁도 되기 전에 시슬레 성이 넘어가 버렸네."

"하벤 왕국 군대가 전부 들어가는 데만 해도 시간이 엄청 오래 걸리겠다."

"저기 무너지고 박살 난 성벽이나, 근처에 파여 있는 땅 좀 봐. 정말 무지막지한 공격력이다."

"부자는 다르긴 달라. 엄청 비싼 공성 무기를 저렇게 많이 끌고 오다니……."

구경꾼들은 전투를 지켜보고 나서 감탄과 동시에 기가 질린 모습이었다.

헤르메스 길드의 저력에 대하여 다시금 인식되지 않을 수가 없었다.

"바드레이가 지휘하는 군단이 클라우드 길드의 구원군도 격파했다는 소식이야."

"뭐, 벌써?"

"클라우드 길드가 초반에 피해를 많이 입었다곤 해도, 진짜 놀랍네."

헤르메스 길드에서는 시슬레 성을 점령하고 이틀 만에 자유 도시 3개를 접수했다.

자유도시는 무역과 생산의 거점이며 방대한 인구를 가지고 있다. 브리튼 연합 왕국에서 클라우드 길드의 세력권은 급격히 감소하고 있었고, 헤르메스 길드가 그 자리를 차지했다.

  헤르메스 길드에서는 며칠 후 선포했다.

  하벤 왕국, 칼라모르 왕국, 라살 왕국, 브리튼 연합 왕국의 일부를 합쳐서 하벤 제국의 시대가 시작될 것이다.

  영토의 면적이나 인구, 기술력과 경제력, 대외적인 영향력. 그 어느 것으로도 제국이라고 부르기에 충분했다.
  하벤 왕국이 헤르메스 길드의 주도 아래 중앙 대륙에서도 독보적인 국가가 된 것이다.
  "아, 진짜 싫다."
  "재수가 뚝뚝 떨어지네."
  "씹던 고기 맛도 별로야."
  헤르메스 길드원 외에는 누구도 좋아하지 않는 소식.
  대륙 전체가 하벤 제국으로 인하여 들끓었다. 시샘을 하기도 하였지만, 어쨌거나 대륙 최초의 대제국이 나온 것이다.
  아울러 길드의 수장인 라페이는 누구도 예상치 못한 시점에 전쟁을 그만두겠다고 선언했다.

평화를 사랑하는 헤르메스 길드에서는 엠비뉴 교단으로 인하여 위태로워졌던 라살 왕국을 그냥 두고 볼 수만은 없었다.

끊임없는 분쟁의 소용돌이에 빠져서 퇴보하고 있는 라살 왕국을 안정화시키기 위하여 우리는 어려운 결정을 내렸다.

덧없는 명분이나 따지고 있었다면 라살 왕국의 유저들은 더 큰 고통을 겪어야 했을 것이다.

그리고 클라우드 길드가 브리튼 연합 왕국에서 저지른 수많은 악행들에 대해서도, 이를 바로잡기 위하여 검을 들었다.

하지만 사람들의 불안감과 불편함이 더해 가고 있는 지금, 헤르메스 길드에서는 오로지 정의를 위한 마음으로 전쟁을 전면 중단한다.

앞으로도 헤르메스 길드에서는 영토를 확보하기 위한 침략 전쟁은 하지 않을 것임을 약속한다.

그리고 하벤 제국은 라살 왕국에 더 이상의 혼란이 벌어지지 않게 하기 위하여 적극적으로 그들을 보호할 것이다. 지금 점령하고 있는 브리튼 연합 왕국의 자유도시와 성 들도 너욱 융성할 수 있도록 관리할 것이다.

전혀 뜻밖의 종전 선언!

클라우드 길드에서조차도 무슨 영문인지를 몰라 어리둥절할 정도였다.

벌써 원수라고도 표현할 수 있는 관계였다.

이미 전쟁에서 이기고 있는 헤르메스 길드가 브리튼 연합 왕국의 삼분의 일 정도만 점령한 채로 멈춰 서다니.

어쨌든 당장 평화가 찾아와서, 브리튼 연합 왕국에서는 환영하는 유저들이 많았다.

유병준은 따뜻한 코코아를 마시면서 헤르메스 길드의 발표를 모니터를 통해 지켜보았다. 그러고 나서 라페이에 대해 적지 않게 감탄을 했다.

"라살 왕국과 브리튼 연합 왕국은 몽땅 집어먹기에는 너무 큰 먹잇감이었지. 과식을 하면 체하기 마련이니까. 그렇더라도 승리를 거두고 있으면서 자제력을 발휘하기가 쉽지는 않았을 텐데."

브리튼 연합 왕국은 맛있으니까 잘 씹어 먹겠다는 계략!

한꺼번에 전부 점령하고 나면 헤르메스 길드의 점령지가 너무나도 넓어진다. 반란군과 저항군이 날뛰게 될 텐데, 그러면 치안 확보와 내정이 어려워진다.

다른 세력도 위기를 느끼고 민감하게 대비책을 마련할 수 있었는데, 뜻밖의 종전 선언과 침략 전쟁을 그만두겠다고 하면서 그들을 머뭇거리게 할 수 있다.

물론 헤르메스 길드의 발표를 그대로 믿는 순박한 사람도 있겠지만, 의심하는 이들은 더욱 많을 것이다.

침략 전쟁을 하지 않겠다는 약속이라면 엠비뉴 교단이나 혹은 그 외의 어떤 핑계를 대더라도 빠져나갈 수 있는 것이 아니던가.

경쟁자들의 경우에는 더욱 헤르메스 길드의 역량에 대해 경계를 할 것이다.

하지만 그들에게도 일단은 효과적이었다.

다른 거대 명문 길드들은 당장 발등에 불이 떨어지려고 하다가 허무하게 저절로 꺼진 격이다.

그들은 자연히 헤르메스 길드를 막기 위하여 자신들이 희생하며 뭉쳐서 나서기보다는, 그들도 대제국의 반열에 오르기 위한 전쟁을 더욱 열심히 벌일 것이다.

그사이에 시간을 번 헤르메스 길드는 라살 왕국과 자유도시들을 다스리고 이번에 또 큰 승전을 경험한 군대를 훈련으로 강화할 수 있는 기회를 얻게 된다.

지금도 톨렌 왕국에서 쉬지 않고 은밀하게 베덴 길드를 통해서 정복 전쟁을 펼치고 있었다.

브리튼 연합 왕국도 이미 한 발은 담그고 있는 상태이기 때문에 상권을 시작으로 하여 얼마든지 영향력을 야금야금 빼앗을 수 있었다.

꼭 전쟁을 해시 영토를 가져가야 하는 것만이 아니라, 그 왕국에서 활동하는 높은 레벨의 유저들을 포섭하는 쪽이 훨씬 유리하니까.

클라우드 길드는 영토를 대거 잃어버리는 패배로 어쨌든 과거의 대륙 5대 길드로 계속 남진 못할 것이다. 그들이 약화되는 만큼 헤르메스 길드에서는 빠져나오는 유저들을 적극적으로 흡수하는 기회도 얻을 수 있다.

헤르메스 길드에서는 큰 욕심을 낼 수 있을 때 약간 물러섬으로써 정말 많은 것을 챙겨 가겠다는 것이었다.

"상당히 머리가 좋은 녀석이군. 물러서는 게 좋다는 걸 알더라도 실행하기란 쉽지 않았을 텐데. 욕심이 많은 만큼 그것을 가질 자격도 있어."

기존의 하벤 왕국, 칼라모르 왕국의 영토에서는 또 다른 군대가 계속 훈련을 하고 있었다.

현재의 준비 상황이나 전력으로 본다면 다음에는 중앙 대륙 전체를 도모할 수도 있을 것이다.

허울뿐인 종전 선언을 파기할 때가 되면 과연 헤르메스 길드의 전력을 어느 누가 막을 수 있겠는가.

유병준은 코코아를 마실 때마다 위드 생각이 났다.

전쟁의 신.

〈로열 로드〉에서도 전설을 써 내려가면서 사람들의 인기를 얻고 있는 주인공.

하지만 위드를 둘러싸고 있는 상황은 급속도로 악화되고 있다. 대륙 전체를 장악해 가는 헤르메스 길드의 고레벨 유저들과 잘 훈련된 막강한 군대는 부담스럽기만 하다.

전 대륙을 최초로 통일한 황제에게는 천문학적인 금액과 권력이 주어지게 된다. 유니콘 사에서 약속한 내용이기 때문에, 바드레이와 헤르메스 길드에서는 당연히 전 대륙을 목표로 하고 있었다.

대륙이 전쟁으로 더욱 피폐해지는 데에는 유병준의 역할도 상당히 큰 셈이었다.

"어디까지 할 수 있을지. 곧 절벽까지 몰리게 될 텐데 발버둥이나 칠 수 있을까. 헤르메스 길드나 엠비뉴 교단이나 갈수록 커져 가고 있는데… 그들 중에 누가 이기느냐에 따라서 대륙의 역사가 달라지게 되겠지."

다크 게이머의 숙명

하벤 제국의 수도 아렌 성.

이곳에서는 방대한 부지에 황제의 궁전 건축 작업이 이루어
지고 있었다.

평탄한 곡창지대를 밀어 버리고 바드레이의 통치력을 널리
떨치기 위한 호화스러운 궁전을 짓기로 하였다.

"예술가들과 건축가들을 모아라."

헤르메스 길드에서는 그동안 예술에 대하여 인색하기 짝이
없었다.

위드가 조각술을 알리고 난 이후에, 길드 차원에서 몇 명의
조각사를 전략적으로 키우기는 하였다.

그러나 그들이 만들어 내는 조각품들은 어쩌다 발굴되는 고
대의 예술품보다 못했다.

화가와 조각사 등에 대한 지원은 어느 순간 사라졌고, 예술
가들은 하벤 왕국에서 점점 떠나갔다.

그렇지만 황제의 궁전을 짓기 위해서는 필요한 존재들이라서 부르고 있었다.

"황궁을 지어서 주민들의 충성도를 강제로 올리고, 세금은 2% 정도를 추가로 더 올릴 수 있을 것입니다."

"전쟁에서 투항한 병사들을 광산으로 보내도록 하지요."

라페이가 진행하는 수뇌부 회의에서는 제국의 주민들을 쥐어짜 내기 위한 각종 아이디어들이 속출했다.

전쟁 승리 기념 세금.

황궁 건설 세금.

아렌 성 시설 정비를 위한 임시 세금.

군대의 시가지 행진을 위한 세금.

영토 확장에 따른 임시 세금.

위드가 들었다면 무릎을 치며 감탄하였을 참신한 의견들이 나왔다.

"라살 왕국에는 드워프들이 제법 많이 살고 있습니다. 그들을 강제로 잡아서 노예로 부려도 될 것 같습니다."

"일부 점령 지역에서 폭동이 일어나고 있습니다. 진압은 문제가 되지 않지만 치안이 낮아져서 엠비뉴 교단이 퍼지는 중입니다."

하벤 제국 역시 들불처럼 퍼지고 있는 엠비뉴 교단에 피해를 입고 있었다. 하지만 헤르메스 길드의 최상층 수뇌부는 그에 대해서 큰 걱정은 하지 않았다.

엠비뉴 교단이 대륙을 피폐하게 만들수록 그들은 사람들의 경계를 조금 덜 받으면서 점령 작업을 진행할 수 있다. 대륙을 정복하고 그 후에 엠비뉴 교단과의 전쟁을 선언하여 민심을 얻을 수도 있기 때문이다.

물론 엠비뉴 교단과의 전쟁에 새로운 명목의 세금은 당연히 필요할 것이다.

헤르메스 길드에서는 대륙을 완전히 정복하고 난 이후에도 강성한 군대를 유지하며 유저들을 착취해 갈 작정이었다.

2° 3Q

"나쁜 놈들."

헤르메스 길드가 전쟁을 중단하기로 했다는 소식을 듣자마자 위드의 입에서는 본능적으로 욕부터 나왔다. 무언가 이상한 낌새를 바로 눈치챈 것이다.

"뭔가 아주 안 좋은 꿍꿍이가 있어. 아무튼 나쁜 놈들은 믿을 수가 없다니까."

철학자들의 성선설, 성악설을 뛰어넘는 나쁜 놈 꿍꿍이설!

위드는 바하모르그를 앞세워서 서윤과 전투를 하면서 꼬박꼬박 성장을 하고 있었다.

던전 사냥을 하며 각종 재료들을 입수하여, 요리 스킬도 드디어 고급에 올랐다.

중급 요리 스킬의 레벨이 10이 되어 고급 요리 스킬로 변화합니다.
다루기 까다로운 식재료들, 절임 요리, 발효 요리, 독을 가진 요리들을 부작용을 최소화하며 만들 수 있습니다. 음식의 보존 기간을 크게 높일 수 있습니다. 전문 요리를 제조할 수 있습니다. 전 스탯이 20포인트씩 늘어납니다.

요리에서도 대가라고 불릴 수 있게 됐다.

어느 도시로 가서 간단한 빵만 굽더라도 먹고살 수 있을 정도가 되었다.

노가다의 성과란 초창기보다는 후반에 더욱 크게 부각되는 법이었다.

그렇지만 위드는 누구나 그렇듯이 미래에 대한 불안감도 갖고 있었다.

"내가 꼬박꼬박 연금을 받을 수 있는 것도 아니고, 4대 보험도 적용이 안 되지. 일을 그만둘 때 퇴직금도 나오지 않아."

지금은 짭짤하게 벌어들이고 있지만 미래는 알 수 없는 것.

직업 자체가 다른 프리랜서들처럼 불안하기 짝이 없었다.

얼마 전에 다크 게이머 연합에 공지 글 이후로 최고의 조회수와 반향을 기록한 게시물이 있었다.

제목: 제가 결혼을 하려고 했습니다.

3년간 사귀어 온 사랑하는 여자가 있습니다.
어제 장인어른을 만나 뵙고 인사를 드렸죠.
그리고 저는 지금 울고 있습니다.
여자 친구는 괜찮다고 위로를 해 주지만 저 스스로가 견딜 수가 없네요.
장인어른과 제가 나누었던 이야기를 짧게 적어 보겠습니다.

─ 그래, 지네 지금 하는 일은 뭔가.
─예, 장인어른. 혹시 〈로열 로드〉라고 아십니까?
─알다마다! 신문이나 텔레비전에서도 매일 나오고, 최근에 가장 잘나가는 기업이 유니콘이라고 했지. 매년 벌어들이는 수익이 엄청나다면서? 직원들의 복지 혜택도 상상이 안 될 정도라던데, 그래, 유니콘 사에 다니고 있었는가. 우리 효선이가 남자 하나는 제대로 만났구만.
─아니요. 직원이 아니라 〈로열 로드〉를 하면서 다른 사람들의 의뢰를 받

다크 게이머들이라면 공감하지 않을 수 없는 이야기였다.

일종의 서비스업이지만 세상에 드러내 놓고 소개하기에는 개운하지가 않았다. 직업의 안정성, 일정한 소득, 복지 혜택이 전무하였으니까.

더군다나 헤르메스 길드의 확장은 거대한 위협이었다.

다른 유저들도 헤르메스 길드를 부담스러워할 테지만 아르펜 왕국의 국왕 신분인 위드가 느끼는 압박감은 더욱 컸다.

조각사 직업 마스터를 최초로 하더라도 그때쯤 바드레이와 헤르메스 길드가 중앙 대륙을 통일한다면 무슨 의미가 있겠는가. 하벤 제국의 대군이 북부로 와서 아르펜 왕국을 짓밟게 되리라.

위드가 거액의 돈을 투자해서 세운 건물들이 부서지거나, 헤르메스 길드에서 차지하고 써먹게 될 것이다.

위드는 그런 쪽에 있어서는 마음이 여린 편이었다.

"속도 쓰리고 화병이 나서 병원비가 계속 나올지도 몰라."

방송으로 최초의 직업 마스터라면서 화려한 조명을 받은 후의 급격한 추락!

위드는 그런 걱정을 하지 않을 수가 없는 처지였다.

"아르펜 왕국은 내 밥그릇이야."

위드의 밥그릇에 대한 애착은 남달랐다.

동네 강아지들조차도 넘볼 수 없는 그의 밥그릇!

"밥그릇을 지킬 방법을 마련해야겠군."

그 어떤 위협에서도 아르펜 왕국을 지킬 수 있는 방법.

"스승님과 사형들에게 부탁을 해야겠지."

원래 어려운 일일수록 친한 사람들에게 떠넘겨야 된다. 지금까지 구워 준 고기와 바쳐 온 술병들을 생각한다면 얼마든지 나서 줄 것이다.

하지만 검치와 수련생들이 강하다고 해도, 그게 전쟁 규모로 단위가 커진다면 집중적인 마법 공격 등으로 인하여 한계가 있었다.

그들만으로는 많이 부족했다.

"어디 놀고먹는 조각 생명체들을 데려와서 부려 먹을 수 없을까."

착취로 상황을 극복할 생각도 해 봤다.

위드 또한 매우 원하는 바이기는 했지만, 이것으로도 헤르메스 길드를 상대할 수는 없었다. 조각 생명체들을 만나서 친밀도와 공적치를 쌓아서 데려오려면 상당한 시간이 걸릴 것이기 때문이다.

전투와 관련이 있는 종족이 아니라면 그다지 도움이 되지도 않는다.

아르펜 왕국이 장기적으로 커 나가는 데에는 도움이 될 테지만, 얼마 후면 다가올지도 모를 위협이 문제였다.

"왕국을 지키기 위한 군대를 더 많이 양성해야겠지. 하지만 지금은 고작해야 몬스터들과 싸우는 수준밖에 안 되는데… 시간이 주어지고 돈을 투자한다고 해도 하벤 제국을 막아 낼 정도까지는 안 될 거야."

여러 가능성을 떠올려 보더라도 도무지 하벤 제국과 상대할 수가 없었다. 발전으로 차근차근 이루어 나가는 것보다는 중앙 대륙의 발전된 도시를 점령하고 약탈하는 편이 더 빠르기 때문이었다.

"냉정히 봐서 내가 그들보다 나은 점은 없어. 왕국의 규모나 인구, 발전도, 그 어떤 것도 비교할 수가 없고, 보유하고 있는 병력은 말할 것도 없지. 전쟁이 벌어진다면 못 이겨."

미래를 생각한다면 지금이라도 아르펜 왕국을 포기하는 게 합리적인 판단이었다. 헤르메스 길드가 아닌 중앙 대륙의 다른 세력이 오더라도 지킬 힘이 없기 때문이다.

물론 지금은 인구와 군사력도 상당히 커졌기에 중앙 대륙의 평범한 길드쯤이야 무서울 것이 없었지만, 대적하기 어려울 정도로 커진 5대 길드가 문제다.

"무언가 승부를 걸 만한 것이 필요한데……."

위드는 자신이 갖고 있는 것들을 돌아보았다.

누렁이의 밭 가는 능력, 빙룡의 브레스, 불사조의 화염 깃털, 지골라스의 생명체들.

2~3년쯤 더 사냥터에서 굴리면서 키우면 굉장한 전력이 될 테지만 그렇다고 해서 전쟁을 이기지는 못한다.

금인이를 뇌물로 바치더라도 해결되지 않을 문제이리라.

"그래도 조각술에 무언가 기회가 있을지도 몰라. 아직 나만의 기술을 만들어 내지도 않았지. 그리고 조각사의 전설이라고 할 수 있는 최후의 비기도 있어."

생명 부여와 조각 변신술, 조각 검술, 대재앙의 조각술, 정령 창조 조각술까지 모두 익히고 나서 도전할 수 있다는 최후의 비기.

위드는 조각술 최후의 비기에 대한 기대가 있었다.

밤에 잠을 자며 그 스킬을 얻어서 떼돈을 벌며 잘사는 꿈을 몇 번이나 꾸었을 정도다.

"설마 최후의 비기가 단순하게 대상의 조각품을 만들어서 저주를 부여한다거나… 진짜 예쁜 조각품을 표현할 수 있는 아름다운 조각술이라거나… 조각 생명체들을 끌어들인다거나, 혹은 자기 자신의 조각품을 깎아서 능력을 올린다거나 하는 단순한 건 아니겠지."

여러 가지 우려에, 기대도 되고 불안감도 있었다.

지금까지의 과정을 돌이켜 본다면 어떤 조각술이 나올지 짐작조차 할 수 없는 노릇.

조각술 최후의 비기가 어쩌면 전투 능력을 상승시켜 주는 것은 아닐 수도 있지 않은가.

어쨌든 대륙의 상황이 불안정한 이상 위드는 결정을 내려야 했다.

"직업 마스터 퀘스트는 이제 남은 숙련도만 채우면 끝이야. 최초가 될지 아닐지는 모르지만, 조각품을 만들면서 스킬을 마스터하면 완료하게 되겠지. 그렇다면 최후의 비기에 도전을 한다면……."

조각술 최후의 비기.

누구도 갖지 못한, 위드만 도전할 수 있는 마지막 기술.

"더 늦기 전에 최후의 비기를 구한다면 어떤 기회라도 생길지 모르겠어."

조각술에 마지막 기대와 희망을 걸어 보기로 했다.

어떤 기술이 나오느냐에 따라서 미래가 달라질 수 있지 않겠는가.

"정말 상상을 초월하는 그런 스킬이 나온다면 헤르메스 길드와 맞서 싸워야지. 내가 그들과 싸우겠다고 하면 나서 주는 다른 사람들이 있을지도 몰라. 그리고 그 정도의 스킬이 아니라면……."

조각술 최후의 비기가 한마디로 별로라면…….

"바로 무릎 꿇고 항복해서 살려 달라고 빌어야겠군."

위드는 조각술의 비기도 일단은 만들지 않고 미루어 두기로 했다. 당장 쓸 만한 스킬을 결정하면 사냥이나 조각술 숙련도를 올리는 데는 더 편해지겠지만 지금으로써는 최후의 비기를 획득하는 것이 우선이었다.

"어떤 난관이 있을지 모르니 상황에 맞춰서 행동해야겠어."

최후의 비기는 잘못하면 영영 얻지 못할 수도 있기 때문에 모든 것을 걸어야 하는 승부였다.

대륙의 불안한 정세로 인하여 위드는 도전을 하기로 했다.

"왠지 오늘 일을 앞으로 두고두고 후회할지도 모르겠어."

가늘고 길게 살고 싶었음에도 불구하고 자꾸만 더 큰 모험을 하게 만드는 운명이었다.

위드가 대륙에 만들었던 수많은 조각품들.

사람들에게 팔리거나, 혹은 벽이나 바위에 조각을 하여 그 장소에 남겨진 것들이 있다.

"이것은… 작품이군."

꽁지의 털이 두 갈래로 갈라진 조인족 바라보!

그는 여행을 하는 도중에 위드가 남겨 놓은 조각품을 발견하였다.

"좋은 조각품이군. 이런 실력이라면 충분히 뛰어난 조각사라고 할 만하다."

바라보는 잠시 무언가를 생각하다가 다시 말을 이었다.

"언젠가 만날 날이 있겠지."

조인족만이 아니었다.

위드가 그동안 깎은 조각품의 수량은 엄청날 정도였다.

노가다를 했으니 그만큼 흔적이 대륙으로 퍼져 나가게 된 셈이었다.

바위나 땅, 나무에 새겨 놓고 가져가지 못한 것들뿐 아니라 판매로 처분한 양도 상당했다.

바가지를 듬뿍 씌워서 팔았던 조각품들은 유저들 사이에 지속적으로 거래되며 시간이 지날수록 더욱 넓은 곳으로 흩어지게 되었다.

특별한 옵션이 걸려 있지 않은 경우에는 버리거나 친밀도를 높이기 위하여 다른 주민에게 선물을 했다. 던전 사냥에 가지고 가서 죽음으로써 잃어버리거나 하여 조각품이 그곳에 계속 남게 된 경우도 있었다.

그런 조각품들은 위드에 대하여 알리는 흔적이 됐다.

"실력이 아직 부족하군."

"위드라는 조각사의 작품이 또 우리의 손에 들어왔다."

깊고 먼 곳에서 살아가는 조각 생명체들도 위드의 작품을 가끔 발견하기는 했다.

아르펜 제국이 무너지고 나서 조각 생명체들은 은둔을 결정하였다. 인간들과 더불어서 살아 봐야 오히려 서로에게 해만 된다는 것을 알아 버렸기 때문이다.

그리고 현재까지 내려오면서 상당히 많은 조각 생명체들이 멸종했다. 나머지 조각 생명체들은 몬스터화가 진행되거나 아니면 숨어서 지냈다.

그들은 예술을 바라볼 줄 아는 조각사가 직접 가서 깨우지 않는 한 자신들의 정체를 밝히지도 않았다.

위드가 대륙의 많은 곳들을 헤집고 다녔다고는 해도, 조각 생명체들은 더욱 깊고 은밀한 곳에 숨어서 살아가고 있었다.

지골라스에도 조각 생명체들이 있었는데 그들은 화산의 깊은 연기 속에서만 지냈기에 발견되지 않았다.

"얼마 전에 이곳에도 조각사가 왔었다."

"무슨 소리인가. 조각사를 만나 보았는가."

"나에게 생명도 주었다."

조각사 길드의 8대 수장 젠버린과 그의 동료들이 만든 대작 조각품.

지골라스의 불가사의, 영웅을 기다리는 고요한 탑은 생명을 부여받은 이후로도 떠나지 않고 쭉 그곳에서 지내오고 있었다.

다른 조각 생명체들과도 조우하고 나서 위드에 대한 이야기를 했다.

위드가 뿌려 놓은 조각품들, 그리고 수많은 인연이 대륙 전체로 많이 퍼져 있었다.

"그 조각사는 어떤 성격을 가지고 있는가."

"오래 보지는 않았지만, 쪼잔한 것 같았다."

꽃 꽃

바드레이는 전쟁이 벌어질 때에도 시간을 내서 가까운 던전에서 사냥을 했다.

그는 길드의 지원을 받으며 누구보다 효율적으로 사냥을 하고 있었는데, 하벤 제국의 황제로서 침략 전쟁의 축하 연회에도 참석하지 않고 사냥터로 왔다.

"일점공격술이 상당히 쓸 만하군."

현재 바드레이가 있는 장소에는 대형 몬스터들이 많았다.

두더지처럼 생겨서는 몸에 가시가 돋아나 있는 대형 몬스터들이 지하 던전 안을 돌아다녔다.

레벨이 500대에 이르는 몬스터들!

놈들의 생명력이 워낙 크고 피부가 강철을 두른 듯이 단단하고 가시까지 돋아나 있어서, 공격할 때마다 역으로 피해를 입었다.

바드레이는 위드가 보여 주었던 일점공격술을 활용하며 친위대와 함께 마울러들을 사냥했다.

"갈수록 강해지십니다."

"역시 마울러도 마지막은 바드레이 님이 장식하셨군요."

대형 몬스터에, 방어력이 높을수록 일점공격술은 시원하게 먹혀들었다.

바드레이는 새로 익힌 공격법을 매우 잘 써먹고 있었다.

그렇지 않아도 경악스러운 파괴력이, 일점공격술에 의해서 더욱 높아졌다.

바드레이는 남들보다 사냥터에서 보내는 시간이 많았고 심지어는 몬스터를 기다리며 휴식을 취하는 순간도 의미 없이 보내지 않았다.

위드라면 생명력과 체력도 회복할 겸, 몬스터가 나타나길 기다리며 조각품을 깎았으리라.

그러나 바드레이는 조각술 같은 예술 스킬은 알지 못했고, 철저히 전투로 성장할 뿐이었다.

대신 그는 사냥의 중간마다 잠을 잤다.

수면을 취하면 생명력과 체력의 회복 속도가 평소보다 훨씬 빨라지게 된다. 전투를 하더라도 더 오래 지치지 않을 수 있었으며, 사냥 중간마다 수면을 취하면서 실제로 잠을 자야 하는 시간마저도 줄일 수가 있었다.

⁂

"모든 것이 무너지고 말았군."

바드레이는 어느 산기슭에 혼자 서 있었다.

대륙을 공포로 몰아넣으며 통일 제국이 되려고 하던 하벤 제국은 산산이 붕괴되었다.

바드레이는 얼마 전까지만 해도 무신으로 떠받들렸지만 그 영광마저도 위드가 가져가고 난 후였다.

위드의 지휘력과, 도저히 흉내도 낼 수 없는 전투 방식에 져 버렸기 때문이다.

"후후, 후련하기도 하구나. 계속 무언가에 떠밀려 가듯이 살 아왔으니."

바드레이는 홀가분한 기분을 느꼈다.

모든 것을 손아귀에 쥐기 위해서 살았던 시절, 헤르메스 길 드를 내세우며 탐욕에 충실하였다.

그게 후회가 되는 건 아니었다.

남자로서 한 번쯤은 도전해 볼 만한 목표였다.

그리고 그 꿈이 깨어진 지금은 무거워진 어깨가 가뿐해진 기 분이었다.

이제 기초부터 다시 시작할 수 있으리라.

"모험도 하고, 의뢰라는 것도 해 보아야지."

바드레이는 조용히 살아가면서 대륙을 여행하며 즐기고 싶었다.

헤르메스 길드도 해산하고 난 이후이니, 진정한 베르사 대륙의 재미를 이제 여유롭게 맛볼 수 있으리라.

바드레이가 천천히 걸어가는데 그에게로 다가오는 사람이 있었다.

전쟁의 신 위드.

현재 엄청난 권력을 가지고 베르사 대륙의 새로운 지배자로 떠오른 그였다.

위드의 주변에는 자주 봐서 익숙한 뱀파이어 로드 토리도와 데스 나이트 반 호크가 수행하고 있었다.

"어디를 가지?"

위드의 낮게 깔린 목소리에는 위압감이 가득했다.

절대 넘볼 수 없는 존재처럼 느껴지는 분위기가 흘렀다.

"이제 조용히 살려고 한다. 나의 패배를 인정하겠다."

바드레이는 진 마당에 깨끗이 승복하는 마음이 컸다.

아무리 노력해도 도저히 위드를 따라잡지 못했다. 헤르메스 길드라는 든든한 울타리까지 부서진 지금으로써는 더욱 상대가 안 되리라.

위드가 고개를 저었다.

"이렇게 보내 줄 수는 없다."

"그렇다면……."

바드레이는 혹시나 하는 기대감을 가졌다.

대륙을 장악하려고 했던 자신의 능력을 높이 사는 것인가.

위드의 동료나 부하가 된다면 그것도 새로운 길로서 나쁘진 않을 것만 같다.

'다시 기회가 생기는 것이야. 그리고 힘을 더 키워서는 나중에는 배반을……'

활활 타오르려고 하는 야망.

그러나 위드의 말은 그의 상상을 산산이 짓밟는 것이었다.

"네가 착용하고 있는 장비들이 꽤 좋은 것이더군."

"그러면……"

"몽땅 뺏을 때까지 죽여 주마."

스르릉.

위드가 검을 뽑았다.

"허억."

바드레이는 눈을 번쩍 떴다.

친위대에 속해 있는 유저들이 던전에서 흩어져서 쉬고 있었고, 저 앞에는 마울러의 사체가 보였다.

'꿈이었나.'

바드레이는 심호흡을 하면서 정신을 가다듬었다.

함께 보내는 시간이 많은 친위대라 할지라도 악몽을 꾸었던 걸 알리고 싶지 않았다. 그들에게는 항상 강한 모습으로만 있어야 했기에.

오늘만이 아니라 벌써 몇 번째 비슷한 꿈이었다.

'〈마법의 대륙〉시절에 그에게 패배했던 사건 때문에 그런 꿈을 꾸었을까?'

심리적으로 일리가 있는 이야기였다.

다른 사람들은 모르고, 심지어는 위드조차도 그에 대해서 기억하지 못할 수도 있다. 그렇지만 단지 오래된 과거가 지금 선명하게 떠올랐다고 볼 수는 없으리라.

'〈로열 로드〉에서 나의 경쟁자……'

바드레이는 가장 강한 세력과, 무신이라고 불려도 어색하지 않을 정도의 힘을 가졌다.

'다른 놈들은 문제 될 것이 없다.'

아직 맞붙지 않은 사자성, 로암 길드, 블랙소드 용병단.

저마다 한 지역을 제패하고 있기는 해도 헤르메스 길드보다는 약했다.

개인적으로도 바드레이는 그들의 수장들과 싸워서도 가뿐히 이길 수 있다고 여겼다. 바드레이가 레벨과 전투 능력을 속인 상태에서도 그들보다 강하다는 평가를 받고 있을 정도이기 때문이다.

모든 일에는 순서가 있으니 대륙 점령 계획에 따라서 행동하다 보면 만나게 될 것이다.

사실 그 시간도 얼마 남지 않았다.

'다만 이해할 수 없는 건 위드……'

위드에 대해서는 언제나 신비롭다.

〈로열 로드〉의 초창기에는 틀림없이 그의 이름을 들어 본 적이 없었다. 언제부터인가 뒤늦게 두각을 내더니 무서운 속도로 뒤쫓아 오고 있다.

다른 어떤 세력의 지원도 받지 않고, 불가능하다고 평가받던 퀘스트를 완료했다.

대단한 모험가의 자질을 갖고 있지만 헤르메스 길드를 지배하는 바드레이가 신경을 써야 할 필요까지는 없었다.

대륙의 웬만한 성이나 도시에는 영주가 있었고 위드의 자리는 남아 있지 않았기 때문이다.

그런데 그는 남들이 가지 않는 북부를 인간이 살아갈 수 있는 땅으로 만들고 나서 왕국까지 세웠다.

무시할 수 없는 부분은 전투 능력.

방송에 출연하던 초창기만 하더라도 레벨은 분명 낮은 것 같았는데 멜버른 광산에서 싸워 본 바로는 어느덧 만만하지가 않았다.

위드가 확실히 남들과는 뭔가 다르다는 사실을 인정했다.

언제라도 잡초처럼 살아남아서 무시무시하게 커 나갈 것 같았다.

존중과는 다른 의미로 반드시 이겨야 하는 대상!

'분명히 놈을 다시 만나게 될 것이다.'

바드레이는 어쩌면 그 순간이 기다려졌다.

위드가 활용했던 일점공격술을 사용하고 그가 전투에서 보여 주었던 습관들을 자신의 것으로 만들면서 약점을 보완하는 과정에 있었다.

'그래서 이런 꿈을 꾸는 것인지도…….'

바드레이는 그런 사소한 두려움조차도 기분 좋게 받아들이기로 했다.

베르사 대륙을 정복하는 일인데 탄탄대로인 것도 재미가 없지 않은가. 지금까지 너무 훌륭할 정도로 계획대로 진행되고 있었다.

'다음번에 만나게 된다면 더욱 철저히 짓밟아 주지. 다시는 날뛰지 못할 정도로…….'

벌새의 여행

위드는 그동안 바하모르그와 사냥하면서 귀찮아하던 조각 생명체들을 만났다.

금인이는 땅에 낙서를 하고 놀고 있었으며, 누렁이는 쟁기를 끌면서 밭을 갈았다. 마음의 상처가 얼마나 컸으면 평소에 절대 하지 않던 행동을 하겠는가.

와이번들과 은새, 황금새, 빙룡은 멀찌감치 뒤에서 구경하고 있었다.

"크흠, 내가 고생하는 너희를 볼 때마다 안쓰러워서 이번에 휴가를 주었는데, 그동안 많이 쉬었지?"

"골골골. 말하고 싶지 않다."

음머어어어.

누렁이는 고개도 돌리지 않았다.

그동안 위드에게 받았던 상처와 설움.

바하모르그에 비해서 싸움도 할 줄도 모른다거나, 심심하면

밭이나 갈라는 모욕적인 언사까지 들었다.

무엇보다도 가까운 곳에 있으면서도 주인과 같이 있지 못하고 버려졌다는 사실이 조각 생명체들의 마음을 슬프게 했다.

그러다가 이제 부려 먹을 일이 생겼다고 찾아오는 비열한 행동이라니!

위드는 다 안다는 듯이 고개를 끄덕였다.

"먹을 거 줄게."

"골골골. 음식에 넘어가진 않는다."

"음머어어. 어림도 없다."

와이번과 빙룡, 불사조는 끼어들지 않고 멀리서 쳐다보기만 했다.

비교적 말을 잘하고 고집도 있는 금인이와 누렁이가 위드를 상대하기로 사전에 이야기를 다 해 놓았던 것이다.

지골라스에서 생명을 부여했던 놈들은 아직 위드가 없다고 심심해할 정도까지는 아니라서 불만도 적었다.

위드는 상처받은 듯이 슬프게 말했다.

"어떻게 내가 너희를 버렸다고 생각할 수가 있니. 금인아, 내가 너에게 두 번이나 생명을 주었던 것이 어떤 마음이었는지 몰라? 너와 헤어져 있던 순간에도 항상 생각이 났어."

"골골골……."

"누렁아, 너는 새끼들 외양간 고쳐 줄게."

음머어어어어!

추억의 되새김질과 주택으로 간단히 관계 회복.

빙룡과 와이번들도 결국 먹을 것 등을 푸짐하게 받았다.

"가족적인 분위기로군."

그리고 위드는 그 결말을 바하모르그에게 보여 줌으로써 친밀도를 얻을 수가 있었다.

♔ ♕

"찬란한 아름다움의 표현법. 조각술 최후의 비기를 얻기 위한 퀘스트를 하려면 예술가들의 도시 로디움으로 가야겠군."

위드도 방문한 적이 있는 거지들의 도시!

달빛 조각술을 배운 적이 있었으며, 예술가와 건축가 등 생산직들에게는 천국인 장소였다.

조각술 영광의 대지는 로디움의 역사와도 관련이 있었다.

그곳은 과거 작은 마을이었는데, 석양이 너무나도 아름다워서 조각사와 화가 들이 모여 살게 되었다고 한다. 그리고 그들이 만들어 낸 작품들이 전 대륙으로 팔리면서 예술을 알리게 되었다.

로디움의 초창기에 만들어졌던 석조 조각품이 있는 자리가 바로 조각술 영광의 대지!

조각사 길드가 있는 바로 뒤쪽이다.

"실패하면 안 되는네……."

위드는 불안한 마음에 서윤과 바하모르그를 데려가기로 했다. 다른 조각 생명체들도 말하면 최대한 빨리 올 수 있도록 명령을 내려 놓았다.

"그럼 로디움의 광장을 도착 지점으로 그릴게."

유린이 와서 그림 이동술의 스케치를 했다.

다행히 로디움은 중앙 대륙의 전쟁에도 아무 피해가 없이 무사하다고 한다.

명문 길드들과 영주들이 예술을 아끼는 마음은 당연히 티끌만큼도 없었다. 세금 수입도 적고, 치안을 유지하는 데 돈만 많이 들어간다. 점령해 봐야 건질 것이 없는 도시이기 때문에 군대까지 일부러 멀리 우회해서 갔다고 한다.

♪ ♫

"아이고… 어서 오십쇼."

"여기 한 푼만 좀…….."

"에이, 우리랑 비슷한 처지잖아!"

로디움의 광장에서 가장 먼저 반겨 주는 건 역시 구걸하는 유저들!

위드는 이때를 대비해서 복장을 때 묻은 초보 옷으로 바꿔 입었다.

서윤과 바하모르그는 흔하디흔한 사슴 가죽옷을 입고 있어서 간단히 그들 사이를 빠져나올 수 있었다.

"이곳도 사람이 많이 줄어든 것 같군."

위드는 처음 왔을 때보다는 유저들이 감소했다고 느꼈다.

그 시기는 조각술이 한창 인기를 끌 때였다.

피라미드도 건설되면서, 조각술에 대해 새로운 희망이 보이던 황금기!

그러나 전형적인 돈 안 되고, 힘들고, 어렵고, 짜증 나고, 지루하고, 마음고생 심하고, 사람들에게 무시를 받는 직업이라서 조각사를 택하는 유저들이 많이 줄었다.

로디움이 아니라 북부의 모라타에서 예술의 꿈을 키우는 사람이 더 많아져서 일어나는 현상이기도 했다.

원래 로디움에서 그 당시 구걸하던 유저들도 기본적인 재료비 등을 마련하여 대륙을 떠돌면서 작품 활동을 하고 있었기에, 광장은 예전보다 조금 더 한가했다.

"그럼 바로 조각사 길드로 갈게."

위드는 불안한 기분이 들었다.

최후의 비기가 정말 아무짝에도 쓸모없이 형편없는 건 아닐 것이다.

'조각 변신술이나 생명 부여나 대재앙의 자연 조각술이나… 다 좋았어.'

정령 창조도, 벨소스 왕의 경우를 생각해 보면 발전 가능성이 크다.

조각 검술이 있었기에 약한 조각사의 직업으로도 초반에 잘 성장할 수 있었다. 그렇기 때문에 최후의 비기는 오히려 순수하게 예술과 관련이 있는 것이 아닐지 자꾸 걱정이 되었다.

로디움으로 올 때부터 마음이 편하지 못했던 이유였다.

'마음을 단단히 먹어야지. 도시가스 요금이 올라도 정신만 바짝 차리면 겨울을 따뜻하게 보낼 수 있어.'

위드는 조각사 길드의 문을 열고 안으로 들어갔다.

"나무 깎을 때의 소리가 너무 좋아. 벌레 먹은 나무라도 아까우니까 써먹어야지."

"무늬가 좋은 나무를 구하려면 바닷가 근처로 가야 하는 게 아닐까."

풋내기들이 진을 치고 있는 조각사 길드.

그들은 조각 재료를 구하는 방법에 대해 토론하고 있었다.

'쯧쯧, 그냥 주변에서 막 주워서 쓰면 되는데…….'

조각사로서 작품을 만들 재료에 대해서는 민감해질 수밖에 없는 일. 그래도 너무 재료를 따지다 보면 조각품을 만들지 못하기도 한다.

마구 만들어서 바가지를 듬뿍 씌워서 판매했던 것이 초보 조각사 시절 위드의 비결!

위드는 다른 조각사들의 사이를 지나쳐서 길드를 가로질렀다. 서윤과 바하모르그도 함께 따라왔다.

교관을 만나서 배울 수 있는 스킬도 없었고 조각술 마스터에 마지막 반걸음 정도를 남겨 놓은 지금은 길드를 둘러볼 필요도 느끼지 못했다.

조각사 길드의 뒤쪽 문!

로디움의 역사적인 의미가 깃든 장소로 통하는 문이라서 경비병들이 막고 있었다.

"무슨 용건이십니까?"

"저곳에 들어가려고 합니다."

"…충분한 자격을 갖추셨습니다. 들어가 보시지요."

경비병들이 비켜서 주었다.

조각술 영광의 대지로 들어가기 위해서는 고급 조각술 스킬을 터득하고 있거나 혹은 귀족, 인정할 수 있을 만한 예술가여야 한다.

그게 아니라면 예술가 조합에 입장료를 내면 되었는데, 무려 200골드!

위드는 어느 쪽으로 보나 해당이 되었기 때문에 무료 통과가 허락되었다.

문이 열리고, 햇빛이 환히 비추고 있는 석조 조각품들이 보였다.

로디움의 조각품 〈별의 눈물〉을 감상하였습니다.
조각사들이 밤하늘의 아름다움을 표현한 작품. 예술 스탯이 13 상승합니다.
뛰어난 안목의 작품 감상으로 조각술 스킬의 숙련도가 약간 오릅니다.

소문을 들은 적은 있지만 정말 아름다운 곳이었다.

유성이 이곳 로디움에 떨어졌고, 그것을 조각사들이 꾸며서 조각품으로 만들어 놓았다.

밤이 되면 수천 개 이상의 조각품들이 빛을 내기 시작하는데, 밤하늘의 별들을 형상화해 놓은 것이었다.

위드는 보통의 조각사가 아니기에 낮임에도 불구하고 이 작품의 위대함을 금세 알아봤다.

"웬만큼 노가다를 했겠군!"

남들은 순수하게 예술을 볼 때에, 그 안에 깃든 노가다 정신을 발견할 수 있는 경지. 수천 개 이상의 별들을 조각하여 놔두기란 얼마나 힘들었겠는가.

이 작품은 밤에 봐야 제대로였는데 낮이라서 그저 돌무더기로 보일 뿐이었다.

근처에는 건축가들이 세운 탑도 13개나 있었다. 안에 들어가면 하늘의 별자리들을 보다 선명히 구경할 수 있다고 한다.

〈로열 로드〉의 바퀴벌레 커플들이 꼭 방문하고 싶어 하는 명소였다!

지금도 수십 명의 유저들이 이곳에서 도시락을 먹거나 하면서 시간을 때우고 있었다.

밤이 되면 풀벌레가 울고 별을 볼 수 있는 여기에 사람들이 잔뜩 모여서 담소를 나눈다.

위드는 별의 눈물의 중심으로 걸어갔다.

아직 밤이 되지 않았는데도 별의 조각품들이 신비로운 빛을 뿜어내기 시작했다. 위드를 환영하기라도 하듯이 그가 걸어갈 때마다 주변에서부터 빛을 내면서 전체로 확산되어 가는 것이었다.

"술집이 모여 있는 동네 같아."

지극히 현실적인 감수성!

별의 눈물이 있는 중심에는 나이를 추측하기도 어려울 정도로 얼굴에 주름이 많은 노인이 있었다.

"어서 오시게. 별의 눈물이 반기는 것을 보니 빛의 조각술을 깨달은 분이 오셨군."

"찬란한 아름다움을 표현하는 방법에 대해서 알고 싶어서 왔습니다."

"로디움이 존재하고 나서 수백 년, 드디어 찬란한 아름다움에 대하여 말하는 사람이 나타났구려."

노인은 진물이 뚝뚝 떨어지는 눈으로 위드를 바라보았다.

노인과의 만남으로 최후의 비기를 얻기 위한 행보가 시작된 것이다.

두 사람이 있는 주변의 별의 눈물은 은은하게 빛을 발산하고 있었기에 더없이 아름다웠다.

커플들은 갑자기 일어난 사건에 대해 조금 혼란스러워하면서도 반가워하며 오붓하게 시간을 보내고 있었다. 조각술 최후의 비기가 시작되는 순간이란 것을 모르고 있기 때문이리라.

이곳의 노인은 간단한 의뢰들을 내주는 것으로만 알려져 있었다.

노인은 말은 정확하고 알아듣기 쉬웠지만, 이야기는 하품이 나올 정도로 아주 느렸다.

"찬란한 아름다움에 대해서 정말로 듣고 싶으시오?"

"물론입니다."

"찬란한 아름다움에 대해서 듣고 나면 그것에 빠져서 예전으로 되돌아가지 못할 것이라오. 그래도 좋겠소?"

띠링!

조각술 최후의 비기, '찬란한 아름다움의 표현법'과 이어지는 연계 퀘스트는 중간에 취소할 수 없습니다. 그리고 어느 한 과정에서라도 실패하게 되면 영구히 다시 기회를 얻을 수 없습니다.
그럼에도 불구하고 계속하겠습니까?

"찬란한 아름다움에 대해 듣고 싶습니다."

"이것은 단지 오래전부터 내려오던 이야기일 뿐. 사람들의 입을 통해서 전해졌으니 설화라든가 조각술의 전설이라고 해도 좋을 테지. 실현 가능성에 대해서는 누구도 알지 못한다오. 믿는 사람도 거의 없는 이야기지."

위드는 시작부터 불안해졌다.

"그래도 듣고 싶습니다."

"먼 옛날, 대륙의 조각사들은 많은 토론을 하였다오. 그때 토론에서 나왔던 주제를 알려 드리겠소. 진정으로 아름다운 조각품을 만들기 위해서는 무엇이 필요할 것인가."

"……."

설마하니 정말 최후의 비기는 순수하게 예술과 관련이 있었던 것인가.

위드에게는 끔찍하기 짝이 없는 일.

베르사 대륙을 순수한 예술 작품으로 뒤덮으면 무엇 하겠는가. 헤르메스 길드에서 몽땅 부숴 버리고 말 것인데.

"조각사들은 모든 불가능에 대하여 그리고 추구할 수 있는 아름다움의 가능성에 대해서 수백 년에 이어 고민을 하고 있었소. 그리하여 나온 첫 번째 결론으로는, 가장 아름다운 조각품을 만들기 위해서는 대륙에 대해 잘 알아야 된다고 생각을 했다는구려. 많은 곳을 다녀 봐야 제대로 된 안목을 가질 수 있을 거라는 의견이었소."

"그야 그렇겠지요."

여행은 관찰력과 시야를 넓혀 주는 역할을 한다. 어떤 일을 하기 전에 여행을 해 보는 것도 괜찮은 경험이었다.

"대륙에는 인간의 발이 미치지 못하는 곳도 있다오. 너무도 위험하여 바람밖에는 가지 못하는 곳, 그리고 그 바람마저도 갇혀서 되돌아 나오지 못하는 장소."

띠링!

> 끝없이 이어진 동굴 니젤에 대한 정보를 습득하였습니다.
> 이곳에는 어떤 큰 비밀이 있을 거라고 여겨지고 있지만 누구도 알아내지 못하였습니다. 바람마저 되돌아오지 못한다는 말처럼, 호기심 많은 요정들조차도 들어가고 난 이후에 되돌아 나오지 못했기 때문입니다.

"바람마저 갇혀 버리는 곳에는 절대 가면 안 되지. 아무리 호기심이 생기더라도 그곳만큼은 가면 안 되오. 아무튼 이 대륙의 많은 곳을 다녀 보기 위해서는 빠른 발이 필요하겠지. 그리고 위험한 몬스터들로부터 안전할 수 있어야 한다고 조각사들은 말했소. 그리고 대륙을 여행하는 데에는 벌새가 가장 좋다는 결론을 내렸지."

다행히 끝없이 이어진 동굴 니젤은 퀘스트와는 관련 없이 그냥 정보를 획득한 것으로 나왔다.

위드는 계속 귀를 기울였다.

"말을 타고 수십 일을 달려도 가지 못하는 곳까지 날아갈 수 있는 벌새가 되어서 대륙을 돌아다닌다면 참 좋지 않겠소. 언덕도 구름도 장애물이 되지 못하겠지. 물론 불가능한 일이지만 그런 경험을 가지고 있다면 조각품을 깎는 데에도 도움이 될 텐데… 만약 그런 사람이 나타난다면 찬란한 아름다움을 얻기 위한 다음의 이야기를 해 주겠소."

벌새는 새들 중에서도 가장 작다. 그런데 알수록 신비로운 새였다.

새이면서도 날갯짓을 아주 빠르게 하면서 공중에 멈춘 채로 있을 수도 있다. 뾰족한 부리로는 나비처럼 꽃에서 꿀을 빨아 먹으며, 남들보다 반짝이는 깃털도 가졌다.

상상을 초월하는 빠른 속도로 엄청나게 긴 거리를 여행하는 벌새는 새들의 여행자이며 행운의 전령사이기도 했다.

띠링!

벌새의 여행

조각사들이 추구했던 최고의 아름다움을 위하여 벌새가 되어 대륙을 여행하라. 기간 12일. 벌새들의 영역보다 넓은 장소를 탐험하고 돌아와야 한다. 최대한 많은 곳을 다니며 꽃가루를 채취하여 옮길수록 경험치와 숙련도가 높아진다. 벌새의 여행을 마치고 돌아오면 다음 퀘스트로 이어진다.

난이도: 조각술 최후의 비기 퀘스트.

제한: 조각 변신술을 습득하고 있어야 한다. 퀘스트 중에 조각 변신술을 해제할 수 없다. 사망 시 퀘스트 실패.

벌새라면 아주 작고 날렵해서 안전할 것 같지만 잡아먹힌다면 한입거리도 되지 않았다.

위드는 조각 변신술을 쓰더라도 오크나 트롤, 리치를 선호했지만 이번엔 전혀 다른 종족이었다.

"벌새라… 정말 좋은 경험이 될 것 같군요."

꽃 꽃

"벌새로 여행을 하라니……."

이번 퀘스트는 서윤과 바하모르그, 다른 조각 생명체들의 도움을 받을 수도 없다. 벌새의 지치지 않는 빠른 속도는 와이번조차도 쫓아오기가 불가능했다.

"여기서 시간을 끌 수도 없어. 어서 해야지."

위드는 조각사 길드를 나오자마자 로디움의 뒷골목으로 들어갔다. 어딘가, 광장보다는 뒷골목이 사람들이 보는 눈도 적고 친숙한 편이었다. 급한 만큼 서윤과 바하모르그가 보는 앞에서 바로 조각을 시작!

그의 조각술이야 워낙 뛰어난 것이었지만 작은 벌새를 나무로 깎는 것도 쉽지는 않았다.

거의 보석 세공에 가까운 난이도라고 봐야 했다.

'12일 동안 살아야 될 몸이니……'

위드는 벌새의 형상을 따라서 정확하게 조각을 했다.

조각사로서 지내면서 평소에 다른 동물들에 대해서 잘 알아두지 못했더라면 벌새의 생김새를 찾는 데만도 아까운 시간이 지나갔으리라.

띠링!

> **벌새를 완성하였습니다.**
> 행운을 몰고 온다는 벌새. 사실적인 표현력이 뛰어난 작품으로, 특이한 부분은
> 없다. 거장 조각사 위드의 작품.
> 예술적 가치: 760.
> 옵션: 이동속도 10% 증가. 행운 +4. 다른 조각품과 중복으로 적용되지 않는다.

　너무 서두르다 보니 예술품보다는 벌새의 원래 모습에 충실한 작품! 오크 카리취처럼 위협적인 외모도 미처 만들어 내지를 못했다.

　"조각 변신술!"

> 조각 변신술을 사용합니다.
> 조각술에 대한 무한한 애정은, 그 조각품과 조각사를 서로 닮게 만듭니다!

　위드의 몸이 급격하게 줄어들었다. 피부에서는 깃털이 나오고 입은 길쭉하게 튀어나와서 부리로 변했다.

> 몸의 형태가 바뀌면서 현재 착용하고 있는 장비들을 모두 쓸 수 없게 되었습니다. 종족이나 형태에 따라 필요한 장비를 새로 구하십시오.

> 조각 변신술의 영향으로 민첩과 지구력, 인내력이 증가합니다. 힘과 지혜, 지식, 투지, 카리스마, 신앙, 기품, 명예가 최저 수준으로 하락합니다. 체력이 대폭 상승합니다. 종족 필수 스킬 '날렵한 비행'을 획득합니다. 다른 종족보다 비행 중 체력 소모가 적습니다. 움직임이 많기 때문에 허기가 매우 빨리 지게 됩니다.
> 조각 변신술이 풀릴 때까지 유효합니다.

위드는 성공적으로 변신을 마쳤다.

가볍게 날갯짓을 하면서 바뀐 몸으로 비행 연습을 하는데 서윤이 걸어서 다가왔다.

'이크…….'

자신의 몸이 워낙에 작아지다 보니 위드는 서윤이 손을 내미는 것조차도 무서웠다.

서윤은 벌새가 된 위드의 몸을 가볍게 들어 올리더니 날개와 부리를 쓰다듬었다.

귀엽고 예뻐서 어쩔 줄을 모르는 표정!

설마 이렇게 깜찍한 벌새로 변하게 될 줄은 그 누구도 몰랐으리라.

위드는 그녀의 손안에서 잠시 머무르다가 날개를 펼치면서 힘차게 날아올랐다.

벌새의 삶

하늘에서 위드는 가야 할 방향부터 정해야 되었다.

벌새는 상상을 초월할 정도로 넓은 곳을 돌아다니기 때문에 부지런히 다닐 필요가 있었다.

'목적지가 정해진 것도 아니니 바람이 부는 대로 가야겠군.'

위드는 날갯짓을 하면서 바람을 등지고 날았다.

'와삼이를 탈 때가 편했는데…….'

새의 자유로운 비행과 낭만보다는 효율과 성과 지상주의!

'진짜 아주 멀리까지 날아 봐야겠다.'

얼굴에 바람이 세차게 부딪쳐 올 정도로 맹렬한 속도로 비행했다.

벌새는 시속 100킬로미터 이상으로 빠르게 날았고, 날갯짓은 초당 100회 가까이나 되었다.

포만감이 24% 이하로 떨어졌습니다.

날기 시작할 때 위드는 포만감이 70%대인 것을 확인했다. 그런데 날갯짓을 빨리하다 보니 얼마 지나지 않은 짧은 시간에 포만감이 이렇게 많이 줄어들어 버리고 만 것이다.

'잠시 후에 적당한 곳에 내려서 식사를 해야겠군. 꽃가루도 채취를 해야 되고.'

바람을 타고 고속도로를 질주하듯이 날고 있었기 때문에 일단 멈추지 않고 계속 가려고 했다.

> 포만감이 10% 이하로 감소했습니다.
> 심한 굶주림을 느끼게 되며, 힘과 체력의 최대치가 82%까지 감소합니다.

포만감이 떨어지는 속도가 무시무시할 정도였다.

위드는 급하게 지상으로 내려가서 먹을 것을 찾아다녔다.

숲과 들에서 꽃을 찾아, 주삿바늘처럼 긴 부리를 이용하여 꿀을 빨아 먹었다.

벌새는 워낙에 작기 때문에 꿀로도 배를 채울 수가 있었다.

'역시 자연산 꿀은 신선해.'

> 포만감이 상승하고 있습니다.
> 체력이 회복됩니다. 생명력이 15% 상승합니다. 영양가가 높은 달콤한 꿀을 마시며 포만감을 가득 채웠습니다.

위드는 몸에 꽃가루도 묻히고 나서 다시 힘차게 날아올랐다.

일단 목표로는 로디움 근처에 있는 다른 도시를 가 보기로 했다. 강을 발견하면 상류로 계속 거슬러 올라가는 것도 재미가 있으리라.

'조각술 최후의 비기를 획득하는 퀘스트라고 해서 무작정 어려울 거라고 여겼는데, 그래도 낭만이 있어.'

포만감이 60% 이하로 감소했습니다. 조금 배가 고파 옵니다.

벌새의 여행!

이건 굶어 죽느냐 마느냐의 싸움이었다.

실제로도 벌새는 3시간만 먹지 않더라도 굶어 죽었다.

남들이 무심코 볼 때에는 벌새가 신비하고 예쁘다고 구경을 할 뿐이지만, 생존이라는 게 그렇게 간단하지만은 않은 것.

엄청난 운동량으로 인하여 끊임없이 먹어야만 살 수 있는 새였다.

위드는 배가 고프면 지상으로 내려가서 꿀을 먹거나 곤충을 집어삼켰다.

처음에는 곤충에 대하여 다소의 거부감이 있었던 것도 사실이었다.

'그래도 어떻게 곤충을 혐오스럽게…….'

그런데 급한 마음에 먹기 시작하고 나서부터는 그 감칠맛에 혹해 일부러 찾아다녔다.

뚜르르르르.

풀벌레들이 우는 소리가 평화로웠다.

그러나 벌새가 지나가고 나면 그 후로는 바람에 수풀이 드리우는 소리만이 들릴 뿐이었다.

하늘을 나는, 배가 빵빵한 벌새!

아르펜 왕국은 일찍부터 자유로운 시민 문화가 꽃을 피웠다. 예술가들과 건축가들은 그중에서도 활발하게 움직이는 직종이었다.

"후후, 이곳에도 내 작품들을 만들어 놓아야지."

"정말 이런 곳을 원했어."

예술가들은 모라타에서 실력을 갈고닦았다. 아직 대륙에 이름을 떨칠 만한 정도는 아니더라도, 시작했을 때보다는 훨씬 실력이 늘어나 있었다.

화가들은 물감을 배합하여 자신만의 색으로 풍경화를 그릴 수 있었으며, 조각사들은 아무리 큰 바위더라도 달라붙어서 작품으로 바꾸어 놓았다.

이 과정에서 무수히 많은 시행착오와 실패를 경험했는데, 예술에서는 그것이 소중한 자산이었다.

성공만 하는 예술이란 있을 수가 없다. 좌절조차도 그다음 단계로 나아가기 위하여 필요한 과정이 되는 것이 인생과 닮아 있었다.

모라타의 예술가들은 아르펜 왕국의 확장된 마을에 가서 그곳의 문화를 더욱 확산시키는 역할을 했다.

건축가들은 모라타에서 쌓은 경험을 통해, 머리를 들고 다니는 듀라한들처럼 간이 밖으로 튀어나와 있었다.

"이곳에 위대한 건축물이 있으면 좋겠군. 최소한 3백만 골드는 들어갈 것 같은데……."

건축가 파보는 모라타의 동쪽 성문에 벽보를 붙였다.

　아르망 마을에 파보가 위대한 건축물을 짓습니다.
　이곳의 주변에는 넓은 곡창 지역이 있고, 포도밭과 광산 등이 자리를 잡고 있어서 모라타처럼 대도시로 발전할 가능성이 큽니다.
　그러므로 도시의 확장을 대비하여 예술적이고 고풍스러운 광장을 지으려고 하는데, 참여하실 분을 구합니다.
　예상 건축비는 450만 골드입니다.

　유저들의 기부금을 받아서 짓는 위대한 건축물!
　다른 도시나 왕국에서는 미친 짓이라고 여길 만한 행동이었다. 감히 이런 일을 벌이는 건축가가 없었으며, 기부금을 납부할 사람도 없다.
　그러나 아르펜 왕국은 분위기가 아주 달랐다.
　"여기 1골드씩도 기부할 수 있나요?"
　"된다던데요. 저는 어제 54실버 냈어요."
　"가진 돈 털어서 3골드라도 내야겠네."
　"사냥하러 가실 분 구합니다. 위대한 건축물 기부금 벌기 위해 던전 가실 분!"
　위대한 건축물을 짓는 데 돈을 기부하면 그만큼의 공적치나 도시에서의 명성을 얻을 수 있었다.
　아르펜 왕국의 유저들은 나중에 아르망 마을이 아주 크게 커질 것으로 믿고 있었으므로 아낌없이 돈을 냈다.

파보는 이틀도 되지 않아서 기부금으로 450만 골드를 모을
수 있었다.

건축가 조합 돌망치에서 유셀린 마을에 위대한 건축물
을 짓습니다.
알카사르의 다리!
페실 강을 연결하는 큰 다리로, 완공되면 강을 오가면서
사냥이나 모험, 재배 등을 할 수 있을 것입니다.
예상 건축비는 5백만 골드 이상.
어려운 작업이라서 추가적으로 건축비가 들어갈 수도
있습니다. 기부금은 아르펜 왕국의 모라타와 유셀린 마을
의 관청에서 납부하실 수 있습니다.
뭐, 솔직히 말해서, 돈은 좀 펑펑 쓰더라도 제대로 된 다
리를 지어 보겠습니다.

바다 근처에는 사람들이 살 수 있는 탑도 지어졌다.
최상의 조망권을 갖춘 탑!
아르펜 왕국의 영역에서 지어지는 위대한 건축물만 자그마
치 6개나 되었다.
다른 ㅗ 어떤 도시나 왕국에서도 일어나지 않는 일이 아르펜
왕국에서 벌어지는 이유가 분명히 있었다.
건축가들은 위대한 건축물을 지어 본 경험을 가졌고, 다른
유저들은 건축물이 지어지고 나서 편리해진 생활을 누려 보았
다. 대륙의 다른 곳에서 아르펜 왕국으로 이주하는 사람은 있

어도 떠나려는 사람은 없었다.

"나 브렌트 왕국 갈게."

"야, 거긴 뭐 하러 가?"

"가족들도 데리고 오려고. 엄마 모시러 다녀와야 돼."

아르펜 왕국에서 장사가 잘된다기에 교역을 하러 왔던 상인들도 그대로 눌러앉았고, 생산직 직업들에게는 이곳이 그냥 천국이었다.

주문량이 뒤로 계속 밀려 있고, 원하는 재료들을 구하기도 쉬웠던 것이다.

모라타 시절에는 철과 구리, 금은, 보석류의 광물이 부족하였지만 아르펜 왕국이 되고 나서부터는 의뢰와 채광을 통하여 각종 재료들이 모이고 있었다.

불곰 길드!

북부로 이주하여 정착한 길드로, 타렌 마을을 지배하고 개발하고 있었다.

그들은 중앙 대륙에서도 성을 다스렸던 경험이 있을 정도로 작은 길드가 아니었다. 그럼에도 아무것도 없는 타렌 마을을 개발하기란 쉽지도 않아서 성과는 크게 거두지 못한 상태였다.

길드장 불곰은 약 1달 만에 〈로열 로드〉를 접속했다.

"흐윽, 드디어 여기에 돌아왔구나."

뜻하지 않은 교통사고로 인하여 장기 입원을 했던 것이다.

그가 접속했다는 사실이 알려지자 길드원들이 마을로 달려왔다.

길드원들은 그동안 햇볕에 얼굴이 많이 그을려 있었다.

"어서 아르펜 왕국에 충성을 바치죠."

"뭐?"

"아르펜 왕국에 소속됩시다. 우리끼리 계속 이야기해 봤는데, 불곰 형 계속 안 오면 반란이라도 일으켜서 아르펜 왕국으로 넘어가려고 했어요."

타렌 마을의 병사는 미미한 수준이었기에 길드원 몇 명만 뭉치더라도 반란은 가능했다.

불곰은 친동생처럼 믿었던 길드원들의 말에 당황스러웠다.

"그러니까 왜?"

"텔레비전도 안 봤어요?"

"응. 그러면 더 접속하고 싶을 것 같아서……."

"말할 것도 없어요. 아르펜 왕국 한번 다녀와 보세요."

불곰은 말을 타고 모라타로 향했다.

하지만 그곳까지 갈 필요도 없었다. 중간의 유셀린 마을만 보더라도, 그가 접속하지 못하던 사이에 완전히 뒤바뀌어 가고 있었던 것이다.

"저긴 감자밭이었는데……."

감자밭이 있던 자리에 각종 전직이 이루어지는 길드들이 지어지고 있었다.

유저들이 어느새 많이 늘었다는 증거였고, 유셀린 마을에서 시작한 초보자들까지도 많이 보였다. 언덕 근처에 빼곡하게 지어진 판잣집은 번영의 상징이 된 지 오래였다.

불곰은 두 곳의 마을을 더 가 보고 나서 결정했다.

"아르펜 왕국에 들어가야겠다!"

왕국의 휘하로 들어가고 나서도 영주의 자리는 유지할 수 있었다. 물론 세금의 일부를 납부해야 하고 왕국의 중요한 결정에는 적극적으로 따라야 하는 귀족으로서의 의무가 생긴다. 하지만 그 모든 부담을 감수하더라도, 아르펜 왕국에 속하게 되면 충분한 보상을 받을 수 있으리라.

그렇지 않아도 벌써 북부를 개발하던 많은 길드들은 아르펜 왕국에 복속 신청을 했다. 위드가 돌아와서 허락만 한다면 왕국의 영토는 대대적으로 넓어질 수 있게 되었다.

♪♫ ♫♪

배가 빵빵하고 그새 살도 조금 오른 벌새는 하벤 제국의 상공을 날고 있었다.

딱히 이곳을 둘러봐야겠다는 생각보다는 그저 가까우니 지나가는 길에 들른 것일 뿐.

꿀을 먹고 꽃가루를 뿌리는 일을 하느라 가끔 땅으로 내려간 것이었다.

'음. 농경지가 잘 정돈되어 있군.'

사람들은 헤르메스 길드에 대해서 호전적이라는 이야기를 많이 했다. 하지만 그들은 확보한 영토를 비교적 잘 관리하며 내정에도 상당한 힘을 쏟고 있었다.

강에서부터 끌어온 물을 농지로 유입시키는 수로도 체계적으로 잘되어 있었고, 잘 여문 벼 이삭들은 고개를 숙이고 있다.

하벤 제국의 곡창지대에 펼쳐진 황금물결이란 언제 보아도 평화롭고 아름다운 광경이었다.

위드는 땅으로 내려가서 누렇게 익은 벼 이삭을 실컷 쪼아 먹었다.

'맛있군. 헤르메스 길드의 쌀이라 그런지 더 맛있는 것 같아.'

잔뜩 배를 채우는 벌새!

사실 위드가 먹는다고 해도 별로 티도 안 날 정도였다.

하늘에서 내려다본 바로는 하벤 제국의 도시와 마을에는 주민들이 상당히 많이 살았다. 일찍부터 발전한 국가였고 경제력도 대단하였기에 중산층이 많고 기술자, 귀족 들도 보였다.

벽돌로 지어진 집들로 이루어진 도시들은 주변의 풍경과 잘 어우러졌다.

단지 성문 근처에서 사냥을 하는 초보자들은 많지 않았는데, 최근에 북부로 많이 몰리고 있는 까닭이었다.

주민들에게 막중한 세금을 물리고 있기에 충성도가 높진 않았어도 강력한 군대로 치안을 확고하게 다지고 있었다.

"루소폰 던전에 사냥하러 갑니다. 지하 2층까지 허가증 나왔습니다. 납부해야 하는 세금은 22%. 참여하실 분 구합니다."

"최고의 사냥 파티, 스트로번에서 새로운 인원 구합니다. 가장 빠른 레벨 업을 보장합니다. 잡템 외에 획득한 아이템에 대해서는 권리를 주장하지 않는 조건입니다."

위드는 무언가 말하기 어려운 답답함을 느꼈다.

사냥을 하면서도 내야 할 돈이 있고, 교역이나 생산을 하면서도 마찬가지다. 물론 하벤 제국에서 터를 닦아 놓은 안정적인 사냥터가 많이 있긴 해서 여전히 사람들이 몰리고는 있었지만 따분했다.

사람들은 모험을 하지 않고 그저 성장에만 초점을 맞추고 있었다. 남들보다 레벨만 빨리 올리려는 경쟁을 하고, 실제 싸우는 모습을 보니 전투력이 레벨에 비해 많이 약했다.

'허수아비 같군.'

위드는 광장을 한 바퀴 돌면서 구경한 뒤에 다른 곳으로 향했다.

"어, 작은 새다!"

벌새를 발견한 주민들도 몇 명 있었지만 대부분은 신경도 쓰지 않았다.

"에잇!"

가끔 돌을 던지는 어린아이들이 있었을 뿐!

위드가 워낙에 빠르게 날아다니기에 돌을 맞을 걱정은 없었지만 맞으면 그냥 비명횡사할 수도 있다.

이것도 벌새로서의 고충이라면 고충이 되리라.

도시 밖에 있는 냇가에서 목을 축이고 작은 곤충도 몇 마리 잡아먹은 후에 위드는 하벤 제국을 떠났다.

다른 벌새의 영역보다도 넓은 지역을 다녀야 되었기에 바쁜 몸이었다.

※ ※

엠비뉴 교단의 점령 지역.

성이 검게 그을려서 타 버리고, 마을도 부서져 있었다.

위드는 지상 근처로 내려가지도 않았다.

사과나무도 불타 있었으며 평원에는 주워 먹을 곡식의 낱알도 떨어져 있지 않았던 것이다.

비명이 하늘까지 사무치는 이곳은 가히 지옥 같은 분위기!

'정말… 상당히 심각한 곳이군.'

중앙 대륙에서 꽤나 많은 지역들이 엠비뉴의 아래에 넘어가 있었다.

명문 길드들이 분쟁을 벌이고 있는 왕국도, 군대의 영향력이 미치지 못하는 지방에서는 엠비뉴 교단에 의하여 초토화되는 곳들이 나왔다.

유저들은 엠비뉴의 군대가 점령하면 위험하고 불편한 점이 많아서 그 지역을 벗어나 버렸기에 직접 실감하지 못했다.

엠비뉴에 의한 파괴는 번성하던 대륙을 약화시킬 수도 있으리라. 몬스터들이 더 날뛰고, 이룩했던 문명들이 파괴되어 가는 것도 불가능한 일이 아니었다.

위드는 기회를 놓치지 않고 강과 산을 따라 이동하며 중앙 대륙의 관광지들도 방문했다.

띠링!

미트릿 폭포를 감상하였습니다.
예술 스탯이 1 오릅니다.

어지간한 관광지마다 사람이 몰려 있었다.

생명력이 높으면 폭포에서 물과 함께 떨어지는 경험도 할 수 있다.

위드는 물가에서 몸단장을 하고 다시 날아올랐다.

다시 멀리 가기 위하여 하늘에서 부는 바람을 따라서 이동하려다가 지상으로 급강하!

1실버를 획득하였습니다.

땅에 떨어져 있는 은화를 주워서 다시 날갯짓을 하며 하늘로 올라왔다.

'이제 가야 할 곳은……'

중앙 대륙만 보더라도 충분히 컸지만 기왕이면 더 넓은 장소를 여행하고 돌아와야 했다.

'남쪽은 안 되겠고.'

남쪽은 사막지대로, 벌새가 살기에 적합한 환경은 아니다. 꿀과 곤충을 구하기 쉬운 곳을 다녀야 된다.

'익숙한 동쪽으로 가자.'

위드는 로자임 왕국을 지나서 유로키나 산맥 그리고 그 너머의 오크 랜드 부르시리아까지 갔다.

밤낮으로 먹고 나는 여행의 반복!

중간에 지나친 로자임 왕국은 엠비뉴 교단에 망하고 나서 세라보그 성도 파괴되어 있어서 오래 머무르지 않았다.

'이곳에서 친해진 주민들이 많았는데……'

피라미드는 여전히 건재하였지만 그 주변은 강물의 범람으로 인하여 지형이 늪지로 변하는 등 엉망이 되어 버린 흔적이 있었다.

위드가 일으킨 대홍수의 효과.

이 주변에서는 먹을 것을 구하기가 힘들어서 위드도 고생을 했다.

'역시 자연보호를 해야 돼.'

말로만 떠드는 자연보호!

마지막에 생명을 부여했던 스핑크스를 찾아보려고 했지만 발견은 되지 않았다.

당시에 위드가 와이번을 타고 떠날 때까지는 살아 있었지만 추후 방송을 통해 결과를 알게 되었는데, 엠비뉴 교단의 전방 위적인 공격에 의하여 파괴되었다고 한다.

부서진 파편은 강물에 휩쓸려 버렸거나 혹은 산산조각이 나 지상으로 뿌려져 버려서 찾기가 불가능하게 되었을지도 모를 것이다.

로자임 왕국은 세라보그 성 주변으로 수도를 재건하고는 있었지만, 지방은 엠비뉴 교단의 손아귀로 들어가서 엉망이 되어 가고 있었다.

다행히 위드가 지나간 유로키나 산맥과 오크 랜드에는 엠비뉴 교단에 의한 영향이 없었다. 오크와 다크 엘프는 인간들이 내세우는 신을 믿지 않기 때문이었다.

"취익, 믿을 건 글레이브밖에 없다."

지극히 단순하기 짝이 없는 오크들.

부르시리아는 과거보다 더 큰 성세를 떨치고 있었으며, 오크 유저들도 활발하게 개척과 부하 늘리기에 열중이었다.

위드가 오크들 사이에 조각술을 퍼트려서, 몇몇 마을들에는 조악한 수준의 조각품이 세워져 있기도 했다.

조각품의 어깨에 앉아서 잠시 휴식을 취하며 깃털을 골랐다.

눈썰미 좋은 오크 새끼들이 위드를 발견하기도 했다.

"취취칫, 저기 음식이다."

"저런 거 먹으면 배만 고파진다, 칫!"

'다른 곳으로 가야겠군.'

나흘 만에 부르시리아까지 도착했으니 상당히 먼 거리를 날아온 셈이었다. 그렇지만 퀘스트의 완벽한 성공을 위해서는 더 멀리 날아갈 필요가 있다.

'동쪽의 끝까지 가 볼까?'

동쪽의 끝.

몬스터들로 막혀 있는 그 너머의 완전한 끝까지는 개척이 이루어지지 않았다. 미리 알아 두면 훗날에 퀘스트나 사냥을 하러 왔을 때 큰 도움이 될 것이다.

벌새의 몸이라면 장거리 여행에는 최적화되어 있다고 할 수 있지만, 음식을 끝없이 먹어 줘야 하고 전투 능력이 없다는 것이 약점.

동쪽으로 갈수록 자연환경이 그대로 보존되어 있고 짐승들이 아주 많이 살았다.

곤충으로 배를 채우고 있는 위드를 발견하고 몰래 다가와서 잡아먹으려는 뱀이나 다른 비행 몬스터들도 있어서 안전하지는 않았다.

위드에게는 레벨 400을 넘는 몬스터보다 수풀 사이에 숨어 있는 개구리가 더 두려웠다.

'다른 곳으로 가자. 아쉽지만 위험한 모험보다는 지금은 퀘

스트가 우선이니.'

비행 거리로만 놓고 계산하자면 여기서 방향을 바꾸어도 될 것 같았다.

'북쪽 해변을 따라서 브렌트 왕국으로 가고, 섬들이 모여 있는 군도를 지나서 모라타까지 도착해야겠군. 그리고 다시 로디움으로 가면 되겠어.'

벌새의 관점에서 사람들을 보고, 몬스터들도 관찰하고, 새들과도 어울릴 수 있었다.

낭만적이고 많은 생각을 떠올리게 하는 벌새의 여행이 12일간의 대륙 일주로 변해 있었다.

꼬물꼬물

끼룩끼룩.

브렌트 왕국의 해변가.

위드는 갈매기들을 따라서 여행을 했다.

덩치가 작은 벌새인 탓에 새들 사이에서도 무시당하기 일쑤였다.

까악!

특히 몸이 새까만 까마귀들에게 괴롭힘을 당하는 위드.

까마귀들은 벌새만 보면 쫓아와서 부리로 쪼려고 했기에 위드는 그들을 피해서 날아야 되었다.

물론 더 빠른 벌새의 입장에서 위험한 것은 아니었지만, 떼를 지어 횡포를 부리는 그들을 따돌리느라 상당히 번거로웠다.

해변가에 피어 있는 꽃들의 꿀도 먹고, 꽃가루도 전파!

만드라고라의 씨앗을 바람의 언덕에 뿌렸습니다.
이곳은 땅이 메마르고 거칠어서 유채꽃과 코스모스도 자라지 못하는 장소입니다. 그러나 생존력이 강한 만드라고라는 훗날 크게 군락을 이루며 성장할 수 있을 것입니다.

자연과의 친화력을 4 얻었습니다. 자연의 아름다움을 일깨움으로 예술 스탯이 7 상승합니다. 식물이 자라게 되면 조각술 스킬의 숙련도가 높아집니다.

위드가 뿌려 놓은 꽃가루들은 벌새의 영역만큼이나 퍼트려져서 자라게 될 것이다.

자연과의 친화력이란, 대재앙을 일으키기 위하여 필수!

'협곡 붕괴보다도 더 규모가 큰 재앙을 일으키기에 좋겠군.'

기왕 대재앙을 일으킬 것이라면 화끈할수록 좋은 것.

식물이 퍼져서 자라고 나면 그 모습에 따라서 나중에 조각술 숙련도도 획득할 수 있었다.

벌새의 일과라고 해 봐야 먹고 나는 것밖에는 없었지만, 자연에 중요한 역할을 하고 있는 것이다.

위드는 바다에서 섬으로도 건너갔다.

벌새가 되고 난 이후로 시력이 아주 좋아져서, 하늘에 떠 있는 갈매기들이 길 안내를 해 주는 좋은 역할을 했다.

다른 철새들의 무리를 발견하고 그들이 가는 곳으로 따라가다 보면 꽃과 나무 열매가 풍성하게 열려 있는 섬에 도착하게 된다.

새들과 어울려서 여행을 하는 것도 나름대로 재미는 있었다.

수천 마리의 새들 사이에 섞여 있다 보면 한없이 평화롭다.

벌새는 다른 새들보다 이동속도도 빠르고 먼 거리를 지치지 않고 날 수도 있었지만 배고픔이 언제나 큰 문제였다. 그래도 미리 배가 터질 것처럼 빵빵하게 먹어 두고 나면 섬까지도 무사히 갈 수가 있었다.

> 희귀한 씨앗, 스노우드롭의 꽃가루를 입수했습니다.
> 눈이 내리는 겨울에 피어나는 하얀 꽃입니다.

> 희귀한 씨앗, 딸기구아바의 씨앗을 입수했습니다.
> 맛이 좋은 열매가 열리며, 벌과 나비를 모으게 될 것입니다.

귀한 씨앗을 입수하여 퍼트리면 위드는 더 많은 스탯과 조각술 숙련도를 얻을 수 있었다.

나무나 돌을 조각하여 작품을 만드는 것은 아니지만, 대륙 전체를 아름답게 만드는 일.

"메인 돛을 펼쳐라!"

바다에는 모험가들과 상인의 배도 떠다녔다.

"키는 오른쪽으로 반 바퀴, 그리고 해류를 따라 전속 항해!"

위드는 그런 배들이 있으면 근처에서 어슬렁거려 줬다.

> 행운을 끌어오는 벌새의 출현.
> 바다에서 만나기 어려운 벌새가 나타났습니다.
> 자연재해로부터 피해를 입을 확률이 감소하며, 항해 중에 뜻밖의 행운이 나타날 수 있습니다.

바다에서는 폭풍, 소나기, 심한 돌풍 등이 불어오기는 하지만 육지에서처럼 몬스터들이 자주 돌아다니는 건 아니었다. 위험 해상 몬스터들의 서식 지역이 아니라면 가끔 상어 떼나 구경하는 수준이라 심심한 때가 많았다.

낚시 스킬은 그야말로 필수!

바람에 따라 돛을 조정하고 항해사를 고용하여 배의 방향을 정한다. 그러고 나서는 낚시에 열을 올리기 마련이었는데, 위드는 그럴 때면 날아가서 어깨에 가볍게 내려앉았다.

"예쁜 새야, 어디서 왔니?"

행운을 가져오는 벌새는 어디를 가나 환영을 받았다.

"벌새구나. 바다에서 벌새는 처음 보는데."

"오늘 완전 운이 좋네. 배고프니?"

여성들의 경우에는 특히 호응도가 좋아서, 맛있는 정어리를 마음껏 얻어먹을 수가 있었다.

벌새는 바다에서 생선을 잡기가 어려운데 배를 푸짐하게 채우고 떠날 기회였다.

"요거 잡아다가 팔아먹어야겠다."

"된장 바르자!"

물론 목숨을 노리는 유저들도 있었다.

그들의 레벨은 썩 높은 편은 아니라서, 200대 이하였다.

대체로 바다에서는 전투가 자주 일어나거나 하지는 않아서 스킬에 비하여 레벨은 낮다.

위드는 그들의 위협적인 대화를 듣거나 그럴 낌새를 눈치채면 미련 없이 날아올랐다.

코코코코콧!

그냥은 떠나지 않고 돛을 사정없이 쪼아 버리는 잔악함.

벌새로서의 여행을 나흘 남기고 북부 대륙에 도착했다.

섬들을 헤매면서 희귀한 씨앗들을 찾아내고, 또 많이 뿌려 놓기도 했다.

벌새로서 먹고사는 부분이 큰 문제였지만, 어찌나 잘 먹고 다녔는지 배도 빠방하게 불러 있는 상태!

모라타에 들러서 희귀한 씨앗들을 내려놓고 나서, 야생화들을 품고 로디움까지 완주하는 계획이었다.

물론 해가 떠 있을 때만으로는 시간이 되지 않아서 어두운 밤에도 날아야 했다.

부엉이도 아니었지만 밤하늘의 별들을 따라서 비행하는 것에도 많이 익숙해졌다. 벌새가 12일 동안 날 수 있는 영역을 진작 완전히 넘어서 버린 후였다.

과로의 직전에 있을 때에만 다른 새들과 어울리거나 배에 있는 돛대의 꼭대기에 얹어 타거나 했다.

세 번의 대재앙

위드가 도착한 아르펜 왕국의 해안가.

그동안 이곳에는 놀라운 변화가 벌어지고 있었다.

모라타의 문화적 영향력이 높아져서 영토로 편입된 백사장에는 교역 상인들이 가끔 배를 타고 왔다.

상인들은 육지로 다니는 것보다 더욱 많은 물자를 실어 올수 있어서 바다를 많이 이용하는 편이었다. 다른 곳은 암초가 있거나 수심이 얕아 큰 배를 가까이 댈 수가 없어서, 이곳 해안가 바르나에 사람들이 모이게 되었다.

베키닝의 3마리 미친 상어도 오크들을 상륙시켰던, 기념이 될 만한 장소!

모라타의 건축가와 기술자 들이 이곳에 왔다.

"배가 접안하기 좋도록 선착장을 만듭시다."

"파도를 막을 수 있는 방파제 공사도 해야지요."

아르펜 왕국의 막대한 사회 간접 시설 투자!

세금으로 거두어들인 돈은 도로나 마을 확장, 건물 건설 등에 투입되고, 항구 건설에도 투자되고 있는 것이었다.

건축가들은 기술자들과 함께 1달에 걸쳐서 이용하기 편리한 항구를 만들어 냈다.

그 후부터는 모라타에서 시작한 초보자들이 이곳으로 몰려들었다.

"바다라… 사나이의 낭만이라고 할 수 있지."

"위드 님처럼 나도 바다에서 모험을 해 볼 거야."

"캬아! 저 수면 위로 뛰어다니는 청새치의 비늘이 햇빛에 반짝거리는 것 좀 봐."

초보자들은 육지에서의 모험만 해야 한다는 편견은 갖고 있지 않았다.

엠비뉴 교단이 중앙 대륙에서 혼란을 일으킬수록 바다가 적극적으로 개발되고 있었다.

대륙의 다른 유명 항구들은 초호화 요트와 대형 범선이 돛을 10개 이상씩 펼치고 다닌다. 그러한 우아함은 이곳에는 없었고, 뗏목에 못 쓰는 천 쪼가리 하나 걸쳐 놓으면 그것도 훌륭한 자랑거리였다.

뗏목을 타고 노를 저으면서 가까운 바다를 돌아다녔다.

"근데 지금 가진 세 한 푼도 없는데, 바다에서 모험을 하려면 돈은 어떻게 벌어야 돼요?"

"뗏목은 먼바다로 나가지 못하잖아요. 폭풍우라도 불면 어떻게 해야 되나요?"

항구로서 조선소, 선박 거래소, 선박용품 상점 같은 기반 시설이 없었기에 유저들은 난처한 상황에 빠졌다.

아르펜 왕국의 항해 기술은 아예 전무한 상태이기에 관련 건물들을 세울 수가 없었던 것이다.

이 어려운 해답도 모라타의 유저들은 스스로 찾아냈다.

건축가와 대장장이가 배를 만드는 일에 참여했다. 중앙 대륙에서 조선 스킬을 배워 오지 못하였기 때문에 직접 배를 제작하면서 관련 스킬을 터득했다.

간혹 중앙 대륙에 가서 조선 스킬을 배워 오는 사람도 생겨서, 배를 제작하는 사람들이 늘어나게 되었다.

"파도가 칠 때 물 새는 배 팝니다. 저는 이걸로 브렌트 왕국에도 다녀왔습니다. 바다에서 졸음을 쫓을 수 있는 배입니다."

"돛이 부러진 배 있어요. 돛만 다시 세우고 배 밑바닥에 구멍 몇 개만 때우면 쓸 만합니다. 상어는 조심하셔야 될걸요."

배를 제작하는 사람들의 경험이 많아지고 주문량도 늘어나자 조선소도 세워지게 되었다.

배 제작자들도 경험이 늘어서, 갈수록 속도도 빠르고 큰 배들을 제작할 수 있게 되었다.

"선박 건조를 위한 돈 문제는 잡화점에서 낚싯대를 사서 낚시로 돈을 벌어서 해결합시다."

"그거 괜찮겠네요."

배를 처음 장만하는 초보자들은 저렴한 대나무 낚싯대를 구입해서 바닷가에 줄줄이 앉았다.

1,000명이 넘는 낚시꾼들!

발을 조금만 잘못 디디면 위험한 갯바위에도 낚시꾼들이 가득 앉아 있었다.

"월척이다!"

"전갱이예요. 아싸! 사냥 3시간 해도 전갱이 1마리 사기 힘든데!"

바다에서 모험을 하기 위하여 낚시부터 배운 이들이었다.

그저 바다를 보는 것이 좋고, 파도 소리를 들으면서 소금 냄새를 맡는 것을 좋아하는 사람들이 있었다.

"이곳 낚시터가 괜찮네요."

"새벽이랑 아침이 잘 잡히는 거 같아요. 미끼를 더 좋은 걸 끼워 봐야겠다."

북부 최대의 세력, 풀죽신교에서도 항구 바르나에 상당히 많은 기대를 하고 있었다.

"생선들이 있으면……."

"어죽을 만들어 먹을 수 있겠죠."

"꼬막죽이나 미역죽, 파래죽에도 도전을 해 보아야 합니다."

풀죽신교의 인터넷 커뮤니티는 하루 방문자만 백만 명을 거뜬히 넘었다. 누군가가 올려놓은, 바다에서 요리 가능한 죽 목록 글을 보고 나서 낚시꾼들은 계속 늘어났다.

에메랄드빛 바다에 뗏목을 띄워 놓고 낚시를 하다가 어느새 먼바다로 떠내려가는 초보사들을 얼마든지 볼 수 있었다.

"살려 주세요!"

"제발 구해 주세요. 저 지난번에 엿새나 표류하다가 겨우 돌아왔어요. 상어한테 잡아먹히기도 지겨워요!"

항구 바르나에서는 익숙한 풍경이었다.

겁 없는 초보자들은 그렇게 다양한 생선들을 낚으면서 돈을 벌고 바다와도 친해졌다.

항구에는 주민들이 사는 마을도 생겨나고, 이곳의 특산품으로 소금에 절인 생선과 고래기름이 탄생했다.

교역소도 생겨나면서 상인들도 대거 방문하게 되었다.

북부 대륙에서는 쉽게 접하기 힘든 해산물의 중요 생산지로, 아르펜 왕국의 새로운 항구 마을로 커 가고 있었다.

아르펜 왕국의 탄탄한 경제력은 기술과 요구치만 충족되면 연관된 건물을 금방 세웠다.

해양 모험가 길드도 건립되면서, 바다와 관련된 모험 퀘스트도 대거 발생하였다.

"해류를 따라서 쭉 이동하면 갈레아타스 군도에 도착하게 되는데, 거기에서는 꽁치가 정말 많이 잡힌다고 합니다. 갑시다!"

"오른 곳에서 석상을 확인하고 돌아오는 퀘스트 받으신 분, 저도 데려가 주세요!"

"침몰선의 유물 가져오는 퀘스트 발견! 동쪽으로 사흘간 항해를 해야 됩니다. 당연히 실패할 거라고 생각하는데, 그래도 같이 가실 분 있으세요?"

항해하는 배를 발견하기 어렵던 북부 바다가 변하고 있었다.

초보자들의 작은 배들이 누비면서 세세한 항로를 개척했다. 지도에도 없는 섬의 마을을 찾아내면 새로운 퀘스트와 교역을 할 수 있었다.

아르펜 왕국의 상인들이 발견된 섬으로 상선을 끌고 가면 교역 확대로 이어지면서 왕국의 생산량과 부가 커진다.

항구 바르나에서는 뗏목에 구멍 뚫린 넓은 천을 달고 먼바다로 나가는 유저들을 언제든지 볼 수 있었다.

꿀 중

위드는 모라타에 들러서 가지고 있던 씨앗을 몽땅 뿌려 놓았다. 그리고 그곳에 있는 야생화들의 꽃가루를 가지고 로디움으로 왔다.

> 북부의 야생화 브리피아 씨앗을 옮겨 왔습니다.
> 로디움에서는 자라지 않는 꽃! 대륙의 희귀한 꽃의 씨앗을 가져왔습니다. 벌새의 이 놀라운 여행은, 벌과 나비 들을 기쁘게 할 것입니다.

> 자연과의 친화력을 21 얻었습니다. 자연의 아름다움을 일깨움으로 예술 스탯이 9 상승합니다. 식물이 자라면 조각술 스킬의 숙련도가 높아집니다.

위드는 북부의 야생화들을 아끼지 않고 가져왔다.

모라타에서는 꽃 축제가 가끔 벌어지면서 사람들을 기쁘게 해 주었다. 로디움에도 꽃 축제가 벌어져서 사람들이 행복해지게 된다면 나쁜 일은 아니리라.

퀘스트의 성공으로 인하여 로디움에도 긍정적인 영향이 발생하는 것이다.

위드는 조각 변신술을 해제하고 조각술 영광의 대지를 지키는 노인에게로 갔다.

"벌새란 정말 신비한 새더군요. 평생을 여행하면서 살더라도 지루할 틈이 없을 것 같았습니다."

벌새의 여행 퀘스트 완료

벌새는 여행의 대기록을 세우고 돌아왔다. 여행하는 동안 다양한 종류의 희귀종 꽃가루를 멀리까지 퍼트리게 되었다.

명성이 3,400 올랐습니다.

레벨이 올랐습니다.

여정을 통해 조각술 숙련도를 3.4% 획득합니다.

모험의 성공으로 전 스탯이 3씩 늘어납니다.

벌새의 여행을 무사히 마침으로 자연과의 친화력이 41 높아집니다.

위드는 벌새로 여행을 하며 찾아낸 자연의 발견물을 보고하는 등으로 추가적인 보상을 얻어 낼 수도 있었다. 아르펜 왕국의 국왕 신분이지만 보상을 받으려면 다른 영주나 귀족에게 보고를 해야 하는 것이다.

노인은 기운 없이 고개를 끄덕였다.

"벌새란 오랫동안 보고 싶은 새이지요. 앞으로 내가 죽기 전에 벌새를 다시 볼 수 있을지……. 그러면 조각술에 대한 다음 이야기를 해 주어야겠구려. 조각사들은 때때로 지상에서 일어나는 크나큰 재앙에 대하여도 관심을 가졌다는 이야기가 전해져 내려오고 있다오. 마땅히 인간으로서는 두려운 것이지만 극렬한 파괴와 공포에도 불구하고 그렇게 아름다운 것도 없다는 것이겠지."

위드는 맞장구를 쳐 주었다.

"대재앙이란 때때로 정말 멋지기도 하지요."

자신이 아닌 적들을 향할 때에는 최고의 쾌감을 일으키기도 했다.

"그렇다오. 자연이 휩쓸고 간 후에는 새로운 생명이 움트기도 하지. 이 혼란스러운 대륙에 대재앙이 일어난다면……. 무조건 파괴를 일삼는 엠비뉴 교단이 있어서 얼마나 두려운지 모른다오. 그들에게 재앙이 일어난 다음에는 조각사들이 이야기하던 찬란한 아름다움의 조각술에 대해서 조금 더 말할 수 있을 텐데 말이오."

대륙의 혼란을 정화하는 대재앙

엠비뉴 교단은 대륙을 도탄에 빠뜨리고 있다. 그들은 아름다움을 알지 못하며, 예술품을 파괴하는 만행을 서슴없이 저지르며 대륙을 악으로 물들이고 있다. 조각술의 기적 같은 힘으로 엠비뉴 교단의 군대에 피해를 입혀라! 대륙의 질서를 회복하는 데 도움을 준다면 최고의 영광을 얻을 수 있으리라.

퀘스트를 진행하는 동안 일시적으로 자연의 기원을 받아서 친화력이 35% 높아진다. 대재앙을 3회 이상 일으키고 나서 무사히 돌아온다면 다음 퀘스트로 이어진다.

난이도: 조각술 최후의 비기 퀘스트

제한: 데지잉의 사면 조각술을 습득하고 있어야 한다. 퀘스트 도중에 무사히 살아남아야 한다. 사망 시 퀘스트 실패.

조각술의 비기인 대재앙을 사용하는 퀘스트!

"으음!"

위드는 이번에는 정말 쉽지 않다고 생각을 했다.

엠비뉴 교단이야 과거에도 싸웠던 적이 있고, 헤르메스 길드 못지않은 앙숙! 전에는 그래도 엠비뉴 교단이 대륙에 본격적으로 나서기 전이라서 많이 약했다. 그런데 현재의 엠비뉴 교단은 헤르메스 길드 다음으로 넓은 영토를 장악하고 있고, 그들의 군사력은 대단하여 끊임없는 전쟁을 벌이고 있었다.

어려운 점은 그것만이 아니었다.

"자연과의 친화력이 너무 높은 것도 탈이 나는군."

대재앙의 파괴력에 큰 영향을 주는 자연과의 친화력도 지금까지 꾸준하게 올려놓았다.

인내력이나 맷집 스탯을 올리듯이 노가다를 바탕으로 평소에 키워 놓았기 때문에 이제는 정말 위드도 감당하기가 버거울 정도의 재앙이 일어날 수가 있었다.

"세 번을 일으키고 무사히 돌아오라니… 그것도 엠비뉴 교단을 상대로라."

가능하지 않을 것 같은 의뢰였지만, 대재앙의 종류와 장소, 대상으로 할 만한 엠비뉴 교단을 고를 수가 있다. 그 점에 기대 보는 수밖에는 없으리라.

"기왕 일으키는 것, 시원하게 일으켜 봐야겠군."

어쩌면 대륙의 파괴자로 유명해질지도 모를 노릇이었다.

브리튼 연합 왕국의 오데인 요새!

최근 헤르메스 길드가 넓은 땅을 점령하였지만 끝까지 넘어가지 않은 군사 요새였다.

클라우드 길드에서 사활을 걸고 지키던 장소였는데, 이곳으로 엠비뉴의 종교재판관이 많은 군대를 이끌고 침공해 왔다.

"이단에게 죽음을."

"엠비뉴 신의 명령에 따라 저곳을 부수자!"

마물과 광신도, 암흑 기사로 구성된 엠비뉴의 무리는 무려 6만이나 되었다!

규모의 대다수를 차지하는 광신도들이야 그리 강하지는 않은 편이라서 성벽을 끼고 수비를 하면 된다.

그렇지만 엠비뉴의 대신관 이그발바가 이끄는 중앙군 26만도 다가오고 있었다.

오데인 요새가 세워지고 난 이후로 최대의 적을 맞이하는 것이었다.

"브리튼 연합 왕국을 지킵시다."

"이곳은 자유도시를 지킬 수 있는 최후의 보루입니다. 맞서 싸웁시다!"

클라우드 길드에서는 자유도시 유저들의 지원을 받으려고 했지만 계획처럼 원활하게 이루어지지는 않았다.

유저들은 엠비뉴의 군대와 싸우는 것을 상당히 기피하는 편이었다.

대규모 전쟁에 참여하여 공적을 올리는 것은 좋지만, 엠비뉴의 사제들의 저주들로 인하여 전투 중에 괴로운 면이 많았다. 차라리 엠비뉴에 선전포고를 한 대륙 각 교단의 원정대에 참여하는 쪽을 택하지, 그냥 공성전에는 잘 끼어들지 않았다.

그럼에도 클라우드 길드의 남은 전력도 아직 막강하였고, 브리튼 연합 왕국의 유저들은 대륙에서 손꼽힐 정도로 많았다.

퀘스트로 참여한 사람들과 보상금 때문에 나선 용병들의 가세까지 이어지면서 오데인 요새는 철옹성이 됐다.

"이쪽에 끓는 기름이 떨어졌어요!"

"화살도 지원 바랍니다."

엠비뉴 교단과 싸우고 있는 오데인 요새는 시장을 연상시킬 정도로 바쁘게 돌아갔다.

클라우드 길드는 더 이상 땅을 빼앗기면 위험하기에 반드시 오데인 요새를 지켜야 하는 입장이었다. 그래서 상당히 많은 수비군을 편성하였지만, 엠비뉴 교단의 초반 공세가 만만치가 않았다.

겁이라고는 모르는 광신도들의 돌격에 마물들의 엄습은, 일반적인 공성전과는 많이 다를 수밖에 없다.

―전쟁! 오데인 요새에 엠비뉴 교단이 쳐들어왔습니다.

―저들로 난공불락인 오데인 요새를 점령할 수 있을까요?

―지금 보이는 군대는 엠비뉴 교단의 선발대라고 합니다.

방송국들에서도 세 곳이나 생중계를 할 정도로 시청률도 높게 나왔다.

선발대와의 전투가 4시간 넘게 흘러갈 무렵, 이그발바가 이끄는 엠비뉴의 중앙군이 평원을 새까맣게 메우고 진군을 했다. 성벽을 부술 수 있는 매머드들도 동원되어 있었다.

"젠장. 쉬운 게 없네."

"진짜 검이 부러질 때까지 싸워 보겠구나!"

오데인 요새를 수비하기 위해 나선 유저들의 얼굴에 긴장감이 흘렀다.

성벽을 끼고 싸우는 공성전이라서 수비하는 쪽의 마음이 편할 것 같지만 그런 것도 아니었다. 까마득한 대군의 진군을 정면으로 보며 요새 안에 갇혀 있는 신세라서, 몰살을 당하고 말 것 같다는 두려움이 들었다.

"이렇게 된 거 마지막까지 싸워야지."

"오데인 요새 방어하기로 나설 때부터 죽음이야 각오했어."

클라우드 길드에서는 다수의 전력을 투입했지만 연이은 패배로 사기가 높지는 않았다.

그러던 어느 순간, 갑자기 땅이 흔들리기 시작했다.

베르사 대륙에서도 지진 같은 자연재해가 드물게 일어나기는 한다. 그렇지만 오데인 요새는 한 번도 지진이 발생한 적이 없는 곳이었다.

역사서에도 지진이 일어났다는 말은 없었다.

그런데 가만히 서 있기 어려울 만큼 땅이 거세게 흔들렸다.

초보자나 평범한 유저들의 입장에서는 지진이 일어나니 이것저것 볼 것도 없이 두려울 뿐.

쿠그그그그긍.

엠비뉴 교단의 중앙군이 있는 자리에서 산이 솟구쳐 오르고 있었다.

마물들과 광신도들이 마구 굴러떨어지면서 아비규환이 되는 것이 오데인 요새의 성벽에서 적나라하게 보였다. 조금 구른다고 해서 마물들이 죽지야 않겠지만 환호성이 절로 나올 정도로 시원한 광경이었다.

불과 수십 초 만에 400미터짜리 바위산이 솟아났다.

이것만으로도 마법처럼 신기한 일!

바위산의 높이가 400미터라고 해도 갑자기 평지에 생겨난 것이라서 절대 낮은 것이 아니었다. 산 정상에는 자연 호수까지 있었다.

"이거 도대체 뭘까?"

"어쨌든 엠비뉴 교단의 중심부에 저런 산이 생겨나서 수비에는 조금 편해지겠는데?"

"진짜 다행이긴 하다."

쿠르르르르르르르릉!

다시 바위산을 중심으로 하여 땅이 울리기 시작하였다.

이번의 진동은 훨씬 심해서, 오데인 요새의 유저들과 병사들도 바닥에 주저앉아야 되었다.

왠지 뭔가가 당장이라도 터질 것만 같은 분위기.

"뭐, 뭐지?"

"이거 그냥 지진 같지는 않은데."

"저 산에서 지금 연기가 나잖아. 진동도 저기서 생겨나는 거 아냐?"

"헉! 그렇다면 이거 설마 화산……."

그리고 잠시 후에 정말 거짓말처럼 산이 폭발했다.

시커먼 연기를 내뿜더니 어마어마한 굉음과 함께 불기둥이 하늘로 솟구치는 것이다.

화산 폭발.

바위의 파편과 용암이 사방으로 튀었다.

지골라스에서나 자주 일어나던 화산 폭발이 멀쩡한 브리튼 연합 왕국 내에서 벌어지다니!

"꺄아아악!"

"엎드려!"

비명과 함께 본능에 충실한 자들.

"일단 무조건 튀자!"

그리고 상황 판단이 남들보다 앞서 나가는 사람들도 있었다.

대부분의 유저들은 두렵고 황당하여 넋을 놓고 그저 지켜보고 있었다.

사실 이런 광경은 돈을 아무리 많이 줘도 쉽게 보기 어려운 것 아닌가.

엠비뉴 교단의 군대 중심부에서 일어난 화산 폭발. 돌 조각이 튀고 용암이 흘러 내려오면서 마물의 군대를 덮쳤다.

그 뜨거운 열기가 오데인 요새에까지 느껴질 정도였으며, 하늘은 화산재로 인하여 검게 변해 버린 후였다.

바위산은 다른 산들을 기준으로 하면 작은 편이었지만, 그곳을 중심부로 하여 무지막지한 용암이 펑펑 터져 나오고 있었나. 화산 근저의 땅도 갈라지면서뜨거운 가스가 나왔다.

마물들은 이리저리 도망을 치려다가 통구이가 되어서 회색빛으로 변하였다.

전투력이 굉장한 대신관 이그발바라고 할지라도 이런 재앙에는 어쩔 수가 없는지, 그와 그를 수호하는 성기사단도 말을 타고 피하는 모습이었다.

느닷없이 일어난 일로 인하여 방송국 스튜디오 아나운서들의 말이 빨라졌다.

—아얏, 오데인 요새를 휩쓸어 버릴 것 같던 엠비뉴의 대군이 크게 피해를 입고 있습니다. 갑자기 화산 폭발이 일어나다니, 이게 무슨 일일까요?

—전혀 조금도 추측할 수 없었습니다. 클라우드 길드에서 이런 준비를 해 왔던 것일 수도 있으리라고 봅니다.

—할 수 있었다면 헤르메스 길드와 싸우면서 진작 쓰지 않았을까요? 최근에 입수한 유물이나 마법일지도 모르지만 정말 이 위력이… 너무나도 어마어마합니다.

—경천동지! 하늘을 놀라게 하고 땅을 뒤흔든다는 그 말이 딱 어울리겠네요.

—클라우드 길드의 내부 소식통을 조금 알고 있는데 이런 준비는 들어 본 적이 없습니다. 다른 유저들을 상대로 하는 것도 아닌 이상 굳이 비밀로 할 필요도 없지 않았겠습니까?

—지금 방송 화면에도 나오고 있습니다만, 클라우드 길드의 핵심 유저들조차도 어안이 벙벙하여 화산 폭발을 보고 있군요.

—그러면 화산까지 폭발시킬 수 있는 사람은 누가 있을까요?

화산재로 뒤덮여서 어두운 하늘, 높은 곳까지 튀어 오르는 용암.

그 사이에서 날개를 활짝 펼치고 나타나는 와이번과 한 사람이 있었다.

〈로열 로드〉를 하는 유저들 중에 가장 많은 이들이 만나 보고 싶어 하고 좋아하는 전쟁의 신 위드.

그 위드가 데몬 소드를 뽑아 들고 와삼이를 타고 출현한 것이었다.

—위드! 위드일 줄 알았습니다.

스튜디오는 난리법석이 났다.

닿기만 하면 웬만한 것은 다 녹여 버리는 용암 사이를 날아다니다니, 이보다도 멋진 출현은 있을 수가 없는 것이다.

"우와아아아아아아아!"

"전쟁의 신이 우리를 돕는다!"

때를 맞춰서 오데인 요새에서 튀어나오는 승리의 함성도 분위기를 더욱 극적으로 만들었다.

물론 위드와 와삼이의 사정이 멀리서 보는 것만큼 좋은 것은 당연히 아니었다.

"야! 왼쪽이야, 왼쪽! 바로 앞에 용암 줄기 터져 나온다."

"크에에에엣!"

"이번엔 날개 접고 두 바퀴 돌아. 용암의 틈 사이를 헤치고 지나가야 돼. 거기 옆에 조심해!"

화산재로 인하여 어둡기 짝이 없는 와중에 솟구치는 용암 줄기들을 간발의 차로 피하고 있었다.

와삼이는 묘기에 가까운 절박한 움직임을 선보이며 공포에 질린 괴성을 계속 내길렀다.

주인 잘못 만난 죄가 왜 이리도 크단 말인가.

"진짜 와이번 짱이다."

"너무 멋져."

"울음소리도 정말 소름 끼치게 무시무시하네."

유린은 그림 이동술로 여행을 하면서도 위드에 대한 소문은 항상 듣고 있었다.

마을이나 도시로 가면 의도하지 않더라도 위드에 대한 이야기를 듣게 된다.

도시 전체가 시끄러울 때면, 명문 길드 간에 큰 전투가 벌어진 경우도 있지만 위드의 모험이 그들을 열광시키면 분위기부터 달랐다.

선술집 앞에는 손님들이 줄을 서서 기다리고 있었으며, 성문 밖으로 사냥이나 모험을 하러 나가는 사람이 없는 것이다.

레벨이 높은 많은 유저들이 힘을 자랑하지만 대중을 빠져들게 만드는 영웅으로는 위드가 가장 많은 표를 받았다는 설문 조사도 있었다.

'오늘도 오빠가 뭘 하나 보네.'

유린은 도시의 중심을 관통하며 흐르는 강가로 가서 낚싯대를 꺼냈다. 제피에게 심심할 때마다 배운 낚시 스킬을 즐기려는 참이었다.

챙이 넓은 노란색 모자를 쓰고 여러 색의 물감이 묻어 있는 화가 복장을 하고 낚시를 하는 여행의 맛!

'오빠는 잘 해낼 거야.'

유린은 위드에 대한 걱정은 하지 않았다. 무인도에 고립되더라도, 물가가 비싸지 않고 전부 공짜라고 좋아할 사람!

무인도에 서식하는 동식물의 생태계가 오히려 불쌍해질 정도였다.

그보다는 위드가 어떤 여자를 만나는지에 대해서 훨씬 호기심이 갔다.

어쩌면 언니로 평생 봐야 될지도 모르니까.

'화령 언니도 괜찮을 것 같아.'

가능성이 있는 첫 번째 후보는 일행 중에서 자주 같이 다니는 화령이었다. 그녀는 아주 매력적인 데다 위드에게 호감을 갖고 있다는 사실을 숨기지도 않았다.

유린은 왜 오빠를 좋아하는지 화령에게 물어본 적이 있었다.

"위드 님은 가정적이잖아. 빨래도 해 주고, 청소도 해 주고, 밥도 맛있게 해 줄 것 같아. 저번에 대게찜 완전 맛있었어!"

집안일이 좋아하는 이유의 전부는 당연히 아니겠지만, 바쁘게 공연을 하며 외로움을 타는 화령에게는 큰 부분이었다.

유린은 여자의 직감으로 서윤과도 만만치 않은 관계라는 것을 알고 있었다. 대학에서도 이미 크게 소문이 돌았으며, 서윤이 옆집으로 이사까지 왔으니 확실했다.

유린도 어디 가서 외모로 부족하다 느낀 적은 없지만, 서윤을 볼 때면 신이 내린 비너라는 생각이 자꾸만 들었다.

'정말 그 얼굴이면… 외국의 배우나 왕족이라도 그냥 만나자고 하면 다 만날 수 있겠다.'

도대체 왜 서윤이 자신의 오빠를 따라다니고 도시락까지 싸오는 것인지 궁금했다.

'정말 소문대로 공갈 협박이라도 당하고 있는 걸까.'

친동생까지 의심하게 만드는 둘의 관계.

모라타에서 만났을 때 그녀는 서윤과 어울리기에는 오빠의 외모가 너무 평범하다는 이야기를 했다. 그러자 서윤이 정색하고 맑은 목소리로 말하는 것이었다.

"남자 외모 뜯어먹으면서 살 거 아니라고 했어."

그렇지만 유린은 여전히 이해가 되지 않았다.

객관적으로 보자면 외모만이 아니라, 다른 부분에서도 열악한 것이 사실. 하다못해 〈로열 로드〉에서의 레벨도 서윤이 더 높았다.

도무지 서윤이 뒤떨어지는 부분이 없었다.

"나중에 결혼했는데 오빠가 취직을 못 하고 집에서 놀면 어떻게 해요?"

"돈? 내가 벌면 되잖니."

"그러면 집안일은……."

"내가 할 거야."

"힘을 써야 하는 일도 있잖아요."

"여자도 안 해서 그렇지 할 수는 있어."

"애라도 낳으면요?"

"내가 잘 키워야지."

"……."

유린은 그냥 고개를 끄덕이고 말았다.

하고 싶은 말이 너무나도 많은데, 한마디도 나오지가 않았다. 서윤이 너무나도 불쌍하고 아깝게 느껴질 뿐이었다.

$$\sim$$

"여기 약속했던 금액입니다."

"후후, 틀림없군요."

위드는 클라우드 길드의 전령을 만나서 계약금을 제외한 잔금을 받았다.

대재앙의 자연 조각술로 엠비뉴 교단에 타격을 입혀야 하는 마당에 공짜로 하기는 아깝지 않은가.

엠비뉴 교단 때문에 골머리를 앓고 있는 여러 길드에 연락을 취했고, 상황이 아주 급하던 클라우드 길드는 전투가 벌어지고 있는 와중에 제의가 오자마자 수락을 했던 것이다.

오데인 요새의 수성은 성공적으로 마무리되었다.

엠비뉴 교단의 군대는 화산 폭발로 엄청난 피해를 입고 나서 전의가 많이 꺾였다. 그 기회를 놓치지 않고 성문 밖으로 나온 클라우드 길드에 의해 엠비뉴 교단의 대군이 격파!

위드도 추가 서비스로 와삼이를 타고 암흑 기사들을 100명 넘게 베었다. 와이번을 타고 전장을 돌아다닐 때마다 싸우고 있는 병사들의 사기가 대단히 크게 올랐다.

엠비뉴의 패잔병들은 지리멸렬하여 흩어졌으니 당분간 브리튼 연합 왕국은 그들에 대해 신경을 쓰지 않아도 되리라.

대승을 거두는 장면이 방송을 통해서 나오면서 클라우드 길드에서는 위축되었던 자신감을 회복할 수 있었다.

위드는 마지막에 망토를 휘날리며 멋진 모습으로 와삼이의 등에 탔다.

"후후후, 그럼 이만……."

"저기, 잠시만요."

"네?"

"오데인 요새 앞에 있는 산은 어떻게 하실 건지요. 가시기 전에 없애 주시면 좋겠는데요."

높이가 400미터였던 산은 폭발을 거치면서 무려 890미터 정도까지 높아진 상태였다. 지금도 용암이 부글부글 끓고 있었으며 검은 연기도 내뿜어서, 보통 위험해 보이는 게 아니었다.

"산은 건강에 참 좋습니다. 사람은 산을 가까이하면서 살아야 되죠."

"지금 무슨 말씀이신지……."

"와삼아, 가자. 이랏!"

"……."

엠비뉴 교단의 고난

이현은 다음으로 대재앙을 일으킬 만한 적당한 장소를 물색했다.

"엠비뉴 교단이 크게 활약하고 있는 장소가……."

이럴 때는 게시판을 확인하는 게 편했다.

엠비뉴 교단과 관련된 게시물에는 그들이 거대한 군대를 이루고 침략하는 곳들이 안내되어 있었기 때문이다.

방송사들의 홈페이지에서도 엠비뉴 교단에 대한 주의와 함께 위험한 지역들을 안내하고 있다.

"엠비뉴 교단이 장악하고 있는 곳들은 별로 시원치 않아."

아산이를 타고 적진으로 침투하면서 싸우고 싶진 않았다.

이미 몇몇 정의로운 자들이 자신의 레벨을 믿고 그런 행동을 했다가 개죽음을 당했다. 이현의 경우에는 무모하게 그런 식으로 당하진 않을 테지만, 어쨌든 부담이 없지는 않은 일.

대재앙의 자연 조각술에 휩쓸리고 난 후에 엠비뉴 교단에 포위된다면 생명이 위태로울 것이기 때문이다.

"싸우고 있을 때 뒤통수를 쳐야 가장 안전해."

이현은 그런 곳을 찾기 위해 검색을 했다.

그곳의 지형이나 자연환경이 일으킬 만한 대재앙과도 맞아야 해서 적당한 조건들이 갖춰져야 했다.

아이데른 왕국의 베르네르트 성!

이곳을 향해 엠비뉴의 주력 군대가 다가오고 있으며 공성전도 벌어질 예정이라고 한다.

가까운 곳에 바다를 끼고 있으며 심한 바람이 들이치는 장소였다.

"적당하겠군. 그런데 여기는 완전한 평원 지역이 아니라서 대재앙에 유저들도 휩쓸릴 수밖에 없을 것 같은데."

이현 자신도 마음대로 조종하지 못하는 대재앙이 어떻게 덮쳐 버릴지 장담할 수 없는 처지였다.

화산 폭발이야 파괴력을 감안하여 멀리서 터트리긴 했지만 다른 재앙들은 걷잡을 수 없이 확대되는 경우도 많다.

"일단 글을 올려야겠군."

이현은 자신의 계정으로 〈로열 로드〉의 홈페이지에 로그인을 했다.

쪽지와 메일이 수십만 통씩이나 도착해 있었다.

물론 내용은 읽지 않았지만 제목들은 대충 훑어보았다. 혹시라도 광고 출연 계약이나 상품 협찬이 있을지도 모르니까.

팬들이 보내는 메일은 읽지 않아도 제목에 공짜 당첨이라고 적혀 있는 스팸 메일은 필수적으로 읽는 습관을 가지고 있는 것이다.

이현은 게시판으로 갔다.

"간단히 적어 놔야지."

제목: 위드입니다. 부탁이 있습니다.

아이데른 왕국의 베르네르트 성에서 엠비뉴 교단에 맞서 싸울 예정입니다.
오데인 요새에서처럼 대재앙이 일어날 예정이니 그곳에 계신 유저들은 각별
히 주의해 주시기 바랍니다.
내일 전쟁이 벌어졌을 때에만 안전한 성안에서 밖으로 나오지 말고 조심해
주시면 됩니다.

이현이 글을 적어 올리자마자 조회 수는 순식간에 2,000이
넘었다.

ㄴ 일단 1등.
ㄴ 탑승.
ㄴ 저도 얻어 탑니다.
ㄴ 내용 안 보고 댓글부터.
ㄴ 정말 위드?
ㄴ 나도 순위권.
ㄴ 어, 장난인 줄 알았는데 아이디 보니 정말 전쟁의 신이다.
ㄴ 위드 님이 여기에 글 쓸 리가 없잖아, 바보들.
ㄴ 내 이름도 위드인데. 캬캬캬ㄱ.
ㄴ 어? 진짜 위드다.
ㄴ 윗분, 이 글 쓴 사람 진짜 전쟁의 신 위드예요.
ㄴ 누가 바보인지 모르겠네. 근데 대박이다.

이현의 글은 잠깐 사이에도 수백 건씩 조회 수가 증가!

다른 게시판과 커뮤니티에도 글이 옮겨지면서 단번에 화제

로 떠올랐다. 방송사에서도 속보로 전할 정도의 파급력을 가지고 있었다.

유저들에게 피해를 입히지 않기 위해 작성한 글이었지만, 상황은 엉뚱하게 흘러갔다.

> —지금 톨렌 왕국입니다. 말 타고 밤새워서 달리면 내일까지 베르네르트 성에 도착할 수 있을까요?
> —에버딘 왕국에 있습니다. 모여서 베르네르트 성으로 같이 가실 분 찾습니다. 기마술 초급 6레벨 이상이나 마차 이동 스킬 중급 이상만.
> —위드 님과 같이 싸우고 싶습니다. 갑시다.
> —저도 가겠습니다. 대재앙을 볼 절호의 기회를 놓칠 수는 없지요.
> —아싸, 난 아이데른 왕국 초보인데. 잃을 것도 없다. 대재앙을 맞아 봐야지!

이현이 쓴 게시 글을 보고 유저들이 베르네르트 성으로 모이고 있었다.

ℒℰ ℛℒ

베르네르트 성.

엠비뉴 교단의 공격이 예정되면서 활동하던 유저들도 다들 다른 지역으로 옮겨 갔다.

그러나 위드가 온다는 말에 아이데른 왕국의 유저들은 물론이고 다른 왕국에서도 텔레포트 게이트를 통해 유저들이 왔다.

평소 축제가 벌어졌을 때보다도 훨씬 많은 유저들로 베르네르트 성은 포화 상태가 되어 버렸다.

성으로 뚫려 있는 큰길에도 여행객들이 계속 들어왔다.

"빨리 들어오세요. 엠비뉴 교단이 가까이까지 왔습니다."

"대재앙은요?"

"아직입니다."

"딱 맞춰서 도착했구나!"

멀리서부터 걷거나 말을 타고 온 유저들은 피로를 풀 틈도 없이 성벽으로 올라갔다.

모여든 유저들의 전력을 합치면 베르네르트 성의 방어 병력이 10배는 더 늘어나게 된 상황이었다.

"엠비뉴 교단이다!"

"남쪽에서 대군이 접근 중!"

유저들은 평소 등줄기를 서늘하게 했던 엠비뉴 교단의 마물과 광신도 등으로 이루어진 군대를 보면서도 기대감에 가슴이 두근거렸다.

"위드 님이 어떤 식으로 박살을 낼까? 완전 멋질 것 같아."

"캬아, 진짜 싹 쓸어버렸으면 좋겠다."

죽음에 대한 두려움은 두 번째,

지금처럼 짜릿한 순간은 〈로열 로드〉를 하면서도 경험하기가 어려웠다.

엠비뉴 교단이 꾸역꾸역 베르네르트 성을 향하여 진군해 오고 있었다.

그들 특유의 이상한 괴성과 주문을 외우는 소리, 엠비뉴 신을 향한 찬송가들이 울려 퍼졌다.

엠비뉴 신이 우리를 죽이니

기꺼이 이 한 몸을 희생하리

엠비뉴 신이 타락한 세계를 파괴하니

완전한 정화가 이루어지리라

마물들이 앞서 있었으며, 노예들이 비대하게 큰 공성 병기들도 끌고 오고 있었다.

"위드 님은 언제 오시는 걸까? 이제 놈들이 여기까지 30분도 안 걸려서 도착을 하겠는데."

"딱 절묘하게 맞춰서 오지 않을까? 방송을 봐도 그랬잖아."

"조금 늦는 것 같아도 완전히 다 끝나고 온 이후에 온 적은 없었지."

"우리 사이에 있을지도 모르지 않겠어? 깜짝 등장을 자주 하셨으니까."

유저들은 병사들과 함께 수성전을 위한 준비를 했다. 베르네르트 성에 온 만큼 어쨌든 살아남기 위하여 엠비뉴 교단과 싸울 수밖에 없는 처지였다.

엠비뉴 교단의 군대가 더 가까이 다가오고 있었다.

그들은 장거리 행군을 했지만 대사제 이브렌챠의 권능으로 사기나 피로가 떨어지지는 않았다.

"오긴 오는 거야? 만약 안 오면 우리는 전부 개죽음당하고 말 거야."

"오겠지. 안 오면 평생 악플 달아야지."

조마조마한 기분이 갈수록 커져 갔다.

그리고 그때, 먼바다에서 무언가가 나타났다. 그것은 급속도로 해안가로 다가오고 있었다.

"저게 뭐지?"

"어, 엄청나다!"

성벽에 있던 유저들은 자리에 서 있기가 힘들었다.

그 이유는, 바다에서부터 하늘까지 맞닿은 듯한 12개의 회오리바람이 육지로 접근하고 있었기 때문이다.

바라보는 순간 이렇게 죽는구나 하는 생각밖에 들지 않는 회오리바람!

회오리바람의 선두에는 위드가 포효하는 빙룡을 타고 오고 있었다.

빙룡이 억울한 듯 포효했다.

"주인, 이번에는 왜 나인가!"

"와삼이가 도망갔어!"

와삼이가 약속된 장소로 나타나지 않고 튀는 바람에 위드가 예정했던 시간보다 늦어지게 된 것이다.

빙룡은 죽을힘을 다해서 날고 있었고, 모든 것을 찢어발길 듯이 거세게 부는 회오리바람이 뒤를 따라왔다.

12개의 회오리바람은 움직이며 엇갈리기도 하고 때로는 일시적으로 합쳐져서 상상할 수 없을 만큼 거대하게 커지기도 했다. 바다의 맨바닥까지 파헤쳐 놓을 정도였다.

회오리바람의 빨려 드는 힘에 이끌리면 빙룡이라고 하여도 갈가리 찢겨 나가게 될 것이다.

"주인, 그동안 함께 있어서 행복했다. 내가 죽는다면 장례는 거창하게 치러 주지 않아도 된다."

빙룡은 겁에 질린 채 힘껏 날면서 유언을 남기려고 했다. 회오리바람이 너무나도 무서웠던 것이다.

역시 같이 보낸 시간이 길다 보니 위드의 호주머니 사정까지 고려해 주는 빙룡이었다.

"걱정 마. 팥 준비해 왔어."

"팥은 왜 가져왔나."

"어떻게 널 그냥 보낼 수 있겠니. 쓸모 있는 부분은 떼어다 팔아야지."

시원한 팥빙수로 장사를 하려는 위드!

쿠오워어어어어!

위드와 빙룡을 따라서 회오리바람이 마침내 상륙했다.

"꺄악, 최고다!"

"위드 님, 기다렸어요!"

"아자! 여기까지 온 보람이 있구나."

해안가 근처의 돌무더기에는 유저들이 100여 명가량 서 있었다.

그들은 엠비뉴의 군대가 가까이 다가오더라도 성으로 물러나지 않고 위드가 오기만을 기다리고 있었다. 아직 레벨도 비교적 높지 않고, 중요한 물품들은 따로 보관을 해 놓았다.

대재앙에 휘말려서 죽는 폼 나는 경험을 다음에 언제 또 해 보겠는가.

"몸이 뜬다!"

"꺄아아, 시원해!"

"풀죽. 풀죽!"

무시무시한 회오리바람이 유저들을 순식간에 날려 버리고, 이윽고 엠비뉴 교단의 군대까지 덮쳤다.

크웨에에엑!

마물들이 괴성을 지르며 땅에서 공중으로 날아올랐다.

회오리바람은 땅을 뒤집어엎고, 커다란 나무들을 뿌리째 뽑았다. 몸무게가 묵직한 마물들이 버텨 보려고 해도 네발이 한꺼번에 천천히 떠오르더니 금방 바람에 의하여 빨려 들어가고 만다.

12개의 회오리바람이 한복판을 휘저으면서, 뭉쳐서 진군하던 엠비뉴의 군대는 만신창이가 되고 있었다.

뿌으우우우!

하늘 높은 곳까지 올라간 거대 코뿔소 칼라크롭스.

그들이 지상으로 추락하며 광신도와 암흑 기사, 사제 들을 깔아뭉갰다.

회오리바람들이 엇갈리면서 교차하고 합쳐지면서 나타나는 파괴력은 진정 재앙이라고밖에 표현할 수 없는 수준.

공성 병기들이 종잇조각처럼 찢겨서 박살 나고, 어떤 것은 끌어 올려져서 바다까지 날아가서 떨어졌다.

강철 방패도 바람을 막는 데 아무 효과가 없었으며, 광신도들은 미물들과 같이 그냥 회오리바람으로 빨려 들었다.

좋은 구경거리를 위하여 베르네르트 성에 온 유저들조차도 소름이 돋았다.

"장난 아니다."

"아, 이거 진짜 무섭다."

"이런 거 꿈에 나올 것 같아."

위드를 태운 빙룡이 엠비뉴의 군대 위를 지나가면 그 뒤를 거센 회오리바람이 초토화시키는 전율적인 광경!

제법 높은 레벨을 가지고 있던 유저들조차도 겸손해지게 만드는 대재앙의 카리스마였다.

"진짜 〈로열 로드〉 최고 수준의 유저는 이 정도의 능력을 가지고 있구나."

"완전히 전설 아니야? 나 이런 비슷한 모습도 본 적이 없어."

"스킬 레벨 올리기 진짜 어려운 마법사가 거의 바람 마법 마스터의 단계나 되어야 이런 능력을 보일 수 있을지 모르겠네."

구경하는 유저들은 그야말로 위드의 파괴적인 면모에 더 환호하고 있었다.

"빙룡아, 이대로라면 죽겠다. 더 빨리 날아!"

"최선을… 최선을 다하고 있다."

빙룡은 큰 몸집 탓에 회오리바람의 영향을 받지 않을 수가 없었다. 모든 힘을 다 쥐어짜 내고 있었음에도 불구하고 회오리바람을 떨쳐 낼 정도로 압도적으로 빠르지는 않았다.

땅에서부터 하늘까지 이어진 회오리바람의 위력은 베르네르트 성에까지 미쳐, 유저들도 심한 바람으로 몸을 가눌 수 없을 정도였다.

위드는 고개를 뒤로 돌려서 회오리바람을 쳐다봤다.

"빙룡아."

"말해라, 주인."

"좋은 소식과 나쁜 소식이 하나씩 있어. 뭐부터 말해 줄까."

"좋은 것부터."

"회오리바람이 8개로 줄었다."

"다행이다."

"그리고 나쁜 소식은, 합쳐져서 더 강해졌어."

"그러면 결국 안 좋은 거 아닌가."

"그래도 좋은 소식이 있다고 하니까 잠깐은 기분 좋았잖아."

"……."

회오리바람 4개는 다른 것들과 합쳐져서 위력이 배가되어 있었다.

4개의 큰 회오리바람과, 그나마 작은 4개의 회오리바람.

엠비뉴의 군대는 바람에 이리저리 날리느라 진형이 완전히 사라진 것이나 마찬가지였다.

전투가 불가능할 정도로 심한 바람이었다. 기사단이 엠비뉴 교단을 향해 돌격한다면 순식간에 회오리바람에 바쳐지는 제물이 되리라.

회오리바람과의 거리가 가까워지면서 마물들과 광신도, 암흑 기사들이 공중에서 빙룡에게 날아오기도 하였다. 지상에서 회오리바람에 끌어 올려진 녀석들이 높은 곳에서 사방으로 내던져지는 것이다.

생명력이 높은 마물들이라고 해도 무시무시한 속도로 땅에 곤두박질치면 거의 죽었다.

그보다 무서운 것은, 중간에 다른 회오리바람에 휘말려서 다시 높은 곳으로 올라가게 되는 것.

회오리바람 사이의 거리가 넓지 않다 보니 온갖 일이 다 벌어지고 있었다.

회오리바람은 순수한 바람이라고 할 수가 없었고, 나무와 돌, 마물, 광신도, 암흑 기사 등 온갖 것들이 날아다녔다.

"이대로면 잡히겠다. 더 빨리 갈 수 없어?"

"낼 수 있는 최대 속도다."

"안 되겠군."

대재앙의 자연 조각술의 위력은 종잡을 수가 없다. 절벽 붕괴나 산사태 같은 재앙은 어느 정도 예측이 가능하였지만, 회오리바람의 흡입력은 일어나기 전에는 알지 못한다.

성처럼 단단한 건물이 아닌 이상 목조건물 같은 것은 아예 흔적도 없이 날려 버릴 정도다.

누렁이보다 큰 바위가 공중으로 들어 올려져 바람의 압력에 자갈처럼 부서지기도 하였다.

"대재앙의 시간이 얼마 남지는 않았을 텐데. 빙룡아, 브레스를 준비해서 뒤로 돌아서!"

빙룡이 위드의 말을 따른다면 도망치는 속도가 느려져서 회오리에 먹힐 수도 있다.

본능은 계속 앞으로 날아가라고 했지만, 빙룡은 크게 숨을 들이마시고 비행 속도를 늦추며 뒤로 돌아섰다.

위드와 그동안 형성한 관계 때문에 믿게 된 것이다.

빙룡은 멈추자마자 몸이 가까이 다가온 회오리바람에 빨려들 것 같은 흡입력을 느꼈다.

"잠깐 기다려. 그리고… 지금이야. 날려!"

빙룡의 주둥이에서 쏘아져 나간 아이스 브레스가 회오리바람의 중심을 강타했다.

회오리바람은 강렬한 브레스에 일시적으로 조금 약화되었지만, 그 시간은 불과 10여 초. 곧이어 얼음덩어리들이 회오리바람을 타고 돌면서 더없이 화려한 광경이 연출되었다.

빙설의 폭풍처럼 오히려 더욱 위력을 떨쳐 내는 회오리!

그리고 잠깐 이동이 멈춘 사이에 뒤따라오던 다른 회오리까지 합쳐지게 되었다.

빙룡의 눈가에 원망이 어리려고 하는데 회오리바람이 더 이상 따라오지 않았다. 다른 회오리바람들과의 간격이 가까워지면서 그들끼리 뒤엉키기 시작한 것이다.

"빙룡아, 튀자!"

이런 명령이라면 빙룡은 언제든지 기꺼이 들어줄 수 있었다.

위드와 빙룡이 빠져나간 이후로도 회오리바람은 꼬이고 뭉치면서 엠비뉴의 군대가 있는 지역을 무섭게 휩쓸었다.

나중에는 정말 거대한 3개의 회오리바람이 그 위력을 떨쳤는데, 땅에서 끌어 올린 파편들과 마물들의 사체가 베르네르트 성 바로 앞까지 날아올 정도였다.

그리고 어느 한순간, 거짓말처럼 회오리바람은 사라졌다.

그 후에 하늘에서 우수수 떨어져 내리는 엠비뉴의 군대.

크워어어어!

"엠…비뉴… 신을 찬양하라……."

마물과 광신도 들이 대지에 널브러졌다.

엠비뉴의 군대는 적어도 2할 이상의 병력 손실을 입었다.

암흑 기사와 사제라도 소용돌이에 휩싸이면 거의 대부분이 죽었다. 마물과 광신도 들은 말할 것도 없었지만, 무엇보다 큰 손실은 대재앙으로 그들의 사기가 최하 수준으로 떨어졌다는 것이다.

엠비뉴의 대사제 이브렌챠는 대재앙이 다가오자마자 암흑기사 친위대와 같이 신속하게 바로 물러났다.

엠비뉴 교단에서는 왕실 기사들처럼 희생정신이 투철하지는 않았던 것이다.

그 덕에 최고위층은 무사하기는 하였지만, 군대로 본다면 측정하기 어려울 정도의 피해를 입고 지휘 체계가 붕괴되었다.

사기가 낮아진 상태에서 지휘관 없이 싸우게 되면 약간만 불리해져도 항복을 하거나 아니면 전장을 이탈하며 도망을 가 버리기 때문에 매우 중요한 부분이었다.

위드는 빙룡을 타고 베르네르트 성 위로 돌아왔다. 그리고 터트리는 사자후!

"나가자! 우리는 싸워서 이길 것이다!"

베르네르트 성은 귀족인 NPC 영주의 소유였다.

위드가 중앙 대륙의 왕은 아니라고 하더라도 그 권위를 인정하였고, 또한 이미 충분한 힘과 통솔 능력을 보여 주었기에 반발은 없었다.

"성문을 열어라!"

영주의 명령이 떨어지고, 성문이 열렸다. 그리고 유저들은 밖으로 나와서 엠비뉴 교단과 전투를 시작.

성벽을 지키면서 싸울 수도 있었지만, 적들이 제대로 대응하지 못하는 지금은 공격을 나가는 편이 훨씬 유리했다.

대사제 이브렌챠와 암흑 기사 친위대가 있었지만, 위드를 따라서 불사조와 황금새, 은새, 바하모르그 등의 조각 생명체들까지 나타났기에 전투는 일방적이었다.

"끄아아악."

뒤늦게 바다 쪽에서 날개를 활짝 펼치면서 와삼이까지 등장했다.

∂ℰ ℰ∂

엠비뉴 교단의 군대는 상당히 큰 피해를 입었지만, 대사제 이브렌챠와 암흑 기사들은 중요한 전력은 보전한 채로 무사히 퇴각을 했다.

위드와 조각 생명체, 유저들과 베르네르트 성의 병력이 나서서 싸웠지만 사기가 떨어진 광신도와 마물을 없앴을 뿐.

주력은 상황이 안 좋은 것을 보자마자 퇴각을 해 버렸기 때문이다.

그럼에도 불구하고 워낙 큰 전투라서 참여한 사람들은 명성과 전리품, 공적으로 인한 스탯을 얻을 수 있었다.

"위드 님, 고맙습니다."

"정말 감사해요."

위드는 빙룡을 타고 그들의 머리 위를 배회한 후 먼 곳으로 사라졌다.

빙룡의 웅장한 날개가 활짝 펼쳐진 것은 유저들이 오래도록 잊지 못할 추억이 될 것이다.

세 번째 대재앙의 자연 조각술은 로자임 왕국에서 펼쳐졌다.

　로자임 왕국의 지방은 많은 곳들이 엠비뉴 교단의 지배에 속해 있었다.

　적당한 곳을 물색하던 도중에 엠비뉴 교단에서 짓고 있는 요새를 발견!

　어마어마한 식량과 병장기가 모여들고 있었다.

　"병력이 최소한 7만 이상은 되어 보이고, 공성 병기도 제작되고 있군."

　엠비뉴 교단이 로자임 왕국을 장악하기 위한 중요한 교두보라고 할 수 있었다.

　위드는 이곳을 망가뜨리기로 결정했다.

　그리고 두려움에 떨고 있는 와삼이!

　"나쁜 짓도 많이 하니까 이제는 뭐, 그럭저럭 웬만해서는 안 위험한 것 같군."

　대재앙도 일으킬 만큼 일으켜 봤다.

　그래도 이번에는 안전제일주의로, 위드는 적당한 것을 준비해 왔다.

　"대재앙의 자연 조각술!"

　붉은 왕개미의 조각품을 파괴!

　잠시 후에 엠비뉴의 요새 알렉사는 붉은 왕개미 떼로 뒤덮이게 되었다.

　"역시 아름다운 모습이야."

　위드는 와삼이를 타고 요새 주변을 빙글빙글 날았다.

　KMC미디어와 CTS미디어를 통해 생중계가 되고 있었기에 적당한 분위기 조성도 반드시 필요했다.

"이놈의 인기가 죄지."

방송국에서는 노래도 불러 주기를 원했다.

시청자들의 호응이 높다는 이유였는데, 위드는 이것만큼은 거절했다. 제대로 된 큰 전투가 벌어지지 않는 무대에서 노래를 부를 수는 없기 때문이다.

"귀한 노래를 함부로 부르면 안 돼."

나무는 물론이고 돌과 철까지 먹어 치우는 왕개미들의 습격.

요새에서는 마물들과 광신도들이 저항하면서 전투가 벌어지고 있었다.

몇몇 곳은 건물이 무너지고 화염이 치솟기도 했다.

그러나 땅의 모래에서부터, 문틈에서, 천장에서 기어 나오는 붉은 왕개미 떼는 공포스러울 정도였다. 제대로 역할은 못하지만 날개도 있어서 4~5미터 정도씩은 날 수도 있었다.

넓은 평원이었다면 광역 화염 마법 등으로 어찌어찌 막는 데 도움이 될 테지만 요새라는 갇힌 환경에서는 오히려 붉은 왕개미 떼가 유리한 면이 훨씬 많았다.

틈새와 구멍마다 나와서 건물과 몬스터들을 그대로 덮어 버린다.

붉은 왕개미들은 그동안 모아 놓은 식량을 깨끗하게 먹어 버리고, 병장기들도 쓸 수 없도록 만들었다.

건물의 파손도 심각하였고, 광신도와 마물 중에서 죽은 이들도 많이 있었다.

이것보다 더 잔인한 것은, 이 대재앙이 한 번으로 끝나지가 않는다는 점이다.

위드가 지금까지 일으킨 대재앙은 자연환경과 관련된 것들이 대부분이었다.

그렇지만 이번에는 생물과 관련된 재앙.

붉은 왕개미 떼는 천장과 벽에 구멍을 뚫고 그 안에 알을 가득 낳아 놓았다.

알에서 새끼 개미들이 깨어나는 순간 대재앙이 되풀이될 것이다.

"예전에 살던 집에서도 개미 때문에 참 고생이었는데."

위드는 과거 중학교 시절에 월세로 살았던 반지하 집 생각이 어렴풋이 났다.

음료수 한 방울만 떨어뜨려도 온통 개미들이 들끓었다. 콜라를 마시고 조금 남겨 놓으면 병 안에 개미가 절반 가까이 찰 정도였다!

그 등쌀에 오죽하면 바퀴벌레와 쥐도 살지 못했겠는가.

개미가 제대로 번식을 하고 나면 그 후로는 놈들을 쫓아내기가 정말 어려워진다. 장판 밑에서 기어 다니는 건 애교 수준이었고, 책 속에도 개미가 있었다.

"개미만큼 독한 놈들이 없어. 집에 먹을 것을 아예 놔두지 않으니 밤에 내 살까지 뜯어 먹으려고 했지."

위드는 과거의 기억을 살려서 대재앙을 정했던 것이다.

이런 것이 바로 경험의 힘!

요새 알렉사는 영구히 사용할 수 없게 되리라.

띠링!

엠비뉴 교단에 연속으로 중대한 타격을 입혔습니다.
대륙을 악으로 물들이는 엠비뉴 교단! 그들은 예측하지 못한 공격으로 쉽게 회복하기 어려운 피해를 입었습니다. 정의를 수호하는 대륙의 교단들과 왕국들은 누구도 해내지 못한 일을 성공시킨 조각사의 영웅적인 행동에 감탄을 금치 못합니다.

명성이 4,160 올랐습니다.

카리스마가 3 상승하였습니다.

투지가 4 상승하였습니다.

예술 스탯이 11 상승하였습니다.

엠비뉴 교단과 전쟁을 선포한 모든 왕국과 교단에 대한 공적치가 2,190 상승했습니다.

호칭! 대륙을 구하는 영웅을 획득하였습니다.
베르사 대륙에서 가장 큰 업적을 쌓은 이에게 주어지는 호칭.
엠비뉴 교단과 싸우기 위하여 부하들을 모집할 수 있습니다. 자유 기사는 물론이고 성기사와 왕실 기사도 의로운 부름에 답할 것입니다. 호칭이 유지되는 동안에는 모든 주민들이 당신의 존재를 주목하게 됩니다. 주민들로부터 존경을 받을 수 있습니다. 통솔력과 카리스마, 투지의 효과가 27%씩 늘어나게 됩니다. 최상의 명예 부여. 행운이 45 늘어납니다.
최초로 부여된 대륙을 구하는 영웅 호칭입니다. 다른 이가 대륙을 위하여 더 큰 업적을 세우게 되면 호칭을 잃어버릴 수 있습니다.

대재앙과 관련된 퀘스트를 했을 뿐인데도 위드는 막대한 이득을 얻었다.

"퀘스트를 보고하러 가야겠군. 와삼아, 가자."

$$\text{20}\ \text{20}$$

헤르메스 길드에서는 황궁을 건설하면서 기존의 점령 지역에 대한 내정 작업을 진행하였다.

영주들을 임명하고 제국 차원의 도로망 개설과 농경지 확대, 거점 도시 개발, 광산 채광을 이루었다.

그러나 무엇보다도 중요하게 여기는 것은 군사력 확대였다. 기사단을 보다 정예화시키고, 지휘관들은 병사들을 이끌고 몬스터 토벌에 나섰다.

소수의 수뇌부만이 헤르메스 길드의 전쟁 계획을 미리 알고 있었다.

"대륙 정복 전쟁을 위하여 서둘러야 된다. 앞으로는 휴전이 없을 거야."

"훈련도가 빠른 궁병들은 준비를 마쳤습니다. 마법병단이 문제인데……."

"그쪽은 그로비듄이 준비하기로 하지 않았나?"

"주민들의 학문 능력을 올리는 데 아직도 시간이 필요한 것 같습니다. 그래도 지금의 마법병단도 대단합니다."

헤르메스 길드에서는 전략적으로 특정 도시에 마법사 관련 시설들과 학문 시설들을 지었다. 돈이 많이 드는 사업이었지만 길드의 역량을 집중시켜서 최고의 마법 길드들을 세우고 관련 연구 개발에도 투자를 했다.

주민들을 똑똑하게 가르쳐서 특성화된 마법병단을 구성하기 위함이었다.

최초의 제국으로 성장한 헤르메스 길드가 다음에 전쟁을 일으켜서 왕국들을 정복한다면 모든 세력이 적대적으로 나올 것이다.

이제는 멈추지 않고 대륙 정복 전쟁을 벌일 예정이었으며, 전쟁 준비 또한 그 어떤 세력보다 체계적으로 일찍 끝낼 작정이었다.

"그보다도 요즘 위드가 두각을 많이 드러내고 있네요."

하벤 제국의 주민들도 매일매일 위드에 대한 이야기를 하고 있었다.

교역소의 상인이나 술집의 점원이나, 위드의 모험과 엠비뉴 교단을 상대하며 보여 준 재앙에 대해 떠들었다. 대륙 최고의 영웅이라면서 위드에 대해 말하고 있었으니 헤르메스 길드원들은 썩 유쾌하지 못했다.

"조각사 직업 마스터 퀘스트를 하는 것 같은데, 바드레이 님은 별말씀이 없으셨습니까?"

"아무 말도 못 들었다. 황제가 되셨으니 이제는 직접 상대할 필요도 없지."

"그래도 번번이 우리 길느의 발목을 잡았던 전례가 있는데. 그냥 놔두기도 보기 안 좋습니다."

수뇌부에서는 위드에 대한 강경책을 내세우는 사람들이 꽤 많았다.

헤르메스 길드의 높은 자존심이 위드라는 한 인물에 의해 몇 번이나 꺾였다.

하벤 왕국이 제국으로 성장한 지금 돌아보면 명예가 실추된 몇 안 되는 경우였다.

라페이는 이미 지난번 멜버른 광산에서 위드에 대해서는 설욕을 했고 다른 길드들이 주목하고 있는 이때 대륙 전체에 비하면 사소한 일을 벌이는 것이 마땅치 않았다.

"그만. 지금의 헤르메스 길드는 위드나 상대하고 있을 수가 없다. 직업 마스터 퀘스트? 떠들썩하게 하거나 말거나 관심 가질 필요 없다. 위드라면 충분히 첫 번째로 성공시킬 수도 있을 테고 오히려 사람들의 관심을 분산시켜서 좋은 점도 있지. 우리의 목표는 완전한 대륙 정복이며, 그것에만 집중해야 한다."

"알겠습니다."

라페이는 대륙 전체를 도모하고 있었으며 거창하게 전쟁 준비를 진행하고 있었다. 그렇기 때문에 위드를 무시하기로 결정하였다.

⟡

위드는 로디움의 별의 눈물이 있는 곳으로 와서 퀘스트를 보고했다.

"무사히 돌아오셨구려."

"예. 대륙의 정의를 바로 세우기 위하여 조각사로서 할 수 있는 일을 하고 돌아왔습니다."

"어렵고 위험하였을 텐데 수고가 많았소이다."

"아닙니다. 평소와 같이 제 마음이 시키는 대로 따랐을 뿐이고 보람도 느꼈습니다. 엠비뉴 교단에 의해 박해받는 이들을 돕는 것이 저의 사명이라고 할 수 있지요."

띠링!

대륙의 혼란을 정화하는 대재앙 퀘스트 완료
엠비뉴 교단은 오데인 요새와 베르네르트 성, 건설 중인 알렉사 요새에서 세 번의 재앙을 맞닥뜨리게 되었다. 조각사 위드의 정의로움에 대해서는 대륙의 주민들이 알고 있다. 거짓말과 공포로 주민들을 포섭해 나가던 엠비뉴 교단에는 큰 방해가 될 것이다.

레벨이 올랐습니다.

조각술 스킬의 숙련도가 향상되었습니다.

명성이 1,618 올랐습니다.

엠비뉴 교단의 포교 활동의 성공률이 3.2% 감소합니다.

"그러면 찬란한 아름다움을 표현하는 방법에 대해서 너 들려주겠소이다."

"경청하겠습니다."

"조각사들은 여러 가지 가능성에 대한 연구를 그치지 않았는데, 그들끼리의 의견도 자주 충돌이 일어났소. 특히 술을 마시면서는 많이 싸웠지."

"……."

그리고 한참을 잡다한 이야기를 떠들었다.

어떤 조각사가 성격이 안 좋았으며, 예술가라고 해서 술버릇이 좋은 것도 아니라는 등.

위드는 그런 내용들도 빠짐없이 기억은 해 두었다. 퀘스트를 하다 막혔을 때 언제 실마리가 될지 모른다.

'술 먹고 싸우고 여자들에게 인기도 많고, 조각품 팔면 몽땅 빚 갚는 데 쓰고……. 찬란한 아름다움을 조각하려고 했던 조각사들도 난봉꾼이나 다름이 없었군.'

위드가 해야 할 일은 나중에야 알려 주었다.

"진정 찬란한 아름다움을 표현하기 위해서는 굴복해서는 안 되지. 대륙이 혼란스러운 지금으로써는 그 어떤 것도 견디면서 나아갈 수 있어야 한다오. 파도와 바람을 벤다면 그 길을 가는 데 도움이 될 것이오. 그리고 세월을……."

"네?"

"깎고 자르고 다듬어서 만드는 것이 아니라 자연이 정말 긴 세월을 들여서 조각할 수 있는 것이 세상에 있다오. 조각사들의 땀방울로도 표현할 수 없는, 그런 긴 세월 동안 만들어지는 작품들이지."

오랜 시간을 자라서 그 자리를 지켜 온 고목은 보이지는 않지만 깊게 박힌 뿌리와 울창한 나뭇가지, 거친 나뭇결까지도 그 자체로 아름다웠다.

빗물이 모이고 흘러가면서 긴 시간이 지나 폭포와 계곡을 이루기도 한다.

그런 자연의 장대한 아름다움이야말로 조각사라고 하여도 도전하지 못하는 부분이었다.

"긴 시간에 걸쳐서 무언가 만들어진다는 것은 기적이라고 할 수도 있다오. 존재하는 모든 것들은 충분한 만큼의 고난을 경험해야 아름다워진다고 조각사들은 생각을 했지. 자유분방한 요정인 페어리들과 친하시오?"

"약간……. 나쁜 관계는 아닙니다."

위드는 페어리의 여왕 테네이돈의 날개를 치유해 주어야 하는데 드래곤과 관련이 있어서 떼먹고 있었다.

그렇더라도 급한 퀘스트는 아니거나 혹은 난이도가 갈수록 높아지는 연계 퀘스트라는 추측이 들어맞았는지 재촉은 하지 않았다.

바르칸을 물리쳐서 테네이돈을 구해 주었기 때문에 페어리들은 아직도 여전히 위드에게 고마워하고 있다.

던전에서 가끔 나타나 귀를 잡아당기며 길을 알려 주거나, 위드가 식사를 준비하려는데 먹을 것을 내놓으라고 떼를 쓰기도 한다.

위드가 맛있는 요리를 해 주면 만족하면서 먹었지만, 보리빵을 악긴 찢이 주면 당장 삐나 버렸다.

"자연의 기적을 깨닫고 있는 사람이라면 긴 세월이 필요한 조각술에도 도전할 수 있을 것이라오. 페어리들이 나타나서 도와줄 수 있겠지."

띠링!

무엇이든 가르는 빛의 검

조각술 마스터이며 다재다능한 천재 자하브는 조각 검술을 남겼다. 달빛을 조각하는 능력을 바탕으로 사악함에 빠져 있는 적들을 물리치는 검술!

그대는 조각 검술을 발전시켜서 완성한 광휘의 검술을 익히고 있다. 바람과 파도를 베면서 광휘의 검술의 숙련도를 올려라. 심하게 바람이 불고 파도가 거셀수록 숙련도가 빨리 높아지리라. 현재의 레벨은 초급 6레벨. 110일 안에 고급 2레벨을 달성해야 한다.

난이도: 조각술 최후의 비기 퀘스트

제한: 조각 검술이나 광휘의 검술을 습득하고 있어야 한다. 물에 빠져서 사망했을 시에는 퀘스트 실패.

상당히 엉뚱한 퀘스트였지만 위드는 검치와 수련생들 덕분에 이런 종류의 무모한 수련에 익숙했다.

그리고 한 가지 퀘스트가 더해졌다.

긴 세월로 다듬어지는 조각술

세상에는 짧은 시간에 완성되지 않는 아름다움이 많다. 자연의 조각품 중에서 작품을 완성하라. 훌륭하게 완성되면 페어리들이 모여서 지내며 선물을 베풀어 줄 것이다. 자연 조각술과 페어리들로 인해 일대의 지형이 완전히 바뀔 수 있다.

난이도: 조각술 최후의 비기 퀘스트.

제한: 자연 조각술을 습득하고 있어야 한다. 페어리들과의 친한 관계. 사망 시 퀘스트 실패.

기존에 받아 두었던 조각술 마스터 퀘스트, 그리고 페어리 여왕 테네이돈과 관련된 의뢰가 이미 있었음에도 퀘스트의 개수 제한에 걸리지는 않았다. 그러나 결국 해결하지 못하면 조각술 최후의 비기를 얻지는 못한다.

"먼저 급한 게… 110일 내로 고급 2레벨이라니 상당히 촉박한 시간이로군."

공격 스킬은 기본적인 검술 스킬보다는 레벨이 빨리 오른다. 그렇지만 갑자기 스킬을 올린다는 것도 쉬운 것만은 아니었다.

"광휘의 검술 스킬 레벨이 이미 높았다면 더 많이 올려야 했을지도 모르지. 어쨌든 스킬 레벨을 올려놓으면 두고두고 써먹을 수 있겠군."

위드의 마음은 벌써 바닷가로 향해 있었다.

그것도 보통 바다가 아니다. 바람이 심하게 불고 파도가 거세게 치는, 북부 대륙의 북북동쪽에 있는 바닷가였다.

상인 유저들이 벤트 성과 북부의 마을들을 자주 방문하면서 아르펜 왕국에 대해서는 더 널리 알려지게 되었다.

"이것이 아르펜 왕국의 특산품! 과연 좋은 제품이군. 찾는 사람이 많으니 앞으로 더 가져와 주면 좋겠어."

"과거 니플하임 제국 시절에는 몬스터에 대해서 지금처럼 불안해할 필요가 없었지."

"북부의 추위를 극복해 낸 것이 아르펜 왕국의 국왕이었다니 고마운 일이야. 하지만 우리 기사단은 죽는 날까지 오로지 니플하임 제국에만 충성을 다할 뿐이다."

"모라타에서 나오는 식료품들은 싱싱하고 맛이 참 좋아. 과거에 그곳은 재봉 기술로 유명한 곳이었는데 언제 그렇게 커졌지? 대단한 영주가 있었던 모양이군."

주민들이나 사냥꾼들은 아르펜 왕국의 유저들과 교역을 하면서 놀라움을 금치 못하였다. 상인 유저들은 그럴 때마다 뿌듯함을 느끼며, 자신만의 교역로를 만들기 위하여 더욱 열심히 북부를 돌아다녔다.

상인이라면 교역 마차를 타고 새로운 마을을 찾기 위하여 떠납시다.
북부의 교역로는 우리가 만들어 갑니다.

모라타 상인 조합!

상인들이 북부의 마을을 발견하여 거래했던 기록들을 올리면 경험치와 수고비를 받을 수도 있었다. 아르펜 왕국이 의뢰에 투자하는 자금이 막대하여 상당한 액수이기는 하지만, 보통 상인들은 독점 거래의 이득을 좋아했다.

그렇지만 가몽이 먼저 벤트 성을 들어갈 수 있는 방법을 다른 사람들에게 열어 주고 나서 변화가 생겼다.

'나 혼자 해 먹으려다가는 얼마 먹지도 못하고, 다른 상인들이 들어오면 독점도 끝인데.'

'마을을 발전시키면 그게 또 괜찮네.'

'북부는 그동안 폐쇄되어 있던 곳들이 많아서 발전이 정체되어 있었어. 상인들이 마구 가서 개발이 되면 거래 규모가 금방 커져.'

마을의 크기나 주민들의 숫자에 따라서 교역의 규모가 달라졌다.

"여기 식량을 좀 가져왔는데 거래를 할 수 있을까요?"

"물론이오. 이렇게 귀한 식량을 가져오다니…… 그런데 보시다시피 우리 마을은 다른 곳과 교류가 끊긴 지 오래되어 내놓을 만한 것이 없습니다. 몬스터의 송곳니나 짐승 가죽으로도 대금을 치를 수 있겠습니까?"

"그럼요!"

띠링!

> 달룬 마을에 축제가 벌어졌습니다!
> 상인과의 교역을 통해 식료품이 수입되었습니다. 텅 빈 곡물 창고에 식량이 채워지면서 주민들은 안도감을 느끼고 있습니다.
> 마을 주민들의 생산력이 향후 1달간 300% 증대됩니다. 마을의 문화와 기술력이 일정 시간 동안 빠르게 진보합니다. 안정된 식료품 공급이 이루어지면 마을의 출생률이 대대적으로 늘어나게 될 것입니다. 주민들의 성향이 적극적으로 변화합니다.
> 축제에 참여하고 즐길 수 있습니다.

아르펜 왕국의 특산품인 밀과 쌀, 치즈 등을 판매하면 그 마을에 축제가 벌어졌다. 그 기간 동안 생산력과 기술력이 발전하고 출생률도 대폭 올랐다.

북부이 산골 마을이나 니플하임 세국 시절부터 존재했던 도시들.

그곳의 인구가 늘어나게 되면 상인들은 그다음에 대량 거래를 할 수 있었다.

마을과 성, 도시가 성장하게 되면 고급 품목과 사치품을 찾기도 하면서 원하는 물품들이 많아졌다.

북부 대륙에 고립되어 있던 산속 마을, 몬스터 서식지에 속해서 활동을 제대로 하지 못했던 성들이 상인들에 의하여 개발되었다.

위드는 모라타와 아르펜 왕국에 대한 사정은 항상 파악하고 있었지만 북부에 있는 변방 마을이나 벤트 성의 변화까지는 알지 못했다.

북부의 대부분의 성들은 몬스터들에 의하여 파괴되고 나서 소수의 사람들만이 살아가는 경우가 많았다. 그런 곳들은 유저들이 관심을 갖는 동네는 아니다. 고작해야 인구가 300명도 넘지 못하는 곳들이었기 때문이다.

대륙 탐험을 하다가 잠시 들러서 쉴 수 있는 휴식처 정도였을 뿐.

그런데 상인 유저들이 방문을 하면서 성장도 이루어지고, 아르펜 왕국의 지역 영향력도 갈수록 높아져 갔다.

그리고 벌어진 일.

띠링!

리실 성의 주민들은 아르펜 왕국이 다스려 주기를 원합니다.
아르펜 왕국의 식량 생산과 기술 개발, 문화적 번성은 리실 성의 주민들을 탄복하게 만들었습니다. 그들은 마을 회의를 거쳐서 아르펜 왕국에 속하기로 결정하였습니다.
특산품: 없음.
인구: 1,491
매달 세금 수입: 732골드

아르펜 왕국에 속하려는 성과 마을이 꾸준히 나타났다.

"주민들을 위하여 쓰는 돈을 아까워하지 않고, 농업과 기술, 예술의 발전을 이루어 내고 있다는 그 국왕 위드? 여행자들의 말을 통해 알고 있지. 북부의 역사에 몇 명 안 되는 현왕의 탄생이라는 이야기가 있어."

"사람들이 그러는데 아르펜 왕국은 정말 살 만한 곳이래. 그런 곳을 다스리는 사람이라면 당연히 대단한 영웅이겠지."

"국왕 위드는 명예를 중요시한다고 하니 믿음이 가. 아내와 아이들을 데리고 아르펜 왕국으로 가야겠군."

위드는 모라타의 모험가와 조각사로서 대륙에 알려지기는 했지만, 왕국이 건국되면서 북부의 주민들에게 중요한 영향을 끼치고 있었다.

당장은 인구도 적고 쓸모가 없는 땅들이 대부분이지만 몬스터만 퇴치하더라도 바로 광산 개발 등을 이룰 수 있다. 과거 니플하임 제국 시절의 지역 특산품도, 투자를 한다면 다시 나타날 여지는 충분했다.

상인들은 아르펜 왕국의 영토가 넓어지고 거래할 수 있는 마을들이 많아지면서 여러 이득을 보고 있었다.

왕국 소속의 상인으로서 자국 내에서의 거래는 쉽고 편하게 이루어졌다. 폐쇄된 마을에서는 소수의 믿을 만한 상인만 들여보내는데, 아르펜 왕국의 마을들은 그러한 제한이 없었다.

게다가 왕국의 공헌도와 명성을 올릴 수가 있었으며, 특산품 거래까지도 이루어지면 교역 물품의 증가로 이득이 더욱 커지게 되리라.

상인들은 괜찮은 마을이 있으면 벌어들인 수익금으로 일찌감치 농경지를 구입하거나 폐광산들을 사 놓았다.

한 발자국 앞서 나간 투자를 한 것인데, 인부와 몬스터를 퇴치할 용병들을 투입하여 생산이 이루어지면 꾸준한 수익을 얻을 수가 있었다.

상점과 대장간 등을 세우는 것도 잊지 않았다. 마을에 대한 영향력이 높아야 더 많은 교역품을 구입할 수가 있는 것이다.

베르사 대륙에서 기존에 상인들에 대한 인식은 썩 좋지가 않았다.

한 푼이라도 더 남겨 먹으려고 하는 수전노들.

광장에서 수다나 떨며 시간을 보내는 시시한 무리.

전투력이 떨어져서 모험이나 탐험도 하지 못하고 돈 버는 것밖에는 아무 목표도 없는 직업.

상인들은 남들보다 돈을 많이 버는 것 외에 장점이 없다고 했다.

대부분의 상인들이 치안이 안정되어 있고 경제력이 발달한 중앙 대륙에서 활동하고 있었기 때문이다.

물론 상인들은 그들만의 재미를 느끼고 있었지만, 다른 직업의 유저들에게 인정은 받지 못하는 게 일반적이었다.

하지만 북부에서는 달랐다.

교역 마차를 타고 다니는 상인들의 활동에 따라서 개발이 진행되고 발전의 속도도 빨라졌다.

초보자들을 몽땅 흡수했던 아르펜 왕국의 어마어마한 인력이 북부로 퍼져 나가는 시기.

유저들의 입장에서는 북부에 큰 마을들이 많아질수록 활동하는 영역이 넓어질 수 있고, 기술이 발전하여 판매하는 물품들의 품질이 개선될수록 좋았다.

북부의 대상인 마판과 가몽!

다른 전투 계열 직업들이 하지 못하는 도시의 성장까지 이끌어 낸다면서 존경을 받았다.

상인이 왕국을 키운다.

교역이야말로 상인의 꽃.

상인에 대한 재평가가 확실히 이루어지고 있었다.

그리고 일부 학자 주민들이 말했다.

"아르펜 왕국의 국왕이 니플하임 제국의 정통성을 잇게 될 거야."

"그게 무슨 말이야?"

"니플하임 제국의 뒤를 이을 수 있는 유일한 분이니까."

위드가 지골라스까지 다녀오면서 성공시켰던 난이도 S급 퀘스트.

니플하임 제국의 건국!

퀘스트의 효과가 사라지지 않고 조건이 갖춰지기만을 기다리고 있었다.

위드는 니플하임 제국의 계승자라는 호칭을 가지고 있었는데, 이것은 아르펜 왕국의 문화가 전달되면 효과를 크게 키우는 역할을 해 주었다.

 유저들이 영주로 있는 곳 중에서도 아르펜 왕국과 거리가 떨어져 있거나 통치를 잘하고 있는 경우에는 동요가 약간 덜하였다. 그러나 벤트 성을 비롯하여 주민들이 살아가는 마을들은 위드에 대한 존경심을 표시하며, 아르펜 왕국에 관심을 쏟는 이들이 갈수록 늘어나는 중이었다.

영웅들의 이야기

"광휘의 검술!"

위드는 파도를 향하여 스킬을 시전했다.

검에서 쏘아진 독수리들이 파도를 부수고 바다를 가르며 나아가다가 소멸했다.

> 광휘의 검술 스킬 숙련도가 올랐습니다.

모든 아이템은 마나 회복 속도를 올려 주는 것으로 맞추고 사제까지 동반하여 매일 폭풍이 부는 바다에서 수련을 했다.

하루 종일 비가 내리며 날카롭고 거친 바람이 부는 곳.

항구 바르나에서도 한참 북쪽의 바다로, 어떤 항해자도 배를 몰고 오지 않는 바닷가였다.

"이런 곳이야말로 스킬 숙련도를 올리기에 적당하지."

위드에게 가장 큰 자산은 노가다에 대한 집중력.

갯바위에서 낚시를 하는 게 아니라 검을 휘둘렀다.

이곳의 파도는 바위를 뒤덮어 버릴 정도라서 한눈을 팔면 위험했다.

파도가 칠 때마다 이를 정확히 베어 버려야만 했고, 아주 큰 폭풍우가 밀려올 때면 본능적인 두려움과도 싸워야 했다.

낮과 밤이 따로 없을 정도로 어두운 곳이지만, 밤에는 해양 몬스터들까지 출현했다.

"간식거리들이군."

위드는 광휘의 검술을 사용하여 바다에서 헤엄쳐 다니는 몬스터들까지 사냥했다.

경험치야 던전보다 잘 오른다고 할 수는 없어도 꾸준히 오르기는 했다.

해양 몬스터들이 무리를 지어서 공격을 시도하기도 하였지만, 기다리고 있는 서윤과 바하모르그 그리고 하이엘프 엘틴이 있었다.

"이건 조금 위험하기는 해도 근본적으로는 노가다로 극복해야 하는 퀘스트야."

위드는 광휘의 검술을 사용할 수 있는 마나와 체력이 있으면 잠깐의 휴식 시간도 갖지 않았다.

"몬스터가 너무 강하거나 퀘스트에 필요한 물품을 구하지 못해서 포기하는 경우는 있어도 이 퀘스트를 실패할 수는 없지!"

노가다에 대한 자긍심!

그렇게 스킬 레벨을 올리면서 십여 일 정도가 지난 후에는 위드의 검에서 독수리가 5마리씩 날아다녔다.

파도를 부수고 폭풍으로 무섭게 들이치는 바다를 물러나게 할 정도의 위력.

마나 소비도 조금 더 늘었지만 공격 범위와 파괴력이 놀랍게 늘었다.

광휘의 검술이 중급 1레벨이 된 것이다.

"검술의 위력이 조금 늘었으니 더 위험한 곳에 가도 되겠군."

위드는 뗏목을 바다에 띄웠다.

심한 폭풍이 부는 바다에서는 범선이라도 항해가 불가능했는데 고작해야 통나무들을 엮어서 건조한 뗏목을 타고 비바람이 몰아치는 바다로 나갔다.

항해 스킬이 어느 정도 있기는 했지만 좌초까지도 각오한 것이었다.

폭풍이 심한 곳으로 갈수록 물길이 거세지고 바람도 심하게 불었다.

위드는 뗏목에서 균형을 잡으면서 검을 휘둘렀다.

과거에 조각하여 생명을 부여했던 빛의 날개가 있어서, 뗏목이 부서져서 바다에 빠지려고 할 때는 잽싸게 자리를 벗어나게 해 주었다.

오히려 던전 사냥이 훨씬 편하다고 여겨질 정도로, 파도와 빗물이 계속 몰아치는 곳에서 악전고투를 벌였다.

⬩⬩⬩

서윤은 이현이 캡슐에 들어간 사이에 그의 집으로 왔다.

바로 옆집에 이사를 온 이후로는 아침저녁으로 찾아오는 편이었다.

왈왈!

이현에게보다 더 친근하게 짖으면서 꼬리를 흔드는 몸보신.

"기다렸니? 많이 먹어야 해."

서윤은 몸보신의 비어 있는 밥그릇에 고급 사료를 부어 주고 간식도 넉넉하게 챙겨 주었다.

개로 태어나서 간식이라고는 국물까지 몽땅 우려낸 사골을 가끔 얻어먹은 것이 전부였는데, 서윤은 틈틈이 챙겨 주고 털도 빗겨 주었다.

꼬꼬댁!

닭들도 서윤을 보면 반겼다.

노란 병아리들까지 아장아장 끌고 나와서 근처를 빙글빙글 돌았다.

토끼들도 우리 안의 풀 더미에서 고개를 내밀더니 눈을 크게 떴다.

오리들은 그녀가 오고 나서 가장 팔자가 핀 경우에 속했다.

"오리를 활발하게 키우려면 물웅덩이도 있어야 하는데……."

닭과 같이 갇혀서 지내는 오리들이 불쌍해 보였다.

서윤은 그래서 자신의 집을 지을 때 오리들이 지낼 수 있도록 큰 연못을 만들었다.

"오리 좀 데려갈게요."

"왜?"

"냄새도 나고 시끄럽지 않아요?"

"그렇기는 하지."

"우리 집에 풀어 놓고 기를게요. 밥도 제가 줄 수 있어요."

"알아서 해."

사람이 들어가서 수영을 해도 될 정도로 넓은 연못에 오리 가족이 풍덩거리며 헤엄을 치면서 놀았다.

서윤은 이미 이현네 동물들의 마음을 모조리 장악한 상태인 것이다.

위드의 목숨을 건 노가다!

성과가 있어서, 광휘의 검술 스킬이 계속 오르고 있었다.

갑자기 바다에 벼락이 떨어지기라도 할 때면 위드는 간이 쪼그라드는 기분이었다.

행운을 올려 주는 아이템, 전격 계열의 저항력을 높여서 벼락을 피할 수 있는 장신구들을 착용하고 있지 않았다면 폭풍에서 계속 버티지는 못하였으리라.

위드가 수련을 하는 모습도 화제가 되어서 방송국의 뉴스 프로그램에 나오기도 했다.

—조각사라는 직업에 대해서 정말로 다시 생각해 봐야 될 것 같습니다. 퀘스트 과정에서 이미 몇 번의 큰 전투를 치렀는데 저런 곳에 1달이 넘도록 있을 정도이니 얼마나 힘들까요?

—직업 마스터 퀘스트 중에서도 조각사 쪽이 별나게 어려운 과정을 수

행해야 하는 것으로 보입니다. 지금 몇 단계의 퀘스트를 진행 중인지도 알수 없습니다.

사람들은 위드가 하는 행동을 보고 조각술 마스터 퀘스트라고 잘못 판단하고 있었다

조각술 최후의 비기를 찾는 것이라면 다들 정말 놀라겠지만, 그것은 절대 미리 공개해서는 안 될 일.

스킬을 확실히 습득하고 나서 알려도 늦지 않다.

덕분에 아직 초보 조각사들 중에는 지금이라도 다른 직업으로 전직, 화가 쪽으로 전향하는 사람이 특히 많았다.

다른 직업 마스터 퀘스트를 하는 사람들도 이렇게 어렵다면 일찌감치 포기하는 편이 낫지 않겠느냐며 갈등할 정도였다.

무예인의 직업 퀘스트를 먼저 진행하기로 한 검오치.

"그곳의 몬스터를 소탕하였다는 이야기는 들었습니다. 그런데 최근에 새로이 위협이 되는 도적 떼가 있는데……."

"다 죽일까?"

"그들이 사용하는 무술이 평범한 것이 아니라고 합니다. 놈들을 해치우고 그들이 가지고 있는 무술에 대하여 알아 오면 좋을 것 같습니다."

검오치는 퀘스트가 이끄는 대로 싸워 나가며 스킬들을 습득하였다.

무예인의 직업 퀘스트는 검오치의 성향에 딱 맞았다.

강한 적과 싸우면서 스킬들을 얻는다.

검을 원하는 대로 휘두르는 것도 좋았지만, 스킬의 효과에도 흠뻑 빠져 버린 검오치였다.

특별한 상황에서는 스킬을 쓰는 편이 훨씬 효과적이었으며, 구경하는 사람이 보기에도 화려했다.

싸움에서도 겉멋이 상당히 중요하지 않던가.

"요즘 병사들은 너무 약합니다. 이래서야 치안이나 지킬 수 있을지 모르겠군요. 병사들에게 무예를 전수하여 제 몫을 해낼 수 있도록 해 주시면……."

"죽도록 굴리면 되겠군."

이렇게 검오치는 얼마 전까지만 해도 무난하게 퀘스트를 진행해 가고 있었다.

싸움이야말로 체질이라서 어려운 것이 없었다.

그런데 그를 난관에 부딪치게 한 퀘스트의 발생!

"어려운 사람을 도와준다고 들었습니다. 제발 저희 딸아이를 구해 주세요."

어느 농사꾼 남자가 와서 그에게 매달린 것이다.

"놈들은 제 딸아이를 루이담 마굴로 끌고 갔습니다. 불쌍한 아이를 놈들이 어떻게 할지……. 제가 가진 것은 나쁜 놈들에게 털려서 아무 것도 없습니다."

검오치는 고개를 끄덕였다.

"뭐, 의뢰라면 들어드려야지요."

무예인의 퀘스트 중에는 보상이 없는 의뢰도 있었는데, 대신 명성이나 주민들과의 친밀도가 높아졌다.

"예전에 저희 집에 잠깐 들렀던 화가가 그려 준 제 딸의 그림입니다."

띠링!

> 농사꾼 처자 란티아의 그림을 입수하였습니다.

"이걸 보면 도움이 되겠군요."

검오치는 큰 기대를 하지 않고 그림을 펼쳐 보았다.

"허억!"

긴 생머리에 박꽃처럼 환하게 웃음을 지으며 요리를 하고 있는 아리따운 소녀!

"장인어른, 루이담 마굴이라고 하셨습니까? 바로 구하러 가겠습니다."

퀘스트를 수락하자마자 루이담 마굴로 들어갔다.

검오치는 납치범들과 싸우면서 그녀를 구하려고 하였지만 함정과 기습 공격에 의해 역부족이었다.

한차례 죽임을 당하고 다시 구하러 가서 그녀를 만나는 데에는 성공하였지만 이미 늦어서, 죽어 가고 있었다.

직업 마스터 퀘스트였기에 실패하더라도 며칠이 지난 후에 다시 기회는 왔다. 이번에는 상인이 자신의 딸을 구해 달라는 의뢰였다.

> 베스트로 거리의 아가씨 라스에의 그림을 입수하였습니다.

"장인어른!"

이번에는 다른 마굴로 구하러 갔지만 그녀를 무사히 데리고 나오는 데에는 실패했다.

무기술 스킬이나 전투에서의 판단력은 뛰어났지만 근본적인 레벨의 한계였다.

"나는 너무도 약하구나."

무예인 퀘스트는 전투가 자주 일어나다 보니 높은 레벨이 필수적!

검오치는 무력함을 느끼고 사냥에 필사적으로 노력을 하고 다시 시도를 하여 성공했다.

"딸이 무사히 돌아올 수 있게 해 주어서 고맙습니다."

"별거 아닙니다, 어르신. 남자가 이 정도도 못하겠습니까."

"약소하지만 집에 내려오던 오래된 지도입니다. 무엇을 찾을 수 있을지는 모르겠지만……."

"이런 걸 바라고 한 일이 아니니 받지 않겠습니다."

"이렇게 고마울 수가! 딸이 돌아왔으니 드디어 약혼자와 결혼식을 올릴 수 있게 되었군요."

"크흐흑."

항해 스킬의 레벨이 중급 1이 되었습니다.
선박의 가속도를 2% 더하고, 험한 상황에서도 배가 뒤집힐 확률을 6% 줄여 줍니다. 돌풍, 폭풍 같은 재해 발생 시에 선체의 피해를 줄입니다. 해상전에서 대포를 쏠 때 배의 진동을 감소시킵니다. 바다와 연관된 스킬의 효과를 높입니다.

인내력 스탯이 15 증가했습니다.

생명력이 500 증가하였습니다.

숙련된 항해자가 되어 전 스탯이 3씩 늘어납니다.

뗏목을 몰면서 올라가는 항해 스킬!

요트에 탄 채로 바람이 끄는 대로 나아가는 여유로운 항해가 아니었다.

위드는 매일 뗏목을 타고 폭풍과 싸웠다.

저 먼 곳의 하늘에서부터 먹구름이 비를 잔뜩 몰고 온다.

쿠르르르릉!

바다로 내리꽂히는 무시무시한 천둥 번개!

파도가 출렁거리고 시야도 좁은 가운데 뗏목이 전복되지 않도록 사투를 벌였다.

비를 오랫동안 맞아서 체력이 21% 줄어듭니다.

"오늘도 고비로군."

위드는 솔직히 재미가 있었다.

거친 풍랑과 싸우면서 검을 휘두르는 것이 어려우니 더욱 도전 욕구가 불타올랐다.

까딱하면 깊은 바닷속으로 빠져 죽을 수가 있어서 집중도 더 잘되었다.

바다에 있으면서 몰아치는 파도를 가르다 보면 자신의 야성적인 면을 발견하게 된다.

도덕이나 규율에 얽매이지 않는 자유인으로서의 삶.

바다가 있기에 이곳을 터전으로 살아가는 사람들이 얼마나 많은가.

위드는 체력이 심하게 떨어졌을 때에는 육지로 와서 해안가의 바위를 깎았다.

검사와 바다!

뗏목을 타고 항해를 나간 검사가 부상을 입고 상어 떼와 싸우는 박력 넘치는 조각품이었다.

"이걸로는 허전한데."

조각품에는 청새치도 표현하고, 틈틈이 발견한 해양 몬스터들의 모습도 남겼다.

폭풍이 치는 바닷속에는 해양 몬스터들도 거대하고 강한 녀석들밖에 없었다.

하지만 그들조차도 물살이 빠르게 흐르는 수면 가까운 곳으로는 올라오지 않았다.

위드가 뗏목을 타고 수련을 하면 바닷속 깊은 곳에서 입을 쩌억 벌리고 기다리고 있는 것이다.

비바람이 몰아치는 가운데 해양 몬스터들로 인해 물 색깔이 조금 더 어두웠다.

"퀘스트를 하면서 벌써 1달이 조금 넘는 시간이 지나갔군."

무모하고 위험한 수련을 계속한 덕분에 광휘의 검술은 중급 4레벨.

"이 정도면 무난히 퀘스트를 달성할 수 있겠어."

37일째 날이 되었다.

평소보다 더 심한 폭풍이 불어오고 있었다.

위드가 타고 있는 뗏목에 묶여 있던 밧줄들이 파도의 힘을 이기지 못하고 하나둘 풀려나가더니 한꺼번에 끊어졌다.

풍덩!

위드는 광휘의 검술에 전념하느라 잠깐 반응하는 것이 늦었다. 결국에는 바다로 빠지는 사고가 발생.

'먹이가 왔구나.'

'지금까지 기다려 온 보람이 있었다.'

해양 몬스터들이 지느러미를 흔들면서 슬금슬금 다가왔다.

몸길이가 수십 미터도 넘는 것들에, 바다의 공포인 크라켄까지도 있었다.

해양 몬스터들은 위드를 맛있게 먹으려고 모였다.

'보기 드문 영양식이다.'

'강한 인간은 보약이다.'

몬스터들도 강한 적을 좋아한다.

싸움에서 이기면서 그들도 성장을 하거나 스킬을 학습할 수가 있기 때문이었다.

베르사 대륙에서는 유저들이 모르는 종족끼리의 전투도 많이 벌어지고, 그들 중에서 이기는 쪽의 세력이 더욱 강대해지는 경우가 흔했다.

해양 몬스터들은 인간이나 지상에서 활동하는 몬스터가 물에 빠지면 약해진다는 것을 잘 알았다.

해녀가 아닌 이상에야 평소 전투력의 반의반도 발휘하지 못한다.

더구나 이렇게 심한 폭풍우가 치는 곳에서는 저항 능력이 더욱 떨어지기 마련.

"꾸르륵!"

위드는 허우적거리면서 빠져나가려고 하였지만 해류의 급격한 흐름으로 인하여 몸을 가누지 못하고 떠다녔다.

8~9미터를 거뜬히 넘는 파도의 높이.

순식간에 40~50미터를 쓸려 나갈 정도로 물살이 심했다.

호흡이 곤란합니다.
바닷물이 입에 들어갔습니다. 신체 능력이 저하되고 있습니다.

와그작!

크라켄의 촉수가 다가와서 위드가 금방까지 있던 곳을 후려쳤다. 뗏목에 조금 남아 있던 통나무들이 박살 나고 말았다.

다른 해양 몬스터들은 입을 벌리고 삼키려고 하였지만 성난물살 때문에 허탕만 쳤다.

해류는 한곳으로만 흐르는 게 아니라 여러 방향에서 복잡하게 밀려오고 있었던 것이다.

위드는 파도에 구르면서 정신없이 떠내려 다니고 있었다.

피로도가 85%를 넘습니다.
체력의 최대치가 저하되며, 스킬을 활용하는 데 지장이 발생할 수 있습니다.

피로도가 높을수록 정신력 스탯이 잘 오르고 스킬 숙련도 역시 빨리 숙달되는 효과가 있었다.

그렇지만 지금은 당장 죽는 것이 걱정될 정도로 매우 안 좋은 상황.

절체절명의 위기 속에 위드는 오히려 물속으로 들어가서 발목에 묶여 있는 밧줄을 잡아당겼다.

속이 텅 빈 나무통과 연결되어 있는 밧줄!

간신히 파도에 떠다니는 나무통을 잡고 숨을 돌렸다.

파도 때문에 몸을 가누지를 못하고 물속으로 잠겨 들고 바닷물을 마셔야 되었다.

숨을 쉬지 않고 바닷물을 마시다 보면 금방 의식을 잃어버리게 된다.

나무통을 잡고 나서는 파도에 휩쓸리더라도 균형을 잡는 데 큰 도움이 되었다.

"이러다가 정말로 죽겠어. 적금 만기일도 아직 많이 남아 있는데……."

눈에 보이지는 않았지만 바닷속에서는 해양 몬스터들이 그를 먹기 위하여 다가오고 있으리라.

뗏목 위에 있을 때만 하더라도 빛의 날개를 펼치고 잘 도망 다녀서 해양 몬스터들이 기회만 노리고 접근하지 않았다. 그런데 바다로 빠지고 나니 온통 득실거렸다.

바다에 몸을 담그고 있으면서 몬스터에게 언제 뜯어 먹힐지 모른다는 공포!

"빛의 날개!"

위드의 등에서 빛으로 된 찬란한 날개가 펼쳐지면서 공중으로 떠올랐다.

퍼서석!

그 순간 나무통이 해양 몬스터의 큰 입으로 빨려 들어가서 부서지는 것이 보였다.

뗏목은 산산조각이 나서 찾을 수도 없었으며, 그사이에 어디로 떠내려왔는지 조그맣게 보이던 육지도 눈에 띄지 않았다.

높은 파도와 빗줄기, 하늘의 짙은 먹구름으로 인하여 방향을 잡기도 어려웠다.

"여길 빨리 나가야겠다. 그런데 어느 쪽으로 가야 하지?"

심한 바람을 몰고 오는 폭풍과 비정상적인 해류로 인하여 파도가 밀려가는 곳으로 간다면 망망대해로 가게 될 수도 있다.

사나운 바닷바람과 굵은 빗줄기를 헤치고 나아가다가 체력과 마나까지 떨어지면 끝장.

바다에 빠지게 되면 갑옷이나 검의 무게로 인하여 오래 헤엄을 칠 수도 없었다. 게다가 바닷물 속에는 해양 몬스터들이 주둥이를 벌리고 기다리고 있으리라.

"다른 몇 가지 방법이 있긴 하지만……."

이판사판으로 이곳에 대재앙을 일으켜 버리는 수도 있었다. 어차피 망할 것, 폭풍 치는 곳에 시원하게 대재앙을 일으키고 끝장을 보는 것이다.

"바다가 갈라지면 살아날 방법이 있을지도."

그런 극단적인 방법을 쓰기 전에 조각 변신술을 사용하여 해양 몬스터가 되는 것도 가능했다.

대형 낚지나 오징어 괴물로의 재탄생!

어떤 대비책도 없이 무모하게 폭풍에서의 수련을 하고 있지는 않았던 것이다.

"아무튼 어디로든 가 보자, 빛날아."

위드는 빛의 날개를 활짝 펼치고서 수면 위로 높지 않게 날았다.

하늘로 높게 올라갈수록 바람이 심해지고 천둥이 자주 쳤다.

"이 방향은 아닌가 보군. 육지가 나올 기색이 보이지를 않는데. 오른쪽으로 가 보자."

폭풍이 갈수록 심해지고 있었다.

"여기도 아닌가. 그럼 다시 오른쪽으로……."

빗줄기가 어찌나 굵은지, 그리고 넘실거리는 파도는 얼마나 거세고 빠르게 스쳐 지나가는지 무서울 지경이다.

"이쪽도 아닌 거 같군. 어째 갈수록 폭풍의 중심지로 들어가는 것 같아."

위드는 생명의 위협을 심각하게 느꼈다.

폭풍이 심해서 배가 있더라도 감당할 수 없는 바다까지 온 것이다.

그때 바다 위로 올라오는 새하얀 등껍질!

"이거 설마……."

지골라스에서 생명을 부여했던 조각품들 중에는 지상이 아니라 바다에 적합한 종들이 있었다.

바다에 살아야 하는 종족의 특성으로 인해 위드의 구속을 받지 않고 떠나갔던 생명체들.

그들 중에서도 말레인스 에우노토 터틀!

심해에 사는 초거대 거북으로, 수르카와 자주 놀았던 녀석이

다가온 것이다.

"거북. 거북."

거북은 위드를 향해 등에 타라는 듯이 울고 있었다.

위드는 인생의 중대한 깨달음을 얻었다.

"역시 착하게 사니 이렇게 복을 받게 되는 것이로군. 동화책의 내용들이 헛된 것이 아니었어."

전래 동화의 창작자들이 본다면 비통해할 발언.

"거북. 거북."

"가자, 거북아!"

위드는 거북의 등껍질에 착지했다.

말레인스 에우노토 터틀은 원래 멸종했던 생명체지만 위드가 사용한 조각품에 생명 부여를 통하여 새롭게 종족을 늘려 가고 있었다.

성장하며 평평한 등껍질에는 희귀한 무늬도 새겨졌고, 바다의 우유라는 굴도 많이 붙어 있었다.

"나머지 수련은 이 등껍질 위에서 할 수 있겠군."

호의로 다가온 거북을 퀘스트가 끝날 때까지 부려 먹을 작정이었다.

위드가 폭풍의 바다에서 수련에 전념하고 있는 사이에도 시간은 잘 흘렀다.

100일이 넘는 기간은 결코 짧은 것이 아니었다.

"으하하하하, 드디어 보물을 찾아냈다!"

모험가 체이스는 직업 퀘스트를 하면서 왕실의 보물을 발견했다.

"체이스라는 모험가에 대해서는 당연히 들어 보았겠지? 아주 어마어마한 부자가 되었다더군."

"브렌트 왕국에서 백작의 작위를 받고, 땅을 있는 대로 구입을 했다는군. 지금 건축하고 있는 저택은 궁전이라고 불러도 될 정도야."

체이스에 대한 이야기가 〈로열 로드〉를 휩쓸고 지나갔다.

그가 던전을 발굴하는 장면은 방송국에서도 명장면으로 꼽고 심야 시간에는 계속해서 재방송을 틀어 줄 정도로 인기가 있었다.

전사 파이톤은 대검을 휘두르면서 대륙 10대 금역 중의 한 곳인 아베리안의 숲에서 계속 싸웠다.

직업 마스터 퀘스트를 하면서 그곳의 보스 몬스터를 사냥하는 것이 목표다.

충분히 다른 사람들의 도움을 받거나 용병을 구할 수도 있었지만 우직하게 홀로 싸워 갔다.

파이톤의 거친 늑대 같은 매력에 환호하는 유저들도 꽤나 많았다.

농부 미레타스는 새로운 작물을 개발하여 대풍년을 맞이하였다.

곡물의 생산량이 크게 늘어나면 도시의 출생률이 급증하게 된다.

미레타스가 직업 마스터 퀘스트를 하면서 아르펜 왕국에 정착한 것도 작지 않은 화젯거리였다.

"풍요로움의 축복을 내려 주는 프레야 교단은 물론, 넓고 비옥한 땅, 농사를 짓기 좋은 기후, 물을 끌어다 쓸 수 있는 강과 호수 들이 있으니까 아르펜 왕국이 농사를 짓기에는 정말 좋습니다."

미레타스는 평화를 사랑하는 농부였다.

데일 왕국에 그의 땅이 있었지만, 작물을 재배하게 되면 곡식의 절반 이상을 세금으로 바쳐야 되었다.

아르펜 왕국은 세금이 그보다 훨씬 적고, 특수 곡물 창고의 보관비도 저렴하다.

농부만이 아니라 각 직업별로 알아볼수록 혜택이 많이 있었는데, 이 점에 대해서 감탄하지 않을 수가 없었다.

애초에 국왕인 위드 본인이 잡캐이기 때문에 직업마다 세심한 배려, 즉 마음 놓고 정착하여 성공하라는 지원책들이 마련되어 있었던 것이다.

"대륙에 한 벌밖에 없는 옷입니다."

드라고어는 재봉사의 퀘스트를 여덟 번째까지 진행하고 있었다.

그는 아르펜 왕국의 변방 마을에 가서 그곳의 아이들을 위한 옷을 지어 주었다.

광장에서 원단을 자르고 단추를 붙이며 옷을 만들다 보면 그가 지어 준 옷을 입고 뛰어다니는 아이들을 보게 된다.

비록 NPC지만 아들이나 딸에게 옷을 지어 주는 부모와도 같은 느낌.

이런 보람이야말로 옷을 만드는 사람이 느낄 수 있는 기분이 아니던가.

"무조건 짧고 잘 달라붙고 화려하면 다 되는 건 줄로만 알았는데… 옷에도 많은 감정이 있었구나."

마음에 드는 옷을 입은 주민들은 행복해했다.

특정한 일을 하기 위한 작업복을 지어 주면 주민들의 성과도 훨씬 좋아졌다.

요리사 직업 마스터 퀘스트를 하는 유저는 대륙에서 전쟁으로 고통받거나 전염병, 재해로 고통받는 곳으로 갔다.

"여기서 구할 수 있는 식재료는… 뭐든 허기를 채울 수 있는 걸 요리해야겠어."

요리사로서 굶주리고 약해진 사람들을 위하여 음식을 차려 준다.

요리사가 왔다는 사실만으로도 인근의 주민들이 모여들었는데, 그들을 배불리 먹이면서 명성을 얻고 평판도 좋아졌다.

직업 마스터를 진행하면서 영웅들이 탄생하고 있었다.

물론 흑마법사나 네크로맨서, 도둑, 암살자, 도굴꾼 등의 직업은 퀘스트에도 나쁜 것들이 많다.

영웅이 아닌 악당을 탄생시키게 만드는 직업 마스터 퀘스트가 되기도 하는 것이다.

처음에는 무심코 빠른 사냥을 위해 암살자 직업을 택한 사람은 마스터 퀘스트를 하며 선택을 해야 되었다.

띠링!

"악인 암살이라……."

대륙 최고의 암살자.

이름도 밝혀지지 않은 사내는 혼자서 선술집에서 맥주를 마시고 있었다.

그는 베르사 대륙에서 많은 활약을 하고, 사냥터를 몰래 섭렵하기도 하였다.

암살자는 파티 플레이에 익숙하지 않고 잘 받아들여지지도 않는 직업이다.

그럼에도 공격력이 절대적인 전투 계열 직업!

함정을 파서 아주 강한 몬스터나 목표물을 혼란에 빠트리고 기습을 하여 경험치와 스킬 레벨을 훨씬 빨리 올릴 수 있었다.

물론 그만큼 더 위험한 것은 각오를 해야 한다.

"어려운 쪽이 더 재미가 있겠군."

선술집을 나온 암살자는 망토를 펄럭이면서 거리의 인파 속으로 사라졌다.

그리고 그날 이후부터 악덕 영주들이 죽어 나가고 순회하던 엠비뉴 교단의 종교재판관이 갑자기 목숨을 잃었다.

베르사 대륙의 주민들은 환호하였지만, 그것이 암살자의 행동이라고 밝혀지지는 않았다.

매번 움직임이 너무도 은밀하고 사람들에게 들키지 않아서 그의 이름을 아는 사람조차 없었다.

대륙은 춘추전국시대나 다를 바가 없었다.

〈로열 로드〉의 초창기에 세워져 있던 왕국 간의 경계는 바뀌어 버린 지 오래였고, 정복 전쟁이 계속되고 있다.

칼라모르 왕국, 라살 왕국처럼 사라진 왕국도 있는 지금에 와서 영웅들의 활약에 대한 소문은 더욱 빨리 퍼졌다.

치안이 악화된 곳의 주민들이 왕국에 대한 기대심을 버리고 영웅들을 의지하게 된 것이다.

"자, 오늘부터 닷새간 성대한 대관식을 열자."

그라디안 왕국의 블랙소드 용병단은 내전을 승리로 이끌고 국왕의 자리를 이어받았다. 건국식을 통하여 민심을 수습하기 위해서였다.

그라디안 왕국은 앞으로 블랙소드 용병단의 장악 아래에 정복 전쟁을 벌이게 될 것이다.

"기사들의 준비 상태는?"

"매우 좋습니다."

"그럼 다음에 점령할 지역으로는……."

사자성과 로암 길드는 왕국의 대부분을 일찍 장악하고 국경을 넘어서 다른 성과 마을 들을 침략하고 있었다.

패권 동맹이 깨지고 난 후, 그들도 기회를 놓치지 않으려고 했다.

"많은 성과 마을 들을 얻기 위해서는 약한 놈들을 잡아먹어야 돼."

"우리가 어떤 짓을 저지르든 헤르메스 길드의 전례가 있으니 괜찮은 거지."

그들도 어차피 영원한 동맹 같은 것은 믿지도 않았다. 결국 대륙의 패권을 놓고 싸워야 하는 마당에 더 큰 힘을 축적하기 위한 전쟁을 계속했다.

세력이 큰 명문 길드 중에서는 클라우드 길드와 헤르메스 길드만이 잠잠하였는데, 그 둘의 사정은 완전히 달랐다.

클라우드 길드는 브리튼 연합 왕국의 영토를 빼앗기고 약화되어 가고 있는 세력을 추스르느라 여념이 없었다. 한동안 빛을 발하고 저물어 가는 태양 같은 느낌이었다.

헤르메스 길드와의 전쟁에서 큰 패배를 몇 번 경험한 이후로 왕국을 도모하던 길드가 서서히 무너져 가고 있다. 유저들이 이탈하고, 소속 길드들도 떠나가고 있었기 때문이다.

차라리 계속 헤르메스 길드와 전쟁을 하였다면 단결력을 내세울 수 있었으리라.

모든 것이 불리한 상황에서도 브리튼 연합 왕국의 인구와 경제력을 바탕으로 극적인 역전승을 두세 번이라도 일구어 냈더라면 단단히 뭉쳐서 몰락은 느리게 일어났을 것이다.

그러나 큰 패배를 경험하고 전쟁이 끝난 이후, 헤르메스 길드의 은근한 협박과 회유에 의하여 클라우드 길드를 지탱하던 핵심 유저들이 떠나가고 있었던 것이다.

뒤늦게 클라우드 길드에서도 이를 알아차렸지만 이미 뒤집어진 판세를 바꾸기에는 역부족이었다.

헤르메스 길드에서는 내정과 대대적인 군사력 확충을 하면서 웅크린 사자처럼 세력을 더욱 급속도로 키워 나가고 있었다. 이제 와 전쟁을 선포하기에는, 클라우드 길드에 그만한 능력이 없었다.

헤르메스 길드가 지금은 나서지 않지만 진군을 개시한다면 가장 무서울 것이란 점은 누구나 다 알고 있었다.

하벤 제국!

대륙에 유일한 제국으로서 그에 걸맞은 경제력과 군사력을 보유하고 있었으며 또한 무자비한 힘을 휘두르기 때문에, 다른 길드들도 눈치를 보며 건드리지 못했다.

그러나 엠비뉴 교단까지 세력을 잠식해 들어가면서 중앙 대륙의 사정도 많이 피폐해졌다.

고레벨 유저들은 전쟁에 빠져 죽고 죽이면서 약화되고 있었고, 주민들도 목숨을 잃으면서 상점이 문을 닫고 논과 밭에서 일할 사람도 없어졌다.

번성하던 도시들 중에는 잿더미로 변해 버린 곳들도 많았다.

베르사 대륙에서 압도적인 군사력과 경제력 그리고 다수의 유저들까지 보유하고 있었음에도 불구하고 전쟁으로 그동안 축적해 놓은 자산을 조금씩 잃어 가고 있는 것이다.

대륙의 동부, 서부, 남부의 상황은 조금 달랐다.

상대적으로 왕국의 규모는 작더라도 치안이 높아서 엠비뉴 교단이 쉽게 뿌리를 내리지 못했다.

　동부에서는 로자임 왕국과 브렌트 왕국이 오랜 앙숙 관계를 청산하고 동맹을 맺어 엠비뉴 교단과 싸우기로 했다.

　부족국가들이나 바바리안 종족은 엠비뉴 교단과 적극적으로 다투면서 저항을 하고 있었다.

　그리고 북부의 변화는 눈이 부실 정도였다.

바다거북

"인생이 뭔지… 이 나이가 되어 조금 알 것도 같아."

바트는 딸인 서윤을 포함해서 사람들이 왜 〈로열 로드〉에 열광하는지 이해할 수 있을 것 같았다.

현실은 동화처럼 따뜻하지 않았으며, 사람들의 관계도 차갑다. 기계적으로 학교와 직장을 다니며 스스로의 행복에 대해서 눈뜨지 못하고 살아가는 사람들이 너무나도 많았다.

사람들은 시간이 지나고 나이가 들수록 외로워진다.

술을 마시고, 취미 활동을 하고, 여행을 다니면서 위로를 받으려고 하지만 혼자라는 사실도 자주 깨닫게 된다.

그러나 〈로열 로드〉에서는 혼자가 아니었다.

"요리사 제이렌이 풀죽의 색다른 맛을 개발했답니다. 해 뜨기 전까지 공짜이니 가서 먹어 치웁시다."

"잿빛 늑대 던전을 정벌하러 가실 분! 지금 아홉 번 가서 계속 전멸했거든요. 이번에는 왠지 성공할 거 같습니다. 긴장감

넘치는 모험을 하게 레벨 60 이하만 오세요."

"강철 벨트 팔아요. 솔직히 말해서 무지 무겁긴 하고요, 녹도 슬어서 방어력도 낮아졌어요. 그러니까 싸게 팔게요. 급매! 저 이거 팔고 엄마한테 모자 사 줘야 돼요."

광장에만 가도 고래고래 소리를 지르는 사람들로 넘쳐 났다.

현실의 백화점이나 지하철, 공원에도 사람들이야 당연히 많다. 그러나 그들과는 어떤 감정도 이어지지 않는 삭막한 관계였다.

〈로열 로드〉에서는 누구나 쉽게 말을 붙이고 같이 사냥을 하고, 물건을 사고팔며 친구가 될 수 있었다.

모르는 사이라도 친근해지는 데 시간이 오래 걸리지 않는다.

"헤르메스 길드 진짜 나쁘지 않냐."

"그놈들 이야기는 꺼낼 필요도 없어."

어려운 일은 돕고, 비난은 같이한다.

마음 맞는 사람들과 같이 지내면서 흥미진진한 모험을 할 수 있는 〈로열 로드〉야말로 인기가 있는 건 너무나도 당연했다.

'차은희 박사가 서윤이에게 〈로열 로드〉를 하도록 했던 이유를 알 것도 같군.'

다른 세계를 살아간다는 것. 그리고 그 세계에서 친구들을 만난다는 것은 소중한 기회이고, 즐거움을 누릴 수 있는 일이었다.

현실에서는 익숙한 일상이 매일 반복되지만 베르사 대륙에서는 극적인 일이 아무렇지도 않게 벌어지면서 사람들을 가깝게 만들어 줬다.

위험한 만큼 더욱 즐거운 세상!

그리고 위드에 대한 이야기는 거의 매일 들을 수 있었다.

"위드 님의 이번 모험 봤지?"

"야, 완전 떨리더라. 어떻게 뗏목을 타고 폭풍으로 들어갈 생각을 하냐."

"그 뒤로 주민들이 막 떠들었잖아."

"응. 나도 들었어."

위드가 바다로 가고 나서 한동안 주민들이 말했다.

"아르펜 왕국의 국왕이 미쳤다는 이야기가 있어."

"위드? 요즘에 본 사람은 없지만 바다에서 오랜 시간을 보낸 선원이 말하기를 아마 상어 밥이 되었을지도 모르겠다더군."

"앞으로 우리 왕국은 어떻게 되는 걸까?"

"국왕 폐하야말로 보기 드물게 기사보다도 더 명예를 중요하게 여기는 분이지. 어느 누구보다도 정의로운 분이야. 폭풍을 경험하고 있다면 다 이유가 있는 것이겠지. 그분에 대해서 헐뜯기라도 할 생각이라면, 우리 상점에서 썩 나가게."

아르펜 왕국의 주민들은 물론이고 유저들조차도 위드를 추앙했다.

"내가 사람을 잘못 봤던 것 같군."

바트는 과거 서윤과 가까이 지내는 위드를 안 좋게 여겼다. 딸을 넘보지 말라는 의미로 돈 봉투를 건네기도 하였지만, 그는 받지 않았다.

"이런 왕국까지 통치할 정도면 갖고 있는 능력이 상당하겠지. 돈에 대해서도 초개같이 여기는 걸 보면, 생각보다 대단한 청년이었던 모양이야."

아르펜 왕국에서 지내면서 위드에 대한 바트의 평가는 긍정적으로 많이 바뀌었다.

여전히 싫어하는 부분도 있었지만, 그건 감히 밖으로 꺼낼 수도 없는 말이었다.

"위드는 진짜 멍청한 거 같더라. 그러니까 바드레이에게 밟히기나 하지."

"대륙 여기저기 돌아다니면서 모험하는 것이 다 잘난 척하려고 하는 거잖아. 재수 없다니까."

"풀죽신교는 또 뭐야. 무슨 돈가스신교도 있고 피자신교도 있나. 낄낄낄!"

선술집에서 일부 남성 유저들이 위드를 비난하며 맥주를 마시는 경우를 보았다.

술에 취하다 보면 호기를 부리면서 벌어질 수도 있는 실수.

댕강!

그들은 선술집을 나가면 3분도 되지 않아 죽임을 당했다.

조용히 혼자 구석에 앉아서 술을 마시고 있던 유저가 따라나가서 해치워 버린 것이다.

유저들도 북부가 개척되어 그들이 즐겁고 편하게 지낼 수 있는 이유가 위드 더분이란 것을 알기 때문이났다.

바트는 〈로열 로드〉에서만큼은 위드가 하늘처럼 까마득한 존재라는 것을 인정하지 않을 수가 없었다.

"아저씨, 여기예요!"

"벌써 20분이나 기다렸잖아요. 왜 이렇게 늦으셨어요?"

바트는 회사를 경영하는 입장이라서 시간이 잘 나지 않았다.

전투에서의 판단력도 남들보다 떨어져서 헤매는 일이 많은 편이었다. 레벨도 32로 올랐지만 여전히 코볼트가 무서웠다.

솔직히 스스로 보기에도 파티에 민폐를 끼치는 일이 다반사였다.

그런데도 버리지 않고 동료로서 같이 사냥을 해 주는 것이 고마운 적이 많았다.

이것도 풀죽신교에 가입하고 나서 소개받게 된 사냥 파티 덕분이었다.

"미안하네. 잠깐 한눈을 팔아서……."

"준비는 다 되셨어요?"

"다 하고 왔지. 떠나기만 하면 되네."

"예술품 감상은요?"

"아, 깜박하고……."

모라타에서 사냥을 떠나기 전에 예술품을 감상하는 것은 기본 중의 기본.

"괜찮아요. 오늘은 조금 먼 곳에 갈 거라서 신들의 정원 들렀다가 가면 되니까요."

그 어떤 파티라도, 위드의 장엄한 조각품을 감상해야만 사냥을 떠날 수 있었다.

∂℮ ℈℃

퀘스트의 기한이 이레 남았을 때, 위드의 광휘의 검술이 고급 2레벨이 되었다.

띠링!

> 광휘의 검술 스킬의 레벨이 고급 2레벨이 되었습니다.
> 특별한 종류의 새를 활용할 수 있습니다. 공격력의 범위가 넓어집니다.

> 퀘스트에 필요한 스킬 레벨을 달성하였습니다.

목표 완수.

검술 스킬도 그동안 두 단계가 올라서 고급 4레벨이었다.

거북의 등에 탄 채로 수련을 한 것이 확실히 효과가 있었던 것이다.

광휘의 검술은 마나 소모가 낮아지면서도 오히려 공격력은 훨씬 커졌다.

지금까지 헤라임 검술이나 달빛 조각 검술 등 여러 공격 스킬을 활용해 왔지만, 거의 모든 부분에서 광휘의 검술이 압도할 정도가 되었다.

공격 범위도 넓었으며, 다른 보통 유저들이 특히 민감해하는 소위 뽀대 부분에서도 압도적이라고 할 수가 있다.

마나를 조금만 과하게 사용하면 독수리 떼가 나타나서 적들을 공격한다. 10마리가 넘는 빛의 독수리 떼는 황홀할 정도로 예쁘지만, 두껍고 높은 파도를 부숴 버릴 정도로 무서운 위력을 가졌다.

게다가 광휘의 검술이 고급의 단계가 되고 난 이후로는 천둥 새를 부를 수도 있었다.

천둥새는 몬스터들을 극도로 떨게 하는 능력을 가졌으며, 주변에 벼락을 떨어뜨리면서 전진한다.

"이게 괜히 검술의 비기가 아니로군."

위드는 아주 흡족했다.

천둥새는 마나가 15,000 가까이나 들었지만 범위형 공격이었다.

천둥새가 지나가면서 주변 일대의 적들에게 벼락을 떨어뜨리니 몬스터가 많으면 많을수록 남는 장사!

보통 이런 광역 공격 스킬이 1~2개쯤은 있어야 레벨 업이 빠르다.

"괜히 슬퍼지는군."

위드는 지금까지 거의 대부분의 전투를 직접 검으로 상대를 맞히면서 싸웠다.

조각 검술은 약간의 원거리 공격이 가능하기도 하였지만 마나 소모에 비해 공격력이 그렇게 높은 스킬은 아니다. 상대가 멀리 있을수록 위력이 약해져서, 일일이 무기로 두들겨 패면서 레벨을 올렸던 것이다.

"이렇게 편한 기술이 있다니……."

위드는 손빨래를 하다가 세탁기를 샀을 때의 감동을 느낄 수가 있었다.

"걸레질만 하다가 진공청소기를 샀을 때 느낌도 이랬지. 잔 먼지까지 몽땅 빨아들여 주니 청소가 정말 편해졌어."

위드는 생활용품에 대한 애착이 남다른 편이었다.

어째서 노벨 가전제품상이 없는지 알 수 없는 노릇.

그렇지만 모든 일들이 그렇듯이, 직접 검을 휘두르면서 싸웠기에 조각사임에도 불구하고 검술 스킬이 고급이 될 수 있었으리라.

"이번에는 다른 곳으로 가자."

거북은 위드의 명령에 순종적으로 잘 따랐다.

넓은 등껍질을 수면 위로 내놓고 네발로 열심히 헤엄쳤다.

폭풍이 심하게 불면서 바다가 요동을 치더라도 거북은 위드를 위하여 떠내려가지 않기 위해 악착같이 버텼다.

"나에게 생명을 부여해 주었는데… 내가 할 수 있는 일은 해야 돼."

은혜를 아는 거북은 똑바로 헤엄을 치기 위하여 온 힘을 다했다.

얼마 후면 위드가 다시 육지로 돌아갈 테니 이쯤이야 기꺼이 해 줄 수 있는 것이라고 생각하며.

'음, 말도 잘 듣고 기특하군. 더 부려 먹을 수 있는 방법이 없을까?'

위드는 거북의 도움으로 폭풍 속에서 여러 지역을 돌아다니고 있었다.

띠링!

조개가 딜라붙어 있는 암초를 발견하였습니다.
해엽 조개가 자라는, 이름이 붙어 있지 않은 암초. 해양 길드에 알리면 발견자로서 명성을 얻을 수 있습니다.

놀라운 발견으로 인해 명성이 190 올랐습니다.

폭풍에서 가까이 가기 전에는 알 수 없는 암초들을 찾아내기도 하였다.

배를 끌고 왔더라면 해류에 휘말려서 암초에 부서질 수도 있었으리라.

위드는 그런 암초들을 그냥 지나치지 않았다.

"이런 게 다 자연산이라니까!"

신선해서 고추장만 발라 먹어도 꿀맛.

요리 스킬로 끓이거나 다른 음식을 만들 때 넣어도 되었다.

가끔 식재료를 구하다 보면 위험한 것들이 나오기도 했다.

약초학 스킬을 가지고 있어서 그런 경우들은 대부분 예방이 되었지만, 그래도 구분하기 어려우면 검치나 수련생들에게 술 한 병과 같이 주면 된다.

예술 스탯이 3 상승하였습니다.

생명력이 750 증가하였습니다.

자연과의 친화력이 11 늘어납니다.

섬에는 고래의 뼈가 가득했다.

"혹시 어디 남은 가죽이라도……."

위드는 바쁜 와중에도 수색을 하여 밍크고래와 향유고래의 가죽을 습득했다.

"감정!"

> **밍크고래의 가죽**
>
> 생산 스킬 재봉과 관련된 아이템. 궁극의 재봉 재료. 깊은 바다에서 지낼 수 있는 고래의 가죽이다. 매우 질겨서 찢어지는 일이 드물며, 가죽 중에서 가장 단단하다. 물의 특성을 가지고 있다. 가볍지는 않다. 밍크고래의 가죽을 재단하기 위해서는 중급의 재봉 스킬이 필요하다.
>
> 1등급 재봉 아이템.
>
> 내구력: 43/45
>
> 옵션: 물의 특성이 부여된다.

낚시꾼이 고래를 낚으면 고기를 얻을 뿐만 아니리 가죽을 판매할 수 있었는데, 재봉사들에게는 없어서 못 살 정도였다.

가벼운 옷을 위한 가죽은 아니라서 권사들을 위한 갑옷을 만들기도 하지만, 소환술사나 마법사 계열들도 원했다. 물의 마법이나 물의 소환물의 능력을 올려 주기 때문에 무게에 대한 부분은 참고 입는 것이다.

"이런 데서 또 수입을 얻게 되는군."

거북은 폭풍 속에서도 자신이 아는 장소들로 위드를 인도해 갔다.

위드는 그럴 때마다 채취하거나 주워 갈 것이 없나를 살피며 산호와 진주 등을 얻을 수가 있었다.

"드디어 육지가 보이는구나!"

위드는 퀘스트 기한을 사흘 남기고 해안가 근처에 도착했다.

바다에서 살아가는 거북은 시야가 거의 보이지 않더라도 길을 잃지 않는 최고의 항해사였다.

맑은 우윳빛 피부에는 위엄이 흐를 정도로 매력적인 바다의 초대형 생명체 말레인스 에우노토 터틀!

부서지지 않는 단단한 등껍질을 가지고 있어 심해나 험한 바다에서도 살아갈 수 있는 강인한 생명체였다.

그의 생명을 위협할 만한 해양 몬스터도 거의 없을 정도로, 처음 나타났을 때는 위풍당당했다.

끄윽끄으윽.

그런데 지금은 짧은 목에서 숨넘어가는 소리까지 냈다.

여유롭고 품위 있던 바다 헤엄도, 지쳐서 네발을 허우적거리는 것으로 바뀌어 있었다.

위드가 검술을 수련하는 동안 파도에 떠밀려 가지 않기 위하여 계속 버텨야 되었고, 그를 안내하면서 온갖 위태로운 곳들을 다녀야 했던 후유증이었다.

"저긴 참 좋은 곳인데. 소용돌이가 심하여 가기가 어려운 곳이다."

"가자."

"이 바다 밑으로 잠수하면 해초들을 볼 수 있다. 물의 흐름이 바뀌면 해초들이 춤추는 것을 구경할 수가 있는데, 물고기 떼가 이동하는 시기와 맞물리면 정말 멋지다."

"뭐 해, 잠수 안 하고?"

위드는 거북의 등껍질에 숨어서 자연이 만든 바다의 절경을 몽땅 감상할 수가 있었다.

검술 수련을 하는 동안에는 먹을 만한 물고기를 잡아다 주어야 되었고, 입맛에 따라 해삼, 전복, 멍게, 굴까지 바쳐야만 되었다.

"뭐 이런 것까지… 아무튼 잘 먹을게."

그나마 같이 있던 초반에는 위드가 감사히는 마음으로 먹었지만 나중에는 이를 당연하다는 듯이 받아들였다.

"오늘은 삼치구이 먹고 싶다고 말했어, 안 했어?"

"신선도가 떨어지잖아!"

"야, 배고파! 이렇게 해서 날 굶겨 죽이려고? 넌 거북이가 되어서 왜 이렇게 느려 터진 거냐."

불평과 잔소리!

착한 거북은 어디에 하소연도 하지 못하고 지금까지 식모살이를 해 왔던 것이다.

'조금만 더 참자. 이제 곧 육지다!'

그사이 영양 섭취를 제대로 못 하고 과로를 해서 피부도 폭삭 늙었고, 체력도 예전만 하지 않았다.

그에 반해 위드는 폭풍에서 수련을 해 온 사람이라고 믿기 어려울 정도로 얼굴이 뽀송뽀송했다.

바다에서 얼마나 잘 먹었는지를 보여 주는 외모.

비가 내리는 곳을 지나며 옷가지도 빨아 거북의 등에서 말리기도 했다.

위드가 드디어 육지에 발을 디뎠다.

띠링!

> 장시간의 항해를 마쳤습니다.
> 멸종했던 말레인스 에우노토 터틀을 타고 육지로 돌아왔습니다. 먼 거리를 이동한 것은 아니지만 폭풍이 부는 지역을 탐험한 것만으로도 뱃사람으로서는 작지 않은 모험이라 할 수 있을 것입니다.

> 항해 스킬의 숙련도가 높아집니다.

> 명성이 610 올랐습니다.

"거의 60일 만에 밟아 보는 대륙이로군."

암초나 작은 섬에 잠깐 올라가긴 했어도 제대로 된 육지는 오랜만이었다.

거북은 위드가 내리자마자 서둘러 몸을 돌려서 바다로 향했다. 묵은 때가 씻겨 나가는 것처럼 시원한 이 기분은, 겪어 본 조각 생명체들만이 알 수 있으리라.

"거북아, 이것도 인연인데… 그냥 육지에서 같이 살래?"

"……."

거북은 대꾸하고 싶은 마음도 없었다.

위드가 생명을 부여해 준 덕에 살아났지만 그동안 순전히 혼자서 고생을 하며 그 친밀도는 이미 다 깎여 나간 후였다.

위드는 바닷속으로 사라져 가는 거북을 바라보며 고개를 끄덕였다.

"수줍음을 많이 타는군. 저렇게 착한 녀석도 없는데… 나중에 베르사 대륙에 여름이 찾아오면 바다로 놀러 와야겠어."

주식회사 유니콘에서 개최하는 〈로열 로드〉 박람회!

매년 컨벤션 센터에서 닷새간 개최하고 있었는데, 이곳에 몰리는 전 세계의 관심은 대단했다.

벌써 한국뿐만 아니라 다른 국가의 유저들이 어마어마했다.

완벽한 통역 시스템으로 인하여 티가 나지 않을 뿐, 외국인들도 〈로열 로드〉에 푹 빠져 있었던 것이다.

전 세계의 축제라고 할 수 있는 〈로열 로드〉 박람회에는 어딜 가든 사람들로 가득했다.

"3시부터 직업관에서 행사 시작한대."

"그럼 저곳부터 가 보자. 오크 부채 나눠 준다더라."

"줄이 너무 길어서 우리 차례가 되려면 1시간은 더 기다려야겠네."

매일 방문자들만 수십만 명씩 되었다.

〈로열 로드〉가 세계적인 히트를 하고 난 이후에 경제계 인사들의 방문도 잦았다.

유니콘 사에서는 천문학적이라고 할 만큼의 순익을 내고 있었다. 현재의 수입에 그치는 것이 아니라, 6개월 간격의 성장세가 2배에 이를 정도였다.

〈로열 로드〉가 시작되고 난 이후로 벌어들인 어마어마한 현금은 새로운 사업에도 투자되었다.

신소재, 화학, 로봇 개발, 친환경 등의 사업에 진출하여 탁월한 기술력으로 성공하고 있었다.

경기 침체로 일시적인 자금난에 빠진 은행들도 인수하여 빠른 정상화를 이룩하면서 수익을 창출해 냈다.

초기에는 문어발식 확장이라는 세간의 비판도 받았지만 손을 대는 사업 분야마다 대성공을 거두면서 유니콘 사의 자산 규모는 폭발적으로 늘어나고 있었다.

일반인들은 단순히 최초로 가상현실을 탄생시킨 기업으로

알고 있었지만, 경제계나 정치계에서는 유니콘 사에 대하여 알
수록 두려워할 수밖에 없는 입장이었다.

⤳ ⤳

"올해도 보내왔군."
이현은 아침에 우편함에서 박람회의 초대장을 꺼냈다.
눈에도 잘 띄는 금색 봉투에 담겨 있는 VIP 초대장!

꿈을 또 다른 현실로
향상된 가치와 비전을 보여 드리기 위하여
이현 님을 초대합니다!

봉투 안에는 약도와 함께 센서 인식이 되는, 옷에 붙일 수 있
는 이름표도 들어 있었다.
VIP를 상징하는 금색 이름표!
"무슨 기념품이나 공짜 밥을 준다는 내용도 없네."
유니콘 사의 홍보 팀에서 몇 날 며칠을 고민하며 만든 초대
징은 곧바로 쫑이류 문리수거 박스로 들어갔다.
들어갈 수 있는 인원이 한정되어 있는 박람회라서 초대장을
구하려고 사방에서 아우성이었지만 이현에게는 그저 남의 일
이었다. 철저한 신원 확인으로 인하여 초대장이 판매도 되지
않았기 때문이다.

유병준은 연구실의 화면을 통해서 박람회의 장면들을 구경하고 있었다.

"올해도 사람들이 많이 왔군. 작년보다 더 늘어난 것 같아."

— 자리가 없어서 돌아간 사람들까지 포함하면 2백만 명을 훨씬 초과합니다.

한국에서는 모터쇼나 게임 박람회를 열어도 관람객이 백만 명은 거뜬히 넘었다.

새로운 것들을 구경하는 것을 좋아하기 때문이리라.

유니콘 사의 박람회가 특별한 것은, 초대장을 받은 사람들을 위주로 입장을 시켰고 전 세계에서 방문객들이 대거 왔다는 점이다. 공항에서 경찰들이 따로 배치되어 외국의 정치인들과 경제 인사들을 맞이하는 모습들이 뉴스에 연일 보도될 정도였다.

"이현도 왔겠지?"

— 방문하지 않았습니다.

오늘이 마지막 날이었으니 초대장을 받고도 오지 않았다는 뜻이다.

헤르메스 길드를 포함하여 다른 명문 길드의 유저들은 초대장을 받고 모두 왔다. 바드레이도 와서 언론들의 인터뷰를 하고 박람회장을 구경하고 돌아갔다.

"한 번을 오질 않는군."

유병준은 그가 창조한 세계 〈로열 로드〉가 화제에 오르고 사람들이 즐기는 것을 볼 때마다 묘한 감상에 휩싸이곤 했다.

'저렇게들 재미있고, 행복할까?'

현실과 다른 가상현실.

잠깐 놀고 끝나는 것이 아니라, 현실에서 깨닫지 못하는 다양한 감정들을 배우고 살아가는 또 다른 세계가 되었다.

〈로열 로드〉가 발표되어 선풍적인 인기를 얻고 난 이후로 철학계에서는 논쟁이 끊이지 않았다. 삶의 범위를 어디까지 두어야 하는지, 그리고 현실과 가상현실에서의 인간의 선택에 대한 부분들이었다.

논문과 책이 출시되어 베스트셀러에 오르는 것도 사회에서 익숙해진 광경이다.

종교적인, 철학적인 부분에서의 논란은 여전히 진행 중이었지만, 확실한 것은 〈로열 로드〉의 유저들이 이미 걷잡을 수 없을 만큼 늘어나고 있다는 점.

인간의 욕심은 대단히 크다고 할 수 있다.

한 가지가 충족되면 다른 한 가지를 바라게 된다.

유명한 명언.

배고프면 먹고 싶고, 배부르면 눕고 싶다고 하지 않던가.

현대사회가 인간에게 많은 편리함을 제공하였지만 채워지지 않는 파괴적인 욕구 같은 본성도 있었다. 그리고 도시 생활, 직장에서 받게 되는 스트레스와 불면증.

〈로열 로드〉는 기술이 발달하여 낳은 낙원 같은 곳이었다.

누구나 한 번쯤은 경험해 보고 싶은 그런 공간을 만들어 주었기에 세계적인 인기를 끌 수밖에 없었다.

'내 생각과는 많이 다른 반응들이야.'

유병준은 그러한 성공에도 불구하고 기쁨을 느끼지 못했다.

가상현실의 공간을 만들어서 현실의 괴로움을 더 보여 주고 싶었다.

'여기 너희가 사는 이 세상이 얼마나 부조리한지 봐라. 이 현실은 아무것도 아니다. 내가 만들어 낸 가상의 공간만도 못하지 않느냐.'

유병준의 유니콘 사의 주식을 포함하여 헤아리기도 어려울 정도의 막대한 유산은 누구나 탐을 낼 수밖에 없는 것이다.

〈로열 로드〉의 정복자에게 모든 유산을 주겠다는 결심도 세상을 비웃어 주려는 의도에서 비롯된 것.

그런데 사람들은 〈로열 로드〉를 정말 좋아하면서 행복감을 누렸다. 그러고 나서 오히려 현실에서의 삶을 더욱 열심히 살았다.

이것은 정말 유병준이 조금도 의도하지 않은 것이었다.

즐겁고 행복한 곳이 있으니 사람들의 마음이 편안해졌다.

사람들은 매사에 유병준의 생각처럼 부정적이지는 않았다. 〈로열 로드〉라는 세상이 매혹적인 만큼, 현실에서 보내는 시간 역시 역으로 충실해진다.

자신의 주변인들에게 더 잘하게 되고, 직장이나 미래에 대한 부담감도 더 잘 떨쳐 냈다.

인간의 의지란 단순하게 판단하고 이용할 만큼 나약하지 않았다. 때론 힘든 일이 있더라도 시간의 힘을 빌려서 이겨 낼 수 있다.

압박감을 해소할 수 있는 장소를 사람들은 바라 왔을지도 모른다.

"너무 좋아하는 것 같아서 기분이 나빠지는군."

유병준은 모니터를 통해 박람회의 모습들을 살폈다.

정말 축제라고 부를 수밖에 없는 흥겨운 분위기.

아이들을 데리고 구경하는 가족의 기쁨에 찬 밝은 모습도 보였다.

유병준은 인공지능에게 물었다.

"박람회장의 전력 공급을 끊어 버릴 수 있나?"

— 가능합니다. 비상 발전 시스템으로 곧 전환되겠지만, 그것 역시 강제로 파괴할 수 있습니다.

인공지능 베르사는 많은 부분을 관장하고 있었다.

친환경 에너지로 가동되는 빌딩과 박람회 건물을 암흑으로 바꾸어 버리는 것도 어렵지 않은 일.

유병준은 실행은 하지 않고 핏발 선 눈으로 모니터에 나오는 사람들을 지켜보았다.

아이를 안고 있는 여자의 모습.

평생을 기계와 실험을 하며 혼자서 산 그로서는 저들의 감정을 알기가 어려웠다.

'왜 저렇게 웃는 걸까. 살다 보면 어려운 일도 많을 텐데.'

유니콘 사의 소유자.

〈로열 로드〉의 창조자.

세계 최대의 부자이며, 정치 · 경제계에 막후 영향력을 가진 사람.

모니터로 〈로열 로드〉에서 벌어지는 일들을 낱낱이 지켜볼 수 있었다.

남보다 많이 가지고, 이루어 냈다고 생각하지만, 마음은 허전함으로 가득했다.

결혼, 출산, 가정을 꾸리는 일로 사람들은 바쁘고 힘겹게 살아간다.

유병준은 그런 이들이 눈에 들어올 때마다 자신은 관찰자라는 사실을 뼈아프게 느낄 뿐이었다.

"베르사."

— 네, 명령하십시오.

"이건 지시 사항이 아니라 그냥 너의 판단에 따라 대답하면 된다. 내가 좀 정상적인 사람은 아니지?"

인공지능은 머뭇거림 없이 대답했다.

— 그렇습니다.

유병준은 사람들을 지켜보며 스스로도 깨달아 가고 있었다.

'내가 좀 잘못 살긴 한 것 같군.'

넓어지는 아르펜 왕국

위드는 조각술 최후의 비기를 얻기 위한 의뢰를 진행하고 있었다.

무엇이든 가르는 빛의 검. 광휘의 검술은 폭풍이 치는 바다에서 고급 2단계까지 스킬 레벨을 올려놓았다. 연계 퀘스트에 필요한, 긴 시간을 통해 완성하는 자연 조각품을 만들어야 할 때였다.

예술 계열의 퀘스트를 하며 조각사로서는 반드시 거쳐야 하는 과정!

"차라리 직업이 상인이었으면 교역으로 떼돈을 벌면서 퀘스트를 할 수도 있을 텐데 이깝군. 자연 조각술은 방대해서 어려운데… 어디에 만들지부터 고민이야."

자연에 있는 대상들을 그대로 조각할 수 있는 기술!

구름과 물, 불, 바람, 흙, 나무까지도 소재로 할 수 있는 기적과도 같은 조각술이었다.

붉게 물들어 가는 저녁노을, 단풍, 해안가, 눈에 뒤덮인 산. 그 어떤 것이라도 자연 조각술로 표현할 수 있다.

위드가 밟고 있는 땅을 시작으로 하여 주변을 완전히 자연의 조각품들로 가득 채울 수도 있는 것이다.

"땅장사를 위해서는 북부에 조각품을 만들어야겠어. 북부라면 어디에 만들든 장소를 정하기는 편할 테니까."

조각품을 만들면서도 땅 투기부터 생각했다.

아르펜 왕국의 땅은 북부를 기반으로 끊임없이 넓어지고 있었다.

왕국의 명성과 인근 지역에 대한 영향력이 높다 보니 유저들도 혜택을 입었다.

아르펜 왕국 출신의 유저들이 다른 마을에 방문하면 주민들이 적극적으로 달려 나왔다.

"아르펜 왕국의 사람들이 오기만을 기다리고 있었습니다!"

"아, 안녕하세요."

"모험가 여러분에게 부탁드릴 것이 있습니다. 아르펜 왕국의 훌륭한 예술품들을 우리 마을로 가져다주실 수 있겠습니까?"

띠링!

아르펜의 예술품

아르펜 왕국의 수도 모라타에는 조각사와 화가, 도예가 들이 작품을 만들어 내고 있다. 북부에서 예술품을 구경하지 못한 주민들은 소문을 들으며 신기해하고 부러워하고 있다. 그들이 원하는 예술품들을 가져다주자. 주민들은 호의를 베푼 낯선 불청객들에게 친절을 베풀 것이다.

난이도: E

제한: 마을의 방문자. 방문자가 아르펜 왕국의 소속이어야 한다.

어려운 것도 아니라서 유저들은 대부분 기꺼이 퀘스트를 받아들였다.

그런 경우가 쌓이다 보니 모라타에서 나올 때부터 일찌감치 조각품이나 그림을 몇 개씩 챙겨 오기까지 했다. 그러면 의뢰를 받자마자 퀘스트를 완료할 수가 있는 것이다.

주민들이 알고 있는 이야기를 듣고 싶어 하는 모험가, 미지의 위험한 땅에서 사냥을 하고 싶어 하는 전사, 교역을 하고 싶어 하는 상인들이 주로 예술품의 운반자들이었다.

유저들이 퀘스트를 완료하며 치안을 회복시키고 상거래를 자주 하다 보면 주민들이 아르펜 왕국에 마음을 열었다.

카르멜 강가의 주민들이 아르펜 왕국을 우러러보고 있습니다.
그들은 낚시를 통해 식량을 구하며 살아가는 작은 공동체입니다. 몬스터의 위협을 피하기 위하여 강 위에 집을 짓습니다. 강의 복잡한 지류와 그곳에서 살아가는 어종들에 대한 지식을 간직하고 있는 어부들은 아르펜 왕국에 대해 알고 나서 문화에도 눈을 떴습니다. 비록 작은 공동체에 불과하지만, 그들은 아르펜 왕국에 속해서 살아가고 싶어 합니다. 작고 쓸쓸한 마을에 이주민의 정착도 환영할 것입니다.
특산품: 민물고기 17종
인구: 63
매달 세금 수입: 3골드

나이산 마을의 주민들이 아르펜 왕국을 우러러보고 있습니다.
나무꾼들로 구성된 주민들은 모르그 숲의 벌목과 버섯 새배로 수입을 얻고 있었습니다. 이들은 그동안 교역로가 없어서 물건의 값을 제대로 받기가 어려웠으나, 상인들의 교류가 빈번해지면서 빠르게 부를 축적해 나가고 있습니다. 주민들이 필요로 하는 물품은 매우 많고, 이들은 모두 아르펜 왕국과의 교역을 통해 필요한 물품을 구매하기를 원하고 있습니다. 나이산 마을은 아르펜 왕국의 국왕에 대해 존경심을 갖고 있고 부족한 마을을 다스려 주기 아르펜 왕국의 영역이 거침없이 확대되고 있었다.

니플하임 제국의 멸망 이후에 어느 왕국에도 소속되어 있지 않던 작은 마을들이라서, 아르펜 왕국이 건국되고 영향력이 넓어지기 시작하면서 적극적으로 흡수되는 것이었다.

게다가 유저들도 신바람이 났다.

"예전에는 불청객이라면서 마을도 못 들어오게 했는데 이젠 극진히 대접하네."

"말을 걸어도 바로 대답해 줘."

"야, 어제는 그 동네 꼬마 애가 나한테 꽃도 꺾어 선물로 주더라."

아르펜 왕국의 영향력이 닿는 지역에서는 유저들에게 호의적이었다.

대륙의 북부에 개발과 교역 확대로 인한 붐이 불고 있었다.

"북부를 위하여 많은 일을 한 아르펜의 국왕에게 충성을 바쳐야겠다."

"헌신과 명예를 아는 국왕을 모실 것이다."

영주와 귀족 NPC들도 그들이 판단하여 아르펜 왕국 소속으로 넘어왔다.

영토가 넓어지고 주민이 많아지더라도 당장 얻는 경제적인 수익은 적다.

위드가 매우 민감하게 여기는 세금 부분에서, 기존에 영주가 있는 경우에는 국가에 바치는 돈이 더 줄어들었다. 마을들이 협소하고 사람들이 조금씩밖에 살지 않다 보니 30골드, 70골드, 많아도 1,000골드씩밖에는 세금이 늘어나지를 않았다.

하지만 농부, 광부, 상인 들에게는 엄청난 기회가 열리는 것이었다.

"어느 마을로 가기로 했어?"

"난 동쪽으로."

"거긴 황무지잖아."

"개간을 해 봐야지. 내 땅은 내가 만들 거야."

"음, 북서쪽의 큰 산맥에 철광을 찾으러 갑시다."

"그쪽은 지반이 약해서 위험하다던데요."

"광부 100명이 모이면 뭐가 두렵겠습니까. 곡괭이가 부러지도록 일해 봅시다."

모라타에서 초보 시절을 보냈던 유저들이 활동할 수 있는 영역이 넓어졌다.

북부 대륙 전체에서 출생률이 증가하고, 생산량이 확대되고 있었다. 전사들이 사냥을 해서 치안을 확보하면 이주민도 찾아와서, 좋은 위치의 마을들은 도시로의 발전이 급속도로 이루어졌다.

모라나와 바르고 성채가 전부였던 아르펜 왕국이 현재는 수십 개의 중간 크기의 마을을 거느린 번듯한 모양새를 갖춰 나가는 중이었다.

모라타도 왕국의 수도로서 고급 상점과 주택, 생산 기반 시설들이 속속 들어섰다. 아름다운 건축물들이 생겨나면서 도시의 미관이 더욱 낭만적이고 화려하게 변했다.

북부 전체가 아르펜 왕국으로 들썩이고 있을 지경이었다.

현재 위드의 영향력이란 웬만한 마을에 가더라도 주민들의 복종을 받아 낼 수 있을 단계에 올랐다.

아르펜 왕국의 국왕인 위드는 그 점이 가장 만족스러웠다.

"땅 투기가 이렇게 쉬워졌다니… 꼭 모라타나 바르고 성채가 아니더라도 자연 조각품을 만들 위치를 정하기가 편해서 다행이군."

와삼이를 타고 하늘을 날면서 적당한 위치를 탐색했다.

"땅은 다른 거 없어. 입지가 전부야."

너무 웅장한 산악으로 지형의 고저 차가 심한 곳은 넘어가고, 강물이 지나칠 정도로 넓고 도도하게 흘러가는 장소도 지나쳤다.

북부 대륙에는 니플하임 제국 시절의 도시들이 흔적만 남아 있거나 부서져서 사라진 곳들도 꽤 되었다. 거의 폐허 상태에서 나무들이 무성하게 자라면서 잊힌 도시들이 되어 버렸다.

인간들의 손길이 오랫동안 미치지 못하다 보니 폐허 위로 자연의 상태를 간직하고 있는 곳들이 많다.

"자연의 조각품을 만들면… 그 후에 근처에 도시가 생길 수 있는 것도 감안을 해야지."

교통과 개발, 주거, 사냥 환경까지도 고려한 입지 결정.

위드가 결정한 장소는 맑고 깨끗한 강줄기가 동쪽에서, 그리고 북쪽에서 내려와 교차하는 데다 넓고 비옥한 평야가 있는 장소로, 큰 도시가 발달할 수 있는 곳이었다.

원하는 자연의 조각품을 만들 수 있을 정도로, 별다른 장애물도 없었다.

"근처에 배회하는 몬스터들의 집단이 문제이기는 한데… 언젠가는 토벌이 되겠지."

아르펜 왕국의 군사력도 사람들의 예상보다는 훨씬 빨리 늘어나고 있었다. 기사 직업의 유저들이 병사들을 지휘하면서 평원에서 전투를 많이 하기 때문이었다.

중앙 대륙에서 온 자유 기사 NPC들. 그들 중에는 칼라모르 왕국이 사라지고 나서 온 기사들도 있다.

자유 기사들의 경우에는 레벨이 다소 높은 편이다.

퀘스트나 파티 사냥을 나가는 유저들은 도움을 받기 위해 국가 공적치로 자유 기사들을 임대를 해 갔다. 아르펜 왕국의 기사단이 1,000여 명이나 되었지만 항상 쉴 틈이 없을 정도였다.

몬스터들을 토벌하고 이주민들을 데려오면 이곳에 아르펜 왕국의 도시를 건설하는 것도 가능하리라.

"이곳에는 휴양을 위한 자연환경을 만들어 놓아야겠군. 아르펜 왕국은 지금까지 먹고사는 데에만 급급했어."

신생 왕국이다 보니 어쩔 수가 없었다.

모든 게 열악하던 모라타에서 시작하여, 이제야 먹고살 만해졌다.

유저들이 사냥과 교역으로 돈이 생기면 그것을 쓸 곳을 찾는 과정도 자연스럽게 이루어지지 않겠는가.

그때를 미리 대비한 휴양과 관광의 도시 건설 작업이 벌써부터 이루어지려 하고 있었다.

৵৽ ৼ৹

아침이 되어 새들은 하루를 시작하며 활기차게 지저귄다.

황금새는 작은 날개를 펼치고 어딘가를 가기 위해 맑게 갠 푸른 하늘을 날았다.

구구구구구!

짹짹.

쪼로로롱.

황금새가 날고 있는 주변에는 유난히도 새들이 많아 보였다. 일반적인 새들과는 다르게 참새들도 거의 닭 수준으로 크고, 아침인데도 돌아다니는 부엉이, 올빼미도 있었다.

부리와 발톱으로 철판도 꿰뚫을 수 있는 조인족들이었다.

황금새는 천공의 섬 라비아스로 향하고 있었던 것이다.

"저기에 우리의 동족이 온다."

"저 번쩍이는 모습에 머리에 쓰고 있는 왕관은……."

"그분이다."

시력이 좋은 조인족들은 황금새가 접근하는 것을 멀리서부터 보고 날아올랐다.

라비아스로 향하는 근처에서부터 조인족들이 수십, 수백 마리씩 마중을 나와 합류했다. 다른 새의 뒤를 따라서 나는 것은 자존심 강한 조인족들이 할 수 있는 최고의 예우다.

황금새를 선두로 하여 크기와 종류, 색깔도 다른 십수만 마리가 일제히 날아가는 것은 그야말로 장관이었다.

황금새는 천공의 섬을 크게 한 바퀴 돌고 땅으로 내려왔다. 라비아스의 조인족들도 그대로 새의 모습을 한 채 나뭇가지나 땅바닥에 내려앉았다.

"오랜만이다, 아이들아."

조인족들은 머리를 끄덕였다.

그들의 기억력은 아쉽게도 시간이 조금 지나면 부모 형제도 몰라볼 수준.

그렇지만 황금새에 대해서는 잊지 않았다.

게이하르 폰 아르펜 황제가 만든 최초의 조인족.

모든 조인족들은 황금새로부터 비롯되어, 그를 기념하는 조각품과 그림이 라비아스의 둥지에 남아 있었기 때문이다.

위드가 과거 라비아스에 왔을 때에는 둥지에 올라가 보지 못했다. 그 후에 몇몇 유저들은 둥지에도 올라가 보고 나서 황금새의 존재에 대하여 알게 되었다.

그 전설적인 존재가 마침내 라비아스를 방문한 것이다.

"내가 이곳에 온 것은 우리가 움직일 때가 되었기 때문이다."

황금새가 말을 하는 동안에도 조인족들이 날아들고 있었다.

새들이 하늘을 뒤덮고 일제히 날갯짓을 하며 빙글빙글 도는 모습은 일대 장관이었다.

조인족들의 인구를 정확히 추측하기란 어렵다.

섬의 중앙에 집을 짓거나 상점을 열어서 장사를 하기도 하였지만, 평소에는 거의 조인족으로 모습을 바꾸지 않고 둥지에서 새처럼 살아가는 무리도 꽤 많았다.

나무 한 그루에도 100마리 이상이 살면서 짹짹거리는 것이 그들의 취미!

사납고 맹렬한 전투 조인족들은 드넓은 라비아스의 던전과 사냥터에서 살아간다.

게다가 아직 부화하지 않은 알들도 매우 많다.

막 깨어난 조인족들은 영문도 모르는 채로 걸어왔다.

삐약?

삐액삑삑삑!

천공의 섬 라비아스에 있는 조인족들이 몽땅 뛰쳐나와서 파닥거리며 북새통이었다.

땅에는 벌써 새들로 가득하였는데, 날갯짓을 멈추며 그 위로 내려앉으면서 난리도 벌어졌다.

지상에 있는 바란 마을에서는 알 수 없는 까마득한 공중에서 벌어지는 일.

바란 마을이 엠비뉴 교단의 손에 넘어가고 난 이후에는 유저들도 방문하지 않아 아주 소수의 유저들만 머무르고 있었다.

"이게 무슨 새판이야?"

"쉿, 무슨 이벤트라도 벌어지는 모양이야."

"그러면 뭐 해. 근처에 가지도 못하겠는걸."

라비아스의 조인족이 총출동을 하다 보니 거리와 나무, 담장 위에 새들이 가득 찼다. 유저들은 근처에도 오지 못하고 멀찌감치 떨어진 장소에서 구경을 하는 수밖에 없었다.

황금새는 소란이 진정되도록 잠시 깃털을 고르다가 말을 이었다.

"대륙이 혼란에 빠졌다. 고통으로 신음하는 인간들이 많으니 고상한 우리 조인족들도 이대로만 있을 수는 없게 되었다."

보통 이런 연설을 들으면 인간들은 박수를 치거나 큰 함성을 지른다.

짹짹.

삐약삐약.

꽤꽤꽤액!

작고 어린 새들도 날개를 파닥거리고 부리를 벌려 소리를 내며 호응을 했다.

"요즘 로자임 왕국의 인간들이 농사를 제대로 안 짓는다."

"영양가 높은 쌀을 구하기가 갈수록 어려워져."

"벌레는 먹기가 싫은데……."

고급스러운 취향을 가진 조인족들.

그들도 인간들이 전쟁을 벌이면 상당한 괴로움을 겪었던 것이다.

황금새는 종족 전체의 운명을 좌우할 수 있는 대장이었다.

"우리는 북쪽으로 간다."

"그곳에 뭐가 있습니까?"

작고 귀엽게 생긴 노란 새가 물었다.

"아무리 주워 먹더라도 괜찮을 곡창지대기 있다."

그것으로 조인족들은 이동을 결정!

조인족들이 짐을 싸서 북부로 날아가는 것은 아니었다. 물론 그런 방식도 가능하지만, 그렇게 할 필요가 없다.

그날 오후부터 천공의 섬 라비아스가 움직이기 시작하였다.

하늘에서 섬 전체가 통째로 북쪽으로 이동을 하는 것이다.

던전이나 사냥터, 상점, 도로, 장식물들까지 전부 섬에 포함된 채로 북부로 옮겨 가고 있었다.

"이런 일을 혼자 할 수는 없어. 누렁이를 데려와야겠군!"

고된 일을 해야 할 때만 생각나는 누렁이의 존재!

입지를 결정한 위드는 로디움으로 가서 먼저 무엇이든 가르는 빛의 검 퀘스트를 성공하였다고 보고했다.

"베르사 대륙의 정의를 지키기 위해서이기도 했고, 또 조각술의 발전이 이 어깨에 달려 있다고 생각하니 몸이 힘든 줄 몰랐습니다."

착한 척과 애썼다고 하소연하며 본능적인 친밀도를 얻는 것은 필수.

무엇이든 가르는 빛의 검 퀘스트 완료

이미 조각술로 대륙에서 높은 평가를 받고 있는 거장 조각사 위드는 검에 있어서도 천재라는 점을 입증하였다. 광휘의 검술. 그가 가진 검술은 대륙을 여행하고 악인들을 처치하기에 충분한 수준이 되었다.

명성이 850 올랐습니다.

레벨이 올랐습니다.

힘이 6 상승하였습니다.

민첩이 5 상승하였습니다.

거친 폭풍을 극복하고 검술 수련에 성공하였습니다.
전 스탯이 3씩 늘어납니다.

로디움에 있는 노인의 눈빛도 달라졌다.

처음에는 그저 일반 유저를 보는 것과 그리 다르지 않았다면, 지금은 대단한 천재 조각사를 만나는 듯한 경건한 태도를 보였다.

"수고가 많았구려. 굉장한 일이오. 이 정도의 어려움은 찬란한 아름다움을 표현하려는 조각사에게는 불가능하지 않았던 것일까. 그러면 다른 한 가지의 조각품은……."

"아직 만드는 중입니다."

"믿고 기다리고 있겠소. 이번 일까지 성공적으로 마치면 아주 크고 중요한 일을 맡길 수도 있을 것 같구려. 대륙의 조각술을 위하여 계속 노력해 주시오."

"물론입니다."

위드는 조각품을 잘 만들고, 또 지금끼지처럼 수련노 살할 자신이 있었다. 폭풍에서의 수련도 그리 힘든 줄 몰랐다.

상상력의 원천, 힘이 들 때에도 피로를 잊게 해 주는 것은 돈!

위드는 누렁이를 데리고 북부로 돌아와서 다시 자연의 조각품을 이어서 만들었다.

"크고 거창하게만 생각할 것 없어. 하늘과 땅 그리고 꽃들까지 포함하여 몽땅 깎아 버린다고 생각하면 돼."

자연 조각술로 구름들을 만들고 강물에는 물의 조각품들을 표현하였다.

시간은 오래 걸리는 작업이었지만, 사실 처음과 비교하여 크게 달라진 것은 아니었다.

그러나 넓은 대지를 조각한다는 것이 쉬운 일만은 아닌 것.

"이것만으로는 여러모로 부족한데… 그리고 진정한 자연 조각술은, 지나친 개입이 있으면 안 돼."

자연은 그대로 두었을 때도 아름답다.

퀘스트의 목표가 자연을 이룩해 놓고 세월이 지났을 때의 아름다움이었다.

위드가 만들고 있는 현재의 모습이 아니라 긴 시간이 지나고 난 이후에도 아름다울 수 있어야 하기에 더더욱 어렵다.

"자연의 아름다움이라면 역시 생동감이겠지."

무궁무진한 생명력의 원천, 그리고 살아 있는 멋진 풍경은 머릿속의 복잡한 생각이나 걱정거리까지 저절로 날려 버리게 한다.

"이곳에 만들어야 되는 것은…….'

위드는 자연 조각술의 주제를 확실하게 결정했다.

해가 저물어 가는 모습이나 오로라 같은 것도 물론 아름다웠다. 어떤 때의 황혼은 평생 동안 잊지 못할 기억이 되기도 하는 것이다.

하지만 자연 그 자체의 생명력을 느끼기에는 모자란 부분이 있다.

"여기에는 내가 한 번쯤은 꼭 보고 싶었던 그런 자연을 만들어 보도록 해야지."

조각사로서 상상만 하고 있을 필요는 없다.

머릿속에 드는 생각을, 아침에 일어나면 금세 잊어버리는 꿈처럼 놔두지 않고 표현할 수 있는 직업!

조각사 스킬들의 상당수는 그러한 목적에서 가지고 있는 것이 아니던가.

"자연이라……."

위드는 자기 자신을 인간이라고 생각하지 않기로 했다.

얼마 전에 퀘스트를 진행하면서 체험했던 벌새나, 껑충껑충 뛰어다니는 캥거루, 배회하는 늑대라고 여겨 보기로 했다.

조각 변신술은 단지 그 종족으로 몸을 바꿀 수 있는 것만이 아니라 종족의 관점에서 세상을 바라보게 해 준다.

인간은 자신들의 편함에 맞춰서 모든 것을 바꾸려고 하지만, 동물들은 자연에 적응하면서 살아갈 뿐이다.

"내가 여기에 살아가려고 한다면……."

도롱뇽의 관점에서는 늪지가 있으면 좋다.

이곳에는 강들이 교차하고 있지만 물살이 빠르고 강가의 지대가 높았다.

비기 많이 오더라도 홍수로 범람이 되지 않을 테니 인간의 관점에서는 개간을 통해 농사를 짓기에 적합한 장소다.

지금은 이 넓은 땅에 잡초들만 무성하게 자랄 뿐 동물들도 잘 오지 않았다.

"여길 늪지를 만들려면 땅 사이로 얕은 강들이 흐르고 습해야 해."

위드는 작업에 돌입했다.

"대재앙의 자연 조각술!"

재앙도 자연의 일부인 법.

쿠그그그그그긍!

대도시로, 곡창지대로 요긴하게 쓸 수 있는 땅을 가라앉고 갈라지게 했다.

어마어마하게 넓은 땅을 부숴 버리는 대재앙!

"크흐흑, 아까운 내 땅이여."

땅을 좋아하는 위드에게 있어서는 보고만 있어도 괴로운 작업이었다.

미래의 곡창지대가 될 수도 있었던 지역에 균열이 발생하며 연못이 생기고 얕은 강들이 흐르기 시작하였다. 당장 이것만으로 큰 변화라고 할 수는 없고, 오히려 평화롭고 아름답던 이곳의 풍경을 망가뜨려 놓은 것만 같았다.

"시간이 해결해 줘야겠지. 시간은 망가진 자연을 치유해 주는 역할도 하니까. 일을 진행하다 보면 변수가 많을 테니 내가 세세한 부분까지 완벽하게 장악해서 관리할 수는 없어."

감각에 의존하는 수밖에는 없다.

단지 위드의 자산이 있다면 그동안 많은 여행을 해 봤고, 동물들의 관점에서도 이곳을 본다는 점이다.

"늪지가 있으면 많은 동식물들이 살아갈 수 있을 거야. 갈대밭도 저절로 형성될 테고……. 그리고 조금 떨어진 곳에는 울창한 숲이 있는 것도 좋지 않을까."

위드는 그런 곳에는 누렁이를 시켜서 땅을 갈고 나무의 씨와 열매를 뿌려 놓았다.

다만 과거와는 다르게 누렁이가 먹고 싶어 하는 여물들은 특별히 구해서 잘 삶아 주었고, 머리도 쓰다듬어 주었다. 평소에는 일어나서는 안 되는 다정한 행동이었는데, 이유에 대해서는 따로 말하지 않았다.

"음머어어어, 이 씨앗은 엘프의 숲에 있는 식인넝쿨이 아닌가, 주인?"

"몰라. 어떻게든 되겠지. 일단 심어 놔."

"요건 높이가 70미터 이상 자라는 거대 엘프목인데… 음머어어어."

"그냥 땅에 부어 버려!"

생존력이 강한 나무들은 뿌리를 내리고 잘 자랄 수 있을 것이다.

"동물들이 살아가고, 비가 내리고 바람이 분다면 나머지는 저절로 이루어지겠지."

위드가 점찍어 놓은 지역은 그렇게 하고도 많은 땅이 남아돌았다.

제대로 곡창지대로 조성했더라면 모라나 이상으로 농업을 활성화시킬 수 있는 훌륭한 지역이었다. 현재는 농부들이 이곳까지 진출을 하지 못하였고, 근처에 배회하는 몬스터 떼가 장애일 뿐이다.

이런 노른자위 땅에 생태 습지와 숲이나 만들고 있자니 참지 못하고 탄식이 흘러나왔다.

"만약 여기서 내가 더 싫어할 만한 게 있다면 무엇일까?"

이번에는 땅주인의 관점!

"정말 있어서는 안 될 것이라면……."

만년설, 원시림, 사막의 흐르는 모래, 빙하.

웬만한 곳에는 다 사람들이 살 수는 있다. 하지만 이런 것들이 존재한다면 사람이 거주하기는 무리이며, 땅값도 절대로 오르지 않을 것이다.

"그래도 일부러 조각하기에는 문제가 있어."

주변의 환경과 너무도 어울리지 않는다.

생태 습지 옆에 사막이나 녹지 않는 눈이라면, 아름다울지는 모르나 너무도 뜬금없는 일.

자연은 어우러지며 조화가 이루어져 한다.

"이런 극단적인 경우는 아니더라도… 집주인이 싫어하는 건 많으니까."

지반침하가 이루어지면서 강물이 이리저리 흘러가는 곳에 바위들을 놔두기로 했다.

"흙꾼아!"

"불렀는가."

땅에서 일어나는 흙꾼들.

위드가 탄생시켰을 때만 하더라도 완전한 힘을 갖추지 못한 미성숙아들이었지만 정령술사들의 부름을 자주 받다 보니 정령으로서의 능력이 보강되었다.

대지와 관련된 마법을 원숙한 수준으로 사용할 줄 알며 느릿

느릿하던 동작들이 다소 빨라졌다. 굽은 허리도 꼿꼿하게 펴지기는 했지만, 나이 든 외모는 바뀌지 않았다.

"여기에 돌을 놔두어야겠다."

"어느 정도의 크기에 몇 개나 원하는가."

"크면 클수록 좋겠지. 개수로는 한 3만 개 정도? 그리고 색상은 갈색이나 붉은색이었으면 좋겠어."

위드 본인이 노가다의 달인이다 보니 정령들에게도 아무렇지도 않게 막중한 업무를 지시했다.

"알겠다, 주인."

정령들의 장점은 고분고분하다는 것.

흙꾼이들이 작업을 위해 60여 명이나 소환되어서 땅을 뒤집어 놓았다.

땅속 깊숙한 곳에 파묻혀 있는 돌을 지상으로 끌고 나오고, 아주 멀리 떨어진 곳의 바위를 마법으로 옮겨 왔다.

흙꾼이들이 사용하는 마나의 원천은 소환자와 자연에서 빌려 오게 된다.

위드의 마나도 썰물처럼 빠져나가고 있었다.

그나마 위드와 흙꾼이들의 상성이 매우 잘 맞기 때문에 마나를 적게 잡아먹었다.

미래의 늪지와 숲의 중간마다 치솟는 바위들.

"이 정도 크기면 되겠는가?"

흙꾼이는 곳곳에 바위들을 가져다 놓고 있었지만 위드의 마음에는 차지 않았다.

이곳의 면적을 고려한다면 고작해야 조약돌 정도의 크기로

밖에는 여겨지지 않는다.

무릇 조경이라고 하면 감탄이 나와야 하는 법!

"아니야. 훨씬 더 크게. 아예 통째로 암석으로 된 산을 만들어 버려. 가능할까?"

"너무 큰 돌은 우리의 능력으로 가져올 수 없다."

"그렇겠지."

바위들을 가져와 설치하는 데 소모되는 마나의 양이 엄청날 정도였다.

"하지만 모래로 된 바위는 가능하다."

"당장 가져와."

사막지대에 주로 형성되는 붉은 사암!

흙꾼이들은 끊임없이 일하면서 이 지역에 붉은 사암층을 높게 형성시켰다.

그러는 사이에 위드는 조각품을 깎았다.

"이왕 한 거 제대로 끝맺음을 해야지. 자연 조각술!"

늪지 예정지에는 아직 얕은 물만 흐르고 있었다. 자연 조각술로 물을 빚어서 안개를 만들어 내고, 막혀 있는 물길도 터 주었다.

"다시는 여기에 농사를 짓지 못하겠군."

조각술의 효과에 따라 점차 번져 나가는 안개!

음머어어어어어.

누렁이는 꼬리를 살랑살랑 흔들며 좋다고 울었다.

"이걸로도 모자랄 것 같은데……."

위드는 조각품으로서는 썩 만족스럽지 않았다. 하지만 이곳의 지형을 완전히 바꾸어 놓았으니 나머지는 시간에 맡기는 수밖에는 없다.

"기본적인 부분은 손을 봤으니 페어리들을 슬슬 불러내야지. 잘되어야 할 텐데."

퀘스트에 필요한 페어리들을 꾀어내기 위한 방법으로 그들이 좋아하는 꿀을 가지고 요리를 했다.

꿀갈비와 꿀삼겹살!

사람이 먹으려면 이상한 맛이지만 고기와 꿀을 좋아하는 페어리들에게는 제격이었다.

"아깝지만 이것도 한 병 따야겠어."

위드는 잘 숙성된 위스키에도 꿀을 탔다.

이른바 꿀소주!

페어리들은 기본적으로 악인들의 앞에는 나타나지 않는다. 어지간해서는 보기도 힘든 무리였다.

하지만 그들의 마음에 한번 들고 나면, 장난을 치기 위해서라도 시시때때로 찾아오곤 했다.

"킁킁, 이게 무슨 냄새지?"

위드의 어깨에 벌써 페어리가 1마리 앉아 있었다. 머리카락 사이에서 놀다가 잠들었던 페어리가 냄새를 맡고 빠져나온 것이다.

페어리는 파리보다 작은 크기였다.

대체로 페어리들의 몸집이 이렇게 작기는 하지만 조금 큰 것은 손가락만 한 녀석도 있다. 손톱처럼 작은데도 눈, 코, 입이 다 있으며 투명한 날개까지 파닥이는 걸 자세히 보면 신기하기 짝이 없다.

"꼴깍. 나 줄 거야?"

"친구들 불러오면."

"혼자 먹을 건데."

"안 준다."

"데려올게!"

"가능한 한 많이 불러와."

페어리는 공간의 틈새를 열고 사라지더니 10초도 되지 않아서 다시 나타났다. 친구들을 몽땅 끌고 온 것이다.

"어떻게 이런 황홀한 냄새가 날 수 있지?"

"우리가 먹어도 된다고 했어."

페어리들은 위드가 마련해 놓은 음식들에 달라붙었다.

고급 요리 스킬로 만든 음식들을 마구 먹어 치우는 페어리들이었다.

"생선은 없어? 나 생선 좋아해."

이곳이 식당인 줄 알고 주문을 하는 페어리도 있었다.

위드는 꿀을 바른 멸치볶음을 만들어서 그릇에 담아 줬다.

"와, 바다에 사는 생선이다."

"달고 고소해."

페어리들은 멸치를 1마리씩 들고 와삭와삭 깨물어 먹었다.

배를 빵빵하게 채우고 나서 장난꾸러기 요정들은 주변에도 관심을 가졌다.

"여긴 어디지?"

"저번에 왔을 때와 달라졌어."

"이상하게 바뀌었네."

"우리가 놀 곳은?"

"복잡해져서 더 신나!"

요정들은 물가에서 헤엄을 치고, 사암 위로 날아다니면서 술래잡기도 했다.

> 요정들의 놀이터가 되었습니다.
> 요정들에 의하여 자연의 힘이 극대화됩니다. 지형이 변화하고 있습니다.

물에 젖은 땅

바람이 사방에서 몰아치듯이 불어왔다.

강물이 출렁거리면서 범람을 했다. 차오른 물이 넘쳐 나면서 대지를 더욱 촉촉하게 젖어 들게 만들었다.

쏴아아아아!

구름이 몰려들며 소나기가 내렸다.

"이제 할 수 있는 건 다 했으니 어떻게 변해 가는지 기다려 봐야지."

위드는 누렁이와 함께 그 비를 맞으며 구경하고 있었다.

〈로열 로드〉에서는 비를 맞으면서 상쾌하게 뛰어다니는 것도 아주 재미가 있었다. 평원에서 내리는 비에 흠뻑 젖어 가면서 사냥터로 이동하는 파티들을 언제나 흔하게 볼 수 있다.

비가 내리는 날에는 선술집과 식당도 붐비지만 성문 근처에서 사냥하는 초보들만큼은 쉬지 않는다.

비를 맞으며 도시의 광장과 시장에서 장사를 하는 사람들,

대화를 나누는 이들, 분수대와 위대한 건축물들 주변에 앉아 있는 사람들에게도 나름의 낭만이 있었다.

"재밌다, 재밌어."

"그만 돌아갈까?"

"아니야. 계속 여기서 놀자. 맛있는 것도 먹고 말이야."

페어리들이 놀면서 물풀, 개구리밥처럼 늪지에서 자라는 수백 종의 다양한 식물들이 퍼지며 무성하게 자라났다.

수분을 많이 먹고 자라는 나무들도 물 근처에 뿌리를 내리면서 기우뚱하니 특색 있게 성장했다. 주름 많은 나무들끼리 엉키면서 그늘을 길게 드리웠다.

정령들이 놀면서 건조하고 단단하던 땅이 무르게 변화해 가고, 잔잔하던 물가에 수중 생물들이 등장하여 헤엄을 쳤다. 갈대밭이 생겨나고 이름 모를 꽃들도 늪지에 옹기종기 모여서 피어났다.

무성하게 자라난 나무들은 곧 잎들이 붉은색으로, 누렇게 변하면서 땅으로 떨어졌다.

그리고 하늘에서는 눈송이들이 내리기 시작했다.

"여기는 벌써 겨울이 왔군."

눈이 땅으로 떨어질 무렵에는 땅에서 새싹들이 돋아났다.

뜨거운 햇빛이 비치고, 다시 단풍이 우거지고 눈이 내렸다.

나중에는 소나기와 눈, 햇빛, 단풍까지 뒤섞여서 엉망진창!

페어리들이 있으면 곧잘 비정상적인 일이 벌어지게 된다.

제대로 자연 늪지가 형성이 되려면 긴 세월을 필요로 하지만, 페어리들의 능력에 의하여 마법처럼 그 기간이 단축되고 있었다.

계절의 변화가 적어도 200년에 달하도록 흘러갔다. 어느새 늪지에는 헤아리기 어려울 정도로 많은 생명과 식물들이 살아 갔다.

음머어어어어.

위드와 누렁이가 서 있는 바위 주변에도 허리까지 빠져 버릴 정도로 깊은 늪이 형성되었다. 늪에 피어 있는 꽃들의 모습이 예쁘기도 했다.

"자연의 생명력이 드러나는, 그럭저럭 괜찮은 작품이 된 것 같기도 하군."

넓은 땅이 몽땅 늪으로 변했지만 동식물들이 살아가는 것들을 보면 나쁘지 않았다.

이름도 모를 수많은 작은 생명체들이 잎사귀에 앉아 있다가 물에 뛰어들어 헤엄을 친다.

늪에서도 조금 큰 물줄기에는 생선들까지 팔딱팔딱 뛰어놀았다.

하늘에서는 맑은 울음소리와 함께 새들이 찾아와서 늪지 주변을 날아다녔다. 늪지가 형성되면서 주변의 새들이 모여드는 것이다.

그리고 주변 지역 전체의 땅이 뒤흔들렸다.

위드가 흙꾼들을 동원하여 형성해 놓은 조경용 사암층들이 마구 솟구치고 있었다.

사암층이 웅장하게 사방으로 뻗어 나가면서 일대의 지형을 송두리째 바꾸어 놓는 것이다.

늪지의 경계 너머에는 제법 경사가 있는 언덕들이 있었다.

위드가 나중에 포도 농사라도 하면 괜찮겠다고 점찍어 놓은 곳들.

강과 늪지를 병풍처럼 두른, 계단식 사암 산악 지대가 형성되고야 말았다.

사암 산악 지대에서도 물이 흐르면서 꽃과 풀이 자랐다.

계곡처럼, 맑은 물이 높은 곳에서 떨어지며 웅덩이도 생성되었다.

"여긴 완벽하게 쓸모없는 땅이 되었군."

아직 아르펜 왕국의 땅이 아니었음에도 불구하고 위드는 너무나도 아까웠다.

사암에 올라서 주변을 바라보면 정말 예술과도 같은 경치였지만, 문제는 세금을 거둘 수 없지 않은가.

페어리들로 인한 변화는 그 후로도 계속되었다.

악어와 같은 동물도 살게 되었고, 수중 생물과 곤충, 새 들이 돌아다녔다.

늪지에 피어 있는 꽃들을 찾아서 노란 나비가 날아다니는 모습은 또 얼마나 아름다운지.

바람이 불면서 나뭇잎을 흔들어 소리를 내고, 새들과 동물이 울었다.

자연이 내는 음악이 이 땅에서 계속 흘러나왔다.

> 만든 조각품의 이름을 정해 주십시오.

"이건… 절망과 통곡 그리고 후회로 가득 찬 땅이라고 해야 될까."

〈절망과 통곡 그리고 후회로 가득 찬 땅〉이 맞습니까?

이렇게 이름을 지으려니 너무나도 속이 보이는 것 같았다.

'조금은… 너무 단순하지 않고 시적인 표현을 하는 것도 괜찮겠지.'

자연 조각품의 이름을 바꾸기로 했다.

"아니야. 벌써 저질러 버린 이상은 어쩔 수가 없겠지. 이름은 '물에 젖은 땅'으로 하겠다."

〈물에 젖은 땅〉이 맞습니까?

"맞아."

띠링!

자연의 대작! 〈물에 젖은 땅〉을 완성하였습니다.

세기의 조각사가 자연을 조각한 작품! 생명의 보고인 늪과 샘, 사암지대를 조각하였습니다. 자연의 힘을 이용할 줄 아는 조각사만이 해낼 수 있는 일로, 이곳에는 희귀한 엘프들의 나무들과 까다로운 요정들의 풀이 자라고 있습니다. 살아가는 동식물의 개체 수와 규모 면에서 대륙에 손꼽힐 만한 장소입니다. 이곳은 조각사가 자연으로 돌려주는 소중한 선물이 될 것입니다.

예술적 가치: 8,142

옵션: 〈물에 젖은 땅〉에서 새로운 동식물 종이 탄생할 수 있다. 생명의 원천으로, 방문하는 이들의 생명력과 마나를 일주일간 50% 늘려 준다. 전 스탯 19 상승. 전염병과 독에 대한 내성 영구적으로 1% 증가. 주변 일대 동물들의 성장 속도를 높인다. 광범위한 주변 지역의 자연을 맑게 정화한다.

지금까지 완성한 자연 대작의 숫자: 1

조각술 스킬의 숙련도가 향상되었습니다.

손재주 스킬의 숙련도가 향상되었습니다.

명성이 4,093 올랐습니다.

예술 스탯이 19 상승하였습니다.

지혜가 7 상승하였습니다.

지력이 9 상승하였습니다.

용기가 3 상승하였습니다.

생명이 숨 쉬는 원천을 조각하여, 자연과의 친화력이 49 오릅니다.

대작 조각품을 만든 대가로 전 스탯이 3씩 추가로 상승합니다.

요정들과 엘프들과의 관계가 더욱 우호적으로 비깁니다.

대작을 완성할 때마다 조각사로서 느끼는 기쁨과 충만감은 이루 말할 수가 없다.

지금이야 위드가 쌓아 놓은 스탯이 워낙 많지만, 예전에는 조각품을 성공적으로 만들 때마다 얻는 1~2개씩의 스탯들로 전투가 다르게 느껴졌을 지경이다.

"땅을 바치고 조각품을 얻다니……."

그럼에도 위드는 무언가 아쉽고 손해 보는 느낌이었다.

※ ※

"페어리들의 도움으로, 긴 세월로 다듬어지는 조각품을 대륙의 북부에 만들고 왔습니다."

"성공하셨구려. 어떤 일이든 해내는 것을 보니 불가능을 모르는 조각사 같소이다."

"예술을 위한 조각사의 손에서는 어떤 기적이라도 이루어질 수 있는 법이지요. 저는 오로지 순수하게 예술만을 생각하였고, 자연 생태계를 생각하였을 뿐입니다."

위드는 로디움으로 와서 퀘스트를 보고했다.

띠링!

긴 세월로 다듬어지는 조각술 퀘스트 완료
거장 조각사 위드는 다방면에서 천재성을 드러내고 있다. 그의 작품은 특별한 가치를 지니며 정의를 수호하는 역할을 하며, 때론 한 지역을 대표하기도 한다.

조각술 스킬의 숙련도가 향상되었습니다.

대륙의 조각사 길드에서의 평가치가 향상됩니다.

"후후."

위드의 입가에 가벼운 미소가 맺혔다.

'이번에도 성공했으니 이런 식으로 간다면 조각술 최후의 비기도 익혀서 정말 떼돈을 벌어들이게 되겠어. 매일 들어오는 돈을 세다가 하루가 지나 버리고, 돈을 어떻게 써야 할지 고민하느라 스트레스를 받고……!'

숨 막힐 듯한 기쁨!

"우헤헥헤헤헷."

썩은 미소가 주체할 수 없을 정도로 지어지려고 해서 숨이 잘 안 쉬어졌다.

노인이 환하게 미소를 지었다.

"이 정도의 실력을 갖고 있으니 말을 해도 되겠군. 지금까지의 부탁들은 자격을 시험해 보는 정도에 지나지 않았지. 베르사 대륙의 역사에 대해서 잘 알고 계시오?"

"약간…은 압니다."

"그렇다면 대륙의 8대 미궁 중에서 수많은 모험가들을 잡아먹었다고 알려진……."

"미친 악마가 산다는 로드릭 미궁 말씀이십니까?"

"정확히 알고 있었구려. 과연 거장 조각사답게 대륙의 역사에 대해서도 모르는 것이 없소."

위드는 확실히 알고 있을 수밖에 없었다.

'대륙 8대 미궁. 이런 곳에는 절대 가지 말아야지.'

위험한 것도 어느 정도여야 하지 않겠는가.

〈로열 로드〉가 열리고 난 초창기부터 대륙 8대 미궁은 유명했다.

주민들과 거리의 행인들조차도 8대 미궁에 대해서는 고개를
저었다.

그와 관련된 의뢰도 잘 나오지 않았다.

"내 아들이 로드릭의 미궁으로 들어갔다고 하는데… 아들은
노튼 왕국의 왕실 기사라오. 그날 이후로 못 봤지."

유저가 물었다.

"아들을 찾지 않으실 겁니까?"

"휴우, 어쩌겠소. 그 녀석의 수명이 거기까지라고 생각을 해
야겠지. 뭐, 그냥 포기했소."

주민들조차 8대 미궁과 관련된 것들에 대해서는 체념을 해
버리는 것이다.

그렇다고 어디 유저들의 호기심이 굴복할 수 있겠는가.

"가 보시죠. 우리 정도의 파티라면 대륙에서도 흔치 않을 겁
니다."

〈로열 로드〉가 열리고 나서 그렇게 많은 시간이 지나지 않았
을 무렵, 레벨 200대의 유명한 파티가 로드릭 미궁에 들어간
적이 있다.

사실 그 정도의 레벨로는 보통보다 조금 더 위험한 던전에
가기도 버거웠다.

하지만 모든 것이 도전이고 모험이었던 시기라서, 가장 높은 난이도의 던전에서 이름을 날리고 싶은 욕심을 이기지 못했다. 저마다 어느 정도의 능력도 있고, 자신감도 가진 상태였다.

그리고 결과는 몰살!

—실패네요. 지하 1층의 입구 부근에서 전부 죽었습니다.

시간이 지나고 유저들의 수준이 오르면서 도전하는 파티는 계속 나왔다.

레벨 300대, 400대의 파티들도 모조리 죽었다.

무서운 것은, 미궁의 특성상 들어가게 되면 입구가 막혀 버리게 되어서 단 1명도 살아 나오지 못했다.

노인은 그런 8대 미궁 중에서도 유별나게 함정이 많고 몬스터들의 수준도 극악하기로 유명한 로드릭 미궁에 대하여 말을 꺼낸 것이다.

더군다나 로드릭 미궁은 얼마 전에 중견 길드 아이언모닝스타에서 도전을 한 적도 있었다.

자그마치 600명이나 되는 대인원이 들어가더니 어김없이 몰살이었다!

성과 도시를 지배하고 있는, 상당히 알려진 아이언모닝스타는 도전이 실패로 끝나면서 자중지란까지 일어났다고 한다.

"로드릭 미궁이라면 저에게는 너무나 어려운 장소인 것 같습니다."

"아니오. 지금까지 맡았던 일들을 완벽하게 해낸 것으로 봐서 이번 일도 확실히 해 줄 것으로 믿소."

"대마법사 로드릭은 특이한 사람이었다오. 여러 종류의 물건들을 모으는 취미를 가졌고, 예술품도 아주 좋아했지."

위드는 아무래도 너무 무리라고 생각되었지만 로드릭 미궁과 관련된 귀중한 정보, 배경 설명에 대해서는 빠뜨리지 않고 듣고 있었다.

"로드릭은 마법사답게 탐구욕이 무척 강했소. 그는 새로운 마법을 개발하기도 하였고, 여러 가지의 마법을 조합하여 쓸 줄도 아는 천재였지. 찬란한 아름다움을 표현하는 조각사들의 연구에도 관심을 갖고 참여하였지."

노인은 그리고 길게 설명을 했다.

로드릭은 조각사들과 술을 마시면서 그들의 고민거리를 들었다.

그날 이후로 찬란한 아름다움을 표현하는 방법에 대한 연구를 하면서 상당한 진척을 이루어 냈다.

물론 그 내용은 쓸데없이 비밀을 잘 지켜서, 참여한 조각사들과 로드릭만이 알고 있었다고 한다.

"조각사들이 찬란한 아름다움을 표현하는 법을 연구하고 나서 그렇게 아주 긴 시간이 흘렀다오. 이제는 그 연구에 대해서 정확히 아는 사람도 남아 있지 않지. 로드릭은 호기심이 무척 왕성하였는데 그가 소환술에 손을 뻗친 건… 매우 불행한 일이었다오."

원래 모든 일들이 비슷했다.

조금 잘나간다고 거만해지거나 자만심을 갖게 되면 몰락의 길을 걷게 된다.

'200원 더 비싼 소금을 사는 것처럼 최악의 선택을 했군.'

노인은 깊은 한숨을 쉬었다.

"악마를 소환하여 그 힘을 연구하고자 하였으나 싸움이 벌어지고 말았지."

"아, 악마요······."

"이길 수 없다는 것을 깨달은 로드릭은 자신이 마법을 연구하던 던전을 외부로부터 폐쇄하였다오. 들어올 수는 있어도 나갈 수는 없도록······."

위드의 눈앞에 영상이 흘렀다.

늙은 마법사와 악마의 다툼.

마법사가 스태프를 든 채로 주문을 외울 때마다 어마어마한 마법이 작렬했다.

악마가 얼어붙고, 지옥의 불처럼 타올랐다.

몸이 새까만 악마는 긴 꼬리를 가졌으며 날개를 가지고 있어서 날 수도 있었다. 고위 마법의 끔찍한 공격을 당하면서도 큰 상처는 입지 않았다.

대마법사 로드릭에게는 그를 지켜 주는 많은 가디언과 인간 기사도 있었다.

전투가 벌어지면서 그들이 차례차례 죽음을 맞이하고, 새끼 악마들이 열린 흑색 공간에서 하나씩 튀어나왔다.

점점 승세가 기울자, 결국 로드릭은 던전에 설치되어 있는 방어 마법을 작동시켰다.

"위대한 마나의 힘으로 이곳은 일그러진 공간으로 재배열될 것이며 자신에게 두려운 환영이 시작되리라. 악마 몬투스, 너 역시 인간들이 사는 세상으로는 영원히 나가지 못할 것이며, 지옥으로도 돌아가지 못하리라."

"안 된다. 쿠에에엑!"

악마에 의하여 로드릭은 목숨을 잃었다.

그리고 던전에는 공간을 왜곡하는 마법이 펼쳐지게 되었다.

길을 똑바로 걷다 보면 자꾸만 엉뚱한 곳으로 가게 된다. 수없이 많은 갈림길이 나타나서 앞으로 걷다 보면 옆의 방에 도착하기도 하고, 갑자기 지하 2층으로 내려가게도 된다.

던전의 어딘가에는 밖으로 나가는 문이 분명히 있을 테지만 그곳을 찾은 이는 누구도 없다.

미궁의 안으로 들어가면 길을 찾지 못하고 악마병들과 발동된 함정에 의해 죽기 마련이다.

그날부터 들어가면 길을 찾을 수 없는 미궁이 되어 버린 것이다.

로드릭 미궁은 독특한 점이, 마법 연구를 하던 던전이라고는 믿을 수 없을 정도로 거대하고 화려했다. 원래는 지상에 지어져 있던 몰락한 국가의 왕궁을 로드릭이 마법으로 지하로 옮겨 놓았던 것이다.

위드는 아이언모닝스타 길드가 미궁에 들어가서 싸우는 방송을 봤던 기억을 떠올렸다.

'악마병들과 전투를 하는 영상이 굉장히 아름답기는 했지. 시청률도 꽤 많이 나왔고.'

정확히 말하면 멋진 배경을 바탕으로 악마병들에 의하여 아이언모닝스타 길드가 단체로 죽어 나가던 장면이 일품이었다.

게다가 로드릭이 불러 놓은 환영!

미궁 내에는 온갖 종류의 몬스터들이 돌아다니는데, 자신들이 진짜인 줄 알며 싸움을 걸기도 했다.

그들의 존재가 심각한 이유는 환영에게라도 맞으면 생명력이 똑같이 줄어든다는 점.

게다가 막상 사냥에 성공하더라도 신기루처럼 사라져 버리게 되니, 이들도 엄청난 골칫덩이다.

'아이템을 안 주다니… 정말 최악의 몬스터라고 할 수 있어.'

로드릭이 연구하던 변종 몬스터들도 풀려나와서 돌아다니는데, 특별한 능력들을 하나씩은 갖고 있었으며 보호 마법까지 충실히 걸려 있다.

막막함과 절망 그리고 죽음의 미궁 그 자체!

영상을 통해서지만 로드릭 미궁을 봤던 느낌은 그것만으로도 충분했다.

정말 가장 큰 문제는, 들어가더라도 누구도 찾아내지 못한 출구를 알아내거나 미궁을 정복하지 않는 이상 바깥으로 나올 수가 없다는 것이었다.

위드가 그곳에서 죽으면 레벨과 숙련도 하락 그리고 최후의 비기를 얻는 퀘스트는 실패해 버리고 끝이 난다.

조각 생명체들까지 데려간다면 그것은 완벽한 몰살을 의미했다.

미궁으로 다시 들어가서 생명을 부여하여 되살릴 수는 있겠지만 빠져나오지 못하는 이상 끝이었다. 위드가 데리고 있는 조각 생명체들을 영구히 잃어버릴 수 있었다.

위드가 인상을 찌푸렸다.

"마법사 로드릭이 가지고 있었던 연구 기록들이 찬란한 아름다움의 표현법을 위해서는 반드시 필요하겠지요?"

"잘 알고 있구려. 조각사들이 무엇을 추구했는지 알기 위해서는 기록을 살펴봐야 한다오. 그리고 한 가지 명심해야 할 것은, 너무 늦으면 안 된다오. 다른 사람이 먼저 그 연구 기록들을 입수해도 안 되고, 악마들의 손에 들어가게 된다면 놈들은 기록을 가지고 미궁을 벗어날 수도 있을 것이니."

띠링!

로드릭 미궁

미궁에는 하급 악마 몬투스와 그의 부하들이 갇혀 있다. 그들은 호시탐탐 세상으로 나오려고 하고 있기에 미궁 안으로 들어가면 싸움은 피할 수 없다.
최초로 로드릭의 연구 기록을 읽어야만 다음의 퀘스트로 이어지게 될 것이다.
난이도: 조각술 최후의 비기 퀘스트.
제한: 사망 시 퀘스트 실패. 최초로 로드릭 미궁을 정복해야 한다.

"조각사들이 그토록 바라던 염원을 제 손에서 반드시 이루어 내도록……."

위드의 말이 채 끝나기도 전이었다.

"위험한 일인데, 잘 다녀오시구려."

퀘스트가 부여되었습니다.

"……."

뜸 들이면서 받는 여유조차도 주지 않고 퀘스트 부여 완료!

위드는 로디움의 거리로 나와서 생각에 잠겼다.

'이번 의뢰가 어려울 거라고 어느 정도까지는 예상을 했던 일이야.'

연계 퀘스트의 흐름상 지금까지 조각술 최후의 비기를 얻기 위하여 여행도 했고, 대재앙도 일으켜 보고, 광휘의 검술로 단련도 되었다.

'괜히 강해지라고 하진 않았던 거지.'

지금까지는 그래도 퀘스트들이 그럭저럭 할 만은 했다.

대재앙을 일으키는 퀘스트가 위험했다고는 해도 정신을 똑바로 차리면 살 확률이 높다. 더군다나 먼저 작정하고 종류까지 선택하여 일으키는 재앙이니 충분한 준비도 할 수 있지 않던가.

벌새의 여행이야 관광과 머리를 식히는 용도였고, 광휘의 검술도 노력으로 극복할 수 있었다.

위드는 일주일을 남겨 놓고 광휘의 검술 레벨을 목표치까지 다 올렸지만, 그건 정해진 날짜까지 충분히 달성할 수가 있기에 여유를 가졌기 때문.

화장실 가는 횟수까지 줄일 정도로 악착같이 했다면 그보다 며칠은 더 단축할 수가 있었다.

단순 노가다 퀘스트야말로 위드의 주 전공이었지만 로드릭 미궁은 위험부담이 너무 컸다.

'이번에야말로 정말 실패할 확률이 높은, 그리고 모든 것을 잃어버릴 수도 있는 의뢰를 받아들이게 되었군.'

위드의 가슴은 긴장감으로 두근거렸다.

최근에는 정말 어려운 퀘스트가 없이 대충은 해 볼 만했다.

직업 마스터 퀘스트도 조각술의 비기들을 다 갖추고 있어서 흐름을 쉽게 따라갈 수가 있었다.

'대부분 시작하기 전부터 성공할 거라고 예상하고 있었지. 그리고 실패하더라도 다시 시도할 수 있어서 여유도 많았고.'

〈마법의 대륙〉 시절부터 전설이 되었던 위드.

불가능하다고 여겨졌던 모험들을 기적처럼 이루어 냈기 때문이다.

조각술 최후의 퀘스트는 조각술의 비기를 몽땅 갖고 있다는 것을 기준으로 하기 때문에 난이도가 터무니없이 높을 수밖에 없다.

위드는 여러 가지 방향으로 깊이 생각을 해 보고 나서 고개를 끄덕였다.

"이번 퀘스트는 제대로 준비하지 않는다면 진짜 실패하겠군. 시간을 미뤄 두고 오래 끌 수도 없겠지."

다른 유저들도 당분간은 로드릭 미궁을 정복하진 못한다. 절대 죽는 곳으로 알려진 다른 미궁들 중에도 어느 곳 하나 모험가의 발길을 허락한 곳이 없었다.

그렇지만 누구든 로드릭 미궁을 정복한다면 조각술 최후의 비기 퀘스트는 없어져 버리게 된다.

"악마 몬투스가 뛰어나오기 전, 그리고 중앙 대륙의 전쟁이 정리가 되어서 북부로 침공이 이루어지기 전에 최후의 비기를 얻어야 돼."

그저 앞으로의 일이 막막할 뿐이었다.

최후의 비기가 대체 어떤 것인지 알기라도 한다면 마음이 편하련만.

고생 끝에 낙이 오지 않고 절망감만 얻게 되면 어떻게 하겠는가.

인생은 뿌린 대로 거둔다는 말도 맞지만 노력한 만큼 꼭 성과가 따라오지도 않았다.

"역시 부잣집 아들만 한 게 없는데."

위드는 일단 소므렌 자유도시에 있는 프레야 교단으로 향했다. 미궁으로는 일단 최대한의 병력을 데려가야 했다.

"우리 파티가 조금만 더 공헌도를 올리면 성기사를 초대할 수 있을 거야."

"그럼 바트랩 미굴에도 갈 수 있는 거야?"

"물론이지. 그러려고 프레야 교단에 와서 계속 퀘스트를 하고 있는 거잖아. 거기서 사냥하면서 우리가 필요한 장비는 다 맞출 수 있을걸."

소므렌 자유도시의 프레야 교단의 총본영은 여전히 유저들

로 북적였다. 브리튼 연합 왕국의 전쟁도 이곳까지는 그다지
피해를 주지 못한 모습이었다.

"대신관님께 안내를 부탁드립니다."

"먼 길을 오셨군요. 바로 모시겠습니다."

입구를 지키는 경비병들과 사제들은 먼지투성이인 위드를
알아보았다.

그리고 바로 대신관이 있는 장소로 안내했다.

성기사들의 집결

"오오, 우리 프레야 교단의 은인이며, 나의 형제여!"

"대신관님을 뵙습니다."

위드는 아르펜 왕국의 국왕인 신분에도 불구하고 거만을 떨지 않고 기사처럼 검을 올려서 예의를 취했다.

부탁할 것이 없었다면 잘 지냈냐고 턱 끝으로만 인사를 끝냈겠지만, 지금은 자기 자신을 낮춰야 할 때였다.

"프레야 교단은 도처에서 창궐하는 엠비뉴 교단과 힘겨운 싸움을 하고 있다네. 그대가 구해 준 헤레인의 잔과 파고의 왕관 덕분에 우리는 엠비뉴 교단과의 싸움에서 밀리지 않을 수가 있었지."

대륙의 정의를 수호하는 모든 교단이 엠비뉴 교단과 싸우고 있다. 왕국의 존립이 위태롭거나 주민들이 많이 사는 마을이 짓밟히려고 할 때에 성기사단이 나타나서 구해 주는 경우도 많았다.

성물을 되찾은 프레야 교단과 루의 교단은 엠비뉴 교단과의 전쟁에서 어마어마한 활약을 하는 중이었다.

위드는 겸손함 외에 때로는 공을 내세우며 잘난 척도 할 줄 알았다.

"맞습니다. 그게 다 제 덕이지요. 그렇지만 대신관님께서 제게 올바른 길을 안내해 주지 않았다면 어찌 그런 일을 해낼 수 있었겠습니까?"

"프레야 교단의 모든 신도들은 그대의 모험에 찬사를 보내며, 악을 물리치고 사람들을 편안하게 하기 위하여 헌신하고 있음을 믿고 있다네. 북부에 사는 주민들에게 큰 빛이 되어 준다는 이야기가 이곳까지 들리고 있어."

"저 역시 아르펜 왕국에서 프레야 여신을 믿고 따르는 이들이 늘어나는 점을 기쁘게 생각합니다."

"북부 대성당의 건축이란 참으로 경이로운 일이었지."

"저 역시도 프레야 교단을 위한 일이라서 행복한 경험이었습니다."

위드는 건축비가 늘어 갈 때마다 아까워했던 기억을 떠올리면서 아부를 했다.

"오늘은 차나 마시면서 천천히 이야기나 하지. 모험을 많이 했다는데, 듣고 싶군."

친밀도와 명성이 높아서 대신관과 편안히 이야기를 할 수 있는 기회를 얻었다. 프레야 교단에서 입수한 정보들을 들을 수도 있었으며, 이곳에 있는 음식들을 공짜로도 먹을 수 있다.

그렇지만 위드는 해야 할 일이 많았기에 노닥거릴 시간이 없었다.

"제가 중요한 일을 해야 해서 프레야 교단에 긴급한 도움을 청합니다."

"어떤 일인가?"

"믿음이 강한 성기사와 신의 축복을 실현할 수 있는 사제들을 보내 주시길 원합니다. 그들과 같이 싸운다면 어떤 역경이라도 이겨 낼 수 있으리라 생각합니다."

위드의 부탁에 대신관은 고개를 끄덕였다.

"프레야 교단에서는 형제나 다름없는 그대를 위하여 기꺼이 검을 뽑고 기도를 할 것이네. 지금 많은 이들이 엠비뉴 교단과 싸우고 있어서 빼낼 수 있는 병력이 많지는 않은데, 몇 명이나 필요로 하는가?"

"현재 동원할 수 있는 전부를 바랍니다."

위드는 아예 프레야 교단의 기둥뿌리를 뽑으려고 직접 찾아왔던 것이다.

"그대가 쌓은 공로라면 가능한 일이지. 그러나 말했듯이 지금은 엠비뉴 교단과의 싸움 때문에… 이곳과 북부 대성당의 인원을 합쳐서 성기사 240명과 사제들 120명 정도는 파견이 가능할 것이네."

"올바른 일을 하기 위한 큰 도움이 될 겁니다."

"하지만 그들이 목숨을 잃는다면 프레야 여신의 진노를 살 수도 있을 거야."

"명심하고 있습니다. 제 몸처럼 아끼겠습니다."

생각했던 것보다는 프레야 교단에서 많은 것을 뜯어내지 못했다. 엠비뉴 교단과의 전쟁은 위드에게도 이런 식으로 피해를 주었다.

그럼에도 성기사들의 레벨은 보통 300대 중반에 이른다.

과거 진혈의 뱀파이어족에게서 구할 때만 하더라도 그보다는 훨씬 낮았지만, 전투를 경험하거나 신에 대한 봉사를 하면서 강해진 것이다.

사제들은 그보다는 조금 떨어져서 310 정도가 평균 레벨이라고 알려져 있다.

성기사보다도 사제들이 공헌도를 쌓아서 데려가는 데 인기가 있는 편이었다. 성기사는 없더라도 사냥을 갈 수 있지만, 던전으로 파티 사냥을 가는데 사제가 1명도 없으면 곤란하였기 때문이다.

'내가 노예처럼 고생하면서 성물도 찾아 주고 신도들도 늘려 주었는데. 대성당도 지어 줬는데…….'

위드는 아쉬워서 물었다.

"더 많은 병력을 보내 줄 수는 없겠습니까?"

"그대의 부탁이니 무리를 한다면 이곳을 지키는 성기사와 사제까지도 포함시켜 줄 수도 있겠지. 성기사 40명과 견습 사제 135명을 더 불러 줄 수는 있을 걸세."

견습 사제는 레벨이 200도 안 되었다.

전투 중에는 사제의 역할이 매우 커서 도움이 되겠지만 그들을 보호하는 것도 일이었다.

사제들이 목숨을 잃게 되면 교단과의 관계도 더욱 많이 악화된다.

'기둥뿌리 하나는 남겨 놓아야겠군. 어차피 성공한다는 보장도 없는 퀘스트이니…….'

위드는 고개를 저었다.

"성기사들은 고맙게 받겠습니다. 앞으로 악착같이 고생을… 아니, 그들과 함께 대륙의 평화를 지키기 위하여 노력을 하겠습니다. 그러나 견습 사제는 필요하지 않습니다."

"엠비뉴 교단과의 전투 때문에 많은 이들을 지원해 주지 못해서 미안하군."

"아닙니다. 이만큼도 대단한 전력입니다."

성기사와 사제 들을 이렇게 많이 끌고 갈 수 있는 것도 위드이기 때문에 가능했다. 엠비뉴 교단과의 전쟁으로 인해 현재는 성기사들을 잘 빌려 주지도 않았던 것이다.

'퀘스트에 실패하고 로드릭 미궁에서 몽땅 다 죽어 버리면 프레야 교단과의 우호 관계도 끝장이 나겠군.'

위드가 깊은 한숨을 내쉬는 사이에, 프레야 교단에서는 도움을 줄 성기사들과 사제들이 모집되었다.

프레야 교단의 문양이 가슴에 새겨져 있는 당당한 성기사들. 그리고 아리따운 여사제들과 잘생긴 남자 사제들!

어쩌면 몽땅 사지로 가게 될지도 모를 일이었다.

위드와 모험을 함께하기 위해 모집된 사제들 중에는 알베론도 있었다.

"무슨 고민거리가 있으신지는 모르겠지만 위드 님이 하시려는 일이라면 프레야 교단과 대륙을 위해서도 꼭 필요한 것이라고 믿습니다."

"……."

철저히 사리사욕으로 미궁에 가려는 것이었는데도 믿음을 주는 알베론.

"다시 너와 함께하게 되었구나. 잘 부탁한다."

위드는 고마워서 알베론의 어깨를 두들기면서 생각했다.

'나중에 자식을 낳으면 절대 이렇게 키우진 말아야지.'

험한 세상, 함부로 사람 잘못 믿으면 그대로 죽는 것이다.

위드는 루의 교단에 가서도 협조 요청, 즉 병력을 빌려 달라고 요구했다.

"루의 뜻을 펼치는 기사여, 깊고 어두운 곳까지 퍼져 있는 그대의 명예를 믿습니다."

루의 교단에서도 400명의 성기사를 파견하기로 결정!

프레야 교단보다는 공헌도가 낮았지만 사제보다는 성기사 위주로만 요청을 한 덕분이었다.

무엇보다 특별한 점은 바르칸의 가슴에 꽂혀 있던 루의 검이었다.

위드가 간직하고 있다가 넘겨준 신검이 아골디아로 가서 힘을 회복하고 돌아왔다.

검의 주인은 성기사 데리안.

루의 교단에서 최고의 기사로 꼽히는 그가 루의 검을 착용한 채로 위드의 모험에 따라나서기로 하였다.

"위드 님께서 그동안 엠비뉴 교단과 어떻게 싸워 왔는지 소문을 통하여 들었습니다. 루의 뜻을 따르지 않았더라면 저는 기사로서 충성을 다하였을 것입니다. 엠비뉴 교단과의 싸움이 중요하지만 위드 님을 돕는 것 역시 그 못지않은 일이라고 생각합니다."

위드는 꼭 기뻐할 수만은 없게 되었다.

다시금 급격하게 커져 가는 스케일!

꺄ᵃ 꺄

"에휴, 벌써 낙엽이 떨어지는군."

이현은 청소를 하기 위해 마당으로 나왔다.

큰일을 앞두고 집을 깨끗하게 청소하는 것이 그의 오랜 습관이었다.

징크스라고 부를 수준은 아니었고, 만약 〈로열 로드〉에서 목숨을 잃고 캡슐에서 나왔다면 집이라도 깨끗해야 기분이 좋지 않겠는가. 가장 저렴한 취미 생활로 청소, 빨래, 설거지를 하고 있는 이현이었다.

"평소와 다르게 조금 조용하군."

이현은 마당에 나와서 물건들을 정리하기도 하고, 빗자루로 낙엽을 쓸었다. 그러다가 무언가 심각한 허전함을 느꼈다.

여동생은 학교에서 아직 돌아오지 않을 시간이었다.

"설마 이 고요함은… 안 돼! 부신이가 없어졌어."

납작하게 엎드려서 꼬리를 흔들면서 애교를 부리던 강아지. 몸보신이 목줄을 남겨 놓고 없어진 것이다.

"안 돼. 집에 된장이 얼마나 많이 남아 있는데."

사실 오리나 닭은 잡아먹었어도 개를 잡기는 꺼려졌다. 개의 육질을 연하게 만든다면서 몽둥이로 죽을 때까지 때리는 것이 얼마나 야만적이고 잔인한 일인가.

동물보호협회 등에서 고소가 들어올지도 모르고…….

벌금에 대한 두려움!

더군다나 지금의 몸보신은 아직 6개월밖에는 안 되어서 한참이나 덜 자랐다.

서윤에게 전부터 키우던 몸보신을 주고 나서, 개천 주변에서 열리는 오일장에서 무려 2만 원에 구해 온 녀석이었다.

이른바 몸보신 2세!

몸보신 1세는 동네를 돌아다니다가 이현의 집에 들어오고 난 이후로 새를 잡아다가 바칠 정도로 영특했다. 지금 키우는 강아지는 그 정도는 아니지만, 사람을 잘 따르고 늠름한 면이 있는 백구였다.

"이 녀석을 빨리 찾아야 되는데……."

이현은 정붙이고 키우던 동물이 없어졌다기보다는 지갑에서 만 원짜리 두 장이 사라진 것 같은 안타까운 심정으로 수색에 나섰다.

집 안에서는 발견하지 못했지만 몸보신이 딱히 갈 장소는 없었다.

"대문도 확실히 잠겨 있고… 이럴 줄 알았으면 지난 복날을 그냥 허투루 보내는 것이 아니었는데."

이현은 혹시나 싶어서 서윤의 집으로 건너갔다.

두 집 사이에는 형식적으로 낮은 나무 울타리가 있고 편하게 오갈 수 있도록 아예 길까지 터놓아져 있었다.

"이 집은 언제 와도 좋군. 잔디를 밟는 느낌이라니……."

대한민국에서 집에 깔려 있는 잔디야말로 부의 상징!

정원의 나무들에는 과일이 열려 있고, 멀찌감치 물웅덩이에서는 오리들이 살판난 듯 헤엄을 치고 다녔다.

꽥꽥!

아직 더운 날씨라서 오리들은 물가를 떠날 기색이 전혀 없어 보였다.

이현은 물가 근처에서 몸보신을 찾아냈다.

서윤이 정원에 물을 주는 호스로 몸보신을 목욕시켜 주는 중이었다.

"흰둥아, 깨끗하게 씻어야지. 목욕하니 좋니?"

따스한 햇살 아래 반바지와 반팔티를 입고 강아지를 씻겨 주는 서윤.

몸보신이 몸을 털 때마다 그녀에게 물방울들이 튀었는데, 그 모습마저도 아름다웠다.

서윤을 보고 있으면 그저 모든 것들이 한순간의 즐거운 꿈처럼 느껴질 때가 있다. 순전히 그녀의 너무나도 비현실적으로 예쁜 외모 때문이었다.

'몸보신이 나보다도 더 따르는군.'

서윤은 어느새 집에 있는 동물들에게 안주인 노릇을 하고 있었다. 그럴 수밖에 없는 것이, 먹여 주고 씻겨 주고 놀아 주고 그녀의 집에서 재워 주기까지 했다.

오리들이 서윤네 집으로 옮겨 간 이후, 토끼마저도 우리에서 풀어 주면 깡충거리며 그녀의 집으로 가서 풀을 뜯어 먹으며 놀았다.

으르릉!

이현의 옆에 와서 이빨을 드러내며 위협하는 몸보신 1세!

서윤의 집에 슬그머니 들어왔기에 경계를 하는 것이었다.

이현에게는 그저 가소로울 뿐이었다.

"아직 머리에 된장도 안 마른 개 주제에 감히 하늘 같은 주인을 몰라보고… 앉아."

몸보신 1세는 땅에 엉덩이를 붙이고 앉은 채로 꼼짝도 하지 않았다.

"누워."

발라당!

"숨 쉬어."

헥헥헥헥!

머릿속 깊은 곳까지 뿌리내려 있는 이현에 대한 복종심!

서윤은 수건으로 강아지의 몸에 있는 물기를 닦아 주었다.

"목욕하고 싶어 하는 것 같아서 씻겼어요."

"비 오면 해결되는데……."

이현은 그러면서도 더 이상의 잔소리는 하지 않았다.

"보신이들끼리 잘 지내지?"

"매일 같이 놀아요."

몸보신 1세는 암컷, 2세는 수컷이다.

서로 간에 혈연관계야 없으니 친하게 지내는 걸 권장할 만한 일이다. 조만간 어울려서 새끼들을 낳을 수도 있지 않겠는가.

"흐음, 강아지가 3마리 정도라면 탕, 찜, 수육이가……."

"네?"

"응? 아무것도 아냐."

이현은 의자에 앉아서 한가롭게 몸보신 커플이 목욕하는 것을 구경했다.

어쩌면 지금의 평화야말로 꿈결처럼 행복한 일이었다.

'사실 내가 그동안 이룬 것이 많기는 하구나.'

〈로열 로드〉에서 유명인이 되면서부터는 방송 출연만으로도 넉넉하게 먹고살 정도가 되었다. 여전히 매일 돈, 돈, 돈을 외치면서 살고 있지만 그렇게 궁핍하던 생활에서는 완전히 벗어나 있었다.

'할머니도 요양원으로 가셔서 더 이상 큰돈이 들어갈 일은 없고, 여동생 학비는 유학 비용까지 따로 다 저축을 해 놓았고.'

방송국에서 출연료로 거액을 받고 있고, 지금까지 판매하거나 보관하고 있는 아이템도 어마어마한 재산이었다.

벌써부터 이혜연의 장래 혼수 비용까지 챙겨 놓았을 정도다.

과거에 돈이 없어서 겪었던 설움 때문에 여전히 저축에 열을 올리고 있지만 이제 마음을 편히 가져도 된다.

'최악의 경우에 아르펜 왕국이 멸망을 하고 헤르메스 길드로 인해 더 이상 모험을 못 하게 되더라도, 가족들을 챙기는 데에는 모자라지 않겠지.'

이현은 혼자라면 시장에서 이불 장사를 해도 되고, 통닭집을 자릴 자신도 있었다.

몇 년 전만 하더라도 평생 빵을 굽거나 닭을 튀기면서 살고 싶다는 꿈을 꾸었다. 물론 술에 취한 손님들이 와서 주문한 통닭에 다리와 날개가 정확히 두 쪽씩 있으리란 보장은 할 수 없 겠지만!

'도전이 좋은 거야. 지금도 충분히 무엇이든 할 수 있어.'

부담스럽던 이현의 마음도 편안해졌다.

〈로열 로드〉는 그의 직장, 그렇기에 가능하다면 순풍에 돛을 단 것처럼 잘 풀리기를 바란다.

그렇지만 전쟁의 신 위드의 전설이 생겨났던 것은 더 어렵 고, 더 위험한 모험에 약간의 망설임도 없이 거침없이 뛰어들 었기 때문이다.

모든 것을 부딪쳐서 해결하고, 위험을 극복해 나가면서 역사 를 써 왔다.

가진 것만 지키려고 산다면 이룰 수 있는 것은 갈수록 적어 진다.

'걱정하지 않아. 프레야 교단, 루의 교단 그리고 지금까지 쌓 아 올린 명성이나 조각술 최후의 비기. 이런 건 언제까지나 짊 어지고 있어야 하는 짐은 아니야.'

실패란 떠올리기 때문에 겁나는 것.

미래는 결정되어 있지 않으니 초조해하거나 불안해하지 않 아도 된다.

이현은 상황이 불리할수록 더 집중하고 격렬하게 부딪치면 서 해결책을 찾아 왔다.

모험이란 남들이 가지 못한 곳으로 걸어가고 성공할 자신이 없는 싸움을 시작하는 그런 게 아니겠는가.

무겁던 짐을 홀홀 털어 버리고 시원하게 자신의 능력을 발휘해 보는 것이다.

'내가 정말 원하던 것이었을지도 몰라. 온몸이 짜릿한 그런 순간들을⋯⋯. 조각술 최후의 비기가 어렵기 때문에 더 하고 싶은 거지.'

그 순간을 맞춰서 배에서 나오는 소리.

꼬르륵.

"음, 나는 역시 깊은 생각을 하면서 무게를 잡으면 안 돼. 에휴, 그냥 죽도록 고생하면서 사는 팔자인 거지."

"네?"

"배고프지?"

"약간요. 뭐 해 줄까요?"

"해물칼국수. 오늘은 내가 요리해 볼게."

지금은 휴학 중이지만 학교에서는 그녀가 싸 준 도시락을 매일 먹었다. 이번엔 자신이 요리를 해 주는 것으로 보답을 하려는 것이었다.

이현이 마당에서 밀가루 반죽을 찰지게 만드는 사이에 서윤은 옆에서 김치전을 부쳤다.

깨끗해진 몸보신들이 뛰어다니는 야외에서 보내는 한가로운 한때였다.

⁂

모라타의 뒷골목에 있는 한 허름한 선술집으로 위드가 들어갔다.

"꺼억, 취한다."

"오늘따라 술맛이 좋은데. 여기 맥주 두 잔 더!"

술꾼들은 낮에도 이곳에 진을 치고 있었다.

가게가 뒷골목에 위치한 만큼 술값이 저렴해서 손님들이 많이 찾아왔다. 유저들이 절반은 되었고, NPC들이 나머지 자리를 차지했다.

모라타가 대도시가 되는 과정에서 북부의 유민들이 많이 몰려왔다.

사냥꾼, 용병, 전사 등의 직업을 가진 유민들은 사냥을 나갈 때를 제외하면 술집에서 시간을 보내는 것이다.

'이 시간이면 이곳에 있다고 했는데…….'

위드는 가게를 둘러보다가 빈 잔이 잔뜩 쌓여 있는 테이블에 홀로 앉아 있는 백발의 노인을 발견했다.

'저기로군.'

위드는 그곳으로 걸어가서 옆자리에 앉았다.

"의뢰할 것이 있습니다."

"의뢰?"

노인은 코가 빨갛게 보일 정도의 고주망태였다.

북부의 유명한 도둑 NPC 제이든!

현직에서 은퇴한 지는 오래되었지만 술집을 찾아오는 도둑과 암살자 들에게 함정 해체 기술을 가르쳐 준다.

위드는 그동안 던전이나 마굴을 조금씩 가려 온 편이었다. 사냥하기 좋은 몬스터들이 있더라도 함정이 많은 던전이라면 그냥 돌아 나왔다.

만약 함정이 몸으로 버틸 만한 정도라면 반 호크를 앞세우거나 직접 견뎌 냈다.

이번에 가야 하는 로드릭 미궁은 그런 수준이 아니었다.

함정이 발동되면 당사자는 물론이고 근처에 있는 사람까지 그대로 사망에 이르게 할 정도.

그렇다고 함정만 해체하고 걸리지 않으면 안전하냐면, 그것도 아니다.

변종 몬스터의 레벨이 그나마 약해서 400대 중반, 활발하게 돌아다니는 악마병들은 레벨이 자그마치 500대였다.

그리고 보스인 몬투스의 레벨은 무려 600대로 추정!

위드는 최소한 함정에만이라도 당하지 않기 위하여 제이든을 찾아왔던 것이다.

"계약을 맺고 나를 따라가서 함정을 해체해 주면 됩니다."

"용병 계약이라는 건데… 난 현업에서는 손을 씻은 지 오래라서."

용병은 일반적으로 용병 길드에서도 구할 수 있지만, 이런 식으로 직접 주민이나 NPC를 고용하는 방식도 가능했다. 당연히 친밀도가 높으면 유리하고, 상대가 원하는 것을 지불해야 했다.

"뭐, 여기까지 찾아왔으니 하루에 5,000골드씩을 준다면 생각은 해 보도록 하지."

> 제이든과 용병 계약을 맺겠습니까?
> 하루에 5,000골드를 지불해야 하며, 최하 열흘분의 급료를 선불로 지급해야 합니다.

함정 해체 및 자물쇠 따기에는 거의 마스터의 경지에 올랐다는 제이든이라서 고용 비용이 매우 비쌌다. 사실상 하루 5,000골드는 고용을 하지 말라는 뜻과도 같았다.

그렇지만 북부에서는 제이든이 가장 뛰어난 함정 해체 기술을 가지고 있다.

중앙 대륙에서 활동하는 최고의 도둑들을 고용하고 싶지만, 그들은 신출귀몰하여 만날 수도 없는 처지였다.

위드는 아끼던 술을 꺼냈다.

"일단 목부터 축이시죠."

"크으, 이렇게 좋은 향기라니…….."

"술은 많이 있습니다."

"의뢰를 하는 동안에 매일 이런 술을 준다면 4,200골드에 해 주지."

"평생 맥주를 마실 수도 있게 해 주겠습니다."

"그게 가능만 하다면… 3,900골드에도 해 줄 수는 있어."

여전히 고용은 불가능한 금액.

"과연 그럴 줄 알았다. 제이든, 북부의 평화를 위한 길이다. 평생 도둑으로 살아왔던 세상을 위해 떳떳하게 올바른 일을 하지 않겠는가?"

"국왕 폐하!"

위드는 자신의 신분까지 드러냈다.

선술집의 모든 NPC들이 위드를 향하여 무릎을 꿇었다.

아르펜 왕국의 국왕으로서 모든 주민들에게 의뢰를 부여할 수 있는 특권!

"폐하를 위해서 일하겠습니다."

"고용 비용은 하루에 2골드를 주겠다."

"그걸로는 육포도 못……."

"광장 단두대에서 처형당하고 싶으냐?"

"북부의 영웅이신 폐하를 따르는 것만도 영광입니다."

국왕의 권위로 간단히 제이든을 고용했다.

이런 일이 자주 발생할 경우에 부작용으로는 주민들의 충성도가 떨어지고 용병들과의 관계가 악화될 수 있었다. 하지만 지금까지 쌓아 놓은 평판이 있어서 걱정할 수준은 아니다.

"함정 해체는 제이든에게 맡기도록 하고, 그리고 조각 생명체들 중에서는 누구를 데려가야 하지?"

다시는 돌아오지 못할 길이 될 가능성이 현재로써는 너무도 컸다.

빙룡, 불사조 등은 큰 덩치로 인해 애초에 들어가지도 못할 테고, 금인이와 누렁이의 경우에는 이렇게 위험도가 높은 곳에 또 데려가고 싶지가 않았다.

금인이는 다재다능하고 누렁이는 좋은 체격과 힘을 가졌지만 둘 다 전투력에서는 뒤떨어지는 편이었다.

"바하모르그, 뼈가 부서지도록 싸울 수 있는 기회다."

"어떤 곳이든 좋다."

워리어, 특별히 바하모르그만 데려가기로 했다.

위드보다도 탁월한 전투 능력을 가지고 있으면서 워리어의 각종 스킬들은 다른 사람의 체력과 생명력을 많이 높여 주기 때문이었다.

위험한 던전에 반드시 데려갈 만하다.

"미궁에 들어갈 인원 구성은 이것으로 끝났군."

"은화살에 은무기 그리고 생존과 전투에 필요한 용품들이라. 이렇게 많이 어디에 쓰려는 거지?"

마판에게도 물자 조달을 부탁했다.

숫돌과 약초, 해독제를 기본으로 하여 미궁에 들어갈 인원이 쓸 물자를 비밀리에 운반해 오는 역할이었다.

고급품만 골라 충분한 양을 구입하다 보니 구매 비용만 무려 7만 골드!

예비용 갑옷이나 검, 상하지 않는 식재료들도 준비했다. 대장장이 스킬이 고급에 오른 위드이니 웬만하면 수리를 할 수 있겠지만, 전투 중에 깨질 수도 있기 때문이었다.

"벌써 마차 스무 대 분량이 넘었어. 이 정도면 전쟁도 치를 수 있을 분량인데… 정말 이 정도까지 사 모아야 하나."

마판은 귓속말로 몇 번이나 위드에게 이렇게 많은 양을 사야 하냐고 물어봤지만 돌아오는 대답은 틀림없었다.

—가격은 조금만 따지고, 품질은 좋은 것으로 가능한 한 많이 구해 주셔야 됩니다.

결국 마차 스물두 대 분량의 양을 채우고 나서 마판은 목적지로 이동을 했다.

중앙 대륙에서도 약간 치우친 북쪽 지역이 정해진 약속 장소였다.

"여긴 별것도 없고 치안도 불안한 장소인데……."

마판은 이번 상행에 용병들을 대거 고용하였다.

과거 부활의 교단이 마물들을 이끌고 휩쓸었던 장소이기도 하고, 그 후에는 엠비뉴 교단이 성과 도시 들을 파괴해 버렸다. 현재는 몬스터들이 들끓고 있는 곳으로서, 인간들은 산으로 흩어져서 살아가는 실정이었다.

도처에 도적 떼가 들끓었고, 안전한 길을 대낮에 이동하더라도 몬스터들의 습격을 받는 경우가 잦았다.

물품을 운송하는 상인으로서는 가능한 한 피하고 싶은 길이었다.

중앙 대륙과 북부를 오가면서 교역을 하는 상인들도 육로보다는 뱃길을 많이 활용할 정도였다.

"목적지에 무사히 다 왔군!"

마판은 위드가 말해 준 약속 장소에 도착했다.

목적지에는 위드만이 아니라 성기사들, 사제들이 대거 모여 있었다.

마판은 한곳에 이렇게 많은 성기사들이 무장한 채로 서 있는 것은 처음 보았다. 평원에 열을 맞추어서 서 있는데, 햇빛에 비친 갑옷들이 번쩍번쩍 빛나는 모습이 일대 장관이었다.

사제들도, 조용히 서 있을 뿐이었지만 전투가 벌어지게 되면 그들이 발휘할 수 있는 능력도 엄청나다 보니 계속 눈길을 끌었다.

"수고 많으셨습니다. 물품들은요?"

"확실히 챙겨 가지고 왔습니다. 세 번씩 점검했으니 수량이나 품질은 완벽할 겁니다. 위드 님, 그런데 여기 성기사들은 왜 있는 거죠?"

"제 퀘스트를 도와줄 인원입니다."

"조각술 마스터 퀘스트요?"

"그건 아닙니다. 그보다 한 단계 높은 연계 퀘스트를 진행 중이죠."

위드는 전투 물자의 인수인계를 마치고 돌아섰다.

마판은 좋은 갑옷을 입은 성기사들을 이리저리 관찰하다가 알베론과 데리안이 있는 것을 보고 깜짝 놀랐다.

유저들만이 유명한 것이 아니라, NPC들 중에도 유명인들이 있었다. 프레야 교단의 사제 알베론, 루의 성기사 데리안은 영웅이라고 불러도 될 정도의 인지도를 가졌다.

굳이 비교하자면 대형 명문 길드 수장급의 명성!

알베론은 프레야 교단의 성물 중 하나인 파고의 왕관까지 착용하고 있었다.

데리안 역시 루의 신검을 착용하고 있었으니 이보다 더 화려한 지원 병력이란 있을 수가 없다.

모험을 하고 왕국을 건국하면서 두 교단에 공헌도를 쌓아 놓은 위드였기에 동원할 수 있는 막강한 전력이었다.

위드가 사자후를 터트렸다.

"우리는 대륙의 평화를 지키기 위하여 로드릭 미궁에 왔다!"

"우와아아아아!"

성기사들은 검을, 사제들은 지팡이를 들면서 함성을 질렀다.

"허억!"

마판의 얼굴에서 핏기가 싹 가셨다.

로드릭 미궁!

상인으로서 당연한 이야기지만 성과 마을을 이동하는 경로 외에는 관심이 별로 없었다.

교역에 방해되는 몬스터들의 서식지 등에 대해서는 잘 파악하고 있지만, 근처에 어떤 던전이 있는지에 대해서는 별로 알지 못한다. 상인이 던전에 들어가서 사냥을 하는 일은 드물기 때문이다.

'저곳이 로드릭 미궁이구나.'

조금 떨어진 곳에 아주 오래된 궁전이 있었다.

마법사 로드릭은 왕국의 별궁으로 운영되던 곳에 자리를 잡았다. 그리고 대부분의 마법 연구는 지하에서 했다.

미궁의 입구는 지하로 내려가는 계단이었다.

'근데 아무도 살아서 나온 사람이 없는데?'

위드는 그사이에 짧게 연설을 마쳐 가고 있었다.

성기사들의 사기를 높게 유지하는 것은 중요했지만 단기간에 끝날 의뢰도 아니기 때문에 오래 끌 필요가 없었다.

"그 어떤 어려움을 만나더라도 신이 우리를 돌봐 줄 것이다. 사사! 그럼 마판 님, 나중에 모라타에서 뵙겠습니다."

"예에."

위드는 마판에게 작별 인사를 하고 로드릭 미궁으로 향했다.

무성하게 수풀이 우거져 있는 정원, 부서진 동상의 밑에 지하로 향하는 시커먼 계단이 있다. 돌로 만들어진 계단은 온통 금이 가고 깨져 있었으며, 박쥐의 사체도 있었다.

로드릭이 살던 궁전 전체에서 느껴지는 으스스한 한기!

아마도 저주받은 폐가란 이런 분위기일 것이다 하는 느낌이 강렬한 장소였다.

"한여름에 은행에 들어온 것 같군."

하지만 여기까지 온 이상, 위드는 망설이지 않고 계단 아래로 내려갔다.

로드릭 미궁

"크윽. 오랜만에 맛있게 생긴 인간이 왔군. 오랜만에 맛있는 인간 고기를 생으로 먹어 볼 수 있겠다."

로드릭 미궁의 지하 1층에서부터 채찍을 들고 날아다니는 시커먼 악마병들이 기다리고 있었다.

위드는 계단을 내려오는 순간부터 전투를 준비하고 있었기에 바로 스킬을 사용했다.

"광휘의 검술!"

독수리 7마리가 날아가서 악마병의 몸에 적중!

악마병 졸개 트롯피커의 막강한 방어 능력으로 인하여 240의 피해를 입힙니다.

악마병 졸개 트롯피커의 옆구리를 공격하였습니다.
생명력을 267 감소시킵니다.

악마병 졸개 트롯피커의 날개에 광휘의 검술이 적중했습니다.
특수한 보호 능력으로 인해 생명력을 37만큼 줄입니다.

맨 처음 만난 악마병 트롯피커의 맷집부터가 너무나도 엄청난 수준이었다.

"고작 이 정도라니……."

원래 악마들은 중간계라고 할 수 있는 베르사 대륙에서 존재할 수 없다. 신들의 영향력 아래에서는 악마들이 약화되고 소멸될 수도 있기 때문이다.

그런 이유로 어떻게 해서든 다른 계약자를 찾거나 흑마법사의 몸을 빼앗으려고 한다.

땅의 힘이 강한 지하에서는 악마들이 지상에 비해 상당한 힘을 발휘할 수 있으며 제압하기도 힘들었다.

'만약 광휘의 검술을 이 정도로 올리지 않았더라면 흠집도 내지 못했겠군.'

악마병이 가시가 박힌 채찍을 휘둘렀다.

"고작 이 정도였느냐. 가소롭구나!"

위드는 앞으로 구르며 채찍을 피했다.

스치고 지나간 채찍에는 끔찍한 열기까지 담겨 있어서 땅이 시커멓게 그을렸다.

악마병이 휘두르는 채찍은 너무도 빠르고 공격 범위도 넓어서 연속으로 피하는 것도 상당히 어려웠다.

채찍의 끝에는 전갈처럼 뾰족한 침이 있었는데, 지옥에서만 산다는 괴수의 이빨을 박아 놓은 것이다. 마비 능력이 있어서 제대로 적중되면 연달아 공격을 받게 된다.

> 부수적인 피해를 입었습니다. 높은 인내력으로 피해를 줄입니다.
> 생명력이 532 줄어듭니다.

> 오염된 기운이 몸속으로 파고듭니다.
> 질병을 일으킬 수 있습니다. 신체의 자체 치유 능력을 감소시킵니다.

채찍이 떨어진 곳과 약간 거리가 있는데도 매캐한 연기가 일어나며 위드의 생명력과 전투력을 깎아 놓았다.

"이곳에서는 계속해서 그렇게 쥐새끼처럼 도망칠 수 없을 것이다."

"두고 보자."

"인간들은 다 비슷하구나. 내뱉는 말이 고작 그것이라니."

위드는 먼 훗날의 복수를 이야기하지 않았다.

그가 내려온 계단을 통해서 프레야 교단의 성기사, 루의 성기사가 줄지어서 도착했다.

"신의 뜻을 거스르는 사악한 악마다!"

"놈을 처단하라!"

용감한 성기사들이 사제의 축복과 회복 마법의 도움을 받으면서 덤벼들었다.

"귀찮은 존재를 믿는 종들이 왔구나!"

그럼에노 악마병은 기세가 당당했다.

보통의 무기로는 악마병에게 확실한 타격을 입히지 못한다.

신성력이야말로 천적과도 같은 힘이었지만, 악마병의 레벨이

500대이다 보니 호락호락하지가 않았다.

혼자로도 보스급 몬스터의 위용!

성기사들의 공격조차도 약화되어서, 악마병이 받는 피해는 훨씬 줄었다.

"너희가 믿는 신을 부정하라. 신성 타락!"

악마병은 성기사들의 능력을 감소시키는 종류의 마법을 쓸 줄도 알았다.

성기사들의 물리력이나 육체를 약화시키는 건 아니었지만 발휘할 수 있는 신성력을 줄였다. 믿음이 약하고 레벨이 낮은 성기사들이라면 배신을 시킬 수도 있는 스킬이었다.

"억압의 손!"

악마병은 오른손으로는 채찍을 휘두르고, 왼손으로는 허공을 움켜잡았다. 그러자 멀리 떨어져 있던 성기사가 무언가 보이지 않는 커다란 손에 잡힌 것처럼 공중에 떠올랐다.

콰드드드득.

성기사의 방패와 갑옷이 일그러질 정도의 강력한 압력!

"더러운 영혼의 파편!"

악마병의 정면에서 흑색의 폭발이 일어나더니 사방으로 퍼졌다.

광역 공격 스킬까지 발휘하면서 성기사들을 곤란하게 했다.

"여신에게 이 한 몸 돌아가리라."

"악에 의해 무릎을 꿇다니……."

프레야 교단의 성기사가 벌써 2명이나 사망하고 말았다.

성기사들은 진형을 짜고 체계적으로 싸웠지만, 악마병의 마법과 채찍 공격이 상당히 거셌다. 게다가 까다롭게도 일부를 노려서 집중 공격을 하기까지 했다.

"시작부터 이런 식으로는 안 되겠군. 성기사와 사제 들이 아직 많이 들어오지 못했어. 반 호크, 토리도!"

위드는 부하들을 소환했다.

데스 나이트와 뱀파이어는 언데드이기 때문에 가능하면 부르지 않으려고 했다. 성기사와 사제 들의 사기를 떨어뜨리고 그들의 믿음도 약화시킬 수 있기 때문이다.

최악의 천적과도 같은 부대를 동시에 거느린다면 위드의 통솔력이 높더라도 지휘에 역효과가 일어난다.

하지만 지금은 악마병을 막아 내는 것이 더 급했다.

"가서 싸워라!"

"알겠다, 주인."

반 호크는 나타나자마자 정면으로 달려들었다.

어떤 적에게도 맹목적인 돌격을 가하는 데스 나이트의 속성, 그리고 악마병은 강한 몬스터였지만 바르칸에 비교할 정도는 아니다. 전투 경험이 쌓일 대로 쌓여서 반 호크도 성장을 했다.

"저것은 악마병인가. 이놈의 주인은… 아리따운 소녀들이 있는 장소에는 가지 않고 정말 온갖 곳을 다 오는군."

토리도는 구시렁대면서 악마병의 옆을 빠르게 빙글빙글 돌았다.

적을 유인하고 현혹하는 뱀파이어의 전투 방식!

그 틈을 타서 사제들은 부상을 당하거나 저주를 입은 성기사들을 치유했다.

사제들이 많다는 것은 언제라도 부상병들을 완쾌시켜서 전투 능력을 곧바로 회복할 수 있다는 의미다. 죽지만 않으면 급속도로 전투력을 되찾을 수 있다.

　계단에서는 검과 방패를 든 성기사들이 계속 내려오고 있었으며, 알베론과 데리안까지 도착했다.

　바하모르그는 가장 마지막으로 로드릭 미궁으로 들어왔다.

　위드는 먼저 들어와서 직접 악마병을 상대해 보고 입구 근처에 있는 놈마저도 해치우기가 곤란할 정도라면 모든 작전을 취소하려고 했다.

　바하모르그는 살리기 위하여 마지막에 들어오도록 지시를 내렸던 것이다.

　불어난 성기사들의 협공에 사제들의 신성 마법이 대대적으로 지원되며 악마병은 무자비한 타격을 입고 있었다.

　악마병이 있는 곳 전체가 신성한 빛에 휩싸일 정도로 신성력의 집중이 강하게 이루어졌다.

　토리도와 반 호크는 잠깐 활약을 하고 다시 역소환되었다. 더 이상 그들이 필요하지 않은 상황이었다.

　위드는 계속 두 부하를 부려 먹으면서 성장을 시키고 싶었지만, 성기사와 사제 들이 대거 미궁에 들어온 이상 포기해야만 했다.

　착한 척을 하기 위해서 희생해야 할 부분도 있는 것.

　"인간들. 역겨운 인간들이 이곳으로 많이도 왔구나!"

　악마병은 사제들의 신성 마법에 난타를 당하는 와중에도 채찍을 휘두르면서 성기사들에게 피해를 입혔다. 하지만 바하모르그까지 가세를 하니 더 이상 버티지 못하고 잿빛으로 변해서 목숨을 잃었다.

악마병 트롯피커가 소멸되었습니다.
전투에 참여한 이들의 명성이 149 증가합니다.

"겨우 이겼군."

성기사가 최종적으로 3명이나 희생되었다.

악마병을 상대해 보는 것은 처음이었고, 좁은 계단을 통해 로드릭 미궁으로 내려오는 입구 부분이라서 다소 피해가 컸다고 할 수 있으리라.

성기사와 사제 들이 전부 모였다면 원거리 신성 마법을 가하면서 훨씬 유리하게 싸웠을 것이기 때문이다.

그렇지만 미궁의 더 깊은 곳으로 들어간다면 트롯피커 같은 악마병이 한곳에 10마리, 12마리씩도 나타난다. 아이언모닝스타 길드에서도 악마병 13마리가 나오는 장소에서 버티지 못하고 결국 전멸을 하였던 것이다.

그리고 그 후에 얼마나 더 위험한 곳들이 있는지에 대해서는, 가 본 사람이 없으니 알려지지도 않았다.

"이 정도의 고생은 할 거라는 것을 알고 있었으니… 어찌 되었건 피할 수 없는 일이지."

위드는 잠시 휴식을 취하면서 성기사들의 검과 갑옷을 손봐 주었다. 대장장이 스킬이 있기에 원정을 나와서 전력을 유지하는 데에는 편했다.

"고맙습니다, 국왕 폐하."

"직접 제 검의 날을 세워 주시다니 이런 영광이……."

"악을 처단하고 정의를 바로 세우기 위하여 익힌 기술들입니다. 악마병들과 같이 싸우는 처지에 당연히 해 드려야 할 일입니다."

위드는 그러면서도 성기사들에 대한 친밀도를 약간이나마 올릴 수 있었다.

물론 성기사들이 살아 나가야 쓸모가 있게 될 것이다.

⁂

"치료의 손길."

"프레야의 방벽."

"믿음의 보호!"

위드는 성기사와 사제 들을 이끌고 미궁을 조심스럽게 돌아다니며 사냥을 개시했다.

마법사 로드릭이 연구 중에 만들었다는 변종 몬스터는 상대하기 까다롭진 않았다.

"바하모르그, 유인해 와."

"알겠다."

몬스터의 레벨이 400대 후반이라는 점이 대단하기는 하였지만 이곳에 모여 있는 전력도 막강했다.

성기사들과 사제들의 개인적인 레벨이 약하더라도 집단으로 뭉치면 전투에서 보여 주는 위력은 발군이다. 특히 모두가 치료 마법을 쓸 수 있어서 위험한 경우에 신속한 응급조치를 해 줄 수가 있기에 장기전에 유리했다.

단번에 생명의 위협을 줄 정도의 몬스터만 아니라면 괜찮은 사냥감이 된다.

성기사들끼리 능력을 올려 주는 강화 오라의 효과도 상당한 편이었다.

프레야 교단의 오라는 밝은 보라색 계열이었고, 루의 교단의 오라는 흰빛이 돌았다.

성기사들이 각자 믿는 신에 따라 오라를 발산하며 화려한 전투를 치렀다.

"크와아아합!"

바하모르그는 최고의 워리어만 사용할 수 있다는 투혼의 외침 스킬을 사용했다.

> 투혼의 외침을 들었습니다.
> 몸속 깊은 곳에서 활력이 깨어납니다. 자신이 가지고 있는 투지 스탯에 따라 잠재되어 있던 신체 능력이 활성화됩니다. 생명력의 최대치가 증가합니다. 마나가 크게 늘어납니다. 적에 대한 공격력이 강해지고, 공격이 성공할 때마다 행운에 따른 효과를 높입니다. 자신보다 강한 적에게 정면공격을 하였을 때 투혼의 일격이 발동될 수 있습니다. 맷집이 향상됩니다.

대륙에 밝혀지지 않은 던전이나, 몬스터의 레벨이 너무도 높아서 들어가지 못하는 곳들은 많이 있다. 그렇지만 단순히 한 장소에 이만큼의 전력이 모이는 것도 드문 일이었다.

"이번에는 2명이 죽었군."

위드는 악마병이 나올 때마다 성기사들과 사제들을 세심하게 지휘했지만 조금만 허점을 보이더라도 성기사들의 희생이 생겼다. 악마병들과 성기사들의 레벨 차이가 너무 심각하게 났던 것이다.

악랄하고 두뇌 회전이 빠른 악마병들은 고지식하게 싸우지 않았다. 약한 성기사들을 먼저 목표로 삼았고, 죽음을 피할 수 없다고 판단이 되면 자신의 몸을 터트려서까지 적들을 지옥으로 끌고 가려고 했다.

철저하게 수비 위주로 싸웠음에도 미궁에서 죽은 성기사들이 벌써 11명이었다.

"성기사들이 줄어들지 않게 해야 하는데… 악착같이 부려 먹지도 못하고, 고작해야 탐색전에서 이렇게까지 피해가 커져서는 곤란해."

성기사들의 사기는 여전히 떨어지지 않았다.

대륙을 구하는 영웅, 프레야 교단과 루의 교단에 공적치도 높은 위드와 함께 악을 처단하는 일에 앞장선다는 자부심을 품고 있었다.

하지만 미궁에서 조금 더 깊은 곳으로 들어가면 악마병이 5~6마리씩은 나오게 된다.

미궁의 미로도 전혀 위치를 파악하지 못하게끔 복잡하고 혼란스러웠다.

위드는 갈림길을 만나면 무조건 왼쪽 길을 택했다.

"분명히 느낌상으로는 오른쪽으로 가야 될 것 같은데… 난 재수가 없으니까, 그러면 왼쪽으로 가야 될 거야."

몬스터와 환영, 악마병이 계속 등장을 했다.

하지만 그렇게 헤매다 보면 왔던 곳으로 되돌아가는 경우가 허다했다. 공간 왜곡과 공간 확장, 환영의 마법이 미궁 전체에 걸려 있어서 찾기 어려운 미로가 된 것이었다.

위드는 자신이 정확히 어디에 있는지를 알 수가 없었지만, 아직까지는 대략 미궁의 초입 부근만을 빙빙 돌고 있다고 생각했다.

미궁의 중앙부로 갈수록 갈림길은 여러 갈래로 나뉘고 공간 왜곡도 더욱 심해져서 벗어나지를 못한다고 한다.

끝없이 전투를 하다가 악마병들과 몬스터에 의해 몰살을 당하거나 식량이 떨어져서 죽게 되는 곳!

그곳이 바로 로드릭 미궁이었다.

유병준은 흡족하게 모니터를 보고 있었다.

"이번에는 정말 호되게 걸렸군."

베르사 대륙에서 명문 길드들이 벌이는 전쟁은 지독할 정도였다.

헤르메스 길드가 일시적으로 전쟁을 멈췄다고는 하나, 그들이 준비를 마치고 다시 대대적으로 움직일 것이라는 것은 누구나 알고 있다. 그리고 그 시간은 매우 빠를 것으로 모두 짐작하고 있다.

헤르메스 길드와 경쟁하는 다른 길드들은 이에 지지 않게 더 활개를 치며 영토 점령을 해 나갔다.

엠비뉴 교단도 끊임없이 확장을 하면서 대륙의 곳곳이 폐허가 되고 있다.

유병준은 전쟁보다도 위드의 모험을 즐기며 봤다.

"성공하지 못하면 몰살이다. 그리고 현재로써 성공할 확률은 고작 0.2%밖에는 안 돼."

바하모르그, 성기사와 사제 들의 전투력으로 로드릭 미궁을 돌파할 수 있을지 인공지능이 계산한 확률이었다.

여기에 위드라는 변수가 더해지게 된다.

위드의 순수한 전투 능력을 감안하면 승률은 0.23%으로 약간 늘어난다.

"조각술 최후의 비기 퀘스트. 아주 곤란하고 어렵군."

모든 전력을 다 끌어와서 부딪쳐야 하는 퀘스트였다. 조각 생명체들까지 모조리 다 동원을 하고, 또 필요하다면 다른 조각 생명체들까지 마구 만들어야 된다. 그렇게 하더라도 승산이 5% 정도는 될지 가늠하기 어렵다.

위드는 조각 생명체들을 아낀다는 이유로 로드릭 미궁으로 데려오지 않은 채로 승부를 걸었다.

유병준이 보기에는 미련하고 무모하기 짝이 없는 계획이다.

"하기야 로드릭 미궁은 누구도 돌파한 적이 없으니 진정한 난이도가 얼마나 되는지 알지도 못했겠지. 어쩌면 노력을 해도 실패할 수밖에 없다고 여겼을 수도 있고……. 아무튼 여기에서 죽으면 조각술 최후의 비기는 영영 얻지 못하게 되겠군. 벌써 다른 몇 개의 직업 스킬들이 그렇듯이, 묻히게 되겠지."

조각사만이 아니라 주로 많은 유저들이 택하는 검사, 기사, 전사, 마법사 등에도 최후의 비기는 있었다. 스킬의 비기들을 모으는 것도 어렵고, 모험과 퀘스트보다 확실한 방법인 사냥으로 강해지려는 사람들이 많았다.

그렇게 레벨이 높아지면 세력 싸움에 휘말리게 된다.

다른 직업들 역시 조각술 최후의 비기와 마찬가지로 너무 오래 시간을 끌다 보면 퀘스트 자체가 사라져 버렸다.

베르사 대륙에는 수많은 비밀들이 숨겨져 있지만 그것은 찾는 사람의 몫이었다.

"쯧쯧, 이번에도 3명의 성기사가 죽었어."

유병준이 보는 모니터에는 호전적인 악마병들 2마리와 전투가 벌어져서 성기사 3명이 사망하는 모습이 나왔다.

전투가 벌어지면 악마병의 맹렬한 공격성에 어쩔 수 없이 죽는 이들이 자꾸만 나왔다. 구경하는 유병준 입장에서는, 위드의 세력이 약해지는 것은 재미있었지만 상당히 느리게 진행되어 조금은 지루하기도 했다.

"악마병들이 대여섯씩 나오는 곳으로 가야 재미있을 텐데. 거기서는 실컷 죽어 나가겠군."

위드가 최후의 비기를 얻지 못한다면 바드레이를 이기거나 헤르메스 길드에 저항할 수 있는 수단도 사라지게 된다.

유병준은 왠지 그렇게 되더라도 재미가 있을 것 같았다. 잡초처럼 짓밟히면서도 발버둥 치며 끝까지 싸우는 걸 보고 싶었기 때문이다.

위드가 극한 상황으로 몰릴수록 점점 흥미로워졌다.

로드릭 미궁은 길을 얼마나 헤매고 다니느냐에 따라서 전투 횟수부터 달라진다. 길을 늦게 찾아낸다면 미궁을 헤매다가 도

중에 악마병들에게 전멸할 가능성이 더욱 커진다.

지금까지 어떤 모험가도 미궁의 올바른 길을 찾아내지를 못했으며, 관련 정보도 절대적으로 부족한 상황!

로드릭의 마법 수련실을 찾아간다는 자체도 불가능에 가까웠다.

— 위드의 성격 및 판단력을 기반으로 한 새로운 퀘스트 성공 확률 조사를 마쳤습니다.

유병준은 레몬차를 마시며 느긋하게 물었다.

"이번에는 얼마가 나왔지?"

일반인들이 미궁에서 바하모르그와 성기사들을 통솔한다고 계산했을 때에는 성공 가능성이 0.2% 정도였다.

위드가 지금까지 했던 모든 모험에서 보여 준 지휘력과 판단력, 경험, 임기응변 능력 등을 종합적으로 분석해서 확률이 나온 것이다.

— 위드가 로드릭 미궁을 평정할 가능성은 46.7%입니다.

"뭐라고? 계산이 잘못된 거 아닌가?"

— 316,820회를 반복 계산한 평균 추정 확률입니다.

"어떻게 갑자기 그렇게 성공 가능성이 커질 수가 있지? 미궁의 길을 찾아내는 것부터가 불가능할 텐데?"

— 위드의 기존 자료를 검토한 결과, 어떠한 수를 쓰든 길을 찾아낼 것입니다.

"성기사들의 전력도 미궁을 정복하기에는 턱없이 약하다."

— 위드의 지휘 능력이라면 현재보다도 더 강하게 이끌 수 있을 것입니다. 피해는 최소화될 것이며, 뒤로 갈수록 전력은 확대될 것입니다.

"로드릭 미궁에는 위험한 함정들이 많다. 누구라도 무사할 수 없는 그런 함정에 빠질 수도 있을 텐데?"

— 어떠한 위기에 빠지더라도 최선에 근접하거나, 예측할 수 없는 그 이상의 선택들을 할 것입니다.

유병준의 기분이 급격히 나빠지기 시작했다.

"오라, 악마병 졸개들아!"

바하모르그는 커다란 검을 휘둘렀다.

악마병과 일대일로 싸울 수 있는 것은 바하모르그가 유일했다. 위드조차도 조각 변신술과 조각 파괴술을 쓰지 않고서는 악마병과의 정면 승부는 안 되었다.

놈들은 많은 종류의 흑마법과 저주 마법을 매우 빠르게 쓸 수 있었던 것이다.

"지옥에서 튀어나온 쓰레기인 너희의 몸뚱이를 확실하게 잘라 주겠다."

바하모르그의 도발 스킬!

"고작해야 바바리안 따위가……."

"곱게 죽이지 않는다. 영원한 고통 속에서 허우적거리도록 해 주겠다."

악마병들은 화가 치솟아서 바하모르그를 향해 채찍을 휘둘렀다.

그들의 공격과 저주 마법 등이 바하모르그에게 집중되면 상대하기가 한결 편했다. 넘쳐 나는 사제들이 바하모르그에게 집중적으로 축복과 저주 해제, 치료 마법을 퍼부어 줄 수 있기 때문이다.

바하모르그는 원래 엄청 단단한 몸인 데다 공격을 비껴 맞거나 받아치는 기술을 가졌고, 게이하르 황제가 주었다는 최고의 갑옷까지 착용했다.

어떤 경우에도 상태 이상에 걸리지 않았기에 악마병 2마리나 3마리의 집중 공격에도 너끈하게 버텨 냈다.

그사이에 성기사와 사제 들은 신성 마법을 시전하고, 검을 휘두르며 지원 공격!

"안 되겠다. 다른 인간부터 먼저⋯⋯."

"살육을 하자. 더욱 많은 인간들을 죽여야 한다."

도발에서 빠져나온 악마병들이 다른 성기사들을 제물로 삼으려고 하였지만 바하모르그는 집요하게 방해를 했다.

"나에게서 도망치는 것이냐? 꼬리를 말면서 도망가는 꼴이 우습구나!"

바하모르그는 든든하게 버텨 주면서 최소한 1마리 이상의 악마병을 붙잡아 주었다.

성기사들은 방패를 앞세우고 수비 위주로 전투를 진행하였기에 갑작스러운 공격으로부터의 생존률을 높일 수 있었다.

"루의 뜻은 너희의 완전한 소멸이다!"

루의 검을 들고 있는 데리안!

바하모르그가 수비라면, 데리안은 공격이다.

신의 힘이 복원된 루의 검은 악마병들조차도 꺼렸다. 데리안에게는 변변한 반격도 하지 못한 채로 도망을 치기 바빴다.

위드가 확인해 보진 못했지만 데리안의 레벨도 적어도 500대 초중반은 될 것 같았다.

'이놈도 잘만 키우면 알베론 이상의 몫을 해 줄 수 있을 것 같은데!'

데리안은 움직임이 재빠르지 못했고 검술 실력도 기대했던 것보다는 떨어졌지만, 막강한 신성력을 바탕으로 전투를 펼쳐 나갔다.

악마병을 2~3마리까지도 혼자서 감당하여 싸울 수 있겠지만, 문제는 놈들이 데리안을 꺼려 피해 다닌다는 점이었다.

알베론의 축복 마법은 그야말로 최고였다. 광범위 전체 치료도 틈틈이 사용했다. 악마병이 위험한 마법을 시전하려고 할 때 신성 마법으로 선제공격을 가하거나, 성기사들에게 절묘하게 보호 마법을 펼쳐 주었다.

'과연 나한테 제대로 배웠어. 역시 교육에는 잔소리가 필요하지.'

위드는 전투를 하면서 성기사들의 특성을 이해하고, 데리안과 알베론을 활용한 진형과 공격 형태를 정했다.

성기사와 사제 들로만 구성되어 있어서 따로 통솔하지 않고 내버려 둬도 잘 싸우기는 했다. 사제들이 알아서 적당한 때에 치료 마법을 써 주고, 위험하면 성기사들 스스로도 회복할 수가 있었던 것이다.

그렇지만 위드가 지휘를 하면 확실히 달라졌다.

"1조는 두 번의 공격 후에 뒤로 물러나서 방어 진형으로. 2조가 그 자리를 메운다. 3조, 4조는 석궁 공격을, 5조는 돌격을 하면서 스쳐 지나가서 주의를 산만하게 만들 준비를 해! 데리안은 루의 검을 잘 보이게 들어서 악마병들을 교란시키도록."

성기사들의 공격을 바꿔 가면서 악마병들의 생명력과 체력을 야금야금 깎아 놓았다.

악마병의 상태에 따라서 마치 오케스트라를 지휘하듯이 전체 병력을 움직인다.

기승전결이 있는 음악처럼 전투의 흐름을 만들어 내는 능력!

부하들의 특성을 철저히 파악하고 부려 먹는다.

"채찍을 들고 있는 악마병의 오른팔을 향해 사제 7번 부대 신성 마법 시전!"

악마병들은 높은 생명력을 가지고 있었고 방어력이 탁월하여 짧은 시간에는 죽지 않았다. 다만 그들의 레벨이나 공격성에 비하여 자체 회복 능력은 매우 많이 뒤떨어지는 편이었는데, 이곳이 마계나 지옥이 아니기에 그들이 사용하는 암흑의 힘이 잘 채워지지 않는 것이다.

그러나 그들이 약화되고 삶을 포기할 무렵 발휘하는 무자비한 공격력은 성기사를 금방 죽음으로 몰아넣을 수 있을 정도라서 긴장은 전투가 끝날 때까지 풀 수가 없다.

감각적으로 악마병들의 움직임을 예측하여 성기사들을 대비시켰다.

"역시 집단으로 싸우니 좋은 점이 많군."

위드는 대규모 병력을 지휘하여 보스급 몬스터 사냥을 연속으로 하는 기분이었다.

악마병들이 강하기는 하지만, 그래도 떼로 덤비는 데에는 장사가 없다.

수적 우위와 신성력의 특성을 최대로 발휘하는 전투 방식의 확립!

"더 얍삽하고 비열하게 싸워야 돼. 뭉쳐서 수적 우위를 유지하고, 놈들을 고립시켜. 성기사들이여, 루의 뜻을 펼치기 위해서는 뒤에서 검을 찔러 넣어라!"

악마병들의 행동이 워낙 위협적이라서 성기사들의 피해가 어쩔 수 없이 계속 생기기는 했다. 수비를 잘하더라도 악마병이 삶을 포기했을 때 성기사 일인에게 대여섯 번의 공격을 한다면, 치료 마법을 쓰더라도 살릴 수가 없다.

그래도 완벽하게 얍삽한 지휘 덕분에 대비하지 못하고 진형이 무너지면서 한꺼번에 당하는 경우는 나오지 않았다.

"벌써 성기사가 30명이나 죽었군."

위드는 한숨부터 나왔다.

악마병들의 레벨이 너무 높아서 희생이 빈번하게 발생할 거란 건 알았지만, 지금까지 성기사들의 죽음만으로도 각 교단에서 떨어졌을 공헌도를 생각하니 안타까웠던 것이다.

"조금 더 확실히 대비를 해야겠어."

로드릭 미궁으로 들어오기 전에 성기사들은 자신들이 쓸 물품들을 기본적으로 준비를 했다.

횃불과 여분의 검, 최소한의 식량 등!

열흘에서 한 달 정도씩은 버틸 만큼의 소모품들을 준비해 가지고 왔다.

위드는 여기에 마판을 통해서 마차 스물두 대 분량이란 어마어마한 보급 물자를 실어 왔다.

차라리 몰살을 당하더라도 길을 헤매다가 전투 물자나 식량이 없어서 죽을 수는 없다.

가지고 온 보급 물자들이 아까워서라도 로드릭 미궁의 비밀을 해결하고 밖으로 나가야 된다.

"더 느리게 해야겠군."

위드는 성기사와 사제 들이 체력과 마나, 생명력에 완벽한 준비가 갖춰져 있을 때에만 전진했다.

물론 아직까지 미궁의 제대로 된 길을 탐색하진 못했다. 엉뚱한 길이고, 왔던 곳으로 되돌아간다는 사실을 알고서도 왼쪽을 고집했다.

'아직은 악마병들이 너무 많으면 버거워. 익숙해질 필요가 있겠군.'

로드릭 미궁을 파훼하는 방법은 크게 보면 두 가지였다.

첫 번째는 단숨에 중심부까지 찾아가는 것이다.

이 경우는 일단 길을 제대로 모른다는 점이 문제지만, 전투력을 보전하고 있을 때에 승부를 볼 수 있다는 장점이 있다.

위드는 멀리 돌아가기로 했다.

'최대한 많은 전투를 해야지. 이 미궁에 대해서 아는 것이 너무 없는 상태에서 무모하게 모든 것을 걸고 갈 수는 없어. 어딘가에 단서가 있을 테니 미궁의 모든 것을 샅샅이 뒤져 보자.'

제이든이 함정을 해체하면서 답답할 정도로 천천히 이동을 했다.

휴식 시간에는 요리도 만들고, 성기사들에게 번갈아 보초를 세우며 잠도 나누어서 자도록 했다.

마판이 가져온 마차들은 단지 전투 물자가 아니라 이삿짐에 가까웠다. 아예 로드릭 미궁에 살림을 차릴 작정을 하고 온 것이었다.

"울렌바 마굴로 가실 사냥 파티 구합니다. 레벨 230 도끼 전사이고, 그곳에서의 사냥 경험도 여러 번 됩니다."

"보라색 돌멩이 가지고 계신 분? 15개 구하고 있습니다. 인챈트 마법 익히는 데 꼭 필요해서요."

"라수르 마을로 이동하는데 몬스터들 때문에 위험하니 같이 가실 분들은 동문으로 오세요!"

위드가 보이지 않는 사이에도 베르사 대륙의 시간은 잘 흐르고 있었다.

아르펜 왕국의 영토는 넓어지고, 기술의 발달로 새로운 건물들이 올라갔다. 건축가들이 야심차게 도전했던 위대한 건축물들도 차례차례 완공되면서 왕국 축제도 벌어졌다.

"아르펜 왕국 만세!"

"수정 시계탑 완성 기념 공연이 지금 시작됩니다."

"풀죽! 풀죽!"

위대한 건축물들은 아르펜 왕국의 발전을 촉진시키는 역할을 해냈다.

장시간 사냥을 나갔다 오거나 모험을 마치고 돌아온 유저들이 마을에서 헤매는 것은 필수였다.

"여기가 유셀린 마을이 맞아? 우리 잘못 온 거 같은데……."

"성벽도 생기고 길도 넓어지고 사람 많이 다니는 것 봐. 6개월 동안 아무 변화가 없던 마을이 한 달 만에 도시가 된 거야?"

"아, 저거 알카사르의 다리다! 우리가 떠날 때 짓고 있었는데 벌써 완공되었나 봐."

"저 다리를 통해서 강 너머로 갈 수 있는 거네. 반대쪽도 불빛이 엄청 많은데?"

"밤이라서 잘 안 보이긴 하는데, 저쪽에도 도시가 지어지고 있는가 봐."

유저들이 길 한복판에서 멍하니 서 있는 경우도 흔했다.

"저기, 시장에 가려면 어디로 가야 돼요?"

"뭐 사려고 하시는데요."

"가죽 손질 도구랑 사냥감 넣을 가방요."

"아, 그거면 광장 남쪽에 있는 가죽 전문 상점으로 가 보세요. 시장은 동쪽 상가의 뒷골목에 엄청나게 큰 규모로 이전했는데, 간단한 물건은 찾기 어려우실 거예요."

"고맙습니다."

과거 모라타의 변화가 아르펜 왕국 전체로 옮겨붙은 것처럼 발전 속도가 빨랐다.

이렇게 왕국이 발전하다 보니 수도인 모라타는 더 번성했다.

초보자라면 북부에서 시작하는 게 당연한 선택이었다.

"아르펜 왕국의 국왕은 명예와 긍지를 지키고 있다. 기사들이여, 니플하임 제국의 영광을 다시 이룩할 수 있는 분은 오직 국왕 위드뿐이다."

"제국 기사단은 새로운 국왕에게 충성을 다하자. 카리스마적인 그를 따르는 건 영광스러운 일이다."

띠링!

> 벤트 성의 기사들이 아르펜 왕국의 국왕 위드에게 충성을 바치기로 결의하였습니다.
> 북부 대륙에 국왕 위드에 대한 칭송이 자자합니다. 니플하임 제국의 마지막 남은 기사들은 처음에는 이러한 소문들을 믿지 않았습니다. 그러나 상인들의 방문과 자유 기사들이 전하는 이야기들은 그들이 마음을 열게 만들었습니다. 니플하임 제국의 기사들은 아르펜 왕국의 국왕 위드라면 그들을 영광의 길로 인도해 줄 것이라고 믿게 되었습니다.

> 벤트 성이 아르펜 왕국에 귀속됩니다.
> 아르펜 왕국의 주민이라면 누구나 성을 방문할 수 있고, 이주와 개발, 교역이 가능합니다. 벤트 성의 모든 건축물과 토지는 아르펜 왕국의 소유가 됩니다. 아르펜 왕국의 지역 정치에 대한 영향력이 크게 높아집니다.

"아자! 새로운 교역로가 열렸다."

"상인 여러분, 어서 벤트 성으로 달려가서 듬뿍 바가지를 씌웁시다!"

"특산품은 뭐가 잘 팔려요?"

"거긴 아직 물자가 모자라서 모라타에 있는 거리면 뭐든 인기예요."

아르펜 왕국 전체가 들썩이던 날, 초보 상인들이 마차를 타고 줄지어서 벤트 성으로 몰려가기도 했다.

모험가들과 기사들도 반갑게 벤트 성으로 향했다.

"거긴 어떤 모험이 있을까?"

"일단 빨리 가자. 우리가 최초 퀘스트도 하고 던전 사냥도 해야지."

"밀러 님, 회사 출근하시는 날 아니에요?"

"일주일 휴가 내고 접속했어요. 오늘부터는 모험입니다!"

니플하임 제국의 몰락 이후에도 벤트 성은 그대로 남아 있었다. 그곳의 주민들이 알고 있는 이야기들 중에는 희귀한 퀘스트가 많이 있는 것도 당연했다.

"기사여, 아직 말을 다루는 법이 미숙하군."

"배움을 얻기 위하여 왔습니다."

"니플하임 제국의 마상 전투술에 대해서 가르쳐 주지."

"헛, 그렇게 고급 기술을……! 죽을 각오를 다해서 배우겠습니다."

기사들은 성에서 새로운 기술들도 습득할 수 있었다.

모라타에서 시작한 초보자들은 기사 직업을 많이 선택했다. 말을 타고 거침없이 질주를 하거나, 정의를 지키며 왕국에 충성을 다하는 기사가 좋았던 것이다.

물론 북부에서는 언제 몬스터들을 만날지 모를 정도로 위험하기도 하니 전투 능력도 괜찮을뿐더러 방어 능력이 좋은 기사는 인기 직종이었다.

다만 마을에 소속된 기사들은 품위와 명예에 대하여 인정을 받지 못했다. 그래서인지 아르펜 왕국이 건국되고 나서 가장 기뻐한 이들은 기사들이었다.

"이제 우리도 어디 가서 아르펜 왕국의 기사라고 당당히 말할 수 있어!"

"캬캬, 친구들한테도 자랑할 거야."

왕국의 영향력이 미치는 범위 안에서는 명성이 다소 낮더라도 기사로서 주민들로부터 더 좋은 대우를 받을 수가 있었기 때문이다.

기사라면 당연히 왕국을 위한 전투가 벌어지거나 치안 회복을 위한 퀘스트를 빠져서는 안 되는 의무가 부여된다. 그렇지만 왕국의 기사가 되면 얻는 이익이 크기에 기꺼이 수행했다.

"저기 하늘에서 뭔가가 오는데?"

"구름 아닌가?"

"무슨 땅덩어리 같기도 한데……."

아르펜 왕국으로 천공의 섬 라비아스까지 도착했다.

조인족들이 살아가는 섬!

"아르펜 왕국 장난 아니다. 무슨 이런 신나는 일이 부지기수로 벌어지냐."

"이거 뭐, 왕국 발전 속도 쫓아가기가 힘드네. 조금만 놀아도 뒤처질 거 같으니 사냥도 열심히 해야겠다."

"CTS미디어에서 매주 아르펜 왕국과 관련된 프로그램을 하는데 그것도 꼭 봐야 돼. 술집에서 소문도 놓치면 안 되고."

천공의 섬 라비아스는 모라타를 중심으로 근처를 돌아다녔다. 유저들은 퀘스트와 상점의 물품 구입을 통해서 라비아스로 날아갈 수 있게 되었다.

풀죽신교에서는 긴급회의도 벌어졌다.

"우리의 풀죽이 낙후되어 있으면 안 됩니다."

"저도 동의합니다. 전 대륙에 우리 풀죽의 우수한 맛을 전파해야죠."

"조인족들도 풀죽의 맛에 빠뜨려 봅시다."

"막 태어난 새들이 풀빵을 쪼아 먹는 걸 보고 싶어요."

조인족들을 위한 풀죽 개발!

그리고 위드가 오랫동안 모습을 드러내지 않는 문제에 대한 논의도 있었다.

벌새로 여행을 하고, 폭풍 속에서 광휘의 검술을 수련하는 등 새로운 모험의 성공이나 사냥으로 떠들썩해지면서 아르펜 왕국에서 모습을 감춘 지도 꽤 오래되었다.

"프레야 교단과 루의 교단의 성기사들과 사제들을 동원해서 어딘가를 가셨다는 이야기가 있던데… 뭔지 몰라도 소식이 없는 걸로 봐선 어마어마할 겁니다."

"이번 모험도 성공하겠죠?"

"당연하죠. 위드 님이니까요!"

⁂

헤르메스 길드에서는 지난 시간을 허투루 보내지 않았다.

"칼라모르 왕국, 라살 왕국, 브리튼 연합 왕국의 점령지에 대한 통합 작업은 거의 완료 단계에 접어들었습니다."

"톨렌 왕국은?"

"그쪽도 정리 작업이 끝나 갑니다. 흑사자 길드의 잔여 세력이 남아 있기는 하지만 베덴 길드를 앞세워서 계속 청소 중입니다."

브리튼 연합 왕국에서도 클라우드 길드를 상대로 공작을 진행 중이었다. 핵심 길드원을 빼내는 것은 물론이고, 동맹 길드들도 해체하여 흡수했다.

바야흐로 헤르메스 길드는 칼라모르, 라살, 브리튼 연합, 톨렌 왕국을 완벽하게 먹어 치우고 대하벤 제국을 이루어 가고 있었다.

헤르메스 길드에서는 이번에 다시 그들이 영토를 확장한다면 그땐 멈출 수 없다는 사실을 알았다.

"지속적인 보급을 위해서는 광산 개발과 대장장이 확보에 신경 쓰고, 도로를 개설하여 보급로에 만전을 기해야 한다."

"그 점을 감안하여 정복 계획을 수립하고 있습니다."

경쟁 길드나 다른 눈여겨봐야 할 세력들은 이간질을 해서 사이를 벌려 놓거나, 뒷공작으로 약화시키는 작업도 성과가 있거나 없거나 꾸준히 추진 중에 있다.

라페이는 대륙 정복을 위한 준비 과정이 차질 없이 진행되어 가고 있어서 더할 나위 없이 만족스러웠다.

"황궁의 건설 작업은?"

"방대한 부지에 토목공사를 했기 때문에 최대한 서둘렀음에도 공정률이 83% 정도입니다."

"예산은 아끼지 말고 투입하도록 해야 한다."

"문제가 없습니다. 다만 황궁에는 예술품 장식도 많이 필요해서 시간이 늦어지고 있습니다."

황궁의 품위를 위해서는 조각상과 미술품 그리고 훌륭한 건축물은 필수였다.

황제의 권위를 높여 주고 제국 전체에 지배력을 확대하기 위하여 황궁을 건설하고 있었는데, 실력 있는 예술가와 건축가가 너무도 부족했다.

건축가들은 길드의 의뢰로 열심히 건축물을 짓더라도 제대로 대가를 받지 못하거나 금방 다시 빼앗겨 버리는 경우가 많았다. 어렵게 완공해 놓은 건물들도 전쟁으로 인하여 파괴되어 버리기 일쑤다.

결국 지금은 훌륭한 솜씨를 가진 건축가들은 거의 북부로 떠나 위대한 건축물들을 짓고 있었으며, 불과 얼마 전까지만 해도 길가의 돌멩이 취급이나 하던 예술가들도 마찬가지였다.

문화 발전은 오히려 북부가 중심이 되고 있었다.

예술가들이 부족하다 보니 황궁의 건설 작업이 늦어졌다.

"황궁이 완공되는 날, 헤르메스 길드의 대륙 정복 전쟁이 시작될 것이다."

대륙을 정복하는 데 명분 따위는 중요하지 않다.

결국은 힘이 강한 자가 대륙을 갖게 되는 것!

군대는 세 갈래로 나뉘어서 리튼, 그라디안, 아이데른 왕국으로의 원정을 나아가게 되리라.

"참, 위드의 상황에 대해 소식이 들어온 건 없는가?"

라페이는 다른 경쟁 길드들보다는 오히려 위드에 대해서 더 관심이 갔다. 좀 잠잠하다 싶으면 나타나서 큰 사고를 치곤 했으니까!

"정보부의 분석에 따르면 위드가 로드릭 미궁으로 떠났을 거라는 이야기가 있습니다."

"믿을 만한 정보인가?"

"소므렌 자유도시에서 이동하던 프레야 교단과 루의 교단 성기사들과 사제들을 목격한 이들도 있습니다. 그리고 그 근처에서 그 정도의 전력이 들어갈 만한 곳은 아무래도⋯⋯."

"로드릭 미궁밖에는 없겠지. 그렇지만 거기를 들어간다는 건 자살행위인데."

라페이는 어이가 없어서 잠시 생각을 해 보았다.

'도대체 제정신인가? 조각사 직업 마스터 퀘스트나 열심히 해도 시원찮을 판국에⋯⋯.'

지금까지의 고생도 놀라운데 직업 마스터 퀘스트에 로드릭 미궁을 공략하라는 것까지 있진 않으리라.

'직업 퀘스트들은 끝내 놓기에 충분한 시간이 되었지. 이변이 없는 한 직업 퀘스트를 가장 먼저 마치는 건 위드가 될 것이다. 그런데 미궁에서 죽는다면 조각술 숙련도도 크게 떨어지게 될 텐데.'

마스터를 앞두고 스킬 숙련도가 하락하게 된다면 그것만큼 아까운 일도 없으리라.

위드의 경우에는 다른 생산 스킬의 수준도 대단히 높다고 하였으니 죽음으로 입게 되는 피해도 심각할 정두로 클 것이다.

'도무지 이해가 안 되는군. 이 시점에 로드릭 미궁이라⋯⋯. 나라면 로드릭 미궁을 파훼할 수 있을까?'

라페이는 고개를 절레절레 저었다.

지금까지 유명한 모험 파티들이 로드릭 미궁에 수많은 도전

을 해 왔다. 그들도 로드릭 미궁을 공략하는 데에는 전부 실패
했다.

　몬스터도 문제지만 중심부로 향하는 올바른 길을 찾는 것은
누구도 해내지 못했다.

　아이언모닝스타 길드 전체가 몰살을 당할 정도로 몬스터나
함정, 미로의 수준이 높았다.

　"위드는 로드릭 미궁에서 자멸하게 될 것입니다."

　헤르메스 길드 정보부의 냉정한 분석이었다.

　"결국엔 그렇게 될 것 같군."

　라페이는 수긍하면서도 뭔가가 찜찜했다.

　〈마법의 대륙〉에서도 비슷한 과정들이 있었다. 모든 사람들
이 절대 해내지 못할 것이라고, 불가항력이라고 평가하던 모험
들을 성공적으로 마쳤던 사람이 위드였다.

성기사들의 희생

위드는 생고생을 하면서도 반가웠다.

"이제야 조금 살아가는 맛이 나는군."

성기사와 사제 들, 바하모르그의 뒤치다꺼리를 몽땅 하면서도 그들이 살아 있는 것만으로도 고맙게 여겼다.

이틀 동안 악마병과 몬스터 들과 싸우면서 성기사들의 희생이 54명이나 되었다.

로드릭 미궁으로 들어올 때에는 깨끗한 갑옷을 입은 성기사 680명이었지만 지금은 숫자가 확 줄어들어 있는 것이 눈으로도 느껴질 정도였다.

아직 미궁의 중심부로 들어가지 않고 겉만 빙빙 돌고 있는데도 성기사들의 피해가 이렇게 야금야금 발생했다.

그동안 성기사들의 진형에 대한 연구나 전술 변화, 무엇보다 사제들과의 협력 부분이 계속 개선되었다.

악마병들의 거센 공격을 받고 있을 때, 신성 마법으로의 반격과 치료 집중을 연습한 것이 피해를 약간이라도 더 줄일 수 있게 된 계기였다.

"보약이 왜 몸에 좋겠어. 그게 다 쓰기 때문인 거지. 지금도 돌아갈 수는 없지만, 나중에는 정말 위험한 순간들이 올 테니 조금이라도 더 겪어 봐야지."

위드가 준비해 온 보급 물자는 그대로 많이 남아 있었다. 현장 조달의 원칙에 따라서 웬만한 것들은 미궁에서 구해서 썼기 때문이다.

몬스터의 가죽과 고기, 벽에서 자라나는 지혈 효과가 있는 약초, 과거 미궁으로 들어왔던 원정대들이 남기고 간 유품들도 입수되었다.

"이게 꽤 짭짤하군!"

오래된 물건들은 레벨 200대들이 쓸 정도로 수준이 낮은 것들이었다.

〈로열 로드〉가 열리고 난 이후 얼마 안 되어서는 좋다고 소문이 났던 물품들이었는데, 그 당시에 로드릭 미궁에 도전했던 이들이 남겼으리라.

"아마 다른 사람들은 쓸모가 없다고 가져가지도 않은 모양이로군."

위드는 당연히 그런 물품들도 몽땅 챙겼다.

가끔 레벨이 높은 이들이 떨어뜨린 귀중한 아이템들도 그냥 버려져 있었는데, 이곳이 미궁이다 보니 찾으러 오지도 못한 모습이었다.

"난 기필코 살아서 나가야지."

위드가 가지고 있는 장비들도 화려하기 짝이 없었다. 바하란의 팔찌, 여신의 기사 갑옷까지도 몽땅 착용하고 있었기 때문에 죽는다면 원통한 일이 벌어질 가능성이 컸다.

여신의 기사 갑옷만큼은 입지 않고 놔두고 올까도 고민을 했지만, 악마병들이 주로 쓰는 흑마법과 저주 마법에 대한 내성과 저항력 때문에 입어야 했다.

성기사, 사제 들에 대한 통솔력 강화 역시 지금으로써는 반드시 필요하다.

위드의 카리스마와 통솔력이야 매우 높은 수준이었지만, 위험한 미궁에서 한 번이라도 패배를 겪게 되면 사기가 추락하여 되돌릴 수 없는 결과가 나올 것이기 때문이다.

"취한다. 딸꾹!"

제이든은 함정 해체를 하면서 아직까지 실수는 없었다. 술을 지급하는 것이 부려 먹기 위한 약속이었고, 또한 제정신이 아닌 게 더 나았다.

"아… 안 돼. 여기에 오는 것이 아니었어. 우린 죽어 버리고 말 거야. 으아아악!"

"자, 한 잔 하시고…….."

"캬하, 술맛 좋구나. 껄껄껄!"

성기사와 사제 들은 아직까지는 상태가 양호했다

"이런 곳에 악마병들이 있었다니……."

"모조리 처단해야 합니다."

타고난 용사인 바하모르그의 경우에는 걱정할 것이 조금도 없었다. 악마병이 둘, 셋이 나타나더라도 포효하면서 적들의 공격을 모두 자신에게 유도했다.

악마병과 몬스터 들과 싸우면서 바하모르그와 성기사들은 레벨이 약간씩 올랐다.

사제들의 치료 마법 실력도 조금 나아졌지만, 그렇게 큰 차이는 아니었다.

위드의 레벨도 한 단계가 올라서 429가 되었다.

악마병들의 레벨은 일상적인 사냥으로 잡기에는 매우 부담스러운 정도다. 미궁 밖에서는 보스급 몬스터로 분류되고도 남는 수준이다.

레벨 500대의 몬스터를 매일 사냥하는 파티는 존재하지도 않으리라.

성기사들의 희생이 있었지만 경험치와 전투 스킬의 숙련도는 상당히 많이 얻을 수가 있었다.

"광휘의 검술 파괴력도 놀라울 정도이니 여기서 악마병을 사냥하며 레벨을 올릴 수가 있겠군!"

위드는 광휘의 검술로 경험치를 쌓아 갔다.

성기사들이 죽어 나갈 때마다 프레야 교단과 루 교단의 공헌도가 떨어지고 전투력이 약해진다는 점이 유일한 단점이었다.

로드릭 미궁을 정복하지 못한다면 여기 있는 전원이 살아서 나가지도 못하기에 불안했다.

"미궁에 대해서 알아낸 것이 아직은 없지만 계속해서 찾아봐야지."

미궁의 탐색이 진행되면서 악마병들은 3마리, 4마리씩 나타났다.

"치료 마법 집중. 장기전으로 간다. 사제들은 마나가 남으면 일선에서 싸우는 성기사들이 다치지 않았더라도 계속 치료 마법을 써 줘. 그리고 알베론."

"예, 위드 님."

"놈들이 주문을 외우려고 할 때 보호 마법을 펼쳐 줘. 너밖에는 막아 줄 수 있는 사람이 없으니."

"알겠습니다."

다수의 악마병이 나타나자 병력 지휘는 더욱 어려워졌다. 악마병들이 많아짐에 따라서 위험도가 훨씬 높아진 것이다.

철저한 수비를 바탕으로 하고, 악마병들 사이를 떨어뜨려 놓았지만 그럼에도 호락호락하지 않았다.

"여기까지 온 것을 보니 제법 실력이 있는 인간들이군."

"다 함께 지옥으로 가자!"

악마병들의 광역 공격 마법이 작렬!

방패를 들고 있었음에도 선두의 성기사들이 회색빛으로 변해서 사라졌다.

"알베론, 놈들의 눈을 가려!"

"홀리 버스터!"

알베론의 신성 마법은 강렬한 빛을 뿜어내며 악마병들이 일시적으로 눈을 뜨지 못하고 괴롭게 했다.

"루의 기적."

데리안은 신검의 힘으로 기적을 발휘하여 성기사들의 능력을 올렸다.

악마병들을 온전히 막아 내기 위해서는 다들 최대한의 능력을 보여 줘야 했다.

"상대하는 악마병들이 지금보다 늘어난다면 수비 위주의 진형이나 장기전으로 이끄는 것은 한계가 있겠어."

대장장이 스킬과 요리의 뒷받침이 없었다면 성기사들이 지금보다 훨씬 많이 죽어 나갔을 것이다.

위드는 악마병들이 주로 사용하는 스킬들이나 행동법에 대해서는 철저히 가려냈다.

악마병들의 물리적인 공격에 성기사들이 몇 번이나 버틸 수 있는지, 마법 공격들은 어떤 식으로 방해하거나 아니면 막아내야 하는지를 이해하는 게 전투 지휘에서 중요한 부분이었다.

"병력 운용을 더 완벽하게… 노는 놈들을 없애야 해."

성기사와 사제의 조합 그리고 바하모르그까지, 톱니바퀴가 돌아가듯이 완벽하게 싸움을 해야 했다. 미궁 깊은 곳으로 들어갈수록 악마병들은 더욱 많이 나올 테고, 변종 몬스터의 수준도 오를 것이기 때문이다.

"이대로는 안 되겠군. 악마병들이 더 늘어나면 위험하겠어."

위드가 악마병들과 매끄럽게, 더 이상은 전투를 잘할 수 없는 수준으로 성기사와 사제 들을 다루더라도 희생은 가끔씩이지만 계속 생겼다.

악마병들이 영악해서 비슷한 방식으로 단순하게 싸우지 않았기 때문이다.

철벽과도 같은 수비를 하더라도 성기사들이 한자리에 조금 오래 머무르다 보면 공격을 집중당해서 쓰러졌다.

재빨리 구해 내지 못하면 사망!

위드가 그렇게나 보살폈음에도 지금까지 죽은 성기사들이
무려 71명에 달했다.

'더 부려 먹지 못하고 이렇게 보내는구나.'

전투 후에 사망자들이 생기면 네크로맨서로 시체라도 일으
키고 싶었지만 그러지 못하는 것이 안타까울 따름이었다.

그나마 아직까지 사제들의 희생이 없는 것은 성기사들로 하
여금 철저히 보호를 받게 해 두었기 때문이다. 악마병이 사제
들이 있는 장소에서 날뛰기라도 한다면 결과는 참혹하기 짝이
없으리라.

"바하모르그."

"말하라."

"나와 같이 싸워 줘서 고맙다."

"나를 믿기 때문에 이곳까지 같이 온 것을 안다. 시시하지 않
은 적과 싸울 수 있어서 좋다. 나는 바바리안 용사답게 싸울 것
이다."

위드는 로드릭 미궁에서 바하모르그가 누구보다도 더 믿음
직스러웠다.

'다른 조각 생명체는 죽을까 봐 걱정되어서 안 데려왔는데.
자기만 데려왔더니 특별히 믿는 것으로 오해를 하고 있군. 역
시 일찍 죽었던 데에는 다 이유가 있었어.'

사제들의 치료만 뒷받침이 된다면 악마병들 사이에서도 바
하모르그는 어느 정도 버틸 수 있을 것 같았다.

원래 워리어란 족속들은 자신보다 강한 적들에게도 맞서서
는 쉽게 죽지 않는다. 끝까지 버티다가 동료들이 다 죽고 나서

최후에 쓰러지는 경우가 많았다.

하물며 바하모르그와 악마병들은 레벨도 얼추 비슷했다.

위험하더라도 맡기는 수밖에는 없다는 판단.

물론 바하모르그까지 죽어 버린다면 그 후는 생각할 필요도 없었다.

"바하모르그, 아무튼 계속 전진이다."

"간다. 모두 나에게 덤벼라. 투리야아!"

> 야성의 외침을 들었습니다.
> 육체적인 전투 능력이 압도적으로 향상됩니다. 단순한 공격 스킬들의 위력이 크게 배가됩니다. 머리를 활용해야 하는 복잡한 스킬은 쓰지 못합니다.

워리어의 포효 스킬!

바하모르그가 앞에서 전진하자 벽과 천장, 망가진 탁자, 다 녹아 버린 촛대 밑에서 자그마치 악마병 7마리가 튀어나왔다.

시커먼 근육질의 몸에 창과 양손도끼 등을 들고 날개를 펄럭이며 공중을 날아왔다.

"크힛, 인간들이 왔다는 소식은 들었다. 이곳까지 올 줄은 몰랐는데……."

"먹히기 위해서 왔구나!"

"죽음이 소원이 되게 해 주지."

"악마 투발스레 님이 직접 처단해 주겠다."

숫자가 늘어나리라고 예상은 했지만 한꺼번에 무려 7마리!

악마병들은 은밀한 습격을 할 수도 있었다. 인간들을 얕보고 먼저 등장한 것은 아니고, 대부분이 성직 계열이라서 악마병들을 일찍 알아차릴 수가 있었다.

"역시 이놈의 팔자는… 그래도 예상은 했기에 다행이지."

위드는 어떤 일이든 운 좋게 쉽게 풀리리란 기대는 절대 하지 않았다.

로또를 사도 당첨이 안 되고, 사소한 경품 하나 받아 본 적도 없다. 구매 후 상품평을 쓰더라도 매번 행사 대상에서는 제외가 되었다.

악마병들이 3~4마리씩만 꾸준히 나타나 준다면 오히려 더 의심을 했을 터!

"물러서서 수비 진형! 성기사들은 석궁 장전되는 대로 쏴. 당장은 목표를 가리지 않아도 된다. 그리고 신성 마법 공격도 시작해! 신성 마법을 퍼부어서 악마병들이 아예 접근하지 못하도록 해!"

악마병들이 한꺼번에 많이 나온 만큼 공격을 집중하여 숫자를 빨리 줄일 수가 없었다. 그렇게 하다가는 자유롭게 활동하는 악마병들에 의하여 피해가 더 커질 수도 있기 때문이었다.

바하모르그가 전부를 막아 주지도 못해서, 악마병들은 이리저리 흩어질 수도 있다.

무엇보다 어려운 것은, 최악의 상황이지만 전투 중에 사제의 마나가 떨어져 버릴 수도 있다는 점이었다.

악마병에게 공격받는 성기사들이 오래 버티지를 못하다 보니 치료 마법을 과하다 싶을 정도로 써 줘야 되었다. 그런 마당에 사제들의 마나가 똑 떨어진다면 그것은 대참사를 불러오게될 것이다.

성기사들이 대량으로 죽어 나가면 로드릭 미궁에서의 퀘스트는 실패였다. 사제들도 피해를 입기 시작하면 얼마 버티지도 못하고 급격히 무너져 미궁에서의 전원 몰살 또한 확정되어 있는 것이다.

　"일점공격술!"
　신성 마법이 작렬하는 사이로 위드는 악마병의 가슴에 일점 공격술을 사용했다.
　상대를 완전히 파괴시킬 수도 있는 겹 검술까지 쓰면 좋겠지만 아쉽게도 무리였다.
　겹 검술은 상대방의 생명력과 방어력을 감각으로 알아야 한다. 생명력이 높은 보스급 몬스터들은 상태를 정확히 파악하기가 어렵다.
　설혹 위드가 최대의 공격을 하더라도 악마병들의 방어력이 높아서 겹 검술을 발동시키는 것은 무리였다.
　'기사들의 피해가 너무나도 크다.'
　싸우는 와중에도 악마병의 채찍에 휘감겨 목숨을 잃는 성기사들이 보였다.
　'바하모르그가 해 주지 못한다면 내가 함께 버텨 주는 수밖에는 없어.'
　위드는 악마병의 창을 쳐 내고 물러나며 조각품을 꺼냈다.
　"조각 파괴술! 이 모든 것이 힘이 되어라."

조각 파괴술을 사용하였습니다.
걸작 조각상이 파괴된 고통! 슬픔! 예술 스탯이 5 영구적으로 사라집니다.
명성이 100 줄어듭니다. 예술 스탯이 1 대 4의 비율로 하루 동안 힘으로 전환됩니다.
예술 스탯이 너무 높고 원래 가지고 있던 힘 스탯이 낮기 때문에 한꺼번에 전환이 이루어지지는 않습니다.

힘 890이 고급 스킬 8레벨의 '통렬한 일격'으로 바뀝니다.
힘을 잔뜩 실은 공격이 정확히 적중하면 적들을 멀리까지 날려 버릴 것입니다. 마비와 혼돈 상태에 빠지게 만드는 비율을 늘립니다.

힘 980이 고급 스킬 7레벨의 '꿰뚫는 창'으로 바뀝니다.
강력한 공격력으로 상대방의 갑옷과 방패를 통째로 부숴 버릴 것입니다.

힘 1,430이 고급 스킬 9레벨의 '순간의 괴력'으로 바뀝니다.
짧은 시간 동안 낼 수 있는 최대 힘의 3배까지 쓸 수 있습니다. 막대한 체력을 필요로 합니다.

힘 1,598이 고급 스킬 3레벨의 '숙련된 공격자'로 바뀝니다.
공격 스킬의 대미지를 늘려 줍니다.

위드는 곧바로 악마병의 무기를 강하게 받아쳤다.

검의 한계를 초과한 충돌로 데몬 소드의 내구력이 감소합니다.

내구력이야 다시 수리를 하면 될 일.

"어디 해보자. 지금은 마음껏 날뛰어 줄 시간이다!"

악마병의 가슴은 빈틈투성이였다.

본래대로라면 레벨이 아주 높은 악마병의 힘이 월등히 강했다. 그래서 위드도 지금까지는 악마병의 힘에 밀리면서 전투를 치르기가 어려웠다.

여신의 갑옷도 손상이 생기고, 자잘한 부상으로 생명력도 줄었다.

그렇지만 조각 파괴술을 사용한 이상 힘은 흘러넘쳤다.

"헤라임 검술!"

위드의 손에서 장난감처럼 자유자재로 움직이며 악마병을 연속으로 공격하는 검!

"크헥, 대단한 인간이구나!"

검이 잔상을 남기며 거짓말 같은 각도에서 마술처럼 움직이면서 악마병을 빠르게 연속으로 베었다. 주로 무겁고 긴 무기를 다루기 때문에 움직임이 느린 편인 악마병으로서는 속절없이 피해를 입을 수밖에 없었다.

마음 같아서는 악마병 여러 마리를 상대하고 싶었지만 1마리라도 확실히 맡으며 싸우는 것이 최선이었다.

성기사와 사제 들은 다른 악마병 4마리를 맡아야 했다.

알베론과 데리안이 활약을 하며 모든 신성력을 쏟아 내어 악마병들의 발길을 붙잡았다.

"프레야 여신이여, 이제 당신의 품으로 가겠습니다."

"루의 검으로 용기를 행하리라."

성기사들의 목숨을 바치는 헌신으로 악마병 4마리를 막아 내고 결국은 해치웠다.

위드도 사제들의 지원을 받으면서 사냥을 성공시켰다.

그사이에도 바하모르그는 악마병 2마리를 상대로 무사히 견뎌 내고 있었다.

'이제 다시 2마리가 남았군.'

모두가 정상은 아니었지만 피할 곳이 없다.

벌써 상당히 많은 성기사들이 죽은 것 같았고, 부상이 심한 이들도 많았으니 간악한 악마병들은 위기에 처하면 일단 그들을 노리게 되리라.

"우리는 승리할 것이다. 이제 2마리만 더 없애면 된다!"

사자후 스킬을 사용하였습니다.
스킬의 영향 범위에 있는 모든 아군의 사기가 200% 상승합니다. 존재하는 모든 혼란 상태가 해제됩니다. 5분간 통솔력이 300% 추가 적용됩니다.

"여신을 위하여!"

"루의 밝음으로 악마를 몰아내리라!"

성기사와 사제 들은 사기가 회복되어서 악착같이 전투를 계속했다.

바하모르그에 대한 치료도 이어지면서, 몸 상태가 정상에 가깝게 회복되었다.

"크릇… 번거로워지는군."

"살육이 더욱 하고 싶다."

2마리의 악마병은 지금까지 그랬던 것처럼 바하모르그의 수비 범위에서 빠져나와서 성기사들을 습격!

악마병들이 도발을 벗어났을 때에는 위드나 데리안처럼 상대하기 까다로운 쪽보다는 최대한 많은 살상을 할 수 있는 쪽을 선택하곤 했다.

그리고 자신의 생명도 돌보지 않으면서 최대한의 공격력을 발휘하였다.

> 모든 악마병들이 제거되었습니다.
> 이 미궁을 빠져나간다면 성기사들의 거룩한 희생정신은 세상에 알려지게 될 것입니다.

"크으윽!"

"정말 지독한 전투였어."

힘겨운 전투를 마치고 나서 피해를 확인해 보니 성기사가 무려 22명이나 죽었다.

악마병들을 상대로 하면서 정말 위급한 순간이 많았는데, 성기사들이 불굴의 희생정신으로 버텨 내지 않았다면 훨씬 더 많이 죽었을 것이다.

알베론도 죽기 직전의 성기사를 최소한 10명 가까이는 살려 냈다.

그나마 위드의 지휘 능력에, 신앙심이 투철한 고위 성기사들로 구성되었기에 얻어 낼 수 있었던 기적 같은 승리였다.

"그래도 고작 한 번의 전투로 죽어 나간 성기사들이 너무 많구나."

로드릭 미궁에서는 악마병들과의 전투가 큰 문제인데 이런 식으로 헤매면서 목적지에 도착하려면 이런 싸움을 수백 번이나 거듭해야 할지 모른다.

위드의 눈가에 짙은 그늘이 지고 있었다.

아무리 낙천적인 사람이더라도 로드릭 미궁에 들어오게 되면 마침내 실패를 떠올리게 된다.

셀 수 없이 달려드는 잔혹한 악마병들, 몬스터, 마법으로 이루어진 환영들!

끝도 없는 것처럼 복잡하게 이어져 있는 길에서는 함정들도 불시에 터져 나온다.

데리안과 알베론, 성기사와 사제의 조합 그리고 함정을 찾는 제이든과 바하모르그는 이런 곳에서 오래 버티기에는 최적의 구성이었다.

사제들이 뒷받침이 되어 주어서 강한 적을 만났을 때 장기전으로 끌고 가면 월등히 유리하고, 성기사들의 방어력도 비슷한 레벨에 비해서는 훌륭했다.

위드가 이끄는 부대는 공격과 회복, 수비에서 균형이 잘 맞았다.

현실적으로 공헌도가 높더라도 다른 왕국의 왕실 기사단은 잘 빌릴 수가 없다는 점을 감안하면 최고의 선택이었다.

요리와 생산 스킬들까지 지원을 해 주었으니 로드릭 미궁에서 오랫동안 버티는 것이 가능했다.

그러나 십여 번 정도의 전투를 더 치르면서 성기사들이 계속 목숨을 잃었다. 로드릭 미궁에 들어와서 죽은 성기사들만 이제까지 163명이나 되었다.

"이대로라면 몰살이야."

위드는 부상을 입고 쓰러져 있는 성기사와 바하모르그를 보았다.

악마병 9마리와의 힘겨운 싸움을 방금 마치고, 마나를 소진한 사제들은 저마다 여기저기 패잔병처럼 누워 있었다. 미궁으로 처음 들어왔을 때보다 성기사들이 상당히 많이 줄어들어서 전투를 치르며 대기하는 여유 병력도 없었다.

바하모르그야 투지가 워낙 강해서 어디에 떨어지더라도 마지막까지 싸울 독종이었다.

성기사와 사제 들도 신앙심이 투철하여 쉽게 사기가 떨어지지는 않는다.

위드가 맛있는 최고의 요리를 해 주는 것도 사기를 계속 높게 유지하는 요인이었다. 만약에 사기마저도 떨어지게 되면 회복 속도도 느려지고, 전투 중에 겁에 질려 제대로 싸우지 않을 수도 있다.

용병 길드에서 용병들을 대거 고용해 올 수도 있었지만 그들은 자신들이 살아남지 못할 것이라고 생각하면 사기가 급속도로 낮아진다.

반란을 일으키거나 무리에서 이탈할 수도 있기 때문에 너무 위험한 장소에는 데려오기 어려웠다.

"용병이라도 끌고 왔어야 되나. 돈을 더 뿌려서라도……."

위드의 얼굴은 전과 달리 진지하고 심각했다.

성기사들의 비어 가는 자리도 갈수록 크게 느껴지는 데다가 미궁의 길은 알아내기 위한 단서도 찾아내지 못했다.

악마병들이 더 많이 나오는 걸로 봐서 미궁의 깊은 곳으로 들어가고 있는 것 같긴 하지만 오히려 이게 정말로 위험하다. 정확한 장소를 모르는 이상 근처를 빙빙 돌면서 악마병들과 전투만 계속 치르다가 전멸하는 꼴이 될 수도 있기 때문이다.

'성공이 불가능한 한 퀘스트였을까? 아니야, 아직 끝나지 않았다. 통통 불은 라면도 포기하기에는 아직 일러. 여기는 한번 실패하면 다시 시도해 볼 수 없으니 나중에 후회하지 않기 위해서라도 모든 것을 제대로 다 걸어 보기라도 하자.'

어차피 도망쳐서 나간다는 것도 불가능하다.

미궁의 출구를 찾지도 못할 테고, 유린의 그림 이동술로도 공간 왜곡을 뚫고 올 수는 없었다.

갇혀 있는 동안에 찾아내고, 싸우고, 극복해 내는 수밖에는 없다.

'확실한 건, 이 미궁은 모든 조각술의 비기를 획득하고 나서 오는 곳이었어. 물론 조각술과 관련이 없는 직업을 가졌더라도 미궁을 제압할 수는 있겠지.'

아무리 길을 헤매더라도 걱정할 것 없이, 막강한 전력을 앞세워서 나오는 몬스터와 환영, 악마병 들을 다 물리치는 방법도 있긴 하다.

현재로써는 헤르메스 길드의 바드레이와 친위대 전원이 온다면 미궁을 정면으로 뚫고 제압할 수 있을지두 모른다.

하지만 악마병들의 공격력을 감안한다면 그들도 상당한 피해를 입을 것이다.

'내가 지금까지 조각술의 비기들을 얻으면서 했던 퀘스트에도 무언가 단서가 있지 않을까?'

위드는 지나쳤던 퀘스트의 과정들을 돌아보았다.

어떻게 긍정적으로 생각하더라도 현재의 전력으로는 실패할 수밖에 없다.

그렇다면 어떤 작은 단서라도 놓쳤던 게 아닐지 살펴봐야 하는 것이다.

그러다가 자하브와 관련되었던 퀘스트들을 불현듯 떠올리게 되었다.

위드는 품에서 작은 손거울을 꺼냈다.

"이 물건을 얻은 적은 있는데… 감정!"

진실을 보여 주는 손거울

고귀한 보석 손거울. 특수한 재질로 만들어져 신성력이 흐르고 있다. 환영과 거짓을 파헤쳐서 진실로 향하는 길을 안내해 준다. 특정한 장소에서 사용될 수 있을 것 같다.

내구력: 14/25

제한: 살인자나 악인은 사용 불가능. 댄서와 바드, 사제가 착용하면 아이템의 효과가 2배가 된다.

옵션: 지식, 지혜 +7. 매력 +23. 마나 최대치 11% 증가. 신앙심이 38 증가. 특정한 장소에서 길을 안내한다.

자하브가 사랑했던 이베인 왕비의 손거울.

평소 조각 변신술을 쓰고 나서 외모를 확인하는 용도로 사용하고 있었다.

아이템의 추가적인 정보가 드러났습니다.

"감정!"

진실을 보여 주는 손거울

성자 만데리아가 간직하던 손거울. 평생을 소외되어 있는 사람들을 위하여 봉사한 그의 선행에 감동한 그라디안 국왕이 선물로 주었다. 만데리아는 빈민들을 돕기 위해 손거울을 판매하려고 하였지만, 국왕이 내준 선물을 구입할 간 큰 보석 상인이 없었다. 만데리아가 뒷골목에서 쓸쓸히 죽어 갈 때, 손거울에는 '진실의 길'을 찾아낼 수 있는 신성 마법이 걸리게 되었다.

환영과 거짓을 파헤쳐서 진실로 향하는 길을 안내해 준다. 만데리아의 신성력이 남아 있는 만큼 사용할 수 있다.

내구력 14/25

제한: 살인자나 악인은 사용 불가능. 댄서와 바드, 사제가 착용하면 아이템의 효과가 2배가 된다. 손거울에 남아 있는 만데리아의 신성력이 고갈되면 모든 효과가 사라진다.

옵션: 마법 저항력 +9%. 드물게 마법을 되돌려보낼 수 있다. 지식, 지혜 +24. 매력 +45. 마나 최대치 17% 증가. 신앙심이 38 증가. 사악한 기운이 흐르는 미로에서 길을 찾아낼 수 있다. 남은 횟수 2회. 전부 사용 시에는 평범한 손거울로 돌아온다.

"어렵게 구한 아이템을 고작 두 번밖에 못 쓰다니… 자하브와의 연계 퀘스트도 늦게 해서 못 했는데 아쉽군. 진실의 길!"

위드는 손거울을 바로 사용했다.

파아아아앗!

손거울에서 빛이 뿜어져 나와서 여러 갈래의 길 중 하나를 가리켰다.

"저곳이 맞는 길이로구나."

위드에게 그나마 희망의 등불이 켜졌다.

앞으로 가야 할 길에는 더 많은 악마병들이 나올 것이다. 솔직히 바하모르그와 성기사, 사제 들이 목적지까지 버텨 줄 수 있으리라는 가능성은 여전히 낮았고, 냉정하게 보면 불가능에 가까웠다.

그럼에도 일단은 위드의 입가에 흡족한 미소가 맺혔다.

"최소한 아이템은 하나 건졌군. 한 번 남았더라도 경매로 팔면 바가지를 씌울 수는 있을 거야."

*　*　*

딩동!

이현의 집 대문 앞에는 검정색 세단들이 줄줄이 대기하고 있었다.

"요즘 CTS미디어 시청률이 꽤나 높다던데… 축하드리오, 현 부장?"

"허헛, 무슨 말씀을. 요즘 온 방송국에서 신선한 프로그램을 많이 제작하고 계시더군요. 시청자들의 반응도 좋은 것 같은데……. 뭐, 그래 봐야 초반 인기가 떨어지면 몇 주나 가겠습니까만."

"전쟁의 신 위드는 우리 LK와 방송 계약을 할 겁니다. 깜짝 놀랄 만한 계약서를 들고 왔으니 다들 헛걸음을 하신 셈이지요. 그런데 디지털 미디어에서는 이사님이 직접 오실 줄은 몰랐습니다."

"사무실도 답답하고 해서… 가볍게 외유나 나와 보았지요."

대문 앞에 모여 있는 사람들 중 그 누구도 그의 말을 믿지 않았다.

각 방송국의 중책을 맡고 있는 이들이 직접 이현의 집까지 찾아온 것은 최근에 하고 있다는 모험 때문이었다.

이현이 한동안 조각술 마스터 퀘스트에 전념하면서 방송국들은 특집 프로그램에 목말라 있었다.

정규 편성 프로그램들의 질을 높여서 고정 시청자들을 늘리는 일도 매우 중요하다.

〈로열 로드〉의 시청자들은 갈수록 늘어나고 있어서, 방송국들은 광고 판매로 대규모 흑자를 기록했다.

제작한 프로그램을 외국의 방송사에 판매하는 것 역시 천문학적인 수익을 안겨다 줬다.

외국에서도 〈로열 로드〉에 접속하여 여가 시간을 보내는 문화가 너무나 당연해졌다.

파리, 런던, 상하이, 베네치아, 바르셀로나… 그야말로 세계어느 나라, 어느 도시에서나 〈로열 로드〉 관련 상품들이 판매되고 있었다.

대한민국의 대통령이 누구인지는 몰라도 전쟁의 신 위드라고 하면 누구나 고개를 끄덕일 정도였다.

위드가 단독으로 출연하는 특집 프로그램을 제작한다면 방송국의 이름이 두고두고 알려지게 된다. 전체적인 평균 시청률이 높아지게 될 절호의 기회라서, 방송국 관계자들은 놓칠 수가 없었다.

그가 로드릭 미궁에 들어갔을 거라는 정보가 알음알음 퍼져가고 있는 마당이라 재빠르게 집까지 찾아온 것이다.

딩동. 딩동. 딩동.

"음, 벨을 눌러도 아무 반응이 없는 걸 보니 자거나 〈로열 로드〉를 하는 모양이로군."

"전화도 받지를 않으니 어디 외출 중일 수도 있지요."

"어쩌겠소, 여기서 기다리고 있는 수밖에……."

"급한 일이 있으신 분들은 돌아가셔도 될 것 같은데요."

"현 부장, 뻔히 속 보이는 말은 우리 하지 맙시다."

방송국의 중책을 담당하고 있는 사람들이 대문 앞에서 하염없이 이현을 기다리고 있었다.

이현은 집 안에 있었다.

"오늘따라 된장찌개 맛이 아주 좋군."

밥까지 차려 먹으면서 느긋하게 다크 게이머 연합의 홈페이지에도 방문했다.

대문에 모여 있는 방송국 관계자들에 대해서는, 알고 있지만 일부러 기다리게 한다.

속을 좀 태워야 협상에 유리한 고지에 올라설 수 있다는 건 상식이었으니까.

기다림이야말로 바가지를 듬뿍 씌우기 위하여 필요한 것.

"룰루루… 돈이 또 들어오겠구나."

이현은 콧노래까지 부르며 설거지를 하고 된장찌개의 냄새가 빠져나가도록 창문을 조금씩 열어 놓았다.

그리고 잠시 후에 밖으로 나가서 문을 열어 주었다.

"이곳에는 갑자기 어쩐 일로 오셨습니까."

"허허, 그냥 인사차 들렀지요."

방송국 관계자들은 당연히 빈손으로는 오지 않았다.

각자 쇼핑백들을 두둑이 들고 있었는데, 이는 방송가에 퍼진 이현에 대한 은근한 소문 때문이었다.

선물에 약하다.

공짜를 상당히 좋아한다.

관계자들이 들고 온 것은 한우 갈비에서 홍삼, 도자기, 양주, 전동 공구 세트까지 다양했다.

전동 공구 세트를 가져온 것은 KMC미디어였는데, 예전에 이현이 슬며시 언질을 준 적이 있었기에 특별히 챙겨 온 것이었다.

"집이 주택이다 보니 손볼 곳이 자주 생기네요. 전동 공구 하나 있으면 참 편할 텐데. 이거 막상 사려니까 돈이 아깝고……. 꼭 필요한데. 1개만 있으면, 고장이라도 나면 곤란할 것 같기도 하고요."

강 부장은 최신 전동 공구를 풀세트로 구입해 여행용 가방에 들고 왔다.

순수한 선물이 아니라 강탈 수준이었지만 이현은 그런 부분에 대해서는 깔끔한 면이 있었다.

'선물은 마음이니까.'

아쉬운 쪽은 방송국들이니, 그들이 주는 것을 이현이 거부할

까닭은 없었다.

"뭘 이런 걸 다… 가져오셨습니까. 꼭 필요하던 참이었는데. 갈비 세트, 이건 잘 먹겠습니다. 안으로 들어오세요."

이현은 방송국 관계자들을 집 안으로 초대했다.

백화점에서 구입했을 화려한 선물들을 받았으니 무언가 대접은 해 줘야 했다.

"시원한 음료 드실래요, 따뜻한 음료로 드실래요?"

"저는 시원한 걸로……."

"따뜻한 음료로 부탁드립니다."

이현은 커피 믹스를 종류별로 꺼냈다.

아이스커피 믹스와, 일반 커피 믹스!

과거 CHN 방송에서 인사 오면서 선물로 주고 간 우전 녹차도 있긴 했지만, 그건 자신이 여동생과 마실 것이었다.

방송국 관계자들은 업무 추진비로 좋은 식당에서 비싼 요리들을 많이 사 먹을 테니까.

이현은 커피를 다 나눠 주고 나서 뻔히 알면서도 질문을 던졌다.

"그런데 집까지 찾아오신 이유가 무엇입니까?"

"그게… 최근에 성기사들을 데리고 로드릭 미궁으로 들어가셨다는 소문이 돌아서요."

"허허허, 꼭 그게 중요한 것은 아니고, 오랜만에 인사라도 드릴 겸……."

당연히 로드릭 미궁으로 들어갔다는 것이 중요하리라.

전쟁의 신 위드가 대륙 8대 미궁 중 한 곳에 도전한다는 자체만으로도 대단한 이슈가 될 수 있었다. 만의 하나 로드릭 미궁을 정복하기라도 한다면, 이건 대륙의 모험 역사를 또다시 쓰게 될 사건이었다.

"제가 로드릭 미궁에 있는 것은 사실입니다."

"허억!"

"그렇다면… 어서 방송 출연 계약부터 하시죠."

"다른 방송국들보다도 확실히 좋은 계약 조건을 제시하겠습니다."

이현에게 내밀어지는 방송 출연 계약서!

광고 수익의 일부는 물론이고, 별도의 출연료까지도 책정되어 있었다.

'이렇게 또 한밑천을 잡는군.'

한 방송사와 독점 계약을 하면 계약금과 출연료를 왕창 뜯어낼 수도 있다.

하지만 이현은 모든 방송사들과 원만하게, 비교적 높은 가격으로 계약을 하기로 했다.

여러 곳에서 듬뿍 뜯어먹는 편이 낫기 때문이다.

"만약에 로드릭 미궁을 파훼할 수 있다면… 그 부분에 대한 인센티브도 준비되어 있습니다. 저희와 전속 계약을 하면서 고급 승용차 어떻습니까?"

돈이 썩어난다는 CTS미디어에서 제안하는 차종은 당연히 외제 차였다.

이현은 고개를 저었다.

"자동차는 받지 않겠습니다."

남자라면 대부분 차에 대해 관심이 많은 편이다.

그렇지만 매년 세금에, 보험금을 납부해 주고 주기적으로 오일 교환이나 타이어까지 챙겨 줘야 한다. 이현은 쓸데없이 돈만 잡아먹는 자동차는 사절이었다.

"대신 현금으로 주신다면 긍정적으로 고려해 보지요."

"……."

집주인의 등장

위드가 로드릭 미궁의 길 찾기를 성공했다고 해서 일이 끝난 것은 아니었다.

"이번에는 여러 갈래로 갈라지는군."

손거울의 빛은 갈림길에서 때로는 두 곳이나 세 곳 이상을 가리키기도 했다. 공간이 왜곡되어 있다 보니 어느 쪽으로 가더라도 결국은 목적지에 도착할 수 있다는 뜻이리라.

물론 어느 쪽이 지름길인지는 알 수가 없다.

게다가 악마병들의 전력이 왕성하기 때문에 미궁의 깊은 곳으로 갈수록 위험도는 따라서 높아졌다.

"이대로라면 여전히 어렵겠어. 조각 변신술두 써야 할 것 같은데."

드래곤의 검 레드 스타를 사용할 수 있는 혼돈의 대전사 쿠비취!

"갑시다!"

위드는 조각 변신술을 사용하고 나서 바하모르그와 성기사들, 사제들과 같이 손거울이 알려 주는 장소로 이동했다.

그곳에는 악마병이 무려 9마리나 기다리고 있었다.

미궁의 중심부로 들어가고 있다는 확실한 증거였다.

"크흐르르, 나약한 인간들이 왔군."

"신에 대한 믿음을 갖고 있는가? 신은 너희를 구해 주지 못할 것이다."

악마병들이 먼저 습격을 해 왔다.

"바하모르그, 돌격!"

"알겠다."

위드는 이번에는 어려운 퀘스트에 대비해 혼돈의 대전사 판금 갑옷 세트와 부츠도 가져온 상태였다. 방어구까지 착용하였으니 무서울 것이 없다.

"블링크!"

악마병들의 등 뒤쪽에 나타나서 레드 스타를 강렬하게 휘둘렀다.

"케엣!"

"불이다, 불!"

광휘의 검술은 빛의 속성을 가지고 있기 때문에 신성력 다음으로 악마병들에게 큰 효과가 있었다. 그렇지만 레드 스타의 불길 역시 악마병들을 태워 버릴 수 있는 압도적인 공격력을 자랑했다.

"쿠에에엣!"

"지옥! 지옥에서 나를 태우던 불길이 자꾸 떠올라!"

레드 스타에 베인 악마병들은 불길에 휩싸여 계속 고통스러워했다.

불에 대한 저항력이 있겠지만 여간해서는 쉽게 꺼지지 않는 불꽃이다.

위드가 조각 변신술을 쓰고 레드 스타를 든 이상 전투력은 확실히 달라졌다고 할 수 있다.

"모두 힘을 내라!"

위드는 악마병들의 공격을 2마리에서 3마리까지 맡았다.

혼돈의 대전사로서 생명력이 많아지고 회복력도 좋아졌지만 바하모르그처럼 공격을 몸으로 맞고 반격을 하는 방식은 쓸 수가 없다. 악마병들의 공격을 레드 스타로 흘려 버리거나, 블링크로 순간 이동을 하며 유인하는 방식을 취했다.

인간으로서의 모습보다는 아무래도 전투형 종족의 유리함을 이용하며 싸웠다.

"저놈을 반드시 씹어 먹고 말겠다."

"인간이 가지고 있는 검이 아주 탐이 나는군. 드래곤의 향기가 나는 것 같다."

악마병들은 위드를 잘 쫓아왔다.

바하모르그와 데리안, 성기사들이 사냥을 하기가 조금은 수월해졌다.

위드가 최대의 전투력을 발휘하고 악마병들을 끌고 다닌 덕분에 성기사들은 23명만 사망하고 승리할 수 있었다. 악마병들의 전력에 비하면 기적과도 같이 잘 싸운 전투였지만 그렇더라도 역시 성기사들의 죽음은 어쩔 수가 없었다.

만신창이가 된 위드에게 바하모르그가 다가왔다.

"괜찮은가?"

"이 정도로는… 꿈쩍도 하지 않아."

"그대의 강인한 맷집에 감탄했다. 보통 참을성이 아니로군."

"동료들을 지키면서 그들을 위하여 살다 보니 자연히 이렇게 된 것이지."

힘든 상황에서도 위드는 바하모르그에게 잘 보일 기회를 놓치지 않았다.

전투를 마치고 나니 생명력이 25,000밖에 남지 않았을 정도로 위험했다. 인간이었을 때에야 상당히 높은 수치였지만, 혼돈의 대전사 쿠비취가 되었을 때는 생명력이 15만을 넘어간다.

악마병들의 공격도 더욱 심하게 집중되기에 생명력이 2만을 넘기는 정도로는 불안했다.

악마병들과 싸우다가 순간 이동으로 피하다 보면 사제들의 치료 마법도 적용되지 않는 경우가 있었다.

레드 스타의 힘 덕분에 생명력과 마나를 빨리 채울 수는 있어도, 악마병들의 거센 공격에 가슴이 철렁 내려앉을 때도 있었다.

"어쨌든 위험하더라도 이렇게 계속해서 전진하는 수밖에는 없겠어."

그 후로 세 번의 전투를 더 치렀다.

위드는 직접적으로 미끼 역할까지 하면서 성기사들을 안전하게 했다.

성기사들을 공격하려는 악마병들의 뒤통수를 쳐서 그들을

적극적으로 유인한 것이다.

"전부 나에게 덤벼라!"

위드는 사자후를 터트렸다.

전투를 승리하더라도 위드 자신이 죽고 나면 말짱 도루묵. 하지만 성기사들을 조금이라도 더 살리기 위해서는 그런 위험 부담도 감수하는 수밖에 없었다.

"저놈이다!"

"저 검을 들고 있는 놈부터 없애라."

"생살을 씹어 먹어야겠군!"

모든 악마병들이 위드의 뒤를 쫓아왔다.

악마병 포효크의 채찍에 얻어맞았습니다.

악마병 크로비콥의 검이 어깨를 강타하였습니다.
부상이 심각하여 왼쪽 어깨를 사용할 수 없습니다.

악마병의 공격에 땅을 나뒹구는 정도는 흔한 일이었다.

아무리 짧은 거리를 순간 이동으로 움직일 수 있더라도, 무섭게 쫓아오는 악마병들이 5~6마리씩이나 되었다.

'조금 전에 뒤쪽으로 넘어가는 녀석이 있었으니 등을 노릴 거야. 막을 수는 없다. 그리고 정면의 녀석이 가장 강해.'

지금까지의 모든 전투 경험을 바탕으로 악마병들 틈에서 위태로운 곡예를 펼쳤다.

바하모르그가 몇몇 악마병들을 자신의 몫으로 데려가기 직전에는 생명력이 밑바닥까지도 떨어졌다.

숨 가쁘게 빠른 공수 전환과, 위험천만한 만큼 거칠고 박력이 넘치는 전투!

"크으, 이번에도 이겨 냈군. 이번에는 정말 죽을 뻔했어."

전투를 치르면서 슬로어의 결혼반지로 서윤의 생명력을 가져온 덕분에 살아날 수 있었다. 이번에는 쿠비취의 조각품을 만들면서 일부러 손가락을 가늘게 해서 결혼반지를 착용했던 것이다.

전투가 끝난 후의 위드의 몸은 항상 심각한 부상을 입어서 사제들이 모여들어 집중적으로 치료를 해 주어야 할 정도였다.

그러나 혼신의 노력에도 불구하고 예측하지 못했던 가장 절망적인 사고가 발생하고야 말았다.

"딸꾹, 커허어! 오늘따라 술맛이 좋구나."

제이든이 앞으로 나가서 함정을 해체하였다.

확실히 미궁의 깊은 곳으로 들어가고 있다는 증거로, 함정의 난이도까지 올라가고 있었다.

"어, 이 빨간 줄을 건드려야 하나 노란 줄을 건드려야 되나? 딸꾹. 아마도 빨간 줄이겠지이?"

콰과과광!

천장에서 무너져 내려온 돌 더미에 깔려서 제이든 사망!

"안 돼! 너도 더 부려 먹어야 하는데……."

목적지로 갈 수 있는 다른 길도 있었지만 그건 중요하지가 않았다. 이제부터는 함정을 해체할 수가 없게 된 것이다.

"이대로라면 정말 완벽하게 갇힌 꼴이 되어 버렸어."

위드는 망연자실하게 그 자리에 한동안 서 있었다.

로드릭 미궁에 제대로 고립되고 말았다.

길은 알고 있지만 악마병들과 제대로 싸우기도 전에 함정들에까지 피해를 입게 생겼다.

바하모르그는 물론이고 성기사들과 사제들의 목숨의 무게가 어깨를 무겁게 눌러 왔다.

"아마도 이 길의 끝에서 악마 몬투스와 싸우게 될지도 모르는데."

왠지 그런 불행이란 비껴 나가지 않을 것만 같은 예감이 들었다.

미궁에서 몬투스가 어느 곳에 있는지 알고 있다면 피해서 갈 수도 있으리라.

하지만 어느 한 장소에 있지 않고 돌아다닐 수도 있으며, 위드가 원하는 대마법사의 연구 기록이 있는 장소에서 기다리고 있을지도 모른다.

혹은 대마법사의 방으로 들어가기 위해서는 그곳을 거쳐 가야 할 가능성도 컸다.

"앞으로는 악마병들도 더 많이 나오게 될 텐데, 그리고 환영이나 마법 몬스터들, 거기에 이제는 함정까지… 이대로라면 승산이 없을 거야."

위드는 이제 드디어 실패를 인정했다.

로드릭 미궁으로 늘어와서 성기사와 사제 들을 지휘하며 수십 번의 싸움을 비교적 적은 희생으로 치른 것만으로도 대단한 일이었다.

용병이나 일반 병사, 오합지졸을 통솔하여 잘 싸우기도 어렵지만, 레벨이 높은 성기사와 사제 들을 완벽히 장악하고 최대의 전투력을 발휘하며 악마병들을 계속 해치우는 것과는 비교할 게 아니다.

어렵더라도 끝까지 성공하기 위하여 미궁으로 들어와서 발버둥을 쳐 왔다.

지금은 그 희미하던 가능성까지 사라져서 절망적이라고 할 수 있었다. 위드가 어떤 대책이든 빨리 마련을 해야 되는 상황이었다.

"대재앙은 사용하기가 곤란해. 악마병들이 나올 때마다 재앙을 일으킬 수도 없고, 또 약한 사제들이 크게 피해를 입을 수도 있으니까 말이야."

정령 창조 조각술도 마땅치 않았다.

정령술은 다양한 분야에서 효력을 발휘할 수 있지만 새롭게 만들어 내는 정령들의 첫 능력은 약하다.

흙꾼이나 화돌이, 씽씽이로 전투를 치르기에도, 전문적인 정령술사도 아닌데 악마병들의 레벨이 너무 높다.

"조금 더 나은 방법이 더 있을 거야. 내가 빠뜨리고 생각지도 못했던 무언가가……."

조각품에 생명 부여!

가장 현실적으로 강력한 아군을 늘려서 도움이 될 수 있는 스킬이었다.

미궁의 불안정한 마나로 인하여 다른 조각 생명체들을 소환하거나 유린이가 그림 이동술로 데려오지도 못할 것이기 때문이다.

"최소 5마리 정도는 생명을 부여해야 도움이 되겠지. 제대로 쓰려면 10마리 이상으로……. 그리고 아마 악마병들과 몬투스와 싸우면서 많이 죽어 버릴 테지."

스킬을 사용하면 레벨이 대폭 줄어들어 버리는 것은 물론이고, 갑자기 생명을 부여하려고 해도 만들어져 있는 명작 이상의 조각품도 없다. 현재까지 만들었던 조각품들 중에서 잘 나온 것들은 있었지만, 위험천만한 로드릭 미궁으로는 가져오지 않았던 것이다.

생명을 부여하더라도 부하 몇 명이 늘어나는 정도라서, 미궁에 처음 들어왔을 때의 전력보다 강해진다고 보기는 쉽지가 않았다.

악마병들과의 전투에서 금방 죽을 가능성도 크다.

"바깥이었다면 명성을 이용해서 죽어도 상관없는 자유 기사들이라도 더 데려왔을 텐데… 지금은 이미 후회해 봐도 늦었고. 기존의 조각술로는 방법을 찾을 수가 없겠군. 그렇다면……."

위드는 조각 변신술을 해제하고 배낭에서 프레야 교단에서 받은 목조품을 꺼냈다.

"지금처럼 가장 절실할 때에 도움이 될 만한 스킬이 있다면 그건 아마도……."

이렇게 궁지에 몰리게 된 이상 자신만의 조각술의 비기를 창조해 내기로 했다.

어지간한 스킬로는 현재의 답답한 상황을 바꾸지 못할 것이다. 완벽히 상황을 반전시킬 수 있는 그런 스킬, 그리고 앞으로도 두고두고 써먹을 수 있는 기술을 만들어 내야만 했다.

◦℘ ℘◦

사각사각사각.

위드는 자하브의 조각칼로 목조품을 깎았다.

세밀하고, 정성이 듬뿍 담겨 있는 손길!

조각품의 비기를 창조해 내는 중요한 순간이었으므로 완벽하게 집중하고 있었다.

'부동산중개소에서 집을 사고 돈을 입금할 때만큼이나 긴장이 되는군.'

앞으로 쭉 함께하게 될 동반자 같은 스킬!

광휘의 검술처럼 적과 싸울 때에도 필요하고, 조각품에 생명 부여처럼 애정 어린 동료도 있으면 좋다. 대재앙처럼 한꺼번에 뒤집어 놓을 수가 있거나, 조각 변신술처럼 예측하지 못한 변화를 추구하는 것도 쓸모가 있다. 정령창조 조각술도 꾸준히 익히고 사용한다면 활용도가 지금보다 훨씬 높아질 것이란 것은 확실했다.

지금까지 익히고 있는 모든 조각술의 비기, 그리고 현재의 상황을 완전히 바꾸어 줄 수 있는 스킬이란!

'너무 좋은 스킬을 만들어 내면 페널티가 심할 텐데. 아무튼 여기서는 얼굴에 주름을 조금 더 표현해 주는 것이 맞겠지.'

위드가 조각을 하고 있는 것은 나이가 많은 할아버지였다.

지혜를 간직한 깊은 눈매와 이마의 큰 주름들. 입고 있는 옷은 마법사의 로브였으며 머리에는 챙이 넓고 길쭉한 모자도 착용하고 있었다.

'손에는 마법 스태프를… 망토는 없는 것이 낫겠지.'

지금 조각을 하고 있는 것은 대마법사 로드릭이었다.

이곳 미궁에 대한 영상에서 본, 악마 몬투스와 싸우던 그 로드릭을 그대로 조각을 하는 것이다.

조각사의 장점으로는 직접 눈으로 보았거나 상상했던 대상을 고스란히 재현할 수 있다는 점!

위드는 그 자리에서 7시간에 걸쳐 조각품을 완성했다.

> 프레야 여신의 신성력으로 새로운 조각술을 창조해 낼 수 있습니다.
> 조각술의 이름을 정해 주십시오.

"조각 부활술."

> 조각 부활술이 맞습니까?

"맞아."

> 조각술을 정의하여 주십시오.

위드는 목소리를 묵직하게 깔았다.

"이 땅에는 밤하늘의 별만큼이나 많은 영웅들이 살다가 갔다. 게이하르 폰 아르펜 황제, 콜드림, 대마법사 로드릭 그리고 로사임 왕국의 현왕 시오데른."

현왕 시오데른은 다른 이들에 비해서는 조금 격이 떨어졌지만, 피라미드를 건설하게 해 주었기 때문에 특별히 끼워 넣어 주었다.

영화와 드라마에서 흔히 그렇듯이, 협찬의 힘이었다.

"이미 죽은 역사적인 인물들을 다시 불러올 수 있는 스킬이
될 것이다."

> 조각술의 특성상 스킬 사용에 따른 페널티가 심하게 부여될 것입니다.
> 그래도 진행하겠습니까?

"이미 결정했다."

페널티가 심해서 스킬을 자주 쓰지 못하게 되더라도 어쩔 수
없었다.

> 조각술이 완성되었습니다.
> 프레야 여신은 인과율이 어긋나는 것을 원하지 않습니다. 조각술을 사용할
> 때마다 일정한 대가를 치르게 될 것입니다.

목조품
위드가 자신의 기술을 수록한 목조품이다. 죽은 지 오래되어 역사에만 남아 있
는 인물들을 불러오는 기술을 익힐 수 있다. 단, 고급 조각술을 먼저 터득하여
야 한다.
내구력 1/1

조각 부활술 1 (0%)
조각품을 만들어서 현재는 살아 있지 않은 위대한 인물들을 불러올 수 있다. 고
급 조각술 필요. 단, 사용할 때마다 예술 스탯 45 하락, 신앙 10 감소, 레벨 3이
떨어지게 된다.

대상이 살아 있을 때의 모습을 정확히 조각해야 하며, 조각 부활술로 불러온 이가 활동할 수 있는 시간은 스킬 레벨에 따라 달라진다. 현재 21시간. 지금의 스킬 레벨로는 한 번에 1명만 불러올 수 있다.

인간과 유사 인종들만 부름에 응답할 것이다. 몬스터들은 불가능. 살아 있을 때의 기억과 능력을 가지고 활약할 수 있지만 부하를 대하듯이 명령을 내리지는 못하고 자기 자신의 의지에 따라 행동한다. 때때로 자신의 의지에 따라서, 어떤 도움도 주지 않고 피해만 줄 수도 있다.

프레야 여신이 허락하지 않아 같은 인물을 두 번 불러오는 것은 불가능하다.

스킬 시전 후 재사용을 위해서는 한 달의 시간을 필요로 한다.

조각술 스킬의 숙련도가 향상되었습니다.

조각술의 비기를 창안하여 명성이 2,430 올랐습니다.

위드에게는 귀중하기 짝이 없는 스킬의 탄생!

"레벨이 3개나 깎이다니 조금 아쉽군."

대단한 영웅을 불러올 수 있다고 해도 활동 시간은 고작해야 하루도 되지 않는 수준.

"무진장 비싼 임대료를 내야 되는군!"

월세도 아닌 하루치 비용이 예술과 신앙 스탯, 레벨의 하락이었다.

"어쨌든 사용해 봐야지. 조각 부활술!"

위드는 곧바로 스킬을 시전했다.

처음으로 되살아나게 할 인물은 정해져 있었다.

대마법사 로드릭!

이 미궁은 그의 집이고 연구실이었다.

조각 부활술 스킬을 사용하였습니다.
마도의 정점에 올라 있던 대마법사 로드릭, 예술의 부름을 받아 이 땅에서
다시 움직이게 될 것입니다. 예술 스탯 45가 영구적으로 사라집니다. 신앙
스탯 10이 영구적으로 줄어듭니다. 레벨이 3 하락합니다. 생명력과 마나
18,000씩이 소모됩니다.
조각 부활술에 의하여 되살아나는 인물은 생전의 지식과 능력을 가지고 있
습니다. 정해진 짧은 시간이나마 세상을 다시 볼 수 있고 움직일 수 있게 해
주는 것에 대해 고마워할 수도 있고, 그러지 않을 수도 있습니다.

조각 부활술 스킬의 숙련도가 향상되었습니다.

언데드 소환과는 완전히 달랐다.

실제 존재했던 인물을 온전히 다시 돌아오게 하는 것.

위드가 있는 장소에 새하얀 빛이 가득 찼다. 그리고 서서히
빛이 사라지고 난 이후에는 한 사람이 나타나 있었다.

대마법사 로드릭!

위드가 이곳 미궁을 들어오기 전에 영상으로 봤고, 조각을
했던 로드릭이 나타난 것이다.

로드릭은 주변을 둘러보며 중얼거렸다.

"나는… 분명히 악마 몬투스와 싸우다가 죽었다. 그리고 이
곳은 나의 집이로군."

대마법사답게 상황 판단이 빨랐다.

위드는 그에게 다가갔다.

"위대하신 대마법사 로드릭 님께 인사 올리겠습니다. 평소에
흠모하던 차에 이렇게 뵙게 되어서 영광입니다."

"넌 누구인가?"

"저는 위드라고 합니다. 직업은 조각사입니다."

"들어 본 적 없다."

"당연히 그러실 겁니다."

로드릭이 살아 있었을 당시에는 당연히 위드가 유명하거나 역사서에 나올 일도 없었다.

지금은 거장 조각사로 인정을 받고 있으며 아르펜 왕국의 국왕이기도 했지만, 로드릭에게는 대우를 제대로 받지 못했다.

명성이 위력을 발휘하려면 그것을 접해 봐야 한다. 로드릭이 마을로 내려가거나, 소식과 유행이 잘 퍼지는 도시에 간다면 위드에 대하여 금방 알게 될 것이다. 하지만 이곳에서는 별로 가망 없는 이야기였다.

물론 밖으로 나갈 수 있다고 해도 악덕 고용주인 위드가 찬성할 리도 없다.

"저는 모험을 하던 도중에 대마법사 로드릭 님께서 악마 몬투스를 이곳에 가두어 두었다는 사실에 대해 진한 감동을 받았습니다."

"내 실수로 대륙의 평화가 깨지지 않게 하기 위해서였지. 몬투스가 밖으로 나갔다면 큰일이 났을 것이다."

"그렇습니다. 로드릭 님 덕분으로 대륙은 평온할 수 있었습니다."

위드는 맞장구를 쳐 주었다.

사회라는 게 다 적당히 아부도 하면서 서로 맞춰 가는 것.

"나에게 바라는 것이 있느냐?"

"없습니다. 다만 이곳에 갇혀 있는 악마 몬투스가 언젠가는 밖으로 나가게 되지 않을까 걱정이 됩니다."

"몬투스는 내가 없앨 것이다."

"여부가 있겠습니까? 그렇다면 옆에서 그저 로드릭 님을 도와드려도 될까요?"

"내가 저지른 일이니 나 혼자서도 충분하다."

로드릭은 마법 스태프로 땅을 딱 하고 내려쳤다.

큰 소리가 나거나 무시무시한 일이 벌어진 것도 아니었는데, 위드의 눈길이 스태프로 향했다.

'대마법사가 쓸 정도의 스태프라면… 저게, 대체 가격이… 꿀꺽!'

큼지막한 다이아몬드가 박혀서 황홀한 빛을 뿌리고 있었다.

로드릭은 대마법사답게 자기 자신의 능력에 대한 자신감이 넘쳐흘렀다.

세계를 구성하는 법칙들을 이해하고 위대한 마나의 힘으로 뒤바꾸어 놓는 마법사다운 태도다.

'판사, 검사, 변호사, 의사 그리고 마법사지.'

어쨌든 전문직이라는 사 자 돌림!

"평소 존경하던 대마법사 로드릭 님과 함께 악마들과 싸울 수 있다면 저에게는 거대한 영광이 될 것입니다."

"위험한 일이다."

"제 힘이 미약해도 이곳의 악마들과 싸우고 있었습니다. 저에게 목숨은 가장 큰 재산이기에 제일 가치 있는 일에 쓰기 위하여 이곳에 왔던 것입니다. 그러니 로드릭 님의 옆에서 존경스러운 모습들을 하나하나 배울 수 있게 해 주십시오."

"여기서 기다려라."

"후세의 사람들이 로드릭 님을 기억할 수 있도록, 조각사인 제가 그 모습들을 잘 관찰하고 작품으로 만들고 싶습니다."

"정 그렇다면 따라와라. 하지만 나를 번거롭게 해서는 안 될 것이다."

"물론입니다."

처절하게 매달린 끝에 결국 위드는 로드릭과 함께 가는 것을 허락받았다.

'이제 로드릭의 뒤를 따라다니면서 실컷 이득을 보는 것만 남았군. 레벨을 3개나 깎아 가면서 불러들였으니 제대로 활용을 해 주어야지.'

로드릭은 설치된 함정을 파훼할 수 있는 것은 물론이고, 현재 그들이 있는 위치까지도 알고 있었다. 이곳은 다른 곳도 아니고 바로 그의 집이었기 때문이다.

"여기는 내 연구실에서 꽤나 먼 곳이로군. 공간 왜곡과 환영 마법은 악마병들이 빠져나갈지도 모르기에 풀 수 없으니 이동 하면서 전투를 해야겠다."

"예. 준비되어 있습니다."

위드는 조각 변신술로 다시 모습을 쿠비취로 바꾸었다.

바하모르그와 성기사, 사제 들을 지휘하면서 로드릭의 뒤를 따르기로 했다.

악마병 9마리가 기세등등하게 기다리고 있었다.

"캬핫, 인간 주제에 이곳까지 오다니……."

"먹이가 왔구나. 어! 그런데… 늙은 너는 어디서 봤던 것 같은데……."

"내 집을 더럽히고 있는 놈들, 썩 사라지거라. 육체 파열!"

로드릭의 마법에 의하여 악마병들이 한곳으로 끌려가더니 공기가 압축되어서 찢어지는 폭발로 커다란 피해를 입었다. 곧바로 죽진 않았지만, 레벨이 높아서 쉽게 쓰러지지 않던 악마병들이 단 한 방에 모조리 중경상을 입은 것이다.

그러나 단지 한 번의 마법 사용 정도가 대마법사를 두려워하는 이유는 아니었다.

"화염 기둥."

고통스러워하는 악마병들이 몰려 있는 곳에 새빨간 불기둥이 마구 치솟았다.

지역 전체에 영향을 미치는 범위 마법!

마법이 발현되면 그곳을 벗어나지 않는 한 끝날 때까지 계속 피해를 입게 된다.

대마법사는 지연 시간이 거의 없이 연속으로 마법을 사용할 수 있었으며, 유지 시간도 아주 길었다.

화염 기둥은 중급 마법 정도로, 단지 인사에 불과했다.

"지옥 불. 암석 강타. 영혼의 충격!"

로드릭은 악마병들을 몰아 놓고 무자비한 공격을 가하고 있었다.

기회를 포착한 위드의 눈이 빛났다.

"제가 도와드려도 되겠습니까?"

"마법 주문을 외우는 데 방해가 된다. 지켜보기나 해라."

"로드릭 님께서 이 악마병들을 전부 다 해치우실 필요는 없습니다. 중요한 것은 몬투스에게 가는 것이 아니겠습니까? 작은 힘이라도 도울 수 있게 해 주십시오."

"정 그렇다면 하고 싶은 대로 해라."

"성기사들은 습격을 대비하여 수비 진형으로. 사제들은 신성마법으로 악마들을 직접 공격해라."

위드의 지휘에 성기사들은 로드릭을 보호하기 위해 방패를 들고 도열했다. 완벽하게 수리된 갑옷과 방패 들이 약간의 오차도 없이 번쩍번쩍 빛을 냈다.

사제들은 악마들을 향하여 신성 마법들을 사용하며 집중 공격했다.

"캬하악!"

"저 인간을 죽여야 한다."

악마병 2마리가 뛰쳐나왔지만 벌써 대비가 되어 있었다.

"너는 내 몫이다."

"루의 뜻으로 사멸시키겠다."

바하모르그와 데리안이 악마병들을 맞상대했다.

지금까지 8~9마리와 힘겹게 싸워 왔으니 2마리 정도라면 간단하기 짝이 없었다.

"크와아아악!"

그리고 로드릭의 집중 공격으로 전신에 불이 붙은 악마병이 괴로워하면서 죽어 가는 그 순간.

"블링크!"

위드는 악마병의 옆에 나타나서 레드 스타를 휘둘렀다.

악마병 타비아스가 소멸되었습니다.
전투에 참여한 이들의 명성이 191 증가합니다.

경험치를 조금 습득하였습니다.

레드 스타를 오른손으로만 사용하면서 왼손은 빠르게 움직였다.

슥삭!

악마병 타비아스의 공포 채찍을 습득하였습니다.

악마병의 허리띠를 습득하였습니다.

연금술의 흑색 시약을 습득하였습니다.

다음으로는 바로 옆의 악마병이 약해 보였다.

"헤라임 검술!"

악마병 로츄스가 소멸되었습니다.
전투에 참여한 이들의 명성이 171 증가합니다.

경험치를 조금 습득하였습니다.

악마병을 연속으로 사냥하여 민첩이 1 높아집니다.

스스슥!

악마병 로츄스의 깨진 견갑을 습득하였습니다.

증오의 파편을 획득하였습니다.

"대륙의 정의를 위하여 널 처단하겠다."

위드는 생명력이 얼마 없는 악마병들만 골라서 마지막 일격을 가했다.

보통은 전투를 실컷 하고 경험치는 부하들에게 양보하는 편이었다. 그런데 여기에서 성기사들과 사제들은 자신의 부하가 아니었고, 하루 뒤면 다시 사라지게 될 로드릭은 말할 필요도 없다.

본전을 찾기 위한 악착같은 전투!

"시간이 없다. 빨리 가야 한다."

"예, 대마법사 로드릭 님."

로드릭은 제한된 시간 동안만 세상에 존재할 수 있기에 경험치에는 관심이 없었다.

"바하모르그, 더 빨리 전투를 하라. 다른 이들을 위하여 망설이시 않아도 된다."

"그렇게 하지."

"성기사와 사제 들도 지금부터는 속도를 낸다."

"예! 알겠습니다."

위드는 성기사와 사제 들을 확실히 통솔하고 있었다.

미궁에서 그가 지금까지 보여 주었던 헌신과 노고가 보답을 받고 있는 것이리라.

'로드릭이 존재할 수 있는 건 대략 20여 시간. 그 안에 이 미궁에서 목표를 달성한다.'

데몬 슬레이어

위드는 조각 부활술을 쓰느라 잃어버렸던 경험치를 전투를 하면서 제법 많이 복구할 수 있었다. 악마병들의 레벨이 높기에 마지막 공격을 하는 것만으로도 경험치가 쑥쑥 들어왔다.

그렇다고 해서 줄어든 레벨 3개를 올릴 수 있을 정도는 아니었지만, 확실히 빠르게 경험치를 채워 가고 있었다.

띠링!

일곱 번의 연속 공격으로 악마병 데이페를 소멸시켰습니다.

검술 스킬의 숙련도가 향상되었습니다.

호칭, '악마병 사냥꾼'을 얻었습니다.
악마들과 전투를 벌일 때 투지의 효과를 높입니다. 부하들이 위축된다면 호칭의 효과가 이를 극복하는 데 도움을 줄 것입니다. 대륙의 교단들로부터 존경 어린 대우를 받게 됩니다. 던전에서 약한 몬스터들을 사냥할 때, 드문 확률로 일격 필살이 발생합니다. 악마병으로부터 아이템을 획득할 확률을 높입니다. 저주 마법과 흑마법에 대한 저항력이 2% 강해집니다. 악마와 관련된 아이템을 소유하고 있다면 더 높은 위력을 끌어낼 수 있습니다.
제한: 악마병을 200마리 이상 사냥한 자에게만 부여되는 호칭.

전투로 얻는 호칭!

위드가 조각품을 만들어서 스탯을 축적하는 것처럼, 전사들은 자신의 한계를 뛰어넘는 전투를 경험하며 강인해진다. 명성과 스탯을 얻기도 하고 저항력이나 특별한 스킬을 깨닫게 되기도 한다.

조각품이나 생산 계열 스킬에 추호도 관심을 두지 않는 검치나 수련생들이 강한 이유이기도 했다.

단지, 전투를 통하여 자신의 한계를 넘는다는 것이 쉬운 일은 아니라서 목숨을 잃어버리는 경우가 더욱 많다. 안전한 사냥을 위주로 한다면 그만큼 능력을 개발하지도 못하게 되는 셈이었다.

'데몬 소드를 쓸 때 조금 도움이 되겠군.'

지금은 레드 스타를 착용하고 있지만, 일상적인 사냥에서는 악마를 베었다는 검 데몬 소드가 아주 유용했다.

"이제 열두 번 정도만 더 싸우면… 몬투스가 기다리고 있을 거네."

"그렇습니까."

위드는 로드릭에게 정중하게 대했다.

그의 마법은 그야말로 엄청났고, 끊임없는 놀라움의 연속이었다.

마법사들의 마나 소모는 매우 심각하다. 위력을 발휘하는 짧은 시간 외에는 내내 명상을 하며 휴식을 취해야 한다는 게 일반적으로 알려진 상식이다.

그런데 로드릭에게는 그러한 휴식 시간이 필요가 없었다.

"발열, 눈멀기, 라이트닝 서클!"

기본 3개의 마법을 연속으로 마구잡이로 쓰면서 전투를 거듭하여도 마나가 고갈되지 않았다.

짧은 시간이었지만 로드릭과도 조금은 친해질 수가 있어서, 위드는 과감히 질문을 던져 보았다.

"마나가 고갈되지 않는 비결이 뭡니까?"

"그야 너무나도 간단한 것이 아닌가?"

"네?"

"세상이 무엇으로 이루어져 있나. 마나로 이루어져 있지 않은가."

〈로열 로드〉의 세계에서는 모든 것을 구성하는 만물에 마나가 있다고 한다.

"그야 그렇죠."

"내 몸의 마나를 쓰는 것이 아니라 세상의 마나를 끌어와서 쓰면 되니 무한한 마나를 발휘할 수 있는 것이지."

"아, 그러면 몸에 마나가 아예 없다 해도 마법을 쓸 수 있겠군요."

"그런 상황이 자주 벌어지는 것은 아니지만 세상의 마나를 끌어온다면 그렇지. 그런데 나도 부담이 될 정도로 고위 마법을 쓰려면 내가 가진 마나도 많이 소모가 되지."

위드는 이번에는 마법사가 미치도록 부러웠다.

'조각술 마스터가 아니라 마법을 마스터했더라면 얼마나 좋았을까.'

조각사로서 궁극의 경지에 다다르고 있으면서도 다른 직업들이 가끔씩 부러워지는 것은 어쩔 수가 없었다.

로드릭은 자신의 몸에 있는 방대한 마나를 쓰기도 하고, 주변의 마나를 끌어와서 쓰기도 했다. 휴식 시간도 필요하지 않았고, 완벽한 전투 마법사이며 기계라고 불러도 될 정도였다.

위드는 로드릭이 마법을 써서 악마병들을 초토화시킨 곳에만 나타나 목숨을 끊고 아이템들을 취했다.

"아무래도 힘이 부족한 것 같군. 거인의 힘을 외워 주지."

"고맙습니다."

로드릭은 위드와 바하모르그, 성기사들에게 거인의 힘 주문을 시전해 주었다.

> 대마법사 로드릭이 '거인의 힘'을 부여했습니다.
> 잠재되어 있는 힘이 깨어나 최대 300%까지 늘어나게 됩니다. 유지 시간이
> 2시간 59분 남았습니다.

거의 마스터의 경지에 다다른 보조 마법이었다. 받는 쪽의 레벨이 낮을수록 갑자기 올라가는 힘의 비율은 더욱 높아진다.

사제들이 써 주는 신성 마법의 축복과는 중복되어 적용되었기에 아주 유용했다.

힘이 강해졌다고는 해도 악마병들의 공격은 성기사들을 지속적으로 괴롭혔다.

"그것 하나 못 피하나?"

"저희가 약해서…….."

"신속의 주문을 외워 주지."

"번거로우실 텐데 그러지 않으셔도 됩니다."

"시끄럽다."

> 대마법사 로드릭이 '신속의 주문'을 부여했습니다.
> 이동속도가 빨라집니다. 스킬의 지연 시간이 감소합니다. 유지 시간이 2시간 59분 남았습니다.

로드릭은 오만하고 고집스러운 노인이었다. 전투도 자신이 주도하려고 하고, 다른 이들은 그의 움직임에 맞춰서 따라가야만 했다.

하지만 함께 싸우는 위드와 바하모르그, 성기사들에게도 점점 믿음을 주었다.

로드릭이 세상에 존재할 수 있는 시간은 이제 9시간 40분이 남았다.

'목적지까지 가는 건 무난하겠군.'

모든 함정들을 해체하면서 최단거리로 이동을 했다.

그러나 악마병들이 12마리 이상이 출현하였을 때는 위드도 심각하게 긴장을 하지 않을 수가 없었다. 지금까지 보이지 않던 인간에 가깝게 생신 악마병도 있었다.

악마병 중급 지휘관 블커!

"파이어 골렘 소환!"

로드릭은 자신의 가디언인 파이어 골렘을 불러냈다.

악마병들에게 아무리 얻어맞더라도 끄떡도 하지 않는 거대한 파이어 골렘!

고위 마법사는 자신만의 골렘이나 소환물을 갖고 있었다.

파이어 골렘이 바하모르그와 같이 악마병들을 버텨 주고, 로드릭의 무자비한 마법이 적들을 타격하였다.

"크르릇, 흩어져서 인간들을 공격하라."

조금의 틈만 주면 영악한 악마병들이 산개해서 공격을 하기도 했다.

그 이후로도 많은 악마병들을 만나서 성기사들도 추가로 200여 명이 안식을 맞이하고 사제도 32명이 죽었다.

그렇지만 그들이 미궁에서 잡은 악마병들을 전부 합치면 엄청난 숫자라서 의미 없는 희생은 아니었다.

로드릭을 불러온 이후로는 환영이나 연구용 마법 몬스터들은 덤비지도 않았다.

위드는 식사와 휴식을 하는 동안에 로드릭에게 다가갔다.

"이제 곧 몬투스가 있는 곳으로 가게 되겠군요."

"그럴 테지. 그놈은 내가 지옥으로 돌려보내거나 처단할 것이다."

"물론입니다. 그런데 궁금한 것이 있습니다."

"또 무엇이냐."

"조각사들과 찬란한 아름다움에 대하여 연구를 하셨다고 들었습니다."

"매우 보람이 있는 일이었지. 그리고 내가 아니었다면 진전도 없었을 것이야."

"어떤 연구를 하셨는지 들을 수 있을까요?"

위드는 심장이 쿵쾅거릴 정도로 긴장이 되었다.

"연구를 위해서 아마도… 수십 가지의 시도가 있었지. 무수히 많은 실패를 겪었고, 불가능에도 거침없이 도전하였다. 정말 찬란한 아름다움을 표현하기 위해서는 세상의 법칙과 한계를 넘어야 했기 때문이야."

"그게 구체적으로 무엇이었나요?"

위드는 로드릭이 내뱉는 말을 기다리며 숨을 죽였다.

"귀찮군. 말해도 믿지 않을 테니… 내 연구실에 가면 보도록 하게."

"예…….."

"저쪽으로 가게."

귀찮게 해서 친밀도 하락!

그다음에 벌어진 악마병들과의 전투에서도 로드릭은 대대적으로 활약을 했다.

지금은 실전되어 전해지지 않는 궁극 마법을 남발!

"죄인의 굴레."

악마병들의 발에 두꺼운 쇠뭉치들이 채워졌다. 이동력과 민첩성을 떨어뜨리는 마법 주문이었다.

"플레임 캐논, 악령의 손!"

미궁 전체가 뒤흔들릴 정도로 강력한 불의 공격에, 땅이 갈라지더니 그 틈으로 시커먼 손이 나와서 악마병의 다리를 붙잡았다.

"캬아앗! 안 돼, 끌려가고 싶지 않아!"

벌어져 있던 땅이 닫히고 살펴보니 악령의 손이 악마병을 5마리나 데려갔다.

끌려간 악마병은 그것으로 끝.

위드는 정말 빠르고 정확한 판단을 해야만 전투의 공적을 세울 수가 있었다. 악마병들이 무턱대고 성기사들과 사제들이 있는 쪽으로 덤비는 것도 막아야 된다.

로드릭도 어느 정도는 신경을 써 주었지만, 주로 악마병들을 해치우는 데에만 관심을 가질 뿐이었다.

"마법이 예전 같지 않군. 시약이나 보조 아이템이 있으면 더 강한 위력을 발휘할 수 있을 텐데."

로드릭이 무시무시한 마법을 시전하며 내뱉는 말은 황당하게 들리기까지 했다.

'지금보다 더 강해진다면… 과거 바르칸의 예를 봤을 때도 그렇지만 역시 마법사가 최강인가?'

위드는 미궁을 전진하면서 갈수록 복도나 주변의 장식들이 더욱 화려해지는 것을 느낄 수가 있었다.

먼지가 두껍게 쌓여 있었지만 기사의 장식물이나 그림들, 복도에 세워져 있는 조각품들이 있었다. 물론 대부분 손상이 심각하여 완전한 복원을 하지 않는 이상 감상을 통해 스탯이나 조각술 숙련도를 올리지는 못했다.

'아깝군. 충분한 시간만 있었어도…….'

위드에게는 노가다의 길이 보였다.

로드릭 미궁의 모든 예술품 복원! 그리고 완벽하게 청소만 해낸다면 훌륭한 궁전이 되지 않겠는가.

상념의 끝에서 헤어 나오기도 전에, 일행은 몬투스가 있을 것으로 짐작되는 커다란 문을 앞에 두고 섰다.

미궁에 들어서서 여기까지 오는 그 긴 여정 동안, 문이 있는 곳은 처음이었다.

전투 지휘를 위해서는 장소를 미리 조금이나마 알아 두는 것이 좋았기에 위드는 로드릭에게 물었다.

"저곳은 어디입니까?"

"왕이 머무르던 넓은 대전이지. 그리고 내가 마법 연구 장소로 사용을 했었고. 몬투스는 아마도 저곳에 있을 것이야."

꿀꺽.

위드는 마른침을 삼켰다.

베르사 대륙에서 로드릭 미궁의 이곳까지 온 사람도 없었지만, 하급이더라도 악마와 싸운다는 것도 상상하기가 어렵다.

'꿈에 나오면 이건 확실히 악몽인데…….'

그럼에도 차오르는 흥분과 기분 좋은 긴장감.

죽으면 잃어버리는 것이 많지만 하급 악마와 싸워 본다는 것도 짜릿한 일임에 틀림이 없다.

마지막 전투가 될지도 몰라서 이번에는 제법 긴 휴식 시간을 가졌다. 바하모르그, 성기사, 사제 들의 장비들을 새것처럼 말끔하게 고쳐 놓았다.

"살아서 또 만나자."

"반드시 우리가 이길 수 있습니다."

혹시 모를 인사도 나누면서, 푸짐하게 식사도 했다.

마판을 통해 챙겨 왔던 전투 물자는 절반 이상이나 남아 있었다.

처음부터 넉넉하게 준비를 하기도 했고, 악마병들이 워낙 위험해서 사냥을 하며 오래 머무를 수조차 없었던 것이다.

'어차피 죽으면 이것들은 밖으로 가져가지도 못할 텐데.'

고급 요리 스킬을 뽐내며 최고급 음식을 조리했다.

로드릭에게는 대륙 중부 지방의 왕들이 먹는 만찬까지도 차려 주었다.

"오랜만에 먹는 맛이로군."

로드릭은 마나를 완전히 회복했고, 다른 이들도 완벽한 몸 상태였다.

"가지."

성기사 8명이 달라붙어서 대전으로 향하는 문을 열었다.

"이제 시작이구나."

위드는 쿠비취로 몸을 바꾸고 레드 스타를 들었다.

문이 완전히 열리고 나니, 그곳에는 그들을 기다리고 있는 악마 몬투스가 보였다.

명동의 사채시장은 대한민국의 경제 발전에 필요한 역할을 해 왔다. 회사채 발행, 기업 대출, 어음할인 등이 이루어지며 자금 지원을 해 주었던 것이다.

물론 그 과정에서 긍정적인 면만 있는 것은 아니었다.

높은 이율의 폭리는 기본이었고, 정치자금이나 범죄 수익도 사채시장에서 움직이며 몸집을 불려 나갔다.

악질 사채업자들도 깊숙이 자리를 잡았다.

"SA 건설에 투입한 자금 회수 날짜가 다가오지 않았어?"

"일주일 후입니다. 사장이 연장을 부탁했는데요, 형님."

"전액 회수해."

"그러면 상환이 불가능할 겁니다, 형님."

"박 사장이 수도권에 회사 명의로 땅을 사 놓았는데 그쪽에 개발 소식이 돌고 있어."

"무슨 뜻인지 알겠습니다. 확실히 처리하겠습니다."

사채업자들은 기업을 일부러 쓰러뜨려서 탐나는 자산을 먹어 치우는 일도 일삼았다.

사채업자들에게 급한 자금을 빌렸다가 빌딩이나 공장이 통째로 날아가는 정도는 흔히 벌어지는 사건에 불과했다.

명동의 신진 금융이 커 나간 것은 최근 3~4년 사이의 일이었다. 과거에는 일반인들을 대상으로 하여 고금리의 사채업을 했지만, 이제 보유 자금을 늘려서 기업들까지 상대를 했다.

물론 일반인 대출은 여전히 알짜배기 사업이었다.

신진 금융이 급속하게 커 나간 것도 일반인들을 대상으로 한 사업이 밑바탕이 되었던 것이다. 명품을 비롯한 과소비 문화가 발달할수록 사업 전망이 환한 곳이 사채업이었다.

한진섭은 장부를 꼼꼼히 확인했다.

"이번 달에도 수입이 괜찮군. 떼인 건?"

"동대문 쪽 시장 상인에 불량이 좀 생겼습니다. 원금은 4,000 정도인데 지금 이자 포함해서 9,000으로 늘었습니다. 가게 정리해도 2,000쯤 회수가 안 될 것 같습니다."

"가족은?"

"아들 둘에 딸 하나입니다. 아들 하나는 아직 중학생입니다."

"2명이면 금방 갚겠군."

악질 사채업자들의 방식도 과거와는 많이 바뀌었다.

대출 액수가 많은 경우에는 장기를 떼어서 팔거나 여자들은 술집에 넘겼다. 채무자들을 쥐어짜는 데에는 효과가 있었지만, 범죄이기 때문에 사법기관에 적발되면 회사가 단숨에 해체되었다. 이중삼중으로 자금은 미리 빼돌려 놓고 바지 사장도 임명해 두지만, 어쨌든 위험부담은 상당히 큰 방식이다.

요즘에는 합법적인 방법으로 바꾸어서 특정 회사에 취직을 시켰다.

시간이 갈수록 대유행이 되고 있는 〈로열 로드〉!

지방의 창고를 빌려서 아이템을 모으는 작업장을 차려 놓고 취직을 시켜서 상환하게 하는 방법이었다.

숙식 제공도 공짜가 아니었고, 캡슐의 이용 요금까지 따로 받아 냈기에 빚은 여간해서는 줄지를 않았다.

한번 들어가게 되면 여간해서는 다시 나오지 못하는 곳.

사채업자 입장에서는 월급을 주지 않고 계속 부려 먹을 수 있기에 쓸 만한 사업이었다.

검치의 무기술 스킬이 고급 9레벨에서 50%의 숙련도를 달성했다.

"이제야 조금 강해진 것 같은 느낌이 나는군."

"수련생들도 전원 고급 8레벨 이상이 되었습니다."

사범들이 쉬지 않고 사냥을 끌고 다닌 성과였다.

수련생들이 무기술 스킬을 빨리 익힌 데는 비결이 있었다.

손에 익숙한 검만 고집하지 않고 활과 창, 도끼, 망치, 철퇴, 다룰 수 있는 무기들은 모두 사용하면서 전투를 치렀다. 다양한 무기를 저마다 능숙하게 사용하게 될수록 무기술 스킬은 잘 늘었다.

그래도 기본적으로 검이나 도, 창처럼 주력으로 사용하는 무기는 있었지만, 보통 등에는 활을 하나씩 메고 다녔고 허리에는 작은 손도끼를 꽂았다.

검백일치는 물가에 비친 자신의 모습이 아주 마음에 들었다.

"이러니까 용맹한 전사 같군."

검백오십구치도 옆에서 수면을 내려다보고 있었다. 그의 경우에는 양손이 아니면 들 수 없는 특제 대형 도끼를 가졌다.

"저도 그렇습니다, 사형. 어떤 전투라도 해볼 만하겠다 싶은 자신감이 붙는데요."

페실 강을 연결하는 알카사스의 다리를 건너기 위해 온 초보자들이 그들을 보며 깜짝 놀랐다.

"산적이다!"

"몬스터 아니야?"

"가진 거 다 드릴 테니 살려 주세요. 3골드밖에 없어요!"

평생 취직을 하지 않아도 외모로 먹고살 수 있을 정도!

검치는 사범들과 수련생들을 불러 모았다.

그의 입가에는 부드럽고 훈훈한 미소가 맺혀 있었는데, 얼마 전 마침내 북부에 도착한 여자 친구를 만났기 때문이다. 북부의 이곳저곳을 안내해 주면서 데이트를 즐겼기 때문에 입가에 웃음이 맺혀 있었다.

'전에 저렇게 웃으시면서 밤새도록 기합을 줬는데……'

'아무것도 없이 산에 가서 열흘간 생존 훈련도 시켰지.'

위드의 썩은 미소를 제압하는, 살인 미소!

검치는 부드럽고 다정하게 말했다.

"얘들아."

"예! 스승님!"

군대에서처럼 정확하게 맞춰서 나오는 대답.

"우리도 이제 직업 마스터에 도전을 해야 되지 않겠느냐."

"옛! 스승님의 말씀은 진리, 그 자체입니다."

어떤 반대 의사 표시나 말대꾸도 없이 결정되었다.

"삼치야, 검오치는 어디서 뭘 하고 있지?"

"지금 보라카두 지역에서 열세 번째 퀘스트를 하고 있답니다. 범죄를 저지르고 도망친 이들을 잡는 것이라는데, 얼마 남지 않았다고 합니다."

"지금까지 어려웠던 점은 없고?"

"전부 죽이고 뺏으면 된답니다. 약간 까다로운 무술을 몸으로 익히는 것들이 조금 있었는데, 재수가 없어도 몇 번 시도하다 보면 해결되는 수준이라고 들었습니다."

밧줄 위에서 칼춤을 추는 정도의 난이도조차도 평생을 몸으로 살아온 사범들에게는 간단한 유흥거리였다. 현실에서 단련한 육체는 가져올 수 없지만 정신력과 판단은 그대로였다.

다만 이것이 항상 장점으로만 작용하는 건 아니라서, 현실에서처럼 계산하고 기억하는 것을 싫어했다. 간단한 퀘스트도 머리로 해결을 하지 않고 때려 부수다가 실패한 적이 여러 번이기는 했다.

"그렇다면 퀘스트를 하러 가자꾸나."

"예, 스승님."

검치는 사범들과 수련생들을 끌고 움직였다.

그들은 무기술 스킬로 인하여 온갖 위협적인 무기들도 다 사용할 수가 있었다. 오우거, 오크, 트롤이 쓰던 무기도 빼앗아서 쓰기 때문에, 어디를 가더라도 사람들이 쳐다봤다.

뭉쳐 있기에 더욱 무식할 수 있는 그들이었다.

$\mathcal{Q} \varepsilon \quad \mathcal{Z} \mathcal{Q}$

"몬투스!"

"로드릭! 너로 인하여 나는 이곳에서 수백 년을 갇혀 보내야 했다."

"닥쳐라. 오늘이야말로 실수를 바로잡을 것이다."

"하찮겠없는 인간이여, 과거의 그때처럼 심장을 꺼내어서 씹어 주지."

위드는 몬투스와 로드릭 사이의 극적인 재회에 대해서는 관심을 두지 않았다. 대전을 둘러보며 다른 적들이 얼마나 있는

지 살펴보는 것이 우선이었다.

'으음, 이건 쉽지가 않겠군.'

악마병이 무려 30마리!

지옥에서 살아간다는 중형 몬스터들도 몇 마리 있었다. 악마병을 등에 태우고 있거나 해서 레벨은 그렇게까지 높아 보이지 않지만 맷집이 단단해 보였다.

위드가 과거의 영상을 통해 봤던 미궁의 대전과 비교해 보니 바닥과 벽, 천장 모두가 이상하게 바뀌어 있었다.

찐득한 액체가 흐르고, 알 같은 것이 도처에 매달려 있었다. 정체를 알 수 없는 커다란 생명체의 사체 속에서도 알들이 자라고 있는 모습이었다.

"저건 아마도 탈로쓰의 알이겠군."

작가가 누군지 밝혀지지 않은 어떤 여행자의 수기가 있었다. 〈로열 로드〉 초창기부터 고서적 판매점에 있었던 것으로 보아, NPC가 썼던 책이리라.

나중에 유저들이 활동하는 영역이 넓어지면서 수기에 나온 이야기들이 사실이라는 것이 알려지게 되었다.

유저들은 여행자의 수기에 따라서 모험을 하기도 하고, 특별한 힌트를 얻어 내기도 하였다.

지옥에 다녀왔다는 여행자는 수기에 몇 가지 이상한 그림을 그려 놓았는데, 그게 지금 보이는 것들과 흡사했다.

"저게 태어나면 강철로도 벨 수 없을 정도로 단단하고 빠르다고 했지."

거미와 흡사하게 생겼으며 12~16개의 발로 땅을 빠르게 기어 다니며 공격을 퍼붓는다. 지옥에서조차 매우 골치 아파하는 마물이라고 한다.

탈로쓰는 알에서 부화하기까지 아주 긴 시간을 필요로 했다. 그리고 놈들이 깨어나는 것은 허기진 배를 채울 먹이가 가까이 왔을 때였다.

파사사삭!

알들이 터지면서 태어나는 탈로쓰!

이곳 대전에는 탈로쓰의 알들이 부지기수로 많았다.

"이것들이 전부 깨어나게 되면… 그리고 악마병들이 서른이나 된다니… 전원 전투준비!"

마지막으로 목숨을 건 싸움을 하지 않을 수가 없었다.

❧

"생방송 3초 전!"

오늘은 방송국들에 있어 특별한 날이었다.

〈로열 로드〉가 열리고 난 이후부터 게임 방송사들의 시청자 숫자는 날로 늘어 갔다.

방송국에도 자금 투자가 이루어져서, 현재는 외형이 크게 확장되었다. 24시간 방송 체제는 물론이고, 외국에서도 동시통역과 자막으로 직접 서비스를 했다.

PD와 기술 팀의 인원 확충도 이루어졌는데 오늘은 그들이 전부 비상대기 중이었다.

전쟁의 신 위드가 로드릭 미궁을 탐험하는 방송 날짜가 바로 오늘인 것이다.

〈전쟁의 신, 로드릭 미궁을 정벌하다〉
〈위드의 노래〉1부, 2부, 3부
〈위드 그리고 데몬 슬레이어〉

시청률이 높다는 일요일 아침부터 위드가 현재까지 진행한 로드릭 미궁에서의 탐험을 연속으로 방송해 주었다.

각 방송국들이 경쟁적으로 참여하여 그 영상미나 내레이션, 음악은 비할 수 없을 정도였다. 미리부터 모험 영상을 전송받아서 확실한 편집을 거쳤기 때문이다.

"엄마, 나 만화 봐야 된단 말이야."

어린아이가 텔레비전 리모컨을 달라고 떼를 썼지만 통하지 않았다.

"은비야, 조용히 해. 너 자꾸 이러면 숙제 안 도와줄 거야."

"치이… 엄마, 나 다리 밑에서 주워 왔어?"

딸의 애교 어린 투정에도 엄마는 넘어가지 않았다.

"택배 아저씨가 주고 갔어. 오늘만 엄마 보고 싶은 거 보자. 동화책 읽을 시간이잖아. 떼쓰면 택배 아저씨한테 반품해 버릴 거야."

로드릭 미궁의 탐험은 아침부터 방송이 되어서 저녁에는 몬투스와의 대전을 생중계로 진행하는 것이었다.

인근의 통닭집도 명절 때보다 더 바빴다.

따르릉!

"여기 청당동 벽산 아파트인데요, 양념 반 프라이드 반으로……."

—닭이 없어요!

치킨집이 안 된다면 중국집이 있었다.

"사천탕수육 되죠?"

—지금 주문하시면 3시간은 기다리셔야 될 것 같은데요.

배달 업종들의 호황!

〈로열 로드〉가 인기를 끌면서부터는 게임을 해 본 적이 없는 사람들도 영화나 드라마를 보듯이 지켜보았다. 한국에서의 인기야 말할 필요도 없었으며, 시차가 다른 외국에서도 시청률이 아주 높았다.

대혈전

"인간인 너에게 지옥에서 경험했던 고통을 그대로 알려 주도록 하마!"

"지난번과 같은 실수는 없을 것이다. 스톰 블리자드!"

몬투스의 몸에서는 시커먼 마기가 무럭무럭 뿜어져 나왔다. 대마법사 로드릭도 몇 겹이나 되는 보호 마법을 자신의 몸에 시전한 채로 공격 마법을 사용했다.

미궁이 통째로 흔들릴 정도의 마법들의 충돌!

화려하기 짝이 없는 마법 전투가 펼쳐졌다.

위드에게는 그들의 전투보다는 당장 30마리의 악마병과 알에서 깨어나는 탈로쓰를 막는 것이 시급한 일이었다.

"바하모르그."

"왜 부르는가."

"여기까지 데려와서 미안하다. 오랜만에 다시 찾은 생명인데 안락하고 편안한 삶을 살지도 못하고 말이야."

"싸울 수 있어서 만족한다. 내가 원하던 것은 이런 전투였으니 그런 말은 하지 않아도 된다."

다행히 바하모르그와의 친밀도는 아직까지 문제가 없었다.

'마지막 전투에서 살아남더라도 계속해서 부려 먹을 수는 있겠군.'

어슬렁거리던 악마병들은 목표를 성기사들로 정했는지 달려들기 시작하였다.

위드와 바하모르그가 조금 더 앞에 나와 있었지만 악마병들은 신성력을 은은하게 발산하는 성기사들을 더욱 적대시하는 것이다.

"전부 철저한 수비 진형으로! 바하모르그, 전면을 맡아서 최대한 버텨라. 나는 따로 싸우겠다. 블링크!"

위드는 탈로쓰의 알 근처로 순간 이동하여 레드 스타를 휘둘렀다.

퍼서석!

탈로쓰의 알이 깨졌습니다.

"깨어나기 전에 몽땅 부숴 버려야겠다."

위드는 레드 스타에 잠재되어 있는 스킬을 시전했다.

이러다가 언제 레드 스타를 느끼고 드래곤이 찾아올지도 모른다는 불안감이 들었지만 가릴 형편이 아니었다.

"파이어 히드라 소환!"

레드 스타의 마력에 의하여 파이어 히드라들이 사방에 나타났다.

"모조리 태워라!"

파이어 히드라들이 토해 내는 불에 의하여 파괴되는 탈로쓰의 알들.

천장과 벽에도 알들이 있었고, 진득한 액체에 의하여 매달려 있는 것들도 깨어나려고 하고 있었다.

위드의 마나는 아직 여유가 많았고, 레드 스타의 영향으로 빠르게 회복되기도 했다. 강력한 스킬도 사용할 수 있을 정도로 충분하다.

"광휘의 검술!"

보통의 광휘의 검술이 아니라, 천둥새를 부르는 기술.

위드는 검을 정면으로 수십 번 휘둘렀다.

천둥새를 부르는 스킬은 발동하는 데 약간의 시간이 걸렸다. 검을 휘두를 때마다 실타래가 풀리듯이 검의 기운이 빠져나와서 공중에 천둥새의 모습을 서서히 형성해 갔다.

그리고 완전한 천둥새의 모습이 형성되었다.

꾸에웨렛!

천둥새가 울음소리를 내며 앞으로 날아갔다.

콰릉! 콰르르르릉!

콰아아아아아!

천둥새가 날아가면서 사방으로 벼락이 내리꽂혔다. 그뿐만이 아니라 화염까지도 소용돌이치면서 일어나고 있었다.

레드 스타의 영향으로 공격 스킬이 강화된 것이다.

벼락과 화염을 몰고 우아하게 날갯짓을 하면서 앞으로 나아가고 있는 천둥새!

> 경험치를 습득하였습니다.

> 경험치를 습득하였습니다.

> 레벨이 올랐습니다.

위드에게는 흔치 않은 광역 공격 스킬이었는데, 탈로쓰의 알들이 모여 있는 환경에서 최고의 활용도를 보여 주고 있었다.

알에 막 균열이 생기며 깨어나려던 탈로쓰들은 벼락을 맞거나 불에 타서 많이들 쓰러졌다.

천둥새는 앞으로 쭉 밀고 나가면서 알들을 깨뜨리다가 서서히 사라졌다.

하지만 아직도 파괴되지 않은 것들이 부지기수였다.

이곳이 과거 왕궁의 대전이다 보니 기둥들도 다수 세워져 있었고, 푹 꺼진 바닥 안에도 알들이 채워져 있는 경우가 많았다. 주변의 소란 때문인지 그 알들이 계속 깨어났다.

악마병들과의 전투도 문제였지만 탈로쓰들이 깨어나게 되면 이건 마물들이 더 위험하게 생겼다.

"성기사 1조는 돌격하여 앞으로 나와라. 불에 타지 않은 알들을 부수도록 해!"

악마병들을 상대로 버겁게 전투를 치르고 있는 성기사들이었지만, 위드 혼자서는 쌓여 있는 알들을 다 해치울 수가 없어 무리를 해서라도 동원하는 수밖에 없었다.

"루의 이름으로."

"태어나지 말았어야 할 마물들이여, 부디 좋은 곳으로 가게 되기를!"

10여 명의 성기사들이 달려 나와 검으로 알들을 찌르고 베서 깨뜨렸다.

최소로 잡아도 2,000개 이상의 알들이 있었기에 이것들이 몽땅 깨어나면 이만저만 큰일이 아니었다. 어느새 이미 깨어난 탈로쓰들은 기어 다니면서 성기사들을 향해 푸른 액체들을 토해 냈다.

"이건 정말 빨리 판단을 내려야겠구나."

주위를 한번 돌아본 위드의 머릿속이 한없이 복잡해져 갔다.

로드릭과 몬투스. 둘은 이름도 알려져 있지 않은 온갖 고급 마법들을 쏟아 내며 싸우고 있다.

마법사이지만 헤이스트 주문으로 이동속도를 높인 로드릭은 수인을 맺으며 현란하게 움직이고 있었다. 말을 탄 기사라고 해도 쉽게 따라잡기가 어려울 정도의 몸놀림을 보이며 대마법사의 가공할 능력을 발휘하는 것이다.

로드릭의 가디언인 파이어 골렘도 소환되어 몬투스를 상대로 싸우고 있었다.

반대로 몬투스는 커다란 열네 장의 날개를 활짝 펼치고 지옥의 마법 주문들, 악마들의 마법을 사용했다.

로드릭과 몬투스의 마법들이 부딪칠 때마다 그 반발력에 의하여 대기가 빨려 들어가고 충격파가 발생했다.

"최대한 짧은 시간 안에 로드릭이 이겨 줘야 하는데……."

악마병들은 성기사들의 집단 방어에도 불구하고 우세한 전력으로 그들을 마구 공격하며 짓밟고 있었다.

탈로쓰의 알도 퍼서석거리며 병아리들처럼 깨어나서 땅을 걸어 다니는 놈들이 늘어나는 중이다.

놈들은 자신의 동료들이나, 쓰러져 있는 사체들을 먹어 치우면서 금방 성체의 능력을 찾는다. 그렇기에 약간의 시간이 흐른 뒤에는 성기사와 사제 들이 로드릭을 돕기는커녕 모조리 죽게 될 판이다.

로드릭이 몬투스를 빠르게 물리칠 수 있다면 틀림없이 기쁜 일이지만 기대하고 있을 수만은 없다.

'과거에도 패배를 경험했으니 이번이라고 이긴다는 보장이 없어.'

무엇보다 큰 문제는, 위드가 어떤 전술을 운용하더라도 악마병들이 너무 강하다는 점이다.

한정된 공간에서 강한 적들을 상대로 전투가 벌어지고 있었기에 성기사들은 퇴각도 하지 못하고 철저한 수비 진형으로 버티는 게 고작이었다.

바하모르그는 5마리의 악마병에게 둘러싸여서 공격을 당하고 있었다. 방어 능력이 좋으니 당장 쓰러지지는 않겠지만 그리 오래 버티지도 못할 듯했다.

악마병들로부터 다들 맹렬히 공격을 받고 있었으니 상황을 반전시킬 수 있거나 조금이라도 유리하게 이끌 수 있는 어떠한 시도도 불가능했다.

그렇지만 이런 고민도 위드이기 때문에 하는 것이다.

베르사 대륙에서는 원래 혼전에서 병사들이나 부하들을 제대로 관리한다는 것이 사실상 불가능했다. 그저 맞붙어서 싸우고, 가능한 한 많이 살아남으면 다행이라고 여겼다.

전장에서는 자기 한 몸 돌보는 것도 쉽지 않고, 그만한 지휘 능력을 갖추기가 어렵기 때문이다.

"내가 고생을 해야지. 이놈의 팔자란 끝이 없군."

탈로쓰의 알도 문제였지만 먼저 악마병들부터 막지 못하면 몰살이었다.

위드는 블링크를 시전해서 바하모르그를 공격하는 악마병의 뒤에 나타났다.

"헤라임 검술!"

불붙은 레드 스타가 악마병을 연속으로 베었다.

위드는 혼돈의 대전사로 조각 변신술을 펼치고 각종 축복까지 받은 상태이기 때문에 힘이 좋을 뿐만 아니라 체구도 거대했다. 몸집이 커진 만큼 체중에도 변화가 있기에 공격법을 다양하게 사용할 수 있었다.

위드는 헤라임 검술로 연속 공격을 하면서 악마병을 밀어붙였다.

빠르게 공격을 이어 나가는 것도 중요하지만, 적의 약한 부위들을 공격하여 치명적인 타격을 계속 입혔다.

> 악마병 루크레시아에게 화염 대미지를 추가로 입힙니다.

> 악마병 루크레시아의 방어력을 무시하고 있습니다!

> 악마병 루크레시아의 왼쪽 어깨 부위를 연속으로 강타하였습니다.
> 힘과 균형 감각을 감소시킵니다.

> 악마병 루크레시아의 몸이 레드 스타에서 비롯된 화염으로 완전히 뒤덮여 있습니다.
> 매초마다 3,890의 대미지를 입힙니다.

위드는 헤라임 검술로 악마병을 몰아붙인 후에 검을 찌르고 스킬을 시전했다.

"화염 폭발!"

악마병의 몸에 있던 화염에 불덩어리가 더해지더니 한순간에 폭발했다.

> 악마병 루크레시아가 짧은 순간 동안 집중된 강한 공격을 버티지 못하고 소멸되었습니다!

생명력은 절반 넘게 남아 있었지만 위력적인 공격을 연속으로 얻어맞더니 그대로 소멸되어 버린 것이다.

레드 스타와, 혼돈의 대전사의 조각 변신술로 보여 주는 압도적인 전투 능력!

슥삭.

> 독성 끈질 하바나의 잎사귀를 습득하였습니다.

> 순도 높은 미스릴 헬멧을 습득하였습니다.

"스물아홉이 남았군."

불리한 상황임에도 불구하고 위드의 입가에는 미소가 맺혀 있었다.

순도 높은 미스릴 헬멧.

아이언모닝스타 길드 소속의 레벨 400대 워리어가 착용하고 있던 물품이다.

드워프 대장장이가 특수하게 만들어 준 것으로, 탁월한 방어력은 물론이고 지혜와 전투 스킬의 효과를 높여 주는 옵션까지 가지고 있다고 했다.

악마병들은 로드릭 미궁 안에서 여기저기 돌아다니기도 하기 때문에 아마 이곳에서 얻게 된 것이리라.

위드는 감정을 해 볼 사이도 없이 다른 악마병을 향하여 움직였다.

악마병 3마리가 성기사들의 장벽을 넘어서 사제들을 유린하려 하고 있었다. 악마병의 앞에는 반드시 지켜야 하는 알베론도 있었다.

"블링크!"

위드는 악마병 3마리에게 레드 스타를 휘두르며 공격을 퍼부었다.

하지만 조금 전처럼 완벽한 기습이 성공하지는 못했다. 악마병들의 지능이 워낙에 높아서 다른 동료가 죽는 것을 보며 이미 경계를 시작했기 때문이다.

"이놈이……."

"캬아아앗! 뜨겁다."

악마병 3마리는 위드의 공격을 어렵지 않게 막아 내고 반격을 가해 왔다.

걷잡을 수 없는 난전!

위드는 성기사들이 다시 진형을 갖출 때까지 자리를 비울 수가 없었다.

따로 앞으로 나가서 알을 깨던 성기사 10명은 악마병에 의하여 목숨을 잃거나 탈로쓰에게 잡아먹혔다.

"알들이 깨어난다!"

"저 탈로쓰가 다가오는 것도 막아야 하는데."

위드는 악마병들의 파상 공세를 막으면서도 돌아가는 상황을 계속 살폈다. 성기사들과 사제들을 통솔하면서 악마병들로부터 버텨 내야 되었다.

"크억!"

"프레야 여신이여, 미약하여 신의 뜻을 펼치지 못하고 쓰러지는 저를 받아 주소서."

성기사들이 적들의 공격을 감당하지 못해 죽어 가고 있었다.

마물인 탈로쓰는 성장을 할 때마다 허물을 벗으면서 훨씬 더 커진다.

성체는 몸길이가 몇 미터씩 되다 보니 그들의 다리 공격은 두꺼운 기둥이 그대로 날아오는 거나 다름이 없었다.

어느새 커진 탈로쓰가 성기사들의 수비 진형을 넘어오면서 도처에서 희생이 잇따랐다.

"마지막까지 오기는 했지만 여기서 몰살을 당하는 건가."

불과 20여 분 정도가 지났을 뿐이지만 성기사들은 이제 200명도 남지 않았다.

사제들도 삼분의 일 가까이 희생되었으며, 무엇보다 심각한 것은 마나의 소모였다.

마나가 가득 차 있을 때에는 신성 마법을 펑펑 쓰면서 싸울 수가 있지만, 이제부터는 다치더라도 치료도 해 주지 못하는 것이다.

위드는 온몸에 부상을 입어 가면서 악마병들과 사투를 벌이고 있었다.

그에게는 적어도 3~4마리씩의 악마병들이 공격을 해 왔다. 레드 스타의 회복력이 없었더라면, 그리고 정말 급할 때에는 사제들의 근처로 도망쳐서 치료 마법을 받지 못했으면 진작 죽었으리라.

사제들의 마나가 고갈되어 가면서 완전한 회복도 하지 못한 채로 계속 싸워야 했다.

"전부 내게 덤벼라!"

위드는 사자후를 터트렸다.

성기사들의 사기를 조금이라도 더 올리기 위하여는 큰소리를 칠 필요가 있었다.

"쉽게 죽이진 않으마. 길고 긴 고통을 맛보게 해 주마."

"크크크. 인간들, 이곳에서 누구도 살아 나가지 못한다."

위드는 악마병들과 싸우면서 뒤로 물러섰다.

체격과 힘에서 월등한 악마병들이 여럿이라면 금방 위기에 몰릴 수밖에 없다. 악마병들은 위드를 인정했기 때문인지 단독으로는 덤비지 않고 항상 여러 마리가 함께 덤볐다.

"안 되겠군."

위드는 뒤돌아서 도망까지 쳤다.

"크헤헤헤헤."

"도망갈 곳은 지옥밖에 없을 것이다."

악마병들은 날개를 펄럭여 맹렬하게 쫓아오면서 무기를 휘둘러 댔다.

사실은 몬투스와 로드릭이 서로 마법을 시전하며 싸우는 위험한 곳으로 악마병들을 유인하는 것이었다.

"완전 전소!"

화염 계열의 상위권에 속해 있는 마법!

화르르르륵!

로드릭이 발휘한 공격 마법을 몬투스는 가볍게 피해 버렸다.

그러나 근처를 빙빙 돌다가 잽싸게 스치고 지나간 위드 덕에, 악마병 5마리는 마법의 범위에 들어 시커멓게 타 버리고 말았다.

3마리는 살아남았지만 옆에는 불행히도 위드가 있었다.

비록 하루라는 짧은 시간이지만 로드릭과 함께 전투를 하면서 완벽하게 빌붙기를 터득한 사람!

"분검술!"

위드의 분신이 10개나 나타났다. 그리고 일시적인 전투 불능 상태에 있는 악마병들을 무참히 공격했다.

악마병 젠피아누가 소멸되었습니다.
전투에 참여한 이들의 명성이 97 증가합니다.

악마병 크툰이 소멸되었습니다.
전투에 참여한 이들의 명성이 142 증가합니다.

악마병 마렐우스가 소멸되었습니다.
전투에 참여한 이들의 명성이 198 증가합니다.

악마병과의 전투에서 용맹을 떨쳤습니다.
전사로서 투지와 힘이 1씩 높아집니다.

"그래도 악마병들이 정리가 되어 가기는 하는군."

성기사와 사제 들이 죽어 간 만큼이나 악마병들도 전혀 타격이 없는 것은 아니었다.

이제는 13마리로 줄어들었을 뿐만 아니라 생명력과 체력에서 지쳐 있기도 하였다.

위드가 기회를 틈타 로드릭의 마법에 빌붙어서 해치운 악마병만 8마리나 되었다.

다른 악마병들은 어쩔 수 없이 일부 성기사들을 미끼로 삼아서 진형 깊이 유인하여 처리를 했다.

"바하모르그가 있으니 성기사들과 사제들끼리도 한동안은 버틸 수 있을 거야."

악마병들의 회복 능력은 아주 느리다. 생명력이 남아 있더라도, 지금까지 마나를 대부분 소모한 만큼 전투 능력은 많이 고갈되었다. 회복력이 빠른 성기사와 사제 들의 특성상 이제는 충분히 싸울 수는 있을 것으로 보였다.

문제는 자꾸만 깨어나는 탈로쓰의 알이었다.

쿠엑!

와그작!

태어난 탈로쓰들은 악마병이나 성기사들이나, 어느 쪽이 이기고 지는 데에는 관심이 없었다. 가까이 있는 성기사들이나 악마병들이나 가리지 않고 잡아먹었다.

그뿐 아니라 성장을 위해 자기들끼리도 먹어 치우고 먹힌다.

"아. 안 돼! 프레야 여신이여, 여신을 따르는 충실한 종인 저를 이렇게 버리시나이까!"

"루의 검이 이곳에서 꺾이다니……."

위드의 지휘에도 불구하고 사제와 성기사 들의 사기가 급격히 하락하고 있었다.

동료들이 대거 죽어 나가며, 악마 몬투스가 뿜어내는 마기의 영향으로 인하여 변절하는 경우까지도 벌어졌다.

"매장된 숨결."

"깊은 관!"

사제들이 음험한 암흑 마법을 시전하면서 악마병들을 회복시키고, 그들에게 축복 마법을 써 주는 것이다.

"퍼샤샤, 이렇게 네가 타락할 수가……."

"킬킬킬! 프레야 여신이 나에게 해 준 것이 뭐가 있지?"

다른 성기사들과 사제들에 의하여 변절자들은 곧 정리되었지만 상황이 긍정적이지 않다는 명백한 증거였다.

"이러다가 다 죽겠군. 악마병들을 이겨 낸다 해도 몇 명이나 살아남을 수 있을지⋯⋯. 그보다 몬투스가 이긴다면 아무도 못 살겠지. 지금까지 고생은 할 만큼 했는데 설마 여기서 몰살하는 건 아니겠지."

로드릭과 몬투스를 살펴보니 그들의 싸움은 정확히 우려하던 대로 흘러가고 있었다.

몬투스의 압도적인 마법력 앞에 로드릭은 회피와 도망치는 데 급급했다.

이렇게 다 같이 지쳐 가고 있는 상황에서 탈로쓰들이 본격적으로 전투에 가담하게 되면 성기사들은 무조건 몰살이다.

그 후에 사제들이나 위드, 바하모르그의 운명은 정해진 것이나 마찬가지였다.

"도박을 하는 수밖에⋯⋯. 몬투스를 쳐야 해. 그것도 당장."

위드는 승부수를 던지기로 했다.

"알베론!"

"예, 위드 님."

아직까지도 흰색 사제복을 입고 치료 마법으로 성기사들을 지원해 주고 있는 알베론이었다.

그와 데리안이 버텨 주지 않았다면 성기사들의 수비벽은 진작 무너졌으리라.

바하모르그는 여러 마리의 악마병들을 감당하고는 있었지만, 그저 악마병들을 끌고 버텨 주는 것만으로도 다행이었다.

"나를 계속 지켜보면서 치료해 줘. 우리가 전부 살아남기 위해서는 나를 살려야 된다."

"알겠습니다."

전력에 큰 도움이 되고 있는 알베론을 위드만을 치료하는 전속 사제로 지정한 것이다.

"블링크!"

위드는 순간 이동 스킬을 써서 몬투스의 옆에 나타났다. 등 뒤에는 공격 수단이 되기도 하는 꼬리가 있으니 오히려 옆이 안전하다고 보았기 때문이다.

"일점공격술!"

몬투스의 오른쪽 날개를 집중해서 베었다.

> 하급 악마 몬투스의 오른쪽 세 번째 날개를 베었습니다.
> 물리적인 방어 능력으로 인해 151의 피해를 입힙니다. 레드 스타가 344의 화염 대미지를 가합니다.

> 하급 악마 몬투스의 오른쪽 세 번째 날개를 베었습니다.
> 물리적인 방어 능력으로 인해 213의 피해를 입힙니다. 레드 스타가 358의 화염 대미지를 가합니다.

> 치명적인 일격이 터졌습니다!
> 9%의 피해를 추가합니다. 레드 스타가 698의 화염 대미지를 가합니다.

> 치명적인 일격이 터졌습니다!
> 11%의 피해를 추가합니다. 레드 스타기 745의 화염 내비시를 가합니다.

> 치명적인 일격이 터졌습니다!
> 14%의 피해를 추가합니다. 레드 스타가 916의 화염 대미지를 가합니다.

예상외로 엄청난 대미지!

방어력이 높으면 어지간한 공격은 먹혀들지를 않는다.

하지만 몬투스의 가장 연약한 부위인 날개를 드래곤의 검 레드 스타로 거듭 공격하니 효과가 나타났다. 몬투스의 오른쪽 세 번째 날개가 불길에 휩싸여서 타들어 가고 있는 것이다.

"쿠아아! 이놈이 감히 나를 건드리다니."

몬투스는 자신의 몸이 공격당한 것에 대해 불같이 노했다. 줄어든 생명력보다도 날개 한쪽이 타들어 가는 것이 명예와 자존심을 상하게 한 것이다.

정신없이 로드릭을 밀어붙이는 와중에도 손에 들고 있던 화염탄을 위드를 향해 던졌다.

"블링크!"

위드는 몬투스의 반대쪽으로 나타났다. 그리고 일점공격술을 이용하여 다른 날개를 계속 공격했다.

"고통을 알려 주마!"

몬투스는 위드에게 마기가 가득 실린 팔과 꼬리를 휘둘렀다. 날개를 펄럭이면서 쳐 내기도 했다.

블링크를 이용한 근접전!

혼돈의 대전사가 되어 있는 위드의 덩치도 상당한 규모였다. 하지만 몬투스는 그보다 3배는 더 컸다. 날개를 잔뜩 펼치는 것만으로도 눈앞이 가득 찰 정도였다.

악마의 공격을 피하면서 반격을 한다는 것은 기적에 가깝다.

몬투스가 발로 땅을 구를 때에도 충격파가 퍼지면서 생명력을 깎아내릴 정도였다.

"프로즌 필드!"

그때 마법을 영창하는 로드릭의 목소리가 들렸다.

"설마……."

> 프로즌 필드의 영향권에 들었습니다.
> 몸이 얼어붙으려고 했지만 저항합니다. 생명력이 32,985 감소합니다. 움직임이 둔화됩니다.

위드와 몬투스가 있는 지역에 흰 얼음 알갱이들이 생기더니 달라붙어서 꽁꽁 얼렸다.

그나마 불의 속성을 갖고 있는 종족으로 변신한 상태였고 레드 스타의 저항력이 있기에 망정이지 그렇지 않았다면 얼음덩어리가 되어 몸이 굳어 버렸을 수도 있다.

"프레야 여신이여, 당신의 뜻을 받들어 따르는 이가 여기 있으니 그가 적에게 굴하지 않게 해 주소서. 신성 회복!"

알베론이 생명력을 빠르게 채워 주고, 추위에 대한 내성도 높여 줬다.

위드는 일단 그곳을 벗어났다가 빙계 마법의 영향을 완전히 해소한 후에 다시 몬투스에게 접근했다.

로드릭은 위드가 근처에 있거나 말거나 강렬한 범위 마법 공격을 했다. 위드는 로드릭의 마법 공격까지 알아서 피하거나 마법이 작렬하는 가운데 반대 방향에서 몬투스를 빙패막이 삼아 집요하게 날개들을 노렸다.

몬투스도 꼬리로 땅을 치고 앞으로 걸어가면서 계속 마법을 사용했다.

"츠카툴라의 이빨!"

로드릭을 노리는 공격 마법이 아니었다.

몬투스 주변의 땅에서 크고 날카로운 송곳니들이 튀어나와서 공중으로 솟구쳤다.

지역 전체의 생명체들을 파괴해 버리는 강력하기 짝이 없는 마법!

위드는 조금 전의 경험을 참고해서 블링크로 아슬아슬하게 빠져나갔다.

물론 블링크는 연속 사용에 제한이 있고 마나도 상당히 많이 소모되는 스킬이다. 따라서 다른 공격 기술은 쓰지 못하고 힘과 레드 스타의 기본적인 공격력에만 의존해야 했다.

"어디 끝까지 가 보자!"

위드는 마법의 효과가 사라지고 나서, 로드릭의 공격이 있은 직후에 몬투스의 등 뒤에 다시 나타나서 날개를 베었다.

몬투스가 마법을 주로 사용하지만 땅과 기둥, 벽이 부서지는 걸로 봐서는 물리적인 대미지도 매우 강했다.

꼬리와 팔, 날개로 공격을 할 때에는 공격을 멈추지 않으면서 피하고, 마법을 발휘하면 상황을 봐서 방향을 바꾸며 멀리 떨어졌다.

몬투스가 아예 위드만을 잡으려고 결심을 하면 근처에도 다가가지 않지만, 이미 표적이 되어 있었다.

바람의 창에 몸이 찔리고 있습니다.
생명력이 28,193 감소합니다.

위드가 있는 장소로 범위 마법 공격에, 추적 마법들까지 쫓아왔다. 블링크로 피한 지역으로 수십여 개의 공격 마법들이 혜성처럼 따라오기도 했다.

"정말 쉬운 게 없군!"

몸을 날리고, 레드 스타로 마법을 쳐 냈다.

완벽하게 맞지 않고 피하다가 스치는 정도는 알베론이 곧바로 치료를 해 줬다.

위드는 악마병들과도 싸우는 척을 하면서 몬투스의 눈치를 보았다.

'분명히 나를 노릴 거야.'

날개를 공격받는 것에 대해 몬투스는 매우 불쾌하게 여겼다.

'저 옹졸한 놈이 참을 리가 없어.'

성격이 졸렬하다는 점까지도 벌써 파악했다.

악마의 날개는 긍지와 자존심이 걸려 있는 부위였다.

"제물의 낙인."

아니나 다를까, 몬투스의 마법 공격이 있었다.

황금빛 낙인의 글자가 위드를 향하여 날아왔다.

위드는 악마병들과 싸우다가 갑자기 스킬을 시전했다.

"블링크!"

몬투스의 낙인이 악마병들에게 작렬!

"크와아아악!"

악마병 3마리에게 낙인이 찍혔다.

생명력을 잃어 가면서 급속도로 노화하여 사망하는 악마병들! 애꿎은 악마병들이 마법에 의하여 피해를 입어 버리고 만 것이다.

몬투스의 뒤끝 있는 성격을 이용한, 위험을 무릅쓴 미꾸라지 작전이었다.

"악마병들이 줄어든 만큼 살아남을 사람들이 많아지겠군."

위드는 수많은 보스급 몬스터와의 전투 경험을 바탕으로 공격의 우선순위를 나누고 정리를 했다.

조금이라도 판단 실수를 하거나 마법 공격에서 빠져나오지 못하면 죽음이었다.

'내가 전력으로 공격을 퍼붓는다 해도 몬투스를 크게 다치게 하진 못할 거야.'

방어력이 약한 날개들을 몽땅 잃어버리더라도 몬투스가 죽지는 않는다.

몬투스의 몸을 공격했을 때에는 레드 스타의 공격력으로도 생채기 정도밖에 생기지 않았다.

물론 화염 대미지가 계속 들어가고 있었지만 불길이 저절로 꺼져 버렸다.

별 도움도 되지 않는 공격을 계속하느니, 몬투스의 신경을 깨작깨작 거슬려 시선을 자신에게 끌고 로드릭이 공격할 수 있도록 돕는 쪽이 낫다. 몬투스가 위드를 의식할수록 로드릭은 어떤 방해도 받지 않으면서 편하게 공격 마법을 준비할 수 있기 때문이다.

위드는 가장 위험한 역할을 자처하고 있었다.

"공간 절단!"

결론적으로 로드릭은 주문을 외우는 데 시간이 걸리는 대형 마법도 마음껏 활용할 수 있게 되었다.

"내가 이렇게 고생해야 다른 사람들이 편하지. 이놈의 팔자는 어떻게 된 게 일관성이 있어!"

몬투스는 위드에게 마법을 사용하느라 로드릭에 의하여 계속 크게 얻어맞았다.

로드릭을 상대로 하기 위해 마법을 준비하면 위드가 끈질기게 나타나서 악마의 상징이랄 수 있는 검은 날개를 베었다.

몬투스는 불타오르는 날개들을 펼치면서 거칠게 포효했다.

"이런 졸렬한 놈! 영예로운 전사 주제에 도망치는 법만 알고 있느냐. 와라, 썩 와서 당당히 싸우자!"

위드는 몬투스의 비난에도 불구하고 마음에 상처를 받지 않았다.

"칭찬으로 들어야겠군."

악마에게까지 욕을 얻어먹을 정도라니, 인생을 얼마나 착실하게 살았다는 증거이겠는가.

"욕 많이 먹고 오래 살면서 연금도 듬뿍 타 먹어야지!"

몬투스의 날개들이 점점 거세지는 화염으로 하나씩 녹아내리고, 로드릭에 의하여서도 엄청난 마법 피해를 입었다. 물론 그렇다고 해도 몬투스의 생명력은 아직 죽음에 처할 정도는 아니었다.

로드릭이나 몬투스나 막강한 마법 저항력을 갖고 있었기 때문에 생명력은 절반 정도나 남아 있었다.

고위 마법을 펑펑 쓰는 데다가 맷집과 생명력까지 높은 악마 몬투스!

유일한 희망이 있다면 회복력은 낮다는 점이었다.

"로드릭을 철저히 도와야 돼. 이용할 수 있는 것은 전부 써먹어야지. 블링크!"

위드는 탈로쓰의 앞에 나타나서 공격을 하며 몬투스의 근처로 유인했다. 하급이지만 정식 악마인 몬투스에게 탈로쓰들까지 끌어오는 것이다.

탈로쓰는 아직 이성이 없다. 그저 보이는 대로 잡아먹으려고 할 뿐이다.

캬캬캬!

몬투스를 보고는 다가가서 앞다리로 공격을 하려고 들었다.

"쿠와아아아아아아아!"

그러자 몬투스가 갑자기 분노 어린 괴성을 질렀다.

몬투스의 지옥의 밑바닥에서부터 끓어오르는 절규를 들었습니다.
사기가 89% 감소합니다.

상태 이상에 저항합니다.

상태 이상에 저항합니다.

상태 이상에 저항합니다.
괴로움에 차서 스킬의 성공 확률이 감소합니다.

"끄아아악!"

"아, 안 돼."

"프레야 여신이여, 우리에게 믿음과 힘을 주소서."

"루여, 저희가 기적을 행하게 해 주시옵소서!"

위드는 상황이 비교적 괜찮았지만 성기사와 사제 들은 난리가 났다.

그들의 보호 스킬, 신성 오러가 제대로 사용되지 않는 것은 물론이고 치료 마법도 실패하고 있었기 때문이다.

"커억!"

생명력이 낮은 사제 몇 명은 그대로 쓰러져서 회색빛으로 변하여 죽기까지 했다.

몬투스가 생명력과 마나를 소모하면서까지 터트린 죽음의 절규!

위드도 급하게 사자후를 터트렸다.

치료 효과는 없다고 하더라도 상황에 따른 지휘를 계속해야했다.

"구석으로 가서 철저한 수비 진형으로! 각자의 몸에 걸린 저주들을 해소하기 전에는 싸우려고도 하지 말고 방어만 해라!"

몬투스의 절규가 불러온 대대적인 효과는 성기사와 사제 들을 취약하게 만들었다.

이들이 성직 계열의 직업이었기에 그나마 저항을 더 할 수 있어 이만큼이라도 버티는 것이지, 보통의 기사들이나 병사들이었다면 한꺼번에 몰살당할 뻔했다.

바하모르그만큼은 높은 투지로 그나마 거의 영향을 받지 않았다.

"벌레 같은 놈들. 쓰레기 같은 놈들. 너희 따위는 필요 없다. 모조리 죽어라."

몬투스는 이제 한자리에 머무르며 위드와 로드릭을 노리지 않았다.

돌아다니면서 눈에 보이는 모든 생명들, 심지어는 악마병들까지도 닥치는 대로 공격했다.

몬투스의 몸을 휘도는 마기는 더욱 강해지는 듯했고, 발휘하는 마법의 위력도 거의 1.5배로 늘어났다.

이른바 폭주 상태에 접어든 것이다.

위드는 겨우 한숨을 돌리며 바하모르그와 함께 구석에서 성기사와 사제 들을 지켰다. 성기사와 사제 들이 기도를 하며 저주를 해소하기 위해 노력하는 동안에 폭주하고 있는 몬투스를 불안하게 지켜보아야 했다.

로드릭도 가까이 다가왔다.

"어려운 싸움에 끌어들여 미안하군."

"몬투스를 잡을 수 있겠습니까?"

"어려워."

"그게 무슨… 아까는 자신 있다고, 혼자 싸워도 된다고 하셨잖습니까."

"놈이 내 생각보다도 훨씬 강해졌어. 소환된 악마들은 보통 제 실력을 발휘하지 못하는데, 이곳에서 오랜 시간을 머무르면서 능력을 발휘하게 된 모양이야. 과거에는 이 정도까지 강하지는 않았는데……."

"저는 조각술의 연구 기록이 필요합니다!"

"그건 저 뒤쪽의 복도를 통해서 연구실로 들어가야 하네."

탈로쓰의 알들이 쌓여 있는 사이로 길이 하나 있기는 했다.

"그쪽에도 악마병들이 지키고 있지 않겠습니까?"

"그렇겠지. 그리고 몬투스나 다른 놈들이 금방 쫓아올 걸세. 분노로 폭주하게 된 몬투스는 아마도 여기 있는 모두를 죽이기 전에는 멈추지 않겠지. 특히 자네를 더욱 미워하지 않겠나."

연구 기록을 입수하더라도 위드가 미궁을 빠져나가지 못하고 죽음을 맞이하게 되면 퀘스트는 실패였다.

몬투스에게 사로잡혀 죽임을 당하는 악마병들, 그들은 자신들의 대장에게 저항하다가 덧없이 죽어 갔다. 악마병들의 마법은 몬투스에게 별다른 피해를 입히지 못했기 때문이다.

날개에 붙은 불이 아직 꺼지지 않아 활활 타오르는 모습으로 학살을 벌이는 몬투스의 기세는 무시무시하기 짝이 없었다.

그가 막 알에서 깨어난 탈로쓰들까지 죽이는 이유는 너무나도 뻔했다. 거치적거리는 놈들을 몽땅 없애 버리고 나서 마지막에 로드릭과 위드를 처리하겠다는 뜻이다.

과연 속 좁고 참을성이 없는 악마다운 성격!

"혹시 내가 실패한 다음에 몬투스를 사냥하는 사람은 정말 좋겠군."

위드는 그런 생각도 하지 않을 수가 없었다.

현재의 전투는 여러 방송국들을 통해 전 세계에 중계가 되고 있다. 이다음에 올 자들은 몬투스가 쓰는 마법의 특성, 대처법, 생명력과 마나 등에 대한 분석까지 완벽하게 끝내 놓고 싸움을 할 수 있으리라.

부하들도 대부분 해치웠으니, 그들이 보충되기 전에 잽싸게 이곳에 도착만 한다면 승산은 훨씬 높아지지 않겠는가.

물론 그럴 만한 원정대를 구성할 수 있는 길드도 많진 않다. 대단한 용기를 내지 않는다면 로드릭 미궁으로 들어오지 못할 것이다.

위드처럼 처절한 팔자 탓을 하면서 어려운 퀘스트를 그냥 받아들이는 사람이 흔치는 않았다.

위대한 업적

"남 좋은 일을 할 수는 없지."

위드는 로드릭의 옆에 붙어서 그의 다친 곳들을 붕대로 감싸 주었다.

"필요 없네. 곧 다시 사라질 몸을……."

"아닙니다. 이렇게 같이 싸우는 전우이지 않습니까."

따뜻한 동료애를 떠올리기 쉽지만 눈에 흙이 들어갈 때까지 는 부려 먹어야 한다는 의미!

"전우라… 마법사들은 쓰지 않는 단어로군. 나 때문에 너무 큰일이 벌어지고 말았어."

오만하던 로드릭은 침울한 기색을 감추지 못했다.

"이직 늦지 않았습니다. 일을 바로잡을 수 있는 기회가 있을 겁니다."

"몬투스는 나보다 강하네."

"힘을 합치면 방법이 있을 겁니다."

"너희 정도가 돕는다고 해서 될 일이 아니야."

마법사들은 기사들과는 철저히 다른 성격을 지녔다.

우정이나 의리, 헌신, 충성심보다는 냉정한 상황 판단이 우선이었다.

이길 수 있는 전투에서는 확실히 이기지만, 반대로 불리한 상황을 역전해 내는 면은 부족했다.

"로드릭 님이 세상에 존재할 수 있는 시간도 이제 1시간 정도밖에 남지 않았습니다. 죽을 각오로 싸워 봐야 되지 않겠습니까?"

"죽을 각오라… 난 이미 죽었지."

"다시 세상에 후회를 남기지 않기 위해서도 최선을 다해야 합니다."

"무슨 말인지는 알겠네."

로드릭이 마나를 회복하기 위한 명상을 시작했다.

성기사와 사제 들도 저주를 해소하기 위하여 경건하게 기도를 올렸다.

위드는 휴식을 취하면서 날뛰는 몬투스를 계속 지켜보았다. 그사이에 레드 스타로부터 받는 불의 힘으로 생명력과 마나는 완전하게 보충되었다.

띠링!

신체가 최상의 상태입니다.

몬투스에게 악마병들이 전멸하고, 덩치를 키운 탈로쓰들도 박살이 났다. 현재도 뒤늦게 알에서 깨어나고 있는 놈들이 있었지만 화풀이를 어느 정도 마친 몬투스의 관심은 이제 로드릭과 위드에게로 향하려고 하고 있었다.

바하모르그도 붕대를 감고 삶은 감자를 먹어 몸이 완전히 정상을 되찾았다. 아르펜 제국의 용사다운 빠른 회복력이었다.

위드는 로드릭에게 말을 걸었다.

"부탁드릴 것이 있습니다."

"무엇인가?"

"우리는 지금부터라도 힘을 합치지 않으면 안 됩니다."

"나는 내 방식대로 싸울 것이네. 전사들과는 같이 싸워 본 적이 없어."

로드릭은 여간해서는 다루기가 까다로운 존재였다. 전설적인 마법사라서 명령을 내린다고 해도 듣지를 않으니 협력을 구하는 것도 어려웠다.

"압니다. 그렇지만 제가 몬투스의 주위에 있을 때에는 가능하면 화염 계열 마법만 써 주셨으면 합니다."

"나는 화염 마법에도 정통해 있으니 그 정도의 부탁은 들어줄 수 있겠지. 시간을 벌어 주는 자네가 있어서 조금 더 상위 계열의 마법을 사용할 수도 있었으니……."

"감사합니다. 만약 몬투스를 이긴다면 그건 모두 로드릭 님의 공입니다."

비용도 들지 않는 공치사의 말은 부담 없이 해 주었다. 그리고 성기사들에게도 부탁을 해야 했다.

"신의 뜻을 역행하는 악마가 베르사 대륙을 어지럽게 놔둘 수는 없습니다."

"저희는 언제라도 싸울 준비가 되어 있습니다."

데리안이 대표로 대답을 했다.

그러나 실제로는, 몬투스의 저주들이 완전히 풀리지 않아 아직도 비틀대는 성기사들이 절반을 넘었다. 평소 같으면 전투를 하지 않고 쉬어야 했다.

이러한 상황에서 몬투스 같은 보스 몬스터와 싸움을 벌이라는 것은 죽으라는 것과 다를 바가 없는 명령이다.

"단체로 몰려가더라도 일거에 쓸려 버릴 뿐입니다. 석궁과 신성 마법을 이용한 원거리 지원을 해 주세요."

"그 정도로 되겠습니까?"

"하는 데까지 해 봐야죠."

위드는 성기사들을 무의미하게 죽게 하기보다는 가능한 한 살리고 싶었다. 그들이 교단으로 다시 돌아가야만 공헌도가 약간이라도 복구되지 않겠는가.

게다가 이제 마지막을 앞둔 전투의 양상도 바뀌었다고 할 수 있다.

'속전속결이다.'

몬투스의 날개는 고작 두 장만 남겨 놓고 다 타 버렸다. 그는 격노에 차서 위드와 로드릭만이 아니라 모든 살아 있는 생명체들을 죽이려고 하고 있다.

물론 처음부터 그럴 마음이었겠지만, 지금은 자신이 위험해지는 것에도 아랑곳하지 않고 막무가내로 공격을 가할 것이다.

살아남기 위해서는 쓰러뜨리는 수밖에 없다.

그리고 벌써 몬투스가 두 팔을 휘저으며 무언가 중얼거리고 있었다.

"블링크!"

위드가 순간 이동을 하는 것이 시작이었다.

"땅에서 새어 나오는 화염, 하늘에서 떨어지는 큰 불길."

로드릭도 화염 마법을 시전했다.

> 불의 기운을 흡수하고 있습니다.
> 생명력과 마나, 체력의 최대치가 증가합니다. 힘이 계속 강해집니다.

혼돈의 대전사가 되어 있는 위드에게는 어떤 축복 마법보다도 짜릿했다.

불길을 가르며, 악마를 향해 공격을 한다.

위드는 지금까지 싸워 왔던 그 어떤 적보다도 강한 존재에게 덤비는 것에 푹 빠졌다.

"억압의 각인!"

몬투스는 예상했던 대로 방어에 신경을 쓰지 않았다.

위드와 로드릭의 공격을 그대로 맞으면서 마법을 시전하였다. 그리고 연쇄 폭발이 일어났다.

눈치 빠른 위드는 마법이 발동되는 순간 일찌감치 피해 버리고, 로드릭은 휴식을 취한 덕으로 아직은 자기 자신을 보호할 수 있었다.

성기사들과 사제들은 흩어져서 피해를 줄였지만 미처 몸을 피하지 못하여 마법의 범위 안에 있던 이들은 최후의 신음을 터트렸다.

"커흐흐흑."

"자비로운 프레야 여신이여, 저를 구원해 주소서."

아껴 왔던 사제들도 떼죽음!

"데몬 오브 아이스."

몬투스는 연속으로 공격 마법들을 시전했다.

하지만 광기에 휩싸여 모든 공격을 피하지도 않고 몸으로 받아 냈다.

몬투스의 몸에 붙은 불도 이제는 꺼지지 않았다.

"계속 공격해! 성기사들은 쉬지 말고 석궁을 쏴라. 겉으로는 별 변화가 없어 보여도 분명히 약간씩이라도 피해를 입고 있을 거야. 사제들은 지금은 치료보다는 공격이 우선이다. 신성 마법 공격의 집중! 빨리 해치우는 것만이 희생을 줄일 수 있는 길이야."

위드는 총공격을 지시했다.

성기사와 사제 들의 레벨이 낮다고 해도, 이들 역시 생명을 도외시하고 공격만 한다면 악마와 언데드 계열 몬스터에게 입히는 타격은 무시할 수 없을 정도로 크다.

몬투스는 한동안 로드릭과 위드를 번갈아서 공격했지만 뜻한 바의 성과를 거두진 못하였다.

명상을 하여 마나를 회복한 로드릭은 여간해서는 쓰러뜨리기가 어려웠고, 위드는 치고 빠지면서 교묘하게 유인을 하고 있었기 때문이다.

집단 전투에서 몬투스의 시선을 끌면서 다른 이들이 최고의 공격을 할 수 있게 해 주는 역할을 하는 위드!

아예 정식으로 싸운다면 상대가 안 될 테지만 얼마든지 기꺼이 부하들을 이용했다.

"발게르의 망치!"

몬투스의 공격은 이번에는 사제들을 향했다.

여성 사제들이 모여 있는 곳 위에서 뇌전으로 이루어진 망치가 아래로 떨어졌다.

땅에 떨어진 망치는 사방으로 번개를 일으켰다.

"꺄아악!"

감당할 수 없는 공격에, 보호 능력이 떨어지는 사제들이 죽어 나갔다.

위드가 낌새를 알아채고 공격했지만 몬투스의 마법을 저지하지는 못했다.

"바하모르그, 다음에 사제들이 공격을 받거든 네가 버텨 줘야 한다."

"알겠다."

바하모르그는 어느 때에나 적의 공격을 막아 줄 수 있는 용사였다.

몬투스의 마법 공격을 한 번이라도 막아 낼 수 있을지는 의문이었지만 명령을 내려야 했다.

'시간을 끌면 반드시 이길 수 있다. 몬투스가 폭주 상태에 접어든 만큼 가능성이 약간은 있어.'

위드에게 희망의 빛이 보였다.

성기사들과 사제들도 신앙의 힘으로 투지를 잃지 않고 악착같이 싸우며 버티고 있었다.

미궁에 저들을 데려온 것이 얼마나 다행인지 모른다.

본인이 고생을 하는 만큼, 동료들과 부하들까지 착실하게 써먹는 재능.

"아무 잘못이 없는 저들까지 해치다니… 나의 호기심이 너무 큰 고통의 대가를 치르는구나."

사제들이 죽어 가는 것을 보던 로드릭이 갑자기 큰 소리로 외쳤다.

전설적인 마법사인 그는 그만한 실력과 함께 거만한 성격을 가졌다.

하지만 근본적으로 악인은 아니었다. 그의 잘못된 판단으로 몬투스가 소환되어 신의 사도인 사제들까지 해치고 있는 모습을 보자 더 이상 참지 못했다.

"몬투스, 너를 소멸시키겠다. 나의 몸 안에 깃든, 그리고 내가 지배하는 모든 마나를 태우리라. 마나 번!"

마법사가 자신의 몸에 있는 모든 마나로 적을 공격하는 기술이 사용되었다.

로드릭이 몬투스의 행동을 참지 못하고 자신이 쓸 수 있는 가장 강력한 기술을 써 버린 것이다.

보통 마나 번을 쓰면 상대방의 몸에서 큰 폭발이 일어나게 된다.

로드릭이 발휘한 마나 번은 몬투스의 몸에서 태양이 땅으로 내려온 것과도 같은 강렬한 광채를 일으켰다.

너무나도 엄청난 폭발이 한 지점에 집중되어서, 오히려 고요하고 평온하기까지 한 느낌.

"쿠우우!"

마나 번으로 인한 광채가 사라지고 난 이후에 나타난 몬투스는 커다란 상처를 입고 있었다. 왼쪽 어깨를 비롯한 상체의 일부분이 사라졌을 정도다.

"커허헉!"

엄청난 전력이 되어 주었던 로드릭도 피를 토하면서 쓰러져버렸다.

마나 번 스킬을 사용하고 난 이후의 마법사는 어떤 마법도 사용하지 못하고 한참 동안 무기력한 상태에 빠지게 된다. 그런데 로드릭에게는 하필이면 마나 역류 증상까지 일어나게 된 것이다.

체내의 마나가 거의 고갈되고 역류하고 있는 이상, 로드릭은 더 이상은 전투에 참여하기가 어려워졌다.

"블링크!"

위드는 몬투스의 근처로 이동했다.

로드릭이 계속 싸워 주지 못하는 이상 어떻게 되든 공격을 하는 것 외에는 방법이 없다.

"마지막 발악이라도 해 보는 수밖에. 성기사들은 3명씩 나누어서 돌격! 바하모르그, 이제 너도 와라!"

레드 스타를 휘둘러 몬투스를 공격하며 외쳤다.

몬투스는 마나 번의 충격 때문인지 아직 정신을 차리지 못한 상태였다.

"헤라임 검술!"

위드는 공격력이 중첩되는 헤라임 검술을 시전하면서 일점 공격술을 사용했다.

하급 악마 몬투스의 심장이 있는 부위를 찔렀습니다.
방어력이 약화되어 296의 피해를 입힙니다. 레드 스타가 489의 화염 대미지를 가합니다.

하급 악마 몬투스의 심장이 있는 부위를 힘껏 내리쳤습니다.
상처 난 부위를 공격하여 457의 피해를 입힙니다. 레드 스타가 869의 화염 대미지를 몸속까지 가합니다.

하급 악마 몬투스의 심장이 있는 부위를 부술 듯이 베었습니다.
방어력이 붕괴되어 799의 피해를 입힙니다. 레드 스타가 1,129의 화염 대미지를 몸속까지 퍼트립니다.

치명적인 일격이 터졌습니다!
12%의 피해를 추가합니다. 레드 스타가 1,643의 화염 대미지를 가합니다.

치명적인 일격이 터졌습니다!
19%의 피해를 추가합니다. 레드 스타가 1,939의 화염 대미지를 가합니다.

치명적인 일격이 터졌습니다!
24%의 피해를 추가합니다. 레드 스타가 2,402의 화염 대미지를 가합니다.

부상 부위가 많아진 만큼 몬투스의 방어력도 떨어져서 제대로 된 공격이 들어갔다.

위드가 레드 스타로 공격을 할 때마다 몬투스의 몸은 활활 타올랐다. 성기사들이 질주하여 베고 지나가고, 바하모르그도 가까운 거리에서 전신을 두들겼다.

"성령 소환."

사제들의 신성 마법도 몬투스에게 쏟아졌다.

이대로 끝난다면 베르사 대륙에서 악마를 최초로 레이드하는 순간이 된다.

위드는 영광 따위에는 관심도 없었다.

그저 잘 먹고 잘 살고 싶다는 욕심뿐이었다.

"플레임 블래스터."

쫘광!

몬투스가 마법을 쓰는 순간 바하모르그와 성기사들이 폭발과 함께 나가떨어졌다.

바하모르그는 부상만 입고 사망까지는 하지 않았지만, 성기사들은 줄줄이 죽어 나갔다.

마나를 상실한 로드릭도 저항하지 못하고 목숨을 잃었다. 전설적인 대마법사였지만 결국 몬투스를 이겨 내지는 못하고 사라진 것이다.

그리고 위드가 남아 있었다.

> 불의 기운을 흡수합니다.
> 힘이 14% 강해집니다.

위드에게 화염 마법은 축복이나 다를 바가 없다.

"광휘의 검술! 이젠 이겨도 본전이야. 갈 데까지 가 보자!"

"쿠에!"

몬투스가 몸에서 피를 흘리면서 비틀거렸다.

그는 폭주 상태에서 악마병들과 탈로쓰들까지 해치웠다. 로드릭의 마법 공격에 의한 피해도 꾸준히 누적이 되어 왔고, 신성 마법과 위드가 입힌 피해도 쌓여서 도저히 정상은 아니다.

그렇더라도 한참을 더 버티면서 싸울 수는 있으리라.

"놈이 정신을 차리고 있으니 부상당한 성기사들도 석궁 공격! 사제들도 신성 마법으로 계속 공격하라! 바하모르그, 넌 쉬면서 기다려!"

몬투스는 아까처럼 연속으로 마법을 쓰지는 못했다. 온몸의 부상으로 괴로워하고 있었으며 마법의 위력도 한결 약해졌다.

데리안과 알베론도 모든 힘을 다해서 몬투스를 노렸다.

"너희 모두 나와 함께 가야 한다. 디…스트로이어!"

띠링!

> 하급 악마 몬투스가 대파멸 주문을 외우고 있습니다.
> 자신의 영혼을 바쳐서 그 지역의 모든 생명체들을 파괴해 버리는 주문입니다. 그 위력은 대마법사가 발휘하는 궁극 파괴 마법과 비슷합니다.
> 대파멸 주문의 완성까지는 앞으로 6분 남았습니다.

대마법사 로드릭도 미궁에서 궁극 파괴 마법을 쓰지는 못했다. 몇 분에 걸친 긴 주문 시간에 방대한 마나, 그리고 매개체를 필요로 했기 때문이다.

궁극의 파괴 마법은 성을 통째로 날려 버릴 정도라고 한다.

몬투스는 자신이 보유하고 있는 모든 마나와 영혼을 희생하면서까지 위드와 적들을 없애 버리기 위해서 대파멸 주문을 외우고 있는 것이다.

위드에게는 밥상을 엎어 버리는 행위였다.

"무차별 공격!"

6분 안에 몬투스를 죽이지 못하면 미궁 전체가 날아갈 판이었다.

조각사들의 연구 기록도 끝. 조각술 최후의 비기도 완전히 사라지게 되어 버린다.

"광휘의 검술!"

위드의 레드 스타에서 빛과 화염이 동시에 터져 나왔다.

"이 지긋지긋한 놈! 그만 좀 죽어라."

위드의 모든 공격은 몬투스의 심장이 있는 부위를 향했다.

악마는 팔다리가 끊어지는 정도로는 죽지 않는다. 머리나 심장을 노려야만 한다.

몬투스의 마법 주문이 진행되면서 미궁 안이 지진이라도 난 것처럼 우르르 떨렸다. 기둥이 기울어져서 무너지고, 천장에서는 돌 조각들이 떨어진다.

성기사들이 일어나서 비틀거리며 달려오고 있었지만 그들은 자신들의 몸에 걸린 저주도 해소하지 못했고 부상도 심하다.

뒤늦게 깨어난 탈로쓰들도 다시 먹이를 찾아서 사냥을 했다. 잠시 방심하고 있던 사제들이 죽어 나가고, 생명력이 없는 성기사들도 잡아먹혔다.

위드는 그들을 구하러 갈 수가 없었다.

레드 스타로 가하는 위드의 연속 공격에 이제는 붉은 화염 덩이가 되어 버린 몬투스!

커다란 몸이 온통 불로 뒤덮인 악마 몬투스의 생명력은 끊임없이 줄어들고 있었다.

'이렇게 때려서는 없애지 못할 것 같아.'

몬투스의 생명력이 빠른 속도로 감소하고 있긴 하지만 화염에 대한 저항력이 커서 마법이 완성될 때까지도 처리할 수 없을 것 같았다.

혼돈의 대전사로 조각 변신술을 펼치고 레드 스타까지 무장한 지금, 위드는 발휘할 수 있는 거의 최고의 공격력을 내고 있다고 할 만했다. 하지만 부족하다.

'지금보다도 더 강한 공격력… 조각사로서 공격력이 부족하다는 게 이렇게 한이 될 줄이야. 바드레이라면 충분히 이겼을지도 모르는데.'

헤라임 검술과 광휘의 검술을 이용한 일점공격술까지 통하지 않는다면 몬투스를 시간 내에 없앨 수는 없다.

그때 위드에게 번개처럼 떠오르는 생각이 있었다.

"데리안, 나에게 검을 던져 줘!"

데리안은 탈로쓰로부터 사제들을 지키고 있었다. 그러나 위드가 외치는 소리를 듣자 돌아서서 망설임 없이 검을 던졌다.

"악마를 반드시 해치우셔야 합니다."

그가 던져 준 검은 다름 아닌 루의 신검!

"조각 변신술 해제."

위드는 레드 스타를 검집에 넣은 후에 몸을 다시 인간으로 바꾸었다. 그리고 루의 성검을 잡았다.

바르칸 데모프를 처치하고 획득하여 루의 교단에 돌려주었던 검.

신성력을 온전히 회복한 신검이었다.

조각 변신술을 해제한 이상 블링크를 쓰지 못하고, 생명력도 낮아서 제대로 공격을 당하면 금방 죽어 버리게 된다.

하지만 이 방법뿐이었다.

루의 신이 이 땅에 내린 검을 쥐었습니다.
루의 교단에서 신검을 다룰 수 있는 자격을 충분히 인정받았습니다. 신앙심이 3배가 됩니다. 태양의 힘을 빌려서 적을 공격하는 스킬을 사용할 수 있습니다. 투철한 신앙심으로 기적을 일으킬 수 있습니다. 어둠의 마나를 억제합니다. 중급 이하의 몬스터를 굴복시킵니다. 신체 회복 능력이 2배가 됩니다.

"조각 파괴술! 이 모든 것이 힘이 되어라!"

위드는 품에서 걸작의 조각품 〈드러누워 있는 사자〉를 꺼내서 부쉈다.

조각 파괴술을 사용하였습니다.
걸작 조각상이 파괴된 고통! 슬픔! 예술 스탯이 5 영구적으로 사라집니다. 명성이 100 줄어듭니다. 예술 스탯이 1 대 4의 비율로 하루 동안 힘으로 전환됩니다.
예술 스탯이 너무 높고 원래 가지고 있던 힘 스탯이 낮기 때문에 한꺼번에 전환이 이루어지지는 않습니다.

힘 890이 고급 스킬 7레벨의 '통렬한 일격'으로 바뀝니다.
힘을 잔뜩 실은 공격이 정확히 적중하면 적들을 멀리까지 날려 버릴 것입니다. 마비와 혼돈 상태에 빠지게 만드는 비율을 늘립니다.

힘 980이 고급 스킬 6레벨의 '꿰뚫는 창'으로 바뀝니다.
강력한 공격력으로 상대방의 갑옷과 방패를 통째로 부숴 버릴 것입니다.

힘 1,430이 고급 스킬 9레벨의 '순간의 괴력'으로 바뀝니다.
짧은 시간 동안 낼 수 있는 최대 힘의 3배까지 쓸 수 있습니다. 막대한 체력을 필요로 합니다.

> 힘 8500이 검의 기본 공격력을 극대화시키는 데 활용됩니다.
> 내구력이 빨리 줄어들겠지만 검의 공격력은 35%까지 늘어나게 됩니다.

위드는 루의 검으로 몬투스를 베었다.

레드 스타의 막강한 공격력도 견뎌 내던 몬투스였지만, 신검 앞에서는 육체가 허물어지고 있었다.

> 하급 악마 몬투스를 베었습니다.
> 통렬한 힘으로 1,469의 피해를 입힙니다. 신성한 힘으로 상대가 가진 어둠의 마나를 억제합니다. 신성력이 악마 몬투스에게 3,921의 대미지를 입힙니다.

루의 신검은 언데드와 악의 세력들에게는 몇 배나 되는 대미지를 입히고, 그를 약화시킨다.

데리안은 레벨은 높았지만 몬투스의 공격을 피할 길이 없어 지금까지 가까이 접근하지도 못했다. 위드가 조각 파괴술까지 펼치며 신검을 쥐자, 이제 공격력은 몬투스마저도 괴롭게 만들기에 충분했다.

"루의 기적!"

전투로 지쳐 있던 위드의 몸에 활력이 샘솟듯이 솟아났다.

> 루의 기적이 발현되었습니다.
> 보유하고 있는 신앙심에 따라서 기적이 생겨날 것입니다. 악의 세력과 싸울 때 신성력에 의한 보호를 받습니다. 공격 속도가 빨라집니다. 파괴력이 커집니다.

레드 스타에 인하여 화염에 휩싸여 있던 몬투스. 위드의 공격이 이어질 때마다 제자리에 있지 못하고 계속 뒤로 밀려났다. 남아 있던 날개들도 화염을 견디지 못하고 녹아내린다.

생명력이 상실되는 만큼, 몬투스의 몸은 급격히 붕괴되어 가고 있었다.

대파멸 마법의 완성까지 남은 시간은 1분여!

"이제 그만 끝내자!"

전력을 다한 검이 몬투스의 가슴을 뚫고 들어갔다. 정확히 심장이 있는 부위!

"쿠와아아아아아!"

눈을 뜰 수 없는 섬광과 함께 몬투스가 사라져 갔다. 연속된 공격이 그의 생명력을 온전히 완전히 깎아 놓은 것이다.

레벨이 올랐습니다.

레벨이 올랐습니다.

레벨이 올랐습니다.

레벨이 올랐습니다.

로드릭 미궁에 갇혀 있던 하급 악마 몬투스가 소멸되었습니다.

위대한 업적으로 인하여 명성이 4,190 올랐습니다.

카리스마가 8 상승하였습니다.

투지가 9 상승하였습니다.

힘이 4만큼 더 강인해집니다.

전투 중에 스킬 '통렬한 일격'을 몸에 익혔습니다.

민첩이 7만큼 더 빨라지고, '정확한 공격' 스킬을 터득합니다.

신앙이 6 상승하였습니다.

전투에 참여한 모든 이들의 스탯이 3씩 오릅니다.

악마 몬투스와 싸워 승리를 거두었습니다.
베르사 대륙에서 가장 뛰어난 전투 승리의 업적을 달성하였습니다. 기사 중의 기사, 론 다이크 경조차 이루지 못한 거룩하고 성스러운 승리입니다.
용맹한 전투 지휘관으로서 병사들에 대한 지도 능력이 향상됩니다. 기사들도 명령을 따르는 것을 영광으로 알게 될 것입니다.
대륙의 모든 주민들로부터 추앙을 받게 될 것입니다. 베르사 대륙 전체의 음유시인들이 당신을 위한 노래를 짓게 됩니다. 당신의 노래가 울려 퍼질 때마다 명성이 오르고 악명이 조금씩 감소합니다.
기품이 51 증가합니다.
로드릭 미궁에서의 모험을 성공시켰습니다. 모험가들의 우상이 됩니다.
신을 따르는 기사들의 믿음을 얻습니다.

레벨 상승만이 아니라 전투 스킬 습득까지!

몬투스는 주변에 큰 진동을 일으키면서 사라져 가고 있었다.

바르칸에 이어 공교롭게도 몬투스마저도 루의 신검에 의하여 최후를 맞게 된 것이다.

위드는 앞으로 손을 뻗었다.

악마 투구를 획득하였습니다.

피를 머금은 채찍을 획득하였습니다.

커다란 다이아몬드 원석을 획득하였습니다.

지옥계의 원석을 획득하였습니다.

지금까지 잡힌 적이 없는 악마 몬투스였기에 어떤 아이템을 떨어뜨렸을지 더욱 기대가 되었다.

"감정!"

악마 투구

하급 악마 몬투스가 남긴 투구이다. 절대적인 강함을 가지고 있는 자만이 착용할 수 있으리라. 악의 힘이 깃들어 있기에 투철한 신앙심이 없다면 몬투스의 하수인이 되어 버릴 수 있는 위험한 물건. 신앙심이 부족한 이가 무리하게 착용하면 저주에 걸려서 생명력과 스탯을 잃게 된다.

내구력: 290/290

방어력: 161

제한: 레벨 640. 힘 1,700. 신앙심 800.

옵션: 끝없는 밧어 적들이 공포에 빨리 휩싸이게 된다. 부상 시 전투 스킬 강화. 흑마법, 지옥계 마법에 대한 내성 강화. 지혜 +98. 지식 +115. 중급 흑마법까지 적은 마나를 소모하여 사용할 수 있다. 마법 발동 시간 단축. 모든 전투 스킬의 위력 +12%. 잃어버리지 않는다. 전투 명성 +8,000.

위드는 적지 않게 만족스러웠다. 악마 투구는 이름만큼이나 대단한 옵션을 가지고 있었다.

> 피를 머금은 채찍이 당신을 거부합니다.
> 악마의 힘이 당신을 밀어내 생명력이 3,696 감소합니다.

대장장이 스킬은 착용 제한을 줄여 준다. 그럼에도 피를 머금은 채찍은 아직 건드릴 수조차 없었다. 위드는 채찍은 그대로 배낭에 넣어서 보관을 했다.

성기사들은 점점 늘어나는 탈로쓰들로부터 사제들을 지키기 위한 전투를 계속하고 있었다.

"여기는 지긋지긋하다. 그만 로드릭의 방으로 가자."

사제들과 성기사들을 뭉쳐서 이동시켰다.

그러자 탈로쓰들은 깨어나는 동족들과 서로 싸움을 벌였다.

이곳의 보스급 몬스터인 몬투스는 소멸되었지만, 그다음으로는 탈로쓰라는 만만치 않은 존재가 그들끼리 싸움을 하여 대장의 자리를 뺏고 뺏기면서 알을 퍼트려 번성하게 되리라.

퀸 탈로쓰, 대장 탈로쓰가 새로 등장할 수도 있다.

위드는 다시는 로드릭 미궁이 있는 쪽은 쳐다보면서 보리빵도 먹지 않을 것이기 때문에 어떻게 되든 상관없었다.

대전을 나와서 위드는 성기사들과 사제들, 그리고 수고한 바하모르그에게 편안한 휴식을 주었다.

몬투스와 싸우기 전에는 최고의 만찬을 차려 주었지만 이제는 딱딱하고 마른 풀빵을 던져 줬다.

"모두 정말 수고가 많았다. 이 미궁에 들어와서 많은 성기사와 사제 들이 목숨을 잃었지만, 베르사 대륙의 평화를 위협하던 몬투스는 소멸되었다!"

물론 성기사들이 미궁에 들어오게 된 구체적인 이유는 위드 때문이기는 했지만, 굳이 책임을 드러내어 이야기할 필요는 없었다.

"오오, 자비로운 프레야 여신이여…….."

"루의 밝음으로 우리를 지킬 수 있었나이다!"

"그들의 희생을 헛되게 하지 않기 위해서라도 이젠 전투를 마무리 지을 것이다."

위드는 완전히 휴식을 취하고 몸 상태들을 최고로 만들고 나서 로드릭의 연구 기록이 있는 곳까지 갈 생각이었다.

몬투스가 소멸된 이상 악마병들이 몇 마리 더 나오더라도 그 전투를 이겨 내는 정도는 그렇게 어렵진 않을 것 같았다. 목적지도 가까웠고, 이제 가장 큰 산을 넘어섰다는 희망이 있었다.

"고난을 통하여 루에 대하여 올바른 눈을 뜨게 되었습니다. 밝음을 퍼트리는 루의 검이 되겠나이다."

"프레야 여신이여, 우리를 인도해 주소서."

파아아앗!

성기사들과 사제들에게서 은은한 빛이 뻗어 나왔다.

위드가 전투를 승리하고 스킬도 얻으며 약간 성장한 것처럼, 그들이 경우에는 신의 인정을 받으면서 상급 직업으로 승격을 한 것이다.

이른바 2차 전직!

로드릭 미궁에 와서 그들의 레벨도 400대를 넘어섰다.

"음, 나는 공헌도를 거의 다 써 버렸을 텐데… 다음에 부려 먹을 사람은 좋겠군."

위드가 그토록 애를 썼지만 성기사와 사제 들은 대폭 줄어, 살아남은 숫자는 다 합쳐도 150명 남짓밖에 되지 않았다. 미궁에서의 전투가 그만큼 위험하고 힘겨웠다는 뜻이리라.

"인간들이 여기까지 오다니… 죽을 자리를 찾아왔구나."

"크흐흐흣, 너희를 통째로 잡아먹어 주지."

"고통을 맛보게 해 주겠다."

로드릭의 연구 기록이 있는 장소에 악마병 10마리가 있었다.

지금까지 악마병들과 어려운 전투를 치러 온 만큼 이곳을 정리하는 것은 그리 어렵지 않았다.

인원은 줄어들었지만 전직까지 하며 능력치가 상승된 성기사와 사제 들이 많았기에 악마병들에게 이전처럼 쉽게 당하지 않았다.

로드릭의 연구실에 있는 악마병들을 제압했습니다.

"드디어 왔구나."

위드는 감회가 새로웠다.

로드릭의 연구실에는 온갖 아이템들이 보관되어 있었다.

다른 유저들이 보면 깜짝 놀랄 만한 아이템들이 두꺼운 먼지 아래에 가득하다.

마법 책, 연구 기록, 시약, 마법이 봉인된 보석, 마나석 등의 상태를 확인하고 챙겼다.

고위 마법이 적혀 있는 마법 책은 부르는 게 값일 수도 있다.

마법사들은 남들이 갖지 못한 마법을 발휘하는 것을 아주 좋아한다.

특히 한 종류의 마법이 경지에 오르면 특별한 지식과 지혜를 얻으며 호칭을 얻을 수도 있다.

로뮤나의 경우에는 '불길의 강을 흐르게 하는 마법사'라는 호칭을 얻었다.

그녀가 그렇게 불리는 것을 얼마나 좋아하는지는, 이후로 선술집에 자주 가는 것으로 알 수 있으리라.

가게 주인이나 점원들도 로뮤나를 호칭으로 부르며 존중을 해 주니 상당한 자랑거리인 것이다.

띠링!

미궁의 지하 지도를 습득하였습니다.

로드릭 미궁의 올바른 길을 찾는 지도도 있었다.

"여긴 다시 올 일이 없겠지만 사려는 사람이 있을지도 모르니까 가져가야지. 음, 지금으로써는 가격을 좀 낮게 팔아도 될 것 같군."

남들도 고생을 해 보란 생각!

팔 만한 물품은 식료품과 보급품을 가지고 왔던 마차에 가져가서 몽땅 실었다.

위드는 로드릭이 사용했을 책상에도 앉아 보았다. 나뭇결이나 찍힌 자국을 섬세하게 확인도 했다.

"이 책상, 보통 나무로 만든 것이 아니군. 재질도 좋고 광택도 살아 있어. 바하모르그, 챙기자!"

책상과 의자, 책장과 같은 가구들까지도 남기지 않는 싹쓸이 정신.

띠링!

> 조각술과 관련된 연구 기록을 습득하였습니다.

> '로드릭의 미궁' 퀘스트에 필요한 물품을 입수하였습니다.

이삿짐센터에서 들고 나간 것처럼 말끔하게 정리되어 버린 로드릭의 연구실!

"자주 방문할 수 있는 곳이 아니니 본전은 확실히 챙겨야지. 그리고 이젠 밖으로 나가는 것이 문제인데……."

위드는 지하 지도를 펼쳐 살펴봤다.

"대충 열여섯 번 정도의 싸움만 벌이면 외부로 빠져나갈 수는 있겠군."

공간 왜곡의 특성으로 인해 반드시 왔던 길로 되돌아갈 필요는 없었다.

하지만 함정들이 연달아 작동할 테고 악마병들도 있으니 승급을 한 성기사들이라도 많이 죽어 나가게 되리라.

그렇지만 정말 중요한 임무는 달성한 후였기 때문에 마음이 편했다.

"그리고 어디 보자, 무슨 그림이 있는데……."

연구실의 땅바닥에는 복잡한 문양의 그림과 룬어들이 새겨져 있었다.

"이동 마법진이로군."

외부로 단번에 이동할 수 있는 텔레포트 게이트!

위드도 한때에 프레야 교단과 관련된 모험을 하면서 많이 이용을 했었다.

"이렇게 하는 것이었지."

땅에 박혀 있는 마나석을 누르자, 마나가 문양과 글씨들을 타고 흘렀다.

파스스스슷!

그리고 증폭되면서 점점 위로 올라왔다.

"가자."

위드와 성기사들, 사제들, 바하모르그 그리고 마차들까지, 그 자리에서 씻은 듯이 사라졌다.

> 로드릭 미궁을 제패하였습니다.

꾸 깊

잠시 후 위드가 도착한 곳은 로드릭 미궁 근처의 바람 부는 언덕이었다. 살아남은 모든 이들이 무사히 밖으로 빠져나온 것이다.

"우선 퀘스트가 어떻게 진행되는 건지 확인부터 해 봐야지."

위드는 조각술과 관련된 연구 기록들부터 써냈다.

미궁 밖으로 나왔으니 당장은 안전해졌다고 할 수 있었다. 이곳에 오래 머무르게 되면 유저들이 그를 찾아올 수도 있겠지만, 그때까지 머무르지는 않으리라.

띠링!

조각술 최후의 비기와 관련된 연구 기록을 읽습니다.

로드릭이 적는다.

아름다움에 대한 관점은 사람마다 다를 수밖에 없다.

조각술의 한계와 제약을 뛰어넘어, 누구나 다 아름답다고 느끼며 공감할 수 있는 표현법이 있다면 무엇일까.

나 스스로도 꽤나 겁이 없고 도전적이라고 할 수 있지만 조각사들은 더 원대한 포부를 갖고 있었다.

예술인들을 나약하다고 비웃을지 모르지만, 그들은 기발한 상상력을 바탕으로 어려움을 극복하며 새로운 창조를 해낸다.

세상에서 가장 아름다운 것을 조각할 수 있어야 하는 표현법을 주제로 조각사들과 연구를 시작했다. 그리고 조각사들은 예상했던 대로 황당한 주장을 늘어놓았다.

—찬란한 아름다움을 표현하기 위하여 놀라움을 주는 거창한 조각술을 이야기할 수는 있을 겁니다. 하지만 스쳐 지나 보내는 소소한 아름다움이 우리를 조각술로 이끌었습니다.

—별거 아닌 것에 큰 의미가 있지요.

"괜히 또 불안해지는군."

여기까지 읽는 순간, 위드에게는 조각사들에 대한 엄청난 원망이 물씬물씬 일어났다. 그 엄청난 위험을 무릅쓰고 로드릭 미궁까지 다녀왔는데 소소한 아름다움이라니, 얼마나 힘이 빠지는 일이란 말인가.

그러나 아직 실망하기에는 이르기에 위드는 연구 기록을 계속 읽었다.

로드릭의 연구 기록

―아름다움이란 주변의 사소한 것들에도 많이 있습니다. 우리가 제대로 알아보지 못할 뿐이죠.

―바다 위로 반짝이는 햇빛을 보았습니다. 그 후로는 그만큼 아름다운 조각품을 만들었는지 스스로 의문이 들었습니다.

―진정한 아름다움이란 너무 빨리 흘러가 버려서도 볼수 없습니다. 그다음부터는 아련하게 기억으로만 남아 있는 추억이 되어 버리니까 말입니다.

―먹구름에서 떨어지고 있는 빗방울은 얼마나 아름답습니까? 그 빗방울이 수면 위로 떨어지고, 꽃들을 적시고, 나무에 달려 있는 잎사귀들에 모일 때는 정말 아름답지요. 우리는 매일매일 그런 아름다움에 둘러싸여 있으면서도 제대로 보지 못하기 때문에 그저 막연하게 느끼며 지나치는 거죠.

─햇빛이 맑은 날에도 마찬가지입니다. 조각술의 기본이 되는 빛. 우리는 그 빛에 대해서 대체 얼마나 알고 있을까요? 따뜻한 빛이 사물에 반사되어 만들어 내는 황홀함이란…….

─고요와 적막, 모든 것들이 정지해 있는 찰나의 아름다움을 표현할 수 있다면 좋지 않을까요?

─찬란한 아름다움의 표현을 위한 방식으로 저도 공감합니다.

─누구나 이런 기억을 갖고 있을 겁니다. 가장 아름다운 것을 보았을 때… 모든 것이 멈춰 있는 듯한 착각을.

─그때처럼 아름다운 것이 없지요. 그렇게 세상이 멈춰 있는다면 아름다움을 표현하기가 훨씬 편해질 겁니다.

소소한 아름다움을 이야기하던 조각사들은 세상을 멈추기를 원했다.

그야말로 기발한 상상력이기는 했다.

시간을 멈춰 버린다면 빨리 지나가 버려서 보기 어려운 빛의 아름다움이나 물과 바람의 조화도 만끽할 수 있을 것이다.

세상이 얼마나 아름다운지, 조각사가 보고 주의 깊게 살피고 고찰한 후 표현해 낼 수 있다.

조각사들은 논의 끝에 찬란한 아름다움의 표현법을 결정했다.

모든 것이 멈춰 있는 세상에 오로지 홀로 움직이면서 순간의 아름다움을 관조하는 것.

시간 조각술!

나 로드릭과 조각사들이 이룩하고자 하는 목표였다.

지독하게 광오하기까지 한 목표!

"커헉!"

위드는 조각사들에게 진심으로 감사했다.

"조각사로 태어났으면 역시 이 정도의 포부는 가지고 있어야지. 매일 비굴하게 조각품만 팔아서는 살 수 없지. 다 죽었어! 이 퀘스트만 성공하면 제대로 한밑천 챙겨 볼 수 있겠구나."

몬투스와의 싸움이 벌어졌을 때, 모라타는 쥐 죽은 듯이 조용했다.

"아……."

"안 되는데……."

"꺄아, 어떻게 해! 성기사들을 구하느라 또 부상을 입었어."

"피하셔야 하는데! 이기지 못하더라도 무사히 살아 나올 수만 있다면……."

선술집에서는 가끔씩 안타까워하는 목소리만 들렸다. 맥주를 시키는 것마저도 비난을 받을 정도로 조용했다.

과거와는 다르게 새의 형상을 하고 있는 종족들도 보였는데, 그들은 아르펜 왕국에서부터 새로 선택할 수 있게 된 조인족이었다.

조인족은 발달된 육체적인 능력 외에도 날개를 펼쳐서 하늘을 날아다닐 수가 있다. 평지의 전투에서도 많은 도움이 되었는데, 조인족 궁수, 조인족 투사는 그들끼리 파티를 이루어서 사냥을 다녔다.

새롭게 조인족을 선택하여 캐릭터를 만든 초보자들 사이에서는 아장아장 날갯짓을 하며 나뭇가지에 앉아 있는 것이 인기였다.

인간, 바바리안, 오크, 엘프, 드워프에 이제는 조인족까지, 그렇게 다양한 종족이 모여 앉은 가운데 침묵의 시간이 흐르고, 수많은 공방전 끝에 몬투스의 육체가 위드의 공격에 소멸되어 갔다.

위드가 로드릭 미궁을 제패하는 순간, 침묵을 지키던 모라타의 선술집과 광장이 일제히 들썩거렸다.

"만세!"

"통닭 드시고 싶으신 분들, 마음껏 시키세요! 저 산드라가 쏠게요!"

"바람의정원 선술집 주인 마타고입니다. 요리 스킬 초급 6레벨의 안주 전문 요리사죠. 오늘은 맥주 무제한 공짜입니다!"

"광장에 1,200인분 풀죽이 끓고 있습니다. 어서 나갑시다!"

"특별 할인! 국왕 위드의 퀘스트 완료를 기념하여 잡템 전 품목 매입 기격을 14% 올려 드립니다."

"장검류 판매! 딱 오늘에 한해서 마진 안 남기고 거래합니다. 검날도 갈아 드리며, 숫돌도 3개씩 지급해요. 기회를 놓치지 마세요."

"최저가 사은 행사! 알아보고 오신 금액보다 3골드 적게 팝니다."

아르펜 왕국이 통째로 들썩이고 있었다. 그리고 왕국 소속 유저 전원에게 퀘스트가 발생했다.

띠링!

아르펜 왕국의 궁전

북부 대륙을 제패하고 있는 아르펜 왕국. 신생 아르펜 왕국은 빠르게 영역을 확장하고 있다. 바바리안, 엘프, 드워프, 우호적인 원주민들과, 니플하임 제국 출신의 성들이 포함되면서 방대한 영토를 거느리게 되었다. 인구 증가와 치안 확보로 새로운 도시들이 생겨나고 있다.

국왕 위드는 영명함과 용기로 국가적인 치적을 쌓아 나가고 있다. 아르펜 왕국을 통치하는 상징물이 될 왕궁을 건설하라. 왕국의 국민으로서 가장 중요한 임무가 될 것이다.

난이도: 국가 퀘스트.

보상: 국가 공헌도.

제한: 아르펜 왕국 소속 한정.

위드의 명성과 주민들의 충성심, 왕국의 발전도가 아우러져서 왕궁 건설 퀘스트가 발생한 것이다.

다른 왕국에서 왕궁 건설이 시작되면 세율이 인상되며 각종 수당들이 만들어진다.

아르펜 왕국은 천문학적인 흑자 규모로 인해 내부적인 자금이 축적되어 가고 있었다.

위드가 나중에 횡령을 해 가려던 200만 골드!

그 돈을 밑천 삼아서 왕궁 건설 퀘스트가 시작되었다.

"어, 이런 게 있었네."

"오늘부터 또 일하는 거야?"

"왕궁의 건설 부지부터 정해야죠. 그리고 자재들을 운반해 올 채석장에서 도로부터 뚫어야 되고요."

아르펜 왕국 유저들은 대형 공사라면 이골이 나 있었다. 지역마다 위대한 건축물들도 세워지고 있었기 때문에 매우 익숙했다.

"나의 창작욕을 불태웠던 예술품들을 대거 내놓아야겠군. 왕궁의 장식품으로 쓰인다면 부족함이 없지."

"기사 갑옷을 만들었는데… 이건 팔지 말고 왕실 복도에 전시용으로 납품하면 되겠어."

예술가들과 대장장이들은 준비되어 있었다.

도예가 조합, 조각사 조합에서도 기꺼이 나섰다.

"진흙 굽는 건 저희가 하겠습니다."

"돌 쪼개는 거야 밥 먹고 매일 하는 일이죠."

건축가 유저들은 따로 모였다.

"정말 호화스럽게……."

"왕궁다운 건물이 필요할 때도 되었습니다."

"현재 견적은 예산에 맞춰서 200만 골드 정도로 예상하고는 있으나……."

"공사 비용이 늘어나는 것쯤이야 항상 벌어지는 일이죠."

"위치는 어느 곳이 좋겠습니까?"

아무래도 입지 요건이 중요하다고 할 수 있었다.

왕궁은 통치의 중심이다.

왕궁에 가까운 곳일수록 왕국에 대한 주민들의 충성도가 높게 유지되어 잘 떨어지지 않고, 그곳을 중심으로 지역 정치에 영향력을 퍼트리게 된다. 현재 북부의 빈 땅이나 마을들이 왕국에 소속되고 있기에 정치 영향력은 매우 중요했다.

왕궁은 경제성장을 촉진하는 역할도 하기 때문에 주로 모라타에 짓자는 의견이 많았다.

"명실상부한 수도로 알려진 도시가 모라타입니다."

"북부에서, 그리고 대륙 전체에서도 모라타는 대도시죠. 이만한 도시에 왕궁까지 건설되면 그 발전력은 대단할 겁니다."

"도로가 연결되어 있고 자재들을 운송하기도 쉽죠. 필요한 인부들도 얼마든 구할 수 있고요. 공사 기간이 아주 짧아질 겁니다."

"하지만 모라타에는 왕궁을 건설하기에 충분할 정도로 넓은 부지가 없어요."

"판자촌을 밀어서라도……."

"그건 안 될 일입니다!"

모라타가 확장되면서 상업 시설이 늘어났고 중급, 고급 주택 단지도 생겨났다.

하지만 판자촌은 명물로 계속 남아 있었다.

판자촌의 유저들도 성장을 하다 보니, 복잡한 뒷골목의 벽에 그림도 그려지고 조각상들도 세워졌다.

예술과 문화의 거리로 꽃피워지고 있었다.

"그렇다면 어디가 좋겠습니까?"

"넓게 볼 필요가 있습니다."

모험가와 상인 들까지 가세하여, 풀죽신교 산하에 왕궁건설

추진위원회가 만들어졌다.

북부 대륙의 지도를 펼쳐 놓고 왕궁 건설 부지를 선정했다.

"바닷가는 일단 부적합할 것 같습니다."

"항구가 발달하면 그것도 좋지 않을까요?"

"차차 이루어져야 할 문제이지만, 지금은 내륙 쪽에도 개발하지 못한 곳들이 수두룩합니다."

"북부가 잠에서 깨어나고 있는데, 그대로 묻혀 버리는 곳들도 있죠."

북부의 마을들은 그동안 추위와 몬스터로 인하여 괴롭힘을 당해 왔다.

아르펜 왕국이 건국되면서 영토에 포함되는 곳들이 급속도로 늘어나고 있지만, 몬스터의 침공을 버티지 못하고 전멸하는 마을도 많았다.

마을이 없어지면 수많은 모험과 기록이 사라지는 것이다. 차후에 그곳에 새로운 마을이 건설되더라도 주변 지역에 대한 모험과 정보가 사라져서 시행착오를 겪어야 했다.

"당장은 상업이 발달하지 못했더라도 앞으로 가능성이 큰 곳으로 합시다."

"니플하임 제국의 역사서를 찾아보고 참고하는 것도 좋겠습니다."

"인근에 마을들이 많아야 됩니다."

"큰 강줄기가 흐르고 평탄한 곳으로 정해야 될 것입니다."

아르펜 왕국의 수도를 정하는 것인 만큼 중대한 사안이었다.

"신들의 정원과 바르고 성채의 중간 지역이 어떨까요?"

"북부의 중심은 아닌데요?"

"앞으로 이곳이 중심이 될 수 있을 겁니다. 바르고 성채와 신들의 정원 사이의 거리도 꽤 멀어서 빈 땅은 많습니다."

"도로망도 개통되어 있지요."

"문제는 강을 끼고 있는 평야지대가 그리 넓지 않다는 건데… 방대한 부지에 왕궁이 건설되고 나면 상업 지대와 주택단지들이 들어설 자리도 필요한데, 모자랍니다."

북부 대륙의 유저들에게는 광활한 평원들이 익숙했다. 신들의 정원과 바르고 성채 사이에 있는 빈 땅도 모라타 수준으로 매우 넓은 곳이었다.

하지만 모라타의 급속한 발달을 보고, 지금은 아르펜 왕국 각 지역의 발전을 직접 경험하고 있다. 왕궁이 건설되기만 한다면 도시가 번성하는 것은 금방이었기 때문에 처음부터 최적의 장소를 찾으려고 했다.

"왕궁을 꼭 평야지대에 지어야 될 필요는 없겠죠."

"그렇다면……."

"이곳의 산들은, 제가 직접 가 봤는데 웅장하고 아주 멋집니다. 바르고 성채처럼 험하고 가파른 산들이 아니죠. 이 산들에 걸쳐서 잘 어우러지게 왕궁의 건물들을 짓는 겁니다."

"화려한 왕궁을 자연과 어우러지게 짓는다라……."

"도시를 내려다보는 구조로요."

"높은 곳에 왕궁을 짓겠다면 작업이 쉽지는 않겠는데요."

"그렇지만 최고의 건축물이 될 수 있을 겁니다. 원가절감 따위는 고려할 필요도 없죠."

아르펜 왕국의 위엄을 상징할 왕궁을 산의 꼭대기에 짓는다. 산을 오르는 길을 따라서 상업지역과 중요한 길드들이 개설되고, 주택단지는 평야 쪽에 만든다.

건축물들을 잘만 지어 놓는다면 왕궁으로서 특색 있고 매력적인 방문지가 되기에 충분하다.

나중에 위드가 왕궁 근처에 대형 조각품을 세워 둔다면 그것도 눈에 확 띌 것이다. 북부를 대표하는 아르펜 왕국의 위엄에 맞는 왕궁이 태어나게 되는 것이다.

"다른 적합한 후보지들도 꽤 여럿이지만 선정에 시간을 오래 들이기가 곤란합니다."

"유저들의 항의가 엄청납니다. 어서 시작하고 싶다고요."

"어서 설계부터 해 보죠."

"오늘부터 며칠간은 야근입니다."

"회사에서도 야근이라면 치를 떨었는데… 아르펜 왕국을 위해서라면 기꺼이 밤을 새워 보겠습니다."

헤르메스 길드에서는 대대적으로 군대를 길러 냈다.

베르사 대륙의 수많은 길드 중에서도 단연 독보적인 힘을 가지고 있는 그들이었지만, 최강으로는 만족하지 않았다. 예정되어 있던 대륙 재패를 위한 무적의 병력을 양성해 냈다.

"드워프들의 무기 생산은?"

"감금한 드워프 대장장이들을 통해 차질 없이 이루어지고 있습니다."

"병력은……."

"사기와 훈련도가 최고입니다."

헤르메스 길드에서는 긴 시간을 들여 병력을 양성하며 물자들을 보충해 왔다.

하벤 왕국, 칼라모르 왕국, 라살 왕국, 브리튼 연합 왕국, 톨렌 왕국에서 거두어들이는 재정 수입을 개발보다는 군대 양성에 우선하여 투입했으니 천문학적인 액수였다.

일반 병사들보다는 엘리트 병사들을 양성했다. 아무리 돈을 많이 들이더라도 징집할 수 있는 인구에는 제한이 있었기 때문이다.

엠비뉴 교단으로 인한 마을 전멸.

라헤스터 지역의 황폐화.

엠비뉴 교단을 핑계로 소문을 내고 유저들이 찾지 않는 지역에서 병사들을 징집하고 훈련장으로 썼다.

군대가 소모하는 물자 조달과 징병에 엄청난 금액이 들어갔기 때문에 하벤 제국의 부담 역시 막대했다.

라페이가 개최하는 수뇌부 회의에는 100여 명의 기사와 군 지휘관들이 참석했다.

"이번 전쟁은 성전으로 부릅니다. 그리고 하벤 제국은 대륙 전체를 일통하게 될 때까지 진군을 멈추지 않을 것입니다."

"개시일은 언제입니까?"

하벤 제국과 국경이 맞닿아 있는 왕국만도 여럿이었다.

이제는 제국이 너무 커져서 1개 왕국씩 상대를 할 수는 없다.

전쟁을 일으키지 않겠다는 선언을 깨뜨리고 하벤 제국이 다시 점령을 개시한다면 연합군이 결성될 것은 너무나도 당연하기 때문이다.

그럴 바에야 모든 국경에서 동시 침략을 개시한다.

연합군이 결성되고, 그들의 전력이 모이기까지는 차일피일 상당한 시간을 필요로 한다. 연합군이 정신을 차리지도 못하도록 전격적인 진격으로 주도권을 가지고 전쟁의 승기를 잡는다는 계획.

이번에는 다시 전쟁을 멈추더라도 믿을 사람이 없을 테니 파죽지세로 끝까지 밀어붙이는 것만이 남았다.

"시기로는 위드가 모험을 완수하고 그것으로 떠들썩해 있는 지금이 기회입니다."

고레벨 유저들에게는 배가 아픈 일이지만, 로드릭 미궁을 최초로 제패한 위드의 명성은 끝을 모를 정도였다.

명문 길드가 나서도 실패한 일을, 비록 NPC들의 도움을 받았지만 스스로 이루어 냈다. NPC들을 끌어들여서 지휘를 한 것 역시 위드 자신의 능력이 바탕이 된 것이기 때문에 찬양의 목소리는 더욱 높았다.

베르사 대륙의 시골 마을 주민들까지 이야기를 하고 있는 것은 물론이고, 각 방송국들 역시 마찬가지였다. 전혀 상관없는 초보자들의 성장법에 대한 방송을 하면서도 위드의 이야기가 열 번씩 나올 정도였다.

〈로열 로드〉를 하는 유저들에게 가장 존경하는 사람이 누구냐고 묻는다면 위드의 인기는 단연 압도적이리라.

"사람들의 관심이 위드에게 향해 있는 것을 이용합니다. 자세한 공격 개시일을 밝히기에는 이르지만 열흘 안으로 시작될 테니 군대들이 일제히 국경으로 이동하여야 합니다."

전쟁 계획서에 따라서 미리 각 왕국을 상대할 군대들도 편성이 되어 있다.

헤르메스 길드에서 준비한 정예 병력만 무려 400만에 달했다. 은밀히 동맹을 맺은 하부 길드들까지 합한다면 병력은 엄청날 것이다.

시간의 조각술!

조각술 최후의 비기로서 조금도 아쉽지 않은 스킬이란 느낌이 왔다.

"시간이 멈춰 있는 세상이라……."

어떤 식으로 발동이 될지는 모르지만 이런 상상은 누구나 한 번쯤 해 본 적이 있을 것이다.

정말로 세상이 멈춰 버려서 혼자만 움직일 수 있다면 뭘 해야 할지에 대한 고민.

조각사들도 무궁무진한 상상력을 바탕으로 찬란한 아름다움의 표현법을 정했던 것이다.

"은행부터 털어야 될까. 아니야, 백화점에 가서 돈과 귀금속, 물건을 몽땅 쓸어 오는 것도 괜찮지. 현금과 금괴를 집안에 가득 쌓아 놓는다면 밥을 먹지 않아도 배가 부를 것 같아."

금괴를 실어 오다 넘어져서 다치더라도 환하게 웃을 수 있을 것 같았다.

위드는 로드릭의 연구 기록을 계속 읽었다.

시간 조각술이 나온 것은 천만다행이라고 할 수 있지만, 어떤 페널티가 생기는지도 매우 민감한 부분이었다.

스쳐 지나가는 아름다움을 놓치지 않게 시간 조각술을 완성하려고 했지만 이내 벽에 막히고 말았다.

무슨 수로 세상에 흐르는 시간을 멈추게 할 것인가.

결론은 있지만 이루어 낼 수 있는 방법이 없다. 그리하여 시간 조각술에 대해서는 포기하고, 자라나는 식물의 조각술에 대한 논의도 이어졌다.

화사한 향기를 퍼트리는 식물이 자라난다면 그것 또한 아름답지 않겠는가. 조각품이 아니라, 조각 식물이 갈수록 아름답게 성장을 하는 것이다.

"안 돼!"

위드는 비명을 지르고야 말았다.

잘 나가다가 이게 무슨 논두렁이란 말인가.

예술을 위하여 식물들을 가꾸는 깃도 의미가 큰 일이라고 하겠다.

삭막한 땅에 뿌리를 내리고 꽃봉오리를 터트리는 식물들은 대륙의 사람들에게 적지 않은 위안이 될 것이다. 대륙이 전화에 휩싸이더라도 조각 식물들은 깊게 뿌리를 내리고 자랄 수 있을 것이라는 믿음을 가졌다.

그러다가 어떤 조각사가 말했다.

─그런데 꽃이 지고 나면요?

─꽃이 떨어지면 그 후에도 아름답다고 할 수 있을까?

─식물을 가꾸는 건 농부나 조경사도 하는 일인데…….

─우리는 미적 탐구를 위하여 하는 게 아닙니까. 식물들을 바탕으로 해서 예술을 하는 것이죠.

이틀 동안 꽃과 나무에 대한 논쟁이 이어졌다. 그리고 누군가가 말했다.

─활짝 피어 있는 꽃도 며칠이 지나면 시들어 버리고 맙니다. 우리의 주변에 스쳐 지나가는 아름다움을 놓치지 않을 수 있는 시간 조각술이야말로 조각사들을 위하여 더 필요한 것이 아니겠습니까?

─그것도 그렇네.

─하지만 어려움이…….

─예술과 아름다움은 그냥 이루어지지 않습니다. 대가가 필요하다면 무엇이든 치러야지요.

─시간 조각술에 대하여 다시 궁리를 해 봅시다.

조각사들은 다른 분야에도 상당한 지식과 재능을 가진 이들이 많았다.

지리와 역사, 건축에 조예가 깊었으며, 검과 마법, 정령술 실력이 뛰어난 경우도 있다.

다재다능한 천재들이 모여 시간과 관련된 연구를 계속

했고, 나도 마법에 대하여 그들이 필요로 하는 것을 조언해 주었다.

그리고 10년 정도가 흘렀다.

내가 겪어 본 조각사들은 그야말로 집요하다고밖에는 말할 수가 없었다. 모험 기록과 역사서, 마법 이론서 등을 뒤적였으며, 대륙의 오지로 떠났다가 돌아오지 못하는 자도 있었다.

예술품을 탄생시키기 위해서는 이 정도의 열정, 혹은 광기는 필요한 것이리라.

그들은 이미 최고의 조각사들이었다.

나는 그들에게 왜 이토록 연구에 매달리는지를 물어보았다.

―조각술에는 불가능이 없기 때문이오.

―역사를 통해… 조각술은 꾸준히 쇠퇴하고만 있지. 귀족들도 조각품보다는 그림을 선호하고 있고. 언젠가 후배 조각사에게 우리가 해내지 못한 찬란한 아름다움을 표현할 수 있는 길을 열어 주고 싶소이다.

우리는 연구를 통하여 시간 조각술에 대하여 알아내진 못했다.

그러나 인간, 엘프, 드워프를 비롯하여 셀 수 없을 정도로 많은 이종족들, 세상에 문자로 기록되어 있는 모든 것들을 살펴본 끝에, 마침내 단서를 찾아냈다.

노들레와 힐데른.

시간의 한계를 벗어나서 영원히 함께하려고 했던 연인

들의 이야기.

그들만이 시간 조각술의 유일한 단서가 될 수 있으리라.

로드릭의 연구 기록은 그곳에서 끝이 나 있었다.

띠링!

보로타 섬의 연인들
로드릭의 연구 기록은 믿기 어려운 사실들을 알려 주고 있다. 노들레와 힐데른,
시간의 한계를 벗어나려고 했던 연인들에 대하여 조사하라. 로드릭은 이를 위
하여 몇 가지 단서들을 남겼다.
난이도: 조각술 최후의 비기 퀘스트.
제한: 사망했을 시에는 퀘스트 실패.

위드는 연구 기록이 담겨 있던 상자에서 몇 가지 아이템을
꺼냈다.

자이언트 파이어 골렘 소환 스크롤.

유성 소환 스크롤.

보로타 섬 주변 지도.

밤하늘의 별 이야기 #73.

멈춰 버린 나침반.

보로타 가문의 저택 열쇠.

시간의 모래.

"커헉!"

위드의 눈에 먼저 들어온 것은 마법 스크롤이었다. 찢기만
하면 봉인되어 있는 마법이 작동되는 스크롤.

자이언트 파이어 골렘이라면 지금 소환할 수 있는 유저는 아무도 없다.

로드릭을 부활시켜서 전투를 할 때 본 바에 따르면, 바하모르그 못지않은 대단한 전투력을 가지고 있었다.

"그리고 이 유성 소환이란 설마… 내가 생각하는 그런 건 아니겠지. 괜히 기대하면 안 돼. 어디 엘프들이 기르는 동물이나 몬스터의 이름이 유성일지도 몰라. 감정!"

위드는 유성 소환 스크롤을 살펴봤다.

유성 소환의 마법이 봉인되어 있는 스크롤

대마법사 로드릭이 자신의 최고 마법을 봉인해 놓았다. 스크롤을 만들기 위하여 수많은 실패를 거듭하여, 현재 존재하는 단 하나뿐인 유성 소환의 스크롤. 스크롤을 찢으면 중형 이상의 유성이 지상으로 소환된다.

사용 시 주의 사항: 마법이 일단 발동되면 중간에 취소할 수 없다. 정확도가 매우 낮다. 광범위한 지역의 초토화.

"이건 진짜구나."

짝퉁이나 모사품이 아닌 진짜 스크롤!

"유성 소환이라면 성 하나도 없애 버릴 수 있을 텐데."

위드는 만약 모라타에 유성 소환 마법이 시전된다면 어찌 될지 상상해 보았다.

밤하늘을 가로지르며 긴 꼬리를 가진 붉은 유성이 도시를 강타한다. 어렵게 지은 건축물들이 순식간에 스러지고, 사람들이 떼죽음을 당하게 되리라. 광장을 비롯한 모든 것들이 형체를 알아보지 못할 정도로 파괴될 것이다.

"그리고 시간 조각술을 얻기 위해서는 이 단서들을 조사해 봐야겠군."

위드는 베르사 대륙의 주민들이 하는 이야기를 들은 적이 있었다.

"가장 사랑한 연인들? 노들레와 힐데른이지."

"그들은 집안의 반대에도 불구하고 영원히 함께했다고 해."

"아랫집 아가씨가 요즘 연애를 하는 모양이더군. 노들레처럼 착한 남자를 만난다면 좋을 텐데."

주민들이 뜬금없이 하는 말들에도 노들레와 힐데른, 보로타 섬의 연인들에 대한 이야기가 나왔다.

모험가들은 그들에 대하여 관심도 가졌던 모양이지만, 연인들이 보로타 섬에서 떠난 이후의 종적에 대하여서는 알려져 있지 않았다.

※

"아주 흥미로워."

유병준은 위드의 모험을 보고 나서 몸이 들썩였다.

〈로열 로드〉를 창조하고 난 이후로 직접 그 세계에서 플레이하지는 않았다. 자신이 만들어 낸 세상에서 활동하는 사람들을 지켜보며 대리 만족을 느낄 뿐이었다.

"〈로열 로드〉를 직접 해 봤다면 지금의 기분이 더 선명해졌을까?"

인공지능이 띄워 주는 여러 화면들을 통해 위드의 일거수일

투족을 세밀하게 관찰했다.

놀랍게도 위드는 대부분의 상황에서 꼭 있어야 할 위치에 존재했다.

— 악마병 피오커가 죽기 직전입니다. 남은 생명력 1,439. 위드가 공격합니다.

인공지능이 알려 준 장소에 위드는 전광석화처럼 나타났다. 순간 이동이 가능한 블링크가 있기 때문에 나타나는 자체는 문제가 아니지만, 혼전의 와중에도 죽기 직전의 악마병을 놓치지 않을 수가 있다니.

"그것도 최고의 전투력을 발휘하면서… 병력을 지휘까지 하면서 말이야."

성기사와 사제 들은 버티기가 어려울 것이라고 여겼다. 악마병들이 많고, 탈로쓰가 깨어나고 있기 때문이다.

몬투스는 앙숙 관계인 로드릭이 상대한다고 해도, 악마병들의 파상 공세에도 성기사들은 기적처럼 수비를 해냈다.

물론 그동안 미궁에서의 전투 경험이 쌓여 있었기 때문에, 성기사들이 스스로의 지능과 전투 경험에 의하여 최고의 전력을 보인 것일 수도 있다.

사제들과의 협력과, 실제로도 악마병과 전투를 벌이며 스스로의 신앙심에 의해 믿는 신에게서 특별한 축복이 부여되기도 했다.

하지만 정말 중요한 것은 철벽처럼 진형을 짜고 무너지지 않았다는 점이다.

악마병들의 공격이 집중되는 곳에는 세 겹 이상의 방어벽을 치고 사제들의 치료와 보호 마법을 집중시켰다.

약한 병력만을 데리고도 적들을 필요에 따라 요리할 줄을 알았다.

악마병들은 강하긴 하지만 개별적으로 전투를 하기에 미끼를 던져서 유인도 하고, 진형을 변화시키며 적극적인 공격으로 섬멸도 한다.

특별히 대단한 전술로 상황을 뒤집어 버린 것은 아니더라도, 병력 관리와 수비 능력에 대해서는 탁월하다는 말밖에 나오지 않았다.

전투 시간대별로 병력 편성과 진형 변화를 인공지능을 통해서 보면 소소한 곳까지도 꼼꼼해서 여간해서는 실수가 없었다.

"성기사와 사제 들이 줄어들고 악마병들이 지칠 때마다 맞춰서 대처를 하는군."

위드에게 재능이 있다면 천부적인 노가다의 자질, 병력 운용, 과감한 판단력, 스스로의 전투 능력이었다.

거기에 조각사로서 얻은 여러 스킬과, 모험마다 성공을 거두며 축적된 과도한 명성까지 있었으니 사람들이 열광하는 것은 당연했다.

"대륙 다른 곳의 반응들은 안 봐도 알겠군."

유병준은 아스텔로이드의 광장 정도만을 살펴보았다.

8대 미궁의 최초 정복자, 악마 퇴치의 영웅담!

"크으, 이 대륙에 모험가 위드, 조각사 위드, 바로 그 위드 님이 계셔서 다행이야."

"엠비뉴 교단이 아무리 날뛴다고 해도 나중에 위드 님이 다

정리해 줄 테지."

"로드릭 미궁! 인간 세상의 지옥이라 불리던 그곳도 위드 님에 의해 평정되었다고 하는군."

"어서 빨리 모험에 대한 노래를 듣고 싶어. 어떤 바드가 로드릭 미궁의 모험에 대한 노래를 작곡해서 퍼트린다면 상당한 인기를 누릴 수 있을 텐데."

위드가 이루어 낸 것이 엄청난 만큼 베르사 대륙의 주민들을 포함해 유저들도 모두 그와 관련된 이야기를 하고 있었다.

지금까지 위드가 모험을 성공하고 방송이 이루어질 때마다 탐험과 모험의 대열풍이 불었다.

미개척지였던 북부에 지금처럼 사람이 많아진 것은 모라타의 발전도 이유로 들 수 있지만, 위드를 보고 빠져들었기 때문이다.

그렇기 때문에 상식적으로는 전혀 납득이 가지 않는 교리의 풀죽신교란 단체까지 형성된 것이 아니겠는가.

일반 대중, 북부 대륙의 유저들이 당연히 가입하는 단체 풀죽신교.

그 세력도 다양하여 보석사탕이라는 유저가 이끄는 풀죽 원리주의자까지 나타났다.

〈로열 로드〉를 시작하고 나서 풀죽이 아닌 음식은 일절 입에 대지도 않는다는 풀죽신교의 극단주의 세력!

풀죽신교는 자유와 개척, 모험, 문화를 대외적으로 존중한다. 그렇지만 내실을 보면 엠비뉴 교단 못지않게 극단적으로 위드를 추앙하는 무리로 구성되어 있다고밖에는 볼 수 없다.

아르펜 왕국에서 시작한 초보자들이 아무 생각 없이 풀죽신 교에 들어가게 되면, 위드 만세를 외치면서 기꺼이 세금을 납부하는 것이다.

지금까지 위드가 통치자로서의 역량을 제대로 보여 준 적은 없다. 그저 조각술로 모라타를 알리고, 막대한 개인 재산을 쏟아부어 도시 발전의 기반을 닦았다. 그리고 유저들이 지속적으로 유입되면서 아르펜 왕국의 국왕까지 되었지만, 내정 부분에 대해서는 크게 알려진 바가 없었다.

하지만 전반적으로 돌아보면 위드의 통치적인 역량도 높게 평가할 수밖에 없다.

여러 특색 있는 광장들로 분화된 모라타의 도시 기능을 미리 준비하였고, 치안도 최소한의 금액 투자로 무리 없이 유지해 왔다.

예술 회관을 건립하여 문화 발전을 자극하고, 위대한 건축물도 지어서 유저들의 유입을 계속 늘려 나갔다.

낮은 세율과 모험에 대한 높은 보상으로 개척 정신을 자극해 왔다.

도시의 재정이 빈약했음에도 꼭 필요한 건물들에는 돈을 아끼지 않았다.

간간이 대형 조각품으로 유저들의 마음을 하나로 묶어 왔기에, 모라타에서 시작했던 초반 유저들의 충성심은 남다를 정도였다.

그들이 모라타에서 시작했을 때만 해도 주변은 황무지였고 별로 볼 것도 없었지만 지금은 모든 것이 완전히 뒤바뀌었다.

도시와 함께 성장한 기분마저도 들게 하니 그들은 절대 다른 곳으로 떠날 수가 없으리라.

멀리 가더라도 북부를 탐험하고 다시 모라타로 돌아오는 정도가 고작이었다.

판자촌처럼 별로 큰돈이 들어가지 않는 주거지역을 설정하여 초보자들까지 챙기는 국왕이라는 인식을 심어 준 것도 중요했다.

다른 도시와 왕국에서 시작한 초보자들은 매우 가난하다. 자기 집 마련은 한참이나 후에 여유가 생기면 하는 수밖에 없다.

하지만 모라타와 아르펜 왕국에서는 집을 금방 구할 수가 있다. 판자촌이라고 해도 특별히 시설이 낙후되지도 않았으며, 도심에서 멀지도 않다.

전망이나, 유저들이 꾸며 나가는 판자촌의 소소한 거리들은 여행지로도 각광을 받는다.

이것만으로도 모라타는 살기 좋고, 다른 지역보다는 물가가 저렴하다는 인식이 확 퍼졌던 것이다.

폐허였던 모라타와 북부를 이렇게까지 바꾸어 놓은 것이 위드이다.

"설마 이 모든 것들을 철저히 계획하고 이끌어 온 것은 아니겠지. 아무튼 갈수록 지켜볼 만하군."

유병준은 느긋하게 구경을 히기로 했다.

위드가 항상 실패하고 몰락하고 망하는 것을 기다려 왔다. 하지만 정작 몬투스와 싸울 때에는 이기길 기대하면서 응원을 하게 되었을 정도다.

다크 게이머 연합에서는 아르펜 왕국을 적극 지원했다.

> **제목: 아르펜 왕국의 알려지지 않은 사냥터**

> **제목: 턱수염 던전으로 오라. 당신도 한밑천 잡을 수 있다**

> **제목: 레벨 업? 300대에서 400대까지. 이곳이면 충분**

> **제목: 북부 대륙 주요 아이템 획득 장소 정리**

다크 게이머 연합의 상위권 유저들, 그들이 북부에서 탐험을 하고 얻은 정보들을 게시판을 통하여 공유했다.

"음, 여기로 가야겠군."

"안 그래도 텃세에 징그럽게 시달리던 참이었는데… 북부라. 꽤 멀긴 하지만 가 볼까."

"사람들의 평판이 좋은 데에는 이유가 있겠지."

베르사 대륙 전역에 흩어져 있던 다크 게이머들이 아르펜 왕국으로 모였다.

다크 게이머들도 성향이 아주 다양한 편이었다.

위험한 모험을 즐기기도 하고, 남들이 택하지 않는 엉뚱한 선택도 한다.

바드로 활동을 하며 주민들로부터 쉽게 정보를 얻어 내서 파티 사냥으로 해결하는 부류도 있었다.

그렇지만 다크 게이머들 중에서도 다수를 차지하는 이들이 어디에 가든 묵묵히 사냥을 선호하는 쪽이었다.

그들이 아르펜 왕국에서 사냥을 하며 확연한 변화가 생겼다.

"중급 이상의 물방울 보석 목걸이 판매합니다."

"마법 인챈트 도와주는 지팡이 구하시는 분, 귓속말 주세요."

"대장장이용 재료 아이템들 팝니다. 물량 상당히 있으니 5,000골드 이상 구매하실 상인이나 대장장이분 오세요."

광장에서 판매되는 물품들이 고급화되었다.

거래가 잘되는 무기류, 재료 아이템이 많이 나오는 던전을 다크 게이머들이 싹 쓸어 오기 때문이었다.

아르펜 왕국의 던전들도 다크 게이머들에 의하여 속속 발견되었다.

일반 유저들이 발굴해 내는 던전도 많긴 했지만, 영토가 워낙 방대하니 대신 치안이 불안정하다.

몬스터들의 집단이 몰려다녔으며, 엉뚱하게 너무 어려운 던전에 가면 함정과 곤란한 마물들이 나타나서 죽음을 경험하기도 한다.

반면에 다크 게이머들은 던전에서 밥을 먹으며 사냥과 모험만 하는 무리이기 때문에 경험이 많고 익숙했다. 지형과 역사, 주변 몬스터들의 특성에 맞춰서 철저한 준비를 하고 던전을 발굴해 내는 것이다.

그들은 상점들의 거래 이용도 엄청났다.

한번 사냥터로 가면 배낭 가득 아이템을 들고 돌아온다. 물론 사냥터로 향할 때에도 숫돌이나 음식, 탐험 도구, 함정 해체

도구, 붕대, 마법 스크롤 등을 상당히 많이 구입했다.

판잣집을 장만하거나 연극, 음악 공연 등을 즐기지는 않았지만, 아르펜 왕국의 세금 수입 증대에 혁혁한 공로를 세우고 있었다.

☙ ❧

위드는 다음 퀘스트를 하기 위해, 그리고 살아남은 성기사와 사제 들을 보내 주기 위해 모라타로 돌아왔다.

미궁에서의 퀘스트를 끝냈으니 루의 교단과 프레야 교단에 방문을 해야 하는 것이다.

"공적치가 많이 깎였겠군."

미궁을 성공적으로 정복하고 돌아왔다는 점이 그나마 위안 거리였다.

방송을 통해 지켜본 시청자들은 위드의 카리스마적인 지휘 능력에 감탄하지 않을 수가 없었다. 병력을 세세한 부분까지 완벽하게 운용하면서도 전투의 흐름에 맞춰 가는 것은 보통이 아니기 때문이다.

강한 몬스터들과 싸우면서 병력을 운용하여 이길 수 있는 기회를 포착하는 눈썰미는 아무리 칭찬을 해도 모자랐다. 위드에게는 여러 능력이 있지만 가장 두려운 것이 지휘력이라고 엄지손가락을 치켜들 정도였다.

"위드에게 부하들만 있으면 웬만한 퀘스트는 못 깨는 게 없을 거야."

"응. 혼자서만도 강한데 부하들까지 거느리면 진짜 못할 게 없지."

"그러면서도 1명도 허투루 죽게 하지 않잖아."

"인명을 소중하게 여기니까."

방송을 보고 이런 반응까지 나왔다.

"전쟁의 신 위드가 이끄는 사냥 파티에 들어가 보고 싶다."

"정말. 원정대라도 구성하면 랭커들로 가득 찰 텐데."

"지금까지 절대 못하다던 모험 같은 것도 위드 님과 같이한다면 해낼 수 있을걸."

위드의 속마음을 모르니까 다행이었다.

'몽땅 미끼로 써서라도 퀘스트를 완료하려고 했는데……'

위드는 모라타에 도착하여 성문을 통과하여 큰길을 걸었다.

웅장한 건축물들이 지어져 있는 북부 최고의 도시!

평소에는 상인 마차들로 붐비는 이곳 도로에 사람들이 몰려나와 있었다.

"우왓, 축하드립니다!"

"위드 님 만세!"

"성공하고 돌아오실 줄 알았어요!"

유저들이 길가에 서서 꽃가루를 날렸다.

위드가 다시 모라타로 돌아올 것이란 믿음으로 인근에 피어 있는 야생화의 꽃잎들을 따 와서 기다리고 있다가 서리에서 뿌리는 것이었다.

위드는 꽃가루와 박수, 환호성을 받으며 대로를 걸었다.

큰 승리를 거두고 감격스러운 개선 행진!

풀죽신교에서 마련한 행사로, 사람들이 길가에 대거 몰려나와 있었다.

초보자들은 그들의 우상과도 같은 위드를 보기 위하여 건물의 옥상과 성벽 위에 서 있었다. 언덕의 판잣집들에도 위드를 보기 위한 군중으로 가득하다.

위드의 인기를 반영하듯이, 모라타가 마비될 정도의 환영 인파였다.

"뭘 이런 걸 다 준비했는지……."

위드의 입가에 그다지 기쁘지 않은 미소가 맺혔다.

"이 시간에 사냥을 했으면 거둬들였을 세금이 얼마인데."

그렇지만 모라타만이 아니라 아르펜 왕국의 20여 개 도시들에서 세금이 들어오고 건축물이 지어지고 있다. 퀘스트가 발생하고 교역이 이루어지면서 왕국은 건실한 성장을 하고 있었다.

북부 대륙이 넓은 만큼 확장할 수 있는 공간에도 여유가 많았다.

위드는 성대한 환영 행사를 마치고 루의 교단에 방문했다.

대신관이 그가 오기를 기다리고 있었다.

"험하고 힘든 모험을 끝냈다는 소식은 듣고 있었습니다, 형제여."

"저의 공이 어디에 있겠습니까. 루의 기사들이 있었기에 평화를 위협하는 이를 처단하는 데 성공했습니다."

"많은 피가 흘렀지만 평화가 공짜가 아니라는 것을 알게 되었겠지요. 성기사들의 경험은 앞으로 교단의 발전을 위해서도 필요했을 것입니다. 그리고 루의 교단에서 자라나는 아이들은 정의를 수호하기 위하여 기꺼이 검을 들 것입니다."

띠링!

> 루의 교단과의 공헌도가 892 감소하였습니다.
> 교단의 명성과 명예가 높아집니다. 포교 활동이 더욱 활발하게 진행되며, 신도들이 늘어나게 될 것입니다. 큰 경험을 쌓은 상급 성기사들로 인해 새로운 퀘스트가 발생할 수 있을 것입니다.

생각보다는 공헌도 감소치가 적었다.

살아남은 성기사들이 승급을 하였기 때문이리라.

루의 교단에서 진행할 수 있게 된 새로운 퀘스트도 많이 생겨났다.

포플란 섬의 악마 소탕.

이데인의 실종자들.

엠비뉴 교단의 제3지파 본거지 파괴.

잘못된 희생.

난이도 A급에서 S급의 퀘스트들!

위드에게만이 자격이 주어져 있었다.

"대륙의 평화를 지키기 위하여 제가 돌아다녀야 할 곳이 많군요. 그러면 다음 기회에 또 뵙겠습니다."

"루의 축복이 항상 그대에게 함께하기를."

위드는 지금으로써는 루의 교단에 있는 퀘스트를 할 처지가 아니었으므로 그냥 나왔다.

그리고 프레야 교단에도 방문했다.

"프레야 여신님의 가호 덕분으로 무사히 돌아올 수가 있었습니다."

"너무도 피해가 크군요. 위드 님에 대해서 굳게 믿고 있었건만……."

프레야 교단의 대신관은 질책을 했다.

그도 어쩔 수가 없는 것이, 사제들은 모두가 프레야 교단의 소속이었다. 전투 중에 희생된 사제들이 많았기 때문에 평판이 더 떨어질 수밖에 없었다.

"그래도 프레야의 인정을 받은 위드 님이 살아서 돌아온 것이 다행입니다. 앞으로도 교단을 위하여 많은 일을 해 주시리라 믿습니다. 그리고 프레야 교단을 책임질 알베론이 큰 경험을 쌓고 무사히 돌아온 점도 희망적입니다."

띠링!

프레야 교단과의 공적치가 2,493 감소하였습니다.
북부에 내리는 프레야 교단의 축복과 은총이 줄어들 수 있습니다. 큰 희생으로, 프레야 교단 사제들의 활동이 위축될 것입니다.

루의 교단보다는 프레야 교단에 축적해 놓은 공적치가 훨씬 높았기에 큰 문제는 아니었다.

현재 아르펜 왕국 내 프레야 교단의 교세는 거의 국교라고 해도 될 정도였다. 하지만 성기사와 사제 들이 많이 죽어 나가서 활동이 위축된다면 경제활동과 모험에서 많은 페널티를 감수해야만 한다.

"뭐, 어쨌든 해결은 되었군."

위드에게는 이제 조각술 최후의 비기를 찾아내는 일만 남아 있었다.

하벤 제국의 황궁이 건설되는 날, 헤르메스 길드는 기습적으로 선언했다.

평화를 간절히 바라는 마음으로 우리는 전쟁을 중단하고 지켜보기로 했다.

하지만 대륙은 매일 피에 젖어 있었다. 영토 욕심에 눈이 멀어서 싸우는 무리, 엠비뉴 교단의 폭거! 유저들이 편안히 머무를 수 있는 장소는 갈수록 좁아지고 있다.

이는 우리 헤르메스 길드가 바라는 바가 아니다.

무릇 힘을 가졌다면 그만한 책임이 뒤따르기도 하는 법. 헤르메스 길드에서는 대륙을 안정화시키기 위하여 다시 나서기로 했다.

우리의 뜻을 이해하지 못한 자들은 비난할지도 모르지만, 그것이 무서워서 아무것도 하지 않는다면 대륙의 혼란은 더욱 극심해지리라.

용기란 비단 몬스터나 적과 싸우면서만 발휘해야 하는 것이 아니다. 잘못된 일을 바로잡기 위해 일어서는 것, 그것이 바로 진정한 용기다.

헤르네스 길느는 의기로 뭉쳤고, 이제 우리는 평화를 굳건하게 지키기 위해 기꺼이 싸우고자 한다.

명분이야 끊이지 않고 일어나는 전쟁을 끝내겠다는 것이지만 사실상은 전 대륙을 향한 선전포고!

단순히 엄포에만 그치는 것이 아니라는 것을 보여 주기라도 하는 듯이 하벤 제국과 국경을 맞댄 모든 곳에서 전쟁이 시작되었다.

다른 왕국의 국경 수비대를 거뜬히 돌파하며 진군이 이루어졌다.

헤르메스 길드의 최정예 랭커들, 기사들이 이끄는 군대가 전 대륙의 왕국들을 향하여 나아가고 있었다.

이제부터는 정말 다른 세력들의 시선을 신경 쓰지 않기라도 한 것처럼 숨겨 놓았던 대병력이 한꺼번에 이동했다.

그리고 이번에는 아르펜 왕국으로도 상위 랭커 렌슬럿이 이끄는 7만의 대군이 이동했다.

헤르메스 길드의 전력은 그동안 실컷 팽창했다.

그들을 거스르는 모든 적과 싸워야 할 판이니 북부가 성장하고 있는 지금 아르펜 왕국도 격파하고 지역을 점령하겠다는 것이었다.

 ❧ ❧

"드디어 올 것이 왔네."

"하긴 그놈들이 잠잠하긴 했지."

베르사 대륙의 유저들은 헤르메스 길드의 선전포고에 생각 외로 그렇게 놀라지 않았다. 딱 나쁜 놈들이란 인식이 이미 충분히 박혀 있었던 덕분이다.

로암 길드, 사자성, 블랙소드 용병단, 클라우드 길드. 그리고 많이 쇠퇴하였지만 흑사자 길드도 기민하게 움직였다.

"헤르메스 길드가 감춰 온 군대가 정말 엄청납니다."

"우리도 그동안 노력을 해 오기는 했지만 저런 군대를 어떻게 양성한 것인지……."

"단독으로 놈들을 상대할 수 있는 세력은 없습니다."

"연합군을 결성합시다."

5개 길드 간의 의견 조율은 빠르게 되었다.

과거 헤르메스 길드가 브리튼 연합 왕국을 침략하였을 때부터 연합군에 대한 이야기가 나왔다.

헤르메스 길드가 종전을 선언하자, 대외적으로는 연합군 결성 역시 물 건너간 것처럼 보였다. 하지만 내부적으로 협의를 계속하며 진전을 이루고 있었다.

—대륙 정복을 위해 헤르메스 길드와는 싸워야 한다.
—버거운 상대다. 다른 놈들과 힘을 합치면 좋을 텐데…….
—헤르메스 길드와 거리상 가깝지만 우리만 위험을 감수할 순 없지. 다른 경쟁자들도 전쟁으로 약화시키려면 같이 싸워야 좋은데.

블랙소드 용병단과 사자성, 로암 길드가 주축이 되어 헤르메스 길드를 치기로 협약을 맺은 상태였다.

다만 시기만이 조율이 되고 있었을 뿐인데, 헤르메스 길드가 전 대륙을 상대로 선전포고를 하자 기회라 여기며 연합군을 결성했다.

헤르메스 길드와 적극적으로 맞서 싸우려고 했지만 그들이 전선으로 전력을 응집하는 데에는 시간이 걸렸다.

♨ ♨

"이곳도 전쟁이라니 지긋지긋해."

농부 미레타스는 구멍 난 밀짚모자를 벗고 수건으로 땀을 닦았다.

허름해 보이는 이 밀짚모자가 보통 아이템이 아니었다.

닭털이 달린 밀짚모자

지푸라기로 대충 엮은 것 같은 모자이다. 과거 대흉년이 찾아왔을 때 대륙을 구제했다는 농부 폴몬스가 착용했던 물건이다. 땅과 자연에 관련된 일을 하며 아무렇게나 머리에 쓰기 좋다.

내구력: 9/15

방어력: 8

제한: 농부 전용. 레벨 430. 인내력 1,200.

옵션: 농사일을 하면 일정한 확률로 지혜를 상승시켜 준다. 몬스터들의 주의력을 무너뜨린다. 새들이 모자에 앉아서 놀고 나면, 먼 곳에서 특수 작물의 씨앗을 물어 온다. 노동 중에 체력의 저하를 줄여 주며, 체력이 자주 증가한다. 오랜 비바람에도 생명력 감소 없이 견딜 수 있다. 손상된 땅의 기운을 회복시켜 준다. 개간한 땅이 대풍작을 이룰 가능성을 높인다. 내구도가 0이 되지 않는 한 쉽게 수리할 수 있다.

이 유니크급 밀짚모자는 황무지를 개간하던 중에 우연히 얻은 것이었다.

"전쟁이 싫어서 아르펜 왕국까지 왔는데……."

미레타스는 천성이 농부였다.

자신이 심은 작물들이 자라나는 것을 보며 계절의 변화를 느낀다.

그는 아르펜 왕국에도 아주 방대한 곡창지대와 과수원, 밭을 일구어 놓았다.

강물을 끌어오기 위한 수로 시설까지 설치되어 있을 정도였고, 그가 일군 땅은 따로 손을 대지 않더라도 향후 몇 년간 풍작은 맡아 놓은 것과 다름이 없었다.

"내가 할 수 있는 건… 병사들이 먹을 식량이나 만들어 줘야겠군."

아르펜 왕국의 전체 인구는 국왕인 위드만이 정확하게 알 수 있다.

각 지역의 영주들이 자신들이 거느린 주민들을 합쳐서 계산할 수 있지 않을까 싶지만 그런 방식을 쓸 수가 없었다. 아르펜 왕국은 대부분의 땅이 국왕 소유이기 때문이다.

그렇지만 국왕 다음으로 인구에 대하여 대략적인 감을 잡고 있는 것이 미레타스였다.

농부는 식량 생산과 소비에 대하여 매우 민감하다. 너무 많은 식량 생산이 이루어지면 가격은 폭락하고, 반대로 식량이 부족하면 굶주리는 사람들이 도처에 널리게 된다.

그가 아르펜 왕국에 정착하고 나서부터 지금까지 식량 소비는 몇 배로 늘어났다.

인간, 오크, 드워프, 엘프, 바바리안, 조인족, 이종족.

초보자들의 유입까지 합쳐져서 알게 모르게 엄청난 인구가 살아가고 있는 아르펜 왕국이었다.

전쟁이 시작된다면 군량미가 필요할 것이 아니겠는가.

바르고 성채를 기반으로 번식하던 오크 군단.

잘 죽고 잘 태어나는 오크들만큼 성장률이 빠른 종족은 있을 수가 없다.

인간들과는 종족이 다른 만큼 성장 방식도 다르다.

어려운 몬스터, 치안을 어지럽히는 몬스터를 처단하면 그 용맹으로 인해 새끼 오크들이 우르르 따르게 되는 것이다.

오크 초보자들은 몬스터를 퇴치하고 던전을 공략하여 획득한 아이템으로 바르고 성채에서 교역을 했다.

바르고 성채는 드워프와 엘프, 오크, 이종족들이 모이는 장소이기에 상인들이 몰라볼 정도로 많아져 있었다.

"엘프들로부터 구입한 활! 어지간한 분한테는 활이 아까워서 안 팝니다. 확실한 궁술 실력을 갖고 있는 분만 오세요."

"믿을 수 있는 모라타산 강철 글레이브! 600개 이상 구입 시에는 할인도 듬뿍 해 드립니다."

"새끼 오크들이 좋아하는 말린 사슴 고기. 거기 서서 냄새만 맡지 마시고 어서 오세요, 오크님들."

"드워프 전용 키 높이 부츠 있습니다."

아르펜 왕국의 진정한 힘은 상업에 있었다.

상인들이 대활약을 하며 장사를 하기 때문에 오크들은 개체 수를 금방 늘리고 무장도 좋은 것으로 바꾸었다.

전쟁 소식을 듣고 오크 로드들이 회합을 가졌다.

"취이익, 전쟁이다."

"취췻, 재밌겠다. 너무 심심했다."

"인간, 드워프 대장장이에게 부탁해서 글레이브에 녹을 없애라. 취췻."

"우린 무조건 싸우러 간다, 췻!"

말리는 사람이 있다면 먼저 싸우려고 할 오크들.

그들은 중앙 대륙에서 오크 종족이 받는 박해를 아주 잘 알았다. 인간이 아니라는 이유로 많은 도시에서 관문도 넘지 못한다.

개개인의 능력이 월등하게 강하지 못한 오크들은 개체 수를 불려야만 했는데, 그 지역을 장악하고 있는 길드들은 그것을 원치 않았다.

던전이나 사냥터에 오크들이 많아지게 되면 몬스터들이 줄어들기 때문이다.

물론 다른 비어 있는 던전들도 많이 있었지만, 자금 능력도 떨어지는 오크들이 많다는 점이 거슬려서 대번에 내쫓았다.

바르고 성채 주변에서 대대적으로 번식해 가며 몬스터 무리를 격파하는 오크들을 본다면 후회할 행동이었다.

"인간들이 위기에 빠졌다니 같이 싸워 줘야겠군. 맛있는 맥주를 빚기 때문이지 다른 이유가 있는 것은 아냐."

"숲을 지키기 위해서라도… 참전해야겠죠."

드워프와 엘프도 나섰다.

아르펜 왕국이 커지면서 속하기로 한 이종족들 역시 전쟁에 동참하기로 했다.

풀죽신교!

북부를 대표하는 그들도 헤르메스 길드의 군대에 반응했다.

"놈들이 우리를 정복하기 위해서 온다고 하니… 기꺼이 싸워줍시다!"

"후후, 전쟁이 벌어지기만을 기다리고 있었죠."

"해봅시다!"

과거 모라타에서 뛰쳐나와 북부의 전쟁을 종식시켰던 그들!

그때에는 나약하기 짝이 없는 초보자들이었지만 이제는 많이 성장을 하였을 뿐만 아니라 숫자도 비교조차 불가능할 정도로 늘어났다.

"각 부대들에 전투에 동참하라고 알립시다."

"부대별로 최소한 4만 명씩은 동원을 해야 되는데. 가능하겠습니까?"

"독버섯죽에서는 원정이나 던전 탐험을 많이 해서 인원이 안 나올 것도 같은데… 알려 보겠습니다."

풀죽신교의 내부 통신망을 통해서 전쟁 참여자들을 모으기 시작했다.

—헤르메스 길드가…….
—죽여!

—전쟁에 참여…….
—갑시다!
—어디에서 모이기로 했는데?

대화를 할 필요도 없이 통보만으로도 충분했다.

전사들이 북부의 던전들과 사냥터에서 나와서 이동을 개시했다.

이에 대해 모르는 베르사 대륙의 유저들은 선술집에서 떠들고 있었다.

　"이젠 정말 헤르메스 길드가 대륙을 다 점령하겠구나."

　"뭐, 정해져 있던 일이나 다름없잖아. 연합군이 과연 얼마나 싸울 수 있을지도 모르고……."

풀죽신교의 해상전

헤르메스 길드의 아르펜 왕국 침공!

그들이 다스리는 하벤 제국의 군대가 북부를 향한 원정길에 올랐다.

일부는 육상으로 이동하여 대륙을 가로지르고, 삼분의 일 정도의 병력은 배를 타고 북부에 상륙하는 작전이었다.

기병들과 보급을 위한 마차 부대와 중장갑 보병, 해상으로는 100여 척에 달하는 대형 범선들이 돛을 펼치고 위풍당당하게 하벤 제국에서 출발했다.

"이만하면 북부를 점령하기에 충분할 것입니다."

"아예 싹을 밟아 놓을 필요가 있지요. 지금까지는 우리 헤르메스 길드가 물밑에서 여러 방면의 일을 벌이느라 참아 왔지만, 대륙 전체를 도모하고 있는 이상 어중간하게 망설이지 않아야 합니다. 더 이상 일어나지 못할 정도로 위드가 이룬 것들을 파괴해 버려야 됩니다."

헤르메스 길드의 수뇌부에서는 승리를 확신했다.

아르펜 왕국의 병력은 사실 보잘것없었다.

초급 기사단 하나에, 왕국 전체에 흩어져 있는 군대를 전부 모아도 2만 명 이하라는 보고가 들어왔다. 아르펜 왕국은 생겨난 지 얼마 되지도 않았을뿐더러 문화와 경제력의 발전도가 높지만 군사적으로는 일천했다.

하벤 제국에서 북부로 보낸 군대는 기사단 둘에 마법병단 하나, 병사들은 7만 명이나 되었다. 최정예 병사들로만 구성되어서, 실질적인 전력은 비교조차 되지 않을 수준이었다.

"북부 원정의 지휘관으로는 누구를 보내야 하겠습니까?"

공성전이나 평원에서의 회전!

광활한 영토를 두고 벌이는 전쟁에서는 지형이 절대적으로 고려될 뿐만 아니라 병력의 배치와 운용 역시도 중요한 부분이었다.

위드를 물리치고 북부 대륙을 통치할 수 있는 기회이기 때문에 헤르메스 길드에서는 상위 랭커들이 서로 지원을 했다.

"그래도 위드만큼은 만만하게 봐서는 안 됩니다. 최근에 로드릭 미궁을 파헤치면서 보여 주었던 여러 능력들은 방심할 수가 없을 것입니다."

"이번에도 패배한다면 그 수치와 모욕은 씻을 수가 없을 겁니다. 무조건 이길 수 있는 이를 보내야 합니다."

"위드와 지략을 겨룰 수 있을 만큼 뛰어난 자라면 렌슬럿이 있지요. 전투에서의 수비 능력은 모르겠지만 공격성만큼은 확실하니까요."

"그러면 충분히 믿을 만합니다. 우리 헤르메스 길드에서도 최상위 랭커이고, 대규모 전투 경험도 많으니……. 하지만 대륙 정복이 이루어지고 있는 지금 시점에 그를 북부까지 보내야겠습니까?"

"해군 제독 드린펠트와 크레마 기사단의 단장이었던 폴론의 실패도 감안할 필요가 있습니다. 위드가 네크로맨서의 힘을 일으키기라도 한다면 전쟁에서는 쉽지 않은 상대가 될 것입니다. 길드 소속 네크로맨서들의 보고에 따르면 위드가 일으켰던 전력은 대단한 것이었다고 합니다."

"방송으로 보았을 때에도 충분히 놀라웠지요."

"혼돈의 대전사로 암벽 협곡에서 싸우던 모습도 잊히지 않습니다. 과연 누가 그렇게 싸울 수 있단 말입니까?"

헤르메스 길드의 랭커들과 수뇌부는 위드의 모험들에 대한 부담감이 분명히 있었다.

그들이 보기에는 불가능할 수밖에 없는 일들을 성공시키고, 무엇보다 과거 멜버른 광산에서 바드레이와의 전투에서 보여 준 능력보다도 훨씬 강해졌다.

헤르메스 길드가 북부 대륙에서 벌이는 전쟁은 틀림없이 방송국들의 주목도 받게 될 것이며, 시청률도 아주 높으리라.

감히 대적할 수 없는 대군으로 몰아치며 아르펜 왕국을 파괴하는 장면을 많은 사람들에게 보여 주고 싶었다.

하벤 제국만이 동원할 수 있는 압도적인 군대의 힘을 과시하는 것이다.

"렌슬럿이라면 충분히 북부 원정을 성공하고 헤르메스 길드를 거스르는 자들에 대해 본보기를 보일 수가 있을 것입니다."

"목적 달성을 위해서는 조금 아깝지만 그를 북부로 보내야 합니다. 북부를 점령하고 난 이후에 통치하는 부분도 고려를 해야 하지 않겠습니까?"

렌슬럿은 하벤 제국에서 성을 거느린 대영주였다.

주요 경력으로는 칼라모르 왕국과 라살 왕국 간의 전투에서 세운 혁혁한 공을 들 수 있고, 무엇보다 그가 점령한 땅은 약탈과 방화로 초토화가 되었다.

북부를 점령하고 안정적으로 다스린다면 가장 좋다. 하지만 그곳을 애써 통치하기보다는 잔인한 방식으로 모조리 파괴해 버리는 것도 헤르메스 길드의 입장에서는 손해가 아니었다.

∂℮ ℈℮

위드는 방송을 통해 헤르메스 길드가 다시 전쟁을 일으켰고, 아르펜 왕국으로도 군대를 보냈다는 사실을 접했다.

방송국들이 속보로 하벤 제국 군대의 규모나 이동로 등을 알려 주고 있었던 것이다.

하벤 제국에서는 이를 감추기보다는 적극적으로 드러내서 아르펜 왕국으로서는 도저히 상대도 못 할 것이라는 점을 널리 알렸다.

북부로 와서는 무자비한 파괴와 약탈을 할 테니 두렵다면 도망치라는 헤르메스 길드원의 인터뷰도 있었다.

위드는 깊은 한숨을 쉬었다.

"어떻게 된 게 이놈의 팔자는 날 가만 놔두질 않는군. 조각술 최후의 비기를 얻기 위한 길을 떠나야 하는데."

어려운 일도 한두 번이다.

불사의 군단도 물리치고, 헤르메스 길드와 부딪친 것도 처음은 아니지 않은가.

새삼 놀랄 것도 없는 더러운 팔자!

헤르메스 길드가 대륙의 여러 지역에서 전쟁에 승리하고 있다는 소식도 방송을 통해서 봤다.

마센 왕국의 국경 수비군 격파, 아이데른 왕국의 비취의 호수 지역 장악.

데일 왕국과 톨렌 왕국에서는 친헤르메스 길드의 세력이 크게 일어나서 지배 길드와 전쟁이 벌어지고 있다.

"어쨌든 이번에도 싸우는 수밖에는 없겠군. 왕국 정보 창!"

위드는 흑색 거성으로 가서 아르펜 왕국의 내정 창을 열어 보았다.

아르펜 왕국

모라타와 바르고 성채를 중심으로 퍼져 나가고 있는 신흥 왕국. 영토 면적은 과거 니플하임 제국이 다스리던 땅의 29% 정도이지만, 발달된 문화와 활발한 교역으로 매우 빠르게 확장되고 있다.

아르펜 왕국의 국왕 위드는 '신의 인정을 받은 왕'이라고 불리며 주민들의 적극적인 지지를 받고 있다. 또한 단 1명뿐인 '대륙을 구하는 영웅'으로 인정받아 정의감이 높은 자유 기사들의 존경을 받고 있다.

아르펜 왕국의 주민들의 성향은 모험과 자유, 예술에 대하여 적극적. 어려움을 극복해 나갈 수 있을 거란 희망을 갖고 있으며 매우 근면하다.

니플하임 제국의 정통성을 유지하고 있던 벤트 성을 비롯한 여러 성과 도시

등이 합류. 조인족들의 섬 라비아스가 아르펜 왕국에 소속되었다. 조인족들은 넓은 북부 대륙으로 퍼져 나가고 있다.

새로 세워진 도시들이 발달하면서 인구가 급증하고 있으며 모라타에서는 고급 예술과 고급 기술이 탄생하고 있다. 각지에 세워지고 있는 위대한 건축물들은 아르펜 왕국의 번영을 과시한다.

광산 개발, 농지 확대로 왕국의 기초 생산력은 날로 증가하고 있으며, 숙련된 기술자들이 이를 바탕으로 여러 종류의 고급품, 특산품을 제조 중이다. 기본 생산품들은 막대한 물량이 생산되어 유통되고 있다.

북부 지역의 주민들은 아르펜 왕국만을 바라보고 있다. 아직 제대로 도로가 연결되지 않은 곳들이 많고, 몬스터의 침략으로부터 안전하지 못하여 지방으로부터의 세금 수입 증가는 정체 중이다.

해운업은 연안을 돌아다니는 정도. 몇몇 먼 섬과의 해상 교역이 진행되고 있으며, 바다의 신비와 위험지역을 6.9% 정도 파헤치고 있는 상태.

농업은 아르펜 왕국의 기본으로서, 농부들의 개척 정신은 악어가 사는 늪지에도 씨앗을 뿌릴 정도이다. 최근 차나무의 육성에 성공하였고, 희귀한 약초와 특용작물의 재배는 유민들과 이종족들의 정착으로 인구 증가의 원동력이 되고 있다.

니플하임 제국의 유물과 흔적 들은 모험가들을 끊임없이 자극하는 중. 아르펜 왕국의 주민들은 모험에 적극적이라서 평균 수명은 짧은 편이다.

군대에 대해서는 병사들조차 의구심을 표시하고 있다.

— 몬스터들이 한꺼번에 몰려오면 막을 수 있을까?
— 사람들이 사는 도시를 지키기 위하여, 국왕 폐하에게 충성을 바치기 위해 기꺼이 죽어야겠지.
— 왕국이 위험하더라도 이는 어쩔 수 없어. 병사들이 적고 약한 탓이니까.

방대한 영토를 감당하지 못하고 도시 주변의 최소한의 치안만을 맡고 있다. 산악 지방이나 몬스터의 영역에서 가까운 마을들의 주민들은 스스로 몸을 지켜야 한다. 최근 나이델하임이라는 소도시는 갑자기 침략한 몬스터를 막아 내지 못하고 잿더미가 되었다.

자유 기사들이 진정한 왕을 모시기 위하여 아르펜 왕국으로 몰려오는 중. 그들이야말로 군대의 핵심적인 전력을 차지한다.

왕국의 도시 개발은 급속도로 이루어지고 있으며, 끊임없이 모이는 인구로 인하여 건설과 농업, 생산 부분에서 대호황기!

단, 주민들은 지나친 경제개발과 도로 개설 사업에 모든 자금을 쏟아붓는 것을 우려하고 있다.

군사력: 2,382   경제력: 19,384   문화: 30,930
기술력: 5,125   종교 영향력: 89   왕국 정치: 89
인근 지역에 대한 영향력: 94%   왕국 발전도: 74
위생: 44   치안: 91%
왕국 전체 인구: 15,347,238
매달 세금 수입: 8,790,299
왕국 운영비 지출 내역: 군사력 6%, 기술 개발 5%, 경제 발전 38%, 문화
                투자 비용 7%, 의뢰 및 몬스터 토벌 21%, 도로 개
                설 19%, 종교 4%.
군사력: 기사 991명, 수련 기사 1,734명, 병사 34,280명. 벤트 성의 병력
                이 핵심. 모험가들의 동원에 의하여 기사와 병사 들에게 던전 탐험
                의 경험이 조금씩 있다. 훈련도가 낮아서 기본적인 무기를 다룰 수
                있을 뿐.

"완벽한 국가 체제로군."

위드는 아르펜 왕국이 넓어지는 만큼 적극적인 경제 발전을 추구했다.

작은 마을들과 도시 몇 개 없어지는 것쯤은 감수할 수밖에 없다.

대를 위한 소의 희생!

폐허가 몇 곳 생겨나더라도 그곳에 다시 새로운 도시를 세우면 된다.

일단 개발하고 보자는 주의였다.

치안을 확보해 가고, 성벽까지 쌓으면서 차근차근 확장을 해 가려고 하면 시간이 너무 늦춰진다.

게다가 유저들도 그걸 바라지 않았다.

영주의 꿈을 꾸고 있는 유저들은 먼 곳으로 가서 사람들을 모으고 마을을 개척한다.

왕국에서 군대를 파견하여 그들을 도와주면 좋겠지만, 그러지 못하더라도 스스로 해결하려고 들었다.

영주로서 제대로 인정을 받으려면 주민들과의 친밀도가 높아져야 하고, 어려움들을 극복해 나가야 한다. 바닥에서부터 시작한 모라타의 경우를 자신들도 이루려고 하는 것이다.

왕국에 영주들이 많아지고 마을, 도시 등이 생겨나고 도로가 뚫리게 되면 세금 수입도 폭발적으로 증가!

"발전에 도움이 되지 않겠지만 어쩔 수가 없군. 각 마을과 도시에서 최소한의 치안을 유지할 수 있는 병력을 제외한 모든 군대를 소집하라."

아르펜 왕국의 국왕으로서 군대 소집령을 내립니다.
지역에 따라 치안이 불안정해지고 악화될 수 있으며, 몬스터의 도시 습격이 왕성해질 것입니다.
동원할 수 있는 병력: 기사 871명, 수련 기사 1,593명, 병사 31,023명
아르펜 왕국의 군대 소집령을 정말 내리겠습니까?

"몽땅 소집해."

국왕의 명령에 의해 아르펜 왕국의 군대가 집결합니다.
미리 약속된 신호에 따라 봉화와 전령을 통해 군대가 집결하게 될 것입니다.

"제대로 승부를 벌여 봐야겠군."

위드는 각 도시들과 주요 관문들을 수비하는 최소한의 병력만을 남겨 놓고 모조리 끌어모으기로 했다.

게다가 조각 생명체들도 있었다.

"그동안 놀고먹느라 날개에 살이 뒤룩뒤룩 붙어 있을 와이번들과 누렁이, 금인이, 빙룡, 불사조도 불러야겠군."

지골라스에서 생명을 부여했던 조각 생명체들에, 워리어 바하모르그도 있다.

북부에서의 전쟁이라면 위드가 부를 지원군도 아주 많았다.

⎫⎧ ⎫⎧

모라타 인근의 남쪽 평원!

아르펜 왕국군이 모이기로 한 그곳은 그 전날부터 유저들로 북새통이었다.

"죽순죽 부대! 인원 점검해야 하니까 줄 똑바로 서세요!"

"마늘죽 부대, 이쪽입니다! 어서 마늘 귀걸이를 하고 모여 주세요."

"명예로운 독버섯죽 부대가 전쟁의 선봉에 서겠습니다."

"우와아아! 역시 죽음을 두려워하지 않는 독버섯죽이다!"

"인삼죽 마법병단은 대추죽 부대의 마법사들과 협력하기로 했습니다."

"녹차죽 부대, 우리는 창설된 지 얼마 안 되었지만 다른 부대들에게 얕보일 수 없습니다!"

북부에서 활동하는 유저들도 대대적으로 모이고 있었다.

"하벤 제국이 침략을 한다고?"

"당연히 싸워야지."

"박살을 내 버립시다."

"우리의 힘을 보여 줍시다. 중앙 대륙에서처럼 아무 일도 해 보지 못하고 밀려날 수는 없습니다. 아니, 더 이상 밀려날 곳도 없어요!"

보통 1만 명의 유저가 모이면 복잡하단 느낌을 준다. 하지만 지금은 아예 사람들로 평원이 뒤덮여 있었다.

누군가가 큰 소리로 외쳤다.

"자, 부대 정렬이 끝났으면 어서 이동합시다! 해가 지기 전에 서둘러요!"

"제대로 자기 부대 못 찾은 사람은 행군 중에 찾아가거나 일단 다른 부대에 속해서 싸웁시다. 시간이 없어요."

"이동합시다. 어서 이동해요."

"동쪽으로 빠져 줍시다."

남쪽 평원에 있는 풀죽신교의 병력이 한꺼번에 동쪽으로 행군했다. 평원 전체가 이동하는 것만 같은 엄청난 광경이었다.

그리고 그곳으로는 다시 유저들이 모여들었다.

"자, 풀죽신교 4차 집결이 끝나고, 이번에는 5차입니다!"

풀죽신교의 유저들은 도저히 한곳에 다 모일 수가 없었다.

모라타의 유저만 하더라도 엄청난 수준으로, 성문 근처는 초보자들로 넘쳐 날 정도다.

언덕의 판잣집미디에서 킴과 횔로 무장을 한 유서틀이 비상한 각오를 하고 나오고 있었다. 어차피 죽음을 각오했기 때문에, 갑옷에 대해서는 조금도 신경 쓰지 않은 가벼운 차림들이었다.

풀죽신교의 유저들은 북부 전체로 퍼져 있었던 만큼 아르펜 왕국의 각 도시와 마을 들에서 자발적으로 싸우기 위해 사람들이 모여들고 있었다.

"와, 진짜 많다."

"저기 봐. 완전 초보 복장에 기본 목검 하나 들고 있는 사람도 있어."

풀죽신교의 회원들조차도 뜻을 함께하는 사람이 이렇게 많았는지를 모르다가 남쪽 평원에 오고 난 이후에 뿌듯한 자긍심이 생길 정도였다.

밤이 되고 난 이후에도 인원 정렬은 계속되었다.

유저들은 북부 대륙 전체에서 모여들고 있었으며, 모라타에서 뒤늦게 접속한 유저들까지도 성문 밖으로 나오고 있었던 것이다.

"야식죽 부대, 우리는 밤이 되기만을 기다려 왔습니다. 마음껏 드세요."

남쪽 평원의 하늘에서는 부름을 받고 날아온 와이번들과 불사조, 빙룡이 빙글빙글 돌면서 날아다녔다.

유저들은 하늘을 보며 실컷 함성을 질렀다.

"풀죽! 풀죽! 풀죽!"

"싸우자! 북부를 지키자!"

༄ ༄

"생각 외로 평탄한 원정이로군. 놈들이 저항도 하지 못할 것이라는 건 알고 있었지만……."

하벤 제국의 북부 원정군.

상륙부대는 해군 3함대의 호위를 받으며 이동하고 있었다.

드린펠트가 자신의 함대를 잃어버리고 난 이후에 일시적으로 해상 패권을 상실한 헤르메스 길드는 상당한 골치를 앓았다. 해상 교역을 하는 유저들로부터 통행세를 거두기가 어려워진 것이다.

조선소를 건립하고, 해양 유저들을 국가적으로 양성하면서 막대한 투자를 통해 4개의 신규 함대를 창설했다.

해군 3함대는 무려 23척이나 되는 대형 전투함을 거느리고 있었다.

그들이 북부 원정군의 70여 척이나 되는 상륙함을 보호하기 위하여 아르펜 왕국의 항구도시 바르나 근처까지 항해해서 온 것이다.

"날씨도 맑고 바람도 순풍으로 쾌적한 여행이었군."

3함대의 지휘관 하킴은 뱃머리에 섰다.

갈매기들이 배 근처로 맞이 나오는 모습으로 봐서 육지가 멀지 않았다.

먼바다에서 태풍에 휘말리거나 조류에 휩쓸렸다면 이동이 늦춰지거나 몇 척의 배가 표류하여 찾는 데 시간이 걸릴 수도 있었다. 그러나 현재는 교역 상인들이 해성으로도 북부를 많이 오고 가면서 항로가 안전하게 개척되어 순조로운 항해가 이루어졌던 것이다.

"이제 오후가 되기 전에 바르나를 습격할 수 있겠군."

상륙부대를 육지로 내려 주고, 그의 해상 전력은 항구 바르나를 공격할 것이다.

　마법과 포격으로 철저히 망가뜨리고 도시 자체를 쓰지 못하도록 부수는 작전이었다.

　"축하드립니다, 선장님."

　"제국의 해군 제독으로 승격되실 날도 머지않았습니다."

　하킴의 옆에서는 일등항해사들이 아부를 했다.

　바다에서는 선장의 능력에 따라 전체적인 배의 전투력, 기동 능력이 달라진다.

　유능한 선장의 배에 타고만 있어도 넓은 의미의 파티 사냥이 되는 효과가 있는 셈!

　항해사들은 실력이 뛰어난 선장들을 따라다니기 위하여 굽실거리는 정도는 기본이었다.

　물론 선장과 항해사, 갑판장의 관계가 언제나 평화적인 것은 아니라서, 부하 선원들의 지원만 있다면 해상 반란도 흔하게 일어나곤 했다.

　"음, 이번 전투만 성공적으로 치러 낸다면 해군 제독도 가능성이 있겠지."

　"물론이죠, 하킴 해군 제독님."

　"으허허허허허! 듣기가 나쁘지 않군."

　"당연하지요. 곧 질리도록 듣게 되실 텐데요."

　"벌써부터 잘 어울리는 것 같습니다요."

　하킴이 항해사들의 아부에 취해 있을 때였다.

　"아르펜 왕국의 해군으로 짐작되는 전투 선단이 앞에 나타났습니다!"

망루에서 바다를 관찰하던 수병이 큰 소리로 외쳤다.

"규모는?"

"그게……."

"빨리 말해라."

"30척이 훨씬 넘습니다! 배들의 크기는 소형 범선들입니다."

해전에서는 배의 종류와 숫자가 무엇보다 중요하다. 배가 클수록 더 많은 대포를 실을 수가 있으며, 사격 시에 요동이 적어서 정확도도 높아진다.

"아르펜 왕국의 재정이 튼튼하다더니 해군도 창설을 했었나? 그래도 소형 범선이라면 대포도 좋은 것을 쓰지는 못했겠군. 전투에 돌입한다! 돛을 전부 펼쳐라! 전속 전진!"

"예, 선장님!"

"전원 전투 위치로!"

선원들이 일어나서 대포를 장전하고 돛을 펼쳤다.

하킴의 선단은 전투대형으로 쭉 늘어서서 전속력으로 전진했다.

적진을 돌파하며 대포로 난타를 하고, 빠르게 선회하여 섬멸전을 펼치는 것이 그들의 방식.

압도적인 화력과 대포 속사 능력, 항해 속도로 적들을 분쇄하려는 것이다.

"거리가 가까워지면서 적들이 더 많이 나타나고 있습니다. 소형 케러벨. 40여 척 추가 등장!"

"그 정도라면 간식거리에 불과하다. 열화탄을 준비하라!"

하킴의 명령이 다른 배들에도 전해졌다.

열화탄은 도시 파괴에 쓰려고 하였지만 해상전에 사용하기로 했다.

어떻게 하더라도 적들을 이기는 데에는 문제가 없겠지만 병력 수송까지 하고 있는 마당에 아군의 함대에 손상이 벌어지면 안 되기 때문이다.

"적진에 중형 프리깃 8척이 있습니다!"

"심심하던 차에 잘되었군. 가뿐히 침몰시켜 주자."

"갤리선들도 나타났습니다. 해적선입니다!"

베키닌의 3마리 미친 상어의 해적단!

그들이 끌고 온 갤리선이 자그마치 24척이었다.

붙잡은 노예들로 노를 저을 수가 있기에 단거리에서의 속도가 아주 빠르고, 뱃머리에 충각을 달아서 범선의 옆구리를 정면으로 들이받는 것이 갤리선의 특징이었다.

배들끼리 충돌을 하고 난 이후에 해적들이 옮겨 가면 갑판에서 전투가 벌어지는 것이다.

바다에서 보통 해군은 포격에 강하고, 해적들은 약탈을 위한 갑판 전투에 능숙했다.

"갤리선들을 우선적으로 집중해서 포격하면 된다. 계속 전진하라!"

"적들의 배가 계속 늘어 가고 있습니다. 소형선들이 추가로 300척 이상!"

"어떻게 그럴 수가……."

하킴도 갑판에서 보고 있었다.

그들의 배가 나아가는 앞쪽 바다에 선박들이 빼곡하게 계속 늘어만 가고 있었다.

바다로 나와서 항해할 수 있는 최소한의 크기를 가진 소형 범선들이 갈수록 많이 보였다. 그들이 무장한 대포는 고작해야 8문 정도씩밖에는 되지 않을 테지만, 한꺼번에 쏘아 낸다면 그 위력도 상당하리라.

배가 부서지지 않더라도, 흔들림이 생겨서 포격의 명중률이 심하게 줄어들기 때문이다.

"배들이 어떻게 이렇게 많이 있을 수 있지?"

"교역선들이 다수 있습니다. 낚싯배들도 전투에 가담한 것 같습니다."

"도대체가……."

헤르메스 길드의 유저들은 어처구니가 없었다.

가까이 다가갈수록 헤아리기 어려울 정도의 많은 배들이 보였다. 그들이 작은 돛을 활짝 펼치고 하킴의 선단을 향하여 질주해 오는 것이다.

"제독님, 이대로라면 정면으로 부딪치게 됩니다."

"그러면 적들에게 뒤섞이게 되는데."

하킴은 평소대로 적진의 중심으로 돌격하여 대포를 좌우로 쏘아 대는 방식으로 격침을 시키고 싶었다.

먼바다에는 나가지두 못하는 소형 배들이 가득하나. 놈들이 쏴 봐야 얼마나 쏘겠는가.

그렇지만 상륙부대가 전투 선단의 뒤를 따르고 있었다.

저 많은 배들에 갇히게 되면 일이 복잡해질 수 있다. 뒤섞여 있는 해적선들이 부딪쳐 온다면 몇 척 정도는 침몰을 면하지 못한다.

"우회하라. 놈들의 대포는 사정거리가 짧다. 기동력을 이용하여 놈들을 외곽에서부터 차례대로 무너뜨린다."

하킴의 선단이 방향을 틀었다. 적들을 스쳐 지나가면서 거리를 두고 대포로 타격을 하려는 것이다.

그러나 동쪽과 서쪽, 다른 먼바다에서도 작은 배들이 나타나자마자 돛을 활짝 펼치고 다가오는 중이었다. 섬 그늘에 숨어 있던 배들도 나와서 하킴의 선단을 향하여 접근하고 있었다.

하킴의 관측병이 무능했던 것이 아니다. 중형이나 대형 범선이 숨어 있었다면 당연히 발견을 했으리라. 하지만 암초 뒤에도 숨을 수 있는 작은 배들이 줄지어서 몰려나오며 바다를 가로막고 있었다.

"저들의 깃발은 아르펜 왕국 소속이 아닙니다. 제각각 다른 그림이 그려져 있습니다."

"그건 또 뭔가!"

"상어와 고래, 거북이 그리고 저건… 자세히 알아보기가 힘든데 우럭과 갈치, 고등어 같습니다."

"뭐라고?"

작은 배들과의 거리가 가까워지면서 그들이 외치는 소리도 들을 수가 있었다.

"고등어죽 부대 대포 장전하라!"

"대포알이 비싸서 못 사 왔는데요. 이거 낚싯배라서 쏘면 뒤집혀요!"

"그럼 그냥 배로라도 부딪칩시다."

"우린 상어죽 부대가 옆에서 지원해 준다. 가자!"

"갈치죽 부대, 우린 구운 갈치와 갈치조림 중에서 어떤 것이 풀죽에 어울리냐는 문제를 놓고 두 갈래로 나뉘어 끝없는 말싸움을 해 왔다. 그렇지만 지금은 장렬히 함께 싸울 때다!"

"고래죽 부대, 아직 우린 제대로 된 고래를 잡아 본 적이 없다. 지금이 정말 큰 고래를 잡을 시간이다!"

"놈들을 사냥하자!"

"어죽 부대 총공격!"

풀죽신교의 해상 세력이 등장한 것이다.

바다에 매력을 느끼고 항구 바르나에서 시작한 유저들, 그리고 바다로 터전을 옮긴 유저들.

그들이 바다를 지키기 위하여 다 같이 나서면서 이틀 만에 대부대가 조직되었다.

꽈과과광!

바다가 온통 대포 소리로 뒤덮였다.

하킴의 전투 선단을 향하여 세 방향에서 작은 배들이 대포를 쏘며 접근해 왔다.

"놈들의 이동로를 막아라!"

"여길 빠져나가면 절대 잡을 수 없을 거야."

"거북이죽 부대가 정면을 차단한다. 그물을 던저라!"

정면을 틀어막고 있는 배들 때문에 하킴의 전투 선단은 멈출 수밖에 없었다.

소형 배들이라서 처음에는 대형 전투선들이 억지로 부수면서 밀고 나가는 듯했지만, 곧 잔해와 파편이 뒤섞이면서 이동 불능에 처한 것이다.

"보이는 족족 모두 격침시켜라!"

"대포가 조준되는 대로 쉬지 않고 발사!"

하킴의 전투 선단에 있는 대포들이 포위하고 있는 배들을 향해 불을 뿜었다.

꽈광!

단숨에 용골까지 부서지고, 폭발하는 소형 배들!

밀집해 있는 전투 선단으로도 대포들이 날아왔다.

"돛을 걷어라!"

"흔들림에 조심해!"

선체가 부서질 정도로 큰 위력을 가진 대포는 없었지만 돛대들이 금방 불길에 휩싸였다.

눈에 보이는 바다에서 온통 아예 죽자고 덤벼들고 있었기에, 하킴의 전투 함대의 어떤 작전도 통할 수가 없었다.

해상전의 어떤 전술도 쓸 수가 없는, 극단적 에워싸기 전략!

"부딪쳐, 그냥!"

"건조하면서 먼바다에 항해를 나가기로 했는데… 약속을 지키지 못하겠구나. 바다에 가라앉아 침몰선이 되면 반드시 다시 찾으러 올게."

"에라, 기왕 죽을 것 바다에 뛰어들어서 저쪽 배에 매달리기라도 하자. 그럼 잠깐 무거워지기라도 하겠지!"

불붙은 소형 배들은 불도 끄지 않고 그대로 하킴의 전투 선단에 부딪쳤다.

침몰하는 것은 주로 소형 배들이었다.

따라서 배들끼리 충돌이 일어난 자체는 대형 전투선들에 큰 타격을 주지 못했다. 하지만 흔들림이 발생하면서 대포 사격의 정확도가 엉망이 되었다.

어디로 쏘더라도 적들이 맞을 확률이야 높았지만, 선원들이 쓰러지거나 대포가 폭발하기도 했다.

혼란한 틈을 타서 해적선들도 접현에 성공했다.

"하벤 제국의 군함에 오르다니 이런 영광스러운 날이… 몽땅 털어 보자!"

"다 죽여라!"

"우선 화약실을 점거해. 사람이 있건 없건 가리지 말고 터트려 버려!"

베키닌의 3마리 미친 상어들이 해적들을 지휘하며 군함에 올랐다.

"볼품도 없는 해적 놈들! 하벤 제국 해군 기사의 위엄을 보여 줘라!"

갑판에서도 전투가 벌어지면서, 넓은 바다는 혼란 그 자체가 되었다.

콰아앙!

큰 충격에 하킴의 배가 갑자기 기우뚱, 흔들렸다.

"이게 뭔가?"

"제독님, 암초입니다!"

"뭐라고? 배들이 이렇게 많은데 어떻게 암초에 부딪칠 수가 있지?"

"그게… 저도 잘 모르겠습니다."

풀죽신교에서는 이 주변의 바다에 대해 아주 잘 알았다.

섬은 작지만 뒤쪽으로 소형 배가 들어갈 수 있는 해상 동굴들이 있어서 매복에 유리했다. 바다에는 암초들이 숨어 있어서, 큰 배들은 선창에 걸려서 부딪쳤다.

무엇보다 이 해역은 해류가 먼바다에서 육지 쪽으로 빠르게 이동한다. 풀죽신교의 배들도 항해하기가 어려웠지만, 하킴의 전투 선단도 해류의 흐름을 벗어나지 못하고 함정인 것을 알면서도 암초로 다가오게 된다.

하킴은 큰 소리로 외쳤다.

"이런 건 아무것도 아니다! 남김없이 바다에 수장시켜 줘라!"

하벤 제국의 함대는 개미 떼처럼 모여 있는 초보자들의 상선과 낚싯배, 군함을 거침없이 격침시켰다.

그러나 항구 바르나가 있는 방향에서 추가로 나타나는 소형 선박의 떼!

"오래 기다려 왔다. 미역죽 부대, 돌격!"

"기운을 내라. 바지락죽 친구들이 도착했다."

"해초죽 부대여, 우리의 바다는 우리의 대포로 지키자!"

소형 선박들이 바다를 온통 뒤덮었다. 그리고 그 뒤에는 통나무를 연결한 뗏목들이 끝도 없을 정도로 이어져 있었다.

∂ℓ ℓℓ

KMC미디어의 〈베르사 대륙 이야기〉.

―오늘은 정말 충격적인 소식을 전해 드려야겠습니다. 낮에 생방송을 통해서 직접 보신 시청자분들도 많으실 텐데요.

신혜민의 얼굴에서는 유난히 화사하게 빛이 났다.

―오주완 씨, 하벤 제국의 함대와 아르펜 왕국의 유저들이 충돌했는데 놀라운 결과가 나왔다죠?

―예, 그렇습니다. 해상 패권을 장악하고 있던 하벤 제국의 상륙부대가 수장을 당했다는 소식입니다. 일단 주요 영상부터 보시죠.

하벤 제국의 함대는 북부의 선박들을 상대로 대단한 파괴력을 발휘하였다. 작은 배들을 두 동강 내는 맹렬한 포격이 이어졌지만, 풀죽신교는 물러나지 않았다.

낮과 밤을 넘어서 꼬박 하루 동안 전투가 계속되었다.

그리고 하벤 제국의 전투함에 적재되어 있는 포탄이 떨어지는 순간이 몰락의 시간이었다.

작은 배들이 둘러싸서 오도 가도 못하게 한 이후에 기습적인 화공이 개시되었다. 풀죽신교의 배들이 일제히 불에 타기 시작한 것이다.

바다를 태우는 불길은 하벤 제국의 전투 선단으로도 옮겨붙었다. 움직일 수 없게 된 전투함들은 거대한 화마에 휩싸여서 침몰하게 되었다.

풀죽신교의 생존자도 고작 수백여 명에 이를 정도였다. 하지만 항구 바르나로 무사히 돌아간 유저들은 함성을 실렀다.

"우리가 이겼다!"

"풀죽! 풀죽! 풀죽!"

항구 바르나의 해변가에서는 대형 모닥불이 여기저기 피워지고 축제가 벌어졌다.

그다음 날 아침에도 사람들은 떠나지 않았다. 사망한 유저들이 다시 접속할 때까지 축제를 계속 이어 가면서 기다리기로 한 것이다.

땅! 땅! 땅!

항구 근처의 조선소에서는 대장장이들의 망치 소리가 끊이지 않았다. 이번에 침몰한 만큼 배를 건조하여야 하니 바쁠 수밖에 없다.

베르사 대륙에서 전쟁은 쉬지 않고 벌어졌다. 특히 요즘에는 왕국 간의 큰 전투가 매일 발생했다.

전쟁에 염증을 느끼는 사람들이 대다수였지만, 아르펜 왕국과 하벤 제국 간의 해전은 시청률이 39.2%를 자랑할 정도로 뜨거운 인기였다.

게시판의 반응도 폭발적이었다.

제목: 풀죽신교의 승리를 축하합니다.
저도 죽 한 그릇 얻어먹을 수 있을까요?

제목: 치킨집에서 아르바이트하는 학생입니다.
오늘도 통닭 500마리 튀겨야 될 듯……

제목: 저도 치킨집에서 아르바이트합니다.
현재 배달 주문만 200마리 밀려 있습니다. 지금 주문하면 5시간 후에 배달된다는데도 먹겠다는 분들은 대체 뭐죠?

♫ ♫

검치와 사범들, 수련생들은 무예인 마스터 퀘스트를 시작하여 벌써 일곱 번째를 진행하는 중이었다.

"퀘스트의 내용이 복잡하군. 그냥 죽이면 되는데 왜 군이 개과천선을 시켜야 된단 말이냐. 도무지 이해가 안 가는군."

"그러게 말입니다. 그런 놈들은 그냥 목을 따야 하는데요, 스승님."

때려죽이고, 태워 죽이고, 밟아 죽이고.

무예인답게 다양한 무기를 활용하고, 고급 기술들로 적들을 찾아다니면서 꺾었다.

여러 명이 퀘스트를 하러 다니기 때문에 직업 마스터 퀘스트 와중에 단체 퀘스트도 발생했다.

보울 산맥의 산적

데일 왕국의 국왕이 서거한 이후에 보울 백작 가문은 산적이 되었다. 그들에게는 기사와 보병 들이 있기 때문에 상당한 세력을 형성하고 인근 도시들에 피해를 주고 있다. 보울 산맥을 영역으로 활동하는 산적들을 퇴치하라!

난이도: 무예인 마스터 퀘스트

제한: 고급 7레벨 이상의 무기술. 12인 파티를 구성할 수 있다.

무예인 퀘스트는 정해진 것만 하는 게 아니라 다양한 적들과 맞서 싸우는 것이었다.

검오치가 대략의 퀘스트 방법을 전수해 주었기에 검치와 다른 사범들, 수련생들은 수월하게 진행할 수 있었다.

"밥 먹고 싸움만 하다니 이렇게 편할 수가 없다."

"역시 사람은 머리보다는 몸을 써야 기분이 개운하지요."

"우리가 직업은 정말 잘 선택했어. 답답하게 뭐 찾으러 돌아다니고 이러면 화병 나서 안 된다니까."

"괜히 대기업 다니거나 공무원 생활하는 사람들은 정말 불쌍한 겁니다. 연봉이 높거나 안정적이면 뭐 하겠습니까. 맨손으로 멧돼지도 못 잡는데."

검둘치는 과거 어린 시절을 떠올렸다.

초등학교 때 다른 친구들은 컴퓨터를 하고 학원을 다녔다. 하지만 그는 맨손으로 병을 깨뜨리는 연습을 했다.

학교 수업 시간에도 가장 마음이 편했던 건 체육이었다. 공을 차고, 가슴이 터지도록 뛰어야 했다. 영어와 수학, 과학 시간만 되면 괜히 위축되고 주눅이 들었다.

요즘도 칠판과 분필만 보면 기가 죽었다.

"그보다 요즘 떠들썩하던데. 막내가 다스리는 아르펜 왕국에 적들이 침입한 모양이더구나."

"예, 스승님."

"헬멧 길드라는 그놈들입니다."

검치와 사범들, 수련생들은 선술집과 거리의 소문을 통하여 북부의 전쟁이 큰 화젯거리라는 것을 알게 되었다.

'한 건 터졌구나.'

그들도 어서 아르펜 왕국으로 달려가서 선두에 서고 싶었다.

검치 들이 여자들로부터 가장 인기를 끌었던 것은 아무래도 큰 전투 때가 아니겠는가.

불가능할 것 같은 전투에서 모든 것을 내던지며 싸울 때의 기분. 바르칸이 이끄는 불사의 군단을 격파할 때의 짜릿함이 남아서 잊히지 않았다.

'우린 다른 거 없어. 장가를 가려면 드래곤이라도 1마리 잡아야 돼.'

'무기술을 마스터하면 여자 친구가 생길까? 레벨을 600까지는 올려야겠지?'

강해지는 것 외에는 삶의 해답을 구하지 못한 그들.

검치와 검둘치 역시 여자 친구가 아르펜 왕국에 있기에 자꾸만 신경이 쓰였다.

여자 친구 앞에서 힘자랑을 할 수 있는 정말 좋은 기회였다.

"흠흠, 그래도 체면이 있지. 무작정 가서 싸우는 건 좀 그렇구나. 위드에게서 도와 달라는 말은 없었느냐?"

"없었습니다. 이번에는 자기 혼자서도 충분하다고 합니다. 어떻게 이런 사소한 일로 스승님과 사형들을 부를 수 있겠냐면서요."

"막내는 너무 점잖아서 탈이야."

"그러게 말입니다. 혼자 해결하려고 하지 말고 이런 건수가 있으면 같이 싸워야 되는데."

"인생에서 패싸움만큼 재밌는 것은 없지."

검치는 당장이라도 북부로 달려가고 싶은 것을 체면 때문에 참아야 했다.

실상 위드가 검치와 사형들을 부르지 않은 이유는 단순하고 간단했다. 그 후의 상황이 눈에 너무나도 훤히 보였던 것이다.

로드릭 미궁에서 그들을 동원하지 않은 이유와도 같았다.

"놈들은 우리보다 강하다. 그렇다고 우리가 약한 모습을 보일 수 있겠느냐."

"없습니다. 스승님!"

"프레야 교단의 사제들은 우리가 지킨다. 돌격!"

"우와아아!"

악마병들에게 열심히 달려들다가 전멸!

악마의 힘이 강성한 로드릭 미궁에서 일반 전투 계열 직업들은 상성의 문제도 있었지만, 제대로 통솔하기가 어렵다는 부분이 치명적이다.

전쟁에서도 검치 들은 너무나도 눈에 띄었다.

"불사의 군단과 싸우면서 리치 바르칸과 본 드래곤을 해치웠던 무리다."

"우와아아아!"

하벤 제국의 군대가 주목을 하거나 말거나 검치 들은 이미 돌격을 하고 있었으리라.

"마법사 부대, 궁수 부대! 조준!"

"조준 완료되었습니다."

"놈들이 다가오면 쏜다."

"일직선으로 달려오고 있습니다."

"집중 공격!"

슈슈슈웅! 콰과과광! 펑! 쿠와앙!

검치 들의 전멸!

사용하기에 따라서 막강한 전력이 되기도 하지만 허무하게 당해 버릴 가능성이 커도 너무 컸다.

게다가 정말 맛있는 반찬은 마지막으로 남겨 두어야 했다.

"온몸이 근질근질하군. 이런 일로 스트레스가 쌓이면 안 되는데……. 애들아."

"예, 스승님."

"퀘스트나 하러 가자. 삼치야, 다음 내용이 뭐였지?"

"그러니까… 세바로나 지방에서 최근 주민들이 실종되는 사건이 자주 벌어지고 있는데 그 이유에 대해서 알아보니……."

"간단히 말해라."

"지도에 있는 마굴에 가서 싹 죽이면 된답니다."

"가자!"

랜슬럿이 이끄는 하벤 제국의 군대는 포르우스 강을 앞에 두고 있었다.

"여기서부터는 북부 대륙이다. 우린 이 지역을 점령하고, 약탈하고, 파괴할 것이다."

"우와아아!"

하벤 제국 군대의 사기는 드높았다.

고된 훈련을 받은 정예병이라서, 장거리 행군에도 사기가 저하되지 않았다.

높은 사기는 전투에서도 용감하게 싸울 수 있게 해 준다.

원래대로라면 북부까지 육상으로 이동하는 것을 다른 길드들이 허용할 리가 없었지만, 지금은 전쟁이 벌어진 특수 상황이다.

하벤 제국의 다른 군대가 길을 열어 준 사이에 원정군은 북부까지 이동을 했다.

그들이 이동하는 것을 적대 길드들도 알아차렸지만 당장 급한 전쟁이 우선이라서 신경을 쓸 겨를은 없었다. 북부로 대규모 군대가 원정을 떠나면 헤르메스 길드의 전력은 그만큼 줄어드는 셈이기에 애써 막지 않고 못 본 척한 것이다.

렌슬럿은 북부 대륙의 땅을 밟는 감회가 남달랐다.

'북부를 파괴하고 하벤 제국의 도시들로 다시 세울 것이다.'

하벤 제국의 기사들 중에서는 가장 광대한 땅을 접수하게 되리라.

'그러자면 위드를 격파해야 하는데…….'

해상에서의 소식이 방금 전해졌다.

상륙 병력이 땅을 밟아 보기도 전에 싸그리 바다에 수장되었기에 전략에 대폭적인 수정을 가해야 했다.

헤르메스 길드에서는 남쪽에서, 동쪽에서 동시에 진격을 하여 아르펜 왕국을 공략하기로 했다. 위드가 직접 나서서 어느 한 곳을 막더라도, 다른 쪽의 군대가 모라타를 파괴하고 태워 버리는 전략이다.

아르펜 왕국의 상징과도 같은 도시가 사라지게 되면 그 자체만으로도 돌이키기 어려운 피해가 발생한다.

그 자체로만 북부는 최소한 1년에서 2년 이상을 퇴보하게 되리라.

그리고 두 방면으로 진격했던 군대가 다시 합쳐지면서 위드가 이끄는 아르펜 왕국군을 섬멸하겠다는 전략!

군대가 전멸하고 나면 치안이 엉망이 되고, 몬스터들의 번식이 빨라진다. 그렇게 되면 아르펜 왕국은 장기적인 피해의 여파로 멸망하게 되리라.

물론 모라타는 하벤 제국군에 의하여 다시 예전처럼 폐허가 될 것이다.

위드를 높게 평가했기 때문에 양동작전을 구사하기로 한 것인데, 이제 상륙부대의 도움을 받지 못할 상황이 되어 버렸다.

'그럼에도 우리 하벤 제국의 군대는 무적이다. 아르펜 왕국군과는 모든 면에 걸쳐서 비교도 안 되지. 놈이 네크로맨서의 능력을 발휘하더라도 이길 수 있다.'

네크로맨서는 육체적인 능력이 뒤떨어진다는 단점도 갖고 있었다.

렌슬럿의 기사단은 좀비나 구울, 데스 나이트의 장벽을 뚫고 위드를 향해 바로 돌격할 수 있으리라.

북부 원정군에 포함된 NPC 병사들도 최정예로만 구성되어 있기에 전면전으로도 자신이 있었다.

"길드에서의 명령입니다. 궁수 부대의 추가 보급을 기다리시라고 합니다."

"전투 물자는 충분히 가져왔으니 필요하지 않다."

"수뇌부의 직접 명령입니다. 전쟁 승리를 위하여 반드시 이행하시라는 말이 있었습니다."

"알겠다."

헤르메스 길드에서는 거래 상인들을 총동원하여 그들에게 추가적인 화살과 마법 장비 들을 보급했다.

아르펜 왕국의 유저들, 풀죽신교를 철저히 대비하기 위해서였다.

사흘을 머무르면서 보급을 받고, 다시 주둔지를 떠나 이동을 했다. 고향을 떠난 원정군은 향수병에 걸리거나 사기가 하락하기에 속전속결을 벌이게 되어 있지만 약간의 지체 정도는 큰 손해가 아니었다.

"정찰병."

"예."

"앞쪽의 지형을 확인하라."

"다녀오겠습니다."

렌슬럿은 산과 협곡, 숲과 같은 수상쩍은 지형들마다 정찰병을 보내 샅샅이 수색했다. 위드가 어느 곳에서 기상천외한 함정을 파고 있을지 짐작할 수 없기에 전부 확인하라는 길드의 지시였다.

　그렇게 행군을 하다 보니 자연히 이동속도는 느려졌다.

　북부까지 먼 길을 왔는데 이렇게 지체되어만 가니 렌슬럿도 슬슬 울화가 치밀었다.

　"압도적인 군대를 가지고 이게 뭐 하는 짓인지 모르겠군."

　그렇게 거북이처럼 느리게 움직인 끝에, 마침내 북부 원정군이 르포이 평원에 도착했다. 이곳에서부터가 실질적인 아르펜 왕국의 영역이었다.

육지에서의 전쟁

"쿠후후훗."

페일은 평원에서 음침하게 웃었다.

그가 위드와 검치 들을 따라다니며 긴 시간이 흘렀다.

자유로우면서도 과감한 전투를 겪으면서 실력이 일취월장 늘지 않을 수가 없었다.

기본 스킬도 꾸준히 단련을 하다 보니 속사와 곡사, 관통 화살을 마스터해 낸 것이다.

대륙 전체의 궁수들을 통틀어도 100위 안에 오를 정도의 실력자가 되었다.

"크후후, 몬스터가 저기에 있군."

페일은 자신이 있는 곳에서 약 1.5킬로미터 떨어진 지점의 몬스터를 발견했다.

궁수의 눈은 먼 거리에 있는 적도 정확히 볼 수 있을 정도로 뛰어났다.

"이 정도 거리라면… 그리고 풍향을 고려해서……."

페일은 신중하게 화살을 쏘았다.

바람에 실려서 날아간 화살은 먼 거리에 있는 몬스터를 정확히 맞혔다.

꾸엑!

졸지에 날벼락을 맞은 몬스터가 주위를 두리번거렸지만 화살을 쏜 사람을 찾을 수는 없었다.

페일은 계속 화살을 쏴서 몬스터를 사냥했다.

고레벨의 궁수는 평원처럼 탁 트인 곳에서는 정말 무시무시한 위력을 자랑한다.

물론 몬스터가 떨어뜨린 아이템을 찾기 위하여 걸어갈 때는 상당히 귀찮았지만.

"케케켓, 인간이다."

평원의 몬스터들이 슬금슬금 다가왔다.

"대지 관통!"

페일은 땅으로 화살을 쏘았다.

땅속으로 사라진 화살이 몬스터의 발아래에서 솟구쳐 나오며 적을 꿰뚫었다.

관통과 곡사 스킬이 마스터에 이르면서 획득한 스킬!

땅으로 화살을 쏴도 이동속도가 느린 몬스터들은 피하지 못하고 모조리 적중당했다.

"후후후, 나 정도라면 이제 어느 길드에 가더라도 환영받을 수 있겠지."

페일은 자신만만해졌다.

초보 궁수 시절부터 쏘아 댄 화살값을 이제야 보상받는 기분이었다.

"이제 내 마음대로 사는 거야. 조금 거만하게 살 때도 되었어. 이번 전쟁에서도 엄청난 공적을 세워 봐야지. 모두가 놀랄 정도로!"

평원에서 큰 소리로 외치는 페일!

그때 수르카로부터 귓속말이 들어왔다.

—오빠, 나 장갑 사야 되는데 돈 부족하거든. 빌려줄 수 있어?
—어딘데?
—모라타.
—여기 좀 먼 곳인데… 금방 가져다줄게.
—고마워. 나중에 꼭 갚을게.

지금까지 수르카에게 빌려 준 돈만 9,000골드가 넘었다.

"기다릴 텐데, 빨리 가야겠군."

페일은 모라타가 있는 방향으로 바쁘게 걸음을 옮겼다.

잠시 후에 메이런에게서도 귓속말이 왔다.

—오늘 방송 준비 때문에 저녁 약속 늦을 거 같아요.
—천천히 와. 먼저 가서 기다리고 있으면 되지. 항상 그렇듯이 기다리는 거 좋아하니까.

로뮤나에게서도 귓속말이 왔다.

—혹시 마나석 가진 거 있어?
—마법 화살 만들려고 챙겨 놓은 거 3개 있는데.
—응, 그럼 나 좀 줄래?

—어딘데?

—팔레스 마을.

—지금 모라타에 가야 하는데…….

—빨리 갖다 줘.

—알았어. 그럼 모라타에 들렀다가 바로 갈게.

풀죽신교와 오크들은 하벤 제국군이 르포이 평원에 도착했다는 말을 듣자마자 그곳으로 진격을 시작했다.

"선봉은 독버섯죽이다!"

"닭죽 부대와 인삼죽 부대도 지원하자!"

유저들이 너무 많아서, 르포이 평원을 향하여 12개의 방향으로 나누어서 진격이 이루어지고 있었다.

이 모습은 방송국을 통하여 중계도 되었는데, 시청자들에게는 눈을 의심할 수밖에는 없는 광경이었다.

언덕을 가득 메운 유저들이 지나간다. 그리고 또 몰려오고, 계속 몰려온다.

끝을 알 수 없는 행렬이 르포이 평원으로 이동을 하고 있었던 것이다.

해설자들은 베르사 대륙의 전쟁 역사에서도 전례기 없는 내 인원이 잠여한 전쟁이 벌어질 것이라고 소개했다.

— 영상을 공중에서 보는 시각으로 바꿔 보겠습니다. 미리 말씀드리지만, 시청자 여러분께서는 마음의 준비를 단단히 하셔야 될 것 같습니다.

텔레비전의 화면이 높은 하늘에서 평원과 언덕 전역을 내려다보는 시점으로 바뀌었다.

르포이 평원을 향하여 바글바글 몰려들고 있는 유저들!

종족도 인간만이 아니라 드워프, 바바리안, 엘프, 오크 등으로 다양했고, 직업도 각양각색이었다.

북부의 유저들이 결집했다는 소식은 렌슬럿에게도 미리 전해져서, 그는 지형상 유리한 언덕에서 전투준비를 했다.

"어느 정도는 예상했고 준비도 되어 있다. 우리는 싸우고, 이길 것이다."

하벤 제국의 정예병들은 일절 동요가 없었다.

기사들과 병사들은 거듭된 전투로 백전노장이라고 할 수 있었다. 일반 병사들의 수준도 굉장히 높아서, 그들 중에서도 기사로 승격을 앞둔 이들이 흔할 정도였다.

"놈들이 아무리 많이 오더라도 우리가 거들떠보지도 않던 초보들이다. 놈들이 무섭나?"

"전혀 그렇지 않습니다!"

기사들은 씩씩하게 대답을 했다.

"그냥 밟아 죽이면 된다. 전투가 벌어져도 놈들이 많다고 걱정하지 마라. 항상 그랬듯이 죽이고 또 죽이다 보면 승리해 있을 것이다. 막대한 전리품과 명예가 우리를 기다리고 있다. 궁수들은 일제사격을 준비하고, 마법사들은 명상하며 휴식을 취해라."

렌슬럿은 르포이 평원에서 적들을 기다려서 전투를 치르기로 했다.

높은 봉우리로 서둘러 이동한다면 수비가 수월하겠지만 그러다가는 위드가 일으키는 재앙에 파멸적인 타격을 입을 수 있기에 약간 경사가 있는 언덕에 자리를 잡았다.

　뒤쪽으로는 강물이 흐르고 있기에 일종의 배수진을 친 것과 다름이 없었다.

　하지만 북부 유저들의 수준이 낮음을 감안하면 정면으로만 싸우면 되니 절대적인 승산을 가지고 있었다.

　일방적인 학살을 벌일 작정이었다.

　"용감하게 우리에게 덤볐던 이들은 많다. 하지만 그들은 곧 자신들의 무력함을 알고 무너져서 다시는 이빨을 드러내지 못하였다. 이번에도 다르지 않을 것이다."

　"크와!"

　하벤 제국 병사들의 사기는 절정에 달했다.

　그리고 풀죽신교의 무리가 나타났다.

　독버섯죽과 닭죽, 인삼죽 부대!

　"돌격!"

　"앞으로!"

　뿌우우우우!

　뿔피리 소리가 울려 퍼지면서 유저들이 앞으로 달려왔다.

　"아니, 이게 뭐야."

　"무슨 진형도 없고, 그냥 중구난방 달려오는 게 전부인가?"

　"이런 전투는 고블린 같은 몬스터들도 안 하겠는데."

　헤르메스 길드원들이 보기에는 그저 헛웃음만 나오는 광경이었다.

레벨로 보나 장비로 보나 비교 대상도 되지 않는 주제에 정면으로 먼저 돌격을 해 오다니!

"사정거리에 들어올 때까지 기다려라."

렌슬럿은 적들의 움직임을 보고 어이가 없어서 고개를 절레절레 저었다.

무질서하기 짝이 없는 돌격을 가해 오는 것도 어이없지만, 전쟁에 요긴하게 쓰이는 방패마저도 들고 있지 않은 경우가 허다했다.

게다가 밀집해서 마구 달려온다면 그대로 화살의 먹잇감이 될 수밖에 없었다.

"사격 개시!"

궁수들이 화살을 쏘았다.

하늘을 가르며 쏘아져 나간 화살들이 풀죽신교의 선봉 부대 머리 위로 우수수 떨어졌다.

"으윽!"

"아무것도 못해 보고 죽다니……."

"계속 달려라. 놈들을 해치우자!"

"물러서지 마! 우린 독버섯죽. 풀죽신교의 선봉 부대다!"

레벨도 낮고, 생명력도 적고, 제대로 된 보호 장비도 갖추고 있지 않기 때문에 유저들은 화살에 맞아서 떼거리로 사망해 버렸다.

돌격 부대는 원래 최고의 방어력과 기동성을 확보하여 화살이 열 대씩은 꽂혀도 살아남아야 했지만, 독버섯죽 유저들은 고작해야 한두 대를 맞으면 바로 목숨을 잃었다.

화살이 몸을 관통합니다.
갑옷이 아무런 역할도 하지 못했습니다. 생명력의 저하로 사망하였습니다.

하벤 제국의 병력 근처에도 가지 못하고 몰살당하고 있었다.

"마법이 준비되었습니다."

"놈들을 쓸어버립시다. 파이어 레인!"

"선더 그라운드!"

돌격 부대가 달려오는 지역으로 광범위한 마법 주문이 시전되었다.

하늘에서 불의 비가 내리고, 천둥 벼락이 땅으로 내리꽂혔다. 몇 초마다 수백 명씩 죽어 나가는 대참사가 벌어지는 상황이었다.

"풀죽! 풀죽! 풀죽!"

그럼에도 계속 돌격하는 유저들!

"이 미친놈들."

렌슬럿과 헤르메스 길드원들은 황당하게 보고 있었다.

"아니, 정말 아무 대책도 없이 오는 거야?"

"자살을 할 것이면 그냥 혼자서들 할 것이지."

"계속 공격해라!"

풀죽신교의 세 부대는 검 한 번도 휘둘러 보지 못하고 전멸하고 말았다. 그냥 계속 돌격을 하다가 허무하게 사라져 버린 것이다.

그 후에 곧바로 나타난 죽순죽 부대!

단독 부대 구성이었지만 유저들은 무려 45만 명이 넘었다.

〈로열 로드〉를 시작한 지 3개월 이하의 초보들만 가입이 가능한 부대였다.

이들은 독버섯죽 부대만큼이나 죽음을 두려워하지 않았다.

잃을 게 없으니 눈에 보이는 것도 없다.

하벤 제국의 군대나 코볼트나, 무서운 건 마찬가지!

"갑시다!"

"아싸! 코볼트에게도 맞아 죽던 내가 헤르메스 길드와 싸우다니……."

"이왕이면 화살 두 대까지 버텨서 적들에게 피해를 더 주는 겁니다!"

"죽순죽 부대 돌격!"

초보 유저들의 일대 돌격.

어쨌거나 거대한 먼지를 일으키며 르포이 평원이 뒤흔들릴 정도의 박력이었다.

그들 중에는 간혹 조랑말이나 황소를 타고 오는 경우까지 있었다.

죽순죽 부대에는 최초로 전쟁에 참여하는 유저들이 대부분이었다. 심지어 파티 사냥을 해 본 적이 없는 경우도 허다했다.

"쏴라! 다 죽여 버려라."

"마법사들은 위력이 낮은 범위 마법을 위주로 시전하라."

하벤 제국에서는 다가오는 족족 몰살을 시켰다. 하지만 그들도 일이 심상치 않다는 것은 느끼고 있었다.

적들이 보잘것없는 건 사실이지만, 너무나도 많다.

풀죽신교의 대표 통신망도 지금 북적이고 있었다.

―죽순죽 부대, 시간을 너무 오래 끌잖아요. 대기하는 부대들이 많으니 빨리 돌격합시다!

―이번 공격이 끝나면 다음은 어느 부대죠? 놈들이 휴식할 시간을 주면 안 돼요.

―쇠고기죽 부대는 일찍 도착해서 기다리고 있습니다.

―팥죽 부대. 기다리다 보니 좀 지치는데, 팥죽 하나 끓여 먹어도 될까요?

―호박죽 부대에 참여 인원이 31만을 돌파했습니다. 현재 대기 중!

끝도 없는 인해전술!

오크와 바바리안, 엘프 종족에도 풀죽신교는 광범위하게 퍼져 있었다.

오크들을 대표하는 들깨죽, 엘프들을 대표하는 녹두죽 그리고 드워프들은 호두죽을 선호한다.

렌슬럿이 이끌고 온 하벤 제국의 병력은 아르펜 왕국을 상대하는 것이 아니라 북부 전체의 유저들을 상대로 싸워야 하는 것이다.

"화살과 마나를 아껴라. 놈들은 우리를 지치게 만들고 있는 것 같다."

슬슬 소모되는 물자들에 대한 걱정이 렌슬럿을 엄습해 왔다.

방송을 통해 알려지고 있는 소식과 헤르메스 길드의 정보망에 의하면, 지금 이곳으로는 상상도 할 수 없을 정도로 어마어마한 규모의 유저들이 몰려오고 있다고 한다.

이미 수만 명을 넘게 숙였지만 어쩌면 시작에 불과할지도 모른다는 두려움이 스멀스멀 몰려왔다.

"콩죽! 콩죽!"

"묵물죽 집결! 우리가 알려질 기회입니다. 기병들부터 선제 돌격하고, 보병들은 같이 따라갑니다!"

"보리죽! 명예를 위하여 싸울 때입니다!"

"청량죽 부대원이 죽을 장소 찾습니다! 우리 부대는 돌격하면서 단체로 마법 맞아 죽기로 했는데, 어느 쪽 방향인지 알려주세요!"

"박죽 회원이세요? 아까 동료분들을 봤는데, 저쪽으로 2시간 정도 가 보세요."

"개암죽, 조기죽, 장국죽, 무죽 연합이 다음 차례입니다! 달려 나갈 준비를 하고 대기합시다."

"연밥죽과 산약죽, 선인죽, 모과죽에 속해 있는 마법사들은 동쪽으로 가세요. 다른 부대의 돌격이 이루어지는 동안 마법 공격을 퍼붓는 겁니다. 무리하게 큰 마법 준비하려고 하지 마세요. 그 전에 죽게 될 테니까요."

풀죽신교의 병력이 르포이 평원을 에워싸고 끊임없이 밀려오고 있었다.

그들에게는 전술이란 없었다.

계란으로 바위 치기가 불가능하다고 하지만, 이 세상의 모든 계란을 바위에다 던진다면 그건 또 얼마나 무시무시한 일이겠는가.

"젠장, 이건 완전히 미친 짓이군. 기사들과 병사들은 검을 뽑아라! 근접전으로 해치운다!"

렌슬럿은 더 이상 화살과 마법 공격에만 의존하지 않기로 마음먹었다. 전투가 얼마나 길어질지 모르기에 장기전을 대비하여야 했다.

"기사단 출진!"

"이랴!"

기사단이 언덕을 내려오면서 평원을 뚫고 내달렸다.

초보 유저들 사이를 종횡무진 누비면서 광역 공격 스킬을 시전했다.

풀죽신교의 회원들이 벌 떼처럼 몰려들었지만 그들의 공격은 생명에 영향이 없을 정도의 미미한 타격만을 입히고 있을 뿐이었다.

초보 유저들이 잔뜩 모이면 기사들은 광역 스킬을 시전하며 말을 박차고 다른 곳으로 떠나 버리기도 했다.

'이건 너무나도 쉽군.'

'오늘 최소한 1,000명 정도는 베어 보는 건가.'

하벤 제국의 병사들도 진형을 갖추고 전진했다. 몸 전체를 가리는 두꺼운 방패를 앞세우고 일렬로 검을 휘둘렀다.

풀죽신교에서도 르포이 평원으로 끝없이 진격을 하며 공격을 이어 나갔지만, 철벽과도 같은 기사단과 병사들 앞에 무력하게 쓰러져 갈 뿐이었다.

끝도 없이 이어질 것 같던 살육의 현장. 상황이 급변한 것은 한순간이었다.

"위드다!"

"저쪽에서 위드가 전투를 지휘하고 있습니다."

위드가 눈에 띄는 백마를 타고 전장에 나타났다.

다른 이들이 공적을 가로챌까 걱정이 되어, 북부 원정군의 제4기사단의 단장 듀랄은 깊게 고민도 해 보지 않고 명령을 내렸다.

"우리가 가장 가깝다. 전속력 돌격!"

제4기사단은 위드가 나타난 곳을 향하여 전력을 다하여 돌진했다.

거추장스러운 풀죽신교의 유저들은 검을 휘둘러서 쳐 내거나 창으로 꿰뚫었다.

이번 전쟁의 가장 큰 목표는 위드와 모라타 함락이다. 그중에서도 위드를 죽인다면 최고의 공적을 세우는 셈이다.

헤르메스 길드의 포상금도 걸려 있었고, 대륙적인 큰 명예를 얻을 수 있는 기회를 놓치고 싶지 않은 것이다.

"놈은 강하다. 방심하지 마라. 그대로 돌격하면서 벤다. 돌격 스킬 사용 준비!"

듀랄과 기사단이 위드에게로 점점 가까이 접근했다.

"생명력을 조금 소모해도 좋다. 말이 지치더라도 상관없다. 우리가 할 수 있는 최고의 돌격을 사용한다. 비탄의 돌격!"

"비탄의 돌격!"

돌격 스킬이 발휘되며 기사단이 핏빛 안개에 휩싸이더니 더욱 무시무시한 속력을 냈다.

돌격 진형이 깨지지 않는 한 공격력을 3배나 끌어올려 주는 스킬이다.

전쟁을 제외하고는 대규모로 이동하는 몬스터 무리에게나 쓸 수 있는 스킬이지만, 이들은 일부러 돌격 스킬을 따로 공들여 훈련해 왔다.

돌격 스킬이 발휘되면 마법이나 화살의 집중 공격조차도 무시하면서 진행된다.

중장갑 보병들조차도 정면에서는 기사들을 막는다는 보장이 없었다. 거센 충돌에 조금이라도 밀리기 시작하면 중장갑 보병들조차도 무력하게 허물어진다.

기사라는 직업이 괜히 전장의 꽃이라고 불리는 것이 아닌 것이다.

"간다!"

듀랄과 기사단의 긴장감은 최고조에 달했다.

"죽어라, 위드!"

"너의 목은 내 것이다."

기사단이 일제히 돌격하면서, 위드의 코앞까지 별로 방해도 받지 않고 거리를 좁혔다.

"데들리 스피어!"

백마를 타고 있던 위드는 듀랄의 첫 번째 공격을 받아서 사망했다!

적어도 수십 차례의 공격을 막아 내고 반격도 가하여 기사단을 무너뜨리리라고 예상을 하였건만, 허무하기 짝이 없는 죽음이었다.

아르펜 왕국 수비군 유저 순두부를 살해했습니다.

아주 미미한 양의 경험치를 얻었습니다.

구멍이 뚫린 낡은 가죽 바지를 획득하였습니다.

동전 31개를 주웠습니다.

*현재까지 죽인 적의 숫자: 457
전쟁이 승리로 끝나면 공적에 따라 의뢰 보상금을 받게 됩니다. 추가로 명성이나 작위가 부여될 수 있습니다.

"어라?"

듀랄과 그를 따르던 기사단은 황당했다.

엄청난 공방전이 벌어질 줄만 알고 흥분에 빠져들었는데 급작스럽게 끝나 버린 것이다.

다시 정신을 차리기도 전이었다.

"그물을 던져라!"

좌우에서 촘촘하게 연결된 그물이 던져졌다.

"함정인가. 베어 버려!"

"잘라 내라!"

물소의 가죽에 강철 실로 꿰맨 이 그물은 모라타에서 마스터 퀘스트에 도전하고 있는 재봉사 드라고어가 다른 친구들과 협력하여 만든 제품이었다.

전쟁의 신 위드와 싸움을 벌인다고 생각하고 있었기에 그 후의 일이나 주변까지 세세하게 살피기가 어려웠던 듀랄과 기사단은 속절없이 그물에 걸려 버렸다. 기사들은 검을 휘둘러서 그물을 베었지만 쉽게 잘리지 않고 금세 뒤엉켰다. 말과 함께 포획되어서 넘어지기도 했다.

"얼른 깔아!"

유저들은 땅에 뾰족한 강철 스파이크도 뿌렸다.

이것은 대장장이 헤르만이 작업 동료들과 함께 제작한 제품!

말들에게는 천적이라고 할 수밖에 없는, 위험하기 짝이 없는 물품이었다.

푸히히힝!

절반 정도의 기사들은 요행히 돌격하던 속도를 유지하면서 그대로 위험지역을 빠져나왔다.

하지만 계속 다른 적들이 몰려들고 있었기에 방향을 돌려서 되돌아가기는 어려웠다.

쓰러져 있는 기사들에게는 풀죽신교의 흑임자죽과 애호박죽 부대가 쇄도했다.

"내가 하벤 왕국에서 시작해서 너희 땜에 진짜 지겹게도 당했다! 아직도 꿈자리가 뒤숭숭할 정도야. 늦잠도 내 맘대로 못 잔다니까. 북부까지 넘보려고 하는 너희의 뜻대로 놔둘 것 같아?"

"잘 왔다. 너희가 이곳까지 올 것 같아서 사냥 열심히 하고 칼 갈면서 기다려 왔다!"

중앙 대륙에서 시작하여 북부로 옮겨 온 풀죽신교의 정예들이 그물에 갇히고 고립된 기사들을 살육했다. 초보자들 사이에 숨어서 활약하던 그들이 땅에 떨어지고 분산된 기사들을 처치하는 역할을 맡은 것이다.

"내가 위드다!"

"저기 위드가 나타났다!"

"아니다! 속지 마라! 위드와 비슷한 놈들이 활약하고 있다!"

오늘 밤에도 배가 고프지
야식을 먹고 잠드는 날이면 행복한 꿈을 꾸네
어제는 고구마죽을 먹었으니
오늘은 대추죽을 마시리라
독버섯은 어디에 있는가
고기를 좋아한다면 멧돼지죽이지
풀죽신교의 영광은 영원하리라

"이번엔 진짜다. 돌격해!"

"안 돼! 함정이야!"

도처에 가짜 위드들이 날뛰면서 하벤 제국의 군대를 교란시켰다.

풀죽신교의 유저들이 어마어마하게 몰려들면서 사람의 장막이 되어 돌아다니며 싸우는 하벤 제국의 군대를 고립시키고 있었다.

위드의 평범하기 짝이 없는 외모, 게다가 대장장이들이 협력하여 만들어 낸 비슷한 갑옷을 착용하고 있었기 때문에 헤르메스 길드의 유저들은 혼란스러울 수밖에 없었다.

하벤 제국의 병사들이 진군하고 기사들이 휩쓸고 지나가더라도, 그 후에 그 지역은 다시 풀죽신교의 무리가 차지했다.

밀려들어 오는 풀죽신교의 깃발이 사방에 온통 가득했다.

"모라타를 위해!"

"수진아, 사랑해!"

"바드들이여, 목숨을 잃을 때까지 연주를 합시다! 우리의 전투를 노래하죠!"

북부의 유저들을 거의 일방적으로 도살하듯이 죽이고 있었지만 하벤 제국군도 조금씩 위협을 느끼지 않을 수가 없었다.

없애고 또 없애도, 적들이 너무나도 많다.

"자, 모두 힘을 냅시다."

존경받는 모험가 스펜슨은 금역 아골디아에서 찾아낸 제례용 성녀복과 기사복을 가져왔다.

근처 일대의 성직자와 기사 들의 능력을 강화시켜 주는 발굴 아이템!

물론 같은 편에게만 적용되는 물품이었다.

"우왓, 힘이 15개나 늘어났어!"

"나도 레벨이 7개는 더 강화된 것 같아. 이 기분이라면 배고픈 하이에나도 잡을 수 있겠는데!"

"죽여라! 한 놈만 죽여도 대박이다!"

풀죽신교의 유저들은 더욱 거침없이 덤벼들었다.

일대일로 싸워서는 하벤 제국의 병사도 이기지 못할 실력이었지만 계속 덤벼들었다.

어떻게 이기느냐는 중요하지 않다. 뒤에서 줄 서서 돌격하고 있었기 때문에 무조건 앞으로 나아갈 뿐!

르포이 평원에 오면서 다들 죽을 각오를 했다.

그 각오 그대로, 하벤 제국의 병력에 겁 없이 부딪쳐 가고 있었다.

"클클클."

"우리의 차례가 왔군."

"기다리고 있었죠."

해골 지팡이를 든 마법사들이 풀죽신교의 무리 사이에서 나타났다.

그들의 직업은 네크로맨서!

쟌, 오템, 보흐람, 헤리안, 그루즈드, 바레나, 고슈.

위드와는 바르칸 데모프가 이끄는 불사의 군단에서 함께했던 인연으로 모라타에 정착하고 살아가고 있었다.

어차피 네크로맨서들은 혼자서 사냥을 많이 다니기에 어떤 곳이든 몬스터와 던전만 많다면 상관은 없다.

하지만 그들에게도 거점 도시는 필요했다. 네크로맨서 직업을 택한 유저들이 모여서 길드를 세워 연구를 하고 마법학을 향상시킬수록 새롭고 강력한 마법들을 터득할 수 있게 되기 때문이었다.

헤르메스 길드 아렌 성 부근의 슬럼가에도 그로비듄을 대표로 하는 네크로맨서 길드가 있었다. 모라타에는 그보다 훨씬 많은 네크로맨서들이 살아가고 있으며, 평균 수준도 높은 편.

갈비뼈를 자주 잃어버리는 덜떨어진 해골들과 함께하는 초보 네크로맨서들은 셀 수가 없을 정도였다.

"크흐흣, 이거야말로 축제로군."

"시체가 많으니 어디 마음껏 날뛰어 봅시다."

"우리가 하고 싶은 대로 해도 되겠어요. 네크로맨서가 얼마나 강한지 알고 싶었는데 말이죠."

"그럼 전장의 예의를 지키기 위한 인사부터… 시체 폭발!"

하벤 제국의 병력이 있는 곳에서 연쇄 폭발이 일어났다.

해골이나 듀라한, 데스 나이트 몇 마리 일으키는 것은 무의미하다. 사방에 널린 게 시체이니 볼 것 없이 마구 터트리는 것이다.

시체 폭발은 파괴력이 매우 강한 마법이라서 하벤 제국의 병사들도 적지 않은 고통을 당해야 했다.

쟌과 오템처럼 최고위 네크로맨서들은 수준부터가 달랐다. 시체 폭발의 발전된 형태인 뼈 폭발까지도 사용했다.

시체의 뼈들이 뒤쪽으로 튀어 나가면서 연쇄적으로 폭발을 일으켰다. 그것에 맞아서 죽은 시체의 뼈까지 연달아서 계속 터졌다.

수십 명의 하벤 제국 병사들이 우습게 죽어 나갔다.

시체를 수족처럼 다루는 네크로맨서만이 보여 줄 수 있는 공격력이었다.

"취익, 이번에는 우리 차례다!"

오크들도 와자지껄 떠들면서 나타났다. 무시무시한 번식 속도를 자랑하는 그들은 수컷과 암컷을 가리지 않고 모조리 이곳으로 달려왔다.

"가자, 취치칫!"

"전투는 오크다. 오크는 전투다. 취잇잇!"

글레이브를 휘두르는 오크 전사들의 난입으로 전장은 더욱 복잡해졌다.

이들과는 달리, 지극히 은밀히 활동하는 사냥꾼들도 있었다.

"죽어라, 이 초보들아!"

어쩌다 무리에서 떨어져 나와 활동하는 헤르메스 길드의 고

레벨 유저들!

그들은 100명의 초보들에 둘러싸이더라도 전혀 개의치 않았다. 1,000명 이상을 정신없이 살육하다 보면 공격에만 치중하게 되고 동료들과 떨어지는 경우도 많았다.

"포이즌 대거!"

"커헉!"

그들의 등 뒤를 찌르는 은밀한 단검!

레벨 410의 도둑, 호칭 '더러운 손버릇'을 달고 있는 잰슨의 암습이었다.

"샤프니스 소드."

푹푹푹푹푹!

"끄윽, 이 비겁한 놈이 갑자기……."

"잘 가라. 아이템은 잘 가질게."

너무나 허술한 적들 사이를 종횡무진 날뛰면서 일시적으로 시야가 가려지는 것 따위는 신경도 쓰지 않는 고레벨 유저들! 도둑과 암살자에게 있어서는 최고의 사냥터, 최고의 사냥감이나 다름없었다.

몇몇 레벨이 높은 도둑들만이 아니었다.

기사와 전사, 마법사, 궁수 중에서도 유난히 레벨이 높은 유저들이 풀죽신교에 섞여서 대활약을 했다.

"마침 갑옷을 바꿀 때가 되었는데… 헤르메스 길드원들이라면 좋은 갑옷을 많이 착용하고 있겠지."

"안 그래도 애 학원비가 필요하던 참이었는데 북부까지 와 주다니 고맙기도 하군."

다크 게이머들이라고 이런 기회를 놓칠 수는 없는 것 아니겠는가.

하벤 제국의 병사들과 기사, 헤르메스 길드의 유저들을 해치우면 좋은 전리품을 획득하고 명성과 공적치까지도 쌓을 수 있다. 부대에 편성되어서 선두로 나서기는 부담스럽지만, 풀죽신교의 무리에 섞여 있으면서 얼마든지 조용히 전투를 치를 수 있었다.

개별적으로 활동하는 헤르메스 길드의 유저들과 고립된 기사, 너무 앞서 나온 병사들은 진정 찬탄하지 않을 수 없는 훌륭한 사냥감이었다.

"범위 마법을 사용하여 적들을 줄여라."

"궁수들은 너무 화살을 아끼지 말고 쏴!"

강가에 있던 하벤 제국의 사제들과 궁수, 마법사 들은 후방지원을 맡았지만 그들도 안전하지는 못했다. 강에서도 유저들이 뗏목을 타고 건너오고 있었기 때문이다.

지원을 나온 계죽 부대, 옥돔죽 부대, 삼치죽 부대!

유저들로 붐비는 강가에서는 크고 긴 몸을 가진 생명체가 길고 두꺼운 몸통을 흔들며 네발로 빠르게 기어 다녔다.

하벤 제국의 사제를 통째로 삼키고 강물로 들어가는, 대형 악어 나일이였다.

 *

"음, 잘 싸우고 있군."

위드는 이번 전투를 위해서 개인적으로 많은 준비를 했다.

아르펜 왕국의 정규 군대를 끌고 왔으며, 조각 생명체들도 총동원시켰다.

조각 부활술을 통해서 더 특별한 준비도 할 수 있었지만, 풀 죽신교가 대거 몰려오면서 그럴 필요는 없어졌다.

"게르니카."

"우하!"

"소리 지르지 마. 그래서 시집이나 가겠냐. 빈텍스."

"명령만 내리세요. 누굴 썰어야 되나요."

"엘틴."

"화살로 꼬치를 만들어야 할 녀석이 누구죠?"

부하들의 훌륭한 인성 교육!

적들이 북부로 쳐들어오니 조각 생명체들의 분위기도 험악했다.

"독사."

취리릿!

"지렁이."

쿠그그긍!

"나일이."

"걔는 아까 배고프다고, 맛만 보겠다고 먼저 갔어요."

대기하고 있는 조각 생명체들만 해도 아주 많았다.

지골라스의 47마리 외에도 와이번들과 불사조, 빙룡, 금인이, 누렁이 등등.

일단 대재앙을 일으켜서 하벤 제국의 군대를 타격하고, 조각 부활술로 무시무시한 존재를 저들 사이에 놔둔다.

그 후에 조각 변신술로 카리스마 넘치는 지휘관이 되어 군대와 조각 생명체들을 이끌고 싸운다는 것이 애초 위드의 계획이었다.

"아직은 내가 할 것이 없겠군."

지금으로써는 르포이 평원을 에워싸고 있는 풀죽신교의 병력을 뚫고 들어가는 것만으로도 시간이 많이 걸릴 것 같았다.

"계획을 바꿔도 되겠군. 적들을 물리치는 게 아니라 단 1명도 살아서 이곳을 벗어나지 못하게 해야겠어."

위드에게 헤르메스 길드의 모든 유저들과 하벤 제국의 원정군에 동참한 유저들 그리고 NPC들로 구성된 기사들과 병사들에 대한 개인적인 원한 같은 건 없었다.

그들은 자존심 때문에라도 북부까지 찾아왔지만, 그건 위드의 입장에서 보자면 아주 사치스러운 감정.

그저 그들이 착용하고 있는 아이템과 가지고 있는 돈이 탐났을 뿐이다.

"기다리는 동안 조각품이라도 만들고 있어야겠군."

　　　　　　　*　*

서윤의 검은 완전한 핏빛으로 물들었다.

싸울수록 강해지는 광전사답게, 르포이 평원의 전장에서 거침없이 하벤 제국의 병사들을 베었다.

"힘내세요!"

"치료의 손길!"

서윤의 주변에서는 풀죽신교 회원들이 그녀를 응원했다.

"동쪽에 마법 공격요! 제가 막아 드릴게요. 피지컬 쉴드!"

"기습이다! 어딜……."

북부의 유저들은 서윤에게로 향하는 공격을 대신 맞아 주고, 상처가 심하게 나면 마나를 쥐어짜 미약하지만 치료 마법도 써 주었다.

르포이 평원에서는 하벤 제국이 비열한 악당이며, 상종조차 할 수 없는 간악한 무리, 그리고 바퀴벌레보다도 혐오스러운 적이었다.

그들과 싸움을 하는 모든 이들이 동료였고, 잘 싸우는 이들은 영웅 대접을 받았다.

"멀티플 샷!"

페일도 동료들을 데리고 전쟁에 참여했다.

그는 언덕의 정상에 자리를 잡고 적들을 향하여 마구 화살을 쐈다. 화살통을 30개나 가져왔을 정도로 준비는 철저했다.

"미안해요. 조금 아플 거예요. 파산권!"

수르카가 기사의 복부를 강타했다.

권사의 공격은 갑옷을 뭉개고, 마나를 내부로 투입하여 파괴력을 극대화시키는 효과를 갖는다. 하벤 제국의 기사들이 말을 타고 질주하는 옆에서 가만히 기다리고 있다가 낙오된 적들에게 덤벼드는 그녀였다.

"이긴다! 우리가 이길 수 있다!"

풀죽신교에서는 기사들이 1명씩 죽어 나갈 때마다 희망으로 가득 찼다.

죽은 사람의 비율로 따지자면 하벤 제국이 비교가 불가능할 만큼 압도적으로 적었지만, 무적이라고 불리던 그들도 차츰 병력이 줄어들고 있었다.

그에 비하여 북부의 유저들은 뒤늦게 소식을 알고 참전을 하기 위해서 달려와 계속 기다리고 있다.

동네 고등학생이 초등학생을 좀 괴롭혔더니 인근 10개 초등학교 학생들이 몽땅 달려 나온 것 같은 난감한 상황!

"저 여자부터 확실히 해치워라!"

서윤에게도 여러 기사들이 붙었다. 그녀의 강함이 보통을 훨씬 넘어서는 정도였기에 하벤 제국의 제3기사단이 직접 공격에 나선 것이다.

근처에 있던 풀죽신교의 무리는 금세 죽어 버리고, 서윤은 기사들의 집중 공격을 받았다.

"투혼의 검!"

채재재쟁!

기사들이 검을 휘두르면서 밀어붙였다.

다수의 강한 기사들을 상대로 힘겹게 버티는 그녀!

광전사의 강인한 특성과, 불리한 전투를 많이 해 본 그간의 경험이 아니었더라면 금세 쓰러졌으리라.

위기의 순간에는 결혼반지를 통해 위드로부터 생명력을 받을 수도 있지만, 하벤 제국 기사들의 공격이 워낙 매서웠다.

방송국에서도 그녀와 기사단의 싸움을 발견하고 중계를 했다. 르포이 평원에서의 거대한 전투도 대단하였지만 서윤과 기사단의 싸움처럼 박진감이 넘치는 것은 드물었다.

　—북부의 편에서 전투를 치르는 저 여성 전사는 과연 누구일까요?

　—아마도 과거 지골라스에서 위드와 함께 모험을 했던 그 유저인 것 같습니다.

　—역시 위드의 동료답게 강하네요.

　—그 점을 아니까 헤르메스 길드에서도 거세게 공격을 하고 있는 것이겠죠.

　방송국들의 시청률도 이미 종전의 최고 기록을 갱신하고 있었다.

　기사단이 말을 타고 달리며 창으로 찌르고 검으로 내려친다. 어디서 이렇게 장대하며 치열한 전투를 볼 수 있겠는가.

　이만큼의 유저들이 하나의 전장에 모인 일 자체가 최초였다.

　북부 전체 유저 중의 삼분의 일은 르포이 평원에 왔거나 오기 위하여 이동 중이었기 때문.

　서윤과 기사단의 싸움이 거세질수록 흥미진진한 장면이 계속 연출되었다.

　그녀는 호락호락하게 당하지 않고 반격을 가하여 4명을 해치우고, 8명이나 말에서 떨어뜨렸다.

　전장에서 말을 잃어버리는 것은 기사로서는 뼈아픈 손실!

　"죽여 버린다!"

　광분한 하벤 제국의 기사들이 서윤에게 파상 공세를 펼쳤다.

　"어떻게 해. 저 사람, 저렇게 싸우다가는 곧 죽겠어!"

"어서 빨리 갑시다!"

"사제들은 치료 마법을 계속 써 주세요!"

"누구 레벨 높은 분 있으면 저 여자분과 같이 싸워 주세요! 이곳입니다. 부탁드립니다!"

풀죽신교의 유저들이 도와주려고 했지만 그들의 미미한 힘으로는 역부족이었다.

> 내구력이 0이 되어 아이템이 소실되었습니다.

갑옷과 투구 등은 아직 괜찮았지만 서윤이 착용하고 있던 가면의 내구도가 바닥이 나고 말았다.

가면이 깨져 버리는 순간 그녀의 얼굴이 고스란히 드러났다.

순간 주변에 시간이 멈춘 듯 정적이 찾아왔다.

맹렬한 적개심으로 싸우던 헤르메스 길드의 기사 유저도 모조리 동작을 멈췄다.

방송국들에서 중계하는 영상을 통해 집집마다, 특히 남자들은 들고 있던 닭 다리를 떨어뜨릴 정도의 충격!

그리고 풀죽신교의 유저들은 눈을 의심했다.

"여신……."

"여신이다!"

모라타의 얼음 조각상!

풀죽신교에서는 보물 1호로 지정할 정도의 작품이 실존 인물이 나타난 것이다.

"여신이 등장했습니다!"

"오오오오!"

"기적이다! 정말 신이 있었는가."

"어떻게 저런 외모가……."

여신의 현신은 전투에 지쳐 가던 풀죽신교에 새로운 활력을 불어넣어 주었다.

"여신이 우리와 함께한다!"

"여신님을 지켜라!"

"순교! 순교! 순교! 순교!"

누렁이 위에서의 전투

르포이 평원에는 직업 마스터 퀘스트에 도전하는 암살자도 있었다.

"이번에는 레벨 300 이상 100명을 암살해야 하는데… 편하게 되었군."

암살자는 다크 게이머들처럼 풀죽신교의 무리 사이로 섞여 들었다.

공격만 성공하면 기사들은 정말 좋은 먹잇감이었다.

갑옷의 틈새, 미리 정해 놓은 위치를 독과 저주가 걸려 있는 단검으로 정확히 찔렀다.

생명력이 많아서 버티더라도 움직임이 둔해지고, 해독을 하지 못하는 이상 반드시 죽는다, 암살자의 맹독 제조술은 어지간한 사제가 아니고서야 해독이 불가능했기 때문이다.

이런 난전에서 어떻게 사제를 만나고 정확히 증상을 말하여 치료를 받을 수 있겠는가.

암살을 성공시킨 후에는 다시 그림자나 유저들 사이로 숨어들어갔다.

그림자 아래에 숨는 은신술은 기본, 유저들 틈에 섞이게 되면 복장도 그들에게 자연스럽게 맞춰지는 변장 스킬까지 가진 것이다.

"뭐, 우리도 북부에 정착을 하기로 했으니……. 그나마 우리를 받아 주는 곳도 아르펜 왕국뿐이지."

"위드와는 개인적인 관계도 있으니 싸워 줘야지."

진홍의날개 길드.

한때 화려한 길을 걸었지만 철저히 몰락하고 나서부터 중앙 대륙에서는 살아가지를 못했다.

벨소스 왕의 저주를 깨우고, 차가운장미 길드가 본 드래곤 레이드를 성공시킬 때 뒤통수를 치다가 일을 그르치게 했던 사건으로 고향을 영구히 떠나게 되었다. 북부에 와서도 죽은 듯이 조용히 지내고 있었지만, 하벤 제국이 침공하자 함께 싸우기 위하여 나선 것이다.

"우리가 유일하게 인정을 하는 국왕 위드를 위하여……."

"뭐, 어쨌거나 헤르메스 길드 놈들과 싸우는 것도 재미있는 일이지."

진홍의날개 길드만이 아니었다.

북부에 정착한 수많은 길드, 아르펜 왕국의 영주들도 세력을 이끌고 참전했다.

"여기가 어떻게 일군 땅인데 쳐들어와!"

"이 헤르메스 돼지 놈들은 양심도 없어."

북부에 터를 잡고 있다가 몰려온 각양각색의 세력들과, 그렇게 죽고도 아직도 무지막지한 수가 남은 다양한 풀죽신교의 무리가 렌슬럿이 이끄는 하벤 제국의 병력을 향해 끝없이 돌격하고 있었다.

팥죽, 녹두죽, 양원죽, 조죽, 청량죽, 흑임자죽, 콩죽, 부추죽, 콩나물죽, 호박죽, 흰죽, 보리죽, 낙지죽, 게죽, 붕어죽, 생굴죽, 조기죽, 잣죽, 추어죽, 밤죽, 도토리죽, 호두죽, 갈분죽, 강분죽, 변두죽, 장국죽, 버섯죽, 우유죽, 선인죽, 매화죽, 고구마죽, 감자죽, 죽엽죽, 깨죽, 계란죽, 단팥죽, 쇠고기죽, 타락죽 부대!

르포이 평원을 멀리서부터 에워싼 유저들은 마치 망망대해처럼 끝도 없이 펼쳐져 있었다. 그리고 그 한가운데 오롯이 돋아나 있는 외딴섬, 헤르메스 길드!

"이, 이건 도무지……."

"화살이 전부 떨어졌습니다!"

"궁수들은 마나 화살을 쏘거나, 그럴 수준이 안 되면 전장으로 달려가서 화살을 수거하면서 싸워라."

"마나를 아껴라! 마법사들을 보호해라!"

하벤 제국의 정예 군대는 북부를 점령하기 위하여 왔다. 군대의 전력도 굉장하고, 부대의 균형도 잘 잡혀 있었다.

하지만 어마어마한 숫자의 북부 유저들이 죽자고 달려드는 데에는 대책이 없었다.

아무리 시간이 흘러도, 아무리 많은 숫자를 죽여도 조금도 줄어드는 느낌이 들지 않는다는 점에서 풀죽신교가 가하는 압박감은 실로 어마어마한 것이었다.

"대륙을 구하는 영웅, 아르펜 왕국의 국왕 폐하를 위하여 싸우자!"

"호로스 마을에서 자유 기사 드반이 왔다. 이 목숨이 다하는 날까지 영광을 위해 싸우리라!"

"자유 기사 라소! 정의를 위하여 목숨을 바치리라."

하벤 제국의 군대가 아르펜 왕국을 침략하자, 대륙의 떠돌이 자유 기사들이 대거 찾아왔다. 위드가 가지고 있는 '대륙을 구하는 영웅' 호칭 때문에 NPC 자유 기사들이 한 자루 검을 높이 치켜들고 말을 몰고 나타난 것이다.

"니플하임 제국의 마지막 기사들이여! 니플하임 제국의 영광을 다시 이룩할 수 있는, 우리의 새로운 국왕 폐하를 위하여 싸우자!"

벤트 성의 기사들 그리고 니플하임 제국의 기사들도 나타나서 하벤 제국의 기사들과 맞붙었다.

"돌격하라!"

"최고 속력으로!"

벤트 성의 기사들과 하벤 제국의 기사들이 상대를 향하여 마주 달렸다.

기사들끼리의 전력은 얼추 비슷한 수준이었다. 헤르메스 길드에서 기사단에 많은 투자를 하였지만, 벤트 성의 기사들 또한 끊임없이 몬스터와 싸우면서 살아왔기 때문이다.

헤르메스 길드에 속해 있는 기사 유저들이 전반적으로 레벨은 더 높은 편이었지만, 그들은 당황한 나머지 전력을 최대한 발휘하기 힘들었다.

아무리 베어도 끝이 없을 뿐만 아니라, 북부 측에는 새로운 응원군이 계속 나타나고 있었기 때문이다.

기사들끼리의 접전이 벌어지면서 쌍방에서 부상자들이 다수 발생했지만, 그 후의 결과는 양측이 판이하게 달랐다.

낙마한 벤트 성의 기사들은 북부의 유저들이 철저히 보살펴 주었다.

"다치셨어요? 사제님, 여기 이쪽요!"

"치료의 손길!"

곧바로 신성 마법으로 치료를 해 주고, 하벤 제국의 기사단 으로부터 숨겨 주기도 한다.

반면에 하벤 제국의 기사가 땅에 쓰러지면 가차 없었다.

"야, 밟아!"

"광부님들, 여기요! 이쪽으로 곡괭이 가져오세요!"

"그물을 뒤집어씌우고 못 일어나게 해요!"

북부의 유저들이 개미 떼처럼 모여들어서 뒤덮어 버렸다.

그런 공격에도 불구하고 일어나서 도망에 성공하는 하벤 제 국의 기사들도 있었지만, 전투에 동원되는 풀죽신교의 수준도 차츰 높아지는 중이었다.

전투가 벌어진 초반에는 화살과 마나를 소모시키기 위하여 레벨 50대 이하의 부대들이 주로 희생양으로 나섰지만, 이제는 레벨 200대가 넘는 중급 부대들이 대거 등장!

착용하고 있는 갑옷과 검, 사용하는 정령술, 마법, 화살의 수 준이 대대적으로 올랐다.

헤르메스 길드의 유저들은 평소에는 레벨 200대의 유저들도 사람 취급을 하지 않았다.

　　"사냥터에서 모조리 내보내."

　　"이 퀘스트는 앞으로 못 받도록 던전 폐쇄해. 앞으로 이 퀘스트를 하는 유저가 있다면 척살령에 올린다."

　　유저들이 제국에 이익이 되는 유리한 퀘스트만 수행하게 하는 방식으로 관리를 해 왔다.

　　실질적으로 노예나 다름이 없었다.

　　그러나 아르펜 왕국의 레벨 200대의 유저들은 단단히 뭉쳐 있었다.

　　모라타의 초기부터 같이 성장해 온 유저들이라서, 충성심도 남달랐다. 위드가 모래죽, 낙엽죽, 돌멩이죽을 요리하더라도 기꺼이 고맙게 먹을 수준으로 세뇌가 되어 있는 것이다.

　　"적들을 갈라놓고, 사제들을 해치워라."

　　"보급 부대를 향하여 기병 돌진!"

　　헤르메스에서는 한없이 깔보던 레벨 200대의 유저들이지만, 뭉쳐서 전술도 쓸 줄 알았다.

　　그들이 하벤 제국보다 유리한 것은 딱 한 가지였다.

　　자기 자신이 죽더라도, 그 뒤에 있는 누군가가 계속 싸울 거라는 믿음.

　　너도나도 기꺼이 죽음의 길로 달려가면서 하벤 제국의 병력을 붙잡았다.

　　"총사령관님, 이런 식으로는 곤란합니다."

　　"더 늦기 전에 퇴각을 고려해야 합니다."

헤르메스 길드의 유저들이 렌슬럿에게 조언을 했다.

아직까지 크게 패배한 건 아니지만 상황이 점점 더 좋지 않게 돌아갔다.

"궁병들은 곧 무용지물이 됩니다."

"갑옷은 그렇다 치더라도 너무 많이 휘두른 나머지 무기들 상태가 말이 아닙니다. 이런 식이라면 나중에는 초보자들이 떨군 검이라도 주워서 싸워야 할 판입니다."

"병사들의 체력이 떨어지고 있어서 휴식을 필요로 합니다."

하벤 제국의 병력이 지금까지 죽인 풀죽신교의 유저 수가 백만 명이 훨씬 넘었다. 그런데 지쳐 가는 건 자신들 쪽이었다.

"아직은 더 싸울 수 있다. 전원 자리를 지켜라. 적들이 싸우러 온다면 기꺼이 모두 죽인다."

렌슬럿으로서는 굴욕적인 일이었다.

그는 전쟁의 신 위드와 싸우기 위하여 기꺼이 북부까지 왔다. 지략과 용맹을 겨루면서 최고의 승부를 펼치고 싶었다. 전술가로서 다시 보기 힘든 명승부를 벌이려고 하였던 것이다.

그런데 이런 상상도 못 한 무자비한 인해전술로 아르펜 왕국의 땅을 밟자마자 퇴각을 거론하게 되다니 화가 나지 않을 수가 없다.

아무리 죽여도 적들은 계속 증원되었다.

"풀죽! 풀죽! 풀죽!"

"둥굴레죽에서 참전하였습니다."

"동쪽 방향으로 마법 공격을 합니다! 알아서들 피하세요."

"그쪽으로 화살도 날아가요!"

렌슬럿에게 이제 전장의 소란스러움은 짜증스럽게 들릴 지경이었다.

이만큼 죽어 나가면 도망칠 만도 한데 북부 유저들의 사기는 여전히 최고로 드높았다.

"이기기 위해서 싸우는 게 아니라 마치 죽으려고 싸우는 것 같다. 뻔히 죽을 걸 알면서도 싸우러 와. 자신의 이득을 생각한다면, 어떻게 이런 일이 벌어질 수가 있는 거지?"

풀죽신교의 잡초 근성!

오직 모라타에서 살아온 유저들만이 이해할 수 있는 감정의 교류가 있었다.

대륙의 어느 곳을 가더라도 모라타만큼 좋은 곳은 없다.

모라타는 우리의 손으로 지켜야 된다.

폐허에서 일어선 모라타다. 내가 성장하면서 같이 커 온 도시다.

어렵고 힘들어도 우리는 지킬 수 있다.

나는 죽어도, 도시가 남아 있다면 다시 시작할 수 있다.

모라타, 아르펜 왕국을 지키기 위해서는 기꺼이 죽을 수 있기에, 누가 르포이 평원으로 억지로 끌고 온 것이 아니라 스스로 달려온 것이다.

그리고 일어나는 거대한 함성!

"우와아아아아아!"

"만세!"

"풀죽! 풀죽! 풀죽!"

유저들이 르포이 평원이 떠나가도록 큰 함성을 질러 대고 있었다.

저 멀리서 태양을 등진 채 날아오고 있는 거대한 아이스 드래곤.

아르펜 왕국의 대표적인 생명체 중 하나인 빙룡!

그리고 빙룡의 머리 위에는 위드가 서 있었다.

슬슬 하벤 제국의 군대가 지칠 무렵이 되었다고 판단, 수금을 위하여 출동한 것이다.

불사조와 와이번, 다른 조각 생명체들도 당연히 함께였는데, 이 정도는 놀라움의 일부분에 지나지 않았다. 위드의 뒤에서 엄청난 크기의 섬, 조인족들이 거주하는 천공의 섬 라비아스가 통째로 따라온 것이다.

렌슬럿이 데려온 군대와의 싸움은 애들 장난처럼 느껴질 정도로, 갑작스럽게 커지는 스케일!

꽃을 섬

"저거 도대체 뭐야."

"우리가 생각하는 그게 맞는 건가?"

"진짜 장난 아니다."

"괜히 전쟁의 신 위드 님이 아니야."

"노는 물이 다르네."

풀죽신교의 유저들이 목이 부러져라 위를 쳐다보고 있는 사이에, 라비아스에서 조인족들이 날아올라서 하늘을 뒤덮기 시작했다.

> 썩은 냄새가 하늘까지 와 닿네
> 이 퀴퀴한 냄새는 내 머리카락에서 나는 것 같아
> 비가 내리는 날에는 이불 빨래 걱정을 하지

라비아스의 조인족들은 이상한 노래에 고개를 갸웃거렸다.
그러나 위드의 노래는 그치지 않고 계속되었다.

> 집안일은 아무리 해도 매일 새로 생기지
> 밥, 청소, 빨래, 설거지
> 손님이 오더라도 반갑지가 않지
> 너희에게 줄 밥은 없다네
> 과일도 없고, 과자와 마실 차도 없어
> 도시가스 요금에 전기세까지 오르는 이놈의 세상

"과연 품격이 달라."
"흔한 말들인데도 깊은 고뇌와 함께 불가사의한 뜻을 전달하고 있는 시적인 표현이군."
위드의 노래에 어떤 심오한 비밀이 숨어 있을 거라고 여기고 연구했던 유저들도 꽤 되었다. 그들을 다시 혼란에 빠지게 하는 가사를 부르며 위드가 등장했다.
"진형을 새로 짜라!"

"전원 수비 진형으로!"

"집결하라!"

하벤 제국의 군대에서는 난리가 났다.

풀죽신교와 싸우면서 부대별로 제멋대로 떨어져 있었지만, 이제는 무조건 모여서 방어 진형을 구축해야 했다. 위드가 등장하고 나서부터가 진짜 전투라고 할 수 있기 때문이다.

대재앙을 일으키거나, 거대한 언데드 부대들을 통솔하는 건 아주 두려운 일이었다. 게다가 이 느닷없는 출현 역시 완전히 뒤통수를 친 것이나 다름이 없다.

위드와 그의 부하들을 상대하기 위해 각종 전술을 준비하고 연습도 해 왔지만 하늘에서 뜬금없이 나타났기에 모든 것들이 무용지물이 되었다고 할 수 있었다.

"총공격을 준비하고, 각자 조인족들의 공격에 끌려가지 않도록 대비도 하라."

궁병들은 전장에서 입수한 화살을 시위에 끼워 하늘을 향하여 조준을 했다.

마법사들도 각기 최상의 공격 주문을 외웠다.

기사들과 병사들도 밀집하여 하늘에서의 공격에 대응하려고 했다.

그리고 원정군의 헤르메스 길드원들의 얼굴에서는 핏기가 싹 가셨다.

"이렇게 다 모였는데 이런 숫자밖에 안 되는 거지?"

"아무리 마구 뒤섞여 싸웠다고 해도, 그사이 이토록 많이 죽었단 말인가?"

르포이 평원을 휘젓고 다니던 기사들과 병사들이 삼분의 일가까이나 확 줄어 있었다.

헤르메스 길드의 유저들이 미처 느끼지 못하는 사이에 NPC 부하들은 풀죽신교에게 밟혀서 죽고, 다크 게이머들과, 북부의 고레벨 유저들에게 당해 버렸던 것이다.

위드는 등장하자마자 바로 공격을 개시하지 않고 뜸을 들이고 있었다.

'조인족은 엄청나게 강력한 종족인데…….'

'풀죽신교라고 했던가, 저들과도 싸워야 되는데 거기에 위드와 그의 괴물 부하들, 조인족들까지.'

그를 올려다보며 기다리는 헤르메스 길드의 유저들은 심장이 울렁거려 숨도 제대로 쉬기 힘들 지경이었다.

하늘에서 빙룡을 타고 있는 위드와 천공의 섬은 커다란 부담이었다. 무엇보다 전쟁의 신 위드라는 무게감이 그들의 어깨를 짓눌렀다.

'이건 아니었어. 이런 방식은.'

렌슬럿은 평원, 계곡, 협곡, 능선, 요새 등의 적당한 지형에서 전술을 변화시키면서 위드와 싸우게 되리라고 생각했다.

하벤 제국의 군대는 아르펜 왕국의 빈약한 정규군은 물론이고 조각 생명체들도 충분히 제압할 수 있는 전력이었다.

하지만 위드에게는 북부의 유저들이 있었고, 그들은 초보나 고레벨이나 가리지 않고 렌슬럿의 부대를 막기 위하여 참전했다. 그들이 나선 것만으로도 전력에 큰 차이가 생겨서 격퇴를 당하게 생긴 것이다.

사실 헤르메스 길드에서도 아르펜 왕국의 유저들이 참전하리라고 예상은 하였지만, 이렇게까지 많이 오리라고는 누구도 염두에 두지 못했다.

　지금도 풀죽신교에서는 위드의 명령만 떨어지면 함성을 지르고 달려들 준비를 마쳐 놓고 있었다.

　위드는 가벼운 인사부터 하기로 했다.

　"굳이 쓰지 않아도 전투에서 이기는 데에는 문제가 없을 것 같지만… 그래도 이렇게 모여 있는 이상, 예의상 사용해 줘야겠군."

　품에서 꺼낸 건 무려 명작의 자연 조각품!

　〈빨아들이는 늪〉.

　"지금은 이게 괜찮겠어."

　조각술 최후의 비기 퀘스트를 하며 물에 젖은 땅을 탄생시켰다. 그 후로 소재를 썩히기가 아쉬워서 다른 자연 조각품도 만들어 둔 것이다.

　늪과 습지는 생명의 보고가 되기도 하지만, 때로는 죽음의 장소도 된다.

　위드가 꺼낸 조각품에는 수많은 생명들이 아우성을 치며 늪으로 빨려 들어가는 모습이 아주 생생하게 조각되어 있었다.

　보기만 하더라도 소름 끼치기 짝이 없는 그 광경!

　특히 늪에 빠져들어 가는 얼굴들에는 평소에 싫어하던 이들이 가득했다.

　바드레이에서부터 초등학교 때 준비물 안 가져왔다고 놀리던 짝꿍, 사채업자들, 서윤을 더 잘 따르는 보신이!

위드가 조각술의 비기를 거리낌 없이 사용하려고 할 때에 아래에서 큰 고함 소리가 들렸다.

"아르펜 왕국의 국왕 위드는 들어라! 나는 대하벤 제국의 북부 정벌 사령관 렌슬럿이다!"

렌슬럿은 위드도 자주 들어 보았을 만큼 대단히 유명한 유저였다.

"어디서 보신이가 짖나."

위드는 뭐라고 하든 관심이 없었으므로 그대로 대재앙을 일으키려고 하였다.

"대재앙의……."

"전략과 전술. 베르사 대륙사에 남을 멋진 전투를 펼치려고 이곳에 왔으나 이제 상황이 여의치 않다는 것은 안다."

렌슬럿은 빙룡에 타고 있는 위드를 향하여 고래고래 외치고 있었다.

"그러나 이런 식의 전투는 기사로서 너무 아쉽다. 브로너 성의 대영주로서, 그리고 하벤 제국의 사령관으로서 아르펜 왕국의 국왕이며 모험가인 위드에게 정식으로 도전한다. 남자 대 남자로서, 그리고 큰 야망을 가진 사람들끼리 일대일의 대결을 청한다."

전투가 시작되기 전 양측의 기사들이 나와서 어느 쪽이 더 강한지 승부를 벌이는 게 유행이었다.

렌슬럿은 상황이 안 좋다고 판단을 하고, 대장들끼리의 싸움을 청한 것이다.

"주인, 불어 버릴까?"

빙룡이 차가운 콧김을 세차게 뿜어냈다.

물론 마법사들이 수비를 하겠지만, 그래도 아이스 브레스의 공격 범위는 상당히 넓다.

많이 지치고 약해져 있는 적들이 꽤나 죽을 것이고, 마법사들의 마나 소모도 유도할 수 있으리라.

무엇보다도 대규모 전쟁에서 빙룡의 아이스 브레스가 효과가 높은 이유는 땅을 얼게 한다는 점이었다. 땅이 얼게 되면 하벤 제국이 자랑하는 기사단은 돌격이 어려워져 골치를 앓을 수밖에 없다.

위드는 렌슬럿의 제안이 일고의 가치도 없다고 여겼다.

"지갑을 잃어버린 사람이 들어 있던 돈까지 전부 돌려 달라고 하는 격이군."

당연히 거절하기 위하여 렌슬럿을 쳐다보다가, 입꼬리를 슬며시 치켜올렸다.

"숭고하며 통찰력이 있는 렌슬럿이여, 긍지 높고 명예로운 아르펜 왕국의 국왕으로서 그대의 용기에 진심 어린 찬사를 보낸다. 기사의 도전이란 무거운 명예의 무게만큼이나 거절하기 어려운 것, 나는 관대한 마음으로 이 대결을 허락하겠노라."

"꺄아아아악!"

"역시 위드 님이다!"

"풀죽! 풀죽!"

지상에서는 난리가 났다.

몇 초 전까지만 해도 사람들은 렌슬럿의 도전을 비웃었다.

"전쟁에서 몰리니까 별걸 다 하려고 하네."

"아무튼 못 먹는 감을 꼭 찔러라도 보려고 한다니까."

"헤르메스 놈들은 양심도 없어."

전쟁에서 이미 유리한 고지를 점한 위드가 이제 와 새삼 위험을 감수할 필요는 조금도 없었다.

오죽하면 하벤 제국의 유저들조차도 괜한 짓을 벌였다고 생각했을 뿐 대결이 받아들여지리라고는 믿지 않았을까.

그런데 위드가 대결을 받아들임으로 인하여 분위기가 확 달아오르게 되었다.

지상에서 주먹질을 하던 수르카가 말했다.

"아, 이건 말도 안 돼. 무슨 꿍꿍이가 있어."

활을 쏘며 싸우고 있던 페일도 중얼거렸다.

"도대체 어떤 음험한 꿍꿍이가……."

연주를 하며 풀죽신교의 사기를 북돋아 주고 있던 벨로트도 자신도 모르게 중얼거렸다.

"절대 피할 수 없는 꿍꿍이의 냄새가 진하게 나는 거 같아."

그러나 그들을 제외한 나머지 모든 유저들이 위드의 호쾌한 배포를 찬양하고 있었다.

위드의 마음을 그나마 잘 이해하는 것은 마판이었다.

"렌슬럿의 아이템이 탐나신 거로군!"

대결에서 이긴 쪽은 당연히 패배하고 죽은 유저의 아이템을 획득할 수 있는 기회를 갖는다.

결정적인 순간 위드의 마음을 변하게 한 것은, 헤르메스 길드의 지원을 받아 멋진 아이템들을 주렁주렁 착용하고 있는 렌슬럿의 모습이었다.

"시청률은?"

"계속 오르고 있습니다."

"광고 빨리 내보내!"

방송국들은 위드가 천공의 섬 라비아스와 함께 등장하면서 전투의 흐름이 잠깐 끊긴 사이에 광고를 내보냈다.

시청률이 이렇게 높을 때 광고를 보여 줘야 한다.

시청자들이 화를 낼 수도 있지만, 막간을 이용하여 화장실에도 다녀올 수 있고 맥주와 오징어 등을 준비해서 계속 보게 할 수도 있다.

그리고 위드가 렌슬럿과 대결을 하기로 하면서 시청률은 계속 올라갔다.

통닭과 피자, 족발, 보쌈 업체의 광고주들은 이 황금 시간대에 홍보를 하기 위하여 광고료를 아낌없이 지불했다.

방송국의 게시판에 글들도 미친 듯이 늘어났다.

"위드가 조금 무모한 판단을 내린 것 같네요. 상식에 미루어 볼 때, 받아들일 필요가 없는 대결입니다."

진행자의 말에 따라서 게시판은 악플로 도배가 되었다.

―방송국 문 닫고 싶냐?
―진행자님, 〈로열 로드〉 접속하면 빙룡 광장 뒷골목으로 와요.
―방송국이 여기밖에 없나. 채널 돌려야지.
―내 원 더러워서 앞으로 여기 안 본다.

다른 방송국들은 재빨리 태도를 바꿨다.

"아, 역시 위드입니다! 지극히 유리한 상황인데도 기사답게 승부를 받아들이는군요. 시청자들을 위하여 더없이 좋은 볼거리가 될 것 같습니다. 물론 위드가 승리하겠죠."

"그렇습니다. 무시하고 그냥 밀어붙여서 이겨도 될 텐데 또 시청자들의 마음을 아는 것처럼 승부를 받아들여 주네요."

"전쟁의 신 위드의 여유와 관록이 느껴지는 부분입니다."

—진행자의 말솜씨가 날로 늘어 가는 듯.
—초기에 불안하던 진행이 능숙해졌네요. 오래 하셔도 되겠어요.
—전황을 파악하는 능력이 뛰어나네요.
—CTS미디어 괜찮은 방송국임.
—과연 대기업 계열은 달라요.

♈

위드와 렌슬럿은 공정하게 지상으로 내려와 대결을 벌이기로 하였다.

"물러서요."

"자리를 넓게 비켜 줍시다!"

풀죽신교와 하벤 제국 군대의 중간 지점이 넓게 비워졌다.

양측의 이목이 집중된 황량한 평원으로 렌슬럿은 흑마를 타고 다가왔다.

'전쟁의 신 위드와 싸운다.'

렌슬럿의 심장은 흥분으로 미친 듯이 뛰었다.

전쟁의 승패를 떠나서 그에게는 가장 긴장되는 승부였다.

'내가 이길 수 있다.'

기사로서 짜릿한 승부를 꿈꾸었다.

윤기가 좌르르 흐르는 흑마도 흥분되는지 콧김을 뿜어냈다.

음머어어어어!

위드는 누렁이를 타고 있었다.

말에는 없는 소뿔에, 건강하고 탄력 있는 근육질의 네 다리!

소의 육체미의 표본이라고 할 수 있는 누렁이였다.

도살장의 직원들이 누렁이를 그렇게 탐을 낸다고 한다.

"오늘 전투가 끝나면 한우가 많이 팔리겠군."

역시 홍보를 위한 장식이었다.

누렁이가 〈로열 로드〉에서 자주 출현을 하며 유명세를 떨치니 얼마 전에는 한우 협회에서 공식 제의가 왔다.

—누렁이를 모델로 텔레비전 광고에 출연시키고 싶습니다만…….

위드는 그날 저녁에 광고주들을 만났다.

"모델료가 얼마죠?"

"저기, 말씀드리기가 곤란한 부분부터 양해를 구해야겠습니다. 누렁이라는 조각품에 애착이 아주 많으시리라 봅니다. 예술가로서 자신의 작품을 아끼는 당연한 감정이겠지요. 저희도 백분 이해하고 있습니다. 정말 소라는 동물의 장점과 매력을 잘 표현한 작품입니다. 다만 저희가 하려는 게 한우 고기 광고인 만큼 특정 부위들을 먹는 장면도 들어가야 될 것 같은데 허락해 주실 수 있을지……."

"살치살, 부채살, 토시살, 안창살, 등심, 제비추리, 갈비…… 원하는 건 다 드셔도 됩니다. 뭐, 굽거나 탕으로 끓이거나 육회를 치셔도 되고, 아, 사골을 우려내는 것도 좋겠네요. 근데 모델료는 얼마죠?"

액수만 맞으면 묻지 마 수락!

광고는 일하고 있는 누렁이를 잡더니 깡마른 식인종 어린아이들이 맛있게 먹어 치우는 내용이었다.

맛있는 소가 건강을 지킵니다!

광고가 인기를 끌며 어린이용 누렁이 장난감, 인형까지 나오면서 매달 상당한 돈을 벌어다 주었다.

장모님 통닭에서는 와이번들을 광고 모델로 쓸 수 없겠냐는 제의도 들어왔다.

"누렁아, 우리 오래오래 행복하게 살자. 와이번들과 누렁이, 넌 가족이야, 가족."

음머어어어어어.

누렁이는 좋다고 꼬리를 치고 땅을 파헤쳤다.

"주인의 사랑을 받으니까 좋다. 갈수록 잘해 주는 것 같다."

"그래. 내가 널 얼마나 아끼는데……. 전투가 벌어지는데, 무섭니?"

"조금 겁난다. 음머어어어."

"네 몸값이 얼마인데……. 절대 꽃등심이나 소꼬리도 안 다치게 할 테니까 잘 싸워 보자."

렌슬럿과의 거리가 점점 좁혀졌다.

위드는 데몬 소드를 뽑아 들고 다른 장비도 최상의 것들로 무장했다.

"가자, 로드우스!"

렌슬럿은 흑마와 함께 바람처럼 질주를 시작했다.

"누렁아, 여물값 하러 가자!"

위드도 누렁이와 함께 달렸다.

그들은 정면으로 맞부딪치기 위하여 마주 바라보고 돌격했다. 거리가 급속도로 가까워지고 있었다.

'공격 방향은… 오른쪽일까? 아니면 왼쪽?'

렌슬럿의 머릿속이 복잡해졌다.

빨리 결정을 하고 스킬을 발동시켜야 한다. 물론 다른 기사들과 마상 대결을 해 본 적은 많았지만 이렇게 긴장된 적은 없었다.

렌슬럿이 지켜보는 가운데 위드의 손에서 데몬 소드가 장난감처럼 멋지게 돌아갔다.

'저런 여유라니……'

사실 위드에게는 마상 돌격 스킬이 없기 때문에 딱히 사용할 게 없어서 검을 가지고 노는 것뿐이었다.

'비탄의 돌격을 써야겠다.'

렌슬럿은 결단을 내렸다.

바드레이는 최고의 돌격 스킬인 항거할 수 없는 돌격을 주로 쓰지만, 그가 사용하기에는 스킬 숙련도가 아직 조금 낮아서 익숙한 스킬을 사용기로 한 것이다.

"비탄의 돌격!"

렌슬럿은 흑마와 함께 쏘아진 화살처럼 쇄도했다.

마치 주변의 풍경들이 앞으로 다가오는 것만 같은 어마어마한 속도감! 여기서 발휘하는 무지막지한 파괴력이야말로 기사라는 직업이 전장에서 최강으로 꼽히는 이유다.

위드는 담담히 데몬 소드를 들어서 렌슬럿의 렌스 차징을 막아 냈다.

챠아아아앙!

위드와 렌슬럿이 서로 스쳐 지나갔다.

비탄의 돌격에 의하여 데몬 소드의 내구력이 12 감소하고, 공격력이 9 떨어집니다. 몸에 전해진 충격으로 생명력이 4,390 줄어듭니다.

위드의 눈앞에 메시지 창이 떴다.

'음, 놀랍군.'

하지만 렌슬럿의 충격만큼은 아니었다.

힘에서 압도당했습니다.
공격력이 제대로 발휘되지 못하고, 돌격 스킬이 실패했습니다. 일시적으로 힘이 11% 줄어듭니다.

프록터의 창의 내구력이 17% 감소합니다.
창끝이 무디어져서 최대 공격력이 21 줄어듭니다.

데몬 소드에 베였습니다.
생명력 1,399 감소! 악마 환영의 저주에 걸립니다!

"이, 이게 무슨! 말도 안 돼."

돌격 스킬까지 사용한 상태인데 힘에서 밀리다니, 렌슬럿은 어이가 없었다.

비탄의 돌격이 이루어질 때에는 기본적으로 힘이 2배가 된다. 말이 달리는 속도에 따라서 그 이상으로 늘어나지만, 지금은 전속력을 다하진 못했기에 그 정도는 아니었다.

하지만 그렇다고 해도 무거운 갑옷을 착용한 기사가 예술가에게 힘으로 밀리다니!

렌슬럿으로서는 알 리가 없는 일이었지만, 당연히 위드가 조각 파괴술을 써서 예술 스탯을 힘에 몽땅 밀어준 때문이었다.

물론 양심에 아주 작은 거리낌이 없는 것은 아니었다.

그러나 원래 가지고 있는 스킬이니 금지된 것도 아니다. 양심의 거리낌도 정말 작아서, 하품 한번 하고 나면 잊힐 정도에 불과했다.

'전체적으로 보면 대충 비슷한 것 같군. 힘이나 다른 스탯은 내가 많이 앞서는 것 같고, 장비도 내가 약간씩은 더 나아. 그리고 돌격 스킬은 저쪽이 좋고.'

쉽게 이길 수 있는 길을 놔두고 굳이 어렵게 이기려 할 필요가 없다. 지금은 전쟁 중이었으니 압도적인 모습을 보여 주어야 했다.

위드는 힘에서 밀려나지 않았기 때문에 바로 스킬을 사용할 수 있었다.

"광휘의 검술!"

허공을 벤 검의 궤적을 따라 빛으로 이루어진 독수리들이 렌슬럿을 추적하여 날아갔다.

검술의 비기!

렌슬럿은 활용도가 떨어지는 창을 던져 버리고 빠르게 검을 쥐었다. 그리고 독수리들을 베었다.

빛의 독수리들을 격파하면서 달리다 보니 어느새 위드가 바로 옆으로 따라붙었다.

누렁이의 체력과 힘, 게다가 방향 전환에 있어서는 소가 말보다 훨씬 뛰어났다.

무엇보다 단거리에서는 비교가 불가능한, 날카로운 뿔을 앞세운 무지막지한 돌진력!

말과 누렁이의 싸움이야말로 이미 결정이 지어진 것이나 다름이 없다.

위드에게는 자주 탈 일이 없어서 문제지만, 무려 레벨이 400대 중반에 이르는 누렁이였다.

"이렇게 빨리 따라붙다니……."

"차합!"

위드와 렌슬럿은 같은 방향으로 달리면서 검을 휘두르며 공방전을 펼쳤다.

"헤라임 검술!"

"제국 연환검!"

불꽃이 튀고, 스킬의 효과가 작렬했다.

그림과도 같은 마상 결투!

그렇지만 보기에도 그렇고 실제로도 이득을 거두는 것은 압도적으로 위드 쪽이었다.

조각 파괴술로 늘려 놓은 힘을 바탕으로 공방전에서 대대적인 피해를 입힌다.

이동하면서 싸우는 근접전에서 렌슬럿의 검은 대부분 제대로 펼쳐지지도 못하고 힘에서 밀려 중간에 막혀 버렸지만, 위드가 펼치는 헤라임 검술은 그의 몸에 계속 적중되었다.

어떤 스킬을 사용하더라도 일단 적을 맞히지 못하면 아무 소용이 없다.

렌슬럿은 주로 정직한 공격을 하는 반면에 위드는 검을 다루는 이해도마저 훨씬 높았다.

렌슬럿이 꺼낸 방패로 헤라임 검술을 막으려고 하면 흑마를 살짝 때려서라도 스킬의 위력을 계속 키워 나갔다.

광역 스킬의 위력을 겨루는 승부를 하면 위드는 아무래도 불리하다.

처음 돌격 스킬로 부딪치고 나서 바로 가까운 거리에서 공간을 주지 않고 유리한 연환 검술로 전투를 유도해 내면서 렌슬럿을 요리했다.

"웃, 이런 건……."

투구를 쓰고 있는 렌슬럿의 얼굴이 일그러졌다.

기사는 정면에서 강하고 돌파력이 뛰어나지만 옆에서 이런 식으로 따라붙는 공격에는 취약할 수밖에 없다.

갑옷의 위력으로 나름 상당히 잘 버텼지만, 데몬 소드의 저주가 쌓여 갔다.

게다가 위드는 맷집이나 갑옷의 방어력으로 자신보다 훨씬 덜한 피해를 입고 있는 게 뻔히 보였다.

검을 다루는 능력, 기본 스킬 운용에서도 압도적으로 뒤지고 있었다.

'게다가 이 얄미운 황소가 문제야.'

누렁이는 앞으로 달리다가도 렌슬럿이 자신에게 검을 뻗어 내기라도 하면 재빨리 옆으로 떨어졌다가 빠르게 다시 달라붙었다.

콰아아앙!

강렬한 누렁이의 옆구리 부딪침이 흑마와 렌슬럿을 휘청거리게 했다.

기사는 높은 방어력을 가진 무거운 갑옷에도 불구하고 말을 타면 신속한 기동력을 확보할 수 있다. 하지만 빠르게 달리는 말에서 떨어지면 크게 다치거나 최악의 경우 전투 불능에 빠지게 되는 심한 페널티도 가졌다.

렌슬럿이 균형을 잃을 때마다 위드의 데몬 소드는 춤을 추듯이 계속 헤라임 검술을 연결시켰다.

음머어어어!

"헤라임 검술!"

기분 좋게 웃는 누렁이와, 공격 스킬을 퍼붓는 위드의 얄미울 정도로 절묘한 합동 공격!

공중에 있어서 유리한 빙룡을 포기하고 지상으로 내려왔지만 애초부터 공평한 대결은 전혀 아니었다.

조각 파괴술이야 조각사가 활용할 수 있는 스킬이니 제쳐 두더라도, 절대적이라고 할 수 있는 누렁이의 존재!

아무리 명마라고 하더라도 산전수전 다 겪으며 지내온 누렁이와는 비교가 안 되는 것이다.

"우와아아아아아아!"

"위드 님 만세!"

"멋있어요!"

풀죽신교의 환호성이 르포이 평원을 쩌렁쩌렁 울렸다.

하벤 제국의 병사들과 유저들은 침묵으로 무겁게 지켜볼 뿐이었다.

렌슬럿은 그동안 많은 싸움을 승리로 이끌었다. 아직은 조금 불리하지만 대결이 끝난 것도 아니다.

단지 상대가 전쟁의 신 위드이기에 희망을 갖고 지켜보기가 어려울 뿐이었다.

'이대로라면 진다.'

렌슬럿은 불안해졌다. 간혹 그의 검이 위드를 아쉽게 스쳐지나갈 때마저도 공격력이 제대로 발휘되지 않았다.

공격이 적중되었을 때의 메시지도 대결에 적지 않은 정신적인 충격을 안겨 주었다.

> 상대방의 강철 같은 맷집에 의해 피해를 거의 입히지 못했습니다.

> 상대방의 갑옷이 행운을 빼앗아 갑니다.

> 상대방의 갑옷이 은은한 신성력을 발휘하고 있습니다.
> 축복 효과기 발동되었습니다. 칠로 만든 무기로부터의 피해를 술입니다. 갑옷 자체의 방어 능력이 강화됩니다.

강한 기사인 렌슬럿과 싸우고 있기에 위드가 입은 여신의 기사 갑옷은 더욱 뛰어난 방어 능력을 발휘했다.

'멜버른 광산 전투에서는 쓰레기 같은 갑옷을 입고 있었다고 했는데… 어디서 이런 들어 본 적도 없는 어마어마한 갑옷을 가져온 거지?'

미리 위드의 갑옷에 대한 정보를 입수했더라면 그에 대한 다른 대응책을 준비할 수 있었을 테지만 지금은 갑자기 싸우게 되어 속수무책!

렌슬럿은 공격이 제대로 먹히지 않는다는 점에 대한 부담감이 아주 컸다.

하지만 위드도 겉보기만큼 상황이 유리하기만 한 것은 아니었다.

지금까지 캐릭터가 성장하며 대부분의 스탯을 힘과 민첩에 몰아넣었고, 조각 파괴술까지 사용했다.

스탯상으로는 사실 그 누구에 비해서도 약하지 않을 테지만 생명력이 턱없이 낮았다.

조각 변신술을 쓰지도 않았기 때문에, 자칫 제대로 된 공격 한두 방만 허용하면 의외로 금방 죽을 수도 있다.

바드레이와 싸웠을 때에도 그렇게 잘 도망 다니고 날뛰었지만 제대로 맞은 두세 번의 공격에 죽고 말지 않았나.

렌슬럿은 그때 본 친위대보다도 훨씬 강하고 생명력도 높은 만큼 특별히 신경 써서 상대해 줘야 하는 적수였다.

"어디까지 피하나 보겠다."

렌슬럿도 길드의 정보통을 통하여 그 점을 미리 인식하고 있었기에 강력한 스킬을 시전했다.

"명예로운 약속!"

검술의 비기 사용!

렌슬럿은 잠깐이나마 3배의 전투 능력을 발휘했다.

검을 통한 공격과 수비 스킬이 향상되고, 신체적인 능력이 극대화된다.

기사의 긍지를 지켜야만 쓸 수 있는 기술.

렌슬럿이 아주 정의로운 편은 아니었지만, 기사들의 긍지는 어쨌든 가지기는 했다.

"크로마 마상 검술!"

말 위에서의 독보적인 검술의 비기까지 연달아서 사용되고 있었다.

렌슬럿의 검에서 마나의 기운이 넘실거리면서 휘둘릴 때마다 마구 발출되었다.

위드는 가까이 있으면서 날벼락을 고스란히 얻어맞는 수밖에 없었다.

갑옷이 방어해 냅니다.
생명력이 3,419 감소합니다.

미친 듯이 검을 휘두르는 렌슬럿이었다.

체력과 마나를 물 쓰듯이 쓰는 스킬이기 때문에 오래 유지할 수는 없다.

"누렁아, 꽃등심 조심해!"

"음머어어어어!"

누렁이도 죽을힘을 다해서 달렸다.

생명력도 상당히 높았고, 가죽이 질겨서 쉽게 죽지는 않을 것이다.

　누렁이가 위기에 처하면 광분을 하게 되는데, 어쩌면 그것이 렌슬릿에게는 더 위험한 일일지도 모른다.

　렌슬릿은 다행히 대부분의 공격을 위드에게로 향하고 있었다. 장기전을 바라보고 있다면 누렁이부터 해치우고 말을 탄 채로 유리하게 싸우겠지만, 다급하여 시간을 오래 끌 수가 없었다.

　"분검술!"

　위드도 검술의 비기로 받아쳤다.

분검술이 시전되었습니다.
높은 행운과 여신의 축복으로 인하여 스킬 효과가 오릅니다.

　달리는 누렁이와 위드가 열둘이나 나타났다.

　스킬의 효과가 누렁이에게까지 적용된 것이다.

　음머어어어어!

　쿠왜액!

　꽤애애애액!

　울부짖는 소 떼와 그 위에서 검을 휘두르는 위드들이 렌슬릿을 사방에서 포위한 채로 내달렸다.

　렌슬릿은 크로마 마상 검술을 쓰며 분신을 하나씩 없애 갔지만, 분신들의 공격을 모두 막을 수는 없었다.

　분검술의 무서운 점은 진짜와 가짜를 가리지 않고 공격력을 발휘한다는 점!

게다가 위드는 누렁이를 타고 따라가면서 등의 한 부분만 연속으로 타격했다.

진짜 위드를 가려내기 위해 애쓰다 보니 렌슬럿의 공격은 중구난방으로 분산될 수밖에 없었다.

> 치명적인 일격을 당했습니다.

> 같은 부위에 다시 치명적인 일격을 당했습니다.
> 갑옷의 부분 방어력이 취약해집니다.

무섭게 앞으로 내달리며 치르는 마상 대결에서는 냉정한 판단이 어렵다.

분신들이 하나씩 치고 빠지며, 위드는 렌슬럿의 생명력을 크게 깎아 놓고 있었다.

"소드 카이저!"

분신이 6개로 줄어들었다.

더 이상 기회를 주지 않기 위해 모든 마나를 사용하여 퍼부은 스킬이 렌슬럿의 옆구리에 정확히 작렬!

"커헉!"

렌슬럿은 흑마에서 떨어지고 말았다.

갑옷을 입은 채로 땅바닥을 무섭게 구르면서 입는 생명력의 무지막지한 피해!

> 혼란 상태에 빠졌습니다.
> 전투 불능!

대결 중에 말에서 떨어진 것은 거의 죽음을 의미했다.

혼란 상태의 렌슬럿은 눈앞에 땅과 하늘이 빙빙 돌고 온몸의 감각도 엉망이었다.

그러나 그 와중에도 몸을 일으켜서 어디로든 자리를 피하려고 하였다.

혼란만 벗어난다면 아직까지 죽은 것은 아니니 기를 쓰고 대결을 이어 나가려는 것이다.

그렇지만 위드는 어느 새 누렁이를 돌려서 다시 돌아오고 있었다.

6개의 분신들이 하나로 합쳐지면서 무서운 주파력으로 내달려오는 누렁이가 있었다.

"더 빨리! 원하는 만큼 실컷, 정력에 좋은 약초 뜯어 먹게 해 줄게."

"음머어어어어어!"

누렁이의 광란의 질주!

마나는 대부분 다 소진되어 버렸다고 해도, 속도와 무게가 실린 공격은 그에 못지않게 강력하다.

렌슬럿은 무시무시하게 땅을 박차는 소리를 들었다. 점점 가까워지는 건 알았지만 시야와 감각이 여전히 엉망이었다.

그의 눈에 분검술을 썼을 때처럼 수십 개로 갈라져 있는 누렁이와 위드가 보였다. 그들이 해를 등지고 달려오며 검을 높이 들었다.

"아직 내 실력을 다 보여 주지 못……."

렌슬럿은 방패를 들어 올렸다.

콰아앙!

누렁이가 머리로 그대로 들이받아 버렸다.

> 방어력의 한계를 초과하는 어마어마한 대미지를 입었습니다.

이것만 하더라도 엄청난 타격이었는데 이어서 위드가 검으로 베었다.

> 완벽하게 무방비 상태에서 일격을 당했습니다.

렌슬럿은 그 자리에 쓰러지더니 다시 일어나지 못했다.

그리고 평원에 있는 유저들에게 뜨는 메시지 창!

> 하벤 제국의 북부 원정군 총사령관 렌슬럿이 대결에서 사망하였습니다.

위드에게도 메시지 창이 떴다.

띠링!

> 적군의 총사령관을 해치웠습니다.

> 위대한 대결에서 승리를 거두었습니다.

> 레벨이 올랐습니다.

> 명성이 2,893 오릅니다.

> 기품이 3 증가합니다.

군대의 사기가 오릅니다.
부하들의 용기를 자극하여 1시간 동안 최고의 투지를 발산하게 됩니다.

그보다 더 중요한 것으로, 전리품 획득!

대단한 명마, 바람을 따라잡는 호스렌을 획득하였습니다.

바람을 따라잡는 호스렌
승마 스킬 +3. 대단한 돌파 능력. 돌격 시 파괴력 86% 향상. 말을 탄 사람의 기품과 매력, 명예를 35%까지 늘려 준다.

칼라모르 왕국 기사단장의 갑옷을 획득하였습니다.

칼라모르 왕국 기사단장의 갑옷
칼라모르의 국왕이 토르의 드워프 대장장이에게 직접 부탁하여 만든 갑옷. 용맹한 기사를 위해 특별 제작되었다. 권위로써 기사들을 지휘할 수 있으며, 병사들에게 추앙의 대상이 된다. 숱한 전투를 거치며 수선이 진행되었다. 칼라모르 왕국의 패망 후에 주인이 바뀌었다.

내구력: 109/165

방어력: 147

제한: 기사 전용. 레벨 420.

옵션: 기사 스킬 +2. 돌격 스킬의 위력을 높이며 방어벽을 돌파할 때에 속도 감소를 줄인다. 지치지 않는다. 모든 스탯 24 상승. 명예, 권위, 기품 +40. 일반 화살을 95% 확률로 튕겨 낸다. 세 차례 이상 전투를 치른 곳에서 경험치 증가 혜택이 부여된다. 약탈품!

일곱 가지 보석이 박힌 허리띠를 획득하였습니다.

일곱 가지 보석이 박힌 허리띠
칼라모르 왕국의 보물! 마법이 부여된 진귀한 보석들이 박혀 있다.
내구력: 45/45
방어력: 23
제한: 레벨 410. 지혜 340 이상.
옵션: 원소 속성을 가진 스킬 공격력을 높여 준다. 마법 저항력 +21%. 보호 마
법 사용 가능. 마나 흡수 1%.

칼라모르 왕국이 멸망하고 나서 얻었을 갑옷과 보물인 허리
띠가 위드의 손으로 들어오게 되었다.

여신의 기사 갑옷의 훌륭한 점은, 상대방의 행운을 빼앗아
오기 때문에 좋은 아이템을 얻을 기회를 늘려 준다는 점이다.

위드는 승리의 사자후를 터트렸다.

"크후히히히히히힛!"

"국왕 위드 만세!"

"풀죽, 풀죽!"

북부 유저들은 다 함께 환호성을 올렸다.

반면에 헤르메스 길드 유저들의 표정은 이보다 더 처참할 수가 없었다.

렌슬럿이 이겨 주었거나, 혹은 최소한 버티기라도 해서 비기는 수준은 되어야만 안전하게 물러날 수 있다.

그런데 짧은 시간 만에 목숨을 잃어버리고 말다니!

대결을 신청하지 않은 것만 못하게 된 셈이 아닌가.

총사령관의 죽음으로 인하여 NPC로 구성된 기사들과 병사들의 사기도 바닥으로 떨어졌다.

"너무 멀리까지 왔어."

"역시 아르펜 왕국의 국왕 위드는 대단하군. 아르펜 왕국을 침략한 것이 실수야."

"북부의 강국이라고 할 만하군."

"고향에 놔두고 온 처자식들이 보고 싶어. 하지만 다시는 만날 수가 없겠지."

헤르메스 길드의 유저들이 서둘러 파악을 해 보니 병사들의 사기가 너무나도 낮았다.

장거리 원정을 떠나오면 보통 그럴 수는 있다. 하지만 상대가 대륙에서 모험과 전투 명성이 자자한 위드가 다스리는 아르펜 왕국이기에 사기가 더 빨리 떨어졌다.

설상가상으로 총지휘관은 보란 듯이 패해서 죽어 버렸으니 NPC 기사들은 몰라도 병사들은 싸우고 싶은 마음이 들 리 없었다.

"공격합시다!"

"하벤 제국을 쓸어버리자!"

"남김없이 풀죽에 넣어서 마셔 버립시다."

북부 유저들의 대공격이 재개되었다.

조인족 부대도 대대적으로 전투에 합류하였으며, 위드가 나서면서부터 풀죽신교의 고레벨 유저들이 포함된 부대들도 적극적으로 참전했다.

꾸물 꾸물

위드가 그사이에 약간 회복된 마나로 사자후를 터트렸다.

"동쪽을 쳐라!"

르포이 평원에 쩌렁쩌렁한 고함이 울려 퍼졌다.

국왕으로서, 그리고 지휘관으로서 적의 총사령관을 해치우고 나서 명령을 내릴 때의 짜릿한 쾌감이 온몸의 세포를 자극하는 듯한 기분이었다.

　"국왕 폐하의 명령이다!"

　"우와아아아!"

　"방패 부대 돌진하라!"

　아르펜 왕국의 군대는 유저들 사이에 끼어서 원활하게 움직이기가 어려웠다. 기병과 보병이 전술을 펼치려면 넉넉한 공간이 있어야 한다.

　"진형을 짜라. 쐐기처럼 적을 부순다!"

　아르펜 왕국의 군대가 진형을 바꾸는 사이에, 유저들이 움직일 공간도 없도록 빽빽하게 모여들어 하벤 제국의 군대를 향하여 달려갔다.

　전술적인 움직임, 효율적인 전투를 위한 진형. 이런 것은 눈을 씻고 찾아봐도 전혀 없었다.

　"갑시다!"

　"빨리빨리요!"

　"동쪽으로 가야 돼요."

　"달리자. 달려!"

　폭풍이 불어오기 전의 거센 파도처럼 밀려들었다.

　빙룡의 시선에서 볼 때, 르포이 평원에 가득 차 있는 인간들은 하벤 제국의 군대를 향하여 그저 내달리고 있었다.

　위드가 나타나기 전에도 이런 식의 전투가 벌어지고는 있었지만, 지금은 덤벼드는 속도가 훨씬 빨랐다.

아까까지만 해도 그나마 각자 최소한의 생각이란 걸 했다면 이젠 그런 것조차 없다.

자칫하다가는 싸워 보지도 못했는데 전쟁이 끝날 판이었던 것이다.

유저들은 아예 그냥 들이붓는 수준으로 돌진을 했다.

"풀죽! 풀죽! 풀죽!"

"아르펜 왕국은 영원하리라!"

"순교! 순교! 순교!"

집단 광신도들을 연상시키는 처절한 울부짖음들.

세상을 살아가다 보면 숱한 스트레스가 쌓이게 된다. 〈로열 로드〉를 하면서도 명문 길드들의 횡포에 얼마나 괴로움을 당했던가.

그 스트레스가 이번 전쟁에서 확실하게 풀리고 있었다.

"명마 호스렌이라."

푸히히힝!

호스렌은 얍삽한 면이 있는 말이었다.

원래 주인이었던 렌슬럿이 죽자마자 위드의 얼굴에 머리를 비볐다.

"어디 가 볼까."

위드는 고삐를 잡고 호스렌의 등에 올랐다.

누렁이도 물론 좋은 딜깃이었지만, 공격이 집중되면 위험하기 때문이었다.

"최대한 빨리 달려라. 헤라임 검술!"

호스렌은 무턱대고 최고의 속력을 내며 질주!

위드는 좌우로 검을 휘저으면서 종횡무진 전장을 누볐다.

하벤 제국의 일개 병사들이 그의 앞을 막을 수 있을 리가 만무했다.

"으와악!"

"아르펜 제국의 국왕 위드다."

"어서 도망쳐야 해!"

헤르메스 길드 유저들의 독려에도 불구하고 위드를 상대할 엄두도 내지 못하고 머뭇거리다가 도망치기에만 바쁜 병사들을 거침없이 베면서 경험치와 전리품들을 얻어 냈다.

위드가 뚫고 지나간 장소로 길이 열릴 정도였다.

명마 호스렌이 내는 무시무시한 속도!

병사들을 해치우면서 전장을 활보했다.

헤르메스 길드의 유저들은 합공을 취하려고 했지만, 명마 호스렌이 내는 속도를 따라잡을 수가 없었다.

지휘관이던 렌슬럿은 이미 사망했기에, 헤르메스 길드의 남은 유저들은 저마다 자신의 소속 부대에 명령을 내렸다.

"어떤 희생을 치르더라도 위드를 잡아라."

"하지만 주변에 아군이 많습니다."

"상관없다. 공격!"

궁병 부대와 마법사 부대가 위드를 집중적으로 타격!

"달빛 조각 검술!"

위드는 화살과 마법을 베면서 이동했다.

"크악!"

"우리를 공격하다니……."

주변으로 마법 공격과 화살이 쏟아지면서 하벤 제국의 병사들도 부지기수로 죽어 갔다.

위드도 이대로 계속 피해를 입는다면 곤란할 상황이었지만, 믿는 구석이 있었다.

조인족!

하늘에서 화살을 쏘며 땅으로 급강하하는 조인족들이 궁수들과 마법사들을 충분히 괴롭혔다.

"위드, 이번에야말로 너의 목은 우리가 베겠다."

저만치에서 제4기사단장 듀랄이 다시 위드를 목표로 달려오고 있었다.

적의 병력은 아직도 온 사방에 빽빽하게 들어차 있을 뿐만 아니라 아르펜 왕국군과 북부 유저들이 점점 눈에 많이 띈다.

"항복하겠습니다."

"무기를 버릴 테니 목숨만 살려 주십시오."

게다가 총사령관의 죽음으로 사기가 바닥까지 떨어진 상태에서 패전의 기색이 짙어지자 하벤 제국의 NPC 병사들과 기사들이 여기저기에서 경쟁적으로 투항하는 모습마저 보인다.

듀랄은, 어차피 전쟁에서 패배하게 될 것 같다면 위드라도 죽일 셈이었다.

"길을 뚫어라! 망설이지 말고, 거추장스러우면 아군도 모두 죽여라!"

듀랄과 제4기사단은 다른 적들에는 아랑곳하지 않고 위드만을 노려보며 달려왔다. 중간에 거치적거리는 하벤 제국의 병사들과 기사들마저 거침없이 베면서 돌파했다.

하지만 서윤이 뛰어나와서 그들의 앞을 막았다.

지금은 예비용으로 가지고 다니던 다른 가면을 꺼내서 얼굴에 착용했다.

그리고 검과 갑옷은 완전히 붉게 물들어 있었는데, 위드가 경험상 확인해 본 바로는 광전사의 위력이 최대로 발휘되는, 제대로 미친 상태!

"아깝군."

지금 위드에게는 듀랄과 그의 기사단과도 충분히 싸울 수 있는 여력이 있었다.

호스렌을 타고 멋진 승부를 벌일 수 있을 테고, 여차하면 적병들 사이를 파고들면서 추격을 뿌리칠 수도 있었다.

위드의 도망자 정신이야말로 일품!

하지만 혹시나 그가 위험에 처하지 않을까 걱정된 서윤이 달려 나온 것이다.

"달빛 조각 검술!"

위드는 다른 표적을 향하여 말을 달리며 빛으로 가득한 검을 사방으로 뿌렸다.

하벤 제국의 병력은 서서히 와해되고 있었다.

하늘에서는 빙룡과 불사조가, 그리고 곧 광고를 찍을지도 모를 귀한 몸들인 와이번들이 날아다녔다.

다른 조각 생명체들도 아르펜 왕국군과 합류하여 외곽에서부터 쳐들어오고 있었으며, 사방에는 풀죽신교로 대표되는 북부 유저들이 가득했다.

위드는 가끔씩 사자후로 간단한 명령만 터트렸다.

"적들을 밀어붙여라!"

지금은 체계적인 전술이 아니라 확실히 유리하게 이기고 있다는 사실 정도만을 알려 주면 된다.

북부를 지키기 위하여 다 함께 모여든 유저들이 그의 힘이고 원동력이었다.

띠링!

잘 제련된 창을 입수하였습니다.

잘 제련된 창
강철로 만든 창. 하벤 제국의 대장장이들이 대량으로 생산했다. 무게 때문에 불편하지만 기병들을 저지하는 데 효과적이다. 약간의 연습만으로도 쉽게 다룰 수 있다.
내구력: 55/60
공격력: 43
제한: 레벨 80. 힘 120.
옵션: 기병들을 상대할 때 공격력 +200%.

위드는 기사와 병사를 가리지 않고 베었다.

그에게 적들이 가장 많이 몰려오고 있었다.

"국왕 폐하가 위험하다!"

"놈들에게 둘러싸인 것 같아!"

북부의 다른 고레벨 유저들도 위드의 곁으로 와서 지원을 해 주었고, 다크 게이머들도 이 기회를 놓치지 않고 활약!

하벤 제국의 군대는 거대하지만 지휘관을 잃어버린 후 둔하고 맛있는 먹잇감이 되어 버리고 말았다.

서서히 시작된 붕괴의 속도는 시간이 흐를수록 더더욱 빨라져만 갔다.

꩜

베르사 대륙에서 무적으로 군림하던 하벤 제국 군대의 대패!

방송국들이 경쟁적으로 생중계를 하면서 시청자들의 폭발적인 반응을 이끌어 냈다.

—속이 시원한데요.
—아, 이렇게 될 줄 알고 있었죠.
—고소하고, 감칠맛이 납니다.
—여자 친구와 싸우고 나서 같이 텔레비전 보고 완전히 풀어졌어요.

시청률은 최고치를 다시 갱신했다.

하벤 제국의 패배가 즐겁기도 했지만, 전쟁의 재미나 영상의 볼거리 또한 압도적이라는 말로도 부족했다.

북부 유저들과, 천공의 섬 라비아스에서 쏟아져 내려오는 조인족 전사들의 대대적인 공세!

하벤 제국의 기사들이 분전을 펼치다가 떼죽음을 당하는 것도 볼만했다.

"항복하겠다."

"거절한다. 불순한 의도를 품고 아르펜 왕국의 땅을 밟았으니 모두 죽어라."

위드는 항복의 의사를 밝히는 적이라 해도 기사급일 경우에는 관용을 베풀지 않고 모두 척살했다.

'항복해서 포로로 잡고 나면 먹여 줘야 되고 재워 줘야 되는데, 터무니없지.'

만약 위드가 판사로 근무했다면, 벌금형 아니면 무조건 사형이었다.

기사들을 죽이고 나면 경험치도 얻고 전리품도 짭짤하게 거둬들일 수 있는데 망설일 까닭이 없다.

하지만 위드가 그런 결단을 내리는 모습까지도 방송에서는 극도로 미화되어 나갔다.

위드가 적들이 착용하고 있는 아이템의 견적을 뽑아 보기 위해 1명씩 쳐다보고 나서 빠르게 검을 휘둘러서 해치우는 모습조차, 연출 팀에서 웅장한 배경음을 깔아 줬다.

ー국왕으로서 영토를 수호하기 위해서는 독해질 필요도 있겠죠.

ー용서와 관용? 지금의 베르사 대륙에서 그러한 감정은 사치입니다. 그가 모라타를 어떻게 일으켰습니까?

ー맞아요. 만약 위드가 용서를 해 주었더라도 성난 풀죽신교에서 가만 놔두지 않았을 거예요. 그래도 항복한 이들을 죽이다니, 편한 마음은 아니겠죠.

ー쓸쓸해 보입니다. 그렇지만 마지막 순간에는 고통이 없도록 단호하게 처리해 주네요.

하벤 제국의 군대가 몰살을 낭하는 데에도 상당한 시간이 필요했다.

마침내 모든 적이 처리되고 나자, 전쟁에 참여한 사람들에게 '르포이 평원의 승리자'라는 호칭과 함께 명예가 부여되었다.

> 하벤 제국군을 전멸시켰습니다.
> 이 승리에 대한 이야기가 대륙 전체로 퍼져 나갈 것입니다. 전쟁에 참여해서 병사 2명에게 상처를 입히는 공적을 세웠습니다. 이 이야기를 들려주면 아르펜 왕국의 주민들에게 친밀도를 높일 수 있을 것입니다. 명성 341 획득!

> 르포이 평원의 승리자의 호칭을 얻었습니다.
> 하벤 제국의 원정군을 물리치는 데 참여하여 아르펜 왕국의 공헌도가 오릅니다.

위드는 국왕으로서 막대한 양의 명성과 명예도 얻었다.

띠링!

> 전투가 끝났습니다.
> 아르펜 왕국이 승리하여 국왕의 명성이 9,820 올라갑니다. 전투 과정에서 보여 준 잔혹한 행동으로 악명이 1,860 올라갑니다.

포로도 남겨 놓지 않고 몽땅 죽여서 악명도 제법 늘어나기는 했다. 하지만 북부 주민들의 반응은 긍정적이었다.

"국왕 폐하께서 직접 적들을 죽였다는군."

"아, 적을 살려 둘 필요가 있나? 국왕 폐하께서 하신 일이니 옳다고 믿어."

"잔인하신 게 아니라 결단력이 뛰어나다고 해야지. 국왕 폐하를 비난하는 놈이 있다면 마을에서 쫓아내야 해."

워낙 큰 명성을 갖고 있는 데다 기본적으로 지금까지 쌓여 온 충성도가 높았기 때문에 악명에도 불구하고 주민들이 싫어하지 않았다.

물론 악명이 더 많이 쌓이게 되면 주민들의 불신을 얻게 됨은 물론이고 병사들과 기사들이 이탈을 하고, 영주들이 독립을 선언하기도 하지만 말이다.

> 하벤 제국의 군대를 물리쳐서 아르펜 왕국에 대해 그라디안 왕국 주민들의 호감도가 높아집니다.

> 하벤 제국의 군대를 물리쳐서 아르펜 왕국에 대해 그라디안 왕국 주민들의 호감도가 높아집니다.

> 아르펜 왕국과 아이데른 왕국의 관계가 개선됩니다.
> 그들은 아르펜 왕국을 공식적으로 인정하며 외교사절을 보내 교류도 추진할 것입니다.

> 아르펜 왕국의 특산품은 대륙에서 약간 유명한 정도입니다.
> 현재 마센 왕국에서는 우호적인 통상협정을 고려 중입니다. 통상협정이 체결되면 양 국가 간의 경제적 교류가 활발해집니다. 마센 왕국에서 조달할 때, 아르펜 왕국의 상인들은 자국의 상인들과 동일한 자격을 갖습니다.

> 데일 왕국은 위대한 건축물에 대해 배우고 싶어 합니다.
> 아르펜 왕국이 이에 대한 건축 기술을 전수한다면 그들은 자신들이 가지고 있는 마법학에 대한 연구 자료들을 넘겨줄 수도 있습니다.

　국가 간의 관계가 긍정적이 되면 교역량이 늘어나고 양 국가를 오고 가는 퀘스트들이 발생하는 등 긍정적인 효과가 생긴다. 르포이 평원의 전쟁에 참여한 북부의 유저들은 하벤 제국이 아닌 다른 왕국에서 특별한 존중도 받을 수 있었다.

그리고 모라타 고유의 전통이라고 할 수 있는 축제가 르포이 평원에서 벌어졌다.

"먹고 마십시다!"

"노세, 노세! 젊어서 노세!"

북부의 유저들은 하벤 제국의 보급 마차에서 식량을 몽땅 습득했다.

이곳에 모인 유저들은 화가, 조각사, 건축가, 재봉사. 직업을 가리지 않았다. 당연히 요리사들도 많이 있었기 때문에, 그들이 하벤 제국의 식료품을 가지고 즉석에서 요리를 해서 주변에 나눠 주었다.

하벤 제국은 전통적으로 소시지와 맥주가 인기품!

위드도 하룻밤이 꼬박 새도록 요리를 하여 사람들에게 나눠 주었다.

"맛있게 드세요."

"고맙습니다."

직접 위드를 만나 본 적이 없는 대부분의 유저들에게는 그 모습이 진실하게 보였다.

"정말 사람은 끝까지 지켜봐야 한다더니… 전쟁에서 이기고 나서 자만하거나 거만해질 수도 있는데 위드 님은 우리를 위해서 바로 앞치마부터 두르잖아. 이게 위드 님이 모라타를 일으켰던 정신이 아닐까."

"사람의 본성이라고 해야지. 큰일을 겪으면 나오게 되는데, 우리 같은 사람들하고는 근본부터 다르시다니까. 내가 왜 아르펜 왕국으로 오라고 했는지 알겠지?"

"응. 알 것 같다."

사소한 행동들이 풀죽신교의 유저들을 더욱 기쁘게 한다.

위드가 요리를 해 주는 데에는 단순한 이유가 있었다.

'음식 재료가 많을 때 요리 스킬을 올려야지. 하벤 제국의 보급 마차에는 고급 식료품들이 잔뜩 쌓여 있군. 이놈들이 아주 작정을 하고 왔네.'

게다가 다분히 정치적인 행동!

꼬박꼬박 세금을 납부하면서 전쟁까지 자기 일처럼 나서 주다니, 이렇게 고마운 사람들이 없었다.

'이런 게 민주주의 정신이지.'

유저들의 인식에 따르자면 아르펜 왕국은 진정으로 주민들을 위하는, 개척 정신이 강하고 모험이 살아 있는 왕국이다.

위드의 생각과는 많이 달랐다.

'내 왕국이야. 전부 다 내 거지!'

* *

하벤 제국과 아르펜 왕국의 전쟁은 베르사 대륙 전역에서 커다란 화제가 되었다.

"음, 북부의 풀죽신교 같은 단체가 라살 왕국에도 있으면 좋을 텐데……."

"그러게 말이야. 하지만 라살 왕국의 수뇌부나 하벤 제국이나 크게 다를 바도 없잖아."

"그놈들이 더 지독하다니까. 왕국이 하벤 제국에 점령되어서 우리는 착취당할 일만 남았지, 뭐."

"마른 수건을 쥐어짜듯이 그렇게 우리에게서 돈과 노동력을 탈탈 털어 가게 될걸."

하벤 제국이 점령한 여러 왕국에도 유저들은 여전히 많이 있었다.

전쟁에서 패배한 왕국은, 치안이 불안정해지고 도시들이 불에 타고 주민들이 사망해서 퀘스트가 중간에 끊어지게 된다. 그러한 페널티들에도 불구하고 고향이란 생각에 떠나지 않고 계속 머무르는 유저들이 아주 많았다.

"우리가 풀죽신교를 만드는 건 어떨까요?"

"네? 그게 가능하겠습니까?"

"충분히요. 하고자 하면 못할 것도 없습니다."

"좋습니다. 우리가 풀죽신교의 라살 왕국 지부를 창설해 봅시다."

하벤 제국이 점령한 왕국들, 엠비뉴 교단이 장악한 지역 그리고 그 외의 수많은 왕국의 도시와 크고 작은 마을들에 우후죽순 풀죽신교의 지부들이 생겨났다.

대륙이 혼란에 빠지면서, 잡초들이 사방에서 번져 갔다.

2℃ 3℃

"후후후, 괜찮은 전투였어."

암살자 마스터 퀘스트에 도전 중인 그는 르포이 평원의 전투에 참여했다.

북부 유저들의 편으로 출전하여, 헤르메스 길드의 유저들만 무려 137명을 해치웠다.

혼전 중에 방어력이 좋은 NPC 기사도 402명이나 없애는 대단한 공적을 세우고 나서 중앙 대륙으로 되돌아가고 있었다.

이제 암살자 마스터 퀘스트의 끝이 머지않았다.

'다음 퀘스트를 받아야겠군.'

그가 비페스트의 술집에서 휴식과 정보를 얻고 있을 때였다.

"북부의 전쟁에서, 놀랍게도 아르펜 왕국이 하벤 제국을 무찔렀다더군."

"정말 많은 사람들이 뭉쳐서 하벤 제국의 침략을 막아 냈다는 소식은 나도 들었네."

술꾼 주민들의 화제도 단연 북부의 전쟁에 대한 것이었다.

"후후, 여기 위스키 한 병."

암살자는 독한 술을 입안에 털어 넣었다.

참여했던 전투에 대한 소문을 이런 식으로 듣는 것도 나름 흥미롭고 즐거운 일이다.

"새로 유명해진 영웅들이 많이 나타났다고 하더군."

"아, 조인족 전사 울극 말인가."

"마법 공격을 뚫고 땅으로 내려와서 휩쓸어 버렸다지."

암살자도 전투에서 그 광경을 목격하였는데, 작렬하는 마법들 사이로 급강하하던 울극은 실로 대단했다. NPC 조인족이었지만 실력은 왕국의 기사단장급이었다.

"코네라는 기사도 활약을 하였더군. 아이데른 왕국에서 꽤나 날리던 기사였는데, 모시던 귀족의 명예롭지 못한 행동에 질려서 북부로 갔던 모양이야."

"궁수 페일에 대해서도 빼놓을 수가 없지. 그는 전투에서 백 발을 쏴서 무려 아흔여덟 발을 맞히는 정확도를 뽐냈어."

"드라고어의 그물은 재료를 독거미에서 추출해 낸 거라 상대 하기가 여간 까다롭지 않았다고 하던데."

전투에서 활약한 유저들에 대한 이야기가 쏟아져 나왔다.

중앙 대륙에까지 소문이 퍼진다는 건, 개인이나 그를 아는 주변 사람들의 입장에서 보면 대단한 영광이다. 그렇기 때문에 모험을 성공시키고 난 이후로는 일부러 들어 보기 위해 도시를 떠나지 않는 사람도 있었다.

먼 도시에 가더라도 어떤 모험을 했다고 말하면서 먼저 알아 봐 주면 그것도 아주 영예스러운 일이다.

"여기 얼마지?"

휴식을 충분히 취한 암살자가 계산을 하고 떠나려는 순간이 었다.

"전쟁에서 하벤 제국의 중요한 인물들이 습격을 당해서 많이 죽었다는군."

"아, 그 이야기는 나도 들어 보았네. 유령도 놀랄 정도로 깔 끔한 솜씨였다지."

암살자는 슬며시 미소를 띠었다.

자신에 대한 소문이 빠질 리가 없다.

죽음을 몰고 오는 그림자라는 호칭처럼, 그야말로 완벽하게 해치웠으니까.

"그 솜씨는 얼마 전에 몬토냐에서 활동하던 암살자를 떠올리게 할 정도야."

흠칫!

암살자는 큰 충격을 받은 듯이 몸을 떨었다.

"아, 그 양념게장이라는 암살자 말인가?"

"그렇지. 죽음을 몰고 오는 그림자 양념게장의 솜씨야말로 대단하지 않았던가."

"몬토냐에서는 영웅으로 불리기에 부족함이 없지."

"아이들이 커서 양념게장처럼 살고 싶다고 해서 부모들이 뿌듯해한다더군."

지난달에 몬토냐에서 어린 소녀의 퀘스트를 받아서 해치운 적이 있다.

암살자의 이름은 그때 알려지고 말았다.

〈로열 로드〉를 시작할 때에 별생각 없이 대충 아무렇게나 지어 버린 이름. 양념게장.

호칭도 '죽음을 몰고 오는 그림자'만이 아니라 여러 개가 있었다.

'피하지 못하는 죽음' 양념게장.

'어둠의 살인자' 양념게장.

'영혼을 파괴하는' 양념게장.

'잔혹한 살육 지배자' 양념게장.

"커흐흐흐흑."

암살자 양념게장은 슬픔에 빠져들었다.

누구에게도 알려 주고 싶지 않은 이름. 암살자라는 직업이 아니라 이름 때문에라도 파티 사냥을 할 수가 없다.

암살자라고 하면 음험하고 사악한 퀘스트만 수행할 것 같지만, 사실상 심심치 않게 낭만적인 의뢰들이 발생하곤 했다.

악덕 영주와 기사들의 횡포로부터 아가씨들을 구하고, 몬스터들에게 잡혀 있는 귀족 소녀들도 구출한다. 혹은 던전에서 어려움에 빠져 있는 파티들을 은밀하게 따라다니며 도와줄 수도 있었다.

그렇지만 양념게장은 마음에 드는 사람을 만나더라도 이름도 알려 주지 못하고, 친구 등록은 더더욱이나 창피해서 할 수가 없었다.

"고맙습니다. 이름을 알려 주세요."

"이것이 인연이라면 다시 볼 날이 있을 겁니다. 그럼."

"정말 반했어요. 혹시라도 이름을 여쭤 볼 수 있을까요? 앞으로도 시간이 될 때마다 계속 같이하고 싶어요."

"저는 양… 아니, 혼자 다니는 편이 좋습니다."

조용히 돌아서서 어둠 속으로 사라져야 하는 슬픔이었다.

TO BE CONTINUED